코드네임 베스티아

1

조례진 장편소설

CAUTION ⚠

위즈덤하우스

1

코드네임
베스티아

Contents

'호모 비벤스(Homo bibens*)', 즉 '마시는 사람.'

우주를 넘어 태초의 지구에 온 외계의 존재,

우리의 근원과 함께 진화해온 형제 같은 존재,

우리는 그들을

'루아스(Luax)'라고 부른다.

– 마리에테 블란두스, 「이종의 기원과 역사」, p.32 발췌

• 라틴어 원형동사 Bibere의 의미는 '마시다'

프롤로그

"내 이름은 도영 드페르."

치직, 치지직. 낡고 녹슨 녹음기에서 거슬리는 기계음이 났다.

녹음기는 이젠 박물관에서나 볼 수 있을 만큼 오래된 기종이어서 작동시키기까지 꽤 애를 먹었다. 하지만 지금은 이런 거라도 감지덕지였기 때문에 도영은 불평하지 않았다.

"MCTC TF-퍼시픽 1팀 소속, 계급 공용코드 OF-0, 콜사인 이글 일곱. 국적 프랑스. 현재 5월 12일, 추정 시간 19시."

언어를 바꿔가며 똑같은 내용을 세 번째 녹음하고 있는 중이었다. 이 녹음이 누군가에게 전해질지는 알 수 없었지만 해보는 수밖에 없었다.

"현재 위치, 불명."

치이익……. 녹음기에서 기계음이 길게 이어졌다. 쓸모없는 노력일지도 모르나 기계음이 좀 잦아들도록 녹음기를 쥔 손에 꾹 힘을 주었다.

"난 아직 살아 있다."

어두운 집을 채운 열기 때문에 땀방울이 목을 타고 흘러내렸다.

끼익. 그때 문이 열리고 눈부시도록 밝은 빛이 쏟아졌다. 그 녀
머로 가늘고 긴 검은 그림자가 어른거렸다.

도영은 녹음기에 입을 가까이 대고 속삭였다.

"난 붙잡혀 있다."

저 야수에게─

01
The Island

붉은 눈동자가 똑바로 도영을 보았다. 크고 또렷해서, 바위 아래 어둑한 공간에서도 잘 닦아놓은 유리가 햇빛에 반사되듯이 윤기를 발했다.

여자는 도영을 더 바위에 밀어붙이며 그의 한 팔과 다른 쪽 팔뚝을 잡은 손에 꾹 힘을 주었다. 도영의 맨 등에 닿은 바위가 이끼로 미끈거렸다. 콰아아아……. 그들이 뚫고 지나온 폭포수가 굉음을 내며 사방에 부딪쳐 하얗게 몸을 부서뜨렸다.

서로 쳐다보고 있는 짧은 시간 사이, 도영은 자신이 어쩌다 이 상황에 놓이게 됐는지 생각하지 않을 수 없었다.

30시간 전

"소령님."

부르는 소리에 도영은 읽고 있는 책에서 고개를 들었다. 그러자 입구에 서 있는 한 중사가 고갯짓했다.

"곧 도착합니다."

난기류에 비행기가 가볍게 흔들렸다. 전투복을 입은 대원들은 저마다 벽에 붙은 의자에 앉아 있었다. 누군가는 도영처럼 책을 보거나 장비를 점검하고 있었고, 누군가는 팔짱을 끼고 잠깐 눈을 붙이고 있었다. 개중 한 대원은 등산용 물주머니 같은 투명 주머니에서 사과 주스 같은 액체를 마시고 있었다.

한 중사가 그 모습을 보고 자신이 입은 군용 조끼의 겨드랑이에 엄지손가락을 건 채로 물었다.

"맥코이 하사, 곧 랜딩인데 배부르지 않아?"

"이게 좋은 점은 아무리 먹어도 과식한 거 같지 않다는 점이거든요."

맥코이 하사는 대답하며 이쪽을 보았다. 아직 눈동자가 붉어지기엔 어려서 인간일 때와 같은 푸른 눈동자가 꼭 불어난 것처럼 보였다.

"오히려 순간 힘이 나게 해주죠."

그 말에 한 중사는 한쪽 어깨를 으쓱였다.

"우리도 그런 거 좀 있었으면 좋겠다."

"스테로이드 있잖아."

다른 대원이 말하자 한 중사는 고개를 저었다.

"안 설 수도 있잖아. 내 주니어는 소중하거든."

곧 작전에 들어가는 특수부대 팀이라고는 보기 힘든 한가한 투였다.

도영은 책을 상의 포켓에 넣고 일어나 한 중사 옆으로 가서 특수 소재 장갑을 꺼내 끼며 밖을 내다보았다. 바다를 지나 슬슬 육지가 보이고 있었다.

현재 인간과 뱀파이어는 공존하며 함께 살아가고 있었다.

어느 날 우연한 사건을 계기로 뱀파이어들이 실존한다는 사실이 밝혀지고, 인류는 강한 육체를 지닌 그들이 인류의 군대에 복무한다는 조건으로 평화 조약을 체결했다. 그렇게 인간 대원과 뱀파이어 대원이 함께 일하는 다국 대테러부대 연합, 즉 'MCTC(Multilateral Counter-Terror Coalition)'가 결성되었다. 바로 도영의 팀이 속한 곳이었다.

"그거 줘봐 봐."

그때 한 중사가 뱀파이어, 즉 요즘 이름으로는 '루아스'라고 불리는 맥코이 하사에게 손을 뻗으며 말했다.

"안 그래도 루아스들이 늘 피 대신 마시는 게 무슨 맛인지 궁금했는데 한번 마셔보자."

한 중사는 심심한 탓인지 쓸데없는 호기심을 가졌다.

사실 작전에 들어가기 직전에는 딱히 할 일이 없었다. 이미 작전 계획은 모두 자다가도 읊을 정도로 숙지한 상태고, 괜히 작전에 대해 생각하고 있어봤자 긴장만 되기 때문에 오히려 주의를 좀 환기시키는 편이 나았다.

한 중사는 맥코이 하사에게 팩을 건네받아 한 모금 마시더니 불에 덴 듯이 입을 떼고 인상을 찌푸렸다.

"이게 무슨 맛이야?"

"맛없죠?"

맥코이 하사는 짐짓 웃었다. 한 중사는 손을 저었다.

"얼음이 다 녹아서 식은 모히토에다가 사카린을 섞은 거 같은 맛이야."

그러자 맥코이 하사는 웃음을 터뜨렸다.

"너무한 거 아닙니까?"

그러더니 씩 웃고는 이랬다.

"인간은 생고기의 맛을 모르는 법이죠."

"생고기 맛은 그쪽도 모르거든?"

한 중사는 지지 않았다.

"비유 모르십니까, 비유?"

그 대화를 들으며 도영은 헬멧을 쓰고 귀 뒤쪽에 있는 버튼을 눌렀다. 그러자 NVG(야간투시경) 기능이 포함된 오토바이 헬멧 유리 같은 렌즈가 내려왔다.

"자, 갑시다. 밥값 할 시간입니다."

초록색으로 보이는 NVG(야간 투시경) 시야에 멀리 캠프 경비병들이 확인됐다. 정면에 둘, 측면에 하나였다. 경비병들은 어지간한 정규군 못지않게 중무장을 하고 있었지만 오랫동안 아무 일이 없었기 때문인지 무료해 보였다.

도영이 수신호를 보내자 어둠 속에서 팀은 신속하게 이동했다. 그리고 경비병들을 순식간에 제압했다.

"뭐……!"

경비병들은 단말마도 제대로 내지 못하고 쓰러졌다. 이어서 대원들은 신속하게 내부로 진입했다. 인근에 루아스가 있다고 하더라도 눈치채지 못할 만큼 소리가 나지 않았다.

내부는 얼마 전에 다급하게 짐을 싸서 떠난 모양새였다. 버려진 물건들이 몇 개 굴러다녔으나 특별히 증거라고 할 수 없는 쓰레기들뿐이었다.

그런데 책상 한편에 쓸어 담다 남은, 결정이 반짝거리는 흰 가루가 퍼져 있었다. 도영은 헬멧을 눌러 마스크를 제거하고 가루를 찍어 냄새를 맡아보았다. 그사이 한 중사가 주변에 대한 경계를 늦추지 않고 물었다.

"아이스(메스암페타민)입니까?"

도영은 장갑에 묻은 가루를 털어냈다.

"아닙니다."

그러자 한 중사는 오히려 의외라는 얼굴로 돌아보았다.

"아니에요?"

"정확한 건 가져가서 검사해봐야겠지만 마약은 아닙니다."

그러면서 도영이 지나가고 나자 한 중사가 가루를 찍어 살짝 맛보았다.

"그러게요. 이게 뭐지?"

신종 마약일 수도 있지만 어차피 통하지도 않는 걸 만들진 않을 거라고 생각했다. 루아스에게는 인간들이 쓰는 마약류가 듣지

않기 때문이었다. 루아스에게 마약의 쓸모라고는 인간에게 판매
하는 용도뿐이었다. 하지만 인간보다 신을 더 닮은 육체로 다시
태어나서 겨우 하는 짓이 마약 딜러라면 그 루아스도 영 포부가
부족했다. 물론 인간일 때처럼 쉽게 돈을 벌려는 양아치들도 있
었지만 이런 장소까지 갖춰놓고 조직적으로 마약 판매 서클을 운
영하기엔 수지타산이 맞지 않았다.

　그때 팀에서 유일한 루아스인 맥코이 하사가 방으로 들어오자
한 중사가 불렀다.

　"아홉, 이것 좀 맛봐."

　그러자 맥코이 하사가 다가와 가루를 찍어 혀끝으로 맛보았
다. 다들 무슨 반응이 나오려나 싶어 그를 쳐다보았다. 맥코이 하
사는 표정이 묘해지는가 싶더니 침을 퉤 뱉었다.

　"이상한 맛이군요."

　확실히 마약은 아닌 모양이었다.

　"더 둘러보죠."

　도영이 손짓하고 팀은 더 안쪽으로 들어갔다. 전등을 모두 깨
놔서 불이 들어오지 않았기 때문에 사방이 어두웠다. 안으로 들
어갈수록 더 짙어지는 어둠을 밝히는 건 팀원들의 헬멧에 달린
라이트뿐이었다.

　바삭. 군용 워커에 자잘한 잔해들이 밟히는 소리가 났다. 그때
맥코이 하사가 킁킁거리며 냄새를 맡았다.

　"무슨 냄새가……."

　말하며 주변을 둘러보았다.

순간 뭔가 깨달은 그가 외쳤다.

"여덟 옆에!"

하지만 여덟, 한 중사는 아직 무슨 일인지 눈치채지 못하고 있었다. 가장 가까운 도영이 본능적으로 자리를 박차고 뛰었다. 그리고 몸으로 한 중사를 밀치는 찰나, 그의 옆에 있던 캐비닛 안에서 폭탄이 터졌다.

쾅! 폭발 에너지를 정면으로 맞은 도영은 그대로 밀려나 벽에 처박혔다. 벽이 거미줄 모양으로 쩍 갈라졌다. 그리고 어딘가가 부러져도 단단히 부러진 고통이 엄습했다.

타다당. 이어서 연달아 총성이 울리더니 어디서 나타났는지 알 수 없는 적이 사방에서 나타났다.

'함정이다.'

도영은 깨달았다. 일렁거리는 시야에 대원들이 서로 엄호하고 사격하며 달려오는 모습이 보였다.

정신을 차리기 위해 애썼지만 귓가에 이명이 심해서 제대로 설 수가 없었다. 아무리 훈련받은 군인이라고 하더라도 인간인 이상 이런 충격에는 방법이 없었다.

그때 비현실적인 시야에 한 중사가 적에게 총을 쏘다가 무어라 소리치고 다시 총을 쏘다가 외치는 모습이 보였다. 그러고는 한 중사는 억지로 도영을 잡아 끌어당겼다. 도영은 그 힘에 끌려 한 걸음 내디뎠다가, 쓰러졌다.

쿵. 바닥에 닿자마자 그대로 정신을 잃었다.

◇ ◇ ◇

특유의 냄새가 있었다. 무언가가 잘못되었다는 걸 알 수 있는 냄새. 꼭 낯선 약품 냄새가 그랬다.

정신이 돌아온 도영이 흐릿하게 눈을 뜨자, 고개를 숙이고 있어서 전투복을 입은 제 다리가 보였다. 한 발씩 그가 앉아 있는 의자 다리에, 손은 뒤로 묶여 있었다.

고개를 들어 주변을 확인해보지 않아도 자신이 병원에 있을 것 같지는 않았다. 무장은 전부 해제되어 있었고, 상의는 전투복 안에 받쳐 입는 검은 군용 티셔츠만 입고 있었다. 스스로 벗은 기억은 없으니, 누군가가 벗겼으리라.

끼이익. 쿵. 그때 철문이 열리는 소리가 나, 도영은 아직 뻐근한 고개를 들었다. 컨테이너 안으로, 검은 남자들을 거느린 여자가 들어오고 있었다. 다리 옆에 슬릿이 들어간 치마가 발목까지 오는 붉은 정장 투피스를 입고 있었다. 화려해 보일 정도로 밝은 플래티넘 블론드에 눈동자도, 입술도 입고 있는 옷 같은 색이었다.

도영은 한눈에 알았다. 여자는 뱀파이어였다.

하도 뱀파이어를 보다보니 직감적으로 알기도 했지만, 이번에는 그것보다 살이 통통하게 오른 쥐를 보는 뱀 같은 눈이 여자가 포식자라고 말해주었다. 모든 게 불타오르는 것 같은 색과 정반대로 그 눈은 아주 차갑고 비정했다.

여자 뒤에서 한 남자가 다가와 도영의 눈에 라이트를 비춰보고는 말했다.

"루아스는 아닙니다."

그에 여자는 훗 웃었다.

"그건 냄새만 맡아도 알아. 동족 남자한테서는 이런 달콤한 냄새가 안 나거든."

그러고는 여자는 도영의 앞에 다가와 내려다보았다.

"미남이네."

도영은 싱긋 웃었다.

"고마워."

사실 도영은 여자가 누구인지 알고 있었다. 이름은 라헬, 3년 전 수괴가 붙잡히며 와해된 뱀파이어 테러단체 'SN'의 파편화된 세력 중 하나로, 최근 들어 가장 위협적으로 분류되고 있는 '레기온'의 모집책인 고위 간부였다.

자신이 정신을 잃고 일이 어떻게 됐는지는 모르겠지만 이번 작전은 레기온의 함정이었던 모양이다. 대원들은 모두 무사한지 걱정이었다. 일단은 자신부터 어떻게 살아나갈지 걱정해야겠지만.

"가져와."

라헬이 고갯짓하자 옆에 있는 테이블에 남자들이 물건들을 내려놓기 시작했다. 도영의 물건들이었다.

라헬은 티파니 매장에 반지를 사러 온 여자처럼 그것들을 훑어보고는, 일 자로 펴져 있는 손목밴드를 돌렸다. 그 안쪽에 인식표가 새겨져 있었다.

"도영 드페르 소령⋯⋯."

쓰여 있는 이름을 읽고는 손목밴드를 툭 던졌다.

"몇 살이지? 스물일곱? 여덟?"

라헬도 도영이 대답할 거라고 생각하고 질문한 건 아니었겠지만 그는 그저 어깨를 으쓱였다. 피부미용 따위 생각할 수 없는 직업치고 서른한 살에 그 정도로 봐주면 선방한 거 아닌가 싶었다.

"아니, 소령이니까 좀 더 나이가 있겠네."

그러면서 라헬은 도영의 어깨에 손을 짚었다.

"뭐, 아무것도 말하지 않아도 상관없어."

그리고 손끝으로 스치듯 목덜미를 훑으며 뒤로 돌아갔다.

"난 강한 남자들이 참 좋아."

귓가에 따듯한 숨이 다가왔다. 라헬은 도영의 목덜미에 코를 박고 목을 타고 쓸어 올리며 속삭였다.

"근육으로 꽉 찬 남자들을 억누르고 피를 빨 때 말이야, 제 몸과 힘에 대한 확신으로 똘똘 뭉쳐 있는 남자들이 손가락 하나 까딱 못하고 당하면서 멘탈이 붕괴되는 걸 보는 즐거움은 이루 말할 수 없거든."

안 그래도 따라 들어온 남자들이 하나같이 목에 밴드를 붙이고 있었다. 도시락통이라도 들고 다니는 모양이었다.

라헬이 목을 타고 올라와 귀 뒤에 코를 박고 있어서 고개가 살짝 숙여진 도영은 눈을 들고 말했다.

"미안한데 내가 목이 좀 민감하거든? 숨은 적당히 쉬어줬으면 좋겠는데."

라헬은 피식 웃었다.

"간만에 팔팔한 게 들어왔네. 그냥 마셔버리기엔 아깝잖아."

그러고는 물러섰다.

"자, 시작해볼까?"

그 말에 효도르가 울고 갈 것 같이 생긴 백인 남자 하나가 앞으로 나서더니, 바로 주먹을 휘둘러서 빽 소리가 나도록 도영의 얼굴을 쳤다. 의자가 바닥에 고정되어 있지 않았다면 옆으로 날아가 굴렀을 것이다.

도영은 돌아간 고개를 힘겹게 원위치시켰다.

"깜빡이는 켜고 들어오지 그래."

"걱정 마. 그쪽은 인간이니까."

라헬은 다른 남자가 가져다놓은 의자에 앉아 여유롭게 말했다.

"그거야 이런 솜방망이 주먹만 봐도 알아."

도영이 말하자 남자는 제대로 된 권투 자세로 복부에다가 주먹을 먹였다. 동작을 읽고 복부에 힘을 주긴 했지만 아무런 방비를 못한 채 맞았다면 최소한 장 파열이었다. 맷집을 키운다고 팀원들을 일렬로 세워놓고 루아스 대원에게 때리라고 한 조교가 고마워질 지경이었다.

도영은 쿨럭이다가 겨우 숨을 내쉬었다. 그 모습을 보며 라헬이 미소를 지었다.

"그래도 스페츠나츠(러시아 특수부대)였어. 화나지 않게 하는 게 좋을걸."

"와우, 러시아 형님. 무섭지. 쓰파씨바."

도영이 웃음을 토해내고 말하자 라헬은 흥미롭다는 표정을 지었다.

"MCTC에선 포로로 붙잡혔을 때 상대를 자극하라고 가르치나 봐?"

"설마. 날 가르치길 포기했을 뿐이야."

그러자 라헬은 웃으며 왼쪽 팔걸이 쪽으로 몸을 비스듬하게 기울였다.

"아쉽네. 데이트앱에서 만났으면 즐거운 저녁을 보낼 수 있었을 텐데 말이야."

"미안하지만 난 자연스러운 만남을 선호하는 편이어서."

그때 스페츠나츠가 솥뚜껑 같은 손으로 도영의 얼굴을 터뜨려 버리려는 것처럼 움켜쥐고 소리쳤다. 러시아어를 조금 알긴 했지만 하도 거칠게 소리쳐서 도통 알아들을 수가 없었다. 그에 도영은 스페츠나츠를 멍하니 보다가 물었다.

"이는 닦았지?"

그 말을 알아들었는지 스페츠나츠가 도영을 발로 걸어찼다. 의자가 고정되어 있어서 한 번으로 날아가지 않자 두 번, 세 번을 걸어찼고, 결국 도영은 의자 채로 나뒹굴었다. 넓은 공간에 소리가 시끄럽게 울려 퍼졌다.

"죽이진 마."

라헬은 느긋하게 말하고는 일어나 다가왔다.

"자, 소령. 잘 생각해 봐. 우리가 누구일 거 같아?"

도영은 고개를 젖혀 바닥에 뒷머리를 대었다.

"SN의 잔당이겠지."

"잔당이라니, 2세대라고 불러줬으면 좋겠는데. 봐. 불사조란

건 때가 되면 직접 불을 놓아 자신을 태워 죽이지. 그리고 그 재에서 새롭게 태어날 때는 더 강하고."

라헬이 말하는 데 맞춰 하이힐 소리가 다가왔다.

"완전하고."

또각…….

"범접할 수 없는 존재가 되는 법이야."

옆에 온 라헬은 도영을 내려다보며 빙긋이 웃었다.

안 그래도 키가 큰 데다가 누워서 보자니 역광을 받아 확실히 범접할 수 없는 존재처럼 보이는 그녀를 보며, 도영은 웃음을 터뜨렸다. 그러자 라헬은 웃음을 거두지 않았지만 얼굴에 서늘한 기운이 감돌았다.

"뭐가 웃기지?"

"꼭 SN 같은 말투라서. 거기선 그렇게 말하는 법이라도 가르쳐?"

라헬은 훗 웃었다. 걷어차기라도 할 것 같았는데 스스로 그런 우아하지 않은 일은 하지 않았다.

"팔팔하면 팔팔할수록 날 더 즐겁게 해줄 뿐이야. 인간들은 너무 약하니까. 좀처럼 마음에 드는 남자를 찾을 수 없는데 찾아도 끝까지 버티질 못하더라고. 하지만 동족 남자는 싫어. 너무 뻣뻣하거든. 몸도, 정신머리도. 반면 인간 남자는 아주 야들야들하지."

내려다보는 눈동자에 소름이 끼쳤다는 걸 인정하고 싶진 않았지만, 안 그래도 라헬은 인간 남자를 성노예로 부리는 걸로 악명이 높았다. 그녀의 수중에 떨어졌다가 돌아온 사람은 없었다는 것 같았다.

그때 전화벨이 울리기 시작했다. 다행히 라헬은 울리고 있는 제 손목밴드를 보더니, 밴드를 눌러 전화를 받았다.

"네, 대표님."

그러고는 라헬은 잠깐 상대가 하는 말을 듣더니 말했다.

"알겠습니다. 그렇게 하겠습니다."

그리고 전화를 끊고 도영을 돌아보았다.

"대표님께서 직접 보겠다고 하시는군."

여기서는 수괴를 대표라고 부르는 모양이었다.

"데려가."

리헬이 고갯짓하자 곰도 때려잡을 수 있는 러시아 형님 둘이 도영을 일으켜 세웠다. 그러자 라헬이 손가락 하나로 그의 턱을 들어 올리고, 뱀 같은 눈동자로 말했다.

"일이 끝나면 넌 내 거야."

남자 둘이 도영을 끌고 방을 나서서 복도를 지나갔다. 하얗고 깨끗한 복도는 이곳이 어디인지 유추할 수 있는 별다른 특징이 없었다. 다만 한 가지 확실한 건, 사령탑을 잃고 분해되어 지하로 숨어든 테러단체 지부가 소유하고 있을 것 같지 않은, 크고 제대로 된 건물처럼 보였다.

그때 복도 끝에 있는 문이 열리고 격납고가 나타났다. 그 가운데는 이미 출항 준비를 마친 군용 수송기가 준비되어 있었다. 다시 말하지만, 군용 수송기였다. 겉에는 어떤 마크도 없어서 어디 소속인지 알 수 없었으나, 도영은 기가 막혔다.

'어떻게 이런 정규군에 못지않은 시설과 기기를 가지고 있는 거지?'

남자 둘은 도영을 데리고 램프도어(화물 적재문)를 통해 들어가 의자에 그를 내리찍듯이 앉혔다. 이어서 라헬이 근위대를 사열하는 여왕처럼 올라타, 치마의 깊은 슬릿 사이로 늘씬한 다리를 뽐내며 앞을 지나갔다.

"출발해."

램프도어가 닫혔다. 쿵, 하고 도영의 운명에 마침표를 찍듯이.

도영은 눈짓으로 뒤쪽 유리를 보았다. 수송기는 바다 위를 날아가고 있었다.

'대표'라는 수괴를 만나면 경비가 더 삼엄해질 테니, 탈출할 기회는 무조건 지금뿐이었다. 하지만 이 하늘에서 어떻게?

바로 그게 문제였다.

"앞에 봐."

양옆에 자리를 잡고 도영을 감시하는 루아스 중 하나가 으르렁거렸다. 지금으로서는 별수가 없었기에 도영은 순순히 고개를 원위치 했다. 대각선 맞은편에 앉아 있는 라헬은 그 모습을 흥미롭다는 듯이 보았다. 여자들이 도영을 좋아하는 건 흔한 일이었고 그로서도 그 사실을 딱히 싫어하지 않았지만, 이번처럼 그 흥미를 좀 거둬줬으면 하는 경우는 없었다.

그때 베이지색 유니폼을 입은 수송기 승무원이 다가와 라헬에게 말했다.

"전방에 군용기입니다. 저희의 신원을 요구하고 있습니다."

그러자 라헬은 도영은 흘긋 보고 물었다.

"MCTC야?"

그 가능성에 대해서는 도영부터 회의적이었지만 역시 승무원은 대답했다.

"아닌 거 같습니다."

"일부러 공해를 돌아서 가고 있는데 왜 그런 게 붙은 거야?"

"알아보겠습니다."

삐. 그런데 난데없이 소리가 났다. 도영이 들은 걸 옆에 있는 루아스들이 듣지 못했을 리 없는지, 왼쪽 남자가 인상을 쓰고 물었다.

"이게 무슨 소리야?"

그러면서 여전히 등 뒤로 손이 묶여 있는 도영을 보았다. 그 순간 도영의 팔꿈치가 남자의 턱을 후려쳤다.

"네 턱이 날아가는 소리!"

인간에 비하자면 탱크처럼 단단하지만 그래도 턱은 기본적으로 급소이기 때문에 잘만 때리면 충분한 대미지를 줄 수 있었다.

"수갑을 어떻게……!"

오른쪽에 앉은 남자가 놀라서 외쳤다. 옆의 놈이 한 대 얻어맞았는데도 한가하게 놀라고 있다니, 도영은 기본 육체의 힘이 세서 때로 안이해지는 이 루아스란 족속의 속성이 이럴 때는 차라리 고마웠다. 아마 양옆에서 마크하고 있는 상황에서 인간이 뭘할 수 있겠냐고 생각하기 때문이겠지만 이래 봬도 도영의 직업은, 깨어 있는 시간 대부분을 루아스를 어떻게 상대하는지 연구하고 훈련했다.

이어서 도영은 오른쪽 남자의 얼굴을 주먹으로 후려쳤다. 역시 평소라면 별 타격을 주지 못했겠지만, 수갑을 너클 삼아 파괴력을 올렸기 때문에 남자는 고통에 찬 소리를 터뜨리며 피가 터지는 얼굴을 감쌌다. 그때를 놓치지 않고 도영은 아까 몰래 풀어낸 벨트를 내팽개치며 뛰어나갔다.

그 순간이었다. '쾅' 소리가 났다. 그리고 미사일에라도 맞았는지 비행기가 격하게 요동치기 시작했다. 도영은 본능적으로 의자의 그물을 붙잡았다.

"뭐야!"

라헬은 히스테릭하게 외쳤다. 그런데 내부 공기가 불안정한 게, 비행기가 한 대 맞고 나니 여압* 장치가 고장 난 것 같았다.

'그럼 어쩌면……'

도영은 홱 시선을 돌렸다. 수송기 벽에 붙은 램프도어 오픈 버튼이 머지않은 곳에 있었다. 그리고 레기온 녀석들은 상황을 파악하느라 바빠서 그까지는 신경 쓰지 않고 있었다. 어차피 금방 제압할 수 있다고 생각하기 때문이겠지만.

겨우 기체가 안정된 찰나 도영은 달려나갔다. 그리고 화물을 고정해둔 끈을 붙잡으며 램프도어 오픈 버튼을 손바닥으로 내리

---

* 기압이 낮은 고도를 비행하는 항공기 따위에서, 꽉 막혀 기체가 통하지 않는 기내에 공기의 압력을 높여 지상에 가까운 기압 상태를 유지하는 일(국립국어원 표준국어대사전)

찍었다.

쿵. 위이잉.

그러자 램프도어가 열리기 시작하며 빛이 쏟아져 들어왔다. 역시 그가 예상한 대로 비행할 때, 즉 여압이 작동하는 상태에서만 램프도어가 잠기는 기체였다.

"뭐……!"

그제야 레기온 대원들이 놀라서 도영을 보았다. 하지만 램프도어가 열려 뻥 뚫린 허공이 다 내다보이는 이상 다들 뭔가 붙잡고 있어야 해서 다가오지 못했다.

오늘 아침 라헬의 머리를 세팅한 헤어 디자이너가 울 것 같은 바람 속에서, 머리카락이 거칠게 흩날리는 사이로 그녀가 비웃었다.

"인간이 이 높이에서 뛰어내리고 살 수 있을 거 같아?"

도영은 웃었다.

"이대로 끌려가는 거보다는 살 가능성이 높지 않을까?"

하지만 말마따나 낙하산 없이는 인간이 이 높이에서 뛰어내리고서 무사할 수 없었다. 아무리 바다에 떨어져도 수면에 부딪치자마자 벽과 손바닥 사이에 짓눌린 모기 꼴이 날 게 분명했다. 한마디로, 문만 열어놓고 이러지도 저러지도 못하는 상태였다. 그러자 도영이 허세를 피우고 있다는 걸 눈치챈 레기온 대원들이 슬금슬금 다가오려는 기색을 보였다.

쿵. 갑자기 추락하는 충격이 느껴질 정도로 몸이 훅 아래로 꺼졌다.

적기를 피하느라 비행기의 고도가 가파르게 낮아졌기 때문이다. 이들의 적기가 어디 소속인지는 몰라도, 정말 도영에겐 생명의 은인에 다름없었다.

"이봐, 조심⋯⋯!"

레기온 대원 중 누군가가 소리쳤지만 공기의 폭풍 속에서 조종사에게 그 말이 들릴 리 없었다.

모두 루아스여서 각자 필사적으로 무언가를 붙잡고 버텼다. 특히 라헬은 한 손으로 의자의 그물을 잡고 버티고 있었다. 생각보다 강한, 즉 혈통이 있는 루아스인 모양이었다. 도영도 혈관이 모조리 팽창한 채 최대치의 힘을 발휘하고 있는 팔이 끊어질 것 같았다.

당장 바다에 처박힐 듯이 비행기의 고도가 낮아지고, 거센 바람이 피부를 벗겨갈 것처럼 몰아쳤다. 초고속의 롤러코스터를 타는 것처럼 아찔했다.

타이밍은 지금뿐이었다. 도영은 깨달았다. 지금 뛰어내리지 않으면 살 가능성은 없었다. 뛰어내린다고 산다는 보장은 없었지만. 그래서 끈을 놓는 동시에 몸을 돌리며, 뛰어내렸다. 정말 인간이 뛰어내릴 거라고는 생각지 않았기에 모두 눈을 크게 떴다.

"저 미친⋯⋯!"

이어서 수송기가 재빠르게 위로 솟구치며 흔들리다가 겨우 평형을 되찾았다. 레기온 대원들은 다급하게 램프도어 쪽으로 뛰어갔다. 하지만 이미 아래로는 망망대해 외에는 아무것도 보이지 않았다.

그들 옆으로 라헬이 걸어와 섰다. 대원 중 하나가 그녀를 보고 말했다.

"인간이 이 높이에서 뛰어내리고 살아날 리 없습니다. 설령 살아나더라도 이 근방은 전부 무인도입니다."

라헬이 먹이를 놓친 뱀처럼 계속 아래를 보고 있자 대원이 덧붙였다.

"GPS가 없으니 MCTC에서도 찾을 수 없습니다. 운 좋게 살아난다고 하더라도 겨우 도착한 무인도에서 생을 마칠 겁니다."

라헬은 몸을 돌리며 코웃음을 쳤다.

"아깝네. 아끼는 장난감이 될 것 같았는데."

거대한 물보라와 함께 도영은 바다에 떨어졌다. 그리고 떨어지자마자, 마지막에 비행기가 급강하하지 않았다면 절대 자신이 무사하지 못했으리란 걸 깨달았다. 이제는 강하 훈련을 할 때 팀원들과 장난삼아 공중제비를 돌며 점프하기도 하지만 이렇게 낙하산 없이 맨몸으로 물에 부딪히는 충격은 거의 그의 몸만 한 주먹에 얻어맞는 느낌이었다.

아래로 끝을 알 수 없는 검은 물이 입을 벌리고 누워 있었다. 도영은 정신을 차리고 수면을 향해 다리를 박찼다. 그가 내버린 수갑은 깊은 바닷속으로 홀로 가라앉아갔다.

촥. 이내 도영은 수면 위로 솟구쳐 올랐다.

"Putain!"

그러자마자 욕설부터 터져 나왔다.

"무서워 죽을 뻔했네!"

몸도 놀랐는지 어깨 근육이 잘게 경련을 일으키듯 떨려왔다. 아무리 자주 강하 훈련을 했어도 비정상적으로 비행하는 비행기에서 낙하산도 없이 맨몸으로 뛰어내리는 건 다시는 겪고 싶지 않은 경험이었다.

도영은 얼굴을 쓸어 올리고 주변을 둘러보았다. 그야말로 망망대해뿐이었다. 뭐 다른 걸 기대한 건 아니지만 정말로 바다 한가운데 떨어진 모양이었다. 팔을 휘저어 돌아보자 그나마 저 멀리 흐릿하게 섬이 하나 보였다.

'맨몸으로 헤엄쳐 가기에는 너무 먼데.'

하지만 이대로 있을 게 아니라면 가보는 수밖에 없었다. 다행히 도영은 몸을 쓰는 일이라면 뭐든지 자신 있었지만 개중에서도 수영이라면 자신이 있었다. 헬 위크(훈련기간)에도 수영 덕분에 살아남을 정도였으니까.

도영은 섬을 향해 헤엄치기 시작했다.

물을 휘저으며 해변으로 올라섰다. 숨이 거칠었다. 혹사당한 팔다리가 끊어지고 폐가 터질 것 같았다.

아무리 훈련받은 몸이라고 하지만 역시 섬은 보이는 것보다 멀었다. 중간에 몇 번이나 기운이 다해 고비를 맞았는지 모른다.

"Putain de merde……."

도영은 욕설을 내뱉으며 해변에 드러누웠다. 그리고 뜨겁게 내리쬐는 태양을 바라보며 숨을 몰아쉬었다.

좌아아, 쏴아아아. 잔잔한 파도가 밀려와 그의 몸 아래로 흘러들었다가 다시 밀려나가기를 반복했다. 이대로 잠들어버리고 싶었으나 욱신거리는 몸뚱이가 현실을 일깨워주었다. 그래서 겨우 상체를 일으켜 앉았다.

투명한 하늘빛 바다가 백사장에 가만히 밀려들고 있었다. 그리고 해변이 끝나는 곳에서 바로 숲이 이어지고, 저 멀리 깎아지는 듯한 거대한 돌산이 중첩되어 있는 모습이 꼭 웅크리고 잠들어 있는 거인의 등뼈 같았다. 섬은 생각보다 커 보였다.

'설마 무인도는 아니겠지.'

왠지 모를 불안감이 들었다. 무인도라면 자신을 도와줄 사람도 없다는 의미였기 때문이다.

문득 도영은 주머니를 뒤져서 제 손목밴드를 꺼냈다. 분명히 레기온에 빼앗겼던.

그 불곰 같은 스페츠나츠가 갖고 가는 걸 보고 몰래 도로 훔쳤기 때문이다. 원래 제 것이니 훔쳤다는 표현은 어폐가 있으나, 도영은 예전에 혹시 도움이 될까 해서 전설의 소매치기로 이름을 날리다가 MCTC에 입대한 대원한테 스킬을 사사받은 적이 있었다. 그걸 이렇게 요긴하게 써먹을 줄은 몰랐지만 말이다.

하지만 손목밴드는 먹통이었다.

"젠장."

아무리 흔들고 때려봐도 완전히 돌덩이가 된 걸 보니 레기온 측에서 일부러 고장을 낸 것 같았다.

이렇게 되면 MCTC에서 제 위치를 찾아낼 방법이 없었다. 게다가 트리폴리에서 사라진 그를 누가 태평양 한가운데서 찾을 생각을 하겠는가?

도영은 무심히 빛나는 태양을 쳐다보며 한숨을 내쉬었다.

"첩첩이 산중이군."

그래도 한국 속담에 괜히 호랑이굴에 잡혀가도 정신만 제대로 차리면 된다고 하는 게 아니었다. 일단 섬을 둘러보기로 하고, 잃어버리지 않기 위해 먹통이 된 손목밴드라도 손목에 차고 일어났다.

인정하고 싶지 않았지만 아무래도 인정해야 할 것 같았다. 인정하기 싫은 현실일수록 빨리 인정하는 편이 다음 대책을 강구하기 쉽기 때문이었다.

'무인도군.'

이곳에는 사람의 흔적이 전혀 없었다.

일반인이었다면 이런 곳에 떨어진 시점부터 정신을 차리기 힘들었겠지만 그나마 다행인 건 도영이 이런 환경에 익숙하다는 점이었다. 그처럼 특수부대원이었던 아버지는 어려서부터 그를 데리고 야생으로 생존 여행을 떠나고는 했기 때문이다.

그리고 악명 높은 BUD/S(미군 신병 교육 과정)가 차라리 편한 MCTC의 신병 교육 프로그램만 받아도 이런 환경에서 크게 동요할 일이 없었다. 정기적으로 최소한의 준비물만 가지고 정글을 헤치고 나오는 훈련을 하니까. 사실 지금은 그것마저도 없었지만.

도영은 사람만큼 큰 잎사귀를 젖히고 나갔다. 그리고 잠깐 상황도 잊고, 눈앞에 드러난 풍경에 저도 모르게 감탄했다.

"허……."

콰아아……. 반경이 100m 정도 되는 호수 가운데 폭포가 쏟아져 내려, 엄청난 수량이 물에 부딪히며 주변으로 물보라를 일으켰다.

에메랄드를 녹여냈다고 볼 수밖에 없는 신비로운 색의 물속에는 거대한 나무 기둥들이 통째로 쓰러져 있었는데, 꼭 수장되어 있는 것 같은 모습이 장엄했다. 그리고 호수 군데군데 솟아 있는 바위에는 양모 카펫처럼 두꺼운 이끼가 덮여 있었다. 물과 흙, 풀의 냄새가 사방에 가득했다.

푸드득. 그때 머리 위로 이름 모를 새가 날아갔다. 도영은 우거진 나뭇잎 사이로 하늘을 올려다보았다가, 다시 시선을 내렸다. 호숫가는 온갖 자연의 소리로 가득하면서도 고요했다.

"아버지가 좋아하시겠네."

태평하게 중얼거리고 물가로 다가가 무릎을 굽히고 앉아 티셔츠를 벗어냈다. 바닷물에 젖었다가 마른 데다가 땀을 흘려서 티셔츠는 털면 소금이라도 떨어질 것 같았다. 그래서 티셔츠를 물에 헹구고 뭉쳐서 조심히 얼굴에 난 상처를 닦았다. 쓰라려서 저도 모르게 신음이 났다.

"무식하게도 팼군."

그래도 부러진 곳이 없어서 다행이었다. 구조대가 언제 올지도 모르는 상황에 만약 어디라도 부러졌다면 생존 자체가 위험했을 것이다.

그 상태로 도영은 폭포가 쏟아져 내리는 모습을 잠깐 쳐다보았다. 폭포가 호수에 부딪히며 일으키는 물보라가 세서 그 주변으로 하얗게 안개가 낀 것 같았다.

그때 도영은 난데없이 일어나 바지 버클을 끄르기 시작했다. 그리고 바지를 벗고 물속으로 걸어 들어갔다. 폭포 쪽으로 다가가다가 가운데서 퐁, 머리까지 잠수해 들어갔다.

시간이 흘렀다. 1분, 2분······.

별안간, 아까 도영이 있던 자리에 발이 나타났다. 신발을 신지 않은 하얀 맨발은 당황한 듯이 주변을 돌아보더니 도영을 찾듯이 폭포 쪽으로 걸어갔다.

촤아아. 폭포는 시끄러운 소리를 내며, 발이 걸어온 곳에서 연결되는 계단 모양 바위에 부딪혀 꺾여 아래 호수로 떨어졌다. 계단 바위 위로 올라간 발은 얕은 물을 헤치고 폭포 앞으로 다가갔다. 투명한 물이 소용돌이를 일으키며 발목에 휘감겼다가 풀어졌다.

물은 냄새를 지우고, 물의 소리는 기척을 지웠다. 예민한 귀에도 아무런 기척이 느껴지지 않았다.

찰나, 폭포를 가르고 도영이 뛰어나왔다. 동시에 양손으로 단단히 말아 쥔 티셔츠로 목을 걸어 홱 잡아당겼다.

"······!"

여자는 반사적으로 목을 조이는 티셔츠를 잡으며 겨우 중심을 잡았다.

"넌 뭐야?"

도영은 소리쳤다. 거센 폭포 소리에 묻혀 목소리가 잘 들리지 않았지만 분노의 빛을 띤 번뜩거리는 눈동자, 외치는 입 모양으로 알 수 있었다.

갑자기 여자가 허리를 틀어 도영을 잡으며 뒤로 밀었다. 비인간적으로 강한 힘이었다. 그에 도영은 속수무책으로 폭포 너머 얕게 디귿 자로 파여 있는 공간으로 밀려들어갔다. 그리고 벽에 세게 등이 부딪혔다.

쿵. 소리가 울렸다. 하지만 도영은 통증을 느끼지 못했다.

자신을 벽에 밀어붙이고 올려다보는 건, 여자였다. 이 지상 사람이 아닌 듯이 아름다운.

단순히 희고 매끄럽다기보다 비현실적인 윤기가 흐르는 피부에, 씻어서 몸에 어지럽게 달라붙어 있는 검고 긴 머리카락, 그리고 그를 마주 응시하는 붉은 눈동자.

잠깐 시간이 멈춘 것 같았다.

하지만 이 힘은 뱀파이어의 것이었다. 그에 도영은 온 힘을 다해 여자를 걷어찼다. 여자는 비틀거리며 그를 놓치고 발이 미끄러지면서 그대로 물속에 빠졌다.

도영은 따라서 당장 물속으로 다이빙했다. 물거품이 어지럽게 이는 사이로 벌써 저 멀리 멀어지고 있는 여자가 보였다.

이내 여자는 땅으로 올라가 도망치기 시작했다. 도영은 여자를 쫓았다. 육체 능력이 인간보다 훨씬 비범한 데다가 주변 지형을 잘 아는지 속도가 빨랐다. 그러니까 이대로는 거리를 좁힐 수 없었다.

어느 순간이었다. 여자가 멈칫하고 뒤를 돌아보았다. 쫓아오던 도영이 보이지 않았기 때문이다. 게다가 기척도 느껴지지 않았다.

"⋯⋯?"

여자는 주춤하며 자신이 지나온 길을 빠끔히 들여다보았다. 그때 옆쪽 수풀에서 튀어나온 도영이 몸으로 그녀를 밀어버렸다. 쿵! 그리고 둘은 엉켜서 굴러갔다.

비로소 멈추자 도영은 여자를 올라타고 그 목에 나이프, 스트라이더 SMF(미 해병이 사용하는 접이식 나이프)를 누르고 소리쳤다.

"넌 뭐냐고? 여기서 뭘 하는 거지?"

여자가 대답하지 않아 재차 외쳤다.

"목적이 뭐야?"

누군가가 자신을 지켜보고 있다는 사실은 아까부터 깨달았다. 정확히 언제부터였는지는 모르겠지만 불현듯 조용히 뒤를 밟는 기척을 깨달았다. 자신이 그걸 깨달았다는 사실을 눈치채면 바로 공격할 수도 있기 때문에 모르는 척했을 뿐이다.

바닥에 누워 눈을 부릅뜨고 그를 올려다보고 있는 여자는 헤진 티셔츠를 입고 있었다. 그것도 'I ♡ NY'라고 쓰여 있는 티셔츠. 이게 얼핏 보면 웃긴 것 같지만 여자가 이곳이 아니라 밖에서 왔다는 의미였다.

그때였다. 여자가 팔을 돌려 땅을 짚는 동시에 다리 힘으로만 몸을 뒤집었다. 아차 할 새도 없었다. 도영은 자세가 그대로 반전되어 등이 바닥에 떨어졌다. 등이 고통에 울부짖었지만 당장 몸을 돌렸다. 쿠웅! 그가 누워 있던 자리에 여자의 발이 꽂히며 땅이 파이는 소리가 천지를 울렸다.

도영은 얼른 몸을 일으켜 거리를 벌렸다.

역시 뱀파이어는 뱀파이어였다. 직감적으로 알 수 있었다. 이건 '강했다.' 지금까지는 그가 인간이라는 사실을 알고 전력을 다하지 않았을 뿐이다. 반면 여자는 놀라는 기색으로 어디 말인지 알 수 없는 언어로 중얼거렸다.

「피했어?」

그리고 도영의 눈치를 보더니 얼른 바닥에 떨어져 있는 긴 나뭇가지를 집어 들었다. 도영 역시 스트라이더 SMF를 꾹 쥐었다. 화기도 없이 맨몸으로-말 그대로 속옷 한 장 입은- 루아스를 상대하는 일은 처음이었지만 이쪽이 진짜 칼을 가진 상황이니 해볼 만했다.

순간 여자가 한 발을 앞으로 내디디며 움직이는 기색을 읽었다. 나뭇가지가 아슬아슬하게 팔을 비켜 지나가 바닥을 때렸다.

쿵!

"뭐……."

도영은 아연실색했다. 철 덩어리가 아니라 나뭇가지를 휘두르는데 왜 이런 소리가 난단 말인가? 하지만 더 생각할 겨를 없이 바닥에 박혀 있는 나뭇가지가 튀어 올랐다. 그에 생존본능에 사로잡혀 몸을 젖혔다. 훅! 나뭇가지는 아무리 생각해도 나뭇가지가 낼 수 없는 섬뜩한 소리를 내며 공기를 가르고 지나갔다. 또 도영이 피하자 여자는 눈을 부릅뜨며 놀랐다.

그런 여자 뒤로 절벽이 보였다. 잘 밀어붙이면 떨어뜨릴 수 있을 것 같았다. 그래서 이번에는 도영이 스트라이더 SMF를 휘둘렀다. 그러자 여자는 팔로 그의 팔을 막았다. 이어 눈을 들어 그를 보는 붉은 눈에, 불길 같은 살기가 번졌다.

피할 새도 없이 여자가 도영의 팔을 잡으며 그의 다리를 걸어 찼다. 말 그대로 뻑 소리가 났다.

"……!"

온몸을 뒤흔드는 격통에 도영은 욕설도 나오지 않았다. 하지만 고통은 한순간이었다. 여기서 잠깐의 고통을 참지 못하면 죽음은 영원했다.

그래서 도영은 이를 악물고 여자의 목을 노렸다. 그러자 여자는 분명 다리가 부러졌을 텐데도 멈추지 않는 그를 보고 놀란 기색이었으나 두 번 당할 생각은 없는 모양이었다. 재빨리 몸을 숙이는 그녀의 눈빛이 허공에 잔영을 남겼다.

여자는 와락 도영을 붙잡더니 붕 돌려-

손을 놓았다.

"Putain……."

공중에 뜬 채로, 도영은 욕설을 내뱉었다.

뭘 어찌해볼 새도 없이 몸이 까마득하게 높은 곳에서 떨어지기 시작했다. 그리고 물속에 처박혔다.

첨벙!

물속은 온갖 난리가 거짓말인 것처럼 고요했다. 정신을 차리고 싶었지만 머리를 부딪쳤는지 점차 의식이 멀어졌다. 하늘을 나는 비행기에서 뛰어내리고도 멀쩡했는데.

'이대로 물고기 밥인가.'

멍한 눈으로 쳐다보고 있는 수면에 어렴풋이 그림자가 비쳤다. 그리고 쿵 하고, 철근처럼 육중한 물체가 떨어진 듯이 물속 세계에 소란이 일었다.

어느 정도 거품이 가시자 여자는 몸을 펴고 그에게로 헤엄쳐 오기 시작했다. 루아스도 육지 생물인 한 물속에서는 숨을 쉴 수 없으니 볼을 부풀리고 꼭 입을 다문 모습이 야무졌다.

물고기 밥이 아니라 뱀파이어의 밥인 모양이었다. 그 생각을 하며 도영은 정신을 잃었다.

◇ ◇ ◇

가말은 남자의 겨드랑이 아래로 팔을 넣어 그를 뭍으로 끌어냈다. 그리고 축축한 흙바닥에 내려놓고 얼른 몇 걸음 물러나, 크고 넓적한 나뭇잎 뒤에 몸을 숨긴 채 남자를 한동안 지켜보았다.

느닷없이 공격해서, 놀랐다. 그녀가 따라오고 있다는 사실을 깨달았다는 것도 놀라웠지만 이쪽은 그저 지켜보고 있었을 뿐인데.

푹 젖은 남자는 움직이지 않았다. 정말 정신을 잃은 모양이었다. 온몸의 근육이 이완되어 있는 게, 연기를 하는 것 같진 않았다. 그래도 경계를 놓지 않고 미동도 않는 남자에게 다가가 나뭇가지를 주워서 옆으로 돌아간 얼굴을 쿡 찔러보았다.

"음……."

그러자 남자는 신음하며 고개를 정면으로 돌렸다. 그러자 물방울들이 놀란 물고기 떼처럼 사방으로 흩어지며 얼굴을 타고 흘렀다. 모양이 잡혀 있는 단단한 복부에는 패인 모양을 따라 물이 고여 있었다. 그리고 갈색으로 그을린 가슴을 타고 물방울이 겨드랑이 쪽으로 흘러내렸다.

가말은 고개를 기울여가며 남자를 좀 더 자세히 보았다. 낯설게 생긴 생김새였다. 얼굴은 여자처럼 예쁘장한데 몸은 전사 같았다. 싸우는 걸 봐선 인간 같지 않은데 인간이었다.

'잘못된 건 아니겠지?'

걱정되어 남자의 코에 귀를 가져다 대자 다행히 규칙적으로 내쉬는 숨소리가 들렸다.

가말은 미어캣처럼 고개를 들고 다른 기척이 있는지 살폈다. 쓰륵. 쓰르륵. 풀숲에서 익숙한 벌레 우는 소리만 들려왔다.

안심한 가말은 남자를 제 등에 들쳐 업었다. 남자의 몸집이 더 컸기 때문에 그녀의 몸 위로 구부정하게 쏟아졌다. 그래서 가말은 남자를 수습해서 한 번 추켜올리고 그대로 숲속으로 들어갔다……가 다시 나와서 바닥에 떨어진 남자의 티셔츠를 주워 갔다.

의식이 돌아온 도영은 어렴풋이 눈을 떴다. 눈가에 뭔가 반짝이는 빛이 스쳤다.

가장 먼저 보이는 건 천장에 주렁주렁 달린 모빌이었다. 색색의 유리와 돌, 조개껍질로 만든 것이었는데, 개중 유리가 틈새로 스며드는 햇빛을 반사해 반짝거렸다.

관자놀이를 타고 땀이 흘러내렸다. 사방이 어둡고 후덥지근했다. 그래서 도영은 자신을 익혀 먹으려고 화덕 속에라도 넣어놓은 건가 싶었다.

아마 수비드 조리법으로.

그늘 덕분에 비교적 미지근한 열기가 공간을 채우고 있어, 난데없이 그런 생각이 들어버렸다.

고개를 들어보자, 그가 한구석에 누워 있는 통나무집은 비어 있고 아직 낮인지 나무 벽의 틈새로 햇빛이 비쳐들었다. 티셔츠는 입고 있었지만 아래는 여전히 언더웨어 차림이었다.

'여긴⋯⋯.'

생각하며 일어나려고 하는데 양 손목이 나무줄기로 꼰 거친 밧줄로 묶여 있고, 밧줄의 끝은 집을 지탱한 기둥에 묶여 있었다. 다리에는 나무를 깎아 만든 부목이 대어진 상태였다.

'얼마나 지난 거지?'

상처는 전부 원시적인 방법으로 치료되어 있고 밧줄이 닿는 거리에 물과 음식을 담은 그릇이 놓여 있었다. 그 옆에는 잘 말린 그의 전투복 바지가 개켜져 있었다.

'그 루아스가 두고 간 건가⋯⋯?'

아무래도 제비 다리를 부러뜨리고 고쳐준 놀부처럼 제 다리를 부러뜨리고 치료해준 사람은 그 여자 루아스 같았다.

'왜 이런 무인도에 루아스가 있는 거야.'

참 운도 지지리도 없었다. 뱀파이어 테러리스트에게서 겨우 탈출해온 곳이 뱀파이어의 둥지라니. 그리고 아무리 봐도 그 여자 루아스는 요즘 루아스들에게 부과된, 흡혈과 살인을 하면 안 된다는 법에 구애받을 것 같지 않았다. 그런 게 싫어서 밀림이나 지하로 숨어드는 루아스들이 꽤 있는데 그런 루아스 중 하나일지도 몰랐다.

하지만 묶어놓긴 했어도 상처를 치료해준 걸 보면 당장 해칠 의도는 없어 보였다. 사실 따지고 보면 먼저 공격한 건 이쪽이었으니까.

그로서도 낯선 환경에서 위험한 존재가 뒤를 밟고 있다는 걸 눈치챘는데 악수를 청할 수는 없는 노릇이었다. 그래서 일단 공격을 감행한 건 후회하지 않았다.

그런데 문득 안 좋은 생각이 뇌리를 스쳤다.

'살려놓고 피를 뽑아먹는 용도로 쓰려는 건 아니겠지.'

쓸개 제공용 곰처럼 말이다.

일단 일어나서 제 손목을 묶은 밧줄을 살펴본 도영은 기가 찼다.

'내가 진짜 곰이냐?'

정말 곰도 묶어놓을 수 있을 두께의 밧줄이어서, 이건 도저히 인간이 어떻게 해볼 수 없었다. 그래서 밧줄은 포기하고 집을 둘러보았다. 키가 맞지 않는 나무 상자 몇 개가 놓여 있고, 벽의 사면을 두른 선반에 온갖 물건들이 올려져 있었다.

집은 좀 건축을 아는 사람이 지었는지 아닌지 불분명했는데, 전체적인 모양은 잘 잡혔지만 마감이 들쑥날쑥했기 때문이다. 이건 정확히 말하자면 '건축은 잘 모르지만 시간은 누구보다 많았던 누군가'가 지은 모양새였다.

유리 모빌을 통과한 햇빛이 바닥에 그린 빛 그림자가 천천히 넘실거렸다. 얼핏 볼 때는 몰랐는데, 천장을 꽉 채울 정도로 주렁주렁 달려 있는 모빌은 저마다 섬세한 매듭 공예가 되어 있어서 원시 부족의 공예품 느낌이었다. 저걸 다 만들려면 꽤 오래 걸렸을 것 같았다. 도영이 깔고 누워 있는 천도 직접 짠 것처럼 여러 무늬가 들어가 있었다.

여기가 뱀파이어의 소굴이라면 이런 표현이 어울릴지 모르겠으나, 꼭 허름하지만 깨끗하게 정리된 시골 할머니 집 같은 느낌이었다.

피를 뽑아먹는 게 목적이든 다른 목적이 있든, 그 여자 루아스가 자신에게 뭘 원하는지 파악하는 게 우선이었다. 그래서 도영은 그 여자 루아스가 올 때까지 기다리기로 했다.

그러나 한참이 지나도 그녀는 나타나지 않았다.

'만나야 목적을 파악하지.'

꼭 화덕 속에 넣어놓고 까먹은 음식이 된 느낌이었다. 하지만 고민해봤자 별수 없어서, 도영은 다시 드러누웠다.

끼익. 조심히 문이 열리고, 하얀 발이 살그머니 들어왔다.

도영은 문을 등지고 누워 있었는데, 자는 것 같았다. 이제 바지는 입고 있었다. 그제야 가말은 안심하고 안으로 들어가 비어 있는 그릇에 손을 뻗었다.

"죽일 생각은 아닌 거 같아서 하는 말인데."

막 그릇을 잡으려던 가말이 움찔하고 돌아보았다. 도영이 어깨너머로 그녀를 돌아보고 있었다. 가말은 흠칫하며 물러섰다가 문 쪽으로 달려갔다.

"잠……!"

그녀를 잡기 위해 도영은 벌떡 일어나다가 다리에서 느껴지는 통증 때문에 움찔했다.

"제장."

도영이 거칠게 중얼거리자 가말은 멈칫했다. 그리고 문 앞에서 나갈지 말지 고민하며, 다리를 끌어올리는 그를 보았다.

도영은 한동안 씨름하다가 겨우 돌아앉았다.

"거기서 그렇게 보고 있을 거면 좀 도와주지 그래?"

가말은 여전히 주저하는 기색이었지만 다가와 그가 기둥에 기대앉게 도와주었다. 그러자 도영은 그녀를 위아래로 보았다.

"내 말 이해하지?"

가말은 고개를 끄덕였다. 하지만 그뿐이었다. 덧붙이는 말이 없어, 도영은 다시 물었다.

"근데 왜 말을 안 해?"

그러자 가말은 주저하다가 입을 뗐다.

"말을…… 오래 안 해서…….”

여자는 목소리도 아름다웠다. 온갖 미사여구를 붙여 묘사할 수도 있었지만, 그냥 '아름답다'는 형용사가 그녀를 위해 존재하는 것 같았다.

'외모에 휘둘리면 안 되지.'

도영은 정신을 차리고 물었다.

"내가 프랑스어 할 줄 아는 건 어떻게 알았어?"

"프랑스 말로 나쁜 말 했어."

그건 납득했다.

"다리, 아파?"

가말이 살피며 조심스럽게 묻는 말에 도영은 기가 차 말했다.

"안 아프겠어? 그렇게 무식하게 걷어차놓고."

그러자 가말은 우물쭈물하더니 물었다.

"너…… 인간이야?"

"어이, 어딜 봐도 뱀파이어 씨. 누가 누구한테 묻는 거야?"

"너처럼 강한 인간은 본 적 없어. 놀랐어. 다리 찼어. 미안해."

도영은 가말을 유심히 보았다. 프랑스어가 모국어는 아닌지 어느 정도 의사소통이 되는 외국인이 말하는 것 같았다. 하지만 외모로는 국적을 판가름하기가 어려웠다.

"어디 사람이야?"

물었지만 가말은 대답하지 않았다. 그냥 입을 다물고 도영을 쳐다볼 따름이었다. 말할 생각이 없는 것 같았다.

"이름은 물어봐도 되는 거지?"

도영은 시니컬하게 물었다. 대답하지 않을 거라고 생각해서였는데 이번에 가말은 고개를 끄덕이고 말했다.

"가말."

"가말? 희한한 이름이네."

이름으로도 국적을 파악하기 힘들었다. 하지만 눈이 붉은 걸로 보아 꽤 오래 살았을 테니 이미 사라진 나라에서 태어났을 수도 있었다.

"희한?"

모르는 단어인지 가말은 고개를 갸웃했다. 그 모습이 상당히 천진해 보여서 도영은 좀 놀랐다. 그와 싸울 때는 누구보다 섬뜩했는데 말이다.

아무튼 도영은 쉬운 말로 다시 말했다.

"이상하다고."

"안 이상해."

바로 울컥한 표정을 보이는 게, 생각보다 성격이 있어 보였다.

"그래. 미안하다."

별로 말씨름을 하고 싶지 않았으므로 순순히 사과했다. 그러자 가말은 거기에 대해서는 넘어가기로 했는지 넌지시 물었다.

"넌?"

잠깐 도영은 가말을 보았다. 순진해 보이는 얼굴을 하고 있지만 무슨 속셈인지 알 수가 없으니 섣불리 신원을 밝힐 순 없었다. 오히려 이 집을 포함해 모두 세트고, 그에게서 정보를 캐내려고 보낸 정보원일 수도 있었다.

"이스마엘."

그래서 일부러 가명을 썼다.

"이름 이상해."

그런데 가말이 바로 이랬다. 도영의 관자놀이에 힘이 들어갔다.

"이 자식이 진짜."

"네 이름 아니잖아."

가말이 태연히 말했다. 그에 도영은 그걸 그녀가 어떻게 아나 싶어서 놀랐지만 내색하지 않고 태연히 물었다.

"왜 그렇게 생각하는데?"

가말은 메고 있는 크로스백을 열어 익숙한 물건을 꺼내 들었다. 도영의 손목밴드였다. 싸우다가 파손됐는지 반밖에 남아 있지 않았지만 분명 그의 것이었다.

"네 진짜 이름은……."

가말이 천천히 말해 도영은 긴장했다. 어쩌면 그녀가 뭘 알고 있는지 실마리를 얻을 수 있을지도 몰랐기 때문이다.

이내 가말이 밴드를 인식표가 보이도록 뒤집었다.

"소령이야."

〈t major(소령)〉

손목밴드가 잘려서 이름도 거기서 잘려 있었다. 그걸 가리키며 가말은 의기양양한 표정으로 말했다.

"속일 생각하지 마. 다 알아. 소령."

"아, 그래."

생각보다 약간 바보 같았다. 소령이란 단어 자체를 몰라서 그러는 거겠지만, 도영에겐 다행이었다.

"이 섬에서 살아?"

도영은 화제를 돌렸다. 그러자 가말은 고개를 끄덕였다.

"응."

"혼자?"

"응."

"왜? 조난당한 건 아닐 테고."

이 섬이 다소 육지와 멀어도 루아스라면 헤엄을 치든 거대한 뗏목을 만들든 어떻게든 탈출할 수 있었다. 하지만 가말은 다른 소리를 했다.

"여기서 살아."

도영은 가말이 조난이라는 단어를 알아듣지 못했다고 생각하고 다시 말했다.

"조난이라는 건……."

"밥 먹어."

뜬금없이 가말은 나무를 엮은 바구니에 담아 온 음식을 내밀었다. 하지만 대답을 듣지 못한 도영은 다시 말하려고 했다.

"그러니까 왜 여기 혼자……."

"밥 먹어야 돼. 경강? 해지려면."

발음이 헷갈리는지 가말은 고개를 갸웃했다.

'대답할 생각이 없군.'

도영은 깨달았다. 그리고 가말이 그러는 이유가 있으리란 것도. 그래서 일단은 한 걸음 물러나기로 하고 대신 단어를 제대로 말해주었다.

"건강."

"건강."

가말은 활짝 웃으며 말을 따라 했다. 무표정할 때는 이 세상 존재가 아닌 것처럼 냉기가 흐르는 느낌이었는데 웃으니까 바로 순한 강아지가 따로 없었다. 도영은 기가 막혔다.

'뭔데 귀여워?'

그리고 반사적으로 생각한 자신을 걷어찰 뻔했다. 눈앞에 있는 건 흡혈귀였다. 요즘 뱀파이어는 흡혈하지 않으니까 흡혈귀라는 말 자체가 어폐가 있지만, 이쪽은 뭘 먹고사는지 모른다는 점에서 말이다.

아무튼 안 그래도 가말이 늦게 와서 배가 고팠다. 뭘 하려고 해도 일단 밥은 먹어야 하니, 도영은 묶여 있는 제 팔을 내밀었다.

"이거 좀 풀어 봐."

그런데 가말은 도리도리 고개를 저었다.

"안 돼."

"내가 이 다리로 도망을 가겠어?"

도망갈 데나 있으면 또 모르겠다. 하지만 가말은 단호했다.

"움직여. 아파. 쉿 있어야 해."

움직이면 아프니까 가만히 있으란 말 같았는데, 미안하지만 그가 움직이고 말고 여부를 결정하는 건 그쪽이 아니었다. 도영은 한쪽 눈썹을 치켜들었다.

"좋은 말로 할 때 풀어라."

그럼에도 가말은 고개를 저었다. 도영은 다시 말했다.

"풀어."

가라앉은 목소리에 가말은 움츠러든 기색이었지만 그래도 고집스럽게 고개를 저었다. 도영은 한숨을 내쉬었다.

"그럼 이러고 밥을 먹으리?"

그러자 가말은 좋은 생각이 났다는 얼굴을 했다.

"내가 먹여줄까?"

도영은 제 손에 이마를 묻었다.

자신은 어쩌다가 무인도에서 정체 모를, 그것도 'I ♡ NY' 티셔츠 따위를 입은 뱀파이어한테 붙잡혀서 이러고 있게 됐을까? 정확한 시간은 몰라도 대략 30시간 전 자신에게 네가 곧 이런 상황에 처할 거라고 말해줬다면 도영은 웃어버렸을 것이다. 말이나 되는 소리를 하라고.

임무지에서 폭탄이 터진 순간부터 제 운은 어디까지 나빠질 수 있나 실험이라도 하고 있는 것 같았다.

이내 도영은 한숨을 내쉬고 고개를 들었다. 그러는 동안 가말은 얌전히 기다리고 있었다.

"자, 잘 봐."

도영이 운을 떼자 가말은 선생님에게 '주목' 소리를 들은 아이처럼 집중했다.

"넌 뱀파이어야. 난 인간이고. 그렇지? 여기서 얼마나 살았는지는 모르겠지만 넌 여기 지형을 잘 알아. 난 알 리가 없고. 여기까지 이해했어?"

가말이 고개를 끄덕이기에 이어서 도영은 부목으로 고정해놓은 제 다리를 가리켰다.

"그리고 네가 걷어찬 덕분에 내 다리는 이 모양 이 꼴이야."

"미안."

가말이 정말 미안해하며 말해서 도영은 고개를 저었다.

"사과 듣자고 하는 이야기가 아니라, 그런데 뭐가 무서워서 날 묶어두겠다는 거야?"

"어……."

생각해보니 정말 그렇다 싶어졌는지 가말은 생각에 빠졌다. 그러다가 갑자기 그릇을 들고, 인도의 난처럼 효모 없이 구워낸 납작한 빵 한 조각을 쑥 내밀며 고집스럽게 말했다.

"안 돼."

도영은 입안으로 욕을 삼켰다. 다 넘어왔었는데.

"먹어."

가말은 빵 조각을 재차 들이밀었다. 도영은 빵을 쳐다보다가 어쩔 수 없이 받아먹었다. 일단은 배가 고팠고, 다리가 나아야 했기 때문이다. 그런데 빵을 먹고 나서 의외의 사실을 발견했다.

"괜찮은데?"

프랑스인인 도영에게 맛있는 빵의 기준이란 어마무시하게 높았다. 그런 그가 '괜찮다'라고 할 정도라면 어디 가서 팔아도 된다는 의미였다. 가말은 뿌듯한 얼굴을 하더니 양손으로 불이 타오르는 손짓을 했다.

"빵 구워. 불…… 어, 훅훅 있어."

"화덕 말이야?"

"화덕?"

"빵 굽는 거."

"응. 있어. 내가 만들었어."

화덕을 만들 정도라면 이 섬에 꽤 오래 살았다는 사실만은 분명해 보였다. 그러니까 어디서 급한 대로 당장 갖다 심은 정보원 같진 않았다.

가말은 빵을 더 찢어서 내밀고 도영은 받아먹었다. 몇 차례 그러는데, 그 모습을 왠지 신기해하는 눈으로 보던 가말이 이랬다.

"개 같아."

도영은 멈칫했다.

"이 자식이 진짜……!"

그는 그대로 로켓을 쏘듯이 머리로 가말의 턱을 들이받았다. 아무리 루아스여도 급소인 턱을 맞은 데다가 전혀 방비하고 있지 않았던 탓에 가말은 뒤로 벌렁 넘어가고 말았다. 팅, 따라랑! 날아간 그릇과 음식물들이 바닥에 시끄러운 소리를 내며 굴렀다. 그러거나 말거나 도영은 목에 핏대를 세우고 외쳤다.

"내가 지금 누구 때문에 이 꼴로 있는데? 그런데 개?"

가말은 엎어진 자세 그대로 제 턱을 짚고 멍한 투로 중얼거렸다.

"머리로 때렸어."

그러는 사이에 끈이 모자라서 더 갈 수 없는 도영은 다리를 휘저으며 소리쳤다.

"이거 풀어! 풀어보라고! 진짜 미친개가 뭔지 보여줄 테니까!"

가말은 충격받은 얼굴로 도영을 보고 있더니 일어나 뛰어나갔다. 그 뒤에 대고 도영이 소리쳤다.

"어디 가, 이 자식아!"

◇ ◇ ◇

도영은 드러누운 채로 지금까지 알게 된 사실을 정리해보았다.

'이름, 가말. 종족, 루아스. 국적, 불명. 나이, 불명. 외모로는 스물 초반쯤. 눈이 붉은 걸 보니 적어도 사백 살 이상. 특이사항, 무인도에 혼자 살고 있음. 진짜 혼자일지는 모르겠지만.'

아무리 끌어모아도 지금으로서는 이게 전부였다. 이놈의 오라를 풀질 않으니 뭘 더 알아볼 수가 없었다. 아까도 좀 더 살살 꼬셨어야 하는데 자기도 모르게 화가 확 솟구쳤다.

여자를 때린 데 대한 죄책감은 들지 않았다. 그게 어디 '노약자'의 범주에 들어가야 말이지. 저 뱀파이어에 비하면 오히려 자신이 노약자 대접을 받아야 할 지경이었다. 안 그래도 가말을 들이받은 머리가 한동안 쑤셔서 죽는 줄 알았다.

사실 도영으로서도 정체 모를 뱀파이어를 믿을 수는 없었다. 귀여운 얼굴을 하고 있지만 속내에 뭘 감추고 있을지는 모르는 이야기였다.

그런데 그보다, 지금 문제는 따로 있었다.

"젠장, 화장실은 어떡하라고?"

도영은 투덜거렸다. 정체 모를 뱀파이어에게 붙잡혀 묶여 있는, 한 치 앞을 알 수 없는 상황이지만 인간의 생리현상은 참으로 정직했다. 게다가 그는 잘 먹을 때는 하루에 만 칼로리도 소화할 수 있는 장 능력의 소유자이니 말이다.

그때 문이 획 열리더니 가말이 나타났다.

"화장실 가고 싶어?"

도영은 기가 막혔다. 가말이 다른 데 갔으리라 생각했기 때문이다.

"뭐야, 너? 앞에 있었어?"

"응. 있었어."

그러니까 부부싸움을 하고 뛰쳐나갔지만 결국 갈 데가 없어서 집 앞에 앉아 담배 한 대 태우는 남편처럼 밖에서 청승을 떨고 있었다는 말이었다. 그리고 워낙 청력이 좋아서 도영이 중얼거리는 소리를 들은 모양이었다.

아무튼 도영은 복부 힘으로 벌떡 일어났다.

밤하늘이 아름다웠다.

그러고 보니 언제 마지막으로 이렇게 밤하늘을 느긋하게 올려다봤는지 기억나지 않았다. 아마 육사의 기숙사에서 피 터지게 공부하던 중에 찬 공기가 필요해 잠깐 밖으로 나왔다가 하늘을 올려다봤을 때나, 작전 중 돌격 사인을 기다리는 동안 밤하늘에 시선이 멈췄을 때가 마지막 같았다.

돌이켜보면 참 열심히 살았다. 장교가 되기 위해 고시생처럼 공부했고, 특수부대 군인이라는 특성상 공부에 들였던 시간과 노력은 아무것도 아닐 정도로 몸을 단련했다. 그리고 그런 노력 끝에, 그는 지금 무인도의 풀밭에서 이러고 있었다.

"내 살다 살다 진짜."

도영은 기가 차 말하며 바지를 추스르고 버클을 잠갔다. 그러면서 시선으로 빠르게 주변을 훑었다. 어둠에 잠긴 숲속에서 인간의 육안으로 볼 수 있는 건 별로 없었지만 뭐 하나라도 정보를 모으기 위해서였다.

그때 도영의 손목을 묶고 있는 줄이 당겨졌다. 그리고 덤불 너머에서 가말이 소리 높여 물었다.

"됐어?"

도영은 눈을 굴렸다.

"기다려."

그리고 절뚝거리며 수풀 밖으로 나가니 가말이 끈의 끝을 붙잡고 서 있었다. 도영은 말했다.

"누구랑 약속 있어? 뭐가 그렇게 급해?"

"오래 걸려."

"똥 쌌다는 이야기를 꼭 내 입으로 해야겠나?"

예의와 매너를 아는 남자로서 도영도 평소라면 이런 식으로 말하지 않았지만 지금은 일부러 더 적나라하게 말했다. 그런데 가말이 고개를 갸웃하며 물었다.

"똥? 똥이 뭐야?"

원래 언어를 배울 땐 욕과 더러운 단어부터 배우게 되는 법인데 누구한테 프랑스어를 배웠는지 알 수 없었다.

"이 상황 같은 거다."

도영이 말하자 가말은 또 고개를 갸웃했다.

"이 상황이 왜?"

머리가 아파오려고 했다. 약간 이해력이 떨어지는지, 가말은 갓 세상을 향해 '왜?'라는 질문을 던지는 어린아이보다 질문이 많았다.

"그럼 이 상황이 머리에 꽃 꽂고 탭댄스 출 상황이겠어?"

그 말을 이해해보려는 기색이더니 가말은 결국 미간을 찌푸리고 말했다.

"소령 말 어려워."

도영이 됐다는 듯 손을 젓고 목발 대신 쓰는 나뭇가지를 짚어 지나가자 가말은 얼른 따라왔다. 그러고는 해변을 지나 바로 통나무집 쪽으로 가려고 했지만 도영이 끈을 당기며 말했다.

"잠깐. 손은 씻어야 할 거 아냐."

그러면서 오히려 그가 끈을 붙잡고 있는 사람인 양 자연스럽게 해변으로 갔다. 가말은 집을 돌아보며 주저하다가 끈이 당겨져 어쩔 수 없이 따라갔다.

손을 씻는 동안 도영은 하늘을 보고 별을 읽었다. 아까 볼일을 보면서 봤을 때도 알았지만 이곳은 정말 태평양 한가운데였다.

'레기온은 날 어디로 이송시키려고 했던 거지?'

방향을 보면 미국 쪽으로 가던 길이었다.

'대표라는 자식이 북미 대륙에 있는 건가.'

생각하는데 줄이 당겨졌다. 그리고 그걸 붙잡고 있는 가말이 엉거주춤하게 서서 말했다.

"언제까지 씻어?"

그에 도영은 해변을 올라가는 척하다가, 배 째라는 식으로 해변에 주저앉아버렸다.

"좀 앉았다 가자. 답답해."

"하지만……."

가말은 그래도 되는지 확신이 서지 않아 웅얼거렸다. 도영은 손을 내저었다.

"누차 말하지만 이 다리로는 못 뛰어. 내 두 다리가 멀쩡해도 네가 더 빠르겠지만."

"소령 빨랐어. 처음에."

"그건 허점을 노린 거지."

뭐라고 해도 도영이 일어날 기색이 아니자 가말은 별수 없어 옆에 앉았다. 사실 보통 감금을 하는 사람이라면 윽박질러서라도 제 뜻대로 할 텐데 가말은 그런 쪽으로는 영 재능이 없어 보였다.

쏴아아……. 파도 소리가 밀려왔다.

도영은 앉아 있는 가말을 보았다. 허리까지 내려오는 풍성한 검은 머리카락이 굴곡이 부드러운 몸을 타고 내렸다. 인간처럼 생긴 꽃이 있다면 이런 모양일 것 같았다. 많은 루아스들을 봐왔지만 이렇게까지 아름다운 얼굴은 본 적이 없었다. 전성기 때의 올리비아 핫세나 이자벨 아자니가 떠오르는 얼굴인데, 좀 더 부드러우면서도 비현실적인 느낌이었다. 명색이 이쪽은 인간이 아니니까.

도영은 아래쪽으로 시선을 옮겼다.

하고 있는 꼴은 참으로 난해했지만.

가말이 입고 있는 아이 러브 뉴욕 티셔츠는 오래돼서 구멍이 나다 못해 입은 그대로 소멸이 될 지경이었다. 하의는 어디서 죽 찢어낸 천을 휘휘 둘러 끈으로 고정했는데, 치마라기보다는 그냥 넝마를 두르고 있는 느낌이었다. 그리고 온갖 종류의 조개껍질을 엮어 만든 목걸이에, 동물의 뼛조각을 깎아 만든 목걸이를 곧 신내림이라도 받을 스타일로 주렁주렁 걸고 있었다. 그 심란한 패션의 화룡정점은, 역시 천을 찢어 두꺼운 바늘로 얼키설키 바느질해서 대충 모양만 잡히도록 만든 크로스백이었다.

"그 티셔츠는 어디서 났어?"

도영이 묻자 가말은 제 옷을 한 번 보고 대답했다.

"떠내려왔어."

"입는 방법은 어떻게 알고?"

가말의 표정이 뾰로통해졌다.

"나 바보 아니야."

하긴, 서양인과 동양인 사이 어딘가 같은 외모를 보면 이 섬에서 태어났을 리는 없었다. 무인도이긴 해도 이 섬에 부족이 있다면 통상적으로 생각하는 원주민에 더 가까운 얼굴일 것이다.

도영은 저 멀리 오른쪽으로 섬이 굴곡져 사라지는 곳을 보았다.

"넌 여기서 뭘 먹고사는 거야?"

일단 인간이 없으니 뱀파이어가 먹고살 만한 게 있을 리 없었다. 동물의 피는 역하기 때문에 먹을 만한 게 아니라고 알고 있었다.

질문에 가말은 메고 있는 크로스백을 주섬주섬 열더니 안을 보여주었다.

"꽃을 먹어."

가방 안을 들여다본 도영은 말문이 막혔다.

"이건……."

가방 안에 붉은 꽃들이 들어 있었다. 요즘 뱀파이어들이 혈액 대신 섭취하는, 꽃의 유기 합성물 '플로스(Flos)'의 원료가 되는 꽃이었다. 얼마 전에 한 중사가 먹고 '얼음이 다 녹아서 식은 모히토에다가 사카린을 섞은 맛'이라고 혹평했던 그것 말이다.

도영은 믿기지 않아 말했다.

"꽃은 가공하지 않은 자연 상태로는 영양분이 충분하지 않아서 피를 대체할 수 없어. 그런데 이걸로 된다고?"

"많이 먹어."

"아, 그래."

말하기도 피곤해졌다. 많이 먹어서 해결될 문제였으면 플로스가 개발되기 전까지 인류와 뱀파이어가 종의 존속을 걸고 전쟁을 치르는 난리도 겪지 않았다. 하지만 가말을 상대로 따져봤자 의미가 없어 보여서 토 달지 않았다.

"이건 어디서 나서?"

대신 묻자 가말은 뒤쪽에 있는 산을 가리켰다.

"저기 많이 있어."

꽃은 원래 추운 곳에서 자라는 품종이라 평소 주변에서 쉽게 찾아보기 힘들었다. 게다가 이 섬은 아열대 기후였다. 하지만 꽃이 어떻게 이 섬에 있는지, 지금으로서는 어떻게 된 일인지 생각해봤자 알 수가 없으니 도영은 생각을 그만두었다. 눈앞에 있는 현실의 문제에부터 집중하는 점이 그도 꼭 군인다웠다.

중요한 건 이쪽도 꽃을 먹는 뱀파이어라는 점이었다. 안도감이 들었다. 이렇게 깜찍하게 생겼어도 실은 그를 살찌워서 잡아먹으려는 속셈이면 어쩌나 싶었는데, 그럴 가능성은 줄었기 때문이다.

말이 끊기고 침묵이 감돌았다. 오늘은 밖에 더 죽치고 있어봤자 알아낼 수 있는 건 없어 보였다.

"가자."

그러면서 도영은 일어나려다가 다시 앉았다. 아무 지지대 없이 일어나는 게 쉽지 않았기 때문이다. 그래서 길게 숨을 내쉬고 일어나려고 하는데, 옆에서 지켜보던 가말이 넌지시 물었다.

"안아서 옮겨줄까?"

"건들면 죽인다."

아무리 저쪽이 힘이 세다고 해도 이건 자존심의 문제였다. 도영은 아무 표정도 없이 말하고는 일어나려고 했지만 역시 쉽지 않았다. 그러자 가말이 손을 내밀었다.

"도와줄게."

오히려 그쪽이 부탁하는 것처럼 간절한 눈이었다. 그에, 도영은 마뜩잖았지만 그 손을 잡았다. 그러자 가말이 그를 손쉽게 일으켜 세웠다. 도영은 키 184cm에, 근육이 있어 보기보다 무게가 더 나가는 건장한 남자였기 때문에 쑥 끌려 올라가는 느낌이 낯설었다.

이내 가말은 제 어깨에 팔을 걸치게 하고 도영을 부축해주었다. 아이를 다루듯 힘들어 보이지 않았지만 키는 그가 더 커서 위에서 내려다보자니 티셔츠 사이로 가슴골이 보였다. 순간 도영은 하늘을 보고 거칠게 뇌까렸다.

"하여간 사내새끼들이란 숟가락 들 힘만 있으면."

거죽이 좀 예쁘다고 무슨 속내를 감추고 있는지 모르는 뱀파이어를 상대로 불끈하는 꼴이라니. 이쪽도 꽃을 먹는 뱀파이어라는 사실이 밝혀졌다고 해도 사람 속은 모르는 법이었다.

"응?"

가말은 영문을 몰라 하며 물었다.

"아냐."

도영이 말하자 그녀는 어리둥절한 기색이었지만 더 묻진 않았다. 그리고 집에 들어가 그가 자리에 앉도록 도와주었다. 도영은 이렇게 몸이 불편했던 게 얼마 만인지 기억도 나지 않을 만큼 오랜만이라 더 불편한 느낌이었다.

"그럼 자."

그러고는 가말은 밖으로 나가려고 했다. 도영은 물었다.

"어디 가?"

"밖에."

"넌 어디서 자는데?"

다른 곳이 있을지도 몰랐다. 그래서 떠보기 위해 물었는데 가말은 집 바닥을 가리키고 말했다.

"여기. 근데 지금은 소령 있어."

"그래서?"

가말은 자신을 가리켰다가 바깥을 가리켰다.

"그래서 난 밖에서 자."

도영은 미간을 찌푸렸다. 아무리 '노약자'의 범주에 들어가지 않는다고 해도…….

"그럼 내가 널 내쫓는 거 같잖아?"

가말은 그게 무슨 말인지 이해하지 못하는 얼굴이었다. 그에 도영은 귀찮아서 단도직입적으로 말했다.

"가긴 어딜 가. 그냥 자."

그 말에 가말은 오히려 더 깜짝 놀랐다.

"나 뱀파이어야."

"그래서 뭐? 내 피라도 빨게?"

당치도 않는다는 듯 가말은 절레절레 고개를 저었다.

"꽃 있어. 피 안 마셔."

"그럼 뭐가 문제야? 내가 덮치기라도 할까 봐?"

당연히 다리는 이 꼴로 묶이고 팔도 묶여 있는 자신이 참 잘도 그러겠다는 의미에서 비꼰 말이었다. 그리고 가말을 쫓아내고 혼자 잔다고 해도 그녀가 그를 해칠 마음만 먹는다면 방공호 안에 있어도 결국에는 큰 차이가 없을 테니까.

그런데 가말은 고개를 갸웃했다.

"날 덮어? 왜 덮어?"

도영은 머리가 아팠다. 단순히 언어 능력이 부족한 건지 정말 지적인 능력이 떨어지는 건지 알 수 없는 얼간이 뱀파이어와의 대화는 오늘은 이 정도면 충분했다.

"잔다."

그러고는 도영은 벽을 보고 돌아누웠다. 가말은 잠깐 주저하더니 기둥 너머에 자리를 폈다. 그리고 눈치를 살피며 기둥을 가운데 두고 대칭으로 등을 보이고 누웠다.

조금 뒤 가말은 흘긋 뒤를 돌아보았다. 도영은 정말 이대로 잘 셈인 것 같았다. 그 모습을 보며 작게 말했다.

"잘 자, 소령."

"자."

도영은 무뚝뚝하게 말하고 잠을 청했다. 반면 가말은 뜬눈으로 천장을 쳐다보았다. 잠이 올 리가 없어서 멀건 상태로 마냥 누워 있는데, 곧 도영에게서 깊이 잠든 사람들이 내는 규칙적인 숨소리가 들려왔다.

가말은 황당해서 그를 돌아보았다.

"정말 자?"

하지만 도영은 대답하지 않았다. 등이 규칙적으로 움직일 뿐이었다.

정말 자고 있는 거였다. 인간이 뱀파이어 옆에 누워서.

가말도 요즘 바깥세상에서는 인간과 뱀파이어가 같이 살고 있다는 사실 정도는 알았다. 뱀파이어는 '루아스'라는 다른 이름으로 불리며, 피 대신 꽃의 추출물을 마시고 산다는 것도. 하지만 뱀파이어는 뱀파이어였다, 인간의 피를 마시는.

「이상한 인간.」

오르락내리락하는 등을 보며 중얼거리고, 다시 천장을 보고 누웠다. 가만히 있으려니 도영의 숨소리가 더 크게 들려왔다. 그제야 가말은 눈을 감았다. 이렇게 누군가의 숨소리를 들으며 잠을 청하는 건 정말 오랜만이었다.

02
뱀파이어 가말

도영은 눈을 떴다. 그러자 낯익은 통나무집의 풍경이 눈에 들어왔다.

'어제 일이 꿈이 아니었군.'

한숨을 삼키는데 왠지 등 뒤에 따뜻한 게 느껴졌다. 그에 의아해 돌아보았다가 흠칫했다. 가말이 그의 등에 딱 달라붙어 자고 있었기 때문이다. 도영은 얼른 상체를 일으켜 앉았다.

"뭐야?"

가말은 그 소리에 깨서 부스스 눈을 떴다. 그리고 그녀도 잠깐 상황을 모르는 얼굴이더니 곧 깨달았는지 퍼뜩 일어나 몇 걸음 물러났다.

"미안."

도영은 수상한 걸 본 것처럼 인상을 쓰고 물었다.

"왜 내 등에 붙어 있어?"

그러자 가말은 큰 잘못을 한 아이처럼 어물거렸다.

"그게…… 소령 숨 쉬는 소리가 좋렸어. 소리 듣다가……."

그러니까 숨 쉬는 소리를 듣다가 저도 모르게 와 붙었다는 말이었다. 사실 도영은 아침에 눈 뜨자마자 생전 본 적 없는 어마어마한 미녀가 제 등에 붙어 있어서 놀란 거였지만 가말은 뱀파이어인 자신이 가까이 있어서 놀랐다고 생각한 모양이었다. 그렇다고 오해를 정정해주고 싶은 마음은 없었다.

"가지가지 한다."

그래서 도영은 괜히 더 타박하고 손짓했다.

"더워. 물 좀 줘봐."

가말은 얼른 일어나 물을 따라 건네주었다. 그러고는 물을 마시는 도영을 빤히 쳐다보았다. 구멍이라도 뚫겠다는 의지가 충만한 눈이기에 도영은 물을 마시다 말고 눈을 치켜떴다.

"뭐야?"

"신기해. 물 마시는 거."

그렇게 말하는 가말은 정말 태어나 처음 보는 현상을 마주한 아이 같았다. 하지만 도영은 더 시니컬하게 물었다.

"내가 코로 물을 마시는 것도 아닌데 뭐가?"

가말은 놀랐다.

"코로 마실 수 있어?"

"마실 수 있겠냐?"

그제야 비꼬는 걸 알았는지 가말은 입술을 삐죽거렸다.

"소령 나 안 무서워?"

도영은 가말을 위아래로 훑었다.

"대체 이 얼간이 천치 어딜 보고 무서워해야 하는 건지 나도 좀 알았으면 좋겠다."

"나 얼간이 천치 아냐."

부어터진 볼이 콱 꼬집어주고 싶게 통통했다. 도영은 대답하기 귀찮아 손을 내저었다.

"매일 보고 사는 게 뱀파이어인데 무서울 리가."

뱀파이어와 같이 일하고 농담 따먹기하고 팔씨름하고 카드게임을 하는데 말이다. 사자나 호랑이 같은 맹수를 무서워하는 이유는 말이 통하지 않기 때문이지, 맹수를 말로 설득해 옆에 얌전히 앉혀놓을 수 있다면 굳이 무서워할 이유가 없었다.

그런데 가말이 신기해하며 물었다.

"매일 보고 살아? 어떻게?"

인간과 뱀파이어가 같이 일하는 군부대 소속이어서 그렇다고는 할 수 없고, 도영은 도리어 물었다.

"너 혹시 바깥에서는 뱀파이어와 인간들이 같이 살고 있는 것도 모르는 건 아니지?"

"그건 알지만……."

'그건 안다. 그럼 바깥과 어떻게든 연락이 된다는 의미.'

도영은 생각했다. 그때 가말이 말했다.

"그래도 사람들 뱀파이어 무서워해."

"왜? 마을에서 돌이라도 맞고 쫓겨나봤어?"

가말은 주저하며 고개를 끄덕였다. 아는 뱀파이어들이 많다보니 도영도 이런저런 이야기들을 들어서 과거에 그들이 겪은 일에 대해서는 잘 알고 있었다. 사실 인간들이 마녀사냥한 사람들 중에 진짜 뱀파이어는 많지 않았지만-아무래도 파워 차이가 있으니까- 마을에서 쫓겨난 일은 많았다고 들었다.

도영은 물었다.

"혹시 그런 거야? 인간들한테 너무 상처를 입어서 점차 인적이 드문 곳을 찾다보니 이 무인도에까지 오게 된 거?"

그런 거라면 이런 곳에서 혼자 사는 이유가 좀 이해됐다.

"그렇기도 하고……."

그런데 가말이 어물거려 도영은 미간을 찌푸렸다.

"그렇다는 거야, 아니라는 거야?"

가말은 고개를 휙 옆으로 돌렸다.

"몰라."

'어디서 앙탈이야?'

도영은 기가 찼다.

그런데 가말이 무릎을 꿇고 있어서 허벅지가 드러나 있었다. 도영은 정말 제 안에 있는 남자를 때려주고 싶었다. 아무리 '저건 뱀파이어다.' 되뇌어도 저 살결이 눈부신 허벅지를 쓰다듬고 싶다고 생각했다.

'고생을 덜 한 거야.'

비록 테러리스트들에게 붙잡혀 얻어맞다가 겨우 탈출해 죽어라 헤엄쳐 무인도에 왔는데 뱀파이어가 살고 있어서 싸우다가 걸어차여 다리에 금이 간 상태지만 말이다.

도영은 한숨을 쉬고 가말을 보았다.

"아침 안 줘? 굶길 거야? 제네바 제3협약(포로의 대우에 관한 협약)도 몰라?"

"소령!"

멀리서 가말이 고대 화석에서나 봤음 직한 거대한 생선을 들고 뛰어왔다. 맨몸으로 물에 뛰어들어 잡아왔는지 푹 젖은 꼴로 신나서 뛰어오는 모습이 개 같은 것이, 좀 귀엽지 않다면 거짓말이었다. 아니, 많이 귀여웠다.

그러고 보니 연하를 좀 닮은 것 같았다. 연하는 도영의 옛 팀원이자 친구로, 그가 MCTC 서울 지부에 있을 때 이끌었던 ERU(Emergency Response Unit) 3팀의 부사관이었다.

잠깐 다른 이야기지만 도영은 2년 전 중앙근위사단의 TF(Task Force)-퍼시픽 1팀으로 새로 발령을 받았다. 서울 지부에서의 실적이 유효했기 때문이다. 상설 지부에서 TF 팀으로 들어간다는 건 상당한 승진이었고, 도영의 적성도 S.W.A.T.(미국 경찰 내 대테러부대, Special Weapons and Tactics)에 가까운 상설 지부보다 TF 쪽이 더 맞았다. TF의 임무로 적진에 잘못 침투했다가 지금 이 모양이 꼴이지만.

아무튼 연하는 가말처럼 여자 루아스라 외모가 열아홉에 멈춰 있어서 정신연령도 덜 자란 탓에 영 맹한 구석이 있었다. 지금이야 결혼해서 좀 어른이 됐지만, 두 여자 루아스의 느낌이 비슷해서 그런지 어제 그도 모르게 가말에게 연하를 대하듯이 윽박질러 버리고 말았다.

"봐! 커!"

나무 그늘아래 앉아 있는 도영에게 달려온 가말은 생선을 내밀며 활짝 웃었다.

가말이 연하와 다른 점이라면 이쪽은 더 성숙한 몸에 더 백치미를 강하게 뿜는다는 점이었다. 말이 완벽하지 않아서 더 그렇게 느껴지는 것 같았다.

도영이 대답하지 않고 쳐다보고 있자 가말은 고개를 갸웃하고 물었다.

"소령, 아파?"

도영은 한숨을 내쉬고 굽히고 있는 무릎에 대고 있는 팔을 폈다. 양 손목이 묶여 있는 팔을.

"너 같으면 이 상황에 기운이 나겠어?"

"줄 싫어?"

"좋아한다고 하면 꼭 의심해봐라. 다음엔 널 묶고 싶다고 할지도 모르니까."

가말은 고개를 갸웃했다.

"무슨 말이야? 소령 말 너무 어려워."

말해 뭐할까 싶어서 도영은 대답하지 않았다. 그러자 가말은 생각에 빠졌다.

도영이 뭔가를 하려고 했다면 어젯밤처럼 좋은 기회를 놓칠린 없었다. 바로 옆에서 자고 있다는 생각 때문에 그녀도 깊이 잠들어버렸으니까.

그때 뜬금없이 가말이 도영 앞에 무릎을 꿇고 앉아서, 도영은 그녀를 보았다. 그러자 가말은 그에게 새끼손가락을 내밀었다.

"그럼 약속. 달리지 마."

가말 뒤로 뜨겁게 내리쬐는 햇빛을 반사하는 백사장이 반짝거렸다. 그리고 나무 그늘 아래, 고작 입으로 하는 약속일 뿐인데도 그 약속이 중요하다는 듯이 채도가 낮아 보이는 붉은 눈동자가 진지했다.

"달리고 싶어도 못 달린다니까."

말은 그렇게 하면서도 도영은 손가락을 걸었다. 기본적으로 시니컬한 그가 제 말을 받아들여 약속해준다는 데 벅차올라 가말은 그대로 손가락을 걸고 있었다. 그러자 도영이 그가 잘하는 특유의 표정을 지었다. 눈을 치켜들며 노려보는, 좀…… 등줄기가 짜릿해지는 표정이었다.

"뭐야?"

"아냐."

그제야 가말은 손을 거두고 밧줄을 풀어주었다. 드디어 손이 자유로워진 도영은 살짝 저린 손을 털었다.

일단 팔을 푸는 데는 성공했다. 실제로 다리가 이 모양이어서 당장 달려나갈 수는 없지만 첫 번째 단계는 넘은 셈이었다.

"소령 이거 먹어? 이거 구워줄게."

가말은 꽤 능숙하게 생선을 구울 준비를 했다. 꼭 제인을 돌봐주는 타잔처럼.

도영은 자기도 모르게 떠올린 제 생각을 믿고 싶지가 않았다.

'그럼 내가 제인이냐? 응? 내가 제인인 거냐고?'

저쪽은 타잔이라기보다 온갖 걸 다 걸치고 있는 꼴이 인간의 물건을 모으는 인어공주 같았지만 말이다.

도영은 생선을 굽는 가말을 지켜보다 물었다.

"언제 태어났어?"

역시 가말이 대답하지 않을 거라고 생각했지만 어차피 따로 할 일이 있는 것도 아니었다.

"크리스토스 전 14세기."

그런데 이번에 가말은 대답했다. 대체 대답하고 안 하고의 기준이 뭔지 알 수 없었다. 하지만 그건 일단 그렇다 치고, 도영은 미간을 찌푸렸다.

"크리스토스? 그리스도 말이야?"

어디 나라 말인지는 몰라도 대충 눈치로 알 수 있었다. 나중에야 고대 그리스어라는 걸 알았다.

가말은 고개를 끄덕였다.

"못 박혀 죽은 남자 말하는 거면 맞아."

"기원전 14세기라고? 그럼 네가 삼천 년을 넘게 살았다는 거지?"

"응."

그 대답에 도영은 손을 내저었다.

"됐다. 물어본 내가 잘못이지."

가말은 어리둥절해했다.

"왜?"

도영은 다치지 않은 다리의 굽힌 무릎에 팔꿈치를 댄 손으로 턱을 괴고 한숨을 내쉬었다.

"삼천 년을 살았다는 게 말이 돼? 너 같은 바보가."

원칙적으로는 루아스가 영원히 산다고 하지만 천 년을 사는 일도 흔치 않은 세상이었다. 우스갯소리라고 해도 루아스가 열한 번째 환갑을 맞으려면 하늘이 보살펴야 한다는 말이 괜히 있겠는가? 그런데 가말은 뚱한 표정을 지었다.

"바보 아냐."

"반만 깎았어도 미친 척하고 믿었을걸."

"아냐. 삼천삼백오십 년이야. 근데 오래 잤어. 저기서."

그러면서 자신의 결백을 주장하듯이 섬 가운데 있는 산을 가리켰다.

"어느 날 비바람이 불었어. 큰 비바람. 아주 큰."

그러고는 가말은 구연동화를 하는 것처럼 두 손을 펼쳐서 큰 비바람, 아마 태풍을 표현했다.

"나 자는 데를 열었어. 몸이……."

어떻게 설명해야 할지 고민하더니 자기 몸이 앞으로 튕겨져 나가는 몸짓을 취했다. 그리고 양 손가락을 빙글빙글 돌렸다.

"밖으로 데굴데굴 했어. 흙더미에서 깼어. 그래서 일어났어."

도영은 미간을 찌푸리고만 있었다. 이렇게 말하는 걸 보면 또 마냥 거짓말 같진 않았기 때문이다.

뱀파이어가 실존하는 세상이었다. 뭔들 불가능할까 싶지만 삼천이란 숫자를 믿고 싶지 않다는 편이 맞았다. 지금 제 눈앞에 어벙한 표정으로 앉아 있는 존재가 어지간한 미라만큼 오래됐다고?

그렇게 생각하며 대놓고 위아래로 훑어도 가말은 딱히 기분 나빠하지 않았다. 그냥 도영이 왜 그러는지 영문을 몰라 하는 쪽이 맞았다. 이런 모습을 보면 더 믿을 수가 없었다.

"깨어난 게 언젠데?"

도영이 여전히 의심을 놓지 않고 묻자 가말은 속으로 숫자를 세듯이 고개를 이쪽으로 한 번 갸웃, 저쪽으로 한 번 갸웃했다.

"한 사백 년?"

겨울잠을 자는 곰처럼 먹이를 구하기 어려워지면 루아스들은 일부러 긴 수면에 들어갔다. 하지만 그것도 옛말이었다. 이래저래 먹이가 넘치는 현대에는 굳이 동면할 필요가 없기 때문에 동면에 들어가는 루아스는 거의 없었다.

사실 옛날에는 백 년이고 이백 년이고 크게 달라지는 점이 없었다. 농부는 늘 땅을 갈고, 왕들은 싸우고. 하지만 요즘은 뭐든지 빨리 변하다보니 잠들면 깨어났을 때 마주할 세상이 어떤 건지 짐작조차 할 수 없다는 점이, 동면하지 않는 가장 큰 이유였다.

도영은 생각하다가 다시 물었다.

"이 섬에는 언제 왔어?"

그런데 이번에 가말은 바로 대답하지 않고 바다를 돌아보았다. 꼭 예전에 자신이 왔던 방향을 보듯.

"오래전."

수평선을 똑바로 바라보는 눈동자에 말간 빛이 지나갔다.

"아주 오래전."

우련한 눈빛이 흡사 다른 여자처럼 보였다. 왜인지, 도영은 그 얼굴이 낯익게 느껴졌다. 하지만 뭔가 깨닫기 전에 가말이 돌아보고는 그에게 다 구워진 생선을 내밀었다.

"먹어."

방싯 웃으면서.

어찌 이리 개 같은지 알 수 없었다. 욕 말고 강아지의 성체 말이다.

도영은 노릇하게 구워진 생선을 받아서 한 입 먹었다.

"소금도 네가 만들었어?"

아까 구멍을 뚫어놓은 나무통으로 생선에 하얀 가루를 뿌리는 모습을 봤기 때문에 물었다.

"바닷물 끓였어."

가말은 입안에서 가시를 발라내느라 입을 우물거리며 대답했다. 소금을 정제하는 법을 깨달은 모양이었다. 도영은 중얼거렸다.

"로빈슨 크루소가 따로 없네."

뱀파이어는 혀도 강한지 가말은 김이 펄펄 나는 걸 별로 뜨거워하지 않고 합합 먹어대더니 벌써 생선의 반은 먹어치운 상태였다. 누가 식사 매너는 가르쳐주지 않았는지 먹는 모습이 칠칠치 못했다.

다소 과장했다고 해도 삼천 년이나 살았다고 할 정도라면 장수한 뱀파이어 특유의 귀족적인 오만함이나 나이가 들다 못해 썩어가는 자들이 으레 내뿜는 관조, 나태, 무기력함이 있어야 할 텐

데, 이건 쪼그려 앉아 군고구마를 먹는 언년이가 따로 없었다. 이
정도면 인간이었을 때도 그리 높은 신분은 아니었을 것 같았다.

프랑스어가 완벽하지 않아서 다소 핸디캡이 있다는 점을 인정
해도 기본적으로 가진 성격이 네 자릿수 나이를 먹은 뱀파이어에
겐 도저히 어울리지 않았다.

그때 가말이 넝마 같은 크로스백을 열어서 꽃을 꺼내더니 통
째로 씹어 먹기 시작했다. 식사를 끝내고 잎담배를 씹는 것처럼.
도영은 그 모습을 보다가 물었다.

"맛있어?"

호기심에 그도 플로스를 얻어먹어 본 적 있었다. 그 맛에 대해
한 중사는 혹평했지만 사실 그 정도는 아니고 그냥 맹물 같았다.
굳이 말하자면 혀끝에 맴도는 쌉쌀한 풀 맛은 있는데 오히려 그
래서 비렸다.

하지만 루아스 동료들은 달다고 했다. 설탕을 먹을 때 단맛 같
진 않지만 달다고 할 수밖에 없는 맛이라고.

"아니, 써."

그런데 가말은 말했다.

"맛없어?"

묻자 가말은 고개를 끄덕였다.

"그다지."

플로스는 맛있지만 원료가 되는 꽃은 그렇지 않은 모양이었다.

"하긴, 많은 음식 재료들이 자연 상태에서는 별맛을 내지 못하
니까."

도영은 중얼거렸다.

결국 꽃 자체는 주식으로 먹을 만한 게 아닌 모양이었다. 그러니까 오랫동안 꽃이 피의 대체품이 되지 못했겠지만.

현대 과학을 만나고서야 꽃은 뱀파이어들의 주식이 될 수 있었다.

도영은 꽃을 가리키고 말했다.

"플로스라는 게 있어. 그 꽃을 정제해서 만든 거야."

"정제?"

"바닷물을 끓여서 소금을 만드는 것처럼 말이야. 유기 합성이라고 그것보단 좀 더 복잡한 공정이 들어가지만, 요즘 뱀파이어들은 피를 마시지 않고 그것만 마시고도 살 수 있어. 너도 밖에 나가면 플로스를 구할 수 있어."

하지만 가말은 말을 알아듣는 기색이 아니었다. 이야기하는 와중에도 그저 강냉이를 씹듯이 계속해서 꽃을 우물거리고 있을 뿐이었다. 그래서 도영은 덧붙였다.

"그렇게 밑 빠진 독에 물 붓듯이 꽃을 씹어대지 않아도 된다고. 그러니까 섬 밖으로……"

막 본론을 꺼내려는 참인데 가말이 꽃을 한 번 보더니 고개를 저었다.

"괜찮아. 꽃 충분해."

더 이야기할 가치도 없다는 단호한 투였다. 지금까지 가말의 캐릭터에 맞지 않을 정도로. 도영이 더 말하기 위해 입을 열었지만 그녀가 먼저 물었다.

"소령 물고기 더 먹어?"

그러면서 생선으로 손을 뻗는 게, 그가 안 먹겠다면 바로 제 입에 털어 넣을 기세였다. 루아스의 먹성이야 잘 알고 있지만……

도영은 한숨을 내쉬었다.

"동작 그만. 인간적으로 제 몫은 지키자."

"나 인간 아닌데."

썰렁한 말대답에 도영의 눈빛이 사나워지자 가말은 잽싸게 손을 거두었다.

"응. 하지만 지켜야지."

도영은 묻고 싶었다. 그러니까 이게 어딜 봐서 삼천삼백 년을 산 뱀파이어냐고?

간만에 포식한 느낌이었다.

평소 도영은 몸을 움직이기 어려운 느낌이 싫어서 과식하지 않는 편이었다. 하지만 여기서는 당장 해야 할 일도 없고, 많이 먹으면 회복에 더 좋겠지 싶어서 양껏 먹었다. 그리고 이렇게 나무 그늘 아래 앉아 한없이 느긋하게 쉬고 있는 중이었다.

도영은 아지랑이가 일렁이는 풍경을 멍하니 쳐다보다가 중얼거렸다.

"덥다."

"더워."

아랫배가 볼록하게 나올 정도로 먹은 가말도 옆에서 말했다.

"평화롭네."

"평화로워."

그러고 한참 앉아 있다보니 가말은 꾸벅꾸벅 졸기 시작했다. 종을 불문하고 식곤증은 불치병이니까.

하늘에 구름이 유유히 흘러갔다. 도영은 이렇게 한가해도 되나 싶었었지만 지상천국 같은 풍경을 보고 있으려니 별로 위기감이 생기지 않는 건 사실이었다. 게다가 가말이 도와주지 않는 한 다리가 낫기 전까진 뭘 해보려고 해도 힘들었고.

그늘 아래는 시원했지만 공기 자체가 후끈해서 티셔츠 아래로 등줄기를 타고 땀이 흘렀다. 안 그래도 깨어난 후로 씻질 못해 찝찝했다. 그래서 도영은 가말을 돌아보고 말했다.

"좀 씻어야겠어. 여기 씻을 데 없어?"

가말은 부스스 눈을 뜨고 도영에게 손을 뻗었다.

"데려다줄게."

그리고 그를 일으켜 부축해주었다. 몇 번 해봤다고 벌써 몸이 불편한 가족을 오래 간병해온 사람인 양 능숙했다.

가말은 덤불 사이로 난 작은 길을 지나 숲속으로 도영을 데리고 갔다. 사방이 전부 비슷해 보여서 다음에 혼자 찾아가기 힘들 것 같은 길이었지만 도영은 머릿속에 잘 새겼다. 사실 목욕하러 가겠다고 한 이유는 씻기 위해서이기도 하지만, 이 주변에 대한 머릿속의 지도를 확장하기 위해서였다.

나무들 사이로 호수가 나타났다. 호수는 처음에 가말과 마주

쳤던 곳과 비슷한 분위기였는데, 다만 좀 더 작고 사적인 느낌이었다.

도영은 풍경을 둘러보았다. 꼭 선녀라도 내려와 씻고 있을 것 같았다. 무인도에 표류당한 상황이지만 즐길 만한 점이 없지 않다는 사실이 아이러니했다. 집으로 돌아가더라도 이 풍경은 계속 생각이 날 듯했다.

"여기서 씻어."

가말은 말했다. 그러고는 가지 않고 그대로 있기에, 도영은 돌아보고 한쪽 눈썹을 추켜들었다.

"안 가?"

그러자 가말은 수풀 너머를 가리켰다.

"근처에 있어. 일 있으면 불러."

"여기서 무슨 일이 있을 수 있는데?"

잠깐 둘러봤을 때 위험한 맹수가 있는 섬 같진 않았다.

"빠져 죽어."

"알았어. 훔쳐보지 마라."

"안 훔쳐봐. 왜 훔쳐봐?"

가말은 오히려 그렇게 말하는 도영을 이상한 사람 취급하고 수풀 너머로 사라졌다. 도영은 기가 차 고개를 내젓고 티셔츠를 벗어 올렸다.

그 모습을, 가말은 나무 뒤에 숨어 음침한 의도를 가진 사람처럼 지켜보았다. 하지만 오해하면 안 되는 것이, 다리가 불편한 도영이 미끄러지지 않을까 걱정돼서 그러는 거니까. 그런데 바지를 벗으려던 그가 돌아보고 말했다.

"야, 시선 느껴진다."

가말은 얼른 뒤돌아서 자리에 앉았다.

"무슨 소리야. 안 봤어."

진짜 인간이 맞는지 눈치는 엄청 빨랐다.

나뭇잎을 쳐다보고 있는데 물이 찰랑거리고 도영이 호수로 들어가는 소리가 들렸다. 가말은 한참 자리에 앉아 있다가, 무릎을 모으고 발가락을 꼼지락거렸다.

기분이 이상했다. 그녀 앞에서 이렇게까지 겁먹지 않는 인간은 처음이었다. 사실 지나치게 겁을 먹지 않아서 진짜 인간인가 싶을 정도였다.

하지만 도영은 인간이었다, 지극히. 지금까진 주로 찡그리거나 화내거나 눈썹을 추켜드는 못마땅해하는 표정이긴 했으나 표정이 풍부했고, 처음 들었을 때부터 듣기 좋다고 생각한 중저음의 목소리에는 에너지가 넘쳤다.

결국 뱀파이어들은 한 번 죽었던 자들이었다. 그들은 대체로 아름다웠지만 어둡고 습한 밤, 푸르스름한 냉기가 흐르는 얼음, 스산한 달빛 같은 단어들이 더 잘 어울리는 느낌이었다. 도영이 내뿜는 빛의 기운은 내지 못했다. 심지어 도영은 화를 낼 때에도 힘이 넘쳐서, 그를 처음 만났을 때 폭포 아래서 자신을 밀어붙이고 위협하는 상황인데도 넋을 놓고 쳐다보고 말았다.

가말은 흘긋 바위 너머를 보았다. 도영은 아무래도 그녀가 훔쳐볼까 봐 안심이 되지 않았는지 등을 보인 채 씻고 있었는데, 수위가 그리 높지 않아서 엉덩이 윗부분까지 살짝 보였다. 처음 봤을 때도 생각했지만 근육이 단단하게 잡혀 있으면서도 날씬해서, 예쁜 몸이었다.

도영이 씻으며 무의식중에 조금 몸을 돌리자 물방울이 옆구리를 흘러 치골을 타고 물속으로 사라졌다. 그에 가말은 못 볼 걸 본 듯이 얼른 몸을 돌렸다. 이상하게 몸에 열이 오르는 느낌이었다. 그래서 다시 도영을 훔쳐보지 않았다.

꽤 시간이 지나고 도영이 말했다.

"끝났어."

가말은 밖으로 나갔다. 다 씻은 도영은 옷을 입고 아까 자리에 나와있었다. 부목으로 쓰는 나무가 젖어 있는 걸 보고 가말이 물었다.

"나무 바꿔줄까?"

"그래."

"잠깐만."

가말은 부목으로 쓸 만한 나무를 찾아와 도영 앞에 앉아 부목을 바꿔주기 시작했다. 이럴 때면 어느 때보다 중요한 일을 하는 사람처럼 집중해서.

그런데 가말이 허리를 숙이자 헤진 티셔츠 사이로 가슴골이 드러났다. 도영은 그런 곳 따위 전혀 보지 않았다는 듯 자연스럽게 시선을 올려 가말의 이마를 보았다. 하여간 약간 백치 같은 성격에 비해 몸이 성숙해서 적응하기 힘든 간극이 있었다.

반면 가말도 기분이 이상하긴 마찬가지였다. 도영의 매끄러운 턱이나 울대가 두드러진 목, 바위를 짚고 있는 손 같은 게 이상하게 의식되었다. 긴장이, 된다고 할까. 게다가 여태 만났던 인간들은 그녀를 이렇게 똑바로 쳐다보지 않았다. 보더라도 두려워하고 꺼림칙해했다.

인간에게 그녀는 둘 중 하나였다. 신 혹은 괴물.

하지만 이 남자에게 그녀는······.

사실 같은 사람까진 아니고 개 정도인 것 같았다. 도영이 알게 되면 놀라겠지만 의외로 가말은 눈치가 빠른 편이었던 것이다.

"다 됐어?"

그때 도영이 물었다.

"응."

가말은 마지막 매듭을 묶고 그를 부축해주기 위해 손을 뻗었다. 도영은 그 손을 잡고 일어섰다. 그런데 발을 딛고 서 있는 바위 표면이 고르지 않아 그가 살짝 비틀거려, 가말이 얼른 지탱해주었다. 그러면서 가말의 어깨와 도영의 겨드랑이가 요철처럼 맞물렸다.

훅 가까워진 거리에 시선이 마주쳤다. 가말은 놀라 눈을 살짝 크게 떴다.

나뭇잎 사이로 들어온 햇빛이 붉은 눈을 똑바로 비추었다. 붉은 꽃잎을 수없이 겹쳐놓은 것 같은 홍채가 바람을 느낀 듯이 일렁였다.

도영에겐 많은 루아스 동료가 있었지만 동료 사이에 눈을 이렇게 자세하게 들여다본 적은 없었다.

생물학적으로 뱀파이어는 포식자고 인간은 피식자였다. 그것도 뱀파이어는 다른 동물이 아닌 인간만을 먹는 전문 포식자로, 둘은 천적일 수밖에 없었다. 피식자의 유전자에 각인된 본능이 반응하듯, 뱀의 눈을 똑바로 볼 때처럼 소름 같은 공포감이 흐르면서도 몸이 굳어 시선을 돌릴 수 없는 느낌이 올라왔다.

너무 아름다운 맹수를 본 먹이는 저항할 생각마저 하지 못하는 법이었다.

물 냄새를 머금은 청량한 바람이 지나가고, 젖어 흐트러진 도영의 머리카락 끝에서 물방울이 떨어졌다.

그때 도영이 가말의 어깨에 두른 제 팔을 들었다.

"가자."

돌아서며 도영은 재차 상기했다. 이건 생존 서바이벌이지, 순정만화가 아니라는 걸.

토기를 정리하는 가말을 보며, 도영은 계속 궁금했던 걸 물었다.

"너 누구한테 프랑스어를 배운 거야?"

기본적인 의사소통은 되는데 가끔 쓰는 말들이 교과서에나 볼 법한 옛날 말이기도 하고 발음도 좀 이상했다. 아무래도 프랑스인한테 배운 것 같진 않았다.

가말은 대답했다.

"요하네스."

"요하네스?"

대뜸 실명이었다.

가말은 고개를 끄덕였다.

"떠내려왔어. 배가 꼬르륵해서."

배가 가라앉아서 조난당했다는 의미 같았다. 도영은 다시 물었다.

"언제?"

"오래전에."

"그러니까 얼마나 오래전이냐고."

가말은 멀뚱히 도영을 보았다.

"소령은 질문이 많아."

"봐. 난 조난돼서 이 섬에 떠내려왔어."

정확히는 '비행기에서 뛰어내려서 이 섬까지 헤엄쳐왔다.'였지만 가말이 그걸 알 필요는 없었다.

도영은 계속 말했다.

"가족들은 내가 죽었는지 살았는지도 모르고, 난 여기가 어딘지도 몰라. 적어도 내 상황이 '최악'과 '버틸 만함' 사이 어디쯤 있는지 알기 위해 질문하는 정도는 이해해줘야 하는 거 아냐?"

그제야 가말은 석연치 않지만 어쩔 수 없다는 태도로 대답했다.

"정확한 건 몰라. 날 안 세. 아주 오래됐어."

이름이 요하네스라면…….

"독일 사람이었어?"

"아니, 네덜란드."

그렇다면 항해를 나온 동인도 회사 소속이 아니었나 싶었다. 그럼 늦어도 한 이백 년 전이었다는 말이었다.

"요하네스 프랑스어 조금 했어. 나 가르쳤어."

갑자기 가말은 좋은 생각이 난 것처럼 얼굴이 밝아졌다.

"아, 나 네덜란드 말은 잘해. 요하네스랑 말 많이 해서."

"내가 못해."

프랑스인과 재불 한인 2세 혼혈인 도영은 프랑스어와 한국어 외에도 영어, 스페인어 중급, 러시아어 초급의 나쁘지 않은 언어 능력을 지니고 있었으나 아무래도 네덜란드어는 힘들었다. 통역 기라도 있었다면 가능했겠지만 불행히도 여기서 그런 문명 세계의 물건은 사치였다.

아무튼 옛날 외국인이 쓰는 프랑스어를 배워서 말이 이 모양이 꼴인 모양이었다. 일단 궁금증은 풀려서, 도영은 다음 질문을 했다.

"요하네스 씨는 어떻게 됐어?"

"죽었어."

"어떻게?"

"나이 들었어. 자다가 갔어."

가말은 자못 천진하기까지 한 투로, 그 사실에 어떤 감정도 갖지 않은 듯이 말했다. 우스운 일이었지만 그제야 도영은 눈앞에 있는 이 아름다운 존재가 새삼 자신과는 다른, 시간 앞에 썩지도 사라지지도 않는 돌 같은 존재라는 사실을 깨달았다.

조난당해 표류한 인간이 늙어 죽고 난 후에도 가말은 이곳에 있었다. 그에 왠지 모르게 등줄기에 흐르는 불길함을, 도영은 애써 떨쳐냈다. 그는 어떻게든 돌아갈 테니까.

"또 떠내려온 사람은 없었어?"

일단 정보를 모아야 했다. 최대한.

"다했어."

그런데 가말은 더 이야기할 생각이 없는 듯 토기가 담긴 바구니를 들고 일어났다. 그 등에 대고 도영은 단도직입적으로 물었다.

"밖에서 살고 싶은 생각은 없어?"

가말은 그 단어를 처음 들은 것처럼 돌아보았다.

"밖?"

"그래. 섬 밖."

사실 가말이 탈출하는 걸 도와주면 지금이라도 섬을 나가는 건 문제가 아니었다.

하지만 가말은 고개를 저었다.

"없어."

도영은 이유를 다그쳐 묻고 싶은 걸 참고 차분히 물었다.

"왜?"

"여기가 좋아."

"바깥에는 플로스도 있고 생활을 편하게 해주는 물건도 많아. 적어도 네가 태어났을 때면 토기 구워 돌칼로 잘라 먹는 시대도 아니었을 텐데 이러고 사는 게 불편하지도 않아?"

"불편 안 해."

그러고는 가말은 다시 가려고 했다. 하지만 도영은 포기하지 않았다.

"네가 마지막으로 이 섬을 나간 게 언제인지는 모르겠지만 10년만 지났어도 엄청 변했을 거야. 내가 장담하는데 완전히 다른 세상이라니까. 나가보고 싶지 않아?"

그러자 가말은 돌아보고, 어른들을 귀찮아하는 사춘기 소녀 같은 얼굴로 말했다.

"난 여기 있어."

그러고 가버렸다. 도영은 한숨을 내쉬었다.

"저 돌 같은 자식. 왜 이렇게 말이 안 통해?"

가말은 몇 걸음 가다가 뒤를 돌아보았다. 도영은 포기했는지 그 자리에 그대로 앉아 있었다.

고개를 들어 나무 꼭대기를 보자 그 끝에서 빛나는 햇빛에 눈이 시려왔다. 태양은 오늘도 그 자리에 있었다. 삼천 년 전이나 오늘이나 똑같이. 아마 내일도.

◇ ◇ ◇

밤이 됐는데 가말이 들어올 기색이 없었다. 도영은 기다리다가 바깥을 내다보았다. 그런데 가말이 꼭 가출 청소년처럼 입구의 나무 계단에 앉아 있어, 의아해져서 물었다.

"안 들어오고 뭐 해?"

"밖에 가고 싶어, 소령?"

대답하는 대신 가말은 대뜸 물었다.

"집에."

도영은 가말이 한 말을 고쳤다.

"집에 돌아가고 싶은 거야."

그러자 가말이 무릎을 잡고 생각에 빠진 모습을 보며 도영은 은근히 기대했다. '그럼 밖에 가보자.' 같은 말이 나올 분위기였기 때문이다. 그런데 가말은 멀리 하늘을 보고 말했다.

"나도 집 있었어. 마티와 타와도."

모르는 단어였지만 눈치껏 엄마, 아빠를 의미한다는 걸 깨달았다.

"아다위도."

가말은 덧붙였다.

"아다위?"

그건 알 수 없는 단어라 묻자, 가말은 덤덤히 대답했다.

"결혼했어, 아다위랑."

도영은 입을 다물었다.

옛날에는 조혼이 성행했다는 사실을 생각하면 가말이 인간이었을 때 이미 남편이, 심지어 아이가 있었어도 이상하지 않았다. 그것도 스물 초반 정도면 아이가 셋은 있었어도 있었을 나이였다. 그런데도 순간 왜 누군가가 명치를 훅 때린 것 같은지 알 수 없었다.

도영은 일어나 가말 옆에 앉아, 태연한 어조로 물었다.

"아이도 있었어?"

가말은 고개를 저었다.

"아다위는 죽었어, 결혼한 날에."

"어쩌다?"

"사고."

가말은 또 그렇게만 말하고 더 이야기하지 않았다. 그냥 다른 이야기를 했다.

"고향에 나무가 피었어. 많이. 열매가 맛있어서 좋아했어. 아직도 기억나."

"무슨 나무인데?"

대화를 이어가기 위해 도영이 묻자 가말은 고개를 저었다.

"더는 없어. 언젠가부터 아무 곳, 본 적 없어."

"멸종했다는 거야?"

"멸종?"

"다 사라져버렸다는 거."

가말은 고개를 끄덕였다.

"응. 다 사라져버렸어."

굳이 인간 때문이 아니어도 지구상에 사는 생물의 다수가 갖가지 이유로 사라졌다. 기후 변화나 식량의 고갈, 존재하지 않던 천적의 출현 등. 그건 자연의 이치였고, 거스를 수 없는 흐름이었다.

가말이 말하는 그 나무도 자연의 순리를 따른 것뿐이었다. 그런데도 왜인지 담담한 어조가 더 슬프게 들렸다. 아마도, 가말이 좋으나 싫으나 그 순리를 벗어나버린 존재이기 때문이었다. 자신 외에는 서서히 모든 게 사라져가는.

"그 나무만이 아니라 고향엔 이제 아무것도 남아 있지 않겠지."

문득 가말이 문법적으로 완벽한 문장으로 말했다.

"마티도, 타와도, 아다위의 무덤도."

서늘한 바람이 불어와 흘러내린 그녀의 앞머리가 흩날리며 우련한 빛이 흐르는 이마가 드러났다.

그 모습을 보며 도영은 조용히 물었다.

"그래서 여기서 혼자 사는 거야?"

"난……."

가말은 입을 열었다가 말을 삼키더니 또 다른 말을 했다.

"사람들이 왔어, 때때로. 배가 꼬르륵해서."

"요하네스?"

가말이 삼킨 말이 무엇일지 궁금했지만 섣불리 물었다가는 이야기하기를 그만둘 것 같아서 도영은 일단 넘어갔다. 그러자 가말은 고개를 끄덕였다.

"전에도 여러 사람. 로드리게스는 발목을 삐었어. 작은 상처인 줄 알았어. 근데 부어올랐어. 며칠 뒤에 죽었어. 빌도 상처 때문에 죽었어. 난 고칠 수가 없었어."

아무리 루아스여도 의학지식이 없는 한 상처를 치료하는 능력은 인간과 같았다. 도영의 다리를 처치한 걸 보면 가말은 제법 의학지식을 가지고 있었지만 그래도 민간요법 수준이었다.

"밀라는 혼자 여기 와. 받아들이지 못했어. 잠깐 안 보는 사이에 절벽에서 몸 던졌어."

그 이야기를 하는 가말은 정말로 슬퍼 보였다.

"소야는……."

계속해서 가말은 섬에 왔던 사람들에 대해 이야기했다. 생각보다 많은 사람들이 떠내려왔지만 살아서 이곳에 도착한 사람들은 얼추 열 명 정도밖에 되지 않았다. 아니, 더 정확하게는 가말이 만난 사람들은.

아마 그녀가 잠들어 있을 때도 사람들은 이곳으로 떠내려왔을 것이다. 하지만 그때는 가말이 없었고, 개중 몇은 로드리게스나 빌처럼 상처로 죽고, 몇은 자살하고, 운이 좋은 한둘은 구조됐을 수도 있었다.

하지만 이 해역은 섬이 많아 항해하기 힘들었다. 그리고 기술이 발전한 현대에는 비행기를 띄워 내려다본다고 해도 수많은 섬 사이에서 특정한 섬을 골라내기 어렵다는 사실을 고려하면 구조됐을 가능성은 낮았다. 그렇게 생각하면 이곳은 슬픈 섬이었나.

"무덤이 있어. 저기."

문득 가말은 산 쪽을 가리켰다.

"모두 묻어줬어. 더는 아무도 만나고 싶지 않았어."

물기가 일렁이는 그녀의 눈이 금방이라도 쏟아질 것처럼 보였다.

깨닫게 된 게 있는데, 가말은 루아스지만 어떻게 루아스가 됐나 싶을 만큼 착하고 여린 점이 있다는 사실이었다. 처음에는 그게 설정이거나 연기일 거라고 생각했으나 제아무리 노회한 루아스라고 해도, 아니 오히려 그런 루아스일수록 제 교활함을 믿어서 숨기지 못하는 부분이 있기 마련이었다.

"인간들은 약해. 빨리 죽어."

가말은 슬퍼하는 어조로 중얼거렸다.

"아니."

그런데 도영이 말했다. 가말은 어리둥절해하며 그를 보았다.

"아니?"

"너 인간의 몸이 생각보다 질기다. 볼래? 이거."

그러면서 도영은 노장이 왕년의 무용담을 자랑하듯이 티셔츠 소매를 걷어서 팔뚝에 있는 흉터를 보여주었다.

"이건 총알이 스쳐서 생긴 거. 그리고 이건 폭탄 파편이 튀어서."

그리고 귀 아래쪽을 가리키면서 말하고 티셔츠를 걷어 올려 옆구리에 난 길쭉한 흉터를 보여주었다.

"그리고 이게 가장 심각했던 건데 칼에 찔려서 생긴 거. 피를 한 됫박은 쏟았지. 죽는다 만다 했는데……."

도영은 말을 멈추었다. 가말이 흉터에 손을 댔기 때문이다.

"상처 커. 아팠어?"

손끝이 서늘했다.

"이젠 괜찮아."

말하며 도영은 티셔츠를 끌어 내렸다.

하여간 이상했다. 이미 희미한 흔적으로밖에 남지 않은 상처 인데 꼭 지금 피를 흘리고 있는 걸 보는 것처럼 자기가 아파하는 눈이라니…….

지금까지 도영이 아는 여자 루아스는 총 다섯이었다. 가말, 옛 팀원이었던 연하와 그 쌍둥이, 예전에 합동 작전 때 만났던 다른 기지의 부사관, 그리고 라헬. 루아스가 되자마자 MCTC에 입대해 교육을 받아서 다분히 인간적인 연하와 그 쌍둥이인 규하 누나는 제쳐놓고라도, 지옥에서 온 아마조네스 같은 부사관과 라헬이 일반적인 여자 루아스의 이미지였다.

하지만 가말은 오히려 뱀파이어가 인간 바이러스에 감염된 게 아닐까 싶었다. 가끔 예상치 못하게 때 묻지 않은 인간성을 마주하면, 오히려 당황스러울 정도였다.

그렇게 생각하던 도영은 문득 기가 차 물었다.

"너 뭐하냐?"

가말이 제 것인 양 그의 배를 더듬고 있었기 때문이다.

그 말에 가말은 그를 올려다보고 파도를 타는 손짓을 했다.

"배가 막 이래."

우툴두툴하다는 걸 의미하는 모양이었다. 도영은 가말의 손을 치우며 말했다.

"식스팩이라고 부르는 거다."

하여간 칠칠치 못했다. 외간 남자를 마구 더듬고 말이다.

"난 없어."

그러면서 가말은 아이처럼 제 배를 까서 보였다. 복근이 흔적은 있지만 확실히 빨래를 하기에는 역부족이었다.

그러더니 가말은 도영을 물끄러미 보며 말했다.

"신기해. 소령은 나랑 달라."

"뭐가……."

도영은 말하다가 뭔가 깨달았다.

"혹시 계속하던 신기하단 말이 그런 의미야?"

가말은 고개를 끄덕였다.

"달라, 우린."

"당연하지. 난 인간이고 넌 뱀파이어니까."

"아니, 그보다……."

가말은 뭔가 말하고 싶지만 어떻게 말해야 할지 잘 알 수 없었다. 하지만 도영은 대충 알 것 같았다. 결혼했었다고 해도 남편이 첫날밤에 죽었다면 첫날밤을 치르지 않았을 가능성이 높았고, 이 무인도에 '아주 오래전'에 왔다면 나이에 비해 남자를 만나본 경험이 그리 많진 않을 테니까.

"여기 온 사람 중에 남자도 있었잖아."

"있었어. 하지만 소령과 달랐어."

그러더니 붉은 눈으로 도영을 응시하며 중얼거렸다.

"소령처럼 생긴 사람은 없었어."

도영은 무릎에 팔꿈치를 대고 턱을 괴었다.

"너 의외로 얼굴을 밝히는구나."

가말은 고개를 갸웃했다.

"밝혀? 얼굴을? 빛처럼?"

"잘생긴 걸 좋아한다는 의미야."

"소령이 잘생긴 거야?"

"내 입으로 말하긴 그렇지만 그런 편이지."

그러자 가말은 그 말의 진위 여부를 판단하듯이 도영을 빤히 보더니 중얼거렸다.

"그런 거 같아."

도영은 피식 실소를 지었다. 보통 사람이라면 재수 없다고 말하든가 지나친 자신감에 난색을 보일 텐데, 생각나는 대로 솔직하게 대답하는 걸 보니 참 가말다웠다.

그런데 생각하고 보니 기가 막혔다. 가말답다니, 만난 지 얼마나 됐다고? 꼭 가말을 오래 알아온 것처럼 말하게 된 게 웃겼다. 이렇게 수상한 점이 많은 상대인데…….

그때 그를 보고 있는 가말과 시선이 마주쳤다.

가말의 눈은 이상했다. 선명한 붉은 눈이 불길해 보여야 하는데 크고 둥그런, 윤기를 발하는 눈동자는 오히려 갓 태어난 아기 같았다. 가말이 자신이 태어났다고 주장하는 때에 실제로 태어났다면 이 눈으로 선악과를 먹기 전 아담과 이브도 타락시키기에 충분한 것을 봐왔을 텐데, 그럼에도 가말은 여전히 맑은 눈을 하고 있었다.

거기에 그에 대한 사춘기 소녀 같은 호기심이 있었다. 그에 대한. 그리고 별이 빛나는 밤하늘 아래는 그 어떤 하드보일드한 감성을 가진 사람이라도 기분이 묘해질 만한 장소였다.

둘 다 의식하지 못했지만 도영과 가말은 한참이나 서로에게서 시선을 떼지 못했다. 감촉이 말랑한 밤바람이 머리카락을 스쳤다.

부스럭. 그때 수풀 쪽에서 소리가 나, 도영은 휙 돌아보았다.

"왜 그래?"

가말이 놀라서 물었다. 도영은 어둠에 잠겨 있는, 아무 기척이 없는 숲을 신중하게 살피며 물었다.

"무슨 소리 못 들었어?"

"소리?"

가말이 듣지 못했다면 잘못 들었을 가능성이 높았지만…….
왠지 모르게 석연치 않아서 시선을 떼지 않고 있는데 가말이 생
각난 듯이 말했다.

"동물 있어."

동물 소리였던 모양이다. 그렇게 생각하면서도 도영은 미동
없는 어둠을 한동안 더 지켜보다가 가말을 돌아보았다. 가말은
영문을 모르겠다는 얼굴로 기다리고 있었다. 그녀를 보며, 도영
은 소리가 나지 않았다면 무슨 일이 있었을지 깨달았다.

무인도. 밤. 젊은 남녀. 으레 기분이 이상해질 수 있는 조건에
휩쓸릴 뻔했다.

"자자."

도영은 말했다.

"응."

가말은 아까 센티해 보이던 얼굴은 사라지고 평소처럼 주인의
말에 헥헥거리는 강아지 모드였다.

둘은 집으로 들어가서 자리를 펴고 누웠다.

"저기, 소령."

그때 가말이 넌지시 불러 도영은 돌아보았다. 그러자 가말은
말했다.

"고마워. 강해서. 소령은 죽지 않을 거야."

도영은 기가 차다는 얼굴을 했다.

"누구 멋대로 죽네 사네 하는 거야? 안 죽어."

"응."

오히려 그 말이 정말로 기쁜 듯이, 가말은 눈이 둥글게 휘어지는 웃음을 지었다. 도영은 고개를 돌렸다.

뱀파이어와 인간이 결혼해서 사는 일이 희한할 것도 없는 세상이지만 그들은 경우가 달랐다. 이곳에서 혼자 사는 가말에게 무슨 사정이 있든, 그는 돌아가야 할 사람이었다.

MIA(Missing in Action, 작전 중 실종) 상태이니 아직 그의 부모님에겐 실종 소식이 들어가지 않았을 가능성이 높았다. 그건 다행이지만 실종 기간이 길어지면 MCTC에서는 도영이 사망했다고 판단하고 조만간 수색을 그만둘 게 분명했다. 어떻게든 빨리 돌아갈 방법을 강구해야 했다.

도영은 좀 떨어진 옆에 누워 있는 가말을 돌아보았다. 눈이 마주치자 가말은 웃었다. 그에 도영은 더욱 굳게 다짐했다.

그래. 돌이킬 수 없는 일이 있기 전에.

'문제는 다리지.'

도영은 생각했다. 다리만 다치지 않았어도 섬을 둘러보며 돌아갈 방법을 강구할 수 있을 텐데, 이래서야 꼼짝없이 보이지 않는 목줄에 묶인 개 신세였다. 지금도 이미 지정석이 된 해안가 그늘에 앉아 멍을 때리는 것 외에는 특별히 할 수 있는 일이 없었다.

옆에서 가말은 제법 조신한 자태로 코바늘로—역시 자기가 나무를 직접 깎아서 만든-카펫을 짜고 있었다.

역시 통나무집에 있는 공예품들은 모두 그녀의 작품이었다.

가말은 꽤 많은 걸 할 줄 알았다. 집짓기, 화덕 만들기, 장작불로 하는 각종 요리, 온갖 도구 만들기…… . 혼자 살아왔으니 그러지 않기도 쉽지 않긴 하지만, 이러다가 혼자 문명이라도 건설할 기세였다.

사실 도영 홀로 무인도에 표류했다면 생존을 위해 이래저래 할 일이 많았다. 하지만 여긴 이미 가말이 구축해놓은 시스템이 있었고, 이쪽 다리가 이렇다보니 그녀가 대부분의 일을 했다. 그러고 보니 도영은 자신이 꼭 무슨 기둥서방이 된 느낌이었다.

카펫이 제대로 짜이고 있나 한번 들어보는 가말을 보고 있자 그녀가 시선을 느끼고 물었다.

"왜?"

"잘 만드네."

진심이긴 해도 큰 의미 없이 그냥 한 말이었는데 가말은 살짝 몸을 옆으로 틀면서 웅얼거렸다.

"보지 마. 아직 다 안 됐어."

도영은 한숨을 삼켰다. 이 뱀파이어는 쓸데없이 귀여웠다. 무인도에 표류했는데 그 스킨헤드 같은 스페츠나츠 형님이 있는 것보다야 이쪽이 낫지만 둘 다 심장에 안 좋긴 매한가지였다.

하지만 가말에게는 비밀이 많았다. 그리고 그런 점을 도영은 신뢰할 수 없었다. 뇌가 청순해 보일 정도로 천진한 점은 연기를 하는 것 같지 않은데, 가장 중요한 사정은 이야기해주질 않으니

속내를 의심할 수밖에 없었다.

우우웅…….

그때, 하늘에서 낮게 울리는 소리가 들려 도영은 고개를 들었다. 이건 비행기 소리였다. 그리고 분명히 이쪽으로 다가오고 있었다. 가말도 소리가 들리는 쪽을 보고 있었다.

'레기온일지도 모른다.'

도영은 생각했다. 하지만 그가 바다로 뛰어들어 도망친 지 벌써 일주일도 넘게 흘렀는데 일개 소령인 그를 지금까지 비행기를 띄워가며 찾고 있을 이유가 없었다. 그렇다면 계속 소리가 가까워지는 저 비행기는, 일부로든 우연으로든 섬의 상공을 지나가는 중인 구조대나 제삼의 비행기일 가능성이 높았다.

빠르게 생각을 끝낸 도영은 자신이 일어날 수 없다는 사실도 잊어버리고 벌떡 일어나기 위해 바닥에 손을 짚었다. 그때 가말이 그를 보았다. 물감이 터지듯이 그 얼굴에 번지는 건 분명히, 공포였다.

미처 반응할 새도 없이 가말이 도영을 덮쳐들었다. 그리고 삼루를 향해 미끄러지는 삼루수처럼 그를 붙잡아 슬라이딩 하듯이 덤불 속으로 미끄러져 들어갔다.

"너 뭐…….."

놀란 도영이 말하려고 하자 가말이 손으로 입을 막고는 제 몸으로 내리눌렀다.

우우우우웅……. 비행기 소리가 머리 위를 지나 멀어져갔다. 가말은 거기에 신경을 곤두세우고 있다가 소리가 충분히 멀어지자 긴장을 풀었다. 맞붙어 있어서 잔뜩 굳어 있는 몸이 이완되는 게 직접적으로 느껴졌다.

그리고 가말은 이제야 자신이 도영을 내리누르고 있다는 사실을 깨달은 듯이 그를 내려다보았다. 그러면서 그녀가 몸을 가리듯이 덮고 있는 카펫의 정리되지 않은 끝부분이 흘러내리며 그늘을 드리웠다.

둘의 거리가 가까웠다. 도영이 손을 뻗자, 가볍게 흔들리는 머리카락에 그의 손이 스치고 그가 쓰다듬듯이 둥그런 어깨를 쥐었다. 순간 도영은 레슬링 하듯이 다리를 걸어서 가말을 옆으로 넘겨버렸다.

"무거워!"

말한 적이 있는가 모르겠지만 루아스는 인간보다 훨씬 무거웠다. 근질이 다르기 때문이었다. 그런 몸을 누름돌 삼아서 짓눌러 대는데, 가슴을 압박하는 무게에 숨이 턱 막혀왔다. 말 그대로 장아찌가 되는 줄 알았다.

"윽."

다리에 힘을 줬더니 통증이 밀려와서 도영은 저도 모르게 신음을 냈다. 그러자 불판 위의 호떡인 양 뒤집어졌던 가말이 벌떡 일어나서 그의 다리를 살폈다.

"괜찮아?"

"뭐야, 너?"

도영은 날카롭게 물었다. 그러자 가말은 한숨 돌린, 그러나 놀랐던 탓에 아직 창백한 얼굴로 말했다.

"난 여기가 좋아."

"거짓말하지 마. 단순히 네가 여기 산다는 사실을 들키고 싶지 않은 거라면 비행기를 보고 그렇게 기겁할 이유가 없잖아?"

지적에 가말은 입을 다물었다.

"그래. 어차피 말할 생각 따위 없겠지."

도영은 이제 좀 지겨워지려고 해서 말하고 일어났다. 나무를 붙잡고 일어나서 이번에는 쉽게 일어날 수 있었다.

"소……."

뒤에서 따라 일어나려던 가말이 갑자기 비틀거리며 넘어졌다. 도영은 신경 쓰지 않고 걸어가다가…… 멈춰 서서 한숨을 내쉬었다. 가말이 다시 일어나는 기척이 느껴지지 않았기 때문이다. 그래서 돌아보고 물었다.

"왜 그래?"

"아냐."

애써 고개를 들고 웃지만 얼굴이 시린 빛이 돌 정도로 하얗게 질려 있었다. 생각보다 더 안 좋아 보이는 얼굴에 도영은 미간을 찌푸리고 다시 돌아갔다.

"'아냐.'가 아니잖아."

엄한 도영의 눈빛 앞에 가말은 주저하더니 털어놓았다.

"빙글빙글해서……."

"어지러워?"

가말은 작게 고개를 끄덕였다.

"여기 앉아."

도영은 가말이 나무 그늘 아래 앉게 도와주었다. 그러자 가말은 머리를 젖혀 나무에 뒷머리를 기대었다. 안 그래도 흰 피부에 파랗게 보일 정도로 창백한 기운이 흘렀다.

도영은 가말이 이러는 이유가 단순히 놀라서가 아니라는 걸 알았다.

"꽃 때문이지?"

가말은 눈을 감은 채로 고개를 끄덕였다.

역시 꽃을 생으로 먹는 건 별로 효과가 없었다. 어느 정도 갈증을 다스리는 효과는 있을지 몰라도, 꽃은 플로스로 만들었을 때만 피를 대체할 수 있는 식품이 됐다.

"계속 꽃을 먹었어, 많이. 그래도 가끔 어지러워."

말하며 가말은 천천히 눈을 떴다. 유난히 주름이 선명하게 보이는 홍채 속에 선득거리는 윤기가 지나갔다. 그에 도영은 또 그 느낌이 올라왔다. 뱀의 눈을 본 것처럼 오싹해지며 몸이 굳는.

"피는 맛있어."

가말은 나직이 말했다. 눈도 깜빡이지 않고 도영을 응시하며.

"하지만 먹으면 여기가 막 뛰어."

그러면서 제 가슴을 꾹 눌렀다.

"피……."

그 단어가 잊고 있던 걸 상기시킨 투로 중얼거리며 도영의 목덜미를 빤히 쳐다보았다. 정확히는 피가 지나가고 있는 목의 혈관을.

도영은 움직이지 않았다. 섣불리 움직였다가는 공격당할 걸 알기 때문이었다. 손끝까지 긴장감이 흘렀다.

그때 가말이 겨우 충동을 떨치듯이 고개를 돌리더니, 지금 자신이 뭘 했는지 깨달은 것처럼 눈을 깜빡였다. 그 타이밍에 도영은 목발을 짚고 몸을 일으켰다.

"좀 쉬고 있어."

그리고 주춤거리며 따라 일어서려는 가말을 내버려두고 돌아서 갔다. 그러다가 흘긋 돌아보자, 가말은 뭘 어째야 할지 모르는 얼굴로 그가 가는 모습을 지켜보고 있었다. 창백한 얼굴이 유난히 애처로워 보였다.

"소령, 이거 먹어."

가말이 구운 토란 하나를 내밀었다. 한참 식사하고 있던 도영은 눈을 들었다.

"됐어."

거절했으나 가말은 고개를 저었다.

"아냐. 소령 먹어. 나 배불러."

"가만 내버려두면 소 한 마리를 앉은자리에서 다 먹는 식성을 아는데 무슨 소리야? 그냥 먹어."

도영은 가부장적인 남편처럼 잘라 말하고 계속 식사했다. 가말은 쭈뼛거리다가 그냥 토란을 제 입에 넣었다. 아니, 넣으려는 찰나 도영이 그릇을 내밀며 말했다.

"이리 줘."

그러자 가말은 그릇에 냉큼 구운 토란을 내려놓았다. 도영은 토란을 물끄러미 보고 중얼거렸다.

"토란 따위가 맛있게 느껴지는 날이 올 줄이야."

그리고 호방하게 토란 하나를 그냥 입에 넣고 씹었다. 그 모습을 보며 가말은 안도했다. 아까 일로 도영이 화났을지도 모른다고 생각했는데 그런 것 같진 않았기 때문이다.

식사가 다 끝나자 도영은 대충 자리를 정리하고 말했다.

"이제 들어가자."

"응. 도와줄까?"

가말이 얼른 물어, 도영은 그녀를 한 번 보고 대답했다.

"그래."

확실히 도영이 화가 난 것 같지 않자 가말은 기뻐하는 기색을 감추지 않고 그를 부축해주었다. 도영은 이제는 익숙하게 가말의 어깨에 팔을 감고 일어났다. 그러자 가말은 부축하는 일에 핵 원심분리기를 다루는 사람처럼 온 열과 성을 다했다.

도영도 그녀가 낮에 있었던 일을 신경 쓰고 있다는 사실을 알았다. 그런 걸 보면 착하다고 할지, 뱀파이어 주제에 순진하다고 할지……. 가말을 물끄러미 보다가 툭 중얼거렸다.

"이상한 놈."

"응?"

가말은 올려다보며 물었다.

"아냐."

그리고 둘은 집에 들어가 자리에 누웠다.

"소령."

도영은 돌아눕다가 가말이 작게 부르는 소리에 돌아보았다. 그러자 가말은 뭔가 말하고 싶어 하는 얼굴이었는데 말을 삼키고는 그냥 인사했다.

"잘 자."

"너도."

도영은 말하고 돌아누웠다. 그리고 그대로 말했다.

"너무 신경 쓰지 마. 나도 신경 안 쓰니까."

주어가 없는 말이었지만 가말은 이해했는지 작게 중얼거렸다.

"고마워."

도영은 더 말하지 않고 잠자기 위해 좀 더 편안한 자세를 잡았다. 그리고 얼마 지나지 않아 잠들었다.

그러다가 조금 후에 뭐 때문인지 얼핏 깼는데, 등 뒤에 이젠 익숙하게까지 느껴지는 온기가 있었다. 가말이 또 등에 붙어 자고 있는 모양이었다.

'이렇게 외로움을 타면서 무슨 혼자 산다고.'

잠결에 생각하는데, 별안간 작은 손이 슬그머니 옆구리를 넘어왔다. 순간 잠이 달아났다.

가말이 가슴부터 복부까지 손바닥으로 스으으 쓸어내렸다. 그가 잔다고 생각하는 탓인지 꽤나 대담한 손길이었다.

'이 엉큼한 자식이?'

기가 막혔다. 얼마나 친해졌다고 자는 사람을 더듬다니.

흡사 물속에서 넘실거리는 해초 같은 움직임으로 에로틱하게 훑어 내려오는데, 도영은 인정할 수 없었다. 가말 따위의 손길에 기분이 좋아지다니. 손이 유난히 복부에 오래 머무르며 원형을 그리듯이 지분거렸다. 도영은 지그시 미간에 힘을 주었다. 아래에 반응이 올 것 같았다. 안 되겠다 싶어서 말하려고 할 때였다.

"소령."

도영이 깬 걸 눈치챘는지 가말이 작게 불렀다. 그리고 그가 대답하기도 전에 나직이 중얼거렸다.

"소령한테서 맛있는 냄새가 나······."

기분 좋았던 게 거짓말처럼, 등골이 오싹해졌다. 얼굴이 보이지 않는 가말에게서 살의가 뿜어져 나왔다. 꼭 호랑이가 그를 끌어안고 있는 기분이었다. 떨치고 일어나고 싶어도 팔로 단단하게 휘감고 있어서 벗어날 수 없었다. 목 뒤에 와 닿는 따뜻한 숨결이 더욱 섬뜩했다.

"가말."

도영은 꼼짝도 하지 않은 채 입만 움직여 조심스레 그녀를 불렀다. 하지만 가말은 대답하지 않았다. 그저 그의 복부를 쓰다듬던 손을 티셔츠 안으로 넣어 직접 맨 살을 만지기 시작했다. 도영은 움찔하지 않으려고 부단히 애를 썼다. 가말을 어떻게 자극할지 몰라서.

성적인 의미가 아니라, 약간 이성을 잃은 상태니까 이쪽이 움직이거나 반응을 보여서 어떤 식으로든 자극하지 않는 편이 좋았다.

그때 손이 나른하게 쓸고 올라가서 가슴께를 지분거렸다.

아래에 피가 몰리며 힘이 들어가는 것을 느낀 도영은 정말로 기가 막혔다. 어떻게 욕망과 공포감을 동시에 느낄 수 있단 말인가? 하지만 호랑이가 가말의 모습을 하고 있으면 어떤 남자라도 그럴 거라고 확신했다.

자신이 무슨 말을 하고 있는지, 욕망과 공포감 사이에서 정신이 혼미해지는 것 같았다.

그때 뜨거운 숨을 뿜고 있던 가말이 목덜미를 핥았다. 소름이 온 등골을 타고 올라왔다. 피부 아래 흐르는 피를 노리는 걸 알고 있어서 가슴이 철렁하는데, 역시 동시에 아랫배에 열기가 뭉쳤다.

"가말……."

숨을 참으며 작게 불러보는 게 도영이 할 수 있는 최대의 반응이었다. 하지만 스스로 들어도 저항의 의지라고는 느껴지지 않는 목소리였다.

그런데 손이 아래쪽으로 이동하기 시작하자, 정신이 번쩍 들었다. 아무리 그래도 거기까지는 그냥 두고 볼 수가 없었다. 둘은 서로 잘 알지도 못하는 사이인데.

"가말."

그래서 좀 더 힘주어 그녀를 불렀다. 그때 손이 멈칫하고 정적이 흐르더니, 가말이 벌떡 일어났다. 도영이 겨우 돌아보자, 가말은 정신을 차렸는지 다른 의미로 얼굴이 창백했다.

"미, 미안."

그러더니 잡을 새도 없이 자리를 박차고 뛰어나갔다.

"가말!"

도영이 불렀지만 활짝 열린 문 너머로 가말은 이미 보이지 않았다.

간밤에 가말은 돌아오지 않았다.

가말이 도와주지 않으면 도영은 이 다리로 멀리 나가볼 방법이 없었다. 그래서 집에 놓여 있는 책 중 하나를 보며 해변에 앉아 있는데, 정오가 다 되도록 가말은 나타나지 않았다.

어느 순간 도영은 보던 책에서 시선을 들었다. 완벽한 휴가를 약속하는 여행사 광고에 나올 듯한 해변에 녹주석 색 물이 잔잔히 밀려들었다.

"가말."

도영은 느닷없이 말했다.

"배고파."

그러자 수풀이 바스락거리고 가말이 나타났다. 누가 보면 대역죄를 지은 사람 같은 표정을 하고.

도영에게는 루아스 같은 타고난 예민한 감각은 없어도 스토커처럼 수풀 너머에서 계속 지켜보고 있는 시선은 느끼지 않으려야 느끼지 않을 수가 없었다.

가로로 놓아둔 나무 기둥을 등받이 삼아 앉아 있는 도영은 고갯짓으로 제 옆자리를 가리켰다.

"앉아."

그러자 가말은 우물쭈물하며 옆에 와 앉았다. 도영은 별 기색 없이 말했다.

"그런 표정 할 거 없어. 그건 네 본성이니까 어쩔 수 없는 거지."

그 말에, 가말은 그가 말로 자신을 때리기라도 한 것 같은 얼굴이 되었다.

"그렇게 말해준 사람은…… 소령이 처음이야."

"난 뱀파이어가 익숙하니까."

뱀파이어라고 색안경 끼고 볼 단계는 이미 지났다. 도영으로서도 개는 개의 음식을 먹고 고양이는 고양이의 음식을 먹는 것처럼 뱀파이어는 뱀파이어의 음식을 먹어야 한다는 사실쯤은 받아들였다. 요즘 법적으로는 흡혈이 금지되어 있지만 뱀파이어에게 피가 필요하다는 사실 자체에 특별한 감정을 가지지 않을 정도는 된다는 의미였다.

가말의 눈 밑이 거뭇했다. 루아스가 하룻밤 잠을 설쳤다고 저럴 것 같진 않고, 역시 꽃은 충분한 영양분이 되지 않는다는 말이었다. 안 그래도 조금만 더 마르면 보기 싫을 정도로 말라서, 뭔가 식습관에 문제가 있는 사람처럼 보이기는 했다.

도영은 물었다.

"꽃만으로는 안 되는 거지?"

"아냐, 난……."

"그냥 사실을 묻는 거야."

그의 투가 워낙 담담했던 탓에 가말은 결국 고개를 끄덕였다.

"가끔 너무 힘들면 동물의 피를 마셔. 근데 냄새가 나서……."

그러니까 바깥에 나가서 플로스를 마시면 된다는 말은 하지 않았다. 이게 바깥에 나갈 이유를 납득시킬 기회일 수도 있지만, 가말이 나가서 플로스를 마시면 된다는 걸 알면서도 역한 동물의 피로 연명하고 있는 상황에는 의미가 없는 말이었기 때문이다. 그래서 도영은 가말을 한동안 보다가 물었다.

"피를 마시고 싶어?"

가말은 차마 대답하지 못했다.

"난 고기가 먹고 싶어."

도영이 느닷없는 말을 해 가말은 눈을 동그랗게 떴다.

"응?"

도영이 대답하지 않고 있기에, 가말은 제 뒤쪽을 가리키고 어물거렸다.

"어…… 잡아줘?"

고기가 먹고 싶다고 하니 잡아줄까 묻는 여자가 꽤 매력적이긴 해서, 도영은 피식 웃고 말했다.

"고기가 먹어 싶어지는 건 어쩔 수 없어. 그건 내 몸이 원하는 거니까."

그제야 가말은 도영이 왜 그런 이야기를 했는지 깨달은 얼굴이 되었다.

"하지만 소령을 마시고 싶지 않아. 소령은 내 친구니까."

가말은 눈물을 참듯이 입술을 꾹 깨물었다. 붉은 눈에 물기가 반짝였다.

"그런데 마시고 싶어져. 그게 싫어."

"필요하니까."

사실 도영이 전적으로 자선 사업을 하는 마음으로 이러는 건 아니었다. 전술적으로 생각해서 만약 피가 모자라서 가말이 그를 공격하거나, 지금까지 돌봐주던 그녀가 군대 용어로 '전투 불능'에 빠질 경우 생존은 더욱 위험해졌다. 그리고 탈출할 때 도움을 받기 위해서라도 가말이 제정신을 유지하는 상태가 여러모로 그에게 이득이라는 계산이 나왔다.

이런 계산이 차가워 보일 수도 있지만 그는 무조건 돌아가야만 했고, 그러기 위해서는 헌혈하는 셈치고 피 조금쯤이야 나눠 줄 수 있었다.

"아냐, 난……."

가말이 막 말하려고 할 때 도영은 손을 들어 그 말을 막았다.

"마시고 싶은 대로 마시라는 이야기가 아니야. 딱 죽지 않을 만큼의 영양분만 채우라는 이야기지. 다리도 이 모양인데 네가 죽으면 나도 곤란하니까."

"하지만 무섭지 않아? 내가 못 그만하면……."

도영은 어깨를 으쓱였다.

"오버하면 돌로 확 머리를 쳐버릴 테니까."

그게 감사 인사를 들을 말은 아니었지만 가말은 인간이 나서서 제 피를 나눠주려고 하는 상황이 믿기지 않아 중얼거렸다.

"고마워."

"친구라며."

말투는 퉁명했지만 가말은 도영도 자신을 친구라고 여겨준다는 사실을 깨달았다.

'가슴이 이상해.'

심장 안에서 작은 사람이 날뛰는 느낌이었다. 이리 뛰고 저리 뛰고, 마구 난리를 치며.

"하지만 약속해. 절대 내 허락 없이는 피를 마시거나 하지 않겠다고."

도영의 말에 가말은 거세게 고개를 저었다.

"절대 안 그래."

그러자 도영은 그녀의 뒤쪽을 가리켰다.

"저거 가져와."

그가 가리킨 건 모래에 누워 있는 주먹만 한 돌이었다.

"돌?"

"정신 못 차리는 거 같으면 친다고 했잖아."

"아, 응."

가말은 당연하다는 듯이 일어나 돌을 가져왔다. 그리고 멀뚱히 도영의 앞에 앉아 있다가 그도 아무 말이 없기에 조심히 말을 꺼냈다.

"그럼……?"

"그래."

가말은 무릎걸음으로 도영에게 다가갔다. 그는 흰 자와 경계가 뚜렷한 눈동자가 똑바로 그녀를 보았다. 두려움을 모르는, 그래서 조용하고 강한 눈이었다.

가말은 도영의 목 쪽으로 고개를 기울였다. 그의 입술 사이에서 새어 나오는 숨이 강아지풀처럼 볼을 간질여, 왠지 허리 뒤쪽이 저려왔다. 그녀는 언제나 감각이 과하게 발달해있어서 곤란했지만 지금은 어느 때보다 감각이 민감해져 있는 느낌이었다.

이내 도영의 목에 입술이 닿았다. 그의 피부는 열이 높아 뜨겁고 부드러웠다. 그리고 약간 시큼한 땀 냄새와 나무 향기 같은 체취가 났다. 저도 모르게 목덜미를 한 번 핥자 도영이 낮은 목소리로 중얼거렸다.

"핥지는 마."

"미안……."

가말은 전혀 집중하지 않은 채 웅얼거리고 저도 모르게 다시 목을 핥았다. 하지만 이번에 도영은 아무 말도 하지 않았다. 양손을 기대고 있는 나무 기둥에 올려놓은 채 움직이지 않았다.

점차 몸을 밀어 넣다보니 어느새 도영의 다리 사이 공간에 앉아 있었다. 하지만 그 사실을 인지하지도 못했다.

이가 목덜미를 파고들자, 도영은 크게 움찔했다. 가말은 아나콘다가 먹이를 휘감아 붙잡듯이 본능적으로 그의 몸에 팔을 감았다. 손바닥에 단단한 견갑골이 느껴졌다.

귓가에서 도영이 숨을 몰아쉬었다. 피를 깊이 빨아들이자 손끝, 발끝까지 온기가 퍼지는 느낌이었다. 수분 하나 없이 바싹 건조된 몸에 물이 쏟아지듯 온몸에 전율이 흘렀다. 그리고 목구멍 너머로 피가 넘어간다기보다 입안에 닿자마자 온몸으로 흡수되어 사라지는 느낌이었다.

어느 순간 도영이 머리에 손을 얹었다.

"머리 친다."

가말은 정신을 붙잡고 천천히 입을 뗐다. 도영은 조금 피곤해 보이는 반면 그녀는 시야가 반짝이는 무지개색으로 빛나는 것 같았다.

"소령."

가말이 속삭였다.

붉게 물든 그녀의 입술 사이로 향긋한 숨이 흩어졌다. 분명 비릿한 제 피 냄새여야 할 텐데, 꼭 피가 그녀의 몸속에서 여과된 것 같았다.

그리고 마른 나뭇가지 같은 느낌을 주던 몸에 핑크빛 윤기가 돌았다. 흡혈을 끝낸 뱀파이어는 퇴폐하고 섬뜩한 느낌이 아니라, 천연 해수 진주처럼 오묘한 빛깔의 생명력을 뿜어내는 느낌에 가까웠다. 마치 광채가 손에 잡힐 것같이……

도영은 그대로 가말의 머리를 감싸 당겨 키스했다. 하지만 가말은 전혀 놀라거나 저항하지 않았다. 꼭 기다린 것처럼 그의 목에 팔을 감아왔다. 그로서도 뭘 하고 있는 건지 알 수 없었지만 그만둘 수가 없었다.

"소령…… 응……"

"송곳니 세우지 마."

도영은 숨을 몰아쉬며 말하고 다시 키스해왔다.

이번에는 아주 부드러웠다. 성격상 좀 더 밀어붙이는 편일 것 같은데, 큰 손으로 볼을 감싸고 입술을 벌려서 매끄럽게 혀를 밀어 넣었다.

가말은 이런 기분이 낯설었다. 여태껏 그녀가 만난 남자들은 이렇게까지 상대를 배려하면서 스킨십하지 않았다. 그건 그들이 여권이 미천한 고대와 중세의 남자들이어서 그랬던 것도 있겠지만 그냥, 그러지 않았다.

"네가 남자들을 안달나게 만들어서 그래. 이상하게 널 보면 당장 차지해야겠다는 생각밖에 들지 않는 거지."

다니엘은 그렇게 말했다.

다니엘은 한때 그녀와 같이 지낸 인간이었다. 밭에서 남자들에게 린치당하는 걸 구해주자 가말을 제 집에 초대했고, 그녀가 인간이 아니라는 사실을 알면서도 한동안 집에 머무르는 걸 허락했다.

다니엘은 남자를 좋아하는 남자, 즉 언젠가부터 인간들이 '게이'라고 부르는 사람이었다. 그래서 밭에서 린치를 당하고 있었다. 동성애가 오히려 권장할 만한 일이었던 고대 그리스를 지나온 가말로서는 동성애가 제 일은 아니어도 왜 문제인지 알 수 없었지만, 어쨌든 그것 때문에 다니엘은 마을과 동떨어진 곳에 집을 지어놓고 혼자 지냈다. 따라서 가말이 머물기에는 최적의 환경이었다.

다니엘은 인생에 질곡이 많아서인지 젊은 나이에 비해 꽤 혜안을 지닌 사람이었다. 그는 이렇게 조언했다.

"부드럽게 키스할 줄 아는 사람을 만나."

제 입 속에 있는 도영의 혀가 달았다. 마치 말랑거리는 사탕 같은 느낌이어서, 가말은 살짝 빨아보았다. 그러자 도영의 몸이 살에 맞은 듯이 굳었다. 하지만 생각보다 느낌이 좋았던 가말은 재차 반복했다.

그때 도영이 그녀를 강하게 끌어안았다. 아까의 부드러운 태도는 거짓말같이, 거칠게 혀와 숨을 앗았다. 하지만 맞닿은 느낌이 이상할 만큼 좋았다. 더 맞닿고 싶어서 가말이 저도 모르게 도영을 더 끌어안는 순간, 그가 숨을 크게 터뜨리더니 그녀의 어깨를 잡고 밀어냈다.

가말은 숨을 몰아쉬었다. 뱀파이어의 폐에 숨이 모자를 정도로 숨 쉬는 것도 잊고 있었다. 그런데 도영의 표정이 어쩐지…… 좋지 않았다. 그녀가 너무 세게 끌어안았던 걸까?

"Putain."

도영은 낮게 욕설을 내뱉고 일어나려고 했다. 하지만 다리 때문에 지지대 없이 바로 일어날 수가 없어서 비틀거리자 가말이 반사적으로 도와주려고 손을 뻗었다. 이 상황에서도 그러는 데 도영은 기가 찼다. 그래서 이마를 한 번 쓸고 골치가 아프단 어조로 말했다.

"그냥 있으면 어떡해? 싫다고 밀어내야지."

"소령은 괜찮아."

이상한 일이었다. 그 말에 도영은 가슴이 뛰었다. 그런데 다음 순간 가말이 해맑게 웃으며 말했다.

"친구니까."

도영은 벙쪘다. 지금 뭐라고……? 자신이 잘못 들은 건 아닌지 의심하는데, 웃고 있는 가말을 보니 제대로 들은 모양이었다. 일순 도영의 관자놀이에 핏대가 솟았다.

"넌 친구한텐 다 키스하냐? 그럼 배구공한테도 키스하겠다?"

가말은 놀라서 눈이 화등잔만 해졌다.

"왜…… 화내? 근데 배구공이 뭐야? 소령 친구야?"

"그래, 내 베스트프렌드다. 꺼져, 이 자식아!"

저녁이 되도록 가말은 도영에게 다가오지 못하고 멀찍이서 눈치를 살피고 있었다. 하지만 도영은 눈길 한 번 주지 않았다.

"저기, 소령……."

마침내 가말이 우물쭈물하다가 말을 걸었다.

"목에 상처…… 안 고쳐?"

도영은 감정이 없는 눈으로 돌아보았다.

그래. 이건 뱀파이어였다. 아무리 귀여운 거죽을 뒤집어쓰고 있어도, 꽃을 먹고 살아도, 뱀파이어는 뱀파이어였다. 그리고 여자 뱀파이어와 인간 남자는 관계를 맺을 수 없었다. 왜냐? 생각해 보라. 생물학적으로 여자의 그곳은 근육으로 이루어진 부분이고, 뱀파이어는 힘이 셌다, 그것도 아주.

그런데 관계를 맺을 때 여자의 그곳은 기본적으로 본인 의지와는 상관없이 움직이는 곳이었다. 그러니까 인간 남자와 여자 루아스가 관계를 맺으면 무슨 일이 일어날지는…… 상상에 맡기겠다.

따라서 남자 루아스와 인간 여자는 가능하지만 그 반대는 불가능했다. 루아스에 대해 조금이라도 아는 사람들에게 그건 상식이었다. 물론 도영도 잘 알고 있었지만 그게 언젠가 자신에게 문제가 되리라고 생각해본 적은 없었다.

아니, 여전히 문제는 아니었다. 이 머저리 뱀파이어한테 잠깐 그런 기분이 들어버린 건 죽음의 위기에 놓인 스톡홀름 신드롬의 피해자 같은 망상이었으니까.

"상처, 고쳐줄까?"

가말은 넌지시 물었다.

"그래. 부탁할게."

도영이 드디어 화가 풀린 것 같자 가말은 얼굴이 밝아졌다. 꼭 그의 감정이 그녀에게 중요한 것처럼. 그래서 도영은 툭 말했다.

"그런 얼굴 하지 마."

"무슨 얼굴?"

가말이 정말 몰라서 묻는 얼굴이기에, 도영은 길게 숨을 내쉬고 고개를 돌렸다.

"됐어."

이내 상처 치료가 끝나고 도영은 해변에 드러누웠다. 처음 이 섬에 온 날처럼 별들이 크리스마스트리를 방불케 하도록 반짝거렸다.

가말도 옆에 앉아서 같이 파도가 밀려오는 소리를 듣다가, 도영은 말했다.

"하여간 넌 별난 루아스야."

가말은 고개를 갸웃했다.

"내가?"

자신이 별난 줄도 모르는 상대에게 말해 뭐할까 싶어, 도영은 더 말하기를 포기했다. 그런데 문득 가말이 물었다.

"근데 왜 뱀파이어를 루아스라고 불러?"

하긴, 섬에서만 살았으니 이제 바깥에서는 상식으로 통하는 걸 모를 수도 있었다.

"뱀파이어가 어디서 시작됐냐고요?"

언젠가 했던 질문에 하얀 가운을 입은 연구원은 들고 있는 컵을 내려놓았다.

"글쎄요. 워낙 여러 가설이 있어서…… 그나마 가장 설득력이 있는 건 한마디로, 외계인이라는 거예요."

아마 웃음을 터뜨렸던 것 같다.

"웃지 말고요. 이게 세상 황당한 이야기처럼 들리겠지만 보세요. 애초에 인간이 뭔가에 감염돼서 인간의 피를 빨면서 영원히 사는 생물로 바뀐다는 거 자체가 말이 안 되잖아요? 도저히 지구의 이야기 같지 않지 않아요?"

그렇게 들으니 또 아주 얼토당토않은 말 같진 않았지만 아직

설득되지 않은 도영은 그냥 어깨를 으쓱였다.

"그러니까 인간을 흡혈귀로 바꾸는 'X 바이러스'가 외계에서 왔다는 거죠?"

"다만 아주 오래전에요. 거의 화산이 폭발하고 지각이 흔들리는 생성기의 지구에. 최초의 흡혈귀들은 이 X 바이러스에 감염된 존재일 거라고 생각해요."

"사실 지구에 있는 모든 동물과 식물은 한 조상을 가지고 있다고 해."

도영은 하늘을 본 채로 말했다.

"물론 가설이지만, 그러니까 인간이나 오늘 우리가 먹은 생선이나 저 풀이나 처음에는 다 같은 하나의 종이었다는 거야."

"같은 종이었다고?"

가말은 믿기지 않는다는 투였다. 그럴 만도 했지만, 도영은 계속 말했다.

"응. 그리고 동물은 동물로, 식물은 식물로, 각자 지금 모습이 되기 전에 같은 형태로 존재했던 마지막 조상을 LUA(The Last Universal Ancestor)라고 불러."

파도는 밀려오고 별은 빛나고, 분위기가 쓸데없이 낭만적이었다.

"인간을 뱀파이어로 바꾸는 미지의 X 바이러스는 아주 오래전에 지구에 왔고, 같이 진화를 거치다가 인간은 인간의 모습으로, 뱀파이어는 뱀파이어의 모습으로 갈라졌다고 하더라고. SF

소설 같은 이야기이긴 하지만, 아무튼 그래서 마지막으로 형태가 같았던 공통 조상인 LUA에 미지수를 뜻하는 X를 붙여서 뱀파이어를 루아스(Luax)라고 불러."

가말은 그 정보를 소화하듯 생각에 빠져 있더니 물었다.

"그럼 인간과 뱀파이어는 같아?"

"학자들은 형제 같은 거라고 하지. 호모 사피엔스랑 네안데르탈인처럼."

오랫동안 지구의 지배자로 군림했던 호모 사피엔스에게 그들을 먹잇감으로 삼는 '호모 비벤스'(마시는 사람)의 등장은 충격적이고 마땅히 적대감을 가질 만한 일이었다. 하지만 몰랐을 뿐, 둘은 이 지구에 오래전부터 같이 있었다. 저 별이 보이지 않는다고 해서 없었던 게 아니었듯이.

"그럼 괴물이 아니구나, 뱀파이어는."

가말은 중얼거렸다. 그에 도영은 팔을 내려 배 위에 올려놓고 눈을 감았다.

"그거야 옛날에나 그렇게 불렀고 지금은 그냥 여러 종 중에 하나지."

이러고 있자니 도영은 문득 안시 호숫가의 할머니 댁에 누워 있었던 때가 떠올랐다. 머리맡엔 삼촌 줄리앙이 책을 읽고 있었고 아버지 엘리오는 뚜벅뚜벅 걸어 다녔다. 튼튼하고, 유난히 강한 다리로. 부엌 쪽에서는 사촌들과 대화를 나누는 어머니 사랑의 웃음소리가 들려왔다.

도영은 눈을 감은 그대로 말했다.

"가말. 내게도 집이 있어."

"알아."

가말은 나직이 대답했다. 이미 흔적도 없는 그녀의 집과는 달리 바로 이 순간에도 아들이 살아 돌아오길 기다리는 집이 있다는 사실을 잘 알고 있었다.

◇ ◇ ◇

가말은 약간 벙쪄서 도영을 쳐다보다가 물었다.

"소령 뱀파이어 됐어?"

"무슨 소리야?"

뜬금없는 소리에 도영은 밥을 먹다 말고 눈을 들었다. 그에 가말은 말했다.

"뱀파이어처럼 먹어."

어젯밤 이런저런 생각을 해보다가 도영은 결국 그가 지금 할 수 있는 건 하나뿐이라고 결론을 내렸다. 다리가 빨리 낫는 것. 그래서 다리를 회복하는 데 모든 걸 집중하기로 했다. 그리고 약 없이 몸이 낫는 법이라면, 잘 먹고 잘 쉬는 방법뿐이었다.

하지만 가말에게 그런 말을 할 수 없으니 대충 얼버무렸다.

"그냥. 배고파서."

"더 줄까?"

"그래."

하도 많이 먹어서 살짝 역해지려고 했지만 도영은 끝까지 다

먹었다. 그리고 식사가 끝나자 가말은 불을 붙이는 데 쓰는 펌프 드릴(펌프의 원리를 이용한 마찰 점화 도구)을 만들기 시작했다. 그나마 손으로 나무를 비벼서 불을 붙이지 않아서 다행이라고 해야 할지, 정말 원시 시대가 따로 없었다.

파이어 피스톤(압력을 이용한 점화 도구)이라도 만들면 불을 붙일 때 훨씬 편할 텐데 가말은 나무를 깎을 수 있는 칼도 가지고 있지 않았다. 진짜 선사 시대 사람처럼 돌칼을 썼다, 돌칼을.

아무리 그래도 삼천 년 전이면 이미 이집트는 피라미드를 다 짓고도 남지 않았던가? 이 정도면 일부러 원시적인 방법만 골라서 쓰는 서바이벌 마니아라고 하는 게 더 맞음직했다.

그 모습을 보며 도영은 물었다.

"그러고 보니 내 나이프는 어디 있어?"

이제 와서 하는 말이지만 처음에 가말을 공격할 때 썼던 스트라이더 SMF 나이프도 스페츠나츠한테서 훔친 거였다. 그건 그 자식 거라 소매치기 당했다는 걸 알고 나서 열 좀 받지 않았을까 싶었다.

"위험해. 그런 거 갖고 놀면 안 돼."

꼭 아이를 혼내는 엄마 같은 투였다. 생각보다 그 어조가 자연스러웠지만 도영은 기가 찼다. 어쨌든 가말에게 손을 뻗으며 말했다.

"이리 줘."

그리고 대신 펌프 드릴을 만들었다. 가말은 꽃을 먹으려고 꺼내며 도영이 익숙하게 펌프 드릴을 만드는 모습을 보고 물었다.

"소령은 어떻게 이런 걸 다 알아?"

예전에 섬에 온 사람들은 옛날 사람일수록 좀 더 손을 쓰는 기술에 능했으나 그래도 이 섬 정도 되는 야생에서는 아무것도 못하고 우왕좌왕했다. 하지만 도영은 꼭 부족의 전사처럼 능숙했다.

"어렸을 때부터 아버지가 날 숲이니 산이니 자주 데리고 다녔거든."

도영은 하는 일을 멈추지 않고 무심히 대답했다. 아버지가 그랬던 덕분에 야생에 익숙한 게 거짓말은 아니니까.

여전히 가말은 도영이 입고 있는 옷이 군복이라는 사실을 모르는 눈치였다.

"어머니는?"

문득 가말은 도영의 가족 이야기를 듣고 싶어져서 물었다.

"평범한 회사원."

도영은 대답했다.

그런데 어머니가 어떻게 특수부대원이었던 아버지와 결혼했느냐 하면…….

"둘은 어떻게 결혼했어?"

안 그래도 가말이 물었다.

"두 분이 어렸을 때부터 같은 동네에 살았거든. 그래도 나이 차이가 있어서 딱히 친한 사이는 아니었는데, 어느 날 대학생이던 어머니가 아버지가 자주 가던 맥도날드에서 아르바이트를 시작했다나 봐."

사실 미식의 나라에 사는 만큼 프랑스인들은 미국발 패스트푸드 음식점을 그리 좋아하지 않았지만⋯⋯.

"우리 아버지는 출퇴근이 불규칙한 직업이었거든. 가게들이 다 닫았을 때 오갈 일이 많아서 24시간 내내 여는 패스트푸드 레스토랑을 자주 이용했대."

원래도 이용하던 곳이지만 마침 동네의 아는 동생도-어머니-거기서 일하게 돼서, 아버지는 더 그 맥도날드에 자주 갔다고 했다.

"근데 어느 날 궁금하더래. 왜 어머니가 피곤함을 무릅쓰고 꼭 새벽이나 야간 시프트만 뛰는지. 그래서 한날 가게에 갔을 때 물어봤다는 거야. 왜냐고."

그랬더니 카운터 너머에 있는 어머니가 무심하기 그지없는 눈빛으로 말하길⋯⋯.

"왜일 거 같은데?"

도영은 어깨를 으쓱였다.

"그런 거였어."

가말도 이해하고 작게 탄성을 내었다.

"멋있다. 엄청⋯⋯."

적절한 표현을 하고 싶은데 단어가 생각나지 않는지 주먹을 쥐었다 폈다.

"로맨틱하다고?"

대신 도영이 알 만하다는 듯이 말하자 가말은 고개를 끄덕끄덕했다.

"응."

도영은 피식 웃었다.

"아버지한테 이야기를 들은 삼촌은 그걸 이제 알았냐고 타박했다고 하던데……."

"삼촌도 있구나."

그러자 도영은 대수롭잖게 말했다.

"있었어. 돌아가셨거든."

뱀파이어의 손에.

도영이 열 살 때의 일이었고, 아버지는 그때 삼촌을 구하려다가 평생 휠체어에 앉아 지낼 수밖에 없게 됐다. 더는 뛸 수 없는 아버지는 당연히 그토록 자긍심을 가졌던 GIGN(프랑스의 대테러부대)에서 나올 수밖에 없었고, 그들 가족은 한동안 아주 힘든 시간을 보냈다.

그럼에도 가족이었기 때문에, 가족이어서, 남은 사람들은 꿋꿋이 원래 자리를 지켰다. 어머니는 다리를 잃은 남편을 떠나지 않았고, 아버지는 형제와 다리, 그리고 다리와 함께 꿈을 잃었다는 데 좌절해 인생을 포기하지 않았다. 그래서 도영 또한 삼촌을 빼앗아간 것들에 대한 증오에 매몰되어 있을 틈이 없었다.

문득 가말을 보자, 그녀는 이야기에 집중해서 꽃을 먹는 것도 까먹었는지 마냥 꽃을 들고 있는 상태였다.

어느 날 뱀파이어들은 평화의 상징으로 꽃을 들고 왔다. 도영도 한때는 뱀파이어를 증오하는 마음이 왜 없었겠느냐마는, 이제 그에게는 뱀파이어 친구가 있었고, 동료가 있었고, 또…….

너무 많이 먹은 탓인지 졸리기 시작했다.

"졸려. 잔다."

그러고는 도영은 난데없이 드러누웠다. 가말이 눈을 동그랗게 뜨며 물었다.

"갑자기?"

"원래 잠은 갑자기 오는 거야."

그리고 도영은 눈을 감더니, 진짜 얼마 지나지 않아 숨소리가 규칙적으로 변했다. 가말은 먹는 걸 깜빡하고 있던 꽃을 씹으며 도영을 뜯어보았다. 감은 눈 아래로 색이 연한 속눈썹이 가지런히 내려앉아 있었다. 꼭 옛날에 그리스 아테네에서 본 조각 같았다.

그녀가 태어난, 우락부락할 정도로 남자다운 남자가 진정한 남자로 칭송받던 시대의 기준에 비하면 도영의 이목구비는 여성스러워 보일 만큼 매끄럽고 섬세한 느낌이었다. 그래서 가말이 처음에 도영을 봤을 때 얼굴이 여자 같다고 생각했던 거였다. 그런데도 도영이 지닌 남성미는 조금도 지장을 받지 않았다. 어깨는 넓고 지난번에 만져본 배는 단단했다. 손도 크고…….

어쩐지 반듯한 콧대를 쓰다듬고 싶다는 생각이 들었다.

쿵. 쿵. 쿵. 그의 갈비뼈 안에서 힘차게 뛰는 소리가 들렸다.

심장 소리……. 생명의 소리.

가말은 그 소리를 따라 좀 더 가까이 갔다. 그럴수록 살짝 벌어진, 질감이 좋아 보이는 입술 사이로 숨이 느껴졌다.

좋아하는 남자를 보기 위해 일부러 식당에서, 그것도 남들은 일하길 꺼리는 시간을 골라 일했다는 도영의 어머니. 이런 기분이었을까?

'이런 기분?'

가말은 저도 모르게 한 생각에 물음표를 던졌다. 그럼 자신은 도영의 어머니가 아버지를 좋아했듯이 도영을 좋아하는 걸까? 하지만 그는 인간이었다. 일단 여태까지 섬에 왔던 인간들과는 확실히 다르긴 했지만⋯⋯.

그렇게 생각하는 타이밍에 도영이 눈을 떴다. 가말은 움찔했다. 뭐하고 있냐고 그가 인상을 찌푸릴 거라고 생각했는데, 잠기운 탓인지 폭풍이 치기 전 바다처럼 낮게 가라앉은, 잿빛이 섞인 푸른 눈으로 그저 그녀를 응시했다.

'내가 너무 가까이 있어서 그런 거구나.'

가말은 생각하고 몸을 일으키려고 했다.

"미안⋯⋯."

그런데 도영이 가말을 잡아 끌어당겼다. 그에 그녀는 얼결에 끌려가 그 옆에 누웠다.

"너도 자."

그러고는 도영은 아기를 재우는 것처럼 어깨를 토닥였다. 금세 손을 치우긴 했지만 그가 토닥인 부분에 온기가 남았다. 가말은 그 부분을 매만졌다. 왠지 슬며시 미소가 나왔다.

아침이 밝아 도영은 눈을 떴다. 그런데 가말의 자리가 비어 있었다. 이불까지 정리해놓은 걸 보니 어딘가 가려고 목적하고 나간 모양이었다. 안 그래도 곱게 접어놓은 이불 위에 쪽지가 보였다.

〈Je vei deor.〉
나 바께 다녀아.

제 딴엔 노력한 것 같지만 맞춤법이 환상적이었다.
"엉망이구만."
그런데 고심한 흔적이 느껴지는 삐뚤빼뚤한 글씨가 왜 귀여운지, 도영은 그렇게 느끼는 자신이 기막혔다.

화로 위에는 여행을 떠나면서 파스타를 한 냄비 해놓은 어머니처럼 아침 식사거리를 수북하게 쌓아놓았다. 그걸 아침으로 먹고 일어나 절뚝거리며 밖으로 나갔다. 해변이 텅 비어 있었다.

'어딜 간 거야?'

생각은 했지만 사실 물가에 내놓은 다섯 살짜리 어린애도 아니고, 외출한 고양이가 해 질 녘에 어련히 돌아오겠거니 생각하듯이 특별히 걱정은 하지 않았다. 그래서 미리 떠놓은 물로 가볍게 씻고 나무 그늘 아래 앉아 책을 펼쳤다.

이곳을 오간 손님들의 것인 듯 여러 언어로 된 책 더미 사이에서 찾아낸 것이었다.

그런데 책을 펼치다가 맨 뒷장과 표지 사이에 뭔가가 끼워져 있는 걸 발견했다.

'뭐지?'

오래되어 색이 바란 편지였다.

도영은 봉투를 열고 편지를 꺼내 펼쳤다. 편지는 옛날 프랑스어와, 단어나 문장 구조로 보아 독어계로 보이는 언어로 쓰여 있었다. 하지만 독일어는 아니고…….

네덜란드어였다.

'요하네스.'

이걸 쓴 사람이 누구인지 바로 깨달았다. 아무래도 요하네스는 동인도 회사에 일한, 교육을 받은 지식인 같았고, 옛날에는 프랑스어가 국제 언어였으니 프랑스어를 꽤 구사했던 모양이다.

도영으로서는 네덜란드어는 읽을 줄 몰랐지만 분량이 비슷한 걸로 봐서 같은 내용을 두 번 쓴 게 아닌가 싶었다.

– 나는 가말에게 내 모국어와 바깥 세상에 대해 가르쳐주었다.

옛날 말이라서 드문드문 이해하기 힘들었지만 몰리에르(프랑스의 국민 극작가)를 읽을 줄 안다면 아주 못 읽을 정도는 아니었다.

– 난 이곳에서 정확하게 22년을 살았다.

거기서 잠깐 멈칫했다.

22년……? 순간 도영은 그 숫자가 꼭 자신의 미래에 대한 예언 같아 불길해지는 동시에 '그렇게 오랫동안 가말과 살았다고?' 싶어지며 이상한 감정…… 꼭 질투심 같은 감정이 올라왔다. 아니, 잊지 말자. 가말과 그는 아무 사이도 아니고 그 어떤 사이도 될 예정이 없었다. 그래서 심기일전하고 계속 편지를 읽어 내렸다.

— 집에 있을 아내와 아이들이 그리웠다. 매일 구조대를 기다렸다. 가 말에게 도와달라고 간청하고, 때로는 분노를 터뜨렸지만 그녀는 이 섬에서 나갈 방법은 없다고 말할 뿐이었다. 그래서 한때는 가말과의 사이가 더 악화될 것도 없이 악화되었다. 하지만 결국 이곳에는 나와 그녀뿐이었다. 우리는 다시 화해했다. 그리고 난 가말을 사랑하게 되 었다. 가말은 아름답고 강했으며 날 헌신적으로 보살펴주었다.

도영은 애써 편지를 읽는 걸 멈추지 않으려고 노력하며 뒷장으로 넘겼다.

— 하지만 가말은 나와 같은 마음을 가지지 않았다. 내가 그녀에게 기대한 것도 육체적인 사랑 같은 게 아니었다. 감히 그런 걸 기대할 수도 없었다. 우리는 마치 단테와 베아트리체처럼, 서로가 서로에게 스승과 사제처럼 존경하고 존중했다.
수없이 뜨고 지는 해와 달을 보며 서로의 모든 것에 대해 이야기를 나 누었다. 나는 가말의 영혼 깊은 곳까지 들여다본 기분이 들었다. 그녀 만큼 내 영혼을 깊이 들여다보아준 사람도 없었다.
나는 가말이 인간도 괴물도 아닌 자연의 정령 같은 게 아닐까 생각했 다. 내가 진정으로 원하는 게 무엇인지 가르쳐주기 위해 헌신한.

그리고 편지에는 요하네스가 이 섬에서 살며 겪고 느꼈던 것들이 서술되어 있었지만 도영에게 크게 중요한 내용은 없었다.

이내 도영은 편지에서 시선을 뗐다. 바다를 바라보고 있는 동안 부드러운 바람이 머리카락을 흐트러뜨렸다.

결국 그는 또 다른 요하네스였다. 그가 이 무인도를 벗어나지 못하고 죽어도 가말은 다음에 찾아오는 남자를 만날 것이다. 누군가를 만나고 헤어지고 또 만나고, 따지고 보면 인간의 인생과 똑같은 흐름이지만, 다른 건 그 주기가 누군가에게는 인생 전체라는 점이었다.

그리고 도영은 그 흐름에 갇힐 생각이 없었다.

생각하다가 문득 도영은 시간이 꽤 흘렀다는 사실을 깨닫고 살짝 인상을 썼다.

"얜 왜 안 와?"

그때였다. 수풀 너머로 멧돼지가 쑥 솟아올랐다. 도영은 흠칫 놀라 본능적으로 총을 찾아 허리춤을 짚었다. 하지만 총이 있을 리 없었다.

그런데 멧돼지가 쿵 소리를 내며 옆으로 넘어졌다. 다행히 이미 죽은 상태였다.

그 뒤로 가말이 쑥 솟아올랐다. 주인을 본 강아지처럼 웃으며.

"소령!"

도영은 황당했다.

"뭐……."

"소령이 고기 먹고 싶다고 했어."

칭찬해달라는 강아지 같은 얼굴을, 도영은 아연하게 바라보았다.

◇ ◇ ◇

어렸을 때 도영의 동네에 까칠한 고양이 한 마리가 살았다. 고양이는 모두에게 까칠했지만 이상하게 그만은 좋아했다. 그리고 어느 날부터 도영에게 쥐나 새, 도마뱀 같은 것들을 물어다주고는 했다. 고양이의 주인은 그게 좋아한다는 표시라고 했다. 자기 기준에 소중하다 싶은 걸 '널 위해 준비했어.'라고 말하는 거라고.

아무래도 저 여자 뱀파이어가 자신을 좋아하는 것 같았다. 도영은 생각했다.

여자가 그를 좋아하는 게 특이한 일은 아니었으나, 지금 문제는 그게 반쯤 그의 신변을 억류하고 있는 뱀파이어라는 사실이었다.

게다가 도영은 가말이 진심이라고 생각하지 않았다. 가말은 오랫동안 혼자 살아온 걸로 보이니까 아마 간만에 만난 남자인 그에게 본능적으로 호감을 가지게 됐을 것이다. 그는 생긴 게 나쁘지 않은 젊고 건강한 남자였으니까.

그러니 섬에 온 게 딱히 도영이 아니라 윌리엄이나 존이었어도 상관없었다. 비슷한 조건만 가졌더라면.

"소령."

그때 가말이 나무 뒤에서 나타나 불렀다. 자기가 얽은 밀짚모자 아래로 긴 머리카락이 흘러내려, 이온음료 광고에라도 나와야 할 것처럼 상큼한 모습이었다.

"나 꽃 따러 가."

그에 도영은 책을 내려놓고 말했다.

"같이 가."

가말은 눈을 깜빡였다.

"같이? 하지만 소령 다리……."

"힘센 부목이 있는데 무슨 걱정이야?"

도영은 어서 와 부축하지 않고 뭐하냐는 듯이 손을 내밀었다. 그러자 가말은 주저하면서도 다가와서 일으켜주었다.

"꽃 멀리 있는데."

"하도 이 근처에만 있으니까 사육당하는 기분이야. 멀리 좀 가보자."

도영은 말하고 막무가내로 가말에게 기대었다. 그러자 가말은 어쩔 수 없는지 그를 부축하고 출발했다.

사실 도영은 이제 다리에선 거의 통증이 느껴지지 않았다. 애초에 워낙 건강한 체질이고 하도 잘 먹고 잘 쉬어서인지 생각보다 더 빨리 다리가 나았다. 그래서 이미 어느 정도 걸을 수 있었지만, 아직 가말에게 이 사실을 알려야 할지 확신이 서지 않아 아직은 다 낫지 않은 척을 하고 있었다.

"소령 안 힘들어?"

한동안 가다가 가말이 물었다.

"괜찮아."

말은 그렇게 했으나 도영은 오랜만에, 그것도 다리가 불편한 척하며 오래 걷자니 꽤 땀이 났다. 그래서 티셔츠의 등허리가 땀으로 축축했다.

가말이 물었다.

"쉬었다 갈까?"

"그래."

그러자 가말은 절벽 아래쪽 호숫가의 바위에 도영이 앉도록 도와주었다. 그리고 크로스백에 넣어온 나무 그릇으로 물을 떠서 건넸다.

"여기, 물."

"고마워."

도영은 그릇을 받아 물을 마셨다. 그런데 가말이 왠지 모르게 감동받은 얼굴을 하고 있기에 이건 또 무슨 반응인가 싶어서 물었다.

"왜?"

"아냐."

가말은 수줍어하며 대답하고 돌아섰다.

'또 뭐야?'

도영으로서는 그가 무의식중에 한 '고맙다'는 말 때문이라는 건 눈치채지 못하고 하여간 엉뚱한 자식이라고만 생각했다. 그리고 하늘을 쳐다보았다. 쨍하게 맑은 하늘에 새들이 느긋하게 날아갔다.

절벽은 옆구리에 거인의 주먹을 맞은 것처럼 푹 파여서 머리 위로 반쯤 지붕을 드리우고 있었다. 따라서 도영이 앉은 그늘 쪽은 시원한 공기가 감돌고, 가말이 쪼그려 앉아 있는 물가에는 햇빛이 내렸다.

가말이 그렇게 오래 살면서도 때가 묻지 않은 건, 본래 성격 탓도 있고 오랫동안 잠든 채로 지냈던 탓도 있겠지만, 무엇보다 이 섬에서 살았기 때문일 거라고 생각했다. 아직도 태초에 가까운 자연환경에서는 때가 묻을 일이 없었기 때문이다. 자연이 가말이라는 존재를 지켜낸 것처럼.

시선을 느꼈는지 가말이 돌아보았다. 그리고 맑고 투명한 붉은 눈으로 그를 응시했다. 그녀 위로 빛이 내려, 반짝거렸다.

"이제 괜찮아?"

빛 속에서 가말이 다가오며 물었다.

"괜찮아."

대답하자 가말은 역시 자연스럽게 도영을 일으켜주었다.

"가자."

그러면서 도영은 가말의 어깨에 손을 얹자 그를 올려다보는 붉은 눈동자 속에 꽃이 피는 것 같았다.

이 섬에 온 남자들을 모두 이렇게 봤을까?

파라락. 새가 날아오르는 소리에 정신을 차렸다.

도영이 하늘 너머로 사라지는 새를 보는 동안 가말은 새가 날아오른 숲 쪽을 보았다. 그리고 도영이 숲 쪽을 돌아보려는 순간에 얼른 말했다.

"가자."

도영은 의아했다. 어쩐지 좀…… 시선을 돌리려는 느낌이었는데. 하지만 심증일 뿐이었으므로 별말 하지 않았다.

둘은 다시 길을 나섰다. 그리고 한참 가다가 가말은 가파른 언덕을 먼저 올라가 손을 내밀었다.

"조심해. 좀 높아."

가말의 손을 잡자 그녀가 그를 끌어올려주었다. 그러자마자, 다른 세상이 펼쳐졌다. 도영은 말문이 막혔다. 때로 장관 앞에 아무 말도 할 수 없듯이.

시선이 닿는 곳까지 붉은 꽃들이 흐드러지게 피어 있는 풍경은 압도적이었다.

도영은 시선을 돌리지 못하고 물었다.

"원래 여기 피어 있었어?"

"아니."

가말은 대답했다.

"원래 높은 데서 발견했어. 내가 가져와 심었어."

도영은 놀라서 가말을 보았다.

"이걸 다?"

"시간이 부족했을까 봐?"

그 말에 도영은 물끄러미 그녀를 쳐다보았다.

"비꼬는 걸 배웠다?"

그건 그렇고, 도영은 다시 꽃밭을 보고 물었다.

"언제부터 심었는데?"

"섬에 와서 바로. 먹을 게 필요해서. 근데 자러 가면서 곧 다 죽을 거라고 생각했어. 원래 여기서 자라지 않으니까."

안 그래도 말했다시피 꽃은 추운 곳에서 자라는 품종이었다.

가말은 꽃밭을 보며 중얼거렸다.

"근데 죽지 않았어. 더 강해졌어. 새 땅에 맞춰서 더 커졌어."

가말은 꼭 이런 표정을 할 때가 있었다. 마냥 생각 없는 바보 같아 보이다가도 칼로 찌르듯이 깊숙이 파고드는.

"예쁘네. 이상한 일이지만."

도영은 중얼거렸다. 새빨간 꽃들이 물결치는 모습이 꼭 핏물이 일렁이는 것 같아 섬뜩해 보여야 했으나, 바람이 훑고 지나갈 때마다 윤기를 흘리며 넘실거리는 모습이 아름다웠다. 꼭 가말의 눈 같았다. 불길해 보여야 하는데 그래 보이지 않는 점이.

"응. 예뻐."

가말도 꽃을 보며 말했다.

도영은 꽃을 심는 가말을 상상할 수 있었다. 아무도 없는 섬에서 홀로, 자기가 얽은 밀짚모자를 쓰고.

그 이미지를 상상하는 것만으로도 가련하고 사랑스러운 느낌이 밀려왔다.

그도 모르게 가말의 볼을 감쌌다. 도영은 알 수 있었다. 아마 이 순간을 후회할 거라고. 그들 사이에는 미래가 없었다. 자신이 섬을 나가야 하기 때문만이 아니라, 가말은 루아스고 이쪽은 인간이었다.

이런 세상이 왔어도 자신이 여자 루아스를 좋아하게 될 거란 생각은 해본 적이 없어서 루아스와 인간 커플 사이의 수명차가 야기하는 문제들이 여태 크게 와닿지 않았다. 하지만 지금 절실하게 깨달았다. 지난 삼천 년간 그랬듯이 가말은 늘 이 모습일 테고, 그는 늙어갈 것이다.

그럼에도 결국 함께하기를 선택한 많은 루아스와 인간 커플들이 왜 그랬는지 알 것 같았다. 지금 이보다 더 올바르게 느껴지는 일은 없었기 때문에.

가말이 허락하듯 가분히 눈을 감자, 도영은 더 생각하기를 그만두었다.

둘의 입술이 맞닿았다.

도영은 어색한 듯 멈칫하는 혀를 감아올리며 가말을 밀어붙였다. 가말은 저도 모르게 한두 걸음 물러나며 뒤에 있는 나무에 등을 가볍게 부딪쳤다. 그런 채로 격정이 끓어올라 그를 마주 안았다. 입술이 비벼지고 혀가 거칠게 뒤섞였다.

맞닿은 가슴 안에서 심장이 뛰었다. 조금은 다른 박자로, 하지만 똑같이 뜨겁게.

둘은 함께 앉아서 한동안 꽃밭을 지켜보았다. 붉은 파도가 넘실거리는 모습은 계속 봐도 질리지 않았다. 오히려 오래 작업한 작품을 볼 때처럼 뿌듯함이 들었다. 가말이 공들여 만들어낸 풍경이니까.

"갈까?"

이내 도영이 묻자 가말은 고개를 끄덕이고 그를 일으켜주었다. 도영은 평소보다 그녀에게 좀 더 몸을 맡겼다. 미묘하지만 차이를 느낀 가말은 살짝 볼을 붉혔다. 그리고 둘은 왔던 길을 되짚어 내려갔다.

"물 좀."

그러다가 도영은 목이 말라 말했다.

"여기."

가말은 크로스백에서 예전에 바다에 떠내려온 걸 주웠다고 말한 철제 물병을 꺼내주었다. 그런데 서로 손이 어긋나 놓치는 바람에 물병이 굴러가 그녀가 주우러 뛰어갔다.

"아, 잠깐만."

도영은 그 모습을 보며 피식 웃었다. 그리고 무의식중에 고개를 내렸다가, 그것을 보았다.

수풀 아래의 진흙에 선명하게 박혀 있는 발자국을.

신발을 신지 않은 맨발이었는데, 크기로 보아 남자였다. 그것도 상당히 몸집이 큰.

"소령?"

도영이 오지 않자 가말이 불렀다. 그에 도영은 고개를 들며 태연하게 진흙에 남은 발자국을 제 발로 밟았다.

"가."

그리고 걸어갔다.

03
Satadi

"소령, 뭐해?"

가말은 고개를 갸웃했다. 그런 그녀 앞에 있는, 나무 아래 앉은 도영은 부목을 다리에서 떼어냈다. 그리고 가볍게 다리를 움직여 보자 아무 통증도 느껴지지 않았다. 드디어 다리가 완전히 회복됐다. 그 모습을 보고 가말이 물었다.

"다 나았어?"

"응."

도영은 부목으로 썼던 나무를 옆으로 치우며 대답했다. 가말은 말했다.

"다행이다."

진심이었다. 실수로 다치게 했다고 해도 도영이 절뚝거리고 다니는 모습을 볼 때마다 미안했으니까. 그런데 덜컥 걱정되기 시작하는 이유는 뭔지, 곧 알 수 있었다. 도영이 자리에서 일어나며 말했다.

"이제 슬슬 준비해야지."

"뭘?"

"집에 갈 준비."

가말의 얼굴이 굳어졌다. 그사이에 도영은 일어나서 물건들을 챙기기 시작했다.

"못 가."

가말이 말했다. 도영은 멈칫했다.

"나간 사람 없어."

돌아보자 가말은 굳은 결심을 한 얼굴이었다.

"요하네스도 육지에 아내와 아이가 있었어. 하지만 나가지 못했어. 소령도 나갈 수 없어."

도영은 가말로서는 놀랄 만큼 무표정한 얼굴로 그녀를 보았다.

가말은 여전히 무언가를 숨기고 있었다. 그걸 알면서도 본능적으로 그녀에게 끌리는 마음이 명백한 사실을 자꾸 덮어버리려고 했다. 하지만 그러면 안 된다는 걸, 그 발자국이 일깨워준 셈이었다. 도영은 말했다.

"웃기지 마. 밖엔 날 기다리는 사람이 있어."

어차피 가말이 저항할 거라는 건 예상했다. 여전히 무슨 사정인지는 몰라도 가말은 섬 밖에 나가거나 그녀가 여기 있다는 사실을 들키는 걸 극도로 경계했으니까.

그런데 밖에 기다리는 사람이 있다는 말에 가말이 주춤하더니 넌지시 물었다.

"여자……야?"

그쪽도 솔직하게 대답하지 않는데 이쪽이라고 제대로 대답해 줘야 할 이유는 없었다. 그래서 도영은 말했다.

"그래."

그러자 가말은 꾹 입술을 다물고 있더니 고집스럽게 고개를 저었다.

"나갈 방법은 없어."

"넌 뱀파이어잖아. 헤엄을 치든 뗏목을 만들든 뭐든 할 수 있 잖아."

"내가 왜 그래야 해?"

가말은 정말로 알 수 없다는 듯이 되물었다.

"난 섬에서 나가지 않아."

"대체 왜? 여기 뭐가 있는데? 빌어먹을 모래와 토란뿐이잖아?"

어지간히 벽창호 같은 모습에 도영은 결국 언성을 높이고 말 았다. 하지만 가말은 이런 상황을 이미 여러 번 겪어서 새롭지 않 은지-여기 표류했던 모두 제 원래 삶으로 돌아갈 수 없다는 사실 에 각자 나름대로 저항했을 테니까- 침착한 태도를 유지했다.

"갈 수 없어. 나갈 길 없어."

"좋아."

도영은 순순히 말했다. 그가 이런 반응을 보일 거라고 기대하 지 않았기에 가말은 당황했다. 사실 가말은 표정을 잘 숨기는 편 이 아니었기 때문에 도영도 그녀가 당황했다는 사실을 알았다. 하지만 신경 쓰지 않았다.

"멋대로 해. 난 가야겠으니까."

그리고 차갑게 돌아섰다. 그런데 어느새 다가온 가말이 팔을 잡으려고 했다.

"안 돼, 소……."

순간 도영은 매끄럽게 그 손을 피하며 가말의 멱살을 붙잡았다. 가말은 흠칫했다. 하지만 도영은 개의치 않고 멱살을 잡아당겨 그녀를 가까이 끌고 왔다. 놀란 탓에 가말이 엉거주춤 끌려오자 도영은 나직한, 그러나 이미 결심이 확고한 투로 말했다.

"이번에는 내 두 다리, 두 팔을 다 부러뜨려야 할 거야."

그러고는 맞닿아 있는 것도 싫다는 듯이 멱살을 놓았다. 돌아서서 가는 도영을 보며 가말은 저도 모르게 말했다.

"위험해."

도영은 마뜩잖아하는 얼굴로 돌아보았다.

"뭐가?"

"이 섬을 나가면 죽어. 모트가 있어."

"모트?"

알아들을 수 없는 단어였다.

"죽음."

그렇게 말하는 가말은 그가 아는 사람이 맞나 싶을 정도로 음울한 표정이었다.

도영은 나중에야 '모트(Mot)'가 고대 중동 신화에서 '죽음의 신'을 의미한다는 사실을 알았다. 하지만 그때는 알았다고 해도 신경 쓰지 않았을 것이다.

"헛소리하지 마."

차갑게 내뱉고 돌아서서 가는 뒤에 가말은 마치 주인을 잃은 강아지처럼 망연히 서 있을 따름이었다.

도영은 지체하지 않고 뗏목을 만들기 시작했다.

결국 가말의 도움 없이 탈출하려면 뗏목을 만드는 수밖에 없었다. 다행히 뗏목을 만드는 방법쯤은 알고 있었다. 게다가 약 한 달간 이 주변을 돌아다니며 뗏목에 쓸 만한 나무를 봐두었기 때문에 전체적인 그림은 이미 머릿속에 있었다.

그가 가져왔던 스트라이더 SMF 나이프는 가말이 뺏어가서 칼이 없는 게 제일 불편했으나, 얼마 전 숲속에서 녹이 다 슬어 쇳덩이에 가까운 중간 길이의 칼을 하나 찾아냈다. 아무리 열심히 갈아봐도 뭔가를 자르고 베기는 무리였지만 급한 대로 찔러서라도 자를 정도는 되었다.

아까 다툰 이후로 가말은 보이지 않았다. 하지만 도영은 신경 쓰지 않았다. 가말이 도와준다면 뗏목이야 하루 만에도 완성할 수 있겠지만 그녀가 도와주지 않는다고 해서 불가능한 일도 아니기 때문이었다.

한참 끈을 매다가 손을 털었다. 간만에 고강도의 노동을 했더니 온몸에 땀이 흥건했다.

부스럭. 그때 소리가 났다. 도영이 확 돌아보자, 수풀이 조금 흔들렸다.

"가말?"

대답은 들려오지 않았다. 그래서 도영은 말없이 모래 위에 놓인 칼을 집어, 조용해진 수풀로 다가갔다. 그리고 타이밍을 노려 확 제쳐보았다. 하지만 아무도 보이지 않았다.

도영은 고요한 산 쪽을 보았다. 이곳은 묘한 섬이었다. 그것만은 분명했다.

아침에 눈 뜬 도영은 가말의 자리가 비어 있는 걸 보았다. 밤에도 돌아오지 않은 모양이었다.

도영은 한숨을 내쉬었다. 제 딴엔 섬에 숨어 사는 사정이 있겠지만 설명을 해주지 않으니 이쪽으로서도 무작정 이해해줄 수 없는 노릇이었다. 그는 가족과 친구들에게 생존도 알릴 수 없는 상황인데 '나갈 수 없다.'는 말만 듣고 '아, 그렇습니까.' 하고 여기 정착할 리 없잖은가?

찰그랑. 그때 천장에 달린 모빌이 흔들리며 빛에 비친 유리가 반짝거렸다.

그가 돌아간다고 했을 때 세상이 무너지는 것 같던 가말의 표정이 떠올랐다. 순간 도영은 가슴에 돌이 얹힌 듯한 기분이 되었다.

'차라리 설명이라도 해주든가.'

하지만 가말에게 어떤 사정이 있든 그가 집에 돌아가는 일을 그만두진 않을 거라는 점에서 차라리 듣지 않는 편이 속 편할 수도 있었다. 도영은 그렇게 생각하고 자리에서 일어나 바깥으로 나왔다. 그리고 깜짝 놀랐다.

"뭐……."

어제저녁까지 작업하고 놔두고 잔 뗏목이 모두 부서져 있었다. 재료를 다시 모아 만들 수도 없을 만큼 완전히. 그리고 범인은 분명했다.

'이 자식이 진짜……!'

"가말!"

도영은 뱃심을 끌어모아 외쳤다. 사방에 소리가 쩌렁쩌렁 울렸지만 가말은 나타나지 않았다.

부서져 있는 뗏목을 보며 도영은 이를 꾹 물었다. 이런다고 그를 막을 수 있을 거라고 생각했다면 오산이었다.

도영은 집에 들어가지도 않고 다시 만들다만 뗏목 옆에 자리를 펴놓고 자고 있었다. 모두 타서 재가 된 장작불이 옆에서 마지막 불을 빛내고 있었다.

그새 또 뗏목을 꽤 만든 상태였다. 이 정도면 이삼 일 안에 바다에 띄울 수 있을 것 같았다. 하지만 그런 일은 절대 없게 해야 했다.

가말은 뗏목으로 살그머니 다가갔다. 그리고 뗏목으로 손을 뻗으려는 순간이었다.

"건들지 마."

도영이 말해 가말은 움찔했다. 돌아보는 그는 전혀 잠들지 않았던 얼굴이었다.

"네가 거기 손댈 권리가 있어?"

장작불의 빛에 비춘 눈에 윤광이 돌았다.

하지만 가말은 꾹 이를 물고 뗏목을 붙잡았다. 그러자 한 무리의 장정이 필요한 무게의 뗏목이 모래를 흩날리며 허공으로 떴다. 가말은 그걸 집어던져 사정없이 산산조각 냈다. 쿵! 콰직! 잔해들이 사방으로 날아가고 굴러가는 소리가 시끄러웠다.

그 모습을 지켜볼 수밖에 없었던 도영은 거칠게 욕설을 내뱉고 집으로 들어가버렸다.

"소……."

가말이 부르려고 했지만 그는 듣는 척도 하지 않고 문을 세게 닫았다. 쾅! 그 소리에 가말은 어깨를 움츠렸다가 문가에서 얼쩡거렸다. 그러다가 겨우 결심하고 문을 열었다.

"소령……."

도영은 양 허리에 손을 짚은 채 뒤돌아 서 있었다. 그 상태로, 어지간한 사람도 무서워할 낮은 목소리로 말했다.

"당장 꺼져."

힘이 들어가 근육이 도드라져 보일 정도로 딱딱하게 굳은 등이 완강한 거부의 기운을 발산했다. 가말은 가슴이 답답해 터져버릴 것만 같았다.

그녀가 가지 않고 그대로 서 있자, 도영은 갑자기 침착해져서 말했다.

"좋아. 내가 갈게. 각자 갈 길 가자고."

그리고 돌아서서 지나쳐가려고 했다. 그러자 가말이 무너지듯이 무릎을 꿇고 앉더니 눈물을 뚝 흘렸다. 저도 모르게 멈춰선 도영의 눈 밑이 움찔했다.

"운다고……."

"미안해, 소령. 미안해……."

가말은 돌하르방의 가슴도 움직일 만큼 처연한 모습으로 정말 서럽게 울었다. 그러면서 가슴에 못 박혀 나오지 않던 말을 토해냈다.

"하지만 네가 살았으면 좋겠어."

모트는 그녀가 사랑하는 누구도 살려두지 않았다. 그래서 그녀가 좋아한다는 건 그 사람에게 저승으로 가는 티켓을 발행하는 일에 다름이 없었다. 그러니까 도영을 살리는 길은 모트의 시선에서 벗어난 이곳에서 살게 하는 것뿐이었다.

통나무집 안에 침묵이 감돌았다. 이내 도영은 인상을 쓰며 머리를 쓸어 올리고, 울고 있는 가말을 내려다보았다.

여자가 울든 말든 신경 쓰지 않을 정도로 매너가 없는 남자는 아니지만 눈물 따위가 그의 결심을 좌지우지할 수는 없었다. 하지만 이 상황에서 분명한 건, 가말이 좋아서 그를 여기 잡아놓고 있는 건 아니라는 사실이었다. 연기를 하는 게 아니라면. 그리고 만약 이 모습이 연기라면 사람을 보는 제 눈을 의심해보는 쪽이 맞았다.

그래서 도영은 그 자리에 그대로 털썩 앉았다. 찡그린 것 같기도 하고 포기한 것 같기도 한 얼굴을 한 그를 한 번 보더니 가말은 더 서럽게 울었다.

"미안해. 정말로⋯⋯."

그 모습을 보다가 도영은 한숨을 내쉬고는 드러누웠다. 가말은 울음을 참으려고 가슴을 들썩이며 그를 보았다. 그러자 옆으로 누워 있는 도영이 빤히 그녀를 보았다. 연한 빛이 도는 눈은 더이상 화내는 것 같지 않았다. 오히려 진지하게 사색하는 느낌이어서 가말은 천천히 울음을 멈추었다.

이내 가말이 좀 진정된 듯하자 도영은 말했다.

"이리 와."

"화⋯⋯ 안 내?"

"오기 싫으면 말든지."

그 말에 가말은 그가 마음을 바꿀세라 당장 다가갔다. 그러자 도영은 제 옆자리를 고갯짓했다.

"누워."

가말은 상사에게 명령이라도 받은 것처럼 얼른 옆자리에 누웠다. 그러고는 가만히 있다가 주저주저 도영의 몸에 살짝 손을 얹었다. 그러자 도영은 말했다.

"무거워. 누르지 마."

"미안."

가말은 얼른 팔을 치웠다. 그리고 손을 어디다 둬야 할지 몰라서 우왕좌왕하다가 도영의 티셔츠 끝만 살짝 쥐었다. 그에 도영은 왜 그녀를 보호해주고 싶다는 생각이 드는지, 이게 군인인 자신의 직업병 탓인지 아니면 이 모순적이게 사랑스러운 뱀파이어

탓인지 알 수 없었다. 하여간 모르긴 몰라도 복잡한 생각이 들게 하는 데는 선수였다.

"소령은 따듯해."

그때 가말이 작게 속삭였다.

"옛날엔 돼지를 끌어안고 잤어."

도영은 기가 막혀 가말을 내려다보았다.

"이젠 돼지랑 같은 취급이냐?"

그러거나 말거나 가말은 제 할말을 했다.

"춥진 않았지만 따듯해서. 근데 돼지가 아파했어. 그래서 다음부터는 안 그랬어."

도영은 한숨을 삼키며 천장을 올려다보았다.

'이젠 사연이냐. 좀 적당히 하라고.'

그러고는 돌아누우며 가말을 안았다.

"소령……?"

갑작스러운 행동에 가말은 숨을 멈추었다. 도영의 향이 훅 가까워졌다. 낮 내내 햇빛 아래서 일한 탓에 뜨거운 햇볕과 부드러운 천, 희미한 땀 냄새가 섞인 향이었다.

도영은 한쪽 팔을 베고 누운 자세로 눈을 감은 채 말했다.

"내가 안는 건 안 아프니까."

가말은 좀 굳어 있다 싶더니 곧 조심히 몸을 기대왔다.

"응. 따듯해."

도영이 아무 말이 없자 가말은 꼬물거리며 좀 더 품속으로 파고들었다. 도영은 조금 눈을 뜨고 제 품에 파묻혀 있는 정수리를 보았다. 거기가 반응할 것 같으니까 그만 몸을 밀어붙이라고 하고 싶었지만 굴을 찾는 오소리 같은 모습을 보니 됐다 싶어졌다. 그래서 그냥 다시 눈을 감았다.

힘차게 심장이 뛰는 소리를 들으며 가말도 눈을 감았다. 맞닿은 온기는 정말로 따듯했다.

도영은 눈가에 느껴지는 햇살을 느끼고 눈을 떴다. 그런데 가말이 그를 내려다보고 있었다. 그에 깜짝 놀라 고개를 물렸다.

"뭐야?"

그러자 가말은 유난히 반짝이는 눈으로 말했다.

"소령 보고 있었어."

"그러니까 왜?"

"그러고 싶으니까?"

"아, 그래."

도영은 따지기도 귀찮았다. 가말이 이상한 게 어디 하루 이틀 일이어야지.

"더워."

자는 사이에 올라간 온도에 옷이 땀으로 푹 젖어 있었다. 그래서 도영은 목 뒤에서 티셔츠를 잡아 앞으로 벗어냈다.

"수영해야지."

혼잣말하고는 일어나 집 밖으로 나갔다. 그리고 어차피 아무도 없으니 바지를 밟아서 죽 벗어, 해변에 그대로 탈피한 뱀 껍질인 양 두고 바다로 들어갔다.

물에 안기듯이 몸을 던져 머리까지 담갔다가 올라와 머리를 쓸어 올렸다. 검은 드로어즈만 입은 몸을 타고 투명한 물방울들이 흘러내렸다.

하늘은 푸르고 바다도 푸르렀다.

그때 무언가 옆으로 지나가서 무의식중에 돌아보니, 가말이 물뱀처럼 스윽 미끄러져 지나갔다. 홀딱 벗은 상태로. 도영은 기가 막혀서 물었다.

"너 뭐해?"

가말은 무슨 말인지 이해하지 못한 얼굴로 그를 쳐다보았다.

"수영해."

"나 속옷 입고 있는 거 안 보이냐? 넌 왜 다 벗어?"

이래 봬도 여자 앞이라고 이쪽은 자제한 건데 말이다.

"소령도 다 벗어."

그러면서 가말은 뒤로 누워 팔을 휘저었다. 물이 워낙 투명해서 다 들여다보였지만 하도 태연하니까 야하다는 생각도 들지 않다. 하얗고 매끄러운 것이, 그래, 꼭 삶은 달걀을 보는 느낌이었다.

그 정도로 도영은 무념무상인 상태였다. 사실 처음 보는 것도 아니고 말이다. 위에 티셔츠 한 장만 입은 채로 온갖 자세를 취하면 보고 싶지 않아도 보게 되는 게 있는 법이었다.

"미안하지만 난 문명인이거든."

가말은 그렇게 말하는 도영의 뒤로 돌아서 개처럼 헤엄쳐갔다.

"문명인 별로 좋은 거 아냐."

"뭐가 별로 안 좋아?"

도영은 바닷물에 얼굴을 씻느라 가말을 보지 않고 물었다.

"알아야 하고 해야 하는 게 너무 많아."

첨벙, 첨벙, 가말은 발을 저어 뒤로 헤엄치며 대답했다. 그에 도영은 말했다.

"하지만 외롭진 않으니까."

"그럼 나도 안 외로워? 문명인이 되면?"

"적어도 이 섬에서 외톨이로 사는 거보다는."

그러고는 도영은 대양 쪽을 바라보며 허리에 한 손을 얹고 머리카락을 쓸어 올렸다. 거의 맨몸인 상태로 수평선까지 탁 트인 풍경을 마주하고 있자니 모든 세속의 번뇌로부터 자유로워진 듯한 해방감이 밀려왔다.

"하지만 이젠 안 외로워."

순간 가말의 톤이 진지해져서 도영은 무의식중에 돌아보았다.

"소령이 있으니까."

뒤로 헤엄쳐가다가 뭍에 닿았는지 가말은 물이 허리까지 오는 해변에 앉아 있었다. 실수로 물가까지 올라온 인어처럼 하얗고 눈부신 상체를 드러내놓고 그를 바라보았다.

검은 머리카락이 젖어, 백사장보다 더 흰 피부에 휘감겨 있고 눈빛이 우미하게 빛났다.

아마 한동안 굳어 있었는지, 도영의 목가에 물방울이 주륵 흘러내려 시간의 흐름을 일깨웠다.

별안간 도영이 무서운 얼굴을 하더니 크게 물보라를 일으키며 성큼성큼 걸어갔다. 몸의 근육도 화가 난 것처럼 꿈틀거렸다.

"왜 그러……."

놀라 말하는 가말 위로 그림자가 드리워지고, 와락 덮쳐오는 키스는 뜨거웠다.

가말은 그 키스를 거절하지 않았다. 오히려 도영의 목에 팔을 감으며 투명한 물이 일렁이는 백사장에 누웠다. 하얀 거품을 일으키며 보글거리는 파도가 피부를 간질이고, 태양을 삼킨 듯이 뜨거운 입술이 재차 겹쳐졌다.

이내 도영이 입술 사이로 거칠게 말했다.

"여기 온 남자들한테 다 그런 소리를 했어?"

그를 담은 가말의 눈이 무지갯빛으로 울렁거리며 깊어졌다.

"소령이 처음이야."

도영은 다시 격렬하게 키스했다.

이 정체 모를 뱀파이어에게 자신이 느끼는 감정이 무엇인지 도영도 정의를 내릴 수 없었다. 밉고, 애잔하고, 의심스럽고, 사랑스럽고, 온갖 감정들이 뒤섞여 그를 충동질했다.

태양을 향해 솟아 있는 하얀 젖가슴을 모아 쥐며 진한 핑크빛 유두를 삼켰다. 잠깐 짠맛이 났지만, 곧 단맛밖에 남지 않았다. 부들거리는 젖꼭지가 입안에서 단단해지며 가말이 황홀해하는 신음을 터뜨렸다.

이 몸을 보고도 아무 생각이 없었던 게 미친 소리 같았다. 도영은 정신이 아득해지는 흥분의 파도에 휩쓸려 그가 한 번도 가본 적 없는 비이성의 해변으로 쓸려갔다.

물기를 반사해 백사장 위에 분홍빛으로 물든 하얀 육체가 실제로 반짝이는 것 같았다. 꼭 다이아몬드 같은 육체였다. 정련하면 강철도 자를 수 있을 만큼 강하지만 햇빛 아래 빛나는 모습이 몹시 아름다운 물질.

가말은 부드럽게 몸을 휘며 도영의 등을 끌어안고, 그의 손이 납작한 배를 쓸며 내려갔다.

"가말……."

가말은 그때 자신이 보는 이미지를 어떻게 설명해야 할지 알 수 없었다.

엎드리고 있어 살짝 그늘이 지는 얼굴 가운데 푸른 불길이 넘실거리는 눈동자가 빛의 신비 때문에 동시에 연하게 번지는 것처럼 보이고, 젖어 짙게 물든 머리카락 끝에서 물방울이 떨어져 내렸다. 욕망에 물든 남자의 얼굴이 아름답다고 느껴지는 건 처음이었다.

자연스럽게 그의 얼굴을 감싸며 입술을 겹쳤다. 도영도 얼굴을 기울여왔다.

파라락!

갑자기 소리가 나 도영은 번뜩 고개를 들었다. 저 멀리 숲에서 새들이 날아오르고 있었다.

마지막 새까지 날아오르고 나서 숲이 조용해지자 도영은 다시 가말을 보았다. 햇빛이 쏟아져 물은 비현실적으로 반짝거렸고, 그를 올려다보는 가말은 빚은 듯이 아름다웠다. 그리고 그녀를 향한 욕망도 여전했지만 이성이 돌아왔다.

도영은 가말에게 손을 내밀었다.

"일어나."

가말은 주춤거리며 그 손을 잡고 일어났다.

"배고프다."

그러면서 도영은 대수롭지 않게 손을 놓고 해변으로 걸어갔다. 가말은 그 뒷모습을 보다가 새들이 날아오른 숲을 원망스러워하는 눈으로 보았다. 하지만 숲은 어깨라도 으쓱일 듯이 태평할 따름이었다.

가말을 시선을 돌리고, 해변에서 바지를 털고 있는 도영을 향해가며 물었다.

"소령, 뭐 먹고 싶어?"

장작불이 타올랐다.

도영은 불빛이 비추는 가말의 옆모습을 빤히 보며 생각했다.

'아무래도 얘가 무슨 꿍꿍이가 있어서 날 여기 억류하고 있다고 생각하긴 어렵지.'

사정은 있지만 그건 이쪽과 관계가 있다기보다 개인적인 것 같았다. 가말을 쫓아다니는 질이 좋지 않은 자식이 있는 게 아닌가 싶었다. 만약 그렇다면 가말이 이 섬에 오래 살았다는 걸로 보아 그쪽도 루아스일 거라고 생각했다.

그 스토커가 자신에게 무슨 짓을 할까 봐 섬에서 나가는 걸 말리는 모양이었다. 사실 가말에게 그런 미저리가 따라다닌다고 해도 이상하지 않았다. 이렇게 생긴 주제에 귀엽고 사랑스러우니까.

"내 이름은 도영이야."

뜬금없이 도영이 말하자 가말은 돌아보고 어리둥절해하며 물었다.

"소령이잖아?"

"그건 계급이야, 바보야."

정말 이 말을 얼마나 하고 싶었는지, 체증이 싹 내려가는 느낌이었다.

"계급?"

가말이 고개를 갸웃해서 도영은 말했다.

"난 군인이니까."

"군인? 전사?"

"비슷해."

그러자 가말은 고개를 끄덕였다.

"그래서 나랑 싸울 수 있었구나."

도영은 쓰게 웃었다.

"처참하게 졌지만. 역시 인간과 루아스의 차이는 어쩔 수 없다는 거겠지."

"난 노력했어."

도영은 기가 차 말했다.

"난 노력 안 했겠어?"

"아주 많이. 매일."

그렇게 말하는 가말의 얼굴은 진지했다.

"왜? 뱀파이어면 육체 능력은 기본으로 따라오는데 왜 그렇게까지?"

도영이 묻자 가말은 아차 싶어 하는 얼굴이더니 또 입을 닫았다. 이것도 그 주제에 연결되어 있는 것 같았다. 그를 이 섬에서 나가지 못하게 하는.

그리고 가말은 화제를 바꾸려고 하는 명백한 의도가 느껴지는 투로 물었다.

"그럼 소령 이름은 도영이야?"

"맞아. 도영 드페르."

"도영 드페르……."

가말은 이름을 한 번 곱씹더니 활짝 웃었다.

"멋있어."

도영은 가슴이 불쑥 찔린 것 같았다. 그가 뚫어져라 쳐다보고만 있자 가말은 고개를 갸웃했다.

"도영?"

도영은 벌떡 일어났다.

"자자."

"벌써?"

"밥 먹고 이 닦았으면 됐지. 뭐 할 게 있는 것도 아니잖아."

그로서는 애석하지만 말이다.

도영은 설핏 잠에서 깬 순간 가말이 옆에 앉아서 자신을 지켜보고 있다는 걸 깨달았다. 정말 기가 찼다.

'뭐 하는 거야, 진짜.'

요즘 가말은 자신이 그에게 반했다는 걸 숨기려고도 하지 않았다. 다섯 살도 이것보다는 제 마음을 더 잘 숨길 줄 알 것 같았다.

아직 아침은 밝지 않고, 오히려 잠든 지 얼마 지나지 않은 느낌이었다. 그렇다면 가말은 자지도 않고 그를 지켜보고 있다는 말이었다. 이걸 미저리 같다고 해야 할지 귀엽다고 해야 할지…….

그때였다. 탁. 밖에서 돌 같은 게 날아와 집 벽에 부딪히는 소리가 났다. 가말은 흠칫 뒤를 돌아보더니 재빨리 일어나 발소리를 내지 않고 밖으로 나갔다.

끽. 문이 작은 소리를 내며 닫혔다. 도영은 의아해져 눈을 뜨고 뒤를 돌아보았다. 밖에서 잠깐 부스럭거리는 소리가 나다가 기척이 사라졌다. 그에 미간을 찌푸렸다. 따라 나가볼까 싶었지만 일단 기다리자 얼마 지나지 않아 가말이 돌아왔다. 그 소리에 도영은 잠에서 깬 척 부스스하게 돌아보고 물었다.

"어디 갔다 와?"

"깼어? 화장실."

그러고는 가말은 천연덕스럽게 제 자리에 누웠다. 도영은 다시 돌아누웠다. 그리고 눈을 뜬 그대로 생각했다.

이젠 정말 확실해졌다.

'누군가가 있다, 이 섬에.'

◇ ◇ ◇

다음 날 아침을 먹으면서 도영은 물었다.

"그러고 보니 이 섬의 반대편에는 뭐가 있어?"

한참 밥을 먹던 가말은 눈을 동그랗게 뜨더니 밥을 삼키고 말했다.

"아무것도 없어."

"그래?"

그러고는 도영은 더 묻지 않았다. 그리고 아침을 먹고 난 자리를 다 치우고, 생각난 김에 말한다는 투로 말했다.

"심심한데 구경이나 가볼까?"

"응?"

가말은 눈을 깜빡였다. 하지만 도영은 지체할 것 없이 일어서며 말했다.

"반대편으로 가보자고."

가말은 벌떡 일어났다.

"안 돼. 어, 무서운 짐승이 있어."

"방금 전엔 아무것도 없다며?"

"도영이 무서워할까 봐 그랬어. 엄청 크고 사나워."

꼭 잘 시간이 됐는데도 잠자리에 들지 않으려는 아이를 겁주는 투였다. 도영은 의심스러워하는 얼굴을 했다.

"짐승이 우는 소리는 한 번도 들어본 적 없는데."

"없어? 도영은 인간 귀라 그래."

'아주 크고 사납다'고 할 정도의 짐승이 우는 소리라면 아무리 인간 귀에라도 들리지 않았을 리 없었다. 하지만 그런 생각은 말하지 않고 도영은 어깨를 으쓱였다.

"매일 이 근처만 왔다 갔다 하는 것도 지겹고 한번 가보지, 뭐. 그리고……."

말하며 가말을 위아래로 보았다.

"이 섬에서 가장 위험한 동물은 여기 있는 거 같으니까."

가말은 곤란했다. 하지만 더 말리면 수상해 보일 텐데……. 그러는 사이에 도영은 벌써 멀리 갈 채비를 하기 시작했다.

"이 가방 나 좀 쓴다."

그러면서 이런저런 물건을 크로스백에 넣었다.

"가자."

그리고 어떻게 말릴까 고민하는 사이에 도영은 이미 준비를 끝내고 길을 나섰다.

"도영, 같이 가."

가말은 얼른 따라갔다.

숲은 얼마 전에 왔을 때와 변한 게 없었다. 시간을 들여 조심스럽게 찾아봐도 '동물 외의 것'으로 보이는 흔적은 없었다.

"도영, 그만 돌아가자."

한참 따라오던 가말이 조심스럽게 말했다. 그에 도영은 흘긋 돌아보았다.

"아직 시간은 충분하잖아."

'다리를 한 번 더 부러뜨릴까?'

가말은 저도 모르게 생각했다가 생각을 고쳤다. 저번에는 실수였다고 해도 고의적으로 도영을 아프게 하고 싶진 않았다. 무엇보다 눈치가 빨라서 일부러 부러뜨린 걸 알면 얼마나 화를 낼지 알 수 없었다. 도영이 화를 내는 건 싫었다.

앞에서 도영은 나뭇잎을 젖히고 나아갔다. 꼭 길을 아는 사람처럼 거침이 없어, 가말은 조급해졌다.

"도영, 해가 져."

그 말에 도영은 주황빛으로 물들고 있는 하늘을 보았다. 앞잡이로 루아스가 있으니 어둠 속에서 길을 잃을 걱정은 없으나, 문제는 뭐가 나타나도 그가 볼 수 없다는 데 있었다. 아쉽지만 오늘은 더 갈 수 없을 것 같았다. 그래서 어쩔 수 없이 말하고 봄을 돌렸다.

"돌아가자."

도영은 가말을 지나 걸어갔다. 가말은 안도하고 얼른 그를 따라가며 물었다.

"밥 뭐 먹고 싶어?"

"고기."

"도영 고기 좋아해."

"너만 하겠어?"

부스럭. 둘이 사라지는 뒤로 수풀이 흔들리고, 수풀을 헤치고 발이 나타났다. 진흙이 묻은 남자의 맨발이었다.

◇ ◇ ◇

"잘 자."

"너도."

도영과 가말은 서로 인사하고 자리에 누웠다. 그리고 정적이
내려앉았다. 한동안 가말은 돌아 누워 있는 도영의 숨소리를 들
었다. 숨소리는 점차 규칙적으로 변해갔다. 그걸 확인한 가말은
살그머니 일어나 문으로 다가갔다.

그때 도영이 조용히 눈을 떴다. 전혀 졸음기가 없는 눈이었다.
그리고 숨소리를 흐트러뜨리지 않은 채 가만히 누워 있었다. 소
리가 흐트러지면 눈치챌 테니까.

끽. 가말이 집을 나가는 소리가 났다. 그러고도 도영은 기다렸
다. 시간이 어느 정도 지날 때까지 그대로 있다가, 빠르게 일어나
문을 열고 나가며 가말을 불렀다.

"가말."

어디선가 흠칫하는 기색이 느껴지는 것 같았다. 그리고 덤불
이 부스럭대며 가말이 나왔다.

"도영? 안 잤어?"

도영은 가말이 온 방향을 턱짓으로 가리켰다.

"뭐 했어?"

"화장실 갔다 왔어."

그에 도영이 그쪽으로 가려고 하자 가말은 알게 모르게 살짝
막아서며 물었다.

"어디 가?"

"화장실 가지 어디 가겠어?"

그러며 도영은 덤불을 헤치고 들어갔다. 그러자 가말이 따라오며 물었다.

"안 어두워?"

"아는 길인데, 뭐."

그때 가말이 한 걸음 물러섰다. 다소 부자연스러운 움직임이라 도영은 무의식중에 돌아봤다가, 그녀가 발로 샥 감추는 걸 보았다. 도영은 바로 못 본 척 시선을 돌렸지만 정확하게 보았다.

'발자국.'

저번처럼 신발을 신지 않은 사람의 발자국이었다.

이젠 분명해졌다. 가말은 누군가를 숨기고 있있다. 그것도 남자. 그리고 발자국의 주인이 남자라고 생각하자 도영은 화가 나기 시작했다.

'애인인가? 아니면 남편?'

하지만 만약 그렇다면 저쪽이 자신을 그냥 둔다는 게 말이 안되긴 했다. 제 여자가 다른 남자와 놀아나는 꼴을 봐도 아무렇지 않은 오픈마인드의 소유자이거나, 바보가 아닌 한.

'왜 숨기는 거지?'

루아스라고 무작정 숨길 필요도 없는데. 그러니까 남자를 숨기는 다른 이유가 있을 터였다. 단순히 치정에 관련된 게 아닌.

도영은 문득 뒤를 보고 한쪽 눈썹을 추켜들었다.

"어디까지 따라와?"

"아, 미안."

가말은 사과하고 한 걸음 물러났다. 도영은 오른쪽 덤불로 들어가 일부러 더 안쪽으로 들어갔다. 그러자 수풀 너머에서 가말이 소리쳤다.

"어디까지 가?"

"네가 따라올까 봐 걱정돼서 그런다."

"안 따라가. 어두워. 멀리 가지 마."

그 말은 무시하고 주변을 살폈지만 기척은 느껴지지 않았다. 멀리서 밤새가 찌르르 울었다.

저 어둠 너머에 가말의 비밀이 숨겨져 있었다. 도영은 느낄 수 있었다.

"뭐해?"

아침을 먹고 나서 가말은 어리둥절해하며 물었다. 도영이 크로스백에 물건들을 챙기고 있었기 때문이다.

"어제 다 못 봤으니까."

도영은 크로스백을 둘러메면서 대답했다.

"또 가려고?"

그리고 가말은 어떡해야 도영을 말릴 수 있을까 생각하다가 웅얼거렸다.

"나 힘든데……."

"그럼 혼자 다녀올게. 이제 길은 좀 익숙해졌으니까."

그에 가말은 그런 일은 생각할 수도 없다는 듯이 얼른 말했다.

"도영 혼자는 위험해."

"동물 정도는 혼자 상대할 수 있어."

그러더니 가말을 빤히 보고 덧붙였다.

"뱀파이어가 덤비지 않는 한."

가말은 바구니를 내려놓으며 말했다.

"걱정돼. 같이 가."

도영은 어깨를 으쓱였다.

"그러든가."

그래서 둘은 어제처럼 다시 숲으로 들어갔다. 도영은 채집하듯이 여기저기 다니며 흔적을 찾았다. 그러다가 흘긋 뒤에서 따라오는 가말을 보았다. 어제는 그렇게 당황하더니 오늘은 별말 없이 따라오고 있었다.

도영은 다시 앞을 보았다.

'흔적을 지우라고 말했겠지.'

한참 가다 나뭇가지를 밀고 나가자, 시야가 탁 트이면서 웅장한 풍경이 드러났다. 반대편 저 멀리 폭포가 흐르는 절벽이 보였다.

"도영이 처음에 떨어졌던 폭포야."

옆에 와 선 가말이 폭포를 가리키며 말했다. 폭포는 생각보다 컸다. 인간 주제에 저기서 떨어지고 살아난 게 신기할 정도로. 아마 가말이 잘 던진 탓이었겠지만.

"더 갈 곳 없어."

말하며 가말은 이만 돌아가길 바라는 것처럼 도영을 흘깃 보았다. 하지만 도영은 대답하지 않고 절벽을 따라 걸어갔다. 절벽 아래를 보는 눈이 진지했다. 꼭 지형을 살피며 작전을 짜는 지휘관처럼.

가말은 뒤따라가며 힐끔 절벽 아래를 보았다. 그런데 느닷없이 도영이 그녀를 향해 돌아섰다. 가말은 이 높이에서 인간이 떨어지고도 살 수 있을까 고민한 제 생각이 들켰을까 봐 지레 찔려 그를 보았다.

"응?"

"가말."

도영은 앞으로 다가오더니 진지한 목소리로 말했다.

멀리 폭포가 떨어져 내리는 소리가 웅장했다. 그리고 도영의 눈이 비스듬히 기운 햇빛을 반사해서 연한 빛을 발하는 것 같았다.

"왜……?"

그 눈빛에 압도되어 가말은 나직이 물었다. 그러자 도영이 그녀의 양어깨에 손을 올리고 고개를 내려, 키스했다. 입술이 부드럽게 맞닿았다. 순간 놀랐지만 가말은 눈을 감았다. 그리고 천지를 울리는 폭포 소리가 점차 사라지는 희한한 경험을 했다.

이내 입술이 살짝 떨어지고 아직도 숨결이 닿는 거리에서 도영이 속삭였다.

"가말, 미안해."

가말은 몽롱해 제대로 의식하지도 않고 되물었다.

"뭐가……?"

"네가 뭘 숨기고 있는지 알아야겠어."

타악.

그때 도영이 가말을 온 힘을 다해 밀쳤다. 가말은 눈을 크게 떴다. 절벽 끝에 서 있었기 때문에 뭘 해볼 새도 없이 낙하하기 시작했다. 반면 도영은 당장 몸을 돌려 달리기 시작했다. 미안한 마음은 들었지만 가말을 잠시라도 따돌릴 방법이 이것밖에 없었다. 인간이라면 황천길이겠지만 루아스니까 괜찮을 거라고 믿었다.

팍. 파사삭. 사삭.

나뭇잎들과 가지들을 헤치며 전속력으로 숲을 달렸다. 오가면서 최대한 길을 익혔기 때문에 어디로 가야 하는지 알고 있었다.

온 힘을 다해 달린 끝에, 너르게 펼쳐진 꽃밭이 나타났다.

이곳은 경계였다. 도영이 갈 수 있는 한계의 경계. 이곳 니머에 가말의 비밀이 있었다. 그곳을 향해 도영은 멈추지 않았다. 심장이 피를 뿜어내는 게 느껴질 정도로 마구 달려갔다.

꽃밭을 지나 갈대밭이 이어지고, 갈대밭도 끝나갈 때였다. 옆에 휙 누군가가 나타났다. 도영은 눈을 크게 떴다. 난데없이 나타난 남자였지만 루아스라는 건 단번에 알았다. 왜냐하면…….

도영은 당장 머리를 숙였다. 이어서 남자가 돌려 찬 다리가 공기를 가르는 소리를 내며 아슬아슬하게 머리 위를 지나갔다. 그리고 뒤에 있는 나무를 후려 찼다. 나무는 폭발하듯이 반 토막 나 날아갔다.

이건 루아스라는 걸 도저히 모를 수가 없는 힘이었다!

"토라!"

벌써 따라왔는지 멀리서 가말이 외치는 목소리가 울렸다. 그 사이에 도영은 몸을 굴려 일어났다. 남자는 갈대밭 가운데서 그를 돌아보았다.

한마디로 남자를 설명하기는 어려웠다. 구릿빛 피부, 가슴까지 오는 새까만 머리카락, 그리고 머리카락에 색실을 엮어 얇게 땋은 몇 개의 가닥을 양옆으로 늘어뜨린 모습은 한눈에도 원주민처럼 보였다. 그런데 다시 보니 혼혈 같았다. 도영이 여자였다면 넋을 잃을 정도로 아름다운.

깎았다는 말이 이렇게 어울릴 수 없었다. 체지방이라고는 없어 보이는 늘씬한 근육질의 몸은 가말이 여성적인 아름다움의 극치라면 이쪽은 남성적인 아름다움의 극치라는 느낌이었다. 양팔을 타고 올라 등 뒤로 사라지는 문신도 예술작품에 가까운 느낌이었다.

하지만 도영은 아무리 대단하다고 하더라도 남자의 몸 따위 이렇게 자세히 보고 싶지 않았다. 그가 뭔가 장식이 잔뜩 된 검은 천 쪼가리 하나만 허리에 두르고 있지 않았더라면.

그리고 장난감을 발견한 맹수처럼 흥미로워하는 붉은 눈동자.

눈이 붉은 루아스가 두 마리라니, 도영은 요즘 제 운이 어디까지 나빠질 수 있는지 실험 중이라는 사실을 잊고 있었다.

"안녕, 토라."

도영은 웃을 기분 따위 아니었지만 웃으며 말했다.

"아무래도 그쪽은 날 알고 있을 거 같은데."

그러자 토라는 정중함까지 느껴지는 태도로 살짝 묵례했다.

"물론이죠, 소령님."

원주민처럼 하고 있는 것에 비해 완벽한 영어였다. 그것도 영국 발음. 이런 차림이지만 바깥 세계와 접촉하고 있다는 느낌이 물씬 풍겨왔다.

토라는 이쪽이 여자라면 심장이 두방망이질 칠 미소를 씩 짓더니 말했다.

"죄송하지만 이쪽으로 더 가실 순 없습니다."

"역시 섬 반대편에 뭔가 숨기고 있나보군."

"모두에게 사생활이란 게 있지 않습니까? 마티의 사생활도 지켜주셨으면 하는군요."

'마티라면……'

설마 가말을 말하는 건가 싶었다. 하지만 도영은 물어보는 대신 토라를 위아래로 훑고 말했다.

"이런 말을 할 타이밍인지는 모르겠지만 그쪽하고 대화하니까 가슴이 다 뻥 뚫리는 거 같네."

토라는 피식 웃었다.

"마티가 사타디어와 라틴어, 고대 그리스어에 능통하고 아람어도 꽤 합니다. 하지만 현대 언어에는 조금 약하죠."

"다른 건 다 알겠는데 사타디어라는 건……."

도영의 말에 토라는 당연하지 않느냐는 듯이 말했다.

"사타디 부족의 언어입니다."

"그런 부족은 들어본 적 없는데."

"당연하죠. 기록에 남지 않았으니까요. 현대인은 알 수가 없죠."

도영은 무언가 깨달았다.

"혹시 가말이 그쪽 출신인가?"

토라는 빙긋 웃었다.

"참 분명하죠. 안 그렇습니까?"

다음 순간 토라는 도영 뒤에 서 있었다.

'늦었다!'

도영은 뒤로 칼을 휘둘렀다. 하지만 토라는 허무하리만치 쉽게 그의 팔을 잡아 막아 넘어뜨리고 홱 손을 들었다. 노을 아래 붉은 눈이 햇불처럼 번쩍였다. 사냥 본능이 깨어난 맹수의 얼굴이었다.

"안 돼!"

그 순간 비호처럼 갈대를 젖히고 나타난 가말이 토라를 덮쳤다.

"마티, 여기 내리막······!"

토라가 깜짝 놀라 외치며 와르르 굴러가는 소리가 들렸다. 루아스 두 명분의 무게다보니 굴러가는 소리도 육중한 바위가 굴러가는 것 같았다. 어쨌거나 기회를 잡은 도영은 당장 일어나 다시 갈대를 헤치며 뛰기 시작했다.

삭, 사사삭. 금방 뒤따라오는 소리가 들렸다. 이번에는 루아스 둘이. 도영이 싸워온 이래 가장 최악의 조건이었다.

파사사. 그때 갈대가 심상치 않게 흔들리는 소리가 들렸다. 그에 도영이 당장 칼을 휘두르자 토라의 발이 검에 작렬했다. 토라는 그 반동으로 아크로바틱 선수처럼 공중에서 돌아 착지하고는 말했다.

"제 속도에 반응하는 인간은 소령님이 처음입니다."

"훈련받은 인간을 무시하지 말라고."

"무시는요. 존경하는 겁니다."

차작. 옆에 가말이 있는지 다시 갈대가 흔들리는 소리가 났다. 이 갈대밭이 의외로 육체 능력이 월등한 두 루아스의 시야를 가리고 위치를 알려줘서 도영에게 유리한 지형이었다.

도영은 뒤돌아 달리기 시작했다. 그런데 갈대가 끝나는 순간 늪이었다. 도영은 깜짝 놀랐다.

"뭐……!"

불행히도 가속도가 붙은 물체는 단번에 멈출 수 없었다. 그래서 도영은 그대로 늪에 빠지고 말았다. 허우적거리며 겨우 몸을 돌려보니 늪가에 서 있는 토라는 즐거워하는 얼굴로 말했다.

"얌전히 말을 듣는다고 하시면 꺼내드리죠."

어쩐지 간간이 공격하며 쫓아오기만 하더니 여기 늪이 있다는 걸 알고 이쪽으로 몰아붙인 모양이었다.

점차 몸이 가라앉고 있었다. 이대로 늪 바닥에 가라앉은 미라가 되고 싶지 않은 한 방법이 없어, 도영은 한숨을 내쉬고 말했다.

"얌전히 말을 듣지."

그러자 토라는 의기양양한 얼굴로 긴 갈대를 뽑아서 도영에게로 뻗었다. 도영이 갈대를 잡자 토라는 엄청난 힘으로 그를 쑥 끌어당겨 반대 손을 내밀었다. 도영은 손을 붙잡고 올라섰다.

순간 토라가 움찔하고 도영을 보았다. 갈비뼈 아래쪽에 칼이 닿아 있었다. 그것도 뱀파이어의 피부 결에 딱 맞는 방향으로.

도영은 눈을 빛내며 말했다.

"숨도 쉬지 마."

루아스의 피부에는 각자마다 다른 '결'이 있어서 일견 강해 보여도 결이 맞으면 상처를 입힐 수 있었다. 팔을 잡았을 때 피부 결의 방향을 찾아냈다는 걸 토라는 깨달았다. 각도가 너무 완벽해서 인간을 찌르는 정도의 힘만 줘도 쑥 들어갈 터였다.

토라는 도영을 물끄러미 보며 말했다.

"감탄했습니다."

"무서워해야 할걸."

그러면서 도영은 칼을 좀 더 들이밀었다.

"확실히……."

토라는 중얼거리다가 휙 다리를 돌려 찼다. 도영은 당장 옆으로 몸을 던졌다. 토라의 발이 아슬아슬하게 얼굴 옆을 스치고 지나갔다.

"보통 사람은 아니군요."

토라는 씩 웃으며 말하고 발을 딛기 무섭게 다시 돌려 찼다. 그건 인간이 반응할 수 없는 속도였다. 이번에는 피할 수 없었다. 도영은 토라가 자신을 기절시킬 셈이라는 사실을 깨달았다.

"토라! 그만둬!"

파라락. 쩌렁쩌렁한 소리에 새들이 놀라 날아올랐다. 그리고 막 도영에게 닿으려던 토라의 발이 멈칫했다. 그때 공기가 밀리며 얼굴에 훅 바람이 불었다. 제 얼굴에서 고작 1cm 옆에 멈춘 발을 본 도영은 등골이 서늘했다.

갈대밭 사이에 똑바로 서 있는 가말은 처음으로 정체를 알 수 없는 위엄을 뿜었다. 토라는 그녀를 돌아보고 말했다.

"마티."

가말은 토라에게서 시선을 옮겨 도영을 보았다.

"도영은 포기하지 않아. 결국 찾아낼 거야."

뭘 찾아낸다는 말인지 물어보기 전에 가말이 혼잣말하듯이 말했다.

"하지만 도영이니까 괜찮아."

그러자 토라는 도영을 한 번 보고 발을 내렸다.

"동감이야."

도영은 기가 막혀 토라를 보았다.

"이럴 거면 왜 이렇게 열심히 막았어?"

토라는 씩 웃었다.

"소령님하고 노는 게 재밌어서 말이죠."

"도영, 이리 와."

가말은 말하고 앞서갔다. 도영이 토라를 보자 그는 가라고 말하듯 앞쪽으로 손짓했다. 결국 도영은 가말을 따라갔다.

숲을 헤치며 꽤 오래 갔다. 그러다가 도영은 뒤에 따라오는 토라를 흘긋 보고 말했다.

"어디 가서 쥐도 새도 모르게 묻어버리려고 하는 거면 고통은 없이 보내줘."

토라는 그 말이 재밌다는 얼굴이었다.

"외지인들은 찾을 수 없는 곳에 있어서 그렇습니다."

뭐가? 라고 묻고 싶었지만 말해줄 것 같지 않아서 묻지 않았다. 어차피 곧 뭔가 보여주려는 것 같았고.

여전히 가말은 앞에서 아무 말 없이 걸어가고 있었다. 도영은 다시 토라를 돌아보고 물었다.

"그쪽은?"

"저요?"

"둘은 무슨 관계야?"

"분명하지 않습니까?"

토라는 질문에 대답은 하지 않고 오히려 물었다. 분명했으면 질문을 했겠느냔 말이다. 그때 가말이 돌아보고 말했다.

"토라는 내 아들이야."

"아들……?"

도영은 토라를 위아래로 보았다. 겉보기에는 가말보다 몇 살 많아 보였다. 물론 루아스니까 외모로는 판단하기 힘들지만…….

"내가 피를 줬어."

가말이 이어서 한 말에 의문이 풀렸다.

"아, 그 아들."

피를 받아 뱀파이어가 된 수혜자, 즉 요즘 불리는 말로 '클리엔테스'를 의미했다. 하긴, 인종적으로 다르니 친아들일 리는 없었다. 토라는 원주민과 백인의 혼혈처럼 보였다.

"클리엔테스가 있었군."

도영이 중얼거리자 토라는 재밌다는 얼굴을 하고 물었다.

"남편이라도 되는 줄 알았습니까?"

"다 왔어. 여기야."

그때 가말이 말하며 앞서갔다. 도영은 토라에게 대답하고 가말을 따라갔다.

"세 번째쯤 되는 줄 알았지."

"왜 하필 세 번째입니까?"

뒤에서 토라가 투덜거리며 따라왔다. 하지만 도영은 더는 그의 말이 들리지 않았다. 눈앞에 나타난 수많은 사람들 탓이었다.

존 스미스가 포카혼타스의 부족을 소개받았을 때나 제이크 설리가 나비족을 소개받았을 때 이런 기분이었을까 싶었다.

이 섬의 토착 원주민으로 보이는 사람들이 모두 도영을 바라보고 있었다. 대개 두려워한다기보다 호기심에 찬 기색으로.

도영은 끝에서 끝으로 부족을 둘러보았다. 알 것 같았다. 기말은 토라를 숨겼던 게 아니었다. 이 사람들을 숨겼던 거였다.

마침내 도영은 가말을 돌아보았다.

"이 사람들을 숨긴 거야? 왜?"

"소령님을 믿을 수 없었으니까요."

토라가 말했다.

"소령님은 다른 손님들과는 좀 다른 분이죠. 오히려 그래서 소령님께는 우리 부족을 소개할 수 없었습니다. 소령님이 어떻게 반응할지 예상할 수가 없었기 때문이죠."

"나한테'는'이라는 건……."

가말은 대답하지 않고 부족 쪽으로 걸어갔다. 그리고 한 할머니에게 손을 뻗어 그녀가 한 발자국 앞으로 나오게 도와주었다.

오래된 나무껍질 같은 눈매 속에 푸른 눈동자가 도영을 보았다. 그녀도 원주민과 백인의 혼혈이었다.

안 그래도 부족 사이에 간간이 토라나 그녀처럼 혼혈 같아 보이는 사람들이 눈에 띄었다.

가말이 말했다.

"앙엘라. 요하네스의 딸의 손녀야."

그러니까 요하네스의 증손녀라는 말이었다. 하지만 분명히 사타디 부족으로 보이는 요하네스의 증손녀가 왜 여기서 등장하는지 도영은 선뜻 깨닫지 못해 쳐다보고 있다가 물었다.

"요하네스가 여기서 자식을 낳았어?"

가말은 고개를 끄덕였다.

"요하네스는 앙엘라 어머니의 어머니의…… 그러니까 라리와 사랑에 빠졌어. 바깥에 있는 가족에게는 돌아가고 싶지 않다고 했어."

도영은 기가 찼다.

"그럼 요하네스가 썼던 그 편지는 뭐야?"

"제가 그런 내용으로 써달라고 부탁했습니다."

토라가 대답하고 빙긋이 웃었다.

"요하네스는 작가였거든요."

그러고는 토라도 사람들 쪽으로 걸어갔다. 그리고 돌아보고, 사람들 가운데서 말했다.

"환영합니다. 우리는 사타디 부족입니다."

◇ ◇ ◇

사람들은 모두 즐거워 보였다. 마을 뜨락 가운데 타오르는 화톳불 너머로 땅콩 같은 걸 까먹으며 와자지껄 웃었다. 태어나 매일 보는 사람들과 무슨 할 말이 그렇게 많을지 궁금했지만, 부족 사람들 중에 도영과 말이 통하는 사람이 없어 물어볼 수 없었다.

가말이 태어났다던 옛 사타디 부족과는 어떤 연관도 없었으나 이 부족은 스스로를 '사타디'라고 칭했다. 성씨도 모두 동일하고 공평하게 '사타디'였다. 언어도 마찬가지였다. 가말이 쓰는 옛 사타디어와는 언어계통학적으로도 관련이 없지만 자기들이 쓰는 말을 '사타디어'라고 불렀다.

도영은 옆에 앉아 있는 가말을 보았다. 그녀도 땅콩 같은 걸 까먹고 있었다. 그러다가 도영이 쳐다보는 시선을 느끼고 자기가 까놓은 걸 내밀었다.

"먹을래?"

도영은 그걸 받아들고 먹어보았다. 크기가 더 크고 식감은 더 퍼석한데 맛은 땅콩과 비슷했다.

이내 도영은 사람들을 둘러보고 중얼거렸다.

"계속 혼자 산 줄 알았더니 그것도 아니었네."

가말은 능숙하게 유사 땅콩을 까며 대답했다.

"내가 처음 왔을 땐 아무도 없었어. 깨어나니까 사람들이 있었어. 처음엔 적었어. 그런데 점차 많아졌어."

아마 가말이 잠든 새에 다른 섬에서 이주해왔을 가능성이 높왔다. 그랬다면 이 물러터진 성격에 이미 터를 잡고 살고 있는 사람들을 쫓아냈을 리는 없고, 어영부영 같이 살게 됐으리라.

"하지만 우리가 있던 쪽엔 인간의 흔적이 전혀 없던데."

작정하고 숨기기 위해서라고 해도 흔적을 그렇게까지 감쪽같이 숨기기는 힘든 법이었다. 분명히 어디에라도 흔적이 남기 마련인데 전혀 찾지 못했다.

"부족 사람들은 그쪽으론 가지 않아."

가말이 말했다.

"왜?"

"거긴 내 땅이니까."

"토지대장이라도 있나 봐?"

도영은 시니컬한 투를 감추지 못했다. 하지만 가말은 이제 알아듣기 힘든 단어를 이해하길 포기했는지 되묻지도 않고 말했다.

"가도 상관없다고 했어. 근데 안 가."

도영은 말없이 유사 땅콩을 먹다가, 별로 궁금하진 않지만 문득 생각났다는 투로 물었다.

"왜 혼자 살았어? 부족에 남자도 많을 텐데."

"부족 사람들은 날 다른 걸로 생각해."

"다른 거?"

도영이 돌아보며 묻자 가말은 어깨를 으쓱였다.

"신."

그러고 보니 부족 사람들은 이쪽 자리에는 전혀 앉지 않았다. 배척하는 느낌은 아니고, 가말을 제일 웃어른으로 대우한다는 느낌이었다.

하긴, 초월적인 육체 능력을 지녔고 영원히 사는 존재가 신이 아닐 이유도 없었다. 다른 데서 섬기는 신과 다른 건 피와 살을 지닌 살아 있는 존재라는 점뿐이었다. 살아 있다는 점에서 더 확실하게 자신들을 보호해줄 거라고 믿을 수 있는.

사실 부족에게는 원래 사타디가 아닌 다른 이름이 있었다고 했다. 정확히는, 다른 이름'들'이. 옛날에는 이 그리 크지 않은 섬 내에도 수십 개의 부족이 있었기 때문이다. 하지만 부족들이 하나로 통합되며 그들의 신에게서 이름을 빌렸다는 모양이었다.

도영은 고갯짓으로 토라를 가리켰다.

"그럼 저쪽은?"

석어도 같은 루아스이니까 가말을 신으로 생각하진 않을 것이다. 하지만 가말은 도영이 토라를 언급하는 것 자체가 이해되지 않는다는 얼굴이었다.

"토라는 아들이야. 태어나는 것도, 자라는 것도 봤어."

사실 말할 필요도 없었던 게, 반대편에 커다란 포대를 빈백 삼아 앉아 있는 토라는 부족의 어떤 젊은 여자와 휘감기다시피 한 채로 서로 지분거리고 있었다. 토라가 여자의 귀에 대고 뭐라고 속삭이면 뭐 대단한 이야기를 한 것 같지도 않은데 여자는 숨넘어갈 듯이 즐거워했다. 그리고 점차 둘의 애정 표현이 진해져서 도영이 좀 더 순진한 사람이었다면 낯이 뜨거워질 정도였다. 하지만 부족 사람들은 아무도 그 모습을 이상하게 생각하지 않았다.

도영 역시 루아스와 인간이 서로 사랑하는 모습이 낯설지 않은 세상에서 오긴 했으나, 사타디 부족은 그걸 자연의 이치처럼 받아들이고 있는 것 같았다.

"저 친구는 바깥에 다니는 거지?"

도영은 확신조로 물었다. 겉모습은 원주민 버전 마르스 같은 느낌이었지만 토라에게서는 문명의 냄새가 났다. 가말도 고개를 끄덕였다.

"토라와 라토가 세상 소식을 전해줘. 플로스도 구해다줘."

가말의 입으로 플로스를 먹는다는 이야기를 들으니 괴리감이 들었다. 조금은 배신감도. 그리고 의문도 들어서 물었다.

"그런데 왜 꽃을 생으로 먹어?"

"다 떨어졌어, 요즘엔."

"근데 라토는 누구야?"

"토라의 쌍둥이."

도영은 멈칫했다.

"그쪽도 루아스야?"

가말은 고개를 끄덕였다.

"응. 토라, 라토 모두 내 아들이야."

"저 얼굴이 하나 더 있다고?"

이게 여자들에게 희소식인지 비보인지 알 수가 없었다. 그런데…….

'쌍둥이…….'

또 뭔가 생각날 것 같았지만 생각이 나지 않았다. 그래서 도영은 유사 땅콩을 하나 더 까먹으며 물었다.

"그 나머지 쌍둥이는 어디 있는데?"

"밖에. 토라와 라토는 번갈아서 밖에 나가. 이번엔 라토 차례야. 소식과 물건들을 가져와."

부족 사람들이 쓰는 물건 중에 바깥의 물건들이 꽤 보이는 이유도 알 수 있었다.

"혹시 라토에 대해 들은 거 없습니까?"

그때 토라가 도영 옆에 앉으며 물었다.

도영은 제 앞으로 팔을 뻗어 가말의 무릎에서 유사 땅콩을 한 줌 가져가는 토라를 이상하단 듯이 보았다.

"그쪽 형제를 왜 나한테 와서 찾아?"

토라와 얽혀 있던 여자는 자리에 그대로 있었는데 그가 가버려서 불만족스러워하는 얼굴이었다. 하지만 토라는 자연스럽게 도영 옆에서 유사 땅콩을 까먹으며 말했다.

"얼마 전부터 라토가 연락이 없거든요. 길어도 이주 일에 한 번씩은 연락했는데 이번에는 한 달이 넘었습니다."

"미안하지만 난 이 섬에 한 달 반째 박혀 있어. 그런데 어떻게 연락한다는 건데?"

토라는 씩 웃었다.

"대답할 리가 없잖습니까?"

도영은 한숨을 내쉬었다.

"부족에 대해선 이야기하지 않는다니까."

한 번 들어온 외지인은 다시 내보내지 않는다. 그게 부족의 룰이라고 했다. 부족의 존재에 대한 비밀을 지키기 위해서. 도영이 자신은 부족에 대해 관심도 없고 다른 사람에게 말할 이유는 더욱 없다며 설득해보았지만 마이동풍이었다. 가말에 더해 토라까지 순순히 그를 놔줄 생각은 없는 것 같았다.

그를 섬에 붙잡아두려는 루아스가 이젠 둘이라니, 섬 반대편에 뭐가 있는지 비밀을 풀려다가 더 깊은 수렁에 빠진 느낌이었다.

"아무튼 하루 이틀 밖에 다니는 것도 아니고 별일이야 없겠지만……."

토라가 말하고 있는데 느닷없이 부족 여자가 그를 뒤에서 덮쳤다. 그러자 토라는 웃음을 터뜨리며 여자를 제 무릎 위로 안아 올렸다. 여자는 자신을 내버려둔 데에 앙탈을 부리는 것 같았다. 그에 토라는 여자를 안고 어조만 들어도 달콤한 말을 속삭였다. 그제야 여자는 만족하는 기색이었다.

그러다가 토라가 등으로 도영의 무릎을 툭 쳤다. 도영은 살짝 미간을 찌푸렸지만 별다른 반응은 하지 않았다. 가말도 아무런 말을 하지 않아서, 나란히 앉은 네 사람의 온도가 불과 얼음처럼 달랐다.

낮에 그 난리를 친 탓인지 도영과 가말은 사이가 영 어색한 상태였다. 가말은 자신을 절벽에서 밀어버린 데에 힐난하는 눈으로 도영을 보거나 하진 않았지만 이상하게 말수가 적고 생각에 빠진 얼굴이었다.

토라와 부족 여자는 좀 더 애정행각을 벌이더니, 토라가 여자를 번쩍 안아 들고 일어나 잘 자란 인사도 없이 집 쪽으로 사라졌다. 남은 둘 사이에 침묵이 이어졌다. 어느 순간 도영이 돌아보고 물었다.

"넌?"

갑자기 말을 걸어 놀랐는지 가말은 움찔하고 돌아보았다.

"나?"

"넌 밖에 나가지 않아?"

"아……."

가말은 고개를 저었다.

"난 섬에서 나가지 않아."

여전히 그 대답뿐이었다. 도영은 포기한 어조로 중얼거렸다.

"그래, 이젠 나도 모르겠다. 안 그래도 은둔형 외톨이를 억지로 끌어내리려고 해봤자 더 틀어박힐 뿐이라고 하더라."

좀 더 침묵이 감돌고 도영은 유사 땅콩의 껍질을 털고 일어났다.

"잠이나 자자."

아까 부족의 중년 여자가 손짓, 발짓으로 사용하면 된다고 알려준 곳은 뜨락에 맞닿아 있는 오른쪽 집이었다. 그런데 가말이 따라오지 않아 도영은 의아해 돌아보았다. 그러자 가말은 화톳불을 보다가 그를 보았다. 하지만 그게 전부였다. 말간 눈으로 쳐다볼 뿐이었다.

안 자러 갈 거냐고 묻는 것도 꼭 가말이 같이 와서 자길 바라는 모양새라, 도영은 그냥 돌아섰다. 그리고 집에 들어가 자리에 누웠다. 조금 더 기다려봤지만 가말은 정말 오지 않으려는 모양이었다. 도영은 기가 막혔다.

'제 사람들이 있다 이거냐?'

돼지가 어쩌고 하면서 귀엽게 안길 때는 언제고, 지금은 자신을 신으로 모시는 사람들도 있고 클리엔테스도 있다 이거겠다. 결국, 이쪽은 믿을 수 있는지 지켜보는 동안 심심풀이 땅콩이었다는 말이었다. 왠지 모르게 화가 났다.

'뭘 화내는 거야?'

도영은 이런 자신이 더 기가 막혔다. 어차피 둘 사이에 묘한 기류가 흘렀던 건 무인도의 분위기에 휩쓸렸기 때문일 텐데. 그것도 일부러 만들어낸 무인도 분위기.

도영은 꾹 눈을 감고 잠을 청했다.

작은 손이 배를 더듬었다. 명백한 의도가 느껴지는 손길이었다. 도영은 잠결이었지만 웃을 뻔했다. 이 엉큼한 녀석이 뒤늦게 와서 옆구리를 찌르는 모양이었다. 하지만 쉽게 넘어가줄 마음은 없기 때문에 말하며 돌아보았다.

"가말, 지금 시간이……."

그러다가 깜짝 놀랐다. 가말이 아니라 웬 젊은 여자가 내려다보고 있었기 때문이다. 아까 지나가면서 얼굴을 본 부족의 여자였다.

여자는 생긋 웃으며 도영에게 키스하려고 했다. 도영은 얼른 여자를 밀어내고 상체를 일으켰다.

"뭐 하는 겁니까?"

여자는 뭐라고 하며 다시 키스하려고 했다. 말이 통할 것 같지 않아서 도영은 여자를 두고 문을 열고 나갔다. 그리고 문 앞에 서 있는 다른 여자와 부딪칠 뻔했다.

"무슨……."

이보다 더 황당할 수 없었다. 문 앞에는 여자들이 이곳이 맛집 인 양 순서를 기다리고 서 있었다. 그리고 도영이 나오자 여자들 이 새 떼처럼 지저귀며 그를 에워쌌다. 그러고는 다들 한마디씩 뭐라고 떠들어대는데, 당연히 도영은 한마디도 알아들을 수가 없 었다.

그때 화톳불이 꺼진 뜨락에 그대로 앉아 있는 가말이 보였다.

"가말."

도영이 여자들을 가리키며 뭐냐는 듯이 손짓했지만 가말은 그 저 쳐다볼 뿐이었다. 결국 도영은 스스로 여자들을 밀어내고 뜨 락으로 갔다. 그러자 여자들은 불만족스러워하는 소리를 터뜨리 며 뭐라고 항의했지만 따라오진 않았다.

도영은 여자들을 돌아보며 물었다.

"왜 저래?"

하지만 가말은 별로 당황하지 않고 말했다.

"도영은 밖에서 왔으니까."

"그래서?"

"밖에서 온 손님은 소중해. 건강한 아이를 낳게 해주니까."

도영은 정말로, 기가 막혔다.

"너 설마 이거 때문에……?"

그래서 자러 따라오지 않았던 거였다.

하지만 가말은 잦아든 화톳불을 보며 대답하지 않았다. 도영은 그런 그녀를 빤히 보았다.

"밖에서는 당사자의 동의 없이 멋대로 이러는 걸 성추행이라고 한다는 건 알아?"

가말은 무릎을 감싸며 말했다.

"부족에선 늘 그렇게 해."

부족이 원주민치고는 혼혈이 많은 이유를 깨달았다. 물론 섬이라는 폐쇄적인 환경에서 유전적 다양성을 위해서라면 불가피한 선택이었을 거라고 생각했다.

가말 옆에 있으니 여자들은 멀리서 수군덕거릴 뿐 다가오지 않았다. 그리고 도영이 오늘은 누구와도 잘 생각이 없다는 걸 깨닫고 곧 포기했는지 각자 집으로 흩어졌다. 다행히 소설에 나오는 아마존 부족처럼 억지로 묶어 놓고 종마로 쓰는 일은 없는 모양이었다.

도영은 화를 내야 할지 감이 잡히지 않았다.

"내가 진짜 어이가 없어서……. 잠이 다 깼네."

그러면서 자리에 앉았다.

가말은 손가락을 꼼지락거렸다. 사실 그녀는 도영이 자러 간다고 했을 때 말리고 싶었다. 하지만 부족의 규칙을 어길 순 없었다. 특히 다들 이날을 얼마나 기다렸는지 알기 때문에.

그렇게 금지했는데도 호기심 많은 여자들이 도영을 보러 몰래 섬 반대쪽에 온 적이 있었다. 이번 손님은 어떠냐고 묻는 여자들에게 토라가 '아주 잘생겼다.'고 대답했던 모양이다. 가말이 오래 지켜본 바로, 아름다운 이성에 대한 젊은 남녀의 관심은 조상이

와도 막을 수 없었다.

여자들은 수풀 너머에서 몰래 도영을 훔쳐보았다. 그리고 그의 잿빛이 섞인 푸른 눈동자, 바깥 세계의 세련된 느낌과 부족의 전사 같은 야성미가 공존하는 느낌에 홀딱 반해 어서 부족에게 그를 소개시켜달라고 아우성이었다.

가말은 얼마 지나지 않아 도영이 믿을 만한 사람이라고 알았지만 부족에게 소개해주고 싶지 않았다. 이런 일이 기다리고 있다는 걸 알았기 때문이다.

그런 생각을 하다가, 목덜미를 주무르고 있는 도영과 시선이 마주쳤다.

"아아……. 아앗, 앗, 아……!"

그때, 길고 날카로운 여자의 교성이 들려왔다. 꽤 거리가 있는데도 얼마나 소리를 질러대는지 온 마을에 다 울렸다. 설마 싶어진 순간 도영은 소리의 정체를 눈치챘고, 가말도 깨달았다는 사실을 깨달았다. 가말은 머쓱해하며 말했다.

"토라야."

도영은 코웃음을 쳤다.

"모르겠냐."

남자 루아스와 인간 여자는 관계를 맺는 게 가능하니까.

이 정도면 '남탕'이라는 우스갯소리를 들을 정도로 루아스 종에 여자가 많지 않은 건 진화론적인 면에서 여성이 더 불리하기 때문이라는 생각까지 들었다. 남자 루아스는 여자 루아스와 인간 여자라는 두 선택지가 있지만, 여자 루아스는 선택지가 하나밖에 없으니. 어차피 유성생식으로 태어나는 종이 아니니 진짜 그렇진 않겠지만 말이다.

"도영은 누구라도 고를 수 있어. 아키라도."

가말이 느닷없이 말했다.

"아키?"

누군지 기억나지 않았다. 그러자 가말은 계속 소리가 들려오는 쪽을 가리켰다.

"예쁘지 않았어?"

그러고 보니 꽤 미인이었지만 하도 가말을 보다보니 기준치가 이상해졌는지 딱히 예쁘다고 생각하진 않았다. 하지만 그전에…….

"저 녀석 아내 아냐?"

도영이 기가 차 묻자 가말은 고개를 저었다.

"토라는 아내를 두지 않아. 지금 연인이야. 곧 바뀌어. 늘 그래. 아이들은 한 번이라도 토라의 연인이 되는 걸 자랑스럽게 생각해. 토라는 부족을 지키는 수호신이니까."

도영은 그냥 제 잘못이려니 했다. 이 못된 바깥 세계의 상식이 자꾸만 다른 문화에 대해 편견 없이 수용하는 일을 방해했다. 하지만 누구라도 고를 수 있다니, 그런 노예 판매상 같은 권리는 대체 누가 준다는 건지 어디서부터 잘못됐다고 지적해야 할지 알수 없었다. 아무리 부족에는 부족의 룰이 있어도 도영에게는 기본적인 인권 감수성이란 게 있었다.

그런데 문득 어떤 생각이 들어, 도영은 가말을 물끄러미 보며 물었다.

"누구라도 고를 수 있다고? 그럼 너도?"

그 말에 불쑥 찔린 듯이 가말은 입을 다물었다. 그리고 시선을 내리며 우물거렸다.

"난 아이를 낳지 못해."

"그냥 고를 수 있느냐고 물어본 거야."

"아이를 낳는 게 아니라면 고를 필요가…… 없잖아."

도영은 가말을 빤히 보았다.

"그럼 되는 거야? 누군가를 고르면."

가말은 손을 꼼지락거릴 뿐 대답하지 않았다. 도영은 한숨은 아닌데 한숨처럼 느껴지는 숨을 길게 내쉬고 일어났다.

"다시 자러 간다."

그리고 집으로 걸어갔다. 가말이 따라오는 소리는 없었다. 그런데 집의 문을 여는 순간, 어느새 따라왔는지 가말이 뒤에서 도영의 손목을 잡았다.

"난……."

그 찰나 도영이 가말을 끌어당겨 안으로 밀어 넣었다.

탁. 문이 닫혔다.

가말은 어깨가 밀려 벽에 기댄 채 숨을 몰아쉬었다. 어둠 속에서 도영이 나직이 말했다.

"말해."

가말은 아이를 낳지 못하는 자신이 도영을 독점하는 행동은 이기적이라는 걸 알고 있었다. 그렇지만 말할 수밖에 없었다.

"고르지 마, 아무도."

와락 입술이 맞닿자 가말은 환희에 찼다. 고개가 젖혀진 채로, 도영을 마구 끌어안고 싶은 충동을 억누르고 그의 등을 쓰다듬었다. 이 기분을 뭐라고 정의해야 할지 알 수 없었다. 머리가 어질어질하고, 환희가 들끓고, 가슴이 울렁거리는 이 낯선 기분을.

도영이 몸을 돌리며 밀어서, 가말은 얼결에 한 걸음 두 걸음 물러나다가 침대에 닿아 앉았다. 그러자 그가 그녀를 밀어 넘어뜨렸다. 가말은 그가 자신을 내리눌리는 느낌마저 좋아서 이상했다. 쉽지 않은 세월을 살아오며 그녀를 범하려고 했던 남자들이 몇 있었지만 그때 내리눌리는 느낌은 절대 이런 게 아니었기 때문이다.

이내 도영이 아래로 내려갔다. 그리고 마치 물을 가르듯이 두 다리를 벌리며 그 사이에 자리를 잡았다. 그에 가말이 숨을 삼키며 긴장하자 도영은 무릎을 쓰다듬으면서 거기에 가볍게 키스하더니, 그녀가 어떡할지 모르는 새에 그대로 다가왔다.

가말은 떨면서 더듬거렸다.

"싫어…… 이런 거……."

그러자 도영이 나직이 웃었다.

"싫어하지 않게 해줄게."

그러고는 깊이 다가왔다. 처음에는 모양을 따라 그리듯이 부드럽게 어르는 정도였다. 하지만 점차 '야하다'고 말할 수밖에 없는 느낌으로 혀를 움직여서, 가말은 떨리는 숨을 내쉬며 눈을 감았다. 점차 땀이 배어나고 어깨가 푸르르 떨려왔다.

그런데 도영 말마따나, 싫지 않았다. 부끄러워 달아나고 싶지만 싫을 수가 없었다.

도영이 그녀의 허리를 잡고 당기며 작게 말했다.

"엎드려봐."

가말은 저도 모르게 몸을 돌려 엎드렸다. 그러자 도영이 뒤에서 다가와 하던 일을 계속했다. 가말은 귀에 점점 열이 올라 그야말로 터질 것만 같았다. 아무 소리도 없는 곳인 데다, 알다시피 그녀의 청력은 워낙 뛰어났기 때문에 소리가…….

가말의 배에 꾹 힘이 들어갔다.

도영이 몸을 일으키고 티셔츠를 벗어 올리자 근육의 각진 부분마다 그림자가 생겨, 작은 창문으로 스며들어온 달빛이 마치 그의 윤곽을 탐하듯이 따라 흘러내렸다.

"가말……."

그가 꿈속에서나 들을 법한 낮고 섹시한 목소리로 부르며 다가왔다. 그리고 무언가가 그곳에 와 닿았다. 가말은 생경한 느낌에 도영을 보았다. 어둠 속에서도 사물을 보는 일이 어렵지 않았지만 도영이 그녀를 몸으로 덮고 있어서 얼굴을 볼 수가 없었다.

용암에 달궈진 바위처럼 덥고 큰 몸이 그녀를 덮고 조금씩 움직이자, 아래쪽이 질척한 소리를 내며 비벼졌다.

"도영……?"

낯선 행동에 가말은 작게 불렀다. 도영은 길게 숨을 내쉬었다.

"가만히 있어. 참지 못하고 넣게 될 거 같으니까."

그러면서 좀 더 강하게 문질렀다. 도영의 것이 민감한 부위를 스치며 짜릿한 느낌이 올라왔다.

"응……."

가말은 저도 모르게 달콤함이 섞인 소리를 흘렸다. 그러자 도영은 물었다.

"괜찮아?"

"응……."

제 갈라진 틈 사이로 도영의 것이 재차 움직였다. 그의 것이 스칠 때마다 손끝까지 저릿저릿했다. 그리고 자꾸 이상한 소리가 목구멍을 간질이며 제멋대로 새어 나올 것 같았다.

도영의 꽉 다문 잇새로 거친 숨이 샜다. 가말은 왠지 그게 좋았다. 다른 남자들이 헐떡이는 소리와는 달랐다. 이를 물고 애써 참고 있는 소리가…… 섹시했다. 그래, 살면서 크게 실감해본 적 없었던 단어가 자동으로 떠올랐다. 그래서 홀린 듯이 털어놓았다.

"도영 섹시해."

"그래?"

하지만 도영은 그들이 하는 행동에 대해 말한다고 생각했는지 말하고 아래를 보았다.

도영은 꿈을 꾸는 것 같았다. 달빛 아래 전라인 가말의 하얗고 둥그런 엉덩이 사이로 반짝거리는 물빛이 비쳤다.

마치 자신이 신들의 계곡에서 열리는 만찬에 초대받지 않는 손님이 된 느낌이었다. 그에게 허락되지 않았음을 알고 있으면서도 그곳의 식탁에서 불사의 영약 암브로시아를 훔치려고 하는 도둑이 된 것 같았다. 하지만 그 영액의 맛이 얼마나 달콤할지 상상되어 입안에 군침이 물씬 돌았다.

"네가 너무 젖어 있어서 엄청 미끄러워."

도영은 가말의 귓가에 웃음기가 섞인 목소리로 속삭였다. 가말은 부끄러워 아무 말도 할 수 없었다. 지금 그들이 하는 게 뭔지 모를 정도로 바보는 아니었다.

시트를 꽉 쥐었다. 도영을 끌어안고 싶었지만 이렇게 흥분한 상태로 그를 안았다가는 힘이 조절되지 않을 것 같았기 때문에 참기 위해서였다. 그가 문지를 때마다 치받혀 나온 뜨거운 숨이 어지러운 시트 위에 흩어졌다. 살갗을 스치는 감촉이 이상하게 좋으면서도 오싹거려 도망가고 싶은 느낌이었다.

그때 도영이 침대를 짚고 있는 손 중 한 손을 떼서, 자꾸만 흘러내려서 사이에 말려들어가는 제 티셔츠를 걷어 올렸다. 겨드랑이 아래로 그가 움직일 때마다 몸을 뒤채는 용처럼 꿈틀거리는 복부가 보였다.

도영이 그녀의 등과 제 배가 맞닿도록 몸을 기울여왔다. 도영은 열기로 흐릿한 시야에 하얗게 빛나는 목덜미를 보고, 순간 목덜미를 깨물었다.

"홋……."

가말은 작게 신음했다. 그녀에게 상처를 입히진 못했지만 아릿하게 전해지는 느낌이 묘한 자극을 전달했다. 그리고 도영이 이에 힘을 싣는 만큼 아래를 거칠게 문질러와서…….

"훗, 하……."

달아오른 숨이 어깨너머로 쏟아졌다.

이내 무언가 그들 사이에서 터지며 도영이 크게 숨을 내쉬었다. 한동안 거친 숨소리가 방 안에 맴돌았다. 어둡고 뜨거운 돔 아래 갇힌 느낌이었다. 하지만 두려움이나 거부감 같은 건 들지 않았다.

도영은 손에 잡히는 대로 부드러운 천을 가져와 아래를 닦아주었다. 그러고는 몸을 굴려 옆에 누웠다. 그리고 숨을 고르는 듯하더니 난데없이 말했다.

"미안해."

가말은 의아해하는 눈을 들었다.

"뭐가?"

"절벽에서 밀어서."

그러면서 도영은 가말의 머리를 쓰다듬었다.

"안 다쳤어?"

가말은 이런 질문을 들어본 게 얼마 만인지 알 수 없었다. 그녀가 다칠 수 있다고 생각하는 사람이 얼마 없었기 때문이다. 사실 도영이 절벽에서 밀었을 때는 놀랐고 살짝 배신감도 들었지만 자신이 먼저 그에게 감춘 게 있었으니 이해했다.

가말은 고개를 저었다.

"난 강해."

하도 당당한 투에 도영은 기가 막혔다가 피식 웃었다.

"그렇게 말할 수 있다는 게 부럽네."

"도영도 강해."

"루아스한테 그런 말 들으면 오히려 놀리는 거 같은데. 하지만 뭐, 각자 할 수 있는 일이 다르니까."

"난 아무것도 할 수 없어."

그런데 가말이 눈을 내리깔고 중얼거렸다. 그에 도영은 뭔가 의미가 있는 말 같아 그녀를 보았다. 그때 가말이 다시 눈을 들어 그를 보았다.

"같이 자도 돼?"

이미 사이좋게 누워 있는 상황인 데다가 실컷 즐겨놓고 쫓아낼 생각은 아니었지만, 눈치를 보는 동그란 눈이 귀여웠다. 그래서 도영은 가말에게 몸을 기울이며 물었다.

"인간 남자가 감히 신이랑 같이 자도 되는 거야?"

"돼."

가말은 다급하다 싶을 정도로 바로 대답했다.

"신이 그러고 싶으니까."

정사가 끝난 뒤 토라는 나른하게 누워 있었다. 그러다가 옆에 알몸으로 누워 있는 아키를 돌아보고 말했다.

「우리 마티 취향이 저런 남자였구나. 이제 알았네. 의외로 막 대해주는 걸 좋아했나봐.」

아키는 흘긋 토라를 보았다.

「저 손님은 인간인데도 말이죠.」

토라는 어깨를 으쓱였다.

「인간이니까. 뱀파이어가 되면 사실 모든 게 좀 쉬워. 하지만 인간으로서 어떤 경지에 다다른 사람은 정말 순수한 노력으로 이뤄낸 거야. 모아이 석상 같은 마티의 마음을 움직인 건 소령님의 그런 면이겠지.」

「어렵네.」

아키는 중얼거렸다. 그리고 걱정스러운 얼굴을 하고 말했다.

「근데 라토 님이 화내지 않겠어요? 저 손님, 죽이려고 할지도 몰라요.」

하지만 토라는 대답하지 않고 천장을 응시할 뿐이었다.

04
ANTIAIRCRAFT—대공[對空]˙

그래, 다 좋았다. 섬에 표류당한 것도, 어쩌다보니 어지간한 돌덩이보다 오래 산 여자 뱀파이어와 썸을 타게 된 것도.

나무 사이에 건 해먹에 누워 있는 도영은 나뭇잎 사이로 햇빛이 넘실거리는 모습을 지켜보며 생각했다.

하지만 이대로 늙어 죽을 때까지 가말과 이 섬에서 살게 되는 걸까?

그런 생각이 들자 저도 모르게 미간을 찌푸리고 중얼거렸다.

"말도 안 되는 소리 하지 마."

"뭐가요?"

그러자 바닥에 앉아서 일하고 있는 토라가 돌아보고 물었다. 긴 머리를 양 갈래로 땋은 모습이었다. 그게 더 희한한 건 잘 어울

• 지상에서 공중의 목표물을 상대함.(국립국어원 표준국어대사전)

린다는 점이었다.

"처음에는 다 소령님처럼 부정의 단계를 거치죠."

토라는 알 만하다는 듯이 말했다.

"나중에는 돌아가라 그래도 돌아가기 싫어질걸요. 절 믿으세요. 저도 밖에 나가서 몇 년 살아봤거든요. 공기도 나쁘고, 좁은 공간에 뭔 인간들이 그렇게 많이 사는지, 다들 햇빛을 제대로 보지 못해 얼굴은 허옇게 떠있고, 스트레스에 절어서 좀비 같은 몰골에다가……."

이 정도면 바깥세상에 대한 상식이 넘치다 못해 지금 당장 도시에 갖다놔도 위화감이 없을 정도였다. 옷만 제대로 입는다면.

"난 밖에 가족이 있어."

도영이 말하자 토라는 물었다.

"결혼하셨습니까?"

"떡두꺼비 같은 아들이 셋이나 있지."

"이름이 뭔데요?"

"엘리오. 니콜라. 줄리앙."

토라는 물끄러미 도영을 보았다.

"거짓말 잘하시네요."

"드라마 수업 A 받았거든."

어차피 통할 거라고는 생각하지 않았기 때문에 도영은 순순히 인정했다. 토라는 어깨를 으쓱였다.

"소령님을 위해서 하는 말입니다. 빨리 여기서 새로운 가족을 만드는 편이 더 현실을 받아들이기 쉬우실 겁니다. 그리고 소령님이 정말 저희 부족 사람이 됐다고 생각되면 그때는 밖의 가족에게도 소식을 전해드릴 수 있습니다."

"정말 부족 사람이 됐다고 생각되는 기준이 뭔데?"

"적어도 연기할 수 있는 건 아니죠."

그러더니 토라는 덧붙였다.

"삼백 년 전 사람이지만 저희 아버지도 밖에서 왔죠."

혼혈이니까 그럴 거라고 생각했다.

"저희가 배 속에 있을 때 죽어서 얼굴도 본 적 없지만 부족에 꽤 잘 적응했던 모양이에요. 요하네스도 마찬가지였고요. 참, 소령님이 본 편지 내용은 순전히 픽션이었어요. 요하네스는 섬의 이쪽으로 표류해서 가장 먼저 발견한 사람이 라리, 그러니까 앙엘라의 증조모였거든요. 첫눈에 라리한테 반해서 정말 낯부끄럽게 구애했죠. 라리와 워낙 금슬이 좋아서 그런지 기록이다 싶을 만큼 오래 살기도 했고."

"그럼 바깥에 아내와 자식이 있었다는 건?"

"가족은 있었던 모양인데 집이 제법 부자였는지 유산 상속 문제로 신문에 나올 정도로 온갖 가족 잔혹사를 찍은 모양이에요. 요하네스는 거기에 질려서 다 버리고 항해를 떠났고. 헨리 소로 같은 사람이었거든요."

토라는 묻지도 않은 이야기를 계속 주절거렸다.

"작가였죠. 완전 망했지만 책도 나왔었어요. 제가 원고를 들고 나가서 출판사에 넘겨줬거든요. 읽어본 적 없으세요? '존의 신비한 여행'이라고."

"그거 꼭 읽어보고 싶네. 섬을 나가게 되면 찾아볼게."

도영은 별로 관심이 없는 투로 말했지만 토라는 피식 웃었다. 그건 꼭 섬을 나가고 말겠다는 말이었기 때문이다.

그때 여자들이 웃는 소리가 들리고, 움막 뒤쪽에서 부족 여자들과 함께 가말이 나타났다. 도영이 그 모습을 쳐다보고 있자 어느새 옆에 와 서 있는 토라가 은근히 속삭였다.

"우리 마티, 예쁘죠? 영광으로 생각하세요. 여기 온 남자들이 다 마티를 숭배하다시피 했지만 아무한테도 마음을 주지 않던, 그 이름도 유명한 사타디 섬의 모아이 석상이라고요. 그런 마티가 처음으로 마음을 허락한 남자가 소령님이라는 겁니다."

마티는 사타디어로 '엄마'라는 뜻이라고 들었다. 즉, 토라는 가말을 엄마라고 부르고 있는 거였다.

도영은 회의적이기 그지없는 투로 말했다.

"아무리 클리엔테스라지만 그 얼굴로 엄마, 엄마 하는 건 좀 아니지 않아?"

그러자 토라는 허리에 한 손을 짚고 삐딱하게 섰다.

"마티가 백 년에 한 번씩만 애를 낳았어도 저만 한 아들이 몇 명이나 있을 거 같습니까?"

"그런 문제가 아니라……."

그때 가말이 불쑥 끼어들었다.

"둘이 무슨 말 해?"

꼭 자기만 빼놓고 이야기한다고 질투하는 아이 같았다. 도영은 손을 젓고 해먹에 다시 누웠다. 그러자 가말이 옆에서 기웃거리며 물었다.

"도영, 졸려?"

"졸려."

도영이 눈을 감은 그대로 대답하자 가말이 해먹을 잡고 말했다.

"나랑 놀아."

"애냐? 놀게."

그때 한 젊은 부족 여자가 지나가며 꽃을 이마에 대었다가 도영 앞에 내려놓고 갔다. 도영은 의아해졌다. 다음에는 중년 여자가 지나가면서 주먹만 한 주머니 하나를 그에게 공손하게 내밀었다가 내려놓고 갔다.

"저게 뭐야?"

도영이 바닥에 놓인 주머니를 보며 묻자 해먹 뒤에 있는 가말이 대답했다.

"밀알."

도영은 돌아보고 되물었다.

"밀알?"

가말은 고개를 끄덕였다.

"밀알."

이게 무슨 덤 앤 더머의 대화도 아니고, 도영은 기가 막혀 말했다.

"그러니까 밀알을 왜 나한테……."

그런데 이번에는 또 다른 중년 여자가 작은 상자를 바치고 갔고, 소녀 둘이 꽃다발을 바쳤다. 그러자 토라가 흐뭇해하며 말했다.

"벌써 소문이 났나 보네요. 소령님은 마티의 남자라고. 마티의 남자면 우리 부족의 큰 타와니까요."

타와, '아빠'였다. 도영은 황당해서 말도 나오지 않았다. 이젠 생불 취급인가 싶었다.

"아주 꽃으로 장식해서 제단에 올려놓지 그래."

"돌아가시면 알아서 그렇게 할 겁니다."

토라의 말에 도영은 눈을 굴렸다.

「큰 마티!」

그때 모여 있는 젊은 여자들이 가말을 불렀다. 그러자 가말은 그쪽으로 갔다. 향기를 남겨놓고.

가볍게 뒷짐을 지고 서서 소녀들과 대화하는 가말은 부족의 아가씨 중 한 명이라고 해도 전혀 위화감이 없었다. 부족 사람들도 가말을 신이라기보다 돌하르방 같은 존재로 여기는 것 같았다. 가말을 건드리는데도 특별히 거부감이나 두려움이 없어 보였다. 부족 사람들에게 신이란 그들과 함께 먹고 자고 사는 존재인 모양이었다.

그때 소녀들이 약간 소란스러운 소리를 내며 도영 쪽을 보았다.

「저기 봐요.」

가말도 돌아보았다. 바람에 나뭇잎이 흔들려, 가말을 응시하는 도영 위로 나무 그늘이 넘실거렸다.

「큰 마티한테서 눈을 못 떼겠나봐.」

여자들은 가말을 둘러싸고 호들갑을 떨었다. 그에 가말은 볼을 붉히며 고개를 돌렸다.

"와우, 우리 마티가 소녀처럼 보이네요."

도영 옆에서 토라가 감탄했다. 뭔가를 우적우적 씹으면서. 도영은 한쪽 눈썹을 추켜들고 돌아보았다.

"뭘 먹는 거야?"

그러자 토라는 도영에게 샐러리 같은 초록 식물 줄기를 내밀었다.

"사탕수수요. 드실래요?"

"안 자?"

가말이 물었다. 그러자 꺼져가는 화톳불 가에 앉아 있는 도영은 가말을 빤히 보았다. 그에 가말은 고개를 갸웃했다.

"도영?"

"오늘은 따로 자자."

도영은 일어나며 말했다. 아무리 생각해도 이대로 이 부족의 큰 타와가 되어 살 수는 없었다. 게다가 결혼도 안 한 총각한테 그런 말만 한 아들이 생긴다는 게 말이 되는가?

"어……."

"잘 자."

가말이 뭐라 해야 할지 모르고 어물거리는 사이에 도영은 집 안으로 들어가 침대에 누웠다. 정적이 흘렀다.

도영은 다른 방향으로 돌아누웠다. 얼마 지나지 않아 다시 뒤척였다. 결국 벌떡 일어났다. 그리고 집을 가로질러 가 문을 열었다. 예상대로 가말은 문 옆에 버려진 강아지처럼 앉아 있었다.

"도영."

도영은 미간을 찌푸린 채 아무런 말도 하지 않았다. 그는 가말이 도대체 왜 이렇게 버려진 강아지 같은지 알 수 없었다. 부족에게서 신 대접도 받고, 친아들처럼 자신을 위해주는 클리엔테스까지 있는데.

"자러 가."

도영이 다시 들어가려고 하자 가말이 뒤에서 허리를 끌어안았다.

"나 미워하지 마."

도영은 잠깐 말이 없는가 싶더니 가말의 팔을 풀어냈다. 가말은 순순히 말을 들었다. 다급한 마음에 매달리긴 했지만 억지로 매달린다고 그가 마음을 바꿀 거라고는 생각하지 않았기 때문이다. 여태까지 지켜본 결과 도영은 꽤 칼 같은 부분이 있었고, 자신이 마음속으로부터 납득하지 못하는 점에는 의문을 품은 일을 멈추지 않았다.

그런데 도영이 가말을 끌어당겨 안으로 들어갔다.

"어……?"

가말은 어리둥절했다. 탁. 뒤로 문이 닫혔다. 그리고 도영이 그녀의 팔을 당기는 동시에 다른 손으로 얼굴을 감싸며 키스했다.

가말은 흡 숨을 삼키며 긴장했다가 입맞춤이 깊어질수록 몸이 달아오르기 시작했다. 도영은 계속 키스하며 그가 잡고 있는 가말의 팔을 제 허리에 감게 했다.

도영은 그쪽이 삼천 년을 산 것처럼 능숙하게 입 맞추었다. 가말은 점차 흥분해서 도영을 끌어안은 팔에 힘을 주었다. 그러자 도영이 살짝 입술을 떼고 말했다.

"흥분하지 말라고 했잖아."

가말이 흥분해서 자칫 너무 세게 끌어안기라도 한다면 인간으로서는 곰이 장난으로 후려치는 데에 목숨이 왔다 갔다 하는 꼴이었기 때문이다.

"미안……."

가말은 웅얼거렸다. 그러자 도영은 다시 키스하……려다가 고개를 숙이고 나라를 잃은 것 같은 한숨을 내쉬었다.

"자자."

그리고 잠을 새도 없이 침대로 가더니 뒤돌아 누웠다.

"도영, 괜찮아?"

가말은 뒤로 다가가 물었다. 왠지 도영이 기운이 없어 보였기 때문이다. 그를 본 이래로 제일 의기소침한 상태 같았다.

"괜찮아."

도영은 돌아보지 않고 대답했다.

그래. 사실 생불 취급도 좋고, 결혼도 하지 않은 총각한테 토라 같은 큰 아들이 생긴 것도 백번 양보해서 그렇다손 치지만, 이 현실만큼은 받아들이기가 힘들었다. 가말과 할 수 있는 일이 한정되어 있다는 현실을.

그는 남자였다. 젊고 아주 건강한 남자. 게다가 밤마다 멀리서 아련하게, 차라리 비명 소리라고 하는 게 맞을 법한 신음 소리가 들려왔다. 토라는 루아스의 체력을 이상한 곳에 쓰고 있는 것 같았다.

솔직히 위험한 짐승도 없는 이 섬에서는 그 좋은 체력을 쓸 만한 곳이 따로 없겠지만 매일 밤 여자 하나를-최근에는 그 아키라는 여자- 천국인지 홍콩인지 모를 곳으로 보내주고 있는 모양이었다. 그런데 그 소리를 들으며 가말과 같은 침대에 누워 있기만 해야 하는 일은…….

도영은 만약 자신이 중세시대의 이단 심문관이 된다면 아름답고 사랑스럽기까지 한 미녀를 데려다놓고 쳐다보기만 해야 하는 고문을 개발하려고 마음먹었다. 그게 얼마나 잔인한 고문인지 본인이 제일 잘 아니까.

그때 가말이 뒤에서 도영을 끌어안았다.

"도영은 따듯해."

그 말에 신기할 정도로, 긴장감이 팽팽하던 몸이 금세 이완되었다. 마치 고승의 사자후를 들은 악귀처럼 몸에서 욕정이 줄행랑친 느낌이었다.

그래, 생각해보면 무조건 몸으로 사랑을 나눠야한다는 것도 편견이었다. 모름지기 사랑의 궁극적인 형태는 플라토닉…….

애써 마음을 다잡던 도영은 돌아누워 가말을 마주 보았다.

"미안하지만 난 요하네스가 아냐."

고상한 정신의 교감 따위 개나 주라지. 물론 그건 픽션이긴 했지만.

"응. 아니야."

말을 있는 그대로 받아들였는지 가말은 오히려 도영이 왜 요하네스를 언급하는지 모르겠다는 얼굴로 대답했다.

'이런 놈을 데리고 뭘 하겠다고.'

도영은 허무해졌다. 그런데 가말이 흘긋 눈치를 보고는 말했다.

"도영은 이런 일 잘해. 여자 많이 만났어?"

그러고는 도영이 뭐라고 대답하기 전에 덧붙였다.

"나도 남자 많이 만났어."

'이건 또 무슨……'

생각하다가 도영은 흠, 소리를 내었다.

"네가?"

"나 나이 많아."

그만큼 만날 시간이 있었다는 의미인 모양이었다. 그에 도영은 한 손으로 머리를 괴고 흥미롭다는 투로 물었다.

"그래? 몇 명이나 만났는데?"

"셀 수 없어."

가말은 하 당당하게 말했다.

사실 거짓말은 아니었다. 숨어 다니는 상황에서 몸은 외로움을 달래기에 그나마 신속하고 위험부담이 적은 방법이었기 때문이다. 하지만 그런 의미로 셀 수 없다기보다, 삼천 년이라는 긴 시간의 선 위에 만남들이 드문드문한 점처럼 이어져서 잘 기억나지 않아 셀 수 없다는 쪽이 더 맞았다.

심지어 그것도 이 섬에 오기 전까지 이야기였다. 원래 이 섬은 무인도여서 가말은 오랫동안 혼자 지냈고, 부족들이 이주해온 이후로도 사람들은 그녀를 신으로 여겨 감히 이성적으로 다가오지 않았다.

"굉장하네. 그럼 '이런 일'에 대해서 엄청 잘 알겠네."

말하고는 도영은 양손으로 뒷머리를 받치고 누웠다.

"도영만큼은 알아."

가말은 짐짓 '난 더 굉장한 걸 알고 있지만 뻐기고 싶진 않으니까 이 정도로만 말해두겠다.'라는 투로 말했다.

"그럼 네가 가르쳐주면 되겠네."

그 말에 가말은 '응?' 하고 되물었다.

"내가?"

"사실 난 다 허세거든. 잘 몰라."

그러고는 도영은 '자. 어디 해봐.'라고 말하는 듯이 그냥 누워 있었다.

'어, 그러니까……'

가말은 자기가 한 말을 주워 담지도 못하고 보이지 않는 분위기의 힘에 떠밀려 엉거주춤 다가갔다. 하지만 그 상태로 주저하고 있자 도영이 말했다.

"기다리고 있어."

그에 가말은 그가 입고 있는 티셔츠를 폭발물인 양 조심히 걷어 올렸다. 도영은 여전히 가만히 있었다.

주춤거리며 살짝 배에 손을 대보자 단단한 근육이 느껴졌다. 그래서 저도 모르게 홀린 듯이 쓰다듬어 내렸다. 굴곡이 진 부분을 지날 때마다 탄성이 손끝을 튕겨내는 듯하고, 보통 인간보다 조금 더 열이 높은 살갗은 모피처럼 부드럽고 손바닥에 착 감겨 왔다.

어느새 가말은 자신이 무얼 하고 있는지도 잊고 눈앞에 있는 남체에 몰입해서 손으로 샅샅이 훑었다. 처음 봤을 때부터 예쁘다고 느꼈던 몸이어서, 눈으로 들이마실 수 있다면 들이마실 기세였다.

배에서 가슴으로 올라가다가 뭔가 도드라진 것이 있어서 문지르자 단단하면서도 말랑거리는 감촉이 마음에 들었다. 그래서 저도 모르게 가까이 가는데, 지각이 꿈틀거리듯이 가슴이 들썩이더니 커다란 무언가가 머리 위에 그림자를 드리웠다. 그게 도영이라는 걸 깨달았을 때에야, 가말은 자신이 뭘 만지고 있었는지 생각났다.

"넌 정말⋯⋯."

도영은 낮고 어두운, 불길의 기운이 느껴지는 목소리로 말했다.

그가 드리운 그림자에 잠겨 가말은 왠지 모르게 가슴이 뛰었다. 뒤에서 희미하게 타오르는 불, 낮은 숨소리, 가까이 다가온 몸이 뿜어내는 열기⋯⋯. 밤의 속삭임처럼 은밀한 분위기에 심장에서부터 열기가 퍼지는 느낌이었다.

"이리 와."

이리오라는 말에 이렇게 설레기도 처음 같았다.

도영은 여러 번 입술을 겹치며 키스했다. 가말은 차오르는 침을 삼키며 그를 쫓아 움직였다. 정신을 차릴 수 없을 정도로 혀가 얽히고 점액끼리 부딪히는 느낌이 자극적이었다.

그러는 와중에 도영이 아래쪽에서 가말의 손을 잡아, 자신의 바지 속으로 이끌었다.

가말은 경이로운 기분으로 천천히, 단단해진 그를 더듬었다. 도영이 낮게 숨을 내쉬었다. 그에 가말은 저도 모르게 물었다.

"좋아……?"

"응, 좀 더……."

원하는 목소리가 좋았다. 뜨거운 살갗이 좋고 손바닥 안에서 박동하는 느낌도 좋았다. 무엇보다 도영이 눈을 지그시 감고 자신이 주는 감각을 느끼는, 볼에 희미하게 열이 오른 얼굴이 좋았다.

조금씩 더 그를 문질렀다. 혹시 힘을 너무 주진 않는지 가끔 도영을 살피면서. 다행히 그러진 않는지 도영은 기분이 좋아 보였다.

그때 도영이 살짝 눈을 뜨고 물었다.

"손에…… 해도 돼?"

가말은 홀린 듯이 고개를 끄덕였다. 그러자 도영이 그를 쥐고 있는 그녀의 손을 감싸고 억눌린 숨을 흘렸다.

도영은 약간 숨을 몰아쉬었다.

조금 이따 그가 일어나 몸을 돌리는 사이에 가말은 제 손을 보고 저도 모르게 혀를 뻗었다. 그러자 도영이 손목을 잡아 막았다.

"그런 거 핥지 마. 개야?"

그리고 씻고 나서 물기를 닦을 때 쓰는 천으로 손을 꼼꼼히 닦아주고 다시 가말을 안고 누웠다. 그러고는 그녀의 뒷머리를 감싸며 말했다.

"약간 회의감이 느껴지긴 하지만 좋았어."

가말은 흘긋 그를 올려다보고 물었다.

"해이감이 뭐야?"

"회의감. 지금 내가 처해있는 상황에 대해 객관적으로 바라보면 느낄 수밖에 없는 감정 같은 거."

가말은 사랑스럽고, 몸은 불끈불끈하고, 이러고 나면 기분은 좋은데 불완전 연소에 욕구불만이 해소되기는커녕 더 커지는 느낌인데다가, 이 섬에 갇혀 있는 상황에 뭘 하는 건가 종합적으로 생각해보면 이런 복잡다단한 심리 상태에 갇히기 마련이었다.

"지금 프랑스어 하는 거 맞아?"

말이 하도 어려워 가말은 어리둥절해하며 물었다. 하지만 더 말할 생각이 없는 도영은 그냥 그녀를 안고 있을 뿐이었다. 그래서 가말도 가만히 있으려니 가물가물 잠이 왔다.

맞닿은 가슴 안에서 심장이 뜨겁게 뛰는 게 좋았다.

마치 내연 기관이 폭발적으로 움직였다가 서서히 가라앉듯이 내부에서 아직 용광로가 활활 타오르는 것 같은 열기가 느껴졌다.

곁에 이런 열기가 없었던 기간이 무색하게도, 다시는 없이 살 수 없을 것만 같았다.

"마티."

토라가 어깨에 손을 짚었다. 가말은 부스스 잠에서 깨어났다.

토라는 연인을 대하듯 달콤한 목소리로 말했다.

"아침이야."

그런데 옆자리에 도영이 없었다. 가말은 급히 자리를 짚고 일어나며 물었다.

"도영은?"

"밖에 있어. 역시 군인이라 그런지 아침부터 운동을 빼먹지 않네."

그제야 가말은 안심하고 눈을 비볐다. 그러다가 멈칫하고 토라를 보았다. 그가 침대에 양손으로 턱을 괸, 제법 깜찍한 모습으로-아마 가말에게만 그렇게 보일- 올려다보고 있었기 때문이다.

"왜?"

묻자, 토라가 가까이 왔다. 그에 가말이 주춤하니 그가 속삭였다.

"마티한테서 소령님 냄새 나."

그러고는 씩 웃었다.

"어른 됐네."

가말은 막을 새도 없이 얼굴이 붉어져, 토라를 밀어내며 흘겨보았다.

"마티한테 못 하는 말이 없어."

"마티는 못 하는 게 없네."

"토라!"

토라는 웃으면서 먼저 밖으로 나갔다.

"아, 도영."

가말은 깨닫고 크리스마스 아침을 맞은 아이처럼 뛰어서 토라를 지나갔다. 그러다가 무슨 생각이 난 듯 다시 돌아와서 물었다.

"나 예뻐?"

가말이 이런 걸 물어보는 일은 처음이라 토라는 놀랐다가 웃으며 대답했다.

"예뻐."

그러자 가말은 조르르 갔다. 아침 햇살에 씻긴 마을 풍경 속에 하루를 시작한 사람들이 보이고, 이미 운동하고 씻는 걸 마친 도영은 오두막에 앉아서 코코넛 뿌리를 갈고 있었다. 그러고는 오두막에 올라오는 가말을 보고 물었다.

"일어났어?"

가말은 은근슬쩍 그 옆에 앉으며 물었다.

"토라가 시켰어?"

"응."

의외로 시킨다고 순순히 하고 있는 모양이었다. 그런 걸 보면 도영은 마냥 제 자존심과 방식을 내세우며 뻗대는 법은 없었다.

그때 도영이 흘긋 가말을 보고는 말했다.

"눈곱이나 떼라."

가말은 화들짝 놀라 제 눈을 짚어보고 도영이 장난하는 게 아니라는 걸 깨닫고는 오두막 아래 지나가고 있는 토라를 흘겨보았다.

"토라."

토라는 웃음을 터뜨리고 갔다. 도영은 둘의 그런 모습을 보다가 막 눈곱을 다 뗀 가말에게 말했다.

"클리엔테스와 사이가 좋네."

"좋지?"

가말은 당연한 이야기 아니냐는 듯이 되물었다. 그러자 도영은 손에 묻은 가루를 털고 다른 코코넛 뿌리를 가져오며 말했다.

"하긴, 파트로네스와 결혼하는 클리엔테스도 있으니까."

"토라와 라토는 내가 키웠어. 다섯 살 때부터."

"저쪽 부모님은 어쩌고?"

"토라와 라토의 마티가 둘을 버렸어. 숲에."

도영은 멈칫하고 가말을 보았다. 하지만 가말은 특별한 기색 없이 담담히 말했다.

"쌍둥이는 불길하니까."

원시 부족들 중에서는 쌍둥이를 불길하게 여기는 부족도 많았는데 사타디도 그런 모양이었다. 그런데…….

'쌍둥이……?'

또 뭔가 생각날 것 같았는데 그 순간에 토라가 오두막 아래에서 말했다.

"식사하세요."

도영은 그쪽을 돌아봤다가 자리를 정리하고 일어났다.

"가자."

"응."

가말은 기뻐하며 따라서 오두막을 내려왔다. 도영은 토라가 밥을 해놓은 오두막으로 향하는 길을 걸어가며 흘긋 그녀를 보고 물었다.

"근데 너 안 씻냐?"

"먹고 씻을 거야."

"더러워."

그러자 가말은 세상 충격적인 이야기를 들은 것처럼 기겁했다.

"나 안 더러워!"

그러더니 우물가로 달려갔다. 그런 가말을 내버려두고 도영이 오두막에 먼저 가서 앉자 밥을 차리고 있는 토라가 물었다.

"근데 타와, 옷은 계속 그걸 입고 계실 겁니까?"

도영은 여전히 군복을 입은 상태였다. 해어지기 직전인.

"타와라고 부르지 말라니까. 그리고 바깥사람으로서의 내 마지막 자존심이야, 이건."

"곧 다 해져서 입지 못할 텐데요."

"내버려둬."

토라는 소스가 묻은 엄지손가락을 핥고 말했다.

"상징적이네요. 바깥사람으로서의 마지막 자존심이 다 해져서 결국 벗게 되는 날 부족민으로서의 새로운 아이덴티티를 얻게 될 테니까요."

도영은 실소를 지었다.

"쓸데없이 문학적이네."

그러자 토라는 오늘도 바깥 기준으로는 노출도가 지나친 차림으로 나무 그릇을 들고 웃었다.

"제 집에 책 많으니까 원하시면 갖다 보세요. 꾸준히 사 모았거든요."

그때 도영은 토라가 다리를 벌리고 앉아 있어서 본의 아니게 무언가를 보고 말았다.

"너 지금 입고 있는 거 팬티 아냐?"

그랬다. 토라가 허리에 두른 천 조각 아래 입고 있는 건 검은 드로어즈였다. 그러고 보니 싸울 때는 정신이 없어서 몰랐는데 다리를 휘두를 때도 그 사이에서 흉측한 것을 보지 못하긴 했었다. 토라는 대수롭지 않게 말했다.

"바깥이 팬티 하난 기가 막히게 만들더라고요. 쫀쫀한 것이 한 번 입으면 벗을 수가 없다니까요."

"대체 그 차림은 왜 하고 있는 거야?"

진짜 기가 차서 묻자 토라는 윙크를 날렸다.

"아이덴티티의 표출이죠."

도영은 눈을 굴렸다. 이 녀석도 또라이 기질이 다분한 것이 괜히 가말의 클리엔테스가 아니었다.

그때 가말이 와서 도영의 옆자리에 앉자, 토라가 그릇을 건네주며 짓궂게 말했다.

"마티 이제 내 옆엔 앉지도 않네."

"아?"

가말은 두 사람을 번갈아 보더니 엉덩이를 슬쩍 움직여서 도영과 토라 사이로 옮겨갔다.

"가운데야. 딱 가운데."

그런 가말의 행동에 토라는 웃음을 터뜨렸다.

"아, 우리 마티 너무 사랑스럽지 않아요?"

그러자 가말은 얼굴이 불퉁해졌다.

"나 놀리지 마."

많은 루아스들을 만나봤지만 도영도 이런 파트로네스, 클리엔테스 관계는 처음 보았다. 참고로 '파트로네스'는 피를 준 공여자 뱀파이어를 의미했다.

피를 공유한 파트로네스, 클리엔테스는 서로 뗄 수 없이 밀접하지만 진짜 혈육이 아닌 관계 특성상 연인으로 발전하는 경우가 많았다. 하지만 이쪽은 가말이 실제로 토라-와 그 쌍둥이-를 키웠기 때문인지 진짜 핏줄 같았다.

서로 이성적인 감정을 가지고 있다면 말 한마디에서라도 티가 나지 않을 수 없었다. 하지만 토라가 가말을 대하는 태도는 어머니와 여동생이 섞인 존재를 대하는 정도였다. 그만큼 토라는 가말에게 해가 되는 존재가 있다면 결코 용서하지 않을 걸로 보였다. 자신이 확인한 바, 그만한 능력이 있기도 하고.

"마티 삐쳤어? 이거 줄게 화 풀어."

토라는 말하며 도영으로서는 정체 모를 녹색 채소를 가말에게 내밀었다. 하지만 가말은 고개를 저었다.

"나 이거 싫어."

토라는 짓궂게 웃었다.

"알아. 그러니까 주는 거야."

"토라 나빠."

가말이 질색하자 토라는 웃음을 터뜨렸다.

이런 사람이 있으면서도 가말이 뼛속 깊이 가진 외로움과 두려움의 실체는 뭔지, 도영은 잘 이해가 가지 않았다.

그때 가말이 도영을 가리키고 말했다.

"도영 줘."

도영은 기가 찼다.

"너 싫은 걸 왜 날 줘?"

그러면서도 도영은 토라에게서 채소를 받아먹었다. 좌우간 독만 없으면, 아니 약한 독까지는 소화할 수 있는 튼튼한 위장 덕분에 편식하지 않는 편이었기 때문이다. 그러자 토라가 뭔가 깨달은 듯이 말했다.

"아, 그래서 그런 거구나."

"뭐가?"

도영이 눈을 들고 물었다.

"마티가 소령님한테 빠진 이유요. 나빠 보이지만 실은 다정한 남자. 소령님 은근히 마성의 남자였네요."

"나 네가 싫어지려고 한다."

도영이 질색했지만 토라는 해맑게 웃었다.

"설마요. 절 싫어하는 사람은 없거든요."

도영은 눈을 굴렸다. 이상한 놈이라고 생각은 하지만 사실 그도 진심으로 토라가 싫진 않았다. 묘하게 미워할 수 없는 구석이 있었다.

가말이 거들었다.

"응. 모두 토라 좋아해."

"나도 마티 좋아해."

그러면서 두 사람은 서로를 보고 웃었다. 도영은 두 사람이 내뿜는, 거의 백지 같은 해맑음에 머리가 아파져왔다.

"이젠 팔불출이냐? 적당히 좀 해라."

아이들이 외양간에 있는 소들에게 여물을 주고 있었다.

사타디 부족은 농사를 짓고 가축을 키웠다. 사냥은 잘 하지 않는 느낌이었다. 지상낙원이 있다면 이런 느낌일 것 같았다. 비옥한 땅에서 적절한 소출이 나고, 굳이 사냥하지 않아도 고기가 있고, 강에서는 팔뚝만 한 물고기를 잡을 수 있었다.

"남자가 적네."

도영은 마을을 둘러보며 말했다. 그러자 쌓아놓은 나무 장작을 수십 묶음씩 한 번에 옮기고 있는 토라가 대답했다.

"여자가 많은 편이거든요."

도영은 토라를 위아래로 훑었다.

"너한텐 천국이겠네."

"전 장난감 같은 거죠."

그렇게 말하는 토라는 특별한 기색을 보이지 않았다. 오히려 평소처럼 약간 신이 나있는 상태 그대로였다.

"근데 안 도와주십니까?"

토라가 묻기에 도영은 그를 물끄러미 보았다.

"뱀파이어가 인간한테 말하네."

"뱀파이어도 무거운 건 무겁습니다."

"그럼 인간한텐 어떨 거 같아?"

토라는 고개를 절레절레 저었다.

사타디 부족은 수레나 기중기도 따로 필요하지 않아 보였다. 두 발이 달려 어디나 갈 수 있다는 점에서 이동성 면에서도 뛰어난, 말 그대로 살아 있는 수레와 기중기가 있었기 때문이다. 그래서 원시적인 생활을 유지하는 것치고 집들이 꽤 크고 튼튼한 나무집들이었다. 섬 반대편에 있는 가말의 통나무집처럼.

"차라리 결혼하지 그래? 너라면 줄줄이 데리고 살 수 있을 거 같은데."

도영은 결국 옮기는 걸 도와주며 말했다.

"그럼 안 되죠. 전 아이를 낳을 수 없는데. 부족의 대가 끊기잖아요."

그 말에 도영은 무슨 생각이 났다.

"그러고 보니."

그래서 옆에서 제 키보다 높은 장작더미를 옮기고 있는 가말을 돌아보았다.

"넌 어떻게 루아스가 됐어?"

토라나 그 쌍둥이는 가말이 감염시켰지만 가말이 어떻게 감염됐는지는 한 번도 들은 적이 없었다. 따로 파트로네스가 있을…….

"몰라."

그런데 가말이 말했다.

"몰라?"

도영은 되묻고 가말은 고개를 끄덕였다.

"어느 날 이렇게 됐어."

"아무 일도 없이?"

"응."

도영은 미간을 찌푸렸다.

"그건 말이 안 되잖아. 무슨 일이 있어도 있었겠지."

"늪에…… 빠졌었어."

가말은 꼭 이 말을 해도 되나 고민하는 것처럼 조심하며 대답했다.

"뭐?"

그런데 도영이 놀라 되물었다. 생각보다 놀라는 반응이어서 가말은 오히려 되물었다.

"응?"

"늪에 빠졌다고?"

"어…… 응."

가말은 뭔가 잘못됐나 싶어서 대답했다. 도영은 재차 물었다.

"늪에 루아스가 숨어 있었다거나?"

"아니. 누구한테 물린 기억은 없어. 왜?"

도영은 무어라 말하려다가 손을 내젓고 걸어갔다.

"아니야."

뒤에서 토라가 눈으로 '왜 저래?' 하고 물었고 가말은 영문을 모르겠다는 얼굴로 고개를 저었다.

"아주 드물게, 늪에 빠졌다가 흡혈귀가 된 케이스가 보고돼요."

언젠가 연구원이 한 말이 떠올랐다.

"그런 이야기 들어본 적 있죠? 늪에서 몇천 년 전 미라가 썩지도 않은 채로 발견됐다는. 비슷한 원리로 가끔 늪의 바닥에는, 땅위에서는 이미 옛날에 사라진 원형 바이러스가 보존되어 있었어요. 그래서 실수로 늪에 빠진 사람들이 이 원형 바이러스에 감염되는 경우가 종종 있었나 봐요."

즉, 늪에서 뱀파이어가 태어나는 건 있을 법한 이야기였다. 하지만⋯⋯.

"난개발로 이젠 그런 늪조차 남아 있지 않지만요. 아쉬워요. 남아 있었다면 정말 소중한 샘플이었을 텐데. 아무튼 늪에 빠졌다가 감염되는 건 고대에나 가능한 이야기였죠."

'기원전 14세기.'

가말은 말 그대로 고대에 태어났다.

도영은 할 말이 있는 얼굴로 뒤를 돌아보았다. 그런데 가말과 토라가 목소리를 낮추고 뭔가 이야기하고 있었다. 그에 도영은 한쪽 눈썹을 추켜들었다.

"둘이 뭘 숙덕거리고 있어?"

그러자 토라는 웃으며 돌아보았다.

"저녁 뭐 먹을까 하는 이야기였습니다."

"그 저녁이 난 아니길 바랄게."

둘의 분위기로 보면 그를 어떻게 요리할까 고민하는 게 아닐까 싶었기 때문이다. 그러자 가말은 설레설레 고개를 저었다.

"도영 안 먹어."

"할 수 있는데 하지 않는 것처럼 말하지 말라고. 그래서 저녁은 뭔데?"

묻자, 가말은 말문이 막힌 듯이 도영을 쳐다보았다.

"어……."

"토란 스튜입니다."

그사이에 토라가 가로채듯 대답했다. 그에 도영은 약간 기가 찬다는 반응을 보였다.

"늘 먹는 건데 굳이 상의할 필요까지 있어?"

"다른 재료를 넣어볼까 하고요."

그러자 도영은 둘을 빤히 쳐다봤다. 그 시선의 의미를 깨달은 토라는 장난스럽게 말했다.

"근육이 많은 타와의 몸은 질길 거 같아서 싫거든요."

"안 질길 거 같으면 괜찮고?"

그러고 도영은 돌아섰다. 아직은 늪에 대해서는 말할 타이밍이 아니었다. 확실한 이야기도 아니니까. 가말이 기억하지 못할 뿐 늪에 숨어 있었던 루아스에게 물렸던 걸 수도 있었다.

도영이 사라지는 모습을 보고 토라는 작게 말했다.

「조심해. 워낙 감이 좋은 사람이라서 눈치챌 수도 있으니까.」

가말은 긴장한 얼굴로 고개를 끄덕였다. 그리고 가려고 하는

데 토라가 그녀를 잡았다.

「하지만 정말 말하지 않을 거야? 마티가 섬에 숨어 사는 이유.」

「그건…….」

가말은 주저하다가 이내 돌아서며 중얼거렸다.

「도영한테 미움받고 싶지 않아.」

도영은 집에 누워서 천장을 쳐다보고 있었다.

부족 사람들도 다 순박하고 착해 보였고, 이 섬을 나가지 않는 가말에게 그럴 만한 사정이 있으리라고 어느 정도 납득도 하게 됐다. 사실 그래서 더 복잡했다. 이 많은 전제에도 불구하고, 그는 집에 돌아가야 하기 때문이었다. 이대로 바깥에서는 죽은 사람이 되어 섬에서 사는 건 있을 수 없는 일이었다.

그런 생각에 빠져 있는데 가말이 입구에서 얼굴을 내밀고 말했다.

"도영, 우리 밭에 가. 도영도 갈래?"

"난 됐어."

생각할 게 좀 있었기 때문이다.

"응, 그럼……."

가말이 말하려고 하는데, 그 뒤로 밭에 갈 준비를 마친 토라가 지나가며 말했다.

"데살로니가 후서 3장 10절. '일하지 않는 자, 먹지도 말라.'"

그러고는 싱긋 웃었다.

"제가 좋아하는 구절입니다."

잔소리에 성경 인용까지. 하여간 저건 양아들인지 시어머니인지 알 수가 없었다.

초록 풀이 무성한 밭이 바람에 넘실거렸다. 햇볕은 뜨거웠고 공기는 맑았다.

"이렇게 사는 것도 나쁘지 않죠? 스트레스 프리의 삶 그 자체라니까요."

토라는 박물관에서 볼 법한 낫을 들고 자랑스럽게 말했다. 오늘도 바깥 세계의 거리에 나가면 여자들이 비명을 지르며 달아나거나 혹은 달려올 차림을 한 그는 실용성이라고는 없어 보이는 가죽조끼를 하나 더 걸치고 있을 뿐이었다.

"난 군인이지 농부가 아냐."

도영은 낫으로 풀을 베는 손을 멈추지 않고 말했다. 햇빛이 강해서 그도 어쩔 수 없이 밀짚모자를 빌려 쓴 상태였다. 군복에 밀짚모자가 그리 어울리진 않았지만 이미 티셔츠가 해져서 구멍이 날 지경이라 또 그렇게까지 이질감이 있다고 하긴 어려웠다.

"여기서 살면 그런 구분은 무의미해요."

토라의 말에 가말이 거들었다.

"토라도 물레 돌려."

안 그래도 도영도 토라가 여자들하고 모여앉아서 물레를 돌리는 모습을 본 적 있었다. 몸은 마르스가 울고 갈 몸으로 헤스티아

(화덕과 가정의 신)처럼 능숙하게 물레를 돌리고 있는데, 꼭 합성해 놓은 그림 같았다.

도영은 밭일을 하며 말했다.

"누굴 바보로 아나. 네 몸은 싸우는 몸이야."

가말과 토라는 멈칫했다. 하지만 도영은 전혀 심각하지 않은 투로 계속 말했다.

"단순히 루아스라서 발달한 게 아니라 싸우기 위해 일부러 장기간 훈련한 몸이지."

점점 토라의 얼굴에서 웃음기가 사라졌다. 하지만 여전히 도영은 돌아보지 않았다.

"계속 말했잖아. 난 군인이야. 그 정도도 모를 거 같아? 그러니까 아직도 너희들이 나한테 뭔가 숨기고 있다는 의미지."

그쯤에서 도영은 아픈 허리를 들고 잠깐 멀리 쳐다보았다.

"그게 나한테 해가 되는 일이 아니라는 건 알겠어. 그러니까 이러고 있는 거고. 하지만 너희 부족, 극단적으로 남자가 적어. 특히 징집 가능 연령대의 남자들. 적대 부족도 없고 사냥도 하지 않고 위험 요소라고는 없는 환경에서 말이야. 어촌이면 다들 배 타고 나갔으려니 하겠지만 고기잡이배는 보이지도 않고. 그러니까 젊은 남자들, 즉 병력이 어딘가로 빠져 있다는 의미지."

그러고는 도영은 다시 풀을 잘라내다가 말소리가 들리지 않아서 고개를 돌렸다. 거기엔 가말과 토라가 말문이 막힌 얼굴로 그를 보고 있었다. 하지만 도영은 오히려 영문을 모르겠다는 얼굴로 물었다.

"뭐?"

토라는 정신을 차리더니 실소를 흘렸다.

"소령님한테 저희 부족을 숨긴 건 다른 이유 때문이 아니었어요. 이런 일을 걱정한 거죠."

뭘 새삼스럽게, 라고 말하듯이 도영은 어깨를 으쓱였다. 그러자 토라는 한숨을 쉬고 결국 솔직하게 말했다.

"마티가 섬에서 나가지 않는 이유는 마티의 형제 때문이에요."

"가말의 형제?"

생각지도 못한 대답이었다.

"토라, 말하지 마. 도영이 나 미워해."

가말이 다급해져 토라를 만류했다. 그에 도영은 가말을 보았다.

"네 형제가 살아 있어?"

하지만 가말은 꾹 입을 닫고 대답하지 않았다. 토라가 그녀에게 다정한 어조로 말했다.

"마티, 오히려 이야기하는 게 소령님이 여기 적응하기 더 쉬울 수 있어."

그래도 가말은 주저하는 기색으로 몇 번 입술을 달싹였다 다물었다.

"내가 대신 말할까?"

토라의 질문에 가말은 다시 한번 입을 열었다가 닫았다. 하지만 딱히 하지 말라고도 말하지 않았기에 토라가 입에 담는 일 자체가 불쾌한 듯 인상을 쓰고 말했다.

"살아 있어요. 끔찍한 자식이죠. 그놈이 마티를 쫓고 있거든요."

도영은 여전히 이해할 수 없었다.

"형제라며? 왜 가말을……."

그 순간 머릿속에 섬광이 쳤다.

도영은 벌떡 일어났다. 그러는 그를 가말과 토라가 의아하게 보는 사이에 낫을 확 겨누었다.

"도영?"

가말은 놀랐다. 도영이 전에 보지 못한 표정이었기 때문이다. 분노와 경악, 그리고 절망감까지 뒤섞인.

"너, 대공하고 무슨 관계야?"

믿을 수 없는 감정에 억눌려 목소리까지 갈라졌다. 도영은 드디어 가말이 누구를 닮았는지 깨달았다.

코드네임 '대공(ANTIAIRCRAFT).' 얼마 전까지 전 세계를 공포에 떨게 했던 루아스 테러집단 'SN'을 운영하다가 3년 전 체포되어 수감된 수괴였다.

그 이름을 듣자 가말은 눈에 띄게 흠칫했다. 도영은 사람의 얼굴에서 그토록 빨리 핏기가 사라질 수 있는지 몰랐다.

"쿠니스……."

가말은 신음처럼 중얼거렸다. 공포가 고여 있는 두 눈동자는 색이 탈색되는 것처럼 창백하게 변했다. 그에 도영은 미간을 찌푸렸다.

"쿠니스? 대공의 본명이 쿠니스야?"

사실 상부에서는 파악하고 있을 수도 있지만 도영으로서는 대공의 본명까지는 알지 못했다. 그런데 가말이 그 본명을 알고 있다면 정말로 무슨 관계가 있어도 있다는 의미였다.

도영은 도저히 믿을 수 없어서 그녀를 위아래로 훑었다.

"설마 정말 그 자식 때문이야? 이 섬에서 나가지 않는 이유가?"

가말은 입을 열었다가 다시 숨을 들이켰다. 그런데 숨을 들이켜는 소리가 심상치 않았다.

갑자기 가말이 제 입을 가리며 무너지더니 숨을 쉬지 못했다. 패닉에 의한 과호흡 반응이었다. 토라가 당장 낫을 내팽개치고 달려갔다.

"마티!"

그리고 가말의 상태가 낯설지 않은지 바로 처치하기 시작했다. 주변에 마땅한 물건이 보이지 않자 가말의 코와 입 위에 양손을 모아대고 숨을 불어넣었다. 한두 번 해본 솜씨가 아니었다.

"마티, 숨 쉬어. 어서."

몇 번 더 숨을 불어넣자, 끝내 가말이 크게 숨을 토하며 토라의 팔을 아프도록 움켜쥐었다. 양아들의 살갗을 파고드는 그 손끝에 간절함과 두려움, 비명이 섞여 있었다.

도영이 그 손을 잡아당겼다.

"소령님."

토라가 날카롭게 말했지만 개의치 않았다. 도영은 오로지 가말을 보며 물었다.

"그 자식이 너한테 무슨 짓을 했어?"

동공이 열려 있는 눈에, 그게 마치 어제 일이었던 듯 절망과 공포가 뒤얽혀서 지나갔다.

"날 죽였어."

가말은 갈라지는 목소리로 말했다.

"널 죽였다고?"

도영은 인상을 썼다.

"그게 무슨 말이야?"

"쿠니스는 나랑 같이 태어났어. 마티 배 속에서."

가말은 별안간 다른 사람이 된 것처럼 차분해지더니 여전히 창백한 기운이 있는 붉은 눈으로 도영을 응시했다.

"쿠니스는 착했어. 모두가 쿠니스를 좋아했어. 사람들도, 여자들도."

「가말은 아직 어려요!」

쿠니스가 외쳤다. 그러자 타와가 말했다.

「어리다니 무슨 소리야. 벌써 열여덟 살이라고. 가말 나이 대 여자들은 모두 애가 둘은 있어.」

「다른 여자는 다른 여자고 가말은 가말이에요. 저 녀석이 뭘 안다고 결혼을 시켜요?」

「아다위는 가말을 사랑해. 무릎 꿇고 가말을 달라고 간청했다고. 그만한 전사가 그러기 쉽지 않아.」

그러고는 타와는 더 이야기하지 않겠다는 단호한 투로 말했다.

「무엇보다 란투 일도 개의치 않는다고 했어.」

그 대화를 들으며 천막 밖에 앉아 있는 가말은 제 무릎을 내려다보았다.

그녀는 이 년 전에 옆 부족으로 시집을 갔었다. '갔었다'라고 하는 이유는, 신랑 란투가 피로연에서 술을 마시고 신방에 들어오기 전 볼일을 보러갔다가 호수에 빠져 익사한 채로 발견되었기 때문이다.

모두 불행한 사고였던 걸 어찌하겠냐는 반응이었지만 부족 내에서 가말을 보는 시선이 예전 같지만은 않은 건 사실이었다.

「멍청한 녀석이 혼자 미끄러져 물에 빠져 죽은 걸 왜 가말한테 뭐라고 해요?」

평소에는 온화하지만 욱하는 면이 있는 쿠니스는 안에서 난폭한 투로 따졌다.

「쿠니스. 고인에 대해 그렇게 말하는 게 아냐.」

점잖은 타와는 차분하게 아들을 질책했다. 그러자 쿠니스는 한숨을 쉬었다.

「죄송해요. 하지만 그게 언제라고 벌써 다시 혼인 이야기를…….」

그때 마티가 어깨를 두드려서 가말은 돌아보았다.

「왜요, 마티?」

천막 안에 들리지 않도록 작은 소리로 묻자, 마티는 말없이 먼 곳을 가리켰다. 마을 입구 쪽에 아다위가 서 있었다. 마을 간의 길은 동물이 습격할 수도 있는 위험한 곳이었기 때문에 혼자 온 건 아니었지만 다른 사람들은 마을 밖에 멀찍이 있는 걸 보니, 사타디 부족에 용건이 있는 건 그뿐 같았다. 그리고 아다위가 여기에 용건이 있을 만한 일이라면 한 가지밖에 없었다.

가말은 일어나 그에게 다가갔다.

「아다위.」

「이야기 좀 할까?」

그에 가말이 어떡할지 물어보듯 마티를 돌아보자, 마티는 온화한 기운이 도는 얼굴로 고개를 끄덕였다. 허락을 받은 가말은 다시 아다위를 보고 말했다.

「응.」

꼭 '그럼 말해.'라고 말하는 듯한 태도에 아다위는 살짝 난감해하는 웃음을 지었다. 좀 더 어리고 순진할지 몰라도 가말은 그때도 가말이었다.

「조금 조용한 데서?」

그 말에야 가말은 그들이 모두가 오갈 수 있는, 마을의 입구 표식 앞에 서 있다는 사실을 깨닫고 고개를 끄덕였다.

「아, 응.」

그러고 둘은 너무 외지지도 않고 너무 트여 있지도 않은, 마을 어귀의 냇가 나무 아래 앉았다. 한낮의 쨍한 햇빛이 수면을 내리쫴 물비늘이 반짝거렸다.

「무슨 일이야?」

가말이 묻자, 허리에 차고 온 검을 옆에 내려놓은 아다위가 단도직입적으로 말했다.

「네 쌍둥이가 우리 결혼을 반대한다고 들었어.」

가말은 아다위와 아와르나 지역 부족 간의 화합을 위해 열렸던 잔치에서 만난 적이 있었다. 아닌 게 아니라 아다위가 청혼하기로 결심한 것도 그때 그녀를 보고 나서였다고 했다.

「미안.」

가말은 자신이 잘못한 것처럼 웅얼거렸다.

「네가 미안할 일은 아니지.」

아다위는 정말 그렇게 생각하는 것처럼 말했다.

이런 점이 아다위는 다른 남자들과 달랐다. 무조건 본인이 옳다고 목청을 높이거나 명예를 다쳤다며 다짜고짜 결투부터 신청하지 않는 게.

「내 뭐가 마음에 들지 않는 걸까?」

그게 정말 궁금한지 아다위는 중얼거렸다. 가말은 밀했다.

「나랑 헤어지기 섭섭해서 그럴 거야.」

「그러게. 둘이 워낙 사이좋기로 유명하니까. 쿠니스는 혼인하지 않는대? 아직 한 번도 혼인한 적 없잖아.」

질문에 가말은 고개를 저었다.

「모르겠어. 마음에 드는 여자가 없나봐.」

「하긴, 자기보다 예쁜 여자를 찾긴 쉽지 않겠지.」

아다위는 다정했다. 이성으로서 사랑한다든가 그런 건 잘 모르겠지만 같이 있으면 마음이 편했다. 강한 전사지만 다른 남자들처럼 우악스럽지 않기 때문에 마티는 그런 점만 해도 남편감으로는 훌륭하다고 했다. 가말도 그렇게 생각했다.

조금만 더 잘생겼다면 좋았겠지만 말이다. 다른 사람들은 아다위 정도면 잘생겼다고 했으나, 가말은 제 눈이 이상한지 다른 말로 남자답다고 하는 우락부락한 느낌이 그렇게 매력적이진 않았다.

그때 아다위가 가말을 돌아보았다. 무릎을 세우고 앉은 가말의 윤기 어린 검은 머리카락이 비스듬히 내리쬐는 햇빛에 비쳐 반짝거렸다.

훗날의 이야기지만 루아스로서의 가말에게 이 지구상 존재 같지 않은 초현실적인 아름다움이 있다면, 인간으로서는 갓 물에서 건져낸 천연 진주 같은 순수하면서 영롱한 빛깔이 있었다. 그때 가말은 과연 어떤 죄도 짓지 않았고 짓지 않을 어린양 같은 존재감을 뿜었다.

가말은 아다위가 자신을 쳐다보는 시선을 느끼고 고개를 들었다. 그리고 그녀를 찬탄하는, 순수한 애욕을 품은 남자의 눈빛을 보았다.

「정말 란투 일도 괜찮아?」

가말이 묻자 아다위는 어깨를 으쓱였다.

「그 녀석이 술 취해서 발을 헛디딘걸. 안타까운 일이지만 너한테 뭐라고 하는 게 오히려 말이 안 되지.」

「란투한테 미안해. 나랑 결혼하지 않았다면 그날 밤에 호숫가에 갈 일도 없었을 텐데.」

가말이 의기소침해서 중얼거리자 아다위는 짧게 웃음을 터뜨렸다.

「결혼하거나 하지 않거나 어차피 오줌은 싸러가는걸.」

그러고는 큰 손으로 가말의 머리를 쓰다듬었다.

「네 탓은 하지 마. 세상에는 가끔 누구의 잘못도 아닌 일들이 일어나니까.」

가말은 잠시나마 아다위가 더 잘생겼으면 좋겠다고 생각했던 걸 반성했다. 이렇게 다정한 사람인데 얼굴이 뭐가 중요하단 말인가?

두 사람의 시선이 마주쳤다. 아직 아다위가 그녀의 머리에 손을 올리고 있어서, 분위기가 이상해졌다.

「가말.」

그녀를 부르는 목소리가 낮았다. 란투와 결혼했을 때는 얼굴을 볼 새도 없이 혼처가 정해져서 몰랐는데 남자들은 이럴 때 이런 목소리를 내는구나, 새삼스러웠다. 조금 무섭긴 했지만 그건 미지에 대한 두려움에 가까웠지, 눈앞의 남자가 그녀를 원한다는 사실을 깨닫는 건 그리 나쁜 기분은 아니었다.

아다위가 천천히 다가오더니 입술이 맞닿았다. 가말이 놀랄까 싶어 조심스러워하는 몸짓이었다. 가말은 딱히 놀라진 않았지만 뭘 해야 할지 알 수 없어서 그저 입술을 맞대고만 있었다. 아다위도 마찬가지 같았다. 그리고 짧은 입맞춤 뒤에 떨어진 그는 몸집에 어울리지 않게 쑥스러워했다.

그때 시선이 느껴져 가말이 돌아보니, 마을 쪽에서 누군가가 자신들을 바라보다가 사라졌다.

'쿠니스?'

쿠니스였던 것 같은데……. 아마 타와와 이야기를 끝내고 찾으러 나왔다가 둘이 있는 걸 보고 자리를 피해준 모양이었다.

가말이 다시 아다위를 보자 그가 웃었다. 어쩐지 괜찮을 것 같았다, 이 남자와 함께하는 미래가.

천막 너머에서 은은하게 불이 뿜어져 나왔다. 아다위는 입구의 발을 젖히고 신방으로 들어갔다. 안에는 샤타디 부족이 길하게 여기는 흰 신부복을 입은 가말이 나무 침대에 앉아 있었다.

「볼일을 보러가고 싶을까 봐 술도 조금밖에 안 마셨어.」

아다위는 다가가 웃으며 말했다.

「행복하게 해줄게.」

가말은 가분히 눈을 들어 아다위를 보았다. 아름다운 검은 눈에 기름기처럼 보이는 차갑고 비정한 빛이 번들거렸다.

「네까짓 게?」

아다위가 흠칫할 새도 없었다. 순식간에 솟구쳐 오른 칼이 정확하게 그의 목을 찔렀다.

「……!」

아다위는 홱 목을 감싸 쥐며 주춤주춤 물러났다. 하지만 손가락 사이로 순식간에 핏물이 넘쳐흘렀다.

「너……」

아다위는 겨우 내뱉었다. 그러자 가말, 아니 가말로 변장한 쿠니스가 자리에서 일어났다. 똑바로 선 그는 여자 복장을 하고 있음에도 결코 여자로는 보이지 않았다.

아다위는 지탱할 것을 찾아 허우적거리다가 기둥을 붙잡고 무너졌다. 순식간에 전신을 적시며 흘러내린 피가 미끈거려 일어날 수가 없었다. 그런 아다위 위로 검은 그림자가 드리워지고, 새파란 눈빛을 빛내는 쿠니스가 그를 내려다보았다.

그 눈을 보며 아다위는 깨달았다. 란투도 쿠니스가 죽였다는 걸.

「설마, 저번에도 네가······.」

그 말에 쿠니스는 코웃음을 쳤다.

「너희 둘 다 제 손으로 죽음을 불러들인 거야. 감히 가말을 탐내?」

그리고 쿠니스는 아다위를 깔아뭉개고 다시 한번 정확하게 목의 급소를 찔렀다. 아다위는 눈을 감지 않은 그대로 숨을 거두었다. 그가 죽은 걸 확인하고 쿠니스는 몸을 일으켰다. 막 일을 치른 살인자답지 않게 어떤 감정적 흥분도 드러내지 않는 무심한 얼굴이었다.

살인은 그에게 아무런 감정을 갖게 하지 않았다. 목적을 위해서라면 살인도 할 수 있을 뿐, 살인은 수단 이상의 것이 아니었기 때문이다.

돌아선 쿠니스는 구석에 놓여 있는 커다란 옷상자를 열었다. 안에는 신부복을 입은 가말이 잠들어 있었다.

옷자락이 펼쳐져 흰 물결에 감싸인 듯이 푹 잠겨 있는 가말은 혼인하는 신부답게 화려한 실과 보석을 엮어 만든 장신구를 걸치고 화장을 했다. 맨 얼굴로도 누구보다 아름다운데 오늘은 아나트 여신이 질투할 정도였다.

「가말.」

쿠니스가 부드럽게 어깨를 흔들자 마약성 약초 때문에 잠들었던 가말이 깨어났다. 그리고 채 정신이 돌아오지 않아 몽롱한 눈으로 웅얼거렸다.

「쿠니스……?」

「일어나. 가야 해.」

「어딜……?」

가말은 웅얼거리며 애써 정신을 차리려고 노력했다.

「난 아다위와…….」

그러다가 상자의 턱 너머로 바닥의 피 웅덩이 속에 쓰러져 있는 아다위를 발견했다. 저도 모르게 가말이 비명을 지르려는 순간 쿠니스가 손으로 입을 틀어막았다.

그 힘에 가말은 몸서리칠 정도로 놀랐다. 여전히 얼굴은 자신과 헷갈릴 정도지만 그 힘은 분명 남자의 것이었다. 그리고 번들거리는 쿠니스의 눈이…… 이상했다. 빛 때문이라고 생각하지만 기이한 윤광이 돌아서 도저히 사람의 것 같지 않았다.

「조용히 해.」

그러면서 쿠니스가 손에 살짝 힘을 푼 순간 가말은 당장 상자에서 나와 아다위에게 뛰어가려고 했다.

「쿠니스, 큰일 났어. 아다위가……!」

쿠니스가 가말을 붙잡아서 반동이 일 정도로 세게 돌려세우고 단호하게 말했다.

「죽었어.」

그런 걸 어떻게 확신하는지 가말은 의아해하는 표정을 지었다가, 무언가를 깨닫고 경악하는 얼굴이 되었다.

「설마…….」

가말이 그러거나 말거나 쿠니스는 당장 그녀를 잡아끌었다.

「어서.」

아직 이게 꿈인지 생시인지 알 수 없었던 가말은 얼결에 끌려갔다. 그러자 쿠니스는 문 뒤에서 바깥의 기척을 살피고 바깥으로 나갔다.

「쿠니……!」

「쉿. 아직 아다위를 발견하면 안 돼.」

그러고는 쿠니스는 미리 준비해놓은 것처럼 매끄럽게 마을을 벗어나 숲으로 들어갔다. 한참이나 헉헉대며 끌려가고서야, 가말은 드디어 깨달았다. 이건 현실이라는 걸.

「쿠니스!」

가말은 팔을 잡아당기며 필사적으로 외쳤다.

「쿠니스! 마을로 돌아가야 해!」

갑자기 쿠니스가 가말을 숨이 막히도록 끌어안았다.

「사랑해.」

그리고 뜨거운 목소리로 고백했다.

「사랑해, 가말.」

「쿠니…….」

쿠니스가 가말을 떼어내고 우악스레 그녀의 얼굴을 감싸 쥐었다. 열망이 이글거리는 얼굴에 가말은 말문이 막혔다. 믿을 수가 없었다. 이건 란투가, 그리고 아다위가 그녀를 보던 눈이었다. 여자를 원하는 남자의 열망이 담긴.

「이집트의 파라오들도 자기 여자 형제들과 결혼해.」

순간 짝 소리가 났다.

고개가 돌아간 쿠니스는 믿기지 않아 하는 눈으로 가말을 보았다. 하지만 가말은 온 힘을 다해 쿠니스의 뺨을 친 걸 조금도 후회하지 않는 얼굴이었다.

「그래서 사람을 죽였다는 거야?」

가말은 쿠니스도 처음 보는 모습으로 분을 토했다. 강한 목소리가 단전에서 터져 나왔다.

「어떻게 그럴 수가 있어? 란투도 아다위도 아무 죄를 짓지 않았어! 그런데 어떻게……!」

도저히 더 말하지 못하고 가말은 꾹 이를 물었다. 그러자 힘을 준 눈에 눈물처럼 보이는 윤광이 빛났다.

「마을로 돌아가. 잘못을 빌어. 네 죗값을 치러!」

아이러니하지만 쿠니스는 그때 가말을 더 사랑하게 되었다. 언제나 어린 소녀 같던 그녀가, 늘 약간은 수줍어하는 얼굴이 사랑스럽던 그의 쌍둥이가 이토록 올곧은 모습을 보이는 데 전율이 올라왔다. 아니, 가말이 실은 강한 신념과 의지를 지녔다는 건 누구보다 그가 잘 알았다.

쿠니스는 가말의 손목을 덥석 쥐었다.

「가말.」

치솟아 오르는 열망을 참을 수 없어 무작정 끌어안고 얼굴을 맞대며 속삭였다.

「사랑해. 널 원해.」

「쿠니스! 쿠니⋯⋯.」

가말은 몸을 뒤틀며 벗어나려고 했지만 쿠니스는 더욱 강하게 옥죄어왔다.

「제발 날 받아들여줘. 내겐 너밖에 없어. 다른 여자를 사랑해 보려고 하지 않은 건 아니야. 하지만 아무리 많은 여자를 안아도 다 네 대체품에 불과했어. 네 모든 걸 사랑해. 이 머리카락⋯⋯.」

그리고는 가말의 머리카락을 쥐고 깊이 향기를 맡았다.

「이 피부⋯⋯.」

이어서 그녀의 얼굴을 감싸고 볼에 제 입술을 대었다. 한참 저항하던 가말은 말을 잊을 정도로 충격을 받고 말았다. 아래에서 딱딱한 것이 느껴졌다. 욕정의 증거.

타악. 가말은 세차게 쿠니스를 밀쳤다.

「쿠니스! 넌 내 형제야. 우린 쌍둥이라고!」

「그러니까!」

그 말에 도리어 쿠니스가 벼락같이 소리쳤다. 그에 가말은 경기를 일으킬 정도로 놀랐다.

「넌 내 걸로 태어났어. 신이 내게 널 주신 거야.」

살인 행위가 불러일으킨 광기와 열기에 사로잡혀, 쿠니스는 신열에 들뜬 목소리로 말했다.

「넌 내 거야!」

그리고 거세게 가말의 어깨를 쥐었다. 어깨가 부서질 것만 같이 아파서 가말은 놔달라며 쿠니스를 불렀지만 그에게는 들리지 않는 것 같았다. 그저 쿠니스는 다시 한번 소리쳤다.

「내 게 되지 않을 거라면 네가 살 이유가 뭐야?」

갑자기 강한 손이 가말의 목을 졸랐다.

「쿠니……!」

놀라서 부르려고 했지만 목을 쥔 손의 힘이 엄청났다.

「쿠……!」

「날 사랑하겠다고 말해!」

쿠니스는 울음 같은 소리로 외치며 가말의 목을 흔들었다. 가말은 손톱을 세워 제 목을 휘어잡은 손을 떼어내려고 긁어내렸다. 살갗에 손톱이 박혀들었다가 부러져 날아갔지만 비정상적인 열기와 분노에 눈이 먼 쿠니스는 고통 따위 느껴지지 않았다.

내리누르는 힘에 밀려 바닥에 넘어진 가말이 입을 뻐끔거리며 계속 무어라 말하려고 했지만 쿠니스는 소리가 삭제된 영상을 보고 있을 뿐이었다. 그 영상 속에서 끝내 가말은 힘을 잃고 눈을 감았다. 그래도 몇 번 더 손에 힘을 주던 쿠니스는 불현듯 정신이 들어 손을 떼었다. 하지만 축 늘어진 가말은 움직이지 않았다.

「가말……?」

쿠니스는 조심히 불렀다. 그러나 가말은 대답하지 않았다. 새 파랗게 질린 낯에 죽은 자 특유의 푸르스름한 냉기가 흘렀다. 그 건 조금 전까지만 해도 봄꽃처럼 화사하던 새 신부를 시신처럼 보이게 하는 비정한 빛깔이었다.

「가말.」

쿠니스는 장난하지 말라는 듯이 부르며 떨리는 손을 뻗었다.

「가…….」

삽시간에 가말이 걸쳐 누워 있는 늪의 가장자리가 무너져 그녀의 몸이 아래쪽으로 스륵 미끄러져 내렸다. 그에 쿠니스는 깜짝 놀라 저도 모르게 물러났다. 늪에 빨려 들어가면 자력으로는 빠져나올 수 없다는 사실을 잘 알고 있기 때문이었다.

반면 가말은 머리부터 늪으로 가라앉기 시작했다.

「가…….」

쿠니스는 놀라서 손을 뻗었지만 동시에 이미 가말을 건져내기엔 늦었다는 걸 알았다. 점성이 짙어 진흙처럼 뭉클한 늪 속으로 그녀의 얼굴이 사라지고, 어깨가 빨려 들어가고, 쑤욱 밀려들 듯이 피와 흙으로 더럽혀진 신부복을 입은 다리가 사라졌다.

흰 신부복의 끝자락마저 빨려 들어가고 나자 정적이 감돌았다. 어린 새신부의 시신을 삼킨 늪은 비정하게 고요했다. 사방에서 벌레들이 아무 일도 없는 듯이 평소처럼 쓰르륵 울었다.

쿠니스는 소리 없는 오열을 터뜨렸다.

그는 오늘 밤 세 사람을 죽였다. 자신이 사랑하는 여자, 그녀와 결혼한 남자, 그리고 자신의 유일한 형제를.

「아니야……. 아니…… 아니야!」

쿠니스는 땅바닥에 엎어져 울었다.

「미안해, 가말. 미안해. 그러려던 게 아니었어. 너무 화가 나서…….그러려던 게 아니야!」

울고 또 울다가 얼마나 시간이 지났는지, 흐느낌이 천천히 잦아들었다. 그리고 불현듯 생각이 지나갔다.

아무도 가말의 시신은 찾을 수 없었다. 늪에 가라앉은 시신은 떠오르지 않으니까.

자신이 란투와 아다위를 죽였다는 걸 아는 사람도 가말뿐이었다. 그러니까 이대로 마을로 돌아가도, 누구도 오늘 밤에 무슨 일이 있었는지 알지 못한다는 의미였다.

쿠니스는 천천히 얼굴에서 손을 뗐다. 주변은 조용했다. 여전히 벌레들만이 울고 있었다.

그 순간이었다. 앞에 있는 늪이 폭발하듯 거대하게 솟구쳐 올랐다. 쿠니스는 눈을 크게 뜨며, 분노하는 신의 포효 같은 모습을 쳐다보았다.

"콜록, 콜록!"

가말은 늪에서 기어 올라오며 기침을 토해냈다. 머리에서부터 질퍽한 늪의 물이 떨어져 내렸다. 늪은 식탐이 무시무시한 괴물이라 한 번 삼킨 먹잇감은 절대 뱉어내지 않았다. 그런데 어떻게 늪에서 올라올 수 있었는지 알 수 없었다. 그냥 가능했다.

사방이 시끄러웠다. 이상한 일이었다. 주변에는 아무도 없었는데, 귓가에 울리는 소리가 시끄러워서 정신을 차릴 수 없을 정도였다. 사람들이 소리치고 어지럽게 뒤얽히는 발소리가 귀를 몽둥이로 내려치듯이 울려왔다.

「찾았다!」

문득 누군가가 외쳤다. 이어서 주변을 둘러싸며 새까맣게 몰려드는 건, 아다위의 부족 사람들이었다. 간간이 익숙한 얼굴들이 보였기 때문에 알 수 있었다.

하지만 이해할 수 없는 건, 사람들이 그녀를 보는, 경멸과 분노와 두려움이 넘실거리는 눈이었다. 결혼식에서 그녀에게 웃으며 축복을 빌어주던 사람들이 이제는 그녀를 더럽고 추한 것인 듯 보고 있었다. 그리고 한 부족민이 살의가 묻어나는 목소리로 소리쳤다.

「첫날밤에 남편을 죽인 여자!」

가말은 정말로 이 상황이 이해되지 않았다.

「네……?」

「일어나!」

남자들이 거칠게 가말을 일으켜 세웠다. 아니, 세우려다가 한 남자가 휘청하며 넘어져 엉덩방아를 찧었다. 그러자 다른 남자가 그를 타박했다.

「그거 하나 제대로 못 해?」

「미끄러진 거야!」

남자는 화를 내고는 다시 일어나 가말을 일으켰다.

「왜 이렇게 무거워? 옷 때문인가?」

그러고는 가말을 끌고 가기 시작했다. 끌려가며 가말은 어렵사리 주변을 둘러보았다. 쿠니스는 보이지 않았다. 어렴풋이 놀라던 표정이 기억나는데 그가 왜 그런 표정을 했는지, 어디로 갔는지, 아무것도 알 수가 없었다.

「쿠니스…… 쿠니스는…….」

가말이 중얼거렸지만 시끄러운 와중에 아무도 듣지 못했다.

아니, 듣지 않았다.

사람들이 확 천막을 젖히고 가말을 끌고 들어갔다. 침대 위에 누군가가 누워 있었다. 전사의 성장을 입은 아다위였다. 배 위에 올려 맞잡은 손에는 이 시기에 피는 모든 꽃들이 섞인 꽃다발을 쥐고 있었고, 귓가에도 꽃으로 장식했다.

그런데 파랗게 물든 피부를 본 가말은 흠칫했다. 이건 아다위의 시신이었다. 역시 꽃으로 장식되어 있어서 빨리 발견하지 못했지만 목에 흰 천이 감겨 있었다.

아무래도 시간이 그녀의 생각보다 오래 지난 모양이었다. 늪에 빠지자마자 올라왔다고 생각했는데, 만약 그랬다면 벌써 이렇게 장례 준비가 다 되어 있을 리 없었다.

「첫날밤에 이런 짓을 하다니!」

누군가가 가말을 밀치며 소리쳤다. 온 힘을 다해 밀친 것치고 가말은 조금 휘청거렸을 뿐이지만 이어서 많은 사람들이 그녀를 이리저리 밀쳤다.

「사악한 여자!」

「악마야!」

결국 가말은 바닥에 넘어지고 말았다. 사람들은 그 위로 계속 저주의 말을 퍼부었다. 가말은 무서웠다. 지금까지는 어안이 벙벙할 뿐이었는데 말로 때린다는 게 이런 건지 실체가 없는 말에 마구 찔리듯이 온몸이 떨리고 아파왔다.

그녀는 아다위를 죽이지 않았다. 하지만 쿠니스가 했다고 말할 수가 없었다. 증거도 없었지만 '쿠니스가 했다'라는 말이 도저히 나오지 않았다. 쿠니스가, 항상 다정하고 무엇을 하든 그녀를 먼저 생각해주던 제 쌍둥이를 고발하는 말이…….

「가둬!」

그러면서 남자들이 다시 가말을 일으켰다. 사람이 아닌 것을 다루듯이 거칠고 난폭한 손길이었다. 아마 이때 그녀가 평범한 인간이었다면 온몸에 멍들고 긁힌 상처가 났을 것이다. 하지만 두려움에 압도된 가말도, 흥분한 사람들도 그녀의 피부에 전혀 상처가 나지 않는다는 사실을 눈치채지 못했다.

남자들은 가말을 끌고 가 감옥으로 쓰는 움막에 밀쳐 넣었다. 그에 가말은 무릎을 찧으며 넘어졌다. 그럼에도 생각보다 아프지 않다는 생각을 할 겨를도 없이 급하게 돌아보며 물었다.

「쿠니스…… 쿠니스는 어디 있어요?」

질문에 남자는 가차 없이 혐오하는 표정을 퍼부었다.

「돌아오지 않았어. 네 쌍둥이도 네가 죽인 거지?」

가말은 다급하게 고개를 저었다.

「아니에요. 내가…….」

하지만 말을 채 마치기도 전에 쿵! 세찬 소리를 내며 문이 닫혔다. 움막 너머로 바깥은 아직 소란스러웠다. 사람들이 흥분해서 외치고 떠드는 소리가 벽을 타고 웅웅 울려왔다.

몸의 떨림을 잦아들게 하는 데는 전혀 소용이 없었지만 가말은 제 어깨를 감싸 안았다. 궁금했다. 대체 쿠니스는 어디로 갔는지, 그리고 자신은 왜 이렇게 갈증이 나는지. 혀로 입술을 쓸자 입술이 찢어지는 것만 같을 정도로.

낍. 꽤 오랜 시간이 지나고 나서야 문이 열리고 감시인이 들어왔다. 가말은 벽 쪽에 붙어 양어깨를 감싸고 몸을 웅크리고 있었다. 안으로 들어온 감시인이 가말 앞에 섰다. 가말은 애써 고개를 들며 물기가 조금도 느껴지지 않는 목소리를 쥐어짰다.

「물…… 물을…… 주세요……, 부탁합니다…….」

시간이 지날수록 갈증이 나서 형용할 수 없이 고통스러웠다. 지금이라면 바다라도 전부 들이켤 수 있을 것 같았다. 아니, 목이 마른 건지 배가 고픈 건지 가늠할 수가 없었다. 누가 배 속을 파먹는 것처럼 배가 고픈 것 같다가도 목소리가 잘 나오지 않을 정도로 목이 말랐다.

섬뜩하게 압도적인 기갈이었다. 이렇게까지 무언가가 '모자르다'고 느껴본 적은 처음이었다.

하지만 감시인은 아무 말도 하지 않고 가말을 내려다보다가 앞에 한쪽 무릎을 꿇고 앉았다.

「……?」

가말은 의아해져 감시인을 보았다.

지금 그녀는 늪에 빠졌다가 올라온 그대로 잡혀왔기 때문에 신부복은 원래 색을 찾아보기 힘들었고 몸에서는 퀴퀴한 악취가 났다. 그럼에도 불구하고 첫날밤에 남편을 죽인 이 부정한 여자에게서는 무언가 참을 수 없게 하는 윤기가 흘렀다.

감시인은 가말의 턱을 쥐고 자신을 쳐다보게 했다. 떡이 진 머리카락 사이로 그녀의 얼굴도 진흙이 묻어 얼룩덜룩했다. 하지만 볼을 쓰다듬는 엄지손가락 아래로 피부는 서늘하고도 부드러웠고, 눈은 고통스러워 보이는데도 맑고 깨끗했다. 그 눈으로 자신을 보고 있으니 감시인은 점차 배 속이 뜨거워지는 느낌이었다.

결혼식에서 봤을 때부터 욕정을 느꼈지만 화려하게 꾸몄던 그때보다 오히려 지금이 더 비현실적으로 시선을 끄는 느낌이었다. 사람들이 욕을 하는 내내, 감시인은 가말을 만지고 싶다는 생각밖에 들지 않아 주변이 조용해질 때까지 기다렸다. 어차피 그녀는 내일이면 사형당할 테니까.

이내 감시인은 가말의 팔을 묶고 있는 끈을 풀어 위로 묶고는 그대로 자리에 눕혔다. 그러고는 가말 위로 올라왔다. 가말은 놀라 흠칫했다.

「얌전히 있으면 물을 주지.」

그러면서 감시인은 가말의 가슴을 움켜쥐었다. 그에 가말은 고통스러워하는 목소리로 간청했다.

「그만……. 제발…….」

「아다위를 죽인 건 널 원한 악마일 거야. 이런 가녀린 팔로 전사인 아다위를 죽인다는 게 말이 돼?」

어지간히 흥분한 감시인은 가말의 치맛자락을 들추며 헐떡였다.

「제발…….」

가말은 감시인을 말리기 위해 입을 열었다. 그런데 입속에서 무언가가 자라는 게 느껴졌다. 뭔지는 알 수 없었지만 어떻게 써야 하는지는 본능처럼 알 수 있었다.

바로 눈앞에 있는 목을 본 순간이었다. 가말 스스로도, 그녀를 더듬느라 바쁜 감시인도 몰랐지만 가말의 눈동자 속 홍채가 흥분한 맹수의 것처럼 서서히 좁아졌다.

가말은 꿈틀거리는 감시인의 목에 털이 생긴 모양까지도 자세하게 보였다. 어떤 물체도 이렇게 가깝고 세밀하게 보인 적이 없었는데, 꼭 자신이 모르던 세계를 볼 수 있는 신의 눈을 가지게 된 느낌이었다.

감시인의 피부 아래 강이 흐르고 있었다. 쏴아아……. 쏴아……. 폭풍이 친 다음 날 강에 탁류가 몰아치는 것처럼 피부 아래 흐르는 물의 흐름이 느껴졌다. 가말은 입을 열었다.

'목이 말라.'

감시인의 몸 안에서 나는 물소리가 점차 강해졌다.

'마시고 싶어.'

가말은 감시인의 목을 향해, 번득거리는 송곳니를 내려찍었다. 하지만 피부에 송곳니 끝이 닿으려는 찰나 멈칫했다. 감시인은 아무것도 모르고 여전히 그녀의 몸을 마구 만지며 헉헉거리고 있었다.

가말은 질끈 눈을 감고 묶인 두 손으로 감시인을 밀쳤다. 그런데 놀랍게도, 감시인은 거인이 집어다가 던진 것처럼 허공을 붕떠서 날아갔다. 그리고 힘없는 인형처럼 바닥을 데굴데굴데굴 굴러서 벽 앞에 있는 나무 상자에 부딪혀서야 멈추었다. 가말도 놀랐고, 막 그녀를 보는 감시인도 얼굴이 새파랬다.

「아, 악마다……! 악마야!」

감시인은 기겁하고 뛰쳐나갔다. 가말은 얼떨떨해 제 양손을 내려다보았다.

'이 힘은……?'

얼마 지나지 않아 쾅 하고 거칠게 문이 열렸다. 그리고 사람들이 들이닥쳤다. 감시인에게 무슨 말을 들었는지는 모르지만 정말이 자리에서 살인이라도 낼 것처럼 무서운 기세였다.

가말은 애걸했다.

「타와에게 말 좀 해주세요. 제가 아니에요……. 제가…….」

남자들은 듣지 않고 가말을 짐처럼 질질 끌고나갔다. 태양빛이 이글거리는 밖으로 끌려나가자 오랫동안 어둠 속에 갇혀 있던 그녀는 빛에 몸이 타오르는 기분이었다.

마을 한가운데 공터에 부족 사람들이 모두 모여 있었다. 그리고 장로가 증오를 가득 담고 선고했다.

「첫날밤에 남편을 죽인 죄는 크다. 널 사형에 처한다.」

「아니에요, 제가……!」

가말은 발작적으로 소리쳤다.

「그럼 누구란 말이냐?」

장로는 가슴이 서늘하도록 차가운 얼굴로 물었다.

「말해보아라. 누가 아다위를 죽였느냐? 너와 아다위밖에 없는 신방에서.」

가말은 아무 말도 할 수가 없었다. 그러자 장로는 혀를 찼다.

「우리는 평화와 통합의 상징으로서 널 받아들였다. 그런데 네

아버지가 그러더냐? 아다위를 죽여 우리 부족의 대를 끊으라고?」

순간 가말은 깨달았다. 부족장의 장자인 쿠니스가 아다위를 죽였다고 하면 일은 더 커질 것이다. 부족 사이에 전쟁이 일어날 테니까.

결국 가말은 고개를 떨구며 말할 수밖에 없었다.

「제가 아다위를 죽였습니다.」

「왜냐?」

장로는 일을 틀림없이 하려는 듯 물었다.

「아다위를…….」

가말은 천천히 입을 뗐다.

「사랑하지 않았어요.」

다행히 사실을 내뱉는 데는 큰 힘이 들지 않았다.

「다른 남자가 있었더냐?」

「아닙니다.」

가말은 설레설레 고개를 저었다.

「그런데 이런 위험을 감수하고 아다위를 죽였다고?」

「도망갈 수 있을 거라고 생각했습니다.」

제 것이 아닌 죄를 시인하며 가말은 도저히 눈물을 참을 수 없었다. 혼인한 날 남편을 제 손으로 죽인 과부가 눈물을 흘리는 모습이 하도 처연해, 모두 그녀의 결백함을 믿고 싶어질 지경이었다.

「아다위를 만나 사과해라.」

장로가 말하자 사형집행인이 앞으로 나섰다. 그리고 사형을 집행하려고 검을 하늘 높이 치켜들었다.

퍽. 칼이 목을 꿰뚫었다. 가말은 눈을 크게 떴다.

목 앞으로 칼이 튀어나온 사형집행인이 입에서 피를 토해내며 옆으로 무너졌다. 그리고 사형집행인이 사라진 자리에 쿠니스가 서 있었다. 어느새.

그녀처럼 늪에 빠졌었는지 몰골이 말이 아니었다. 진흙 덩어리인지 사람인지 알 수 없을 정도로 흙을 뒤집어쓴 채 눈만 형형하게 빛났다.

가말의 발끝에서부터 떨림이 올라와 온몸을 뒤흔들었다. 그에 가말은 자신을 묶고 있는 오라를 풀기 위해 팔을 들썩거렸지만 그때는 힘을 쓰는 방법을 잘 몰랐기 때문에 풀리지 않았다. 그사이에 쿠니스가 무너지듯이 가말 앞에 무릎을 꿇었다. 사형집행인은 한갓 벌레를 보듯 했던 눈이 애절하게 떨려왔다.

「가말.」

그러고는 손을 들어 가말의 얼굴을 감싸 쥐었다.

「무사했구나. 다행이야. 걱정했잖아. 내가 잠깐 화가 나서…… 미안해. 정말로. 용서해줄 거지, 응?」

짧은 시간 내에 잔인했다가, 애절했다가, 또 불처럼 화를 냈다가, 갑자기 아이처럼 용서를 비는 쿠니스의 모습에 가말은 떨리는 몸을 주체할 수가 없었다. 제 쌍둥이가 실은 이런 사람이었다는 사실이 믿기지 않았다.

그때였다. 가말은 깜짝 놀라 소리치려고 했다.

「쿠니……!」

한 전사가 쿠니스의 등에 검을 찔러 넣었다. 하지만 검은 들어가지 않았다. 그에 모두가 깜짝 놀랐다. 그건 불가능한 이야기였기 때문이다.

가말도 이해되지 않았다. 하지만 정말 아무것도 이해하지 못하는 다른 사람들과 달리, 그녀는 한 가지는 알 수 있었다. 쿠니스의 눈에 폭발하는 살의를.

가말은 본능적으로 외쳤다.

「안 돼!」

하지만 쿠니스는 놀라울 만큼 빠른 속도로 전사가 들고 있는 검을 뺏어서 그대로 가슴을 뚫어버렸다. 픽 소리가 나며 피와 잔해가 튀었다. 터질 듯이 팽창한 가말의 눈에 전사가 경기를 일으키며 쓰러지는 모습이 비쳤다.

쿠니스는 그대로 말했다.

「마티와 타와가 죽었어.」

그 말에 가말은 쓰러진 전사의 시신을 보다가 눈을 들었다.

「뭐……?」

「네가 아다위를 죽였다고 평화 협상이 결렬됐다면서 이 자식들이 찾아가 모두 죽여버렸어.」

가말은 고개를 저었다.

「거짓, 거짓말…….」

가말이 이해하고 이해하지 않고는 중요하지 않은지 쿠니스는 피 칠갑을 한 채 돌아보고 웃었다.

「신이 내게 복수할 힘을 주신 거야.」

그런 그의 전신에 힘과 피에 대한 기대가 넘실거렸다.

「악마! 악마……!」

사람들이 비명을 내지르며 사방으로 달아나기 시작했다. 가말은 목이 찢어져라 외쳤다.

「안 돼! 쿠니스, 안 돼……!」

하지만 살육이 시작되었다. 목이 쉬도록 외치다 못한 가말은 더는 아무런 말도 못 하고 떨면서 그 지옥 같은 광경을 바라보고 있을 수밖에 없었다. 그저 타오르듯 뜨거운 눈물만이 끊이지 않고 왈칵왈칵 쏟아져 나왔다.

가말은 제발 이게 꿈이기를 바랐다. 눈을 뜨면 제 방에 있기만을…….

그때였다. 조금 떨어진 곳에서 부모를 잃은 아이가 울음을 터뜨리려는 듯이 입을 벌리는 모습이 눈에 들어왔다. 가말은 아이를 보고 온 힘을 다해 고개를 저었다. 제발 그러지 말라는 듯. 그러자 아이는 본능적으로 입을 틀어막고 울음을 참았다.

그 순간 쿠니스가 홱 이쪽을 돌아보았다. 가말은 소스라치게 놀라 그를 보았다.

철퍽. 쿠니스가 이쪽으로 발을 내딛자 핏물이 튀었다.

「도, 도망……!」

가말이 아이에게 소리치려고 할 때였다. 쿠니스는 아이는 신경도 쓰지 않고 지나쳐 똑바로 그녀에게 걸어왔다. 그리고 가말을 일으켜 세워 천막 안으로 데리고 들어갔다. 가장 가까워서 그랬겠지만 하필 아다위와의 신방이었던 곳이었다. 시신과 피가 묻은 자리는 치워져 있었으나 미처 다 치우지 못한 신방의 흔적이 아직 남아 있었다.

쿠니스는 가말을 침대에 눕히고는 꽉 끌어안았다.

「가말. 너무 무서웠어. 한순간 널 잃는 줄 알았어.」

그런 쿠니스의 몸이 정말 두려워했던 것처럼 떨리고 있었다. 하지만 이렇게 피 냄새가 물씬한 몸으로 애타는 척해봐야, 이제 가말은 속지 않았다.

가말은 몸을 돌려 쿠니스를 누르고 목을 졸랐다. 하지만 쿠니스는 저항하지 않았다. 그저 애잔한 눈빛으로 올려다보며 말했다.

「네 화가 풀린다면 얼마든지 똑같이 해.」

꾸욱……. 가말은 계속 손에 힘을 주었다. 그때에서야 쿠니스는 흠칫했다. 가말의 힘이 비정상적으로 강하다는 사실을 깨달았기 때문이다. 이상하게 힘이 강해진 자신만큼이나.

'나와 같은 힘을 얻었어.'

쿠니스는 그제야 깨달았다. 사람들에게 그냥 붙잡혀 있기에 미처 그럴 거라고 생각하지 못했다.

「가말…… 가말……!」

쿠니스는 숨이 졸린 소리를 터뜨렸다.

「그만해. 가말……! 숨이, 숨이 막혀!」

그 말에 순간적으로 손의 힘이 약해진 사이 틈을 타서 쿠니스는 획 자세를 반전했다. 그리고 분노를 참지 못하고 손을 날렸다. 살갗이 부딪치는 소리가 평범한 마찰음이 아니라 굉음에 가까웠다.

보통 인간이었으면 목이 날아갔겠지만 가말은 얼굴만 옆으로 돌아갔다.

또 화를 참지 못했다는 데 쿠니스가 아차 할 새도 없었다. 가말은 돌아간 고개를 홱 돌려 그를 보았다. 그러자 쿠니스는 정수리부터 심장까지 관통당한 느낌이었다. 그건 단 한 번도 가말에게서 보지 못한, 분노와 독기가 불을 뿜는 눈빛이었다.

가말이 쿠니스를 힘껏 걷어찼다. 엄청난 힘에 그는 날아가 벽에 처박히며 그대로 집이 우르르 무너졌다. 그녀를 겁탈하려던 감시인은 정말 살짝 밀어낸 정도에 불과했던 거였다.

그 찰나를 놓치지 않고 가말은 달려나가 시신들 사이에서 울고 있는 아이를 낚아채 끌어안고 달리기 시작했다. 뒤에서 시끄러운 소리가 나고 쿠니스가 잔해들을 박차고 나오며 소리쳤다.

「가말!」

가말은 다리에 반동을 주자 하늘을 날 듯이 엄청난 높이를 훌쩍 뛰어올랐다. 포식자에게 쫓기는 절체절명의 찰나 본능에 내재된 제 능력을 깨닫는 동물처럼.

「가말─────!!!」

뒤쫓아오는 쿠니스의 울음이 온 천지를 울렸다. 아이는 그 소리에 경기를 일으키며 눈을 까뒤집고 기절하고 말았다. 하지만 가말은 멈추지 않았다.

한참을 달려온 가말은 어느 언덕 위에서 아이를 내려주고 말했다.

「이 아래로 내려가면 마을이 있어.」

아이는 울음 때문에 얼굴이 얼룩덜룩했지만 어느 정도 진정이 된 상태였다. 가말은 당부했다.

「멈추지 마.」

아이는 고개를 끄덕이고 가려고 했다. 그러다가 멈칫하고 돌아보았다.

「아다위, 가말이 죽이지 않았지?」

이런 어린아이마저 아는 명백한 사실을 아다위의 부족이 알지 못했던 건 알려고 하지 않았기 때문이었다.

가말은 얼굴을 일그러뜨리며 웃었다.

「뛰어.」

그러자 아이는 꾹 울음을 참고 뛰기 시작했다.

가말은 헐레벌떡 사타디 마을 어귀를 향해 달려갔다. 멀리서 보기에는 언뜻 아무 문제가 없어 보였지만 지나치게 조용했다. 불길함에 심장이 깨질 듯이 거세게 뛰었다. 그리고 마을에 도착하는 순간 가말은 눈을 부릅떴다. 전부 쑥대밭이 되어 있었다.

가말은 정신없이 집으로 달려갔다.

「마티! 타와!」

집도 반쯤 불타 무너져 있었다. 그리고 사방에 마티가 아끼던 그릇, 그녀의 옷을 넣어두던 상자, 자신이 쓰던 액세서리와 카펫, 타와의 의식용 가면까지 물건들이 너저분하게 흩어져 있었다. 게다가 어디에서도 마티와 타와가 보이지 않았다.

「타와! 마티!」

가말은 실성할 것 같다는 기분이 뭔지 실감하며 온 마을을 돌아다녔다. 하지만 마을에 숨을 쉬고 있는 존재는 없었다.

마구 달리다가 뭔가의 잔해에 걸려 넘어졌다. 평소였다면 무릎이 깨질 정도로 세게. 하지만 아프지 않았다.

오열이 터져 나왔다. 가말은 풀을 쥐어뜯으며 덫에 걸려 죽어가는 짐승처럼 울음을 터뜨렸다.

자신이 마티와 타와를 죽였다. 자신의 안일한 판단이.

부스럭. 그때 어디선가 소리가 났다. 계속 울음이 터져 나오는 와중에도 가말은 흠칫했다. 그녀가 갈 만한 곳을 예상하고 쿠니스가 쫓아온 걸 수도 있었기 때문이다. 그래서 가말은 바닥을 짚으며 일어났다. 온몸이 후들거렸지만 도망가야 했다. 그녀를 죽인 살인자, 그러면서 그녀를 사랑한다고 말하는 위선자…….

그녀의 쌍둥이로부터.

◇ ◇ ◇

"오래 돌아다닌 끝에 이 섬을 발견했어. 이곳엔 아무도 없었어. 혼자 살았어. 토라와 라토를 만나기 전까진."

긴 이야기가 끝났지만 도영은 아무 반응도 할 수 없었다. 앞에 무릎을 꿇고 앉아 있는 가말은 조용한 눈으로 그를 보았다.

"그러니까 난 섬에서 나갈 수 없어."

그런 가말을 안타깝게 보며 토라가 그녀의 어깨를 안아주었다.

"마티."

가말은 괜찮다고 말하듯 토라의 팔을 가볍게 잡았다. 그 모습을 보는 도영의 가슴속에서 수많은 것들이 폭풍우 쳤다.

걸음을 잘못 디뎌 수렁으로 떨어진 순간 더 깊은 수렁으로밖에 빠질 수 없었던 이 여자의 삶에 대한 연민, 분노, 슬픔, 답답함, 어느 것이 먼저인지도 알 수 없는 감정들이 탈출구를 찾지 못하고 휘몰아쳤다.

그리고 일단, 어디서부터 놀라야 할지 알 수가 없었다. 제 눈앞에 앉아 있는 여자가 한때 전 세계를 공포로 몰아넣었던 국제 테러리스트 네트워크 수괴의 혈육이라는 데 놀라야 할지. 아니면 대공이 제 형제에게, 그것도 쌍둥이에게 품은, 현대인의 감성으로는 도무지 받아들이기 힘든 나르시스트적인 근친상간 애에 놀라야 할지. 혹은 차라리 자신이 사라지겠다며 수천 년간 외딴섬에 숨어 산 이 얼간이의 바위산급 인내심에 놀라야 할지.

"도영……?"

도영이 제 이마를 짚은 채 아무 말이 없자 가말은 불안해하는 어조로 불렀다. 그에 도영은 겨우 자신을 다스리고 손을 내렸다.

"하지만 지금 대공은 감옥에 있잖아. 그래도 나갈 수 없다는 이유는 뭐야?"

가말은 의아한 눈을 했다.

"감옥에……?"

이건 무슨 반응인가 싶어 도영도 의아한 눈을 했다.

"3년 전에 체포돼서 감옥에 갇혀 있잖아."

"뭐?"

가말은 정말로 놀라는 눈치였다. 도영은 기가 찼다.

"설마 모른다고 하지 마."

그러자 가말은 꿀 먹은 벙어리처럼 그를 쳐다보았다. 도영은 설마 싶어 말했다.

"대공은 보석과 감형 없는 780년형을 선고받고 복역 중이야."

"그 말은……."

"적어도 780년 동안 감옥 밖을 나오는 일은 없다는 의미지."

뜻밖의 사실을 선뜻 받아들이기 힘들어 가말은 몇 번이나 입술을 달싹였다가 겨우 물었다.

"그럼 쿠니스가 날 쫓아오지 않아……?"

그렇게 묻는 어조에서 얼마나 그 사실을 두려워해왔는지 알 수 있었다. 그에 도영은 화가 났다.

"정말 그거 때문에 이 섬에서 나가지 않은 거라고? 이 오랫동안?"

그때 토라가 미간을 찌푸리고 말했다.

"라토는 그런 이야기를 한 적 없습니다."

"번갈아서 밖으로 나간다며?"

도영이 묻자 토라는 고개를 저었다.

"최근에는 계속 라토가 밖으로 다녔습니다. 전 원래 밖에 나가는 걸 좋아하지 않는 데다가 언젠가부터 라토가 자원해서 그러라 했죠."

그러고는 토라는 나직하게 말했다.

"마티, 라토를 찾아야 할 거 같아. 느낌이 좋지 않아."

도영과 가말은 해변에 서 있었다. 저 멀리서는 모터라도 달아놓은 듯이 토라가 빠르게 헤엄쳐오고 있었다. 교본으로 써도 될 만큼 완벽한 자유형 자세였다.

얼마 지나지 않아 토라는 해변으로 올라섰다. 그리고 젖은 개처럼 고개를 저어 물을 털어내고 말했다.

"타와 말이 맞아. 대공은 3년 전에 MCTC 특수부대에게 체포돼서 ICC(국제형사재판소)에서 780년형을 선고받았어."

그에 가말은 얼떨떨한 얼굴이었다.

"그럼 정말……."

토라는 고개를 끄덕였다.

"마티의 미저리 같은 쌍둥이는 감옥에 있어. 마티, 이제 섬을 나가도 돼."

그 말에 가말은 살짝 현기증이 나 토라의 팔을 잡았다. 그러자 토라는 가말을 부축한 채로 도영을 보았다.

"타와도 말이죠."

도영은 팔짱을 풀었다.

"종교는 믿지 않지만 정말 신한테 감사라도 드리고 싶군."

그러고는 가말을 보았다.

"근데 쌍둥이라며? 왜 나이가 달라? 그것만 아니었다면 이미 전에 알아봤을 거야."

대공의 본명은 극비 사항이라 모를 수 있어도 얼굴만큼은 그렇게 사진을 봐왔는데 모를 수가 없었다. 하지만 일단 가말과 대공은 표정이나 풍기는 느낌 자체가 달랐고, 대공의 형제가 살아 있으리라고는 상상도 못 했다.

그런데 토라가 말했다.

"꽃을 먹고 사는 뱀파이어는 나이를 먹습니다."

도영은 미간을 찌푸렸다.

"하지만 그런 부작용이 보고된 바는……."

토라는 고개를 저었다.

"마티만큼 오래 꽃을 먹은 뱀파이어가 또 있겠습니까? 저만 해도 계속 꽃을 먹고 살아왔지만 처음 감염되었을 때와 똑같습니다. 아주 느리게 노화가 진행되는 겁니다."

도영은 새로운 정보를 어떻게 받아들여야 할지 알 수 없어 찌푸린 미간을 풀지 않았다.

"피를 마시지 않고 나이를 먹고 햇빛 아래 놀아나닐 수 있는 게 무슨 뱀파이어야?"

그러자 토라는 어깨를 으쓱였다.

"아닐지도 모르죠. 우리는 그저 다른 인간이 되어가고 있는 중일지도 모릅니다. 좋은 진화를 거치죠. 이게 바깥사람들이 마시는 사람, '호모 비벤스'라고 부르는 우리 종의 진화 과정이 아니라고 누가 말할 수 있습니까?"

"하지만 영원히 살다가 나이를 먹어가는 쪽으로 진화하는 건 말이 안 돼. 그건 퇴화에 가깝지."

"영원히 산다는 게 진짜 궁극적인 진화가 아니라는 걸 깨달은 게 아닐까요? 영원한 삶을 줬지만 정말 영원히 사는 개체는 거의 없으니까요."

그러면서 토라는 가말을 보았다. 그 시선을 따라 도영도 그녀를 보았다. 가말은 두 사람이 하는 대화가 너무 빠르고 어려운 단어가 많아서 전부 알아듣지 못하고 있었다. 사실 언어를 배울 재능이나 시간이 부족해서라기보다 섬에서만 살아온 그녀가 굳이 현대 언어를 배울 필요는 없었을 테니까.

토라는 괜찮다는 듯이 가말의 머리에 손을 얹고 말했다.

"인간은 외로워하는 존재라는 걸, 외계에서 온 X는 미처 계산에 넣지 못했던 거겠죠. 몰랐겠죠. 본래 인간이었던 존재에게 영생이란 돼지 목의 진주일 뿐이라는 걸."

그리고 토라는 가말에게 물었다.

"마티, 준비됐어?"

가말은 아직도 주저했지만 결국 고개를 끄덕였다. 그러자 토라는 허리춤에서 그 작은 천 어디에 넣어온 건지 미스터리한, 비닐에 싸여 있는 무전기를 꺼냈다.

"여기 있습니다."

도영은 토라가 주는 무전기를 건네받았다. 그 모습을 가말이 지켜보았다.

"도영……."

헬기의 블레이드가 일으키는 바람에 모래들이 사방으로 흩날렸다. 해변에 서 있는 도영은 눈을 찡그렸다.

마침내 해변에 헬기가 내려앉고, 쉿소리와 함께 문이 열리고 무장한 군인들이 내렸다. 개중 한 군인이 소리 높여 물었다.

"도영 드페르 소령님이십니까?"

"맞습니다."

도영이 대답하자 군인은 총구를 내리고 다가왔다.

"용케 살아계셨군요. 신호를 받고 모두 뒤집어졌습니다."

꼼짝없이 죽었을 거라고 생각하고 있었을 테니 다들 어떤 반응이었을지 상상이 됐다.

"다른 팀원들은 어떻게 됐습니까?"

도영은 물었다.

"모두 구출되었습니다. DUSTWUN(실종자, Duty Status Whereabouts Unknown)은 소령님이 마시막입니다."

도영은 안도했다. 폭탄이 터지면서 의식을 잃고 헤어졌기 때문에 팀원들이 어떻게 됐는지 알 수 없었는데, 다행히 죽은 사람은 없는 모양이었다.

그 모습을 가말은 풀숲 너머에서 지켜보고 있었다. 무장한 사람들과 대화하는 도영이 낯설어 보였다. 정말 '바깥 세계의 사람' 같아서 멀게 느껴졌다. 그런데 그때 도영이 이쪽을 돌아보았다.

"가말."

가말은 움찔했다.

"괜찮아. 나와."

가말이 옆에 있는 토라를 보니 그는 그러란 듯이 고개를 끄덕였다. 그제야 가말은 일어나 천천히 수풀 밖으로 나섰다. 그 뒤를 토라가 따랐다. 하지만 군인들은 놀라지 않았다. 이미 가말에 대해 들어 알고 있었기 때문이다.

도영이 재촉하지 않고 기다리자, 가말은 주춤거리며 다가왔다. 그제야 도영은 손을 뻗어 그녀의 손을 잡고 헬기로 다가갔다. 그러자 헬기 승무원이 가말이 오르게 도와주고, 이어서 도영도 헬기에 올랐다. 마지막으로 토라가 탑승하고 헬기가 떠오르기 시작했다.

도영과 시선이 마주치자 토라는 고개를 끄덕였다.

"라토를 찾으러가야겠습니다."

토라는 그렇게 말했다.

도영은 창밖을 보았다. 하늘에서 내려다보는 사타디 섬은 처음 도착했을 때 얼핏 생각했던 대로 동서를 나누는 커다란 바위산이 가운데 자리하고 있었다. 그게 꼭 거인이 등을 둥글게 말아 척추를 드러내놓고 엎드려 있는 듯한 모양새였다.

오래전에 잠든 거인의 몸을 나무와 풀과 꽃들이 덮고, 사방으로 치맛자락처럼 퍼져나간 해변을 점차 색이 짙어지는 바다가 감싸고 있었다. 과연 비인간적인 존재가 둥지를 틀고 있을 것 같은 신화적인 공기가 맴돌았다.

창 너머로 신이 떠나는 사타디 섬이 빠르게 멀어지고 있었다.

05
철의 세계

바다 가운데 떠 있는 시추선 같은 거대한 군용 함선이 금세 가까워졌다.

"착륙합니다."

조종사가 말하고 수송기가 함선에 내리자 소리를 내며 램프도어(화물 적재문)가 내려갔다. 점차 벌어지는 틈새로 빛이 쏟아져 들어왔다. 이내 완전히 열린 램프도어를 통해 도영은 내려갔다. 섬에서 볼 때나 함선 위에 서서 볼 때나 주변은 늘 같은 바다였지만 냄새가 달랐다. 기름과 철, 엔진이 뿜어내는 증기의 냄새가 그가 정말 익숙하게 알던 제 세계에 돌아왔음을 알려주었다.

"소령님!"

저 멀리서 외침이 울렸다.

갑판을 가로질러, 한 중사를 필두로 팀원들이 헐레벌떡 뛰어오고 있었다. 그리고 도영을 마주하자마자 말할 새도 주지 않고 그를 둘러싼 채로 마구 말을 쏟아냈다.

"소령님 정말 살아계신 겁니까?"

"이번에야말로 정말 죽으셨다고 생각했는데!"

"그렇게 쉽게는 안 죽습니다."

도영은 피식 웃고 말했다.

"테러리스트한테 붙잡혀서 태평양 한가운데 떨어져 실종됐는데요? 소령님이 무슨 루아스라도 되는 줄……!"

외치던 한 중사가 문득 도영 뒤쪽을 보고 말을 멈추었다. 도영도 뒤를 돌아보았다.

"가말."

부르자 가말은 천천히 그늘에서 햇빛 속으로 걸어 나왔다. 주변은 그야말로 쥐 죽은 듯이 조용했다. 도영은 그 이유를 알았다. 그는 익숙해지기도 했고 가말이 좀 또라이인 걸 알고 있어서 가끔 잊고 지내지만, 그녀는 말문이 막히도록 아름다웠으니까. 수송기에 여자 옷이 따로 있을 리가 없어서 급한 대로 전투복 상의만 빌려 위에 입고 있는 이상한 차림으로도 미모는 그 빛이 바라지 않았다.

사람들이 전부 자신을 쳐다보자 가말은 겁먹은 아이처럼 옆에 있는 토라 뒤로 몸을 숨겼다.

"이분은……?"

한 중사가 먼저 정신을 차리고 슬며시 물었다.

"루아스…… 아닙니까?"

그리고 한 중사는 토라를 보았다.

"그리고 이쪽은……?"

토라도 군복을 빌려 입어서 평소 같은 남우세스러운 차림은 아니었지만 알다시피 그는 어딜 봐도 평범한 사람처럼 보이진 않았다. 그런데다가 옆에 서 있는 여군을 꼭 해파리를 처음 본 아이처럼 신기해하며 쳐다보고 있었다. 여군이 그가 그러는 데에 압도되어 주춤거렸지만, 토라는 신경 쓰지 않았다.

"일단 소장님을 봬야겠습니다. 오고 계십니까?"

도영은 팀원들에게 말하고 걸어갔다. 하지만 가말이 주변을 둘러보느라 시선을 빼앗겨 따라오지 않자 돌아보고 말했다.

"가말, 이리 와."

그 말에 가말은 얼른 정신을 차리고 조르르 그를 쫓아갔다. 그 모습을 보며 사람들은 왠지 한 마음처럼 '뭔가 닮았는데.' 하고 생각했다.

그때 도영이 여전히 오지 않고 있는 토라에게 말했다.

"토라, 너도."

토라는 그제야 어슬렁거리며 따라갔다. 뒤에서 한 중사는 황당해 중얼거렸다.

"소령님, 대체 뭘 주워온 겁니까?"

탁탁탁탁. 다급하게 복도를 뛰어가는 군홧발 소리가 시끄러웠다. 복도를 지나 갑판으로 뛰어나간 군홧발들은 신속하게 이열 종대로 도열했다. 갑판에는 이미 수송기가 착륙해 있었다.

이내 수송기의 문이 열리고 한 인물이 내리자 군인들은 한 몸처럼 거수경례했다. 내려온 인물이 쓰고 있는 모자 아래로 짧은 금발이 반짝거리고, 가슴에는 화려한 휘장이 빛났다.

"소장님."

한 군인이 거수경례하고 부르자 소장은 돌아보고 물었다.

"어디 있습니까?"

군인은 긴장한 얼굴로 고개를 끄덕였다.

"모시겠습니다."

"바깥의 옷은 오랜만이군요."

청바지에 검은 티셔츠로 갈아입은 토라가 방으로 들어오며 말했다.

머리카락은 한 갈래로 묶어서 이렇게 보니 그냥 좀 보헤미안적인 패션 감각을 가진, 원주민 핏줄을 지닌 사람 정도로밖에 보이지 않았다. 게다가 이쪽 옷을 입으니 몸속에 흐르는 백인의 핏줄이 발현되는지 섬에 있을 때보다 서양인의 느낌이 났다.

"자. 문명의 맛."

도영은 토라에게 커피 잔을 내밀었다. 그러는 도영도 샤워를 하고 드디어 마르고 닳도록 입은 전투복을 벗고 새 군복으로 갈아입은 상태였다.

토라는 잔을 받아 건배하듯 한 번 들어 올렸다.

"타와는 역시 군복이 어울리는군요."

아이러니하지만 도영은 토라와 반대로 섬에 있는 동안 살이 타서 더 야생적인 느낌이 났다. 이제 옷은 깔끔했지만 고생을 하며 얼굴은 좀 말랐다 싶을 만큼 살이 빠져 날렵해 보였고, 아직 머리카락도 다소 긴 그대로여서 굳이 말하자면 정글의 게릴라 군에 가까워 보였다.

"여기서는 타와라고 부르지 마."

도영의 말에 토라는 미간을 찌푸렸다.

"타와를 타와라고 부르지 뭐라고 부릅니까? 혹시 우리 마티와의 관계가 부끄럽습니까?"

하지만 도영은 무심한 얼굴로 소파에 앉아서 커피를 마셨다.

"일이 복잡해지는 게 싫을 뿐이야."

토라는 어깨를 으쓱였다.

"괜한 노력일 텐데요."

도영은 의아한 얼굴을 했다.

"무슨 말……."

그때 문이 열리고 가말이 들어왔다. 급한 대로 사이즈가 맞는 여군에게 빌린, 옷깃에 흰 선이 들어간 남색 테니스 원피스에 흰 운동화를 신은 모습이 믿을 수 없을 정도로 깜찍하고 사랑스러워 보였다.

"신기해."

들어오면서 가말은 제 원피스를 손바닥으로 쓸었다.

"안 입은 거 같아. 가벼워."

토라와 라토가 바깥세상에 다녀오며 요즘엔 이런 옷들을 입는다고 몇 개 가져오긴 했지만, 그중에 이렇게 예쁜 건 없었다.

좋아하는 가말의 모습을 보고 토라는 미안하단 듯이 웃으며 말했다.

"우리 마티도 여자라는 걸 잊고 있었네. 이렇게 좋아할 줄 알았으면 좀 더 사다줄 걸 그랬어."

그제야 도영은 가말이 처음 만났을 때 입고 있던 아이 러브 뉴욕 티셔츠가 누구 작품이었는지 알 수 있었다.

어쨌거나 토라가 소파에 앉으며 말했다.

"근데 누굴 기다리는 거야?"

"높은 사람."

도영이 대답한 순간이었다. 지잉. 자동문이 열리고 한 군인이 각 잡힌 자세로 들어왔다. 그러자 도영은 커피를 내려놓고 자리에서 일어났다. 가말은 그런 그를 의아하게 보았다. 그때 군인이 비켜선 문 너머에서 한 사람이 들어왔다.

짧게 친 화려한 금발. 붉은 눈. 뱀파이어였다.

"뱀……."

가말은 흠칫하며 소파를 박차고 일어나자 도영이 살짝 손을 내밀어 그녀를 진정시켰다.

"괜찮아."

그리고 도영은 금발의 뱀파이어에게 인사했다.

"오랜만에 뵙습니다."

MCTC 중앙근위사단의 사단장, 알렉스 야크트훈트 소장의 붉은 눈이 가말을 향했다. 가말은 긴장했다. 토라와 라토 외에 다른 뱀파이어를 만나는 건 정말 오랜만이었기 때문이다. 특히 이렇게 나이가 많아 보이는 뱀파이어는.

외모는 이십 대 중후반쯤으로 사단장이라는 직위가 위화감이 들 정도였지만, 가말을 지그시 응시하는 붉은 눈동자에는 오래 묵은 것들이 내뿜는 연륜이 침잠된 납처럼 고여 있었다.

그리고 동화 속에 나오는 왕자가 이렇게 생겼을까 싶게 아름다운 미남이었다. 오히려 공주가 뒤처져 보일 아름다움이라 왕자님으로서의 자격이 있을지 의구심이 들 정도로.

마침내 렉스는 입을 열고 말했다. 난생 처음 듣는 언어로. 그에 도영은 의아해하고, 가말은 눈을 크게 뜨며 놀랐다.

"그건······."

토라도 놀란 얼굴이었다.

그때 가말이 다급하게, 렉스가 쓴 것과 같은 언어로 무어라 말했다. 그러자 렉스는 고개를 끄덕이고 대답했다. 렉스가 말할수록 가말은 더 놀랐다.

도영은 답을 요구하며 토라를 보았다. 그러자 토라는 고개를 기울이고 작게 말했다.

"고대 사타디어야. 완전하진 않지만 나보다는 잘해."

도영은 다시 둘을 보았다. 렉스가 이야기하는 중간에 본인 이야기를 하는지 '알렉'이라는 이름이 나왔다.

갑자기 가말이 렉스에게 뛰어가 안겼다. 도영은 움찔했지만 자리를 지켰고, 렉스는 그런 가말의 어깨를 안아주었다. 그녀의 어깨에 올린 손의 약지에 결혼 반지가 빛났다.

"일단 앉죠."

렉스가 팔을 풀고 드디어 도영이 알아들을 수 있는 언어로 말했다. 가말은 좀 진정한 듯 원래 자리에 와 앉았다. 그러자 렉스도 자리에 앉아 말했다.

"수고가 많았습니다, 소령. 무사히 돌아와서 정말 다행이군요."

도영은 고개를 끄덕이고 화제를 바꾸었다.

"가말과 아는 사이입니까?"

처음에는 렉스가 루아스라는 데 가말이 놀랐으니 그런 것 같지 않았지만 좌우지간 인연이 있어 보였다.

렉스는 가볍게 양손을 깍지 껴 제 허벅지 위에 올렸다.

"지금부터 하는 이야기는 모두 이 방을 나가지 않습니다. 여기 있는 가말은 코드네임 '대공', 현재 우리가 파악하고 있는 바로 기원전 14세기경 아나톨리아 서부 아와르나 일대를 지배했던 룩카 연합의 사타디 부족 출신인 쿠니스라는 인물의 형제입니다."

그건 도영도 아는 사실이었으나 개인적으로 알게 됐을 뿐, 군 내부에서는 전혀 그런 이야기가 들리지 않았다. 하지만 상부에서는 어느 정도 대공의 정체를 파악하고 있었던 모양이다. 물론 그랬다는 사실이 놀랍지는 않지만, 이제 정말 모든 게 분명해졌다. 가말이 그 대공의 형제라는 것, 기원전 14세기에 태어났다는 것, 대공을 피해 오랜 세월을 숨어 살아왔다는 것.

제 옆에 앉아 있는 가말의 둥그런 볼을 보았다.

그녀가 한 이야기를 믿지 않았던 건 아니지만 오히려 어느 정도 과장이 있었으면 했다. 하지만 그 모든 이야기가 사실이었다는 데에 도영의 가슴속 한편에서 뜨겁고 어두운 감정이 끓어올랐다.

이건 대공에 대한 살의였다. 지켜줬어야 할 제 혈육을 목 졸라 죽였을 뿐 아니라 아직도 자신이 빠뜨린 수렁에서 올라올 수 없도록 끌어내리고 있는, 참교육이 필요한 그 개자식에 대한 살의.

그사이에 렉스가 계속 말했다.

"사타디는 룩카 연합 내에서 중심 부족은 아니었지만 그래도 힘이 있는 편이었는지 증언에 의하면 기록에 '사타디'라는 이름이 반복해서 등장했다고 합니다."

"증언이요?"

도영은 반문했다. 역사 수업을 꽤 열심히 들었지만 '사타디'라는 이름은 스쳐 지나가기로도 들은 적이 없었기 때문이다. 그러자 렉스가 정정했다.

"당대에 기록을 봤던 사람들이라고 해야겠군요. 사타디에 관련된 기록은 지금은 전부 소실됐지만 옛날에 사타디에 관련된 기록을 봤다고 증언한 사람들이 몇 있었습니다."

가말은 슬퍼졌다. 사타디에 관한 기록이 남지 않은 이유는 분명했다. 부족 간의 싸움으로 멸족했기 때문이다.

그때 렉스가 여전히 무심하지만 조금은 온기가 감도는 눈으로 가말을 보았다.

"그리고 가말은 우리에게 처음으로 플로스 꽃을 전달한 사람입니다."

생각지도 못한 이야기에 도영은 미간을 찌푸렸다.

"'우리에게'라는 건……."

렉스는 고개를 끄덕였다.

"네. 우리 이바노프 클랜에게."

그때 문이 열리고, 목소리가 들려왔다.

"거기서부터는 내가 이야기하지."

문 앞에 한 남자가 서 있었다. 군복이 아닌 니트 티에 얇은 코트를 걸친 평범한 차림을 한.

그에게서는 가만히 서 있어도 압도적인 기백이 느껴졌다. 그리고 렉스보다 명암이 좀 더 낮은 금발을 지녔는데, 무엇보다 눈에 띄는 점은 불순물 하나 없이 '붉은색' 그 자체라고 할 수 있는 눈이었다. 렉스가 속한 이바노프 클랜의 수장, 이반 이바노프였다.

자리에 있던 그 누구보다 가말이 먼저 반응해 벌떡 일어났다.

"알렉!"

도영은 의아했다.

'알렉?'

렉스가 아니라 이반을 가리키는 이름이었던 모양이다.

도영 그가 서울 지부에 있을 시절 국장이었던 제 옛 상사를 가말이 안다는 점도 놀라웠지만 그보다…….

'애칭으로 부르는 사이냐?'

기가 찼다.

"살아 있었어……."

가말은 이반을 훑어보며 믿기지 않는다는 어조로 중얼거렸다. 이반은 고개를 끄덕였다.

"그쪽이야말로. 하도 소식이 들리지 않아서 죽었을 거라고 생각했는데."

꼭 오랜 친구였던 노인들이 회우한 것 같은 모습이었다.

가말은 원피스 자락을 꾹 잡고 말했다.

"살았어, 섬에."

"오면서 들었어. 대공이 찾아내지 못할 만했군."

그때 가말은 이반 뒤에 서 있는 동양인 여자를 발견했다. 풀면 가슴까지 오는 검은 머리카락을 한 갈래로 묶었고, 윤기가 흐르는 검은 눈동자가 맑았다. 십 대 후반의 소녀처럼 보이는데 비해 소위 계급장이 달린 군복을 입은 모습이 희한하게 자연스러웠다.

무엇보다, 여자 뱀파이어였다.

"여자……."

가말은 저도 모르게 중얼거렸다. 자신을 제외한 여자 뱀파이어를 만난 건 이 오랜 세월을 살면서도 처음이었기 때문이다. 그건 가말이 인간이고 뱀파이어고 가리지 않고 피해 다닌 탓도 있었지만 그만큼 여자 뱀파이어는 숫자가 적었다.

"반갑습니다. 강연하 소위입니다."

여자가 손을 내밀며 말하자 옆에서 이반이 그녀를 소개했다.

"안사람이야. 예전에 드페르 소령이 서울 지부에 있었을 때 소령과 한 팀이었고."

그 말에 가말이 도영을 보자 그는 눈짓으로만 연하와 인사하고 있었다. 연하도 익숙하게 고갯짓으로만 인사를 건넸다. 꼭 둘 사이에 굳이 말은 필요하지 않다는 듯이.

둘의 모습을 보던 가말이 느닷없이 연하의 손을 덥석 잡았다. 연하가 조금 놀랄 정도로. 그러고는 가말은 물었다.

"알렉의 아내야?"

"네."

"몇 번째 아내?"

가말이 질문한 순간 연하가 멈칫하고 좌중에 침묵이 흘렀다. 하지만 가말은 그 분위기를 이해하지 못했다. 이내 연하는 서늘한 미소를 짓고 말했다.

"일단 첫 번째입니다."

이반은 작게 한숨을 쉬었다.

"연하밖에 없어."

도영도 한마디 보태지 않을 수 없었다.

"현대적인 상식이 없는 고대 유물이라 그래. 강 소위 네가 이해해라."

가말은 어리둥절해하며 도영을 돌아보았다.

"뭐가?"

"요즘엔 그렇게 묻는 게 실례야."

도영이 기가 차서 말하자 가말은 억울해하는 얼굴이 되었다.

"그건 나도 알아. 하지만 알렉은……."

그 타이밍에 이반이 손을 들고 말했다.

"서서 이럴 게 아니라 앉지."

이 자리에서 가장 웃어른이 말한 듯이 모두 별말 없이 착석했다. 사실 나이상으로 이 자리에서 가장 연장자는 가말이었지만 혹시 그녀가 그 사실을 주장했다고 하더라도 진지하게 받아들이는 사람은 없었을 것이다.

"좀 긴 이야기를 해야 할 거 같군."

이반은 길게 숨을 내쉬고 말했다.

"이천 년 전쯤이었을 거야. 내가 감염된 지 얼마 되지 않았을 때지. 가말과 난 우연히 마주쳤어."

이반은 숲길을 걸어가고 있었다. 정확하게는 숲을 헤쳐 길을 만들며 걸어가고 있었다. 로리카(고대 그리스, 로마의 흉갑)를 걸친 경장을 했고, 언뜻 보면 군인 같아 보이는 모습과 다르게 봇짐을 메고 있었다.

숲은 직접 길을 내야 할 정도로 빽빽했다. 보통 이런 깊은 곳까지 올 사람은 없었다. 방향 감각을 잃게 만드는 이런 깊고 울창한 숲은 공포를 주는 공간이기 때문이었다. 하지만 언젠가부터 자신이 누군가의 공포가 될지언정 이반에게 공포를 줄 수 있는 존재는 없었다. 그래서 이반은 개의치 않고 더 깊이, 깊이 들어갔다.

그런데 묵묵히 걸어가다가 갑자기 뒤를 돌아보았다.

"미안하지만 다 들려."

딱히 살의는 없었고 적당히 지켜보다 사라지겠지 싶어서 내버려뒀는데 따라오는 기척은 꽤나 끈질겼다. 그래서 말하자, 바스락 소리가 들리고 덤불이 움직이더니 가느다란 인영 하나가 걸어

나왔다.

경계심이 형형한 붉은 눈이 허공에 잔영을 남기듯이 천천히 움직였다.

많아야 열여덟쯤으로 보이는 어린 여자였다. 치외법권으로 달아난 범죄자처럼 넝마를 걸친 꼴은 이상했지만. 어린 여자가 이런 곳에 저런 꼴로 혼자 있다는 것부터 그녀가 평범한 인간이 아니라는 사실을 시사했다.

여자는 의심스러워하는 눈으로 이반을 위아래로 보더니 물었다.

"너도…… '달라'?"

그런데 말투가 이상했다. 라틴어를 후천적으로 익힌 모양이었다. 하지만 이반은 여자가 뭘 묻는지 눈치채고 말했다.

"그쪽도 인간 같진 않은데."

그때는 뱀파이어를 이르는 특정한 이름이 없었다. 사실 당시에는 이반도 가말도 자신이 무엇인지 정확히 알지 못했다. 그저 뭔가 '다르다' 정도밖에.

가말은 이상하단 투로 물었다.

"근데 왜 공격하지 않아?"

이반은 주변을 둘러보았다. 뭔가 자신이 놓친 게 있냐는 듯이.

"길 가다 마주친 사람한테 그래야 할 이유가 있나?"

"다른 '다른 것'들은 사나워."

이반은 한쪽 어깨를 으쓱였다.

"제 영역에 대한 소유욕 같은 게 있는 모양이더군. 하지만 보다시피 이쪽도 헤매는 쪽이라."

하지만 가말은 경계심을 거두지 않았다. 이반은 가말이 그를 받아들일 생각이 없다는 걸 알고 돌아섰다.

"실례하지."

몇 걸음 가는데 가말이 말했다.

"잠깐."

서로 알진 못 했지만 그 당시 가말과 이반 둘 다 사람하고 대화한 지 꽤 오래된 상태였다. 가말은 숨어 살던 마을을 쿠니스에게 들킨 후 이 숲속으로 도망와 혼자 지낸 지 오래되었고, 이반은 감염된 이후 자신이 무엇이 되어버렸는지 실마리를 찾아 한 번도 정착지를 둔 적 없이 헤매고 다녔다.

가말은 이반이 숲에 들어온 이후 쭉 지켜보고 있었다. 저음에는 쿠니스가 보낸 사람일지도 몰라서. 하지만 이반은 계속 혼자였다. 그런 '척'을 하는 걸 수도 있지만 사실 이반을 보자마자 깨달았다. 그는 쿠니스가 부릴 수 있는 사람이 아니라는 걸. 수수한 여행자의 차림을 하고 있지만 갑옷이 더 잘 어울리는 제왕적인 패기를 내뿜는 늠름한 자태는 누구도 부릴 수 있는 종류가 아니었다.

가말은 말했다.

"밥 먹고 가."

가말은 이반을 숲속에 지어놓은 작은 움막으로 데려갔다. 움막 앞에는 모닥불 터도 있었고 안에 이런저런 물건이 걸려 있어서 제법 유용하고 아늑해 보였지만, 자신 있게 손님을 초대할 만한 곳이 아님은 분명했다. 하지만 가말은 개의치 않는 것 같았다.

그리고 그녀가 그를 대접한다고 내놓은 것은 의외로 인간의 음식이었다.

"먹어."

이스트 없이 구운 간단한 빵과 토끼 고기를 넣은 스튜 정도였지만 제법 맛있었다. 이반이 전쟁터에서 먹어왔던 음식도 이것보다는 구성이 좋았으나 이제 그는 음식에 관해서는 불평하지 않게 되었다.

점심만 먹고 갈 생각이었지만 숲은 워낙 빨리 어두워지는 곳이었다. 뱀파이어인 그들이 어둠 속에 나간다고 크게 문제가 될 건 없으나, 사냥할 때를 제외하면 어둡고 축축한 밤의 숲을 헤매고 다니는 건 역시 그리 선호하는 일은 아니었다.

인간이었을 때의 기억 때문인지 타오르는 장작불과 포근한 잠자리를 더 좋아하는 건 변하지 않았다. 가말도 딱히 당장 가라고 하지 않았기 때문에 이반은 그냥 그대로 움막 앞 공터 자리에 하룻밤 눌러앉았다.

"언제 달라졌어?"

모닥불 가에 앉아 이반은 가말에게 물었다.

"오래전."

가말은 그렇게 대답하고 아직 경장을 한 차림 그대로인 이반을 위아래로 훑었다.

"넌 어려."

그때 이반은 삼백오십 살이 채 되지 않았다. 눈도 붉어지기 전이었다. 이반은 웃어버렸다.

"누구한테 어리다는 소리를 듣는 게 얼마 만인지 모르겠군."

그것도 외모로는 열여덟밖에 먹지 않은 가말에게 듣자니 기가 찰 정도였다.

"눈이 붉어질 거야, 곧."

가말은 신경 쓰지 않고 말했다. 이반은 가말을 보았다. 앞에서 타오르는 불이 옮겨붙은 것처럼 붉고 선명한 눈이었다.

"그러고 보니 그 눈은 어쩌다……."

"어느 날 눈을 뜨니까 변해있었어. 오래 살면 변해. 오래 산 '다른 것'들은 다 그랬어."

"가뜩이나 눈에 띄는데 더 띄겠군."

이반은 중얼거렸다. 거의 포기한 어조였다.

그는 전투에서 승리하고 연회를 즐기다가 쓰러져 나흘간 열병을 앓았다. 그리고 눈을 떴을 때는 전혀 다른 생물이 되어 있었다. 결코 인간으로 볼 수 없는 '무언가'가 되어버린 그는 자신이 당연하다고 여기던 삶에서 퇴출당해 황야를 맴돌게 되었다. 오랫동안 자신이 뭐가 돼버렸는지 답을 찾아 헤맸지만 결국 답은 찾지 못했고, 오늘에 이르렀다.

이반은 가말을 보고 물었다.

"그 눈 때문에 숲에 숨어 사는 거야?"

아무래도 붉은 눈은 인간으로는 보이지 않으니까. 알비노가 있긴 하지만 이때는 알비노 같은 '평범하지 않음'도 만만치 않게 눈에 띌 때였다. 하지만 가말은 대답하지 않았다. 이때 가말은 자신이 영원히 숨을 수 있는 곳을 찾고 있는 중이었다. 마음이 가장 닫혀 있을 때여서 자폐 상태에 가까웠다.

이반은 어깨를 으쓱이고 더 묻지 않았다.

정적 가운데 모닥불이 타올랐다. 어느 순간 이반이 입을 손으로 막으며 기침했다. 몇 번 기침하고 나자 손바닥에 피가 묻어나왔다. 별로 놀라울 건 없었다. 오랫동안 피를 마시지 않았기 때문이라는 걸 알고 있었으니까.

"피를 오래 마시지 않았어?"

가말이 그 모습을 보고 의외라는 투로 물었다. 이반은 무심히 제 손에 고인 피를 닦아내며 말했다.

"보름 정도 마시지 않으면 피를 토하더군."

"장기가 다치는 거야."

"잘 아네."

꼭 그쪽도 오래 피를 마시지 않아본 것처럼.

이반은 피로 얼룩덜룩한 제 손을 보았다.

밖에서는 제국이 일어섰다가 무너지고 다시 일어서며 흥망을 반복하고 있었지만, 그는 아직 자신이 무엇인지도 제대로 밝혀내지 못했다.

"먹어."

가말이 불쑥 뭔가를 내밀었다. 이반은 의아했다.

"꽃?"

가말이 천 주머니에서 꺼내 내민 건 꼭 자기 눈 같은 색을 지닌 붉은 꽃이었다. 이반은 손을 내저었다.

"미안하지만 생 꽃을 씹는 취미는⋯⋯."

하지만 가말은 꽃을 이반의 입에다가 밀어붙이며 재차 말했다.

"먹어."

이반은 기가 찼다. 일찍이 그에게 이런 행동을 한 사람은 없었다. 하지만 별로 실랑이하고 싶은 기분이 아니어서 꽃을 가져다가 끓고 있는 스프에다가 뜯어 넣으려고 했다. 그런데 가말이 팔을 덥석 쥐었다.

"타."

그러고는 단호하게 고개를 저었다.

"타면 소용없어."

"뭐가?"

"목이 마르지?"

다른 여자가 된 듯이 눈에 현요한 빛이 어렸다. 이반이 지닌 갈증을 꿰뚫어 보는 것처럼.

"뭘 해도 그 목마름이 사라지지 않아."

가말은 홀연히 원래 눈빛으로 돌아와서 제자리로 돌아갔다.

"하지만 그걸 먹으면 나아. 충분하진 않아. 곧 배가 고파. 그래도 나아."

이반은 꽃을 보았다. 꼭 피 같은 색이었다. 그도 피를 대신해서 먹을 수 있는 게 없을까 이런저런 실험을 해봤지만 그런 건 존재하지 않았다. 그들 같은 '다른 것'들은 꼭 피를 마셔야만 했다.

하지만 이반은 속는 셈치고 입에 넣고 씹었다. 들큼한 풀 맛이 올라왔다. 그는 인간이었을 때도 술과 고기가 더 입에 맞는 육식

파였기 때문에 그리 유쾌한 맛은 아니었다. 그런데 씹으면 씹을수록 묘한 맛이 느껴졌다. 쌉쌀한 풀 맛이면서도 피처럼 달고 향긋한…….

이반은 가말이 발치에 놓아둔 꽃 주머니를 보았다.

"이런 식물은 본 적 없어."

"여긴 안 자라. 높은 산에 가야 돼."

"넌 이런 게 어디서 났어?"

"하늘에 닿는 산."

그 대답에 이반은 더 의아해졌다.

"그런 곳엔 왜 갔어?"

"피해서."

"뭘?"

가말은 눈을 들었다. 타닥, 타닥. 모닥불이 제 몸을 일그러뜨리며 전위적인 춤을 추었다. 만약 그때 훗날 알게 되는 동화를 봤다면 이렇게 생각했을 것이다. 불이 마치 붉은 구두를 신은 카렌 같다고.

"나쁜 꿈."

이 숲으로 오기 전 가말은 쿠니스를 피해 산으로 갔다.

산은 높고 눈으로 뒤덮여 있었다. 무작정 높은 산을 찾아 올라갔기 때문에 그게 안데스였다는 건 나중에야 알았다.

만년설의 추위는 온도에 민감하지 않은 뱀파이어의 살갗마저 태우듯이 파고들었다. 지나친 추위는 춥다기보다 오히려 손끝, 발끝에 하얀 불꽃이 붙은 것 같은 느낌이라는 걸 그때 알았다.

눈조차도 얼어 발밑에서 깨졌다. 그리고 건조한 눈발이 하얗게 휘날리는 시야에, 거대한 존재가 모습을 드러냈다. 크레바스였다. 마치 거인이 초승달을 내려쳐 지구의 표면에 상처를 낸 깊은 계곡 같은.

조금이라도 지낼 만한 곳을 찾아 가말은 크레바스 속으로 내려갔다. 그런데 예민한 후각에, 어느 지점에서부터인가 향기가 났다. 가말은 본능적으로 그 향기를 따라갔다. 분명히 피 냄새는 아닌데 왠지 피 냄새를 떠올리게 했기 때문이다.

크레바스가 깊어지면서 눈과 얼음도 미치지 못해 평범한 흙이 드러났다. 꼭 '잃어버린 세계'라도 등장할 것처럼 점차 지구 내핵에 가까워지는 느낌이었다.

그리고 가말은 발견했다. 붉은 꽃들이 수없이 피어 있는 광경을.

그때 가말이 한국의 설화에 대해 알았더라면 서천 꽃밭을 발견했다고 생각했을 것이다. 그만큼 난생처음 보는 기묘한 꽃들이 한눈에 다 들어오지도 않을 만큼 멀리까지 이어졌다.

홀린 듯이 꽃으로 다가가 하나 꺾어 자세히 보았지만 역시 난생처음 보는 종류였다. 숲과 산을 돌아다니며 살면서 식물에는 빠삭해졌기 때문에 알 수 있었다.

「맛있는 냄새……」

긴 굶주림에 자기도 모르게 꽃을 씹었다. 묘한 맛이었다. 풀 특유의 쌉싸름하면서도 이상한 단맛이 있었다. 꼭꼭 씹으면 피 같은 맛이 났다. 가말은 어느새 허겁지겁 꽃을 먹고 있는 자신을 발견했다.

그것이 가말이 '꽃'을 발견한 순간이었다.

그리고 가말은 한동안 그 동굴에 있었지만, 그곳은 뱀파이어의 육체 능력으로도 살 만한 장소가 되지 못했다. 식량은 풍부했지만 너무 추웠고 아무도 없었다. 심지어 동물마저. 낮이면 빛과 눈, 침묵, 밤이면 어둠과 눈, 침묵뿐이었다. 곧 정신이 이상해질 것만 같아, 결국 가말은 꽃을 최대한 챙겨 산을 내려왔다.

"나쁜 꿈?"

이반이 묻자 가말은 일어났다.

"자."

그러고는 움막으로 들어갔다. 그리고 그녀 혼자 누워도 꽉 차는 공간에 몸을 말고 누웠다.

이반을 처음 보았을 때, 마치 아테네의 신전에서 봤던 마르스의 석상 같다고 생각했다.

사제들이 켜놓은 향에서 올라오는 연기 사이로 서 있던, 예술품 그 자체인 아름다운 남성의 표상. 마치 제단에서 내려와 그녀를 지켜줄 것 같은……. 하지만 그녀를 지켜줄 마르스는 없었다. 또 다른 피해자가 있을 뿐이었다. 가말은 꾹 눈을 감았다.

◇ ◇ ◇

"떠나."

가말이 말했다. 하지만 이반은 놀라지 않았다. '다른 것'들은 타인에게 곁을 내주지 않았다. 혼자서도 살아남기 힘든 세상이기 때문인지 철저하게 개인적이고, 적어도 가말은 그렇진 않았지만 이기적이었다. 벌써 보름이나 곁에 있게 했다는 게 더 놀라운 일이었다. 그래서 이반은 미련 없이 제 짐을 챙겨 일어났다.

"잘 있다가 가."

인사를 하니, 가말은 천 주머니를 내밀었다.

"자."

받아서 들여다보니 꽃들이 들어 있었다. 그녀가 가진 걸 전부 넣은 듯이 많은 양이라 이반은 물었다.

"죽을 셈이야?"

"아니. 난 죽지 않아."

생각할 것도 없다는 듯이 단언하는 투였다.

"마티와 타와를 만날 자격이 없으니까."

모르는 단어였지만 눈치껏 부모님 정도겠구나 싶었다.

"혹시 꽃을 더 찾고 싶다면 높고 추운 곳으로 가. 거기 자라."

이반은 큰 결심을 한 듯이 결연한 얼굴을 한 가말을 보다가 불쑥 물었다.

"너 누구한테 쫓기고 있지?"

가말은 움찔했다.

이반도 그 정도는 이미 예전에 눈치챘다. 가말은 도망자가 보이는 모든 언행을 보였다. 하지만 어느 나라에 쫓기는 범죄자는 아닌 게, 숲을 지나가는 기척이 나라에 소속된 사람 같으면 오히려 안심하는 눈치였기 때문이다. 그러니까 어떤 개인에게 쫓기고 있다는 의미였다.

"내 아내가 되면 널 보호해주지."

갑자기 가말이 여자로 보였다기보다 이렇게까지 말이 통하는 '다른 것'이 처음이었기 때문이다. 가말은 이반을 보았다. 그 눈은 절망하기도 지쳐 절망해버린 듯 깊고 어두웠다.

"그럼 넌 죽어."

그리고 가말은 돌아섰다.

"약속해. 날 찾지 마. 그 사람은 널 찾아낼 거야. 그리고 날 찾아내겠지."

"너도 생각보다 세상을 어렵게 사는군. 그냥 그놈을 죽이면 편해질 텐데."

"삶을 거두는 건 신의 일이야. 신의 일을 사람이 하려고 하면 신은 벌을 내려."

이반은 꽃 주머니를 보았다.

"벌은 이미 충분히 받지 않았어?"

둘 다 이 꼴이 된 순간에 말이다.

좌우간 상대는 제 제안을 거절했고 더 꾸물거리고 있을 이유는 없었다. 이반은 말하고 돌아섰다.

"행운을 빌어."

가말은 순간 발작적으로 입을 열려다가 다물었다. 그리고 멀어지는 이반의 등을 쳐다보고 있다가 물었다.

"이름이 뭐야?"

이반은 돌아보았다. 가말은 의연한 얼굴을 하고 있었지만, 본인은 아는지 모르는지 꼭 버림받는 강아지 같았다.

언젠가부터 누구에게도 알려주지 않은 본명이었지만 왠지 괜찮겠지 싶었다.

"알렉산드로스, 필리포스의 아들."

가말은 허공을 쳐다보았다. 확실하진 않지만 머지않은 과거에 그런 이름을 가진 왕이 있었는데…….

그녀는 쿠니스를 피해 숨어다니느라 세상 소식에 어두운 편이지만 그 왕은 세상을 전부 정복할 것처럼 여기저기서 시끄러웠던 터라 기억나지 않을 수가 없었다. 그런데 아마 젊어서 요절한 걸로 알고 있었다. 서른 즈음에…….

가말은 서른 초반쯤으로 보이는 이반을 보았다.

아아, 그렇구나. 그도 버려진 것이다, 자신이 알았고 당연시 여기던 삶에서. 그녀가 그랬고, 많은 '다른 것'들이 그랬듯이.

"넌?"

이반은 물었다. 가말은 돌아서며 말했다.

"가말."

그러고는 수풀 너머로 사라졌다. 이반은 피식 웃고 돌아섰다. 어쩐지 조만간 또 만날 듯한 느낌이 들었다.

◇ ◇ ◇

"그리고 가말을 만나는 건 지금이 처음입니다."

이반은 이야기를 끝냈다. 하지만 모두 선뜻 말을 꺼내지 못했다. 그러자 이반이 가말을 보고 물었다.

"계속 섬에서 살았다고?"

"맞아. 하지만 동굴에서 잠들었어. 태풍이 날 깨웠어."

가말이 말하자 이반은 흥미롭다는 얼굴을 했다.

"그 말투는 여전하군."

"이제 라틴어는 잘해. 하지만 현대 언어는 좀 어려워."

이반은 고개를 끄덕이고 화제를 바꾸었다.

"우리는, 정확히는 ISLE이라고 하지. 회사를 세워서 네가 준 꽃을 대체 식량으로 활용할 수 있는 기술을 오랫동안 연구했어."

ISLE. 항공 산업으로 시작해서 현재는 루아스 관련 기술 분야의 선구자로 손꼽히는 글로벌 기업이었다. 창립자였던 이반이 자리를 넘겨준 후 지금은 렉스의 첫 번째 클리엔테스가 수장으로서 이끌고 있었다.

"그리고 마침내 플로스가 탄생했지."

그 결과는 보는 대로였다. 인류와 뱀파이어의 공존이 시작됐고, 모두 이렇게 한자리에 모일 수 있었다. 가말은 진심으로 감탄했다.

"대단해, 이반. 난 섬에 숨어 지낼 생각밖에 못 했는데 꽃으로 그런 걸 만들 생각을 하다니……."

"난 아이디어를 던질 뿐이야. 그걸 현실로 만드는 건 다른 사람

들이 하는 일이지. 어쨌든 꽃을 처음 발견해서 나한테 전해준 것
도 너니까."

가말은 무슨 말인가 하고 싶어 하듯 주저하다가 물었다.

"근데…… 정말로 쿠니스가 감옥에 있어?"

"맞아."

"다쳤어?"

도영의 이마 한쪽이 미세하게 움직였다. 눈치채지 못할 정도
였지만 적어도 토라는 그게 상당히 불편한 심기의 표현이라고 알
았다. 가말이 그런 걸 묻는다는 사실 자체가 기분 나쁜 것이리라.

"두 다리를 잃었습니다."

렉스가 특별한 감정을 가지지 않는 사무적인 태도로 대답했다.

"하지만 대공이 테러 단체를 운영하면서 낸 사상자만 해도 두
손가락으로 세기 어렵습니다."

렉스가 덧붙이자 가말은 꼭 자신이 그런 것처럼 죄책감 어린
표정을 지었다.

"쿠니스가 한 일은…… 들었어."

이반은 가말과 만나고 난 뒤 쿠니스를 마주쳤을 때 가말이 피
해 다녔던 '나쁜 꿈'이 뭔지 바로 알 수 있었다. 가말과 똑같은 얼
굴을 하고 있었으니까. 그런 주제에 못돼먹기 그지없어서, 이 녀
석이 가말이 지닌 트라우마의 원인이라는 걸 눈치채지 않을 수가
없었다. 그리고 사실 혼자 스무고개를 할 필요도 없이 쿠니스가
제 입으로 말했으니까.

"너 오래 살았네. 그럼 혹시 나랑 똑같이 생긴 여자 뱀파이어 본 적 없어? 이름은 가말이야."

이반은 길게 숨을 내쉬었다.

"네가 사라졌다고 해서 대공이 멀쩡해진 건 아니었어. 오히려 널 찾겠다고 더 들쑤시고 다녔지. 그 과정에서 세를 불리더니 테러리스트 수괴 노릇을 하더군."

"난……."

가말은 우물거렸다. 솔직히 쿠니스가 그 정도까지 할 수 있는 사람이라고 생각하지 못했다. 아니면 제 형제가 그 정도로 악한 사람이라고 차마 믿고 싶지 않았다고 해야 할지.

"그건 마티 잘못이 아닙니다."

그때 토라가 성난 목소리로 끼어들었다.

"마티는 그때 마티가 할 수 있는 최선의 일을 한 겁니다. 설마 그때 마티가 죽기라도 했어야 한다는 말입니까?"

"그런 이야기가 아냐. 숨기보다 좀 더 적극적으로 주변에 도움을 요청했어야 한다는 의미야."

이반 대신 도영이 한심하단 투로 말했다. 그러자 토라는 언제 목에 핏대를 세웠다는 양 간단하게 납득했다.

"그건 그렇지."

"아무도 말려들지 않게 하려고 한 거겠지만."

도영이 무심히 말하자 가말은 제 마음을 알아준 데 감동받은 눈으로 그를 보았다.

"도영……."

그러자 토라를 제외한 모든 사람이 뭔가 이상한 기색을 눈치 챈 것처럼 도영을 보았다가 가말을 보았다. 그에 도영은 괜한 말을 했다 싶어서 화제를 바꾸었다.

"일단 좀 쉬는 게 좋겠습니다."

그러자 렉스가 말했다.

"방을 내드리죠."

자리가 정리됐다고 생각했는지 연하가 가장 먼저 일어나서 나 갔다. 어딘지 화가 난 몸짓이라 가말은 어리둥절해했고, 이반은 한숨을 내쉬고 따라나갔다. 이어서 밖에서 얼핏 소리가 들렸다.

"기억도 나지 않을 만큼 오래전 이야기야."

내다보자 복도에서 이반이 연하를 붙잡고 이야기하고 있었다.

"알아요."

안다고 말은 하지만 연하는 마음이 쉽게 진정되지 않는 얼굴 이었다.

"하지만 또 누구한테 아내가 돼달란 말을 했어요? 얼마나 많은 여자들한테……."

"가말이 유일했어."

느닷없이 가말이 나가려는 몸짓을 취해 도영이 붙잡으려고 했 지만 늦었다. 가말은 달려가더니 연하를 들이받을 듯이 말했다.

"그때 알렉은 외로웠어. 그게 다야."

그러는 가말은 진지한 얼굴이었다. 연하는 그녀를 보던 시선을 이반에게로 옮겨갔다. 이반은 믿어달라는 듯이 고개를 끄덕였다.

결국 연하는 한숨을 쉬고 말했다.

"알렉이 아니에요. 이반이에요."

가말은 웃고는 고개를 끄덕였다.

"응. 이반."

그런데 연하는 무슨 생각이 나 경계심 어린 표정으로 가말을 보았다.

"그런데 왜 반말해요?"

가말은 멀뚱히 연하를 보았다.

"나 나이 많아."

"그래도 초면에……."

"그럼 너도 해."

가말이 말하자 연하는 기다렸다는 듯이 이랬다.

"그래, 그럼."

도영은 눈을 굴렸다. 하여간 제 주변에 있는 루아스라는 것들은 다 하나같이.

"얼간이들."

그러고는 도영이 걸음을 돌리자 가말은 연하와 이반에게 말하고 헐레벌떡 그를 따랐다.

"그럼 나중에 봐."

연하는 그 모습을 보다가 설마 하며 이반을 보았다.

"저거 혹시……?"

"맞는 거 같은데."

이반도 의외라는 듯이 말하자 연하는 기막혀하는 얼굴을 숨기

298

지 못하고 둘이 사라진 방향을 보았다.

"소령님 무슨 짓을 한 거야?"

반면 도영은 복도를 지나 갑판으로 나갔다. 해가 지고 있었다. 잠시 하늘을 보던 도영이 돌아서서 장난기가 없는 눈으로 가말을 물끄러미 보았다.

"국장의 아내가 되지 그랬어. 그럼 그 섬에서 지금까지 살 일도 없었을 텐데."

가말은 손가락을 꼼지락거리며 중얼거렸다.

"이반은 마르스 같았어."

도영은 관자놀이 혈관에 힘이 들어가는 느낌이었다.

'이 자식이?'

그런데 가말은 고개를 젓더니 진지하게 덧붙였다.

"근데 내 취향 아냐."

도영은 팔짱을 끼고 삐딱하게 섰다.

"네 취향은 뭔데?"

불어오는 바람에, 샤워를 하고 그대로 말린 머리카락이 흩날리고 옷자락이 물결쳤다. 해가 넘어가는 수평선은 진한 빛으로 물들어 있어, 그 풍경을 배경으로 더 짙어 보이는 잿빛의 푸른 눈동자에 묘한 빛을 더했다.

이상한 일이었다. 도영은 뱀파이어보다는 약할 수밖에 없는 인간이었지만 한 번도 그가 어떤 뱀파이어보다 약할 거라는 생각은 들지 않았다. 오히려 이 남자라면 죽지 않을 거라는 믿음을 주었다. 그게 얼마나 허무한 믿음인지 알고 있으면서도 가말은 도영이 내뿜는 압도적인 생명의 에너지에 믿음을 가지지 않을 수 없었다.

게다가 잘생겼으니까.

지금까진 자신도 자신이 이렇게 얼굴을 밝히는지 몰랐다. 란투나 아다위한테는 미안하지만 그들에게 그렇게 끌리지 않았던데에는 이유가 있었던 셈이다. 사실 잘생긴 걸로 따지자면 렉스나 이반을 따를 사람이 없겠으나 그런 얼음 조각을 깎아놓은 것같은 아름다움은 그녀의 심금을 울리진 않았다.

"그런 게 있어."

가말이 웅얼거리자 도영은 한숨을 내쉬고 팔짱을 풀었다.

"피곤하다. 잠이나 자자."

그리고 걸음을 옮겼다. 그런데 배정받은 방에 거의 다다랐는데 아직까지 가말이 따라오고 있기에 물었다.

"왜 따라와?"

"잔다며."

"그런데?"

가말은 도영을 가리켰다가 자기를 가리키고 말했다.

"우리 같이 자."

안 그래도 설마 싶었는데 섬에서처럼 할 생각을 하고 있는 모양이었다. 도영은 기가 차 말했다.

"여기선 안 돼."

"왜?"

가말은 조금도 이해하지 못하는 얼굴로 되물었다.

"난 남자고 넌 여자니까."

그 말에 가말은 고개를 갸웃했다.

"예전에는 아니었어?"

"여기서는 섬에서처럼 할 수 없어."

그제야 둘이 함께 잘 수 없다는 사실을 눈치챈 가말은 얼굴이 불퉁해졌다.

"싫어. 도영이랑 잘 거야."

문득 도영이 몸을 돌리자 가말은 순순히 따라왔다. 그리고 도영은 어떤 방에 도착해서 말했다.

"들어가."

가말은 도영이 손짓하는 대로 안으로 들어갔다.

"여기서 자?"

"응."

그러고는 바깥에 그대로 서 있는 도영이 문의 닫힘 버튼을 눌렀다.

"잘 자라."

그리고 닫힌 문을 보며 말하고 돌아섰다. 예상대로 가말은 문을 여는 방법을 모르는 모양인지 건너편에서 쿵쿵 두드리는 소리가 났다.

"열어줘!"

그러거나 말거나 도영은 제게 배정된 방으로 갔다. 그리고 재킷을 벗으려고 하는데, 쾅 소리가 났다. 함선을 울리는 거대한 소리에 도영은 깜짝 놀랐다. 이어서 경고가 터졌다.

삐잉. 삐잉. 삐잉. 멀리서 소란이 일고 사람들이 마구 달려오는 발소리가 들렸다. 얼마 지나지 않아 방문이 열리고 가말이 들이닥치더니 놀랄 새도 없이 와락 도영을 끌어안았다. 그 힘에 밀려 도영은 휘청거리며 벽에 부딪쳤다.

"너⋯⋯!"

"도영이랑 잘 거야!"

가말은 동아줄인 양 도영을 붙잡고는 고집스럽게 외쳤다. 그에 도영은 설마 싶어 기겁했다.

"너 설마 군함을 부순⋯⋯!"

문밖에서 사람들은 이게 대체 무슨 난리인지 보다가 수군거리기 시작했다. 아마 전 함선에 소문이 퍼지는 데는 오늘 저녁이 지날 필요도 없을 게 분명했다.

'하느님 맙소사.'

도영은 얼이 빠져 생각했다.

"괜한 노력일 텐데요."

왜 토라가 그렇게 말했는지 바로 알 수 있었다.

이건 바로 그런 기분이었다. 제어가 안 될 만큼 힘 좋은 미친개가 그밖에 따르지 않는 기분.

천지를 울리던 경고는 곧 꺼졌다.

「마티도 많이 적극적이 됐어.」

토라는 흐뭇하게 혼잣말했다.

"네?"

옆에서 갑작스러운 경고음에 놀라고 있던, 그를 방까지 안내해주는 역을 맡은 타오 대위가 물었다.

"아무것도 아닙니다."

토라는 타오 대위가 막 소개해준 방을 둘러보고, 짧고 확실한 감상평을 말했다.

"닭장 같군."

그때 입구에서 인기척이 나, 토라는 돌아보았다. 문밖에서 한 여자가 들어왔다. 짧게 친 검은 커트 머리, 무심한 검은 눈동자, 갑옷처럼 보일 정도로 딱딱해 보이는 군복.

"자인 서머 중위입니다."

타오 대위가 여자를 소개했다. 그러자 자인은 무표정한 얼굴로 묵례했다.

"처음 뵙겠습니다."

'서머'라는 화사한 성이 무색할 정도로 눈빛이 무심하고 표정이 없는 여자였다.

타오 대위가 말했다.

"이곳에 계시는 동안 서머 중위가 도와드릴 겁니다."

그보다 감시역이라는 게 더 맞을 것이다. 토라는 깨달았다, 아직 그가 어떤 의도를 가지고 있는지 모르니 감시를 붙여놓고 지켜보려는 의도라는 걸.

이해는 하지만, 감시자 역할을 할 사람을 잘못 골랐다. 토라는 매력적인 미소를 지었다.

"예쁘군."

화장을 전혀 하지 않았고 머리카락이 남자처럼 짧았지만 미모가 감춰지진 않았다. 게다가 동양계 혈통이 섞인 외모는 딱 토라의 취향이었다. 어쨌든 남자란 본능적으로 어머니를 닮은 여자를 좋아하는 법이니까.

토라의 말에 타오 대위는 움찔했다. 자인이 얼마나 외모에 관한 언급을 싫어하는지 잘 알기 때문이었다. 하지만 자인은 무표정한 얼굴을 풀지 않고 말했다.

"외모에 관한 이야기는 삼가주셨으면 감사하겠습니다."

토라는 진짜 이해하지 못해 물었다.

"왜? 예쁜 걸 예쁘다고 하는데."

"군인에게 외모에 관한 언급은 실례입니다."

자인이 누군가에게 이렇게까지 이야기해주는 모습을 본 적이 없었기 때문에 타오 대위는 놀랐다. 상대가 이쪽 세계에 대한 상식이 부족한 사람이라는 특이사항을 알고 있어서 그래도 총부터 꺼내들지는 않는 모양이었다.

토라는 팔짱을 끼고 흥미롭다는 어조로 물었다.

"군인은 여자가 아닌가?"

자인은 점점 더 무표정해졌다.

"아니라고 봐주시면 감사드리겠습니다."

"여자를 어떻게 여자라고 보지 않아? 그것도 이렇게 아름다운 여자를."

그 말에 타오 대위는 뜨악했다.

"서머 중위……."

얼른 자인을 만류하려는데 자인은 그대로 움직이지 않고 말했다.

"손님께 무례를 저지르고 싶지 않습니다."

그러자 토라는 손을 내밀었다.

"악수는?"

괜히 그에게 넘어가는 게 자존심이 상해 툴툴거리는 여자는 몇 있었다. 하지만 진심으로 그를 거부한 여자는 없었다.

그런데 자인은 앞에 내민 손을 쳐다볼 뿐 움직이지 않았다. 그에 토라는 싱긋 웃었다.

"잘 부탁한다는 의미에서."

자인은 움직이지 않았고 앞으로도 움직이지 않을 것 같았다. 하지만 토라는 남들이라면 무안해져 손을 거두었을 시간이 지나도 손을 거두지 않았다. 자인은 결국 뒷짐 진 손을 풀어서 손을 맞잡았다. 토라는 그 손을 꽉 잡았다. 그에 자인의 한쪽 눈썹 위쪽 근육이 살짝 움찔했다. 루아스가 아니라면 모를 정도였지만 토라는 분명히 눈치챘다.

'그러면 그렇지.'

자인도 괜히 싫은 척을 하고 있는 거라고 생각하며 손을 놓고 말했다.

"손이 작네."

자인은 키가 커서 손도 그리 작은 편은 아니었다. 사실 여자치고 큰 편이었다. 하지만 토라에 비해서는 작았으므로 틀린 말은 아니었다. 그리고 여자들이 은근히 이런 포인트에 설레는 걸 알고 있었다. 하지만 자인은 서늘하게 말했다.

"방아쇠를 당기는 데는 전혀 문제없죠."

토라는 '저런.' 하고 웃어버렸다.

토라의 방에서 나온 타오 대위와 자인은 함선 복도를 함께 걸어갔다. 한동안 말이 없던 자인이 말했다.

"임무를 변경해달라고 요청하면 변경이 되긴 하는 겁니까?"

"아니."

자인은 멈춰 서서 타오 대위를 살짝 찡그린 채 보았다. 대위는 '뭐?' 하고 묻듯이 돌아보고는 결백을 주장하는 투로 말했다.

"중위도 기대하고 물어본 건 아니잖아?"

자인은 한숨을 내쉬었다.

"이번처럼 탐탁지 않은 임무는 처음입니다."

방에 들어가 토라를 처음 보고 자인은 말문이 막힌다는 게 어떤 느낌인지 알았다.

백인 아버지와 사타디 부족민 어머니 사이에서 태어났다고 들었다. 같은 혼혈이라도 백인, 흑인, 동양인 간의 조합처럼 주변에서 쉽게 볼 수 있는 혼혈이 아니라 단 한 번도 본 적 없는 조합이라 잠깐 낯설었으나, 그만큼 흔하지 않은 아름다움이 압도적인 힘을 뽑었다.

백인 아버지에게서 물려받은 익숙한 느낌과 이국적인 미가 섞여, 꼭 새로운 예술 사조를 창조한 예술가가 만들어낸 작품 같았다. 더구나 이 고갱의 뮤즈는 루아스 특유의 얼음장 같은 아름다움까지 지니고 있어, 신이 '이보다 더 독특하게 아름다울 수 있을 것 같으냐?' 하고 자랑이라도 하는 듯했다.

"자네가 워낙 유능하니 일을 맡긴 거 아니겠어."

타오 대위는 자인을 달래려는 듯이 말했다. 하지만 자인은 회의적인 얼굴이었다.

"별로 위로는 되지 않는군요."

"위로가 되라고 한 게 아니니까. 그만큼 중요한 일이라는 의미야. 워낙 유능한 자네가 필요할 정도로."

그리고 타오 대위는 그들이 지나온 복도를 돌아보았다.

"한순간도 시선을 떼지 마. 아직 믿을 수 없는 점이 더 많으니까."

도영은 한숨을 내쉬었다. 그 앞에는 가말이 절대 방에서 나가지 않겠다는 호기로운 기세와 쫓아낼까 봐 불안해하는 기색이 섞인 얼굴로 서 있었다. 결국 도영은 포기하고 돌아섰다.

"씻는다."

말하고 욕실로 가다가 당연한 듯 뒤따라오고 있는 가말을 돌아보고 한쪽 눈썹을 추켜들었다. 그러자 가말이 말하려고 했다.

"우리 같이 씻……."

"그런 적은 없거든?"

도영은 가말이 변명처럼 하는 말을 자르고 말했다.

"나가든지, 내 말에 따르든지."

가말은 입술이 삐죽 나왔지만 도영이라면 정말 내쫓을 걸 알기 때문에 어쩔 수 없이 순순히 대답했다.

"알았어."

그제야 도영은 가말을 내버려두고 갈아입을 옷을 챙겨 욕실로 들어갔다. 혼자 남은 가말은 멀거니 서 있다가 욕실 안에서 물소리가 나기 시작하자 살그머니 욕실 문으로 다가갔다. 그리고 수상한 의도를 가진 사람처럼 문에 귀를 댔다. 물소리가 나나 싶더니…….

"소리 들린다."

하여간 눈치는 귀신같아서.

가말은 입술을 삐죽이고 침대에 앉았다. 그리고 이제껏 볼 새가 없었던 방을 둘러보았다.

선실은 두 사람이 쓸 때 겨우 쾌적하다고 말할 수 있는 정도였다. 싱글 침대 두 개가 각자 벽 쪽에 놓여 있었고, 다른 쪽에 책상이 붙어 있었다. 도영이 혼자 쓸 거라고 생각했기 때문에 이 크기로 준 것 같았다.

얼마 지나지 않아 간단히 씻은 도영이 욕실 문을 열고 나왔다.

"씻어."

가말은 별말 없이 욕실로 들어갔다. 그리고 욕실을 사용하는 방법은 아까 여군에게 배웠기에 혼자 씻고 나오자 도영은 이미 침대에 등을 돌리고 누워 있었다. 그 옆에 가 누우려고 하자 도영은 돌아보며 말했다.

"일인용인 거 안 보여? 저기로 가."

"하지만……."

도영의 눈빛이 사나워지자 가말은 꾸물거리며 침대에서 엉덩이를 뗐다. 사실 평소에도 같은 공간에 있을 뿐 따로 잔 일이 더 많기는 했다.

가말이 옆 침대로 가 이불을 덮고 눕자 도영은 다시 벽을 보고 누워서 소리 없는 한숨을 삼켰다. 하여간 그를 뭐라고 생각하는 건가 싶었다. 자기를 안고 가만히 누워 잘 수 있다고 생각하는지, 그는 그 정도로 성인군자거나 무성욕자가 아니었다.

하지만 돌아온 첫날부터 그의 직장이라고 할 수 있는 곳에서 가말에게 껄떡거리고 싶지는 않았다.

이성적으로 말해서 가말이 들을 것 같으면 차분히 마주 보고 앉아 설득이라도 해보겠지만, 이런 이야기를 해봐야 가말은 '그래서 뭐?'라고 할 게 분명했다. 오히려 잘 됐다고 덤빌지도 몰랐다. 은근히 무신경한 점이 있으니까.

도영은 눈앞에 있는 벽을 빤히 보았다.

무엇보다…….

가말이 그를 좋아하게 된 게 '무인도의 기적'이었다면?

가말은 혼자 오래 살았으니까.

그녀는 그냥 지나친 것만 포함하면 종을 불문하고 꽤 많은 남자를 만났을 것이다. '셀 수 없을 정도'는 아닐지 몰라도. 그런데 그중에 하필 인간에 불과한 그를 좋아하게 된 건 타이밍의 기적으로밖에 보이지 않았다. 가말이 유난히 외로웠고, 사랑에 빠질 만한 최적의 환경이 만들어져 있던.

하지만 그건 도영 자신도 마찬가지였다. 탁 트인 자연에 여자와 단둘이 있으면 사랑에 빠질 수밖에 없는 법이니까.

그들은 정말 서로 사랑하게 된 걸까?

도영은 항상 거기에 의구심을 품었다.

그런 생각에도 불구하고, 이성과 몸은 다른 존재였다. 갓 씻고 나와서 따끈따끈하고 향기로운 가말을 안고 잘 생각을 하면…….
안 그래도 당장 몸이 반응을 보일 것 같았다. 생각만 해도 이런데 실제로 그녀를 안고 자는 건 절대 안 될 일이었다.

도영은 애써 잠을 청했다.

"도영."

어느 순간 가말이 살그머니 불렀다. 하지만 도영은 이미 잠들었는지 대답이 없었다. 허리까지만 이불을 덮고 있어 티셔츠 너머로 이완된 등 근육이 희미하게 드러나 보였다. 잠귀가 밝아서 깰까 봐 미처 다가가진 못하고 가말은 눈으로 들이마시듯이 그의 뒷모습을 샅샅이 훑었다.

혹시 이제는 그녀가 필요 없어진 걸까? 원래 그가 살던 곳으로 돌아왔으니까.

어쩌면 그때 말했던 여자 때문일지도 몰랐다. 밖에 기다리고 있다던.

'도영은 인간인데도 뱀파이어와 싸울 수 있을 정도로 강하고, 잘생기고, 또 은근히 다정하니까…….'

가말은 혼자 손가락까지 꼽아가며 생각하다가, 손을 내리고 다시 도영의 등을 보았다.

그래. 그에게 여자가 없을 리 없었다.

사실 도영은 이미 자신이 예전에 그런 이야기를 했다는 것조차 잊고 있었다. 자신을 섬에서 못 나가게 하는 가말에게 화가 나서 그냥 던진 말이었기 때문이다. 하지만 가말은 잊지 않았다.

◇ ◇ ◇

다음 날 아침 자인은 토라가 묵고 있는 방의 문을 노려보았다.

정말 이번 일은 왠지 모르게 마뜩잖았다. 하지만 상부에서 내려온 명령인 한, 군인은 까라면 까야 하는 존재였다. 한숨을 삼키고 벨을 누르자 문이 열렸다.

"아침은……."

말하며 안으로 들어선 자인은 눈을 부릅떴다.

"왔어?"

토라가 욕실에서 알몸으로, 정말 실오라기 하나 걸치지 않은 알몸으로 나왔기 때문이다. 팔과 등에 있는 문신을 제외하고는 깨끗한 구릿빛 피부에 물방울이 흘러내렸다.

"여기는 시간을 잘 알 수가 없네."

그러고는 자신이 어떤 상태인지 깨닫지 못한 양 서서 수건으로 머리를 탈탈 털었다. 자인은 애써 목소리를 억누르고 말했다.

"옷을…… 입어주시겠습니까?"

토라는 이해하지 못하는 눈으로 자인을 보다가 깨달은 얼굴이 되었다.

"아, 바깥사람들은 알몸에 민감하지. 섬에서 나온 지 좀 됐더니 잊고 있었어. 다 똑같이 가진 건데 참 유별나."

그러면서 앞으로 지나갔다. 축 처진 상태로도 믿을 수 없을 정도로 커다란 것이 다리 사이에서 덜렁덜렁 흔들렸다.

속에서 열이 부글부글 끓었지만 자인은 애써 삼켰다. 다른 남자였다면 이 시점에서 이미 총으로 쏴버렸다. 하지만 감시 대상을 멋대로 죽일 수도 없는 데다가, 원시 부족 출신인 사람이 알몸 상태로 아무렇지 않았다고 쏴 죽였다고 하면 아무리 좋게 말해도 이쪽이 다름을 포용할 줄 모르는 레드넥(미국 시골의 백인 보수주의자) 같았기 때문이다.

'저쪽은 여기 문화권 사람이 아니다.'

자인은 가까스로 생각하며 자신을 다스렸다. 그러나 또 무작정 그렇게 받아들일 수만은 없는 게, 토라가 섬 바깥세상에 대해 충분히 알고 있는 것 같았기 때문이다.

"성추행이라는 단어에 대해서는 아십니까?"

자인은 돌아보지 않고 물었다. 옷을 찾는지 부스럭거리는 소리 사이로 토라가 말했다.

"언제는 여자가 아니라며?"

"성추행은 동성 간에도 인정됩니다."

애써 정면만 쳐다보고 있는 자인을 토라가 돌아보고 위아래로 훑었다.

"내 눈에 그쪽이 남자로 보이진 않는데."

"……옷이나 입어주시죠."

자인은 말하기를 포기했다. 어제부터 느끼긴 했지만 대화가 통할 상대 같지 않았다. 그런데 옷을 좀 더 뒤지는 소리가 나더니 토라가 투덜거렸다.

"옷이 마음에 안 들어."

섬에서는 반 전라로 살았을 사람이 하는 말이었다.

"이쪽 패션에 대해 조예가 깊으신가보군요."

명백하게 비꼬는 투였지만 토라는 일부러 그러는 건지 알아들은 것 같지 않았다.

"가끔 밖에 나오니까."

"그럼 이곳에 대해 어느 정도 상식이 있단 말이군요."

"그렇지."

"그런데 옷은 언제 입으시는 겁니까?"

알몸으로 서 있는 남자와 한방에서 태연하게 대화하고 있다는 사실이 믿기지 않았다. 하지만 이제 와서 비명을 지르면서 뛰어나갈 것도 아니어서 물을 수밖에 없었다.

"나가서 다시 사야겠군."

토라가 말하더니 바지를 입는 소리가 났다. 그래서 흘긋 보니 이번에는 막 티셔츠를 끌어 내리고 있었다.

비인간적으로 발달된 등에 세필로 새긴 듯이 섬세한 문신이 티셔츠 아래로 사라졌다. 그 문신만은 아름답다고 인정할 수밖에…… 순간 제 생각을 깨달은 자인은 질색하고 시선을 돌렸다.

[정말 무사한 거야?]

화면 너머에서 아버지 엘리오가 걱정스럽게 물었다.

"무사해요. 보시다시피 멀쩡하잖아요. 작전이 좀 오래 걸렸을 뿐이에요."

도영은 머리를 잘라서 깔끔해진 뒷머리를 쓰다듬으며 대수롭지 않게 말했다.

다행히 부모님에게는 그의 실종 소식이 들어가기 전이었다. 특수한 상황에서 포로로 잡혀간 만큼 상부는 도영이 죽었다고 섣불리 판단하지 않았고, 따라서 가족에게 소식을 알리지 않았다. 그래서 앞으로도 부모님은 그가 한동안 연락이 되지 않았던 건 그냥 작전이 오래 걸렸기 때문이라고 알고 있게 될 셈이었다. 섬에 표류되었다가 살아 돌아왔다는 이야기를 해봤자 걱정을 끼칠 뿐이니까.

하지만 엘리오는 찡그린 얼굴을 풀지 않았다. 하여간 같은 직업 출신인 아버지를 속이기는 쉽지 않은 일이었다.

[혹시 이게 조작된 화면 같은 건 아니지?]

"좋아요. 그럼 저밖에 모를 만한 거 한 가지 물어보세요."

[우리가 같이 세인트 헬레나 섬에 휴가 갔을 때 줄리앙이 불평했던 말이 뭐였어?]

"'만약 여기서 식인종이 나온다면 너부터 먹으라고 할 거야.'"

그제야 엘리오는 안심하는 얼굴이었다.

[내 아들 맞구나.]

도영은 피식 웃고는 말했다.

"일이 있어서 당장 기지를 비우기가 좀 그래요."

[한 달 반 만에 겨우 돌아온 사람한테 또 바로 일을 시킨다고?]

"그럴 일이 좀 있어요."

더 말할 수 없어서 도영은 그냥 웃었다. 엘리오는 탐탁하진 않지만 한때 같은 일을 했던 사람으로서 이해하는 것 같았다.

그때 엘리오 옆에서 도영의 어머니 사링이 더 참지 못하고 끼어들었다.

[엘리오가 일을 갈 때마다 불안했지만 이 정도는 아니었어. 그래도 그때는 상대가 '인간'이었으니까.]

거기에 대해서 도영은 해줄 수 있는 말이 없었다.

"조만간 집에 갈게요."

[약속하는 거지?]

"약속해요."

그리고 좀 더 부모님과 대화하다가 도영은 전화를 끊고 밖으로 나갔다. 통화하는 동안 가말에게는 다른 데 좀 구경하고 있으라고 했는데-아직 가말의 존재 여부는 기밀이었기 때문에- 아무데도 가지 않고 방문 옆에 앉아 있는 가말이 그를 보고 벌떡 일어났다.

"가?"

도영은 한숨을 내쉬었다.

"안 된다고 했잖아."

가말은 뚱하게 말했다.

"나도 갈 거야."

"내가 놀러가는 줄 알아?"

도영은 저도 모르게 언성을 높였다. 하지만 가말은 그야말로 마이동풍, 말이라고는 통하지 않았다. 고집스러운 얼굴로 재차 말했다.

"나도 가."

도영은 한숨을 내쉬었다.

그랬다. 어젯밤 그들은 함선에서 내려 기지로 왔고, 도영은 바로 오늘부터 출근해서 밀려 있는 많은 일들을 처리할 예정이었다. 그리고 가말은 그를 따라가겠다고 고집을 피우고 있는 중이었다.

당연히 안 된다고 했지만 섬에서는 도영이 눈만 부릅떠도 귀를 접고 깨갱거리더니 어째 밖에 나와서는 더 생떼를 썼다.

도영은 말했다.

"내가 회사원이었으면 정강이 까일 각오라도 하고 데려간다지만 기지에는 민간인이 못 들어가."

"나 민간인 아냐. 뱀파이어야."

가말은 황급히 말했다. 그녀는 자신이 뱀파이어라는 사실을 그다지 좋아하지 않았으나 그 사실까지 써먹을 정도로 절박한 상태였다. 하루 종일 도영과 떨어져 있으려니, 말도 되지 않는 이야기였다. 게다가 어디서 '도영을 기다린다던 여자'가 튀어나올지 몰랐기 때문에, 한시도 그를 눈 밖에 내놓을 수 없었다.

그런 생각을 아는지 모르는지 도영은 기가 차다는 투로 말했다.

"분류 방법이 틀렸어. 군인이 아닌 사람은 모두 민간인이야."

"소령님."

그때 복도 너머에서 타오 대위가 나타났다.

"출근하십니까?"

"가능하다면 오늘 안에 말이죠."

도영이 시니컬하게 말하자 타오 대위가 가말을 보고 말했다.

"가말 씨도 함께 가시죠. 뵙고 싶어 하는 분들이 있습니다."

도영은 의아한 얼굴을 했다.

"이 미친개…… 아니, 얘를 말입니까?"

"네."

타오 대위가 대답하자 가말은 얼굴이 밝아졌다.

"그럼 나 기지란 곳에 가?"

반색하는 가말이 강아지 같아 귀여워서 타오 대위는 웃으며 고개를 끄덕였다.

"네. 모시겠습니다."

"어서 가."

가말은 말을 바꿀까 봐 얼른 앞서갔다. 도영은 그 모습을 봤다가 타오 대위를 돌아보고 물었다.

"무슨 일 있습니까?"

타오 대위는 고개를 끄덕였다.

"기원전 14세기 인물을 만나는 건 요즘 같은 세상에서도 쉽지 않은 일이니까요. 이미 소문이 쫙 났습니다."

이런 건 숨기려고 해도 잘 숨겨지는 게 아니라서 어느 정도 예상은 했지만 도영의 생각보다 속도가 빨랐다.

도영은 걸어가며 물었다.

"어디까지요?"

"걱정 마십시오. 원래 군에 접촉하던 라인을 넘어가진 않았습니다. 당분간은 그 선을 지킬 겁니다."

도영은 생각에 빠졌다. 대공이 붙잡혀 있는 상황에서 그 끄나풀들이 아직 가말을 쫓고 있다고는 생각하지 않았지만, 신중은 아무리 해도 지나치지 않았다.

그때 이쪽으로 걸어오는 토라가 보였다. 한 걸음 뒤에는 자인이 따라오고 있었다. 그리고 토라가 이쪽을 발견하고 물었다.

"마티, 잘 잤어?"

타오 대위는 토라에게 말했다.

"토라 씨도 가시죠."

"어딜 말입니까?"

"뵙고 싶어 하는 분들이 있습니다."

그 말에 토라는 흥미롭다는 얼굴이 되었다.

"절 말이죠."

그때 도영과 자인의 시선이 마주쳐, 도영이 먼저 알은체했다.

"오랜만이군요."

"4년 전 합동훈련 때 피카딜리 기지에서 뵀었죠."

자인은 말하고 살짝 묵례했다.

"고생하셨습니다."

덤덤한 말투였지만 도영이 그 난리를 겪고 살아 돌아왔다는 사실에 존경심을 드러냈다.

"운이 좋았죠."

도영은 별 기색 없이 대답했다. 어딘지 유대가 있어 보이는 둘의 모습에 가말은 보이지 않는 더듬이가 삐릿 섰다. 하지만 대화로 미루어보아 둘은 '그렇고 그런 사이'는 아닌 것 같았다. 그래도 도영 옆에 '여자'가 나타난 게 마음에 들지 않아 가말은 앞서가려다가 토라를 돌아보고는 얼른 그의 손을 잡고 끌었다. 하지만 토라가 빨리 끌려오지 않자 급하게 돌아보았다.

"토라, 어서."

토라는 잡은 손을 밀어주며 말했다.

"가 봐."

가말은 조금 주저하다가 손을 놓고 도영에게로 갔다. 그러자 그와 대화하던 자인이 자연스럽게 뒤로 오게 되었다. 토라는 도영과 함께 가는 가말을 보며 중얼거렸다.

"나의 마티를 떠나보내는 기분이 묘하네."

마티는 어머니라는 의미라고 들었다. 자인은 말했다.

"파트로네스와 클리엔테스는 혈육 관계는 아니라고 들었습니다."

"나와 라토를 낳은 사람은 우리가 쌍둥이여서 불길하다고 숲에 갖다버렸어. 마티는 그런 우리를 데려다 키웠지. 우리에겐 마티가 진짜 마티야."

토라는 웃으며 말했지만 갑작스러운 사연에 자인은 말문이 막혔다. 그러자 토라는 오히려 뜻밖이라는 얼굴로 그녀를 보았다.

"이거 심각한 이야기 아니야. 우리가 마티를 어떻게 만났는지에 대한 거니까 오히려 즐거운 이야기인데."

그에 자인은 시선을 돌려 앞을 보았다.

"상식이 통하지 않는 분이라는 걸 잊었군요."

"자인은 생각보다 상식적인 사람인가 보네. 이런 이야기를 들었다고 그런 표정을 짓는 걸 보니."

"저라고 피도 눈물도 없는 건 아니니까요."

토라는 싱긋 웃었다.

"응. 그런 거 같아."

자인은 차가운 시선으로 토라를 흘겨보았다.

"섣불리 확신하진 마십시오."

"이쪽입니다."

타오 대위는 말하고 자동문을 넘어 안으로 들어갔다. 그 뒤를 가말, 도영, 토라, 자인 순서로 따랐다. 그러자 안에서 사람들이 한 번에 일어섰다. 생각보다 많은 사람들이 모여 있어 가말은 어리둥절해했다.

한눈에는 공통점을 발견할 수 없을 정도로 성별과 나이대가 다양했다. 하지만 대개 단정한 정장 차림이었고, 목에 출입증을 걸고 있었다. 가말은 몰랐지만 그건 기지에 출입 허가를 받은 민간인이라는 의미였다.

가운데 책상에 앉아 있는 대령이 개중 백발이 성성한 노인을 가리키며 말했다.

"이분은 보스턴 대학 역사학과의 헨리크 소어 교수님이십니다. 이쪽은 메트로폴리탄 박물관의 마르셀 아리에스 부관장님, 언어학자……."

대령이 소개하는 사람은 모두 기라성 같은 학자들이었다.

이어서 대령은 학자들을 보고, 멀뚱히 서 있는 가말을 가리키며 말했다.

"이쪽은 가말, 사타디 부족의 딸입니다."

그러자 학자들 사이에 아이돌을 만난 소녀 팬 같은 흥분과 감동이 일렁였다.

"이분이……."

"굉장하군요."

가말은 더 어리둥절해할 뿐이었다.

"일단 앉죠."

대령이 말하자 모두 각자 자리에 앉았다.

"아, 가말 씨는 이쪽으로."

그런데 가말이 뒤쪽으로 가는 도영을 당연한 듯이 따라가자 대령이 한가운데 준비되어 있는 자리를 가리키며 말했다. 가말은 그 자리를 한 번 보고 도영을 보았다. 도영은 저쪽으로 가라며 고갯짓했지만 가말은 설레설레 고개를 저었다. 대령 앞이라 평소처럼 화는 못 내고 도영은 한쪽 눈썹을 추켜들었다. 그에 가말은 살짝 주눅이 들었지만 고집스럽게 서 있었다. 그 모습을 학자들이 모두 쳐다보고 있었다. 그러자 대령이 손짓했다.

"소령도 이쪽에 앉게."

도영은 욕을 하고 싶은 기분을 억누르고 가운데 옆에 있는 의자에 앉았다. 그제야 가말은 가운데 자리에 앉았다.

자리가 갖춰지자 대령은 가볍게 깍지를 끼고 말했다.

"바다 민족에 관해서는 베일에 싸여 있습니다. 기록과 유물이 거의 남아 있지 않기 때문이지만, 그래도 가끔 생존자가 있는 다른 문명들과 달리 지금까지 살아남은 증언자가 없죠. 한 명 있긴 하지만 저희에게 협조적이지 않아서요."

대공을 말한다는 걸 다 알았지만 아무도 그 이름을 입에 올리진 않았다.

"그 외에 현재 생존이 파악된 건 가말 씨가 유일합니다. 그래서 부탁을 드리려고 합니다. 이분들께 가말 씨가 아는 걸 이야기해줄 수 있겠습니까?"

가말은 의아했다.

"내가 아는 거?"

"네. 가말 씨가 태어난 곳이라든가 주변 상황, 사람들, 풍습 같은 걸요."

"나 역사는 잘 몰라."

"괜찮습니다. 당신이 기억하시는 것만이라도 이야기해주시면

322

됩니다. 그것만으로도 베일에 가려져 있던 바다 민족에 관해서 연구하는 데 큰 도움이 되니까요."

그러고는 대령은 좌중 가운데 있는, 다소 젊은 편인 흑인 남자 학자를 가리켰다.

"그리고 여기 워싱턴 교수님께서는 사타디의 언어를 배우고 싶다고 하십니다."

하지만 이들과 시간을 보내려면 도영과 있는 시간이 줄어들었다. 그래서 가말이 주저하자 한편에 서 있던 타오 대위가 나섰다.

"대령님."

그리고 대령의 귓가에 무어라 속삭였다. 도영은 의아해졌지만 청력이 좋은 가말은 무슨 말을 들었는지 귀를 쫑긋 세웠다. 그 반응을 본 대령은 고개를 끄덕이고 타오 대위가 물러나자 다시 가말을 보았다.

"만약 도와주신다면 기지에 오갈 수 있는 허가를 내드리죠. 협력자 자격으로."

도영은 기가 막혔다. 설마 그런 식으로 일을 할까…… 하고 생각하는데, 가말이 바로 옆에 있는 아리에스 관장을 돌아보더니 이랬다.

"뭐부터 들을래?"

도영은 천장을 보며 한숨을 삼킬 따름이었다.

유리 너머로 스케줄을 조정하기 위해 학자들과 대화하고 있는 가말이 보였다. 잿밥에 더 관심이 있다고 해도 그녀는 꽤 진지하게 학자들이 하는 이야기를 들었다.

"소령을 따르나 보군."

목소리가 들리고 대령이 옆에 와 섰다. 도영은 회의적인 투로 말했다.

"새끼 오리의 각인 효과 같은 겁니다."

"뭐가 어찌 됐든 아군으로 만들었다는 게 중요하지. 역시 우리 소령은 유능하군."

"별로 기분 좋아지는 칭찬은 아니군요."

도영이 생시르(프랑스의 사관학교)를 졸업하고 소위로 임관했을 때 대령이 팀 리더였던 인연이 있어 둘은 제법 가까웠다. 그래서 사석에서는 연대장인 대령을 대하는 말투가 비교적 자유로웠다.

대령도 유리 너머로 가말을 보았다.

"저 정도로 오래 산 루아스의 협력 같은 건 쉽게 얻을 수 있는 게 아니야. 다른 놈들은 전부 콧대가 높아서 부러질 지경이니까. 자기들이 루아스 사회의 귀족인 줄 안단 말이야."

대령은 어깨를 으쓱였다.

"신분제는 프랑스 혁명 이후 폐지되었다는 소리를 아무리 해도 소용이 없어. 이미 머리에 피가 다 말라버려서 새로운 정보가 들어가질 않는다니까. 하여간 꼰대란 종을 가리지 않아."

그러고는 대령은 가말을 고갯짓하고 물었다.

"입대할 생각은 없다고 하나?"

"군인의 재목이 아니에요. 자기를 섬에 처박혀 살게 한 사이코 하나 죽이지 못하는 간담인데요."

"그쪽은 형제잖아."

그 말에 도영은 한심스러워하는 눈빛을 숨기지 않고 대령을 보았다.

"본인 형제가 몇백 명을 죽일 수 있는 폭탄의 기폭 장치를 들고 있다면 대령님은 어떡하실 겁니까?"

"형제를 죽이겠지."

젊은 장교의 건방진 말투에도 대령은 별 기색 없이 대답했다. 그리고 어깨를 으쓱였다.

"군인이란 비정한 공리주의자들이지. 하지만 저쪽은 마음이 약해서라기보다 본인이 생각하는 정의가 아니기 때문일 수도 있지."

"그래서 가말은 아니라는 겁니다, 더."

그러고는 도영이 돌아서자 안에서 대화하고 있던 기말이 **발딱** 일어나 방 밖으로 고개를 내밀고 소리쳤다.

"도영! 어디 가?"

그러자 도영은 성가셔하는 표정으로 돌아보고 대답했다.

"화장실."

"나 곧 끝나. 같이 가."

그 말에 도영은 짜증난다는 기색을 숨기지 않았다.

"내가 열여섯 살짜리 여자애로 보이냐? 화장실을 같이 가게? 어디 안 가니까 네 일이나 해."

그러고는 도영은 갔다. 그러자 가말은 뚱한 얼굴이 되었지만 그가 한 말을 지킬 거라는 건 아는지 얌전히 다시 안으로 들어갔다. 그 모습을 보며 대령은 중얼거렸다.

"흥미로운 관계군."

한편 토라가 안내받아 간 곳은 한쪽 벽이 매직미러인 걸로 보아 보통 취조실로 쓰는 방 같았는데, 지금은 문을 훤히 열어놓고 있었다.

방에 들어서자 테이블 앞에 앉아 있는 사람이 일어났다. 머리를 한 갈래로 묶고 은테 안경을 쓴, 삼십 대 후반쯤 된 백인 여자였다. 투피스 정장을 입은 모습이 고위 관료처럼 보였고, 목에 출입증을 걸고 있었다.

여자는 토라를 보고 악수를 청했다.

"반갑습니다."

"예일 문화인류학과의 로라 밀러 교수님이십니다."

뒤따라 들어온 자인이 여자를 소개했다. 그러자 토라는 손을 맞잡고 싱긋 웃었다.

"안녕."

그가 작정하고 웃는 얼굴에는 해일 같은 힘이 있어서, 어떤 여자라도 숨이 턱 막혔을 것 같았다. 교수 역시 그에 압도되었다가 제 본분을 기억해내려고 애쓰는 얼굴로 말했다.

"앉으시죠."

그에 토라가 맞은편 자리에 앉자 제 자리에 앉은 교수는 패드를 켜며 말했다.

"오늘은 가벼운 질의문답이니 긴장하실 필요는……."

"긴장 안 하는데."

"아, 네."

토라가 워낙 당당해 오히려 교수가 당황하는 기색이었다.

"문신이 멋지네요. 무슨 의미가 있나요?"

교수는 아이스브레이킹이 필요하다고 생각했는지-정말 필요해서라기보다 매뉴얼을 따르듯이- 물었다. 토라는 교수가 가리키는, 제 팔에 있는 제 문신을 한 번 보고 말했다.

"이건 라토야."

"라토요?"

"내 쌍둥이. 반대쪽은 우리 부족의 전통 문양."

"그럼……."

교수가 다음 질문을 하려고 하자 토라는 이 자리에 있는 누구도 알아듣지 못하는 언어로 뭐라고 밀했다.

"네?"

교수는 반문했다. 토라는 빙긋이 웃었다.

"우리 언어에도 관심 있지 않아?"

"아, 네."

"안녕이라고 한 거야."

"다시 한번 말씀해주시겠어요?"

교수가 적으려고 하자 토라가 그 손을 지그시 내리눌렀다. 교수는 흠칫했지만 토라는 개의치 않고 미소를 짓고 말했다.

"말은 입으로 배우는 거야. 따라해봐."

"아……."

교수의 얼굴이 눈에 띄게 붉어졌다.

토라는 다시 발음해주고 교수는 수줍게 따라 했다. 뒤에서 지켜보고 있는 자인은 기가 막혔다.

이 뱀파이어는 대관절 뭘 하고 있는가? 뱀파이어가 처녀를 홀린다는 전설은 들었지만 이런 식인 줄은 몰랐다.

그사이에 토라는 지그시 교수의 눈을 들여다보고 물었다.

"눈동자 색이 예쁘네. 무슨 색이라고 하지? 청록색?"

"네. 토라 씨는 붉은색이네요."

"내 원래 색은 아니지만 이쪽도 제법 마음에 들어."

"예뻐요, 엄청."

교수는 왠지 모르게 부끄러워하며 웅얼거렸다. 자인은 이제 이게 자료 조사를 위한 면담인지 소개팅인지 헷갈릴 지경이었다.

"눈만?"

토라는 짙은 머스크 향이 날 것만 같은 웃음을 짓고 물었다. 모르긴 몰라도 사람의 기분이 이상해지게 하는 웃음이었다.

교수는 절레절레 고개를 저었다.

"골격이 단단하고 아주 독특한……."

토라는 그녀를 지그시 쳐다볼 뿐이었다. 살짝 웃음을 머금고. 그런데 아는지 모르겠지만 교수는 토라를 더 자세히 보려고 하는 것처럼 천천히 앞으로 몸을 기울이고 있었다. 그러다 못해 거의 탁자에 올라갈 정도……라고 자인이 생각하는데, 교수가 몸을 일으키며 정말 탁자에 한쪽 무릎을 올렸다……!

무슨 마법인 줄 알았다. 토라가 눈을 들여다보고 몇 마디 했을 뿐인데 군과 협력할 정도로 해당 분야에서 두각을 나타내는 학자가 고매한 이성이라고는 집어치우고 탁자로 기어 올라가다니.

하도 기가 막혀서 자인도 말릴 생각을 하지 못하고 쳐다보고 있었다. 반면 토라는 그런 여자를 한두 번 본 게 아닌지 옅은 웃음을 머금고 있을 뿐이었다.

"저."

부사관이 옆에서 슬그머니 말했다.

"말리지…… 않으실 겁니까?"

자인은 여전히 진행 중인 광경을 보고 한숨을 내쉬었다.

"교수님, 여기서 이러시면 안 됩니다."

자인이 끼어들자 교수는 불현듯 정신을 차리고 그녀를 보더니, 자신이 어디 올라와있는지 깨닫고 비명을 질렀다. 그러고는 교수는 다급하게 탁자에서 내려오려다가 굴러떨어질 뻔했다. 그래서 자인이 얼른 잡아 내려오도록 도와주며 토라를 노려보았다. 하지만 토라는 자신은 아무것도 하지 않았다는 듯 어깨를 으쓱일 뿐이었다.

"쿨리시다이닌?"

도영은 되물었다.

"쿨리시다이닌이면 그거 아냐? 플로스의 기초 성분."

영상 통화 너머 연하는 고개를 끄덕였다.

[맞아.]

사실상 인간 혈액의 헤모글로빈을 대체하는 쿨리시다이닌을 '꽃'에서 추출해낸 덕분에 플로스가 개발될 수 있었다.

[예전에 소령님 팀이 레기온의 캠프에서 발견했던 하얀 가루가 쿨리시다이닌의 화학식을 기반으로 하는 물질이었어. 다른 팀도 임무에 나갔다가 발견했는데, 우리 랩에서 검사해봤거든.]

'우리 랩'이라고 어디의 작은 연구실처럼 이야기하지만 ISLE 그룹 산하의 바이오 연구소를 말하는 것이었다. 애초에 플로스를 개발했고, 그 외에도 수많은 루아스 관련 제품을 개발한.

어쨌거나 도영은 의아했다.

"플로스는 어디서나 만들 수 있잖아? 근데 그게 왜?"

현재는 목마른 루아스가 없도록 공익적인 차원에서 플로스의 제조법을 특허권 없이 푼 상태였다. 그래서 전 세계 어디서나, 심지어 약간의 화학적인 지식만 있다면 집에서도 플로스를 제조해 마실 수 있었다. 그러니 쿨리시다이닌이 어디에서 발견됐다 한들 무슨 문제가 되는지 선뜻 알 수 없었다.

그런데 연하는 심각한 얼굴로 말했다.

[이건 좀 달라. 루아스 체내에 흡수되는 다른 약품을 만들 수 있다고 해. 이를테면, 마약 같은 것도.]

도영은 미간을 찌푸렸다.

"문제잖아?"

[안 그래도 비상이 걸렸어. 혹시 루아스용 마약을 만드는 세력이 있는지 광역 모니터링 중이야. 쿨리시다이닌은 화학적으로 쪼개기가 어렵다고 하니까 아직 그 정도로 능력이 있는 사람은 없

는 거 같지만.]

"하지만⋯⋯."

도영이 운을 띄우자 연하는 고개를 끄덕였다.

[맞아. '루아스용 마약'이란 게 가능한 개념이 되었다는 거 자체가 위험한 일이지.]

부디 최대한 늦게 오길 바라더라도 언젠가 이런 날이 올 거라는 건 모두 알고 있었다.

뱀파이어들이 '루아스'라는 이름으로 인간 사회에 편입된 지 벌써 근 20년이 흘렀다. 뱀파이어들의 존재가 밝혀지자마자 유사 이래 미싱 링크*처럼 존재했던 그들에 관한 연구와 조사가 활발하게 이뤄졌고, 여태까지 쌓아둔 과학 기술과 지식 덕분에 금세 괄목할 만한 성과를 이루었다.

현재는 루아스의 게놈 지도를 그리는 프로젝트도 진행 중이라고 들었다. 게놈 지도가 완성되면 무엇이 루아스를 영원히 살게 하는지, 그 독특한 생태의 근원은 어디인지 상당한 부분을 밝힐 수 있었다. 중요한 점은, 루아스에 관한 어떤 사실을 발견해도 이상하지 않은 세상이 되었다는 것이었다.

이내 도영은 시선을 들고 물었다.

"레기온이 관여한 건 확실하고?"

[이런 물건을 만드는 데 레기온이 빠지겠어?]

• 잃어버린 고리라는 뜻으로, 생물의 진화 계통을 사슬의 고리로 볼 때, 그 빠져 있는 부분으로 상정되는 미발견의 화석 생물을 이르는 말.(고려대 한국어대사전)

그건 그랬다.

그때 연하가 한숨을 내쉬더니 화제를 바꿔보려는지 물었다.

[근데 가말은 좀 어때?]

묻자마자 도영의 표정이 전에 없이 시니컬하게 변했다.

"내 안부를 더 물어야 할걸."

[그러고 보니 소령님 어디 있는 거야?]

연하가 보기에 안 그래도 도영은 기지 어딘가의 복도 의자에 앉아 있는 것 같았다.

학자와 면담을 하러 가면서 가말이 어디 가면 안 된다고 못 박아놓은 통에 도영은 일도 하러가지 못하고 어린 자녀의 하교를 기다리는 학부모처럼 여기 박제되어 있을 수밖에 없었다. 아이러니하게도 지금 가말의 말은 곧 상부의 말이었기 때문이다.

그 이야기를 하자 연하는 웃음을 터뜨렸다. 그에 도영은 살짝 짜증난 표정을 숨기지 못했다.

"이게 웃겨?"

[힘내. 상부에 눈도장은 확실히 찍겠네.]

만약 다른 군인이 가말을 데리고 돌아와서 상부의 관심을 한 몸에 받게 되었다면 출세의 기회에 쾌재를 불렀을지도 모른다. 하지만 도영으로서는 오히려 좌천된 기분일 수밖에 없었다. 보모 역할이라니. 기밀이라서 제 팀원들도 몰라서 망정이지, 알게 되면 적어도 몇 년짜리 놀림감이었다.

[아무튼 또 연락할게.]

연하와 통화를 끝내고 도영은 잠깐 앉아 있다가 복도의 소파 등받이에 뒷목을 걸쳤다. 그렇게 좀 있자 면담을 끝낸 가말이 방에서 폴짝 뛰어나왔다.

"도영!"

도영은 고개만 돌려 가말을 보았다. 가말은 그 앞에 서서 고개를 갸웃했다.

"왜 그러고 있어?"

도영은 가말을 물끄러미 올려다보며 중얼거렸다.

"귀엽게 생긴 데 감사해라."

그나마 보기에 즐거워서 참아주는 거였다. 만약 토라 같은 녀석이었다면 인내심 따위 발휘하지 못했을 게 확실했다.

그런데 가말은 뜻하지 않게 얼굴이 밝아졌다.

"나 귀여워?"

도영은 대답하기도 귀찮아서 그냥 일어났다. 그런데 가말은 뭐에 꽂힌 건지 재차 기웃대면서 물었다.

"응? 나 귀여워?"

보기에만 귀여워서야 소용없는 건가 싶어지려는 찰나였다.

"소령님."

타오 대위가 불러 도영은 돌아보았다. 그런데 그의 표정이 뭐라 설명하기 어려웠다.

"문제가 좀 있습니다. 토라 씨와 면담하던 학자분이 탁자에 올라갔다는군요."

"탁자요?"

탁자가 어쨌다는 건지 이해되지 않았다.

타오 대위는 고개를 끄덕였다.

"그 분야의 젊은 권위자로 이름 높은 학자인데 말이죠."

그럼에도 도영은 여전히 이해하지 못하고 있다가 뭔가 깨달았다.

"혹시 토라를 면담한 학자가 여성분……이었습니까?"

타오 대위는 잘못을 통감한다는 듯이 고개를 끄덕였다.

"토라 씨가 특별히 뭘 한 건 아니라서 뭐라고 할 수는 없지만……."

도영은 생각만 해도 벌써 피곤해져서 눈가를 문지르고 말했다.

"제가 이야기해보겠습니다."

"괜찮습니다. 남자 학자로 바꾸기로 했거든요. 다만 그런 일이 있었다는 걸 알아두시라고……."

그런데 계속 이야기를 듣고 있던 가말이 멀뚱히 말했다.

"그럼 안 되는데."

도영은 가말을 보고 의아한 표정을 지었다.

"뭐가?"

그때였다.

"대위님."

한 부사관이 와서 귓속말로 말했다. 말을 듣는 타오 대위의 얼굴이 심각해졌다. 도영은 불길해졌다. 부사관이 물러서자 타오 대위는 한숨을 삼키고 도영에게 말했다.

"소령님이 가보셔야겠군요."

"토라."

도영은 골치가 아파 불렀다. 하지만 탁자에 앉아 있는 토라는 완고했다.

"남자는 싫어."

팔짱을 딱 끼고 고집불통인 아이처럼 뚱하게 앉아서는 들은 척도 하지 않았다. 반면, 또 혹시 몰라 특별히 나이가 든 사람으로 모셔왔다는 노년의 남자 학자는 도영의 뒤에서 난처해하는 표정을 짓고 서 있었다.

가말은 토라 옆에서 이 광경을 별생각 없는 표정으로 지켜보고 있었다.

'미친개가 두 마리……'

도영은 생각하지 않을 수가 없었다.

"이게 무슨 소개팅인 줄 알아? 여자가 아니면 대화하지 않겠다니?"

"안 그래도 시커먼 남자들밖에 없는 곳에 박아놓고 이런 재미도 없으면 무슨 재미로 미주알고주알 떠들라는 거야?"

그러더니 토라는 남자 학자를 보고 쓸데없이 매너 좋게 말했다.

"선생님께 특별히 악감정이 있는 건 아닙니다."

"아, 네……."

학자는 얼결에 대답했다. 그사이에 도영은 토라 앞에 손을 짚고 목소리를 낮게 깔았다.

"이게 재미로 하는 거냐?"

그러자 토라는 옆에 있는 가말의 허리를 끌어안고는 고자질하는 아이처럼 말했다.

"마티, 타와가 나 협박해."

"도영, 그러면 안 돼. 토라도 노력하고 있어."

'마티'로서의 본능이 앞선 가말은 어느 때보다 의연하고 어른스럽게 말했지만 도영은 기가 찼다.

"너는……."

하여간 이 말만 한 양아들 놈도 문제였지만, 어지간한 맹수도 찜 쪄 먹을 삼백 살짜리 뱀파이어를 어린아이처럼 끼고도는 가말이 더 문제였다.

"그럼 여자 학자를 데려오면? 또 아까 같은 일이 있을 거 아냐?"

"이번에는 착하게 굴 거야. 그렇지, 토라?"

그러면서 가말은 동의를 구하는 눈으로 토라를 보았다. 하지만 토라는 어깨를 으쓱일 따름이었다.

"애초에 난 아무것도 안 했는걸."

도영은 더 말할 가치도 없다는 듯이 손을 저었다.

"다음에는 탁자 위에서 스트립쇼라도 하게 만들 놈이야, 이 자식은."

"토라가 일부러 그런 것도 아닌걸."

가말은 울컥해서는 토라를 두둔했다. 그러자 도영은 기가 찬다는 투로 물었다.

"팔은 안으로 굽는다는 거냐?"

"그럼 팔이 밖으로 굽어?"

두 사람은 꼭 자식 교육을 두고 반대 의견을 가진 부모처럼 대립각을 세웠다. 도영은 팔짱을 끼고 물었다.

"말의 진짜 의미를 알고는 대답하는 거야?"

"당연히 알아. 그걸 누가 몰라?"

그러더니 가말은 흘긋 토라를 보고 사타디어로 물었다.

「다른 뜻이 있는 말이야?」

사타디어는 몰라도 그 표정과 어투 덕분에 그게 무슨 말인지 알아듣지 못한 사람은 없었다.

이 조용한 난장판을 지켜보던 자인은 속으로 한숨을 내쉬었다. 이래서야 상황이 정리되지 않을 것 같았다. 토라가 수상한 거동을 보이는 게 아닌 한 별로 그의 일에 관여하고 싶지 않았지만 결국 나설 수밖에 없었다.

"실례합니다만."

자인은 말했다.

"사타디 씨가 협조해야 최대한 빨리 쌍둥이분을 찾으러갈 수 있지 않겠습니까?"

그 말에 토라가 멈칫하자 순간적으로 기회를 본 도영은 얼른 쐐기를 박았다.

"여기 놀러 나온 거 아니잖아, 너?"

그러자 토라는 한숨을 내쉬며 팔짱을 풀고는, 애초에 이 사태를 만든 사람이 맞나 싶게 순순히 말했다.

"알았어."

도영은 처음부터 자인에게 맡기면 됐을 걸 대체 지금까지 뭘 한 건가 싶어졌다. 허무해졌지만 이러나저러나 힘들었을 자인을 격려해주었다.

"수고가 많군."

자인은 무심한 얼굴로 가감 없이 대답했다.

"그런 거 같습니다."

토라가 이쪽을 보고 물었다.

"지금 둘이 내 욕하는 거야?"

도영은 토라를 흘긋 보고 밖으로 나갔다.

"하여간 인간이나 루아스나 지 욕하는 건 귀신같이 듣지."

자인은 이내 남자 학자와 대화하는 토라를 보았다. 아까 여자 학자를 대하던 사람과 같은 사람이 맞는지 의아할 정도로 예의와 거리감을 갖추고 있었다. 상대에게 무관심해 보일 정도로. 하지만 자인은 왠지 알 수 있었다. 토라가 마음만 먹으면 아까 여자 학자나 지금 남자 학자나 비슷한 반응을 보일 거라고.

어쩐지 아스피린이 필요한 기분이었다.

'대체 나한테 뭘 맡긴 거야?'

06
Gemini(쌍둥이자리)

토라는 활주로에 대기하고 있는 헬기 앞에서 돌아보았다.

"금방 갔다 올게."

드디어 라토를 찾으러 가기 위해 나가는 토라를 배웅하는 길이었다. 가말은 걱정스럽게 말했다.

"조심해, 토라."

"걱정 마, 마티."

토라가 안심하란 듯 말했지만 가말은 말없이 있다가 도저히 안 되겠다 싶었는지 당장에라도 짐을 챙길 것처럼 말했다.

"안 되겠어. 나도 같이 가."

토라는 고개를 저었다.

"마티는 너무 눈에 띄어. 오히려 라토를 찾기 힘들어질 거야."

게다가 가말이 남는 조건으로 일찍 관찰 기간을 끝내줬기 때문에 어차피 둘 다 가는 건 불가능했다.

"계속 나 혼자 밖에 잘 다녔던 거 잊었어?"

"하지만 지금은……."

토라는 가말의 손을 꽉 쥐었다.

"괜찮아, 난."

둘이 그러고 있는 게 실제로도 혈육은 아니지만 모자라기보다는 꼭 연인이 헤어지는 모습 같았다.

"조금이라도 위험하다 싶으면……."

가말은 아무래도 안심이 되지 않는지 누차 말하려고 했다. 그에 토라는 자인을 가리켰다.

"자인이 같이 가주잖아."

자인은 계급으로 불러달란 말이 목 끝까지 찼으나 굳이 애절한 모자의 시간에 끼어들지 않았다. 그런데 갑자기 가말이 자인에게 다가오더니 손을 잡았다. 타인과 이런 접촉이 익숙하지 않은 자인은 손을 뺄 뻔했지만 상대가 가말이어서 참았다.

가말은 물기가 도는 눈으로 간절하게 속삭였다.

"토라를 지켜줘, 자인."

"노력하겠습니다."

자신이 지키지 않아도 이런 장대 같은 루아스를 누가 어떡하겠나 싶었지만 역시 말은 하지 않았다. 토라는 즐거워하는 눈으로 이쪽을 지켜보고 있었다.

"다녀올게."

토라는 말하고 헬기에 올랐다. 이어서 헬기에 탑승한 자인이 말했다.

"파트로네스님껜 다정하군요."

"마티니까."

토라는 대답하고 능글거렸다.

"자인에게도 다정했으면 좋겠어?"

"계급으로 불러주시기 바랍니다."

자인은 웃지도 않고 말했다. 토라는 피식 웃었다.

"쌀쌀맞아라."

이 남자가 진지한 건지 진지하지 않은 건지 자인은 대체 종잡을 수가 없었다.

음악이 쿵쾅거렸다. 금요일 밤의 클럽 내부는 사람이 터져나갈 정도로 인산인해를 이루었다.

색색의 빛이 스쳐 지나가는 저편에 토라는 처음 보는 여자와 휘감겨 있었다. 자인은 그 모습을 바에 앉아 지켜보았다. 제 딴에는 실마리를 모으고 있다는데 그걸 빌미로 즐기고 있는 걸로밖에 보이지 않았다.

저 남자는 자기장이라도 두르고 있는 것 같았다. 지나가는 순간 여자들이 와르르 들러붙었다. 그 가운데는 간간이 남자들도 있었지만, 여자들 서슬에 다가올 생각도 하지 못했다. 토라가 여자들에게 관심이 없어 보이면 시도라도 해볼 텐데, 토라는 온 모공에서 농도 짙은 헤테로의 공기를 내뿜었다. 그녀의 아버지처럼.

아버지는 저렇게까지 비인간적인 느낌은 아니었지만 여자들이 들러붙어대는 남자는 지긋지긋했다.

"혼자야?"

그때 한 남자가 자인에게 다가와 물었다. 자인은 내리깔고 있던 눈을 들었다.

멀리서 토라가 그 모습을 보았다. 자인은 남자가 은근슬쩍 몸을 붙이며 허리를 감싸는데도 가만히 있었다. 저런 취향이었나 싶었다.

'취향이 나쁘네.'

그렇다면 토라 그를 상대로 아무 반응도 없는 게 이해됐다.

그런데 그때 남자가 자인의 허리춤에 있는 무언가를 느꼈는지 움찔하는 기색이었다. 자인은 그때를 기다린 듯이 한쪽 입 끝을 끌어올려, 당장 허리춤에 있는 걸 꺼내 겨눌 것 같다는 의미에서 치명적인 웃음을 지었다.

"꺼내게 하지 마."

그리고 바로 무표정으로 돌아가서는 남자가 있든 말든 신경 쓰지 않았다. 그에 남자는 주춤거리다가 사라졌다. 토라는 피식 웃어버렸다.

"니카도 찜 쪄 먹겠네."

"뭐라고요?"

중얼거리는 소리를 제대로 듣지 못한 옆에 있는 여자가 되물었다.

"아냐. 잠깐만."

그리고 토라는 가지 말라는 듯 붙잡는 여자를 떼어놓고 자인에게 다가갔다.

"이런 덴 별로 즐기지 않나 봐?"

"일하는 중이니까요."

자인은 무심하게 대답했다.

"그럼 친구들하고 오면?"

"분위기는 맞출 줄 알죠."

그렇게 말해도 자인이 저기 여자들 같은 옷을 입고 춤추는 모습은 전혀 상상이 되지 않았다.

"지금도 좀 맞춰주면 좋겠는데. 지금은 너무 둘 중 하나잖아. 지독하게 실연당했거나 잠복근무 중인 경찰."

그 말에 자인은 웃지도 않고 말했다.

"실연당한 쪽으로 하죠."

그런데 토라가 얼굴을 가까이 가져왔다. 그에 자인은 움찔하며 물러날 뻔했다가 가까스로 자리를 지켰다. 이 남자가 자신에게 어떤 종류의 영향력도 끼치게 하고 싶지 않았기 때문이다.

"그럼 난 실연당한 여자를 위로해주는 남자 역할인가?"

토라가 넌지시 물어 자인은 한쪽 눈썹을 치켜들었다. 토라는 흥미로워하는 얼굴로 그녀의 반응을 기다리고 있었다.

이 남자는 본능적으로 여자를 유혹하는 것 같았다. 좀 더 정확하게 말하자면 그윽한 시선으로 쳐다보기만 해도 여자들이 다 팬티를 벗고 달려드는 거겠지만, 본인도 그걸 즐기고 있다는 점은 분명했다.

자인은 갑자기 자리에서 일어섰다. 너무 벌떡 일어나서, 토라는 한 발자국 물러났다.

"왜?"

"화장실이요."

한마디 툭 내뱉어놓고 화장실로 가는 자인을 보며 토라는 웃었다.

"철옹성이네."

화장실로 간 자인은 술주정뱅이 둘이 붙어서 키스하고 있는 입구를 지나 들어갔다. 그리고 모든 칸의 문을 밀어보며 안에 누가 있는지 확인하고 맨 마지막 칸으로 들어갔다. 이어서 안주머니에서 얇은 케이스를 꺼내 열었다. 거기에는 주사기 하나가 들어 있었다.

이건 루아스를 단번에 죽일 수 있는 물건이었다.

"루아스에 대해 좀 아나?"

국장이 물었다. 그에 자인은 대답했다.

"MCTC에서 일한다고 말할 수 있을 정도는요."

"그럼 루아스는 자신을 감염시킨 감염원 외에 다른 감염원은 받아들일 수 없는 거 알고 있겠군."

"네. 그게 루아스가 동족의 피를 마실 수 없는 이유라고 들었습니다."

"맞아. 잘못 마셨다가는 다른 감염원의 공격을 받아 죽을 수 있으니까."

그 말과 함께 국장은 책상 위로 손바닥만 한 검은 케이스를 내밀었다. 자인이 열어보자 그 안에는 충격 흡수용 보충재 안에 철

제 주사기가 하나 들어 있었다.

"루아스는 동족의 피를 마실 수 없다는 원리에 착안해서 루아스의 혈청을 조작해서 만든 거야. 쉽게 말하자면 루아스 전용 독약이지. 최근 군 실험실에서 나온 '신상'이라 그만큼 효과는 확실해."

그러면서 국장은 조용히 자인을 보았다.

"이걸 써야 할 때는 중위가 잘 알겠지."

토라는 감시역이 인간이라 안심하고 있겠지만 이 정도 양이면 토라 같은 덩치도 쓰러지는 데 몇 초 걸리지 않을 것이다.

자인은 독약을 잘 갈무리해 안주머니에 넣었다. 그리고 밖으로 나오자 토라는 아까와는 다른 여자와 휘감거 있었다. 지인은 당장 제 안주머니에 있는 물건을 쓰고 싶은 사심을 꾹 억눌렀다.

〈Cafe Lola〉

간판을 확인하고 자인이 물었다.

"여기인가요? 얼마 전에 라토 대장님이 목격됐다는 곳이."

"그런 거 같아."

토라가 고개를 끄덕였다.

둘이 안으로 들어가자 다른 손님을 응대하고 있는 웨이터가 웃으며 인사했다.

"어서 오세요. 또 오셨네요."

일순 토라와 자인은 흘긋 서로를 쳐다보았다.

섬에 있다가 기지에서 어제 나온 토라가 가까운 시일 내에 여기 왔었을 리 없었다. 토라와 같은 얼굴을 가진 누군가가 왔던 거였다.

토라는 바로 표정이 바뀌더니 웃으며 너스레를 떨었다.

"이런 맛을 내는 집이 흔하진 않죠."

둘이 노천 자리에 앉아 있자 웨이터가 다가왔다.

"주문하시겠어요?"

토라는 벽에 붙은 칠판 메뉴를 보며 커피를 시키고 말했다.

"근데 요즘 일이 많다보니 헷갈리네요. 제가 언제 여길 왔었죠? 최근이었던 거 같긴 한데."

"꽤 되셨죠. 한 한 달 정도 된 거 같네요."

"그런데 기억하시는군요."

"손님 같은 분을 잊긴 힘들죠."

그러고는 웨이터는 갔지만 토라와 자인은 섣불리 대화를 나누지 않았다. 누가 어디서 듣고 있을지 모르기 때문이었다. 그런데 그때 인간보다 훨씬 밝은 토라의 귀에, 멀리서 웨이터들끼리 소곤거리며 대화하는 소리가 들렸다.

"그새 여자가 바뀌었네."

"저런 얼굴로 사는 건 어떤 기분인지 궁금하다."

토라는 자인을 보았다.

'그새 여자가 바뀌었다.'

그럼 라토가 여자랑 같이 있었다? 그런데 어떤 여자? 그가 아는 한 라토는 특정한 상대를 두지 않았다.

자인은 토라가 자신을 빤히 쳐다보고 있자 탐탁하지 않은 투로 물었다.

"왜 그러시죠?"

"아냐."

그러고는 토라는 일어났다. 자인은 물었다.

"어디 가요?"

토라는 엄지손가락을 젖혀 카운터 너머에 있는 화장실을 가리켰다.

"같이 갈래?"

자인은 대답하지 않고 그냥 고개를 돌렸고, 토라는 직원이 서 있는 카운터를 지나가며 절레절레 고개를 젓고 말했다.

"통제하려는 여자는 피곤하다니까요."

웨이터는 바깥을 보고 있는 자인을 흘긋 보았다.

"멋진 분이신데요."

진심으로 하는 소리 같았다. 안 그래도 자인은 꽤 미인인 데다가 몸이 운동으로 탄탄하게 다져져 있어서 남자들의 시선을 끌기에 충분했다.

웨이터의 반응에 토라는 기다렸다는 듯이 카운터에 팔을 걸치고 본격적으로 말하기 시작했다.

"안 그래도 저 카리스마에 반해서 만나기 시작했는데 컵은 이

렇게 놓아라, 칫솔은 저렇게 놔라, 물기 좀 닦아라, 알잖아요? 여
자들 잔소리. 거기다가 저 통제하려는 병까지 겹쳐지니까 침대에
서도 얼마나 이래라저래라 말이 많은지 반응이 오다가도 죽어버
린다니까."

그러면서 토라는 '내가 무슨 말 하는지 알지?'라고 말하듯이 은
근히 제 아래쪽을 눈짓했다. 그리고 한숨을 푹 쉬고, 사정을 아는
사람이 봤다면 희극적으로 보일 정도로 들으란 듯이 중얼거렸다.

"저번이 훨씬 나았죠."

한편 자인은 토라가 평소보다 더 유난히 껄렁거리며 웨이터와
대화하는 모습을 보았다.

'왜 저러고 있어?'

토라와 웨이터가 무슨 대화를 하는지는 상상도 하지 못하고
자인은 좀 못마땅했지만 어차피 토라 자체가 못마땅했으므로 더
신경 쓰지 않고 고개를 돌렸다.

그때 저쪽 테이블에서 남자 하나가 일어섰다. 자인은 기척을
느꼈지만 돌아보지 않고 선반 유리에 비친 모습을 보았다. 남자
하나가 일어서서 화장실로 가고, 그 뒤에 남은 나머지 남자는 핸
드폰을 하며 태연하게 앉아 있었다.

어쩐지 그 모습이 눈에 남았다.

문이 열렸다. 호텔 방은 조용했다. 하지만 자인은 긴장을 놓지
않은 채 방 내부를 확인했다. 그리고 아무도 없는 걸 확인하고 밖
으로 나가 말했다.

"됐습니다. 들어가셔도 됩니다."

복도에서 기다리고 있던 토라는 짓궂은 표정을 지었다.

"공주님이 된 기분이군."

"다른 공주님들이 기겁할 발언이군요."

자인은 무표정하게 말하고 토라가 더 말할 틈을 주지 않았다.

"쉬십시오."

그리고 방을 나오려고 했다.

"혹시 나 뭐 좀 사다줄 수 있어?"

그때 토라가 물었다. 그에 자인은 상대가 조금만 더 심약한 사람이었다면 부탁 같은 건 도저히 하지 못할 표정으로 돌아보았다.

"제가 심부름꾼처럼 보이십니까?"

토라는 어깨를 으쓱였다.

"내가 나가도 상관없는데 자인이 별로 안 좋아할 거 같아서."

그건…….

어쩔 수 없이 자인은 돌아서며 한숨을 내쉬었다.

"필요한 게 뭔데요?"

토라는 몇 가지, 자인의 생각에는 도저히 중요하지 않은 물품들을 불렀다. 그리고 마지막으로 덧붙였다.

"그리고 두리안 주스."

"두리안 주스요?"

자인은 누가 두리안 주스 같은 걸 먹느냐는 소리가 들리는 표정을 숨기지 않고 토라를 보았다.

"두리안 주스 같은 걸 팔긴 해요? 본 적 없는데."

"미국의 다양성이 그 정도밖에 안 돼?"

"다양성이라는 단어는 그런 데 쓰는 게 아니에요. 아무튼 알았어요."

취향 한번 특이하다 싶었지만 자인은 더 상대하기 귀찮아져서 대답했다. 토라는 싱긋 웃으며 손을 흔들었다.

"다녀와."

자인은 방을 나서며, 처음 군인이 되면서 생각했던 그림은 이게 아닌데 어쩌다 자신이 음료수 셔틀까지 하고 있는지 궁금해하지 않을 수 없었다.

자인은 주변을 둘러보았다. 혹시 몰라 돌아오면서 호텔 주변도 다시 면밀히 살펴봤지만 미행하는 기척은 없었다. 아까 낮에 봤던 남자들도 보이지 않았다. 그래서 일단 호텔로 들어가 방으로 올라갔다. 그리고 방에 들어서며 말했다.

"정말 두리안 주스 같은 걸 팔 줄은⋯⋯."

침대 위에 토라와 어떤 여자가 얽혀 있었다. 여자는 죽을 듯이 신음하고 있었고, 토라는⋯⋯ 설명하고 싶지 않았다. 어쨌든 바빴다.

"Fuck!"

자인은 욕설을 터뜨리며 당장 몸을 돌렸다. 그러다가 문설주에 부딪히는, 난생 한 번도 해본 적 없는 실수까지 하고서야 방을 벗어날 수 있었다.

"문 안 잠갔어?"

안에서 토라가 여자에게 묻는 목소리가 들렸다.

"그럴 정신이, 있었겠어요……? 아……!"

닫히는 문틈 사이로 여자의 신음 소리가 따라왔다.

'뭐 저런…… 저런……!'

자인은 복도 바닥을 깨부숴버릴 것처럼 쿵쿵 걸어가는 동안 심장이 다 벌떡거렸다. 그런 걸 보고 피가 치솟을 정도로 순진해서가 아니라 너무 화가 나서. 마트에 가는 그 잠깐을 못 참아서 방에 여자를 끌어들여?

갑자기 자인은 멈춰 섰다. 하도 기가 차니까 실소가 터져 나왔다. 다행히 옆모습이어서 여자의 허벅지에 가려져 둘이 연결된 모습 같은 건 보지 못했다는 게 그나마 위안이라면 위안이었다.

자인은 호텔 로비의 소파에 앉아 있었다. 제 방으로 갔으면 됐지만 그냥 같은 층에 있고 싶지도 않았다. 정말로 아스피린이 필요해서, 소파 팔걸이에 걸친 손으로 제 이마를 쓸었다. 그때 맞은편에 보이는 엘리베이터에서 낯익은 여자가 내렸다. 아까 토라와, 아니 정확히는 토라 아래 있던 여자였다.

여자도 자인을 알아보고는 왠지 모를 승리감에 찬 얼굴로- 왜?- 그녀를 보고 앞을 지나가 호텔을 빠져나갔다. 자인은 매우 내키지 않았지만 그제야 일어나서 토라의 방으로 갔다. 여자가 갔으니 또 엄한 장면을 볼 일은 없겠지만 그래도 벨을 누르고 기다리자 문이 열렸다. 토라는 막 샤워를 끝냈는지 머리가 젖어 있었다. 다행히 옷은 제대로 입고 있었고, 자인을 보고 빙그레 웃었다.

"욕 멋지던데?"

자인은 최대한 무표정을 유지하고 물었다.

"수상한 사람이면 어떡하려고 하셨습니까?"

토라는 안으로 들어가며 어깨를 으쓱였다.

"수상하든 하지 않든 거기에 이빨이 달리진 않았을 테니까. 물어뜯진 않겠지."

"남자는 그럴 때 가장 무방비 상태가 된다고 하던데요."

자인은 따라 들어가며 말했다.

"날 죽이려고 했으면 하기 전에 찌르지 않았겠어? 만약 그때 찔러도 여자 안에서 죽는 건 그야말로 황홀한 죽음이지."

결국 자인은 대왕 지네를 보는 것 같은 표정을 숨기지 못했다. 자신이 이렇게 감정을 쉽게 드러내는 편이라고 생각하지 않았는데, 이 남자를 혐오하는 표정만은 숨기기가 힘들었다.

"아내분은 있습니까?"

감시 대상에게 개인적인 질문을 하는 일도 처음이었다. 있으면 죽여버리겠다는 의미가 깔린 말이었지만.

"아내는 만들지 않아."

그런데 토라가 돌아보고 묘하게 진지한 투로 말했다. 뭔가 의미가 있는 말 같아 자인은 저도 모르게 되물었다.

"왜요?"

토라는 빙긋이 웃었다.

"난 모든 여자의 거니까."

그러더니 백 년간 수행을 쌓은 비구니도 앉은 자리를 박차고 뛰어나오게 할 그윽한 목소리로 속삭였다.

"자인도 원한다면 언제든지 말해."

자인은 조금도 흔들리지 않았다.

"별로 죄송하진 않지만 거절하겠습니다."

토라는 팔짱을 끼고 당당하게 말했다.

"날 싫어하는 여자는 없어."

자인은 무표정을 풀지 않았다.

"처음이라니 영광이네요."

"어째서?"

토라는 어린아이가 떼를 쓰듯이 물었다.

"그렇게 묻는 것에 답이 있는 거 같은데요."

"날 아름답다고 생각하지 않아?"

그랬다. 성별을 떠나 이런 존재를 아름답다고 생각하지 않을 수가 없었다. 그랬기에 더 거부감이 느껴졌다. 자인은 이제 아무런 온도가 느껴지지 않는 목소리로 대답했다.

"미에 대한 기준은 문화와 개인에 따라 차이가 나기 마련입니다."

"틀렸어. 더 자세히 봐."

그러더니 정말 감상하란 듯이 가만히 있었다.

돈을 주고 그를 살 수 있다고 한다면 어떤 여자가 전 재산이라고 내놓지 않을까?

하지만 반사적으로 든 제 생각이 더 마음에 들지 않아, 자인은 미간만 꿈틀거렸다. 거부감이 가슴속에서 불뚝거렸다.

"언제까지 봐야 하는 겁니까?"

토라는 믿을 수가 없었다. 자인은 정말 화가 나 보였다. 질투심 같은 게 아니라 순수한 거부감을 뿜으며 말했다.

"다음부터는 미리 경고해주시기 바랍니다. 남들의 은밀한 현장 같은 건 보고 싶지 않거든요."

그에 토라는 희극적으로 제 가슴을 짚었다.

"거절당하는 남자의 심정이란 게 이런 거였군. 끔찍해."

정말, 더 이상 상대하고 싶지 않아 자인은 제 방으로 가기 위해 돌아서며 한심하다는 표정을 지었다.

"저한테 거절당한다고 슬플 것도 없지 않습니까?"

토라는 빙긋이 웃었다.

"난 자인을 꽤 좋아해. 강한 사람은 멋있으니까."

하지만 자인은 오히려 그 말에 더럽혀진 표정을 짓고는 방을 나가버렸다. 그 표정이 하도 실감이 나서 토라는 웃어버렸다. 그러다가 천천히 웃음을 멈추고 목덜미를 쓸었다.

'들킬 생각은 없었는데.'

그 타이밍에 돌아올 줄이야 그도 어떻게 알았겠는가? 일부러 여러 군데 돌아다녀야 구할 수 있는 물품들을 섞어서 부탁했는데.

안 그래도 어떻게 그걸 다 단시간에 구해왔나 싶어 토라는 자인이 탁자 위에 올려놓고 간 봉지를 열어보았다. 그런데 먼 가게까지 가야 살 수 있는 물품들이 몇 개 없었다. '구하기 어려운 건 과감하게 생략한다.' 그런 생각이었던가 보다.

토라는 웃어버렸다.

'하여간 성격하고는.'

◇ ◇ ◇

고등학교를 졸업하는 동시에 입대하고부터 군인으로 살아온 자인에게 있어 아침이 오는 건 또 다른 루틴의 시작이었다. 그리고 그녀는 그 루틴을 완벽하게 해내는 데 쾌감을 느꼈다. 예술가적인 성향을 지닌 사람으로서는 이해할 수 없겠지만 그런 면에서 자인은 스스로 군인의 재질을 타고났다고 생각했다.

하지만 아침이 오는 게 싫은 건 오랜만이었다. 토라의 얼굴을 봐야 하니까. 그래서 치과에 끌려가는 아이의 심정으로 토라의 방에 갔는데, 그가 어디에도 보이지 않았다.

'어딜……!'

다급히 찾으러 나가려는데 문이 열리고 토라가 들어왔다. 흰 티에 청바지를 입은, 광고에서 걸어 나온 듯한 모습으로.

"뭐해?"

그러고는 오히려 심상하게 물어, 자인은 인상을 쓰고 물었다.

"어디 다녀오십니까?"

"진정해. 아침 사러 다녀온 거뿐이니까."

그러면서 토라는 탁자에 음식이 담긴 봉지를 내려놓았다.

둘은 여행을 온 게 아니기 때문에 조식을 먹으러 내려가서 괜히 얼굴을 내놓고 있는 짓은 하지 않았다. 그래서 늘 아침을 사오는 건 자인의 몫이었다. 그게 아니더라도…….

"플로스가 떨어졌습니까?"

냉장고 안에 플로스가 뻔히 들어 있는 걸 알기 때문에 하는 말이었다.

"난 진짜 음식을 먹는 게 좋아."

토라는 의자에 털썩 앉으며 말했다. 자인은 그를 돌아보았다.

"운명의 장난이군요. 전 플로스만 마시고 살 수 있다면 좋겠는데. 삼시세끼 음식을 먹는다는 건 상당한 노력과 시간이 드는 일이니까요."

"그게 무슨 재미야? 먹는 게 인생에서 얼마나 큰 즐거움인데."

말하면서 토라는 봉지 안에서 친환경 마크가 붙어 있는 그릭 요거트를 꺼내 뚜껑을 깠다. 자인은 그 모습을 보며 말했다.

"모두가 인생을 재미로만 사는 건 아니거든요."

"그러니까 여유가 없는 거야."

그러고 토라는 뚜껑에 묻은 요거트를 핥아먹었다. 묘하게 혀까지 야해 보이는 남자였다. 그런 생각에 자인은 절로 미간을 찌푸렸다.

"제가요?"

"자인이 그렇단 이야기는 안 했는데. 아니, 그전에 인생을 재미로만 산다는 거 내 이야기였어?"

자인은 물끄러미 토라를 보았다. 보통은 예의 때문에라도 대놓고 그렇다고 하진 않겠지만…….

"네. 그랬는데요."

이 남자를 상대로는 예의를 차리고 싶지 않아 되받아쳤다. 그럼에도 토라는 가볍게 웃었다.

"몰랐네."

몰랐을 리가? 하여간 의뭉스러운 사람이었다.

"안 먹어?"

토라가 탁자에 놓인 봉지를 가리키며 물었다. 어쨌든 음식은 죄가 없었으므로 자인은 그의 맞은편 자리에 앉았다.

"개인행동은 삼가주세요."

말해도 토라는 어깨를 으쓱일 뿐이었다. 그리고 한참 식사하는데 그가 한쪽 엉덩이를 들어서 엉덩이 주머니에서 접힌 메모 하나를 꺼내 건넸다.

"연락처를 얻었어."

"무슨 연락처요?"

요즘 시대에 종이 메모라는 것도 놀라웠지만 자인은 의아해하며 메모를 받아 펼쳤다.

"라토가 하룻밤을 보냈다는 여자. 이상한 일이지만. 그 녀석이 원나잇을 했다니."

"그쪽 쌍둥이인데 어련할까요?"

어제 일이 생각나 비꼬는 걸 멈출 수 없었는데, 토라가 흘긋 그녀를 보고 말했다.

"라토는 나와 달라."

그 말을 믿는다기보다 아직 만나보지 못한 사람을 편견에 근거해서 판단하는 일은 확실히 잘못됐으므로, 자인은 제 잘못을 인정하고 말을 돌렸다.

"이런 건 어디서 났습니까?"

"롤라."

롤라라면…….

"그럼 어제 카페 웨이터랑 이야기했던 게?"

토라가 웨이터랑 껄렁거리며 대화하던 게 기억나 묻자 그가 고개를 끄덕였다. 자인은 석연치 않아 물었다.

"그 웨이터가 그 여자 연락처는 어떻게 알고요?"

"그전에도 가게에 오는 걸 몇 번 봤나 봐. 꽤 미인이라서 결제할 때 본 전화번호를 몰래 저장해놨었대."

"범죄인데요."

"잡아가든가."

그거야 경찰의 일이고, 자인은 메모지를 흔들었다.

"근데 그 웨이터도 이런 걸 그냥 줬다고요?"

"그냥이겠어?"

토라는 망고를 깎으며 '이 순진한 양반 보게.' 하고 말하듯이 오히려 되물었다.

"그럼요?"

"대신 나도 다른 연락처를 알려준다고 했지."

"누구 연락처요?"

그때 토라가 깎은 망고 한 조각을 칼 위에 얹은 그대로 내밀었다. 자인은 됐다고 손을 들어 거절했다. 그러자 토라는 그걸 제 입에 넣었다. 순간 자인은 뭔가 깨달았다.

"저요?"

"인기 좋던데."

자인은 미간을 찌푸렸다. 솔직히 그녀가 원했을 때 남자친구를 사귀지 못한 적은 없었지만 토라가 말하니까 꼭 놀리는 것 같았다. 토라는 심상하게 말했다.

"전화 오면 한번 받아줘. 그래도 순정이 있는 친구 같던데."

"두 번 순정이 있으면 스토킹을 시작하겠군요."

어차피 전화번호야 속옷보다 더 쉽게 바꿀 수 있는 거니 그걸 조건으로 정보를 얻었다면 특별히 상관없었다.

토라는 더 할 말이 없는 듯 어깨를 으쓱였다. 그리고 식사가 끝나자 일어났다.

"아무튼 가보자고."

꽃집을 하는 여자였다. 클럽에서 남자를 만날 이미지는 아니었지만 꽃집과 조신함을 결부 짓는 건 구시대적인 선입견일 것이다.

바깥 가판대에 화분을 내놓고 있던 여자는 다가오는 토라를 보자마자 그를 알아보는 표정을 했다.

"어, 당신?"

"쌍둥이야."

라토와 잤던 여자라면 바로 차이를 알 테니 그냥 말했다.

"쌍둥이?"

여자는 토라를 위아래로 훑었다.

"그러네. 느낌이 너무 다르네."

그러더니 여자는 나른한 웃음을 지으며 토라에게 다가섰다.

"그런데 무슨 일? 그쪽 쌍둥이가 너무 좋았다고 추천이라도 해 줬어?"

그때 자인이 그들 사이에 끼어들자 여자는 말을 멈추었다. 자인의 행동이 충분한 의사 표현이 됐기 때문이다. 게다가 자인은 까불어도 좋은 상대로 보이진 않았으니까.

토라는 여자에게 단도직입적으로 말했다.

"내 쌍둥이가 연락이 닿지 않아."

여자는 눈을 깜빡이며 되묻더니 바로 경계하는 표정이 되었다.

"나완 관계없어. 하룻밤 잤을 뿐인걸."

"알아. 그냥 기억나는 걸 말해줬으면 좋겠어."

"기억나는 거라고 해봤자……. 좀 무심한 사람이었어. 내가 하는 말에 귀 기울이질 않더라고."

자인은 그 말이 의외로웠다. 토라가 제 쌍둥이는 자신과 다르다고 말했을 때만 해도 믿지 않았지만 확실히 좀 다른 모양이었다.

"그리고 어떤 남자들하고 이야기하는 거 같았어. 내가 기억하는 건 그게 다야."

여자의 말에 토라가 물었다.

"어떤 남자들이었는데?"

"길을 묻거나 담배 한 개비 빌리자고 말 걸었을 거 같진 않은 남자들? 두 명이었어."

"인상착의는?"

"둘 다 백인이었고 그쪽보다 조금 작았던 거 같아. 검은 재킷에……."

여자는 인상착의를 설명해주었다.

"혹시 연락이 오면 연락해줘."

그럴 일은 없을 거란 걸 토라도 알았지만 일단 말하자 여자는 고갯짓했다.

"그쪽도. 혹시 생각이 바뀐다면."

그러고는 먼저 몸을 돌려 가게로 들어갔다. 토라는 그 뒷모습을 보다가 자인을 돌아보고 물었다.

"아까 그건 뭐야?"

"저 여자와도 자고 싶은 거였다면 방해해서 죄송하군요. 괜한 시간 낭비를 하기 싫었을 뿐입니다."

자인은 무표정한 얼굴을 풀지 않고 말했다. 하지만 토라는 알 만하다는 얼굴이었다.

"자인은 솔직하지 못하군."

"너무 솔직해지는 거 같아서 문제입니다만."

자인은 회의에 가득 찬 어조로 말하고, 돌아서서 가면서 아까부터 든 생각을 말했다.

"근데 저 여자분…… 가말 씨를 좀 닮지 않았습니까?"

"우리 마티가 얼마나 예쁜지 알고 하는 말이지?"

옆에 오는 토라는 기가 막힌다는 투였다.

"아니, 물론 예쁜 건 비교가 안 되지만 분위기라든가 체형이……."

말하다가 자인은 무언가 깨닫고 토라를 쳐다보았다.

"혹시 라토 씨가 가말 씨를……."

하지만 토라는 행인들이 오가는 거리를 보며 단호하게 고개를 저었다.

"하지만 어떤 경우에도 라토는 마티를 배신하지 않아. 그거 하나만은 분명해."

자인은 한동안 입을 다물고 있더니 문득 말했다.

"그런데 저번부터 생각했지만 이름이 토라와 라토라니……."

'또.'

토라는 생각했다. 그들의 이름을 들으면 사람들이 하나같이 하는 소리가 있었는데, 아마 자인도 그렇게 말할 것이다.

"팰린드롬• 같군요. 꼭 연결된 거 같은 게, 쌍둥이 이름으로 좋네요."

자인은 말하고 토라를 보았다. 그가 자신이 이상한 이야기라도 한 것처럼 쳐다보고 있었기 때문이다.

"뭐죠?"

자인이 마뜩잖아하는 기색을 숨기지 않고 묻자 토라는 정신을 차리고 말했다.

"놀랍네. 보통 다들 마티가 우리 이름을 굉장히 성의 없이 지었다고 생각하던데 말이야."

• Palindrome : 회문(回文). 역순으로 읽어도 같은 말이 되는 말을 말한다. '뛰었다 다시 돌아오는(running back again)'이란 뜻의 그리스어 palindromos에서 나온 말로 어느 방향으로 읽어도 똑같이 읽을 수 있는 문자.(교양영어사전2, 강준만, 인물과 사상사) 분자 생물학에서, 어느 방향에서나 같게 읽히는 DNA의 자기 상보성 핵산 서열을 의미하기도 한다.(국립국어원 표준국어대사전)

숨이 막히도록 은하수가 흐드러진 밤하늘 아래 장작불 가에서 가말이 양옆으로 앉은 그들 쌍둥이의 손을 잡고 속삭이던 말이 있었다.

"너희는 이어져 있어. 어느 방향으로든."

하지만 토라와 라토라는, 언뜻 들으면 말장난 같기까지 한 단순한 이름에 그런 의미가 숨어 있을 거라고 생각하는 사람은 거의 없었다.

그런데 지나가는 행인 사이로 자인이 무심히 말했다.

"가말 씨가 그쪽을 얼마나 아끼는지는 눈빛만 봐도 알 수 있으니까요. 그런 상대에게 성의 없는 이름을 지어줬을 리 없다고 생각했을 뿐입니다."

도영은 양쪽 문설주를 붙잡고 상체를 약간 앞으로 숙인 자세로 서 있었다. 눈을 지그시 감고. 그 등에는 거머리가, 아니 가말이 그의 허리를 양팔로 꽉 붙들고 매달려 있었다. 팔에 힘은 주고 있지 않았지만 절대 풀지 않겠다는 뜻이 분명했다.

도영은 평소처럼 군복 차림이었고 가말은 민무늬 원피스를 입은 상태여서 한눈에 봐서는 도대체 무슨 상황인지 알 수 없는 이상한 그림이었다. 그런 둘 앞에는 타오 대위가 곤란해하는 표정을 짓고 서 있었다.

"가말 씨, 소령님께서는……."

"싫어."

그러면서 가말은 도영의 허리에 두른 팔을 더 단단하게 감았다.

"안 돼. 가지 마. 못 가."

"집에 다녀오시는 거뿐입니다. 돌아오셔서 한 번도 부모님을 못 뵀으니까요."

타오 대위가 타일렀지만 가말은 도영을 보며 간절한 어조로 말했다.

"그럼 나도 가. 응?"

그 여자를 만나러 가는 걸지도 몰랐다. 여태까지 유심히 지켜본 바로, 아무래도 '도영을 기다린다던 여자'는 군인이나 군 관련 사람은 아닌 것 같았다. 그렇다면 바깥에 있는 모양이니, 절대 혼자 밖에 가게 둘 수 없었다. 물론 그것도 그렇고, 도영과 떨어지고 싶지 않았다.

"하지만 가말 씨는 약속과 테라피가……."

타오 대위가 그러자 가말은 더 말할 가치도 없다는 듯이 도영의 등에 얼굴을 묻고 움직이지 않았다. 결국 도영은 한숨을 내쉬고 문설주에서 손을 떼고 몸을 일으켰다.

"데려가도 됩니까, 이거?"

"그건……."

타오 대위는 난처해하는 얼굴로 말끝을 흐렸다.

"괜찮습니다."

그때 복도에서 약간 소란스러운 소리가 들리더니 렉스가 나타 났다. 타오 대위는 당장 옆으로 비켜서고, 도영도 자세를 바로 하 고 인사했다.

"소장님."

하지만 가말은 여전히 도영의 허리에 매달려 있었다. 도영이 밀어내려고 했지만 또 힘은 세서 꿈쩍도 하지 않았다. 그러자 렉 스가 말했다.

"소령의 말은 잘 들으니까 문제를 일으키진 않을 겁니다."

"하지만 이미 잡힌 약속들이……."

타오 대위는 당황해서 말했다.

"그건 우리 측이 도움을 받는 거니까 붙잡아둘 이유는 되지 않 는 거 같군요. 누구에게나 휴가는 필요하니까요. 보호역은 드페 르 소령만으로 충분할 거고."

소장이 이렇게 이야기하면 타오 대위로서도 더는 토를 달 수 없었다. 그걸 느꼈는지 가말은 활짝 웃었다.

"고마워, 알렉스!"

"렉스라고 부르셔도 됩니다."

무표정을 푸는 법이 없는 렉스가 묘하게 온기가 도는 눈으로 말했다.

"응. 렉스."

가말은 두 번 사양하지 않았다. 그 모습을 보며 도영은 중얼거 렸다.

"삽살개 같은 놈."

"응?"

가말이 돌아봤지만 도영은 이미 걸어가고 있었다. 가말은 얼른 렉스에게 인사하고 헐레벌떡 따랐다.

"렉스, 안녕!"

아무튼 가말 덕분에 휴가를 가면서도 군용기를 타고 나올 수 있었다. 중요 인물을 에스코트한다는 명목으로. 프릴이 달린 원피스에 샌들을 신은 모습은 오히려 군용기에 타고 있는 게 이질적일 정도로 어딜 봐도 '군의 중요 인물'로는 보이지 않았지만 말이다.

가말은 이런저런 옷을 사줘도 입기가 편하다는 순전히 실용적인 이유로 대개 원피스만 입었다. 그런데 그게 청초한 본인 분위기와 잘 어울려서 특유의 스타일처럼 보였다.

그때 비행기가 착지한 느낌이 나서 도영은 창밖을 돌아보았다. 그 타이밍에 가말이 그를 보았다.

밖에 나오느라 도영은 드디어 군복을 벗고 티셔츠에 청바지를 입은 간단한 차림이었다. 여태 잘 때가 아니면 도영이 군복을 입은 모습밖에 보지 못했던 가말은 처음으로 사복을 입고 나오는 그를 보고 저도 모르게 달려들 뻔했다. 그랬더라면 크게 혼났겠지만.

그때 도영이 무릎에 걸쳐놓은 캡 모자를 머리에 썼다. 앞머리를 쓸어 올리고 모자를 눌러쓸 때 살짝 내리깐 눈마저 섹시했다. 그래서 가말이 멍하니 쳐다보고 있자, 가방을 챙기던 도영이 눈을 들어 모자 챙 아래로 그녀를 보았다.

"뭐야?"

"내리나 봐."

가말은 의뭉스럽게 말하고는 벨트를 풀려고 했다. 그런데 일반 안전벨트처럼 3점식이 아닌 4점식이어서 이리저리 만져도 풀수가 없었다.

그녀는 혼자 지구라트도 건설할 수 있었지만 요즘 물건들은 작동법을 잘 알 수 없을 때가 많았다. 도저히 해결할 수 없어 머리위에 거대한 물음표를 띄워놓고 그러고 있을 때였다. 가말 앞으로 손이 다가왔다.

"손 놔 봐."

그리고 도영이 벨트를 풀어주었다.

"하여간 손이 많이 가."

이러니저러니 해도 이렇게 다정한 면을 볼 때면 좋아하지 않을 수 없었다.

가말은 쑥스러워하는 미소를 짓고 랜딩도어를 타고 달려 내려갔다. 그러자 도영이 뒤에서 외쳤다.

"위험하니까 뛰지 마!"

그리고 도영이 바닥에 내려놓은 더플백을 들고 밖으로 나오자 조종석에서 나온 조종사가 말했다.

"좋은 휴가 보내라."

인사로 도영은 손만 들어 보이고 활주로를 건너갔다. 그리고 공항 건물을 통해 밖으로 나오자 부르는 소리가 들렸다.

"도영아!"

하반신이 마비된 아버지 엘리오는 휠체어에 앉아 있었고, 어머니 사랑은 옆에 서 있었다. 간만에 실물로 만나는 부모님을 보고 도영은 얼굴이 밝아졌다. 그런데 가말이 뭔가를 찾는 듯이 옆에서 부산하게 두리번거렸다.

"뭐해?"

그에 도영이 묻자 가말은 얼른 시선을 거두었다.

"아냐."

일단 공항에 '그 여자'가 나온 것 같진 않아서 가말은 안심했다.

부모님은 도영과 함께 나오는 가말을 보고 의아한 얼굴을 하고 있었다. 가말이 엘리오를 보고 웃으며 말했다.

"서양인 도영."

도영은 손가락을 튀겨 가말의 머리를 탁 쳤다.

"인사부터 안 하냐?"

가말은 그제야 깨달은 듯 '아' 소리를 내더니 말했다.

"안녕. 가말이야."

"존댓말을 할 줄 몰라요. 하지 않는 건지도 모르지만. 어쨌든 이해하세요."

도영이 덧붙였다. 그러자 사랑과 엘리오는 얼떨떨해있다가 물었다.

"누구……?"

"짐짝이요."

도영이 가감 없이 한 말에 가말은 고개를 끄덕끄덕했다.

"응. 짐짝이야."

그러더니 도영을 돌아보고 물었다.

"근데 짐짝이 뭐야?"

엘리오와 사랑은 입을 떡 벌렸다.

"말도 안 돼. 삼천 년을 살았다고?"

식탁에 앉아 있는 가말은 아무렇지 않게 그들의 시선을 받았다. 입을 다물고 있어서 평소답지 않게 차분해 보였다. 붉은 눈동자는 맑고 또렷했고, 최근 플로스를 아낌없이 먹어서 피부에는 유난히 광이 흘렀다.

"나이만 먹었어요."

테이블에 식기를 세팅하고 있는 도영이 말했다. 그러지 가말이 돌아보며 항변했다.

"밥도 많이 먹었어."

"참 자랑이다. 여기 냅킨이나 가져가서 놔."

"냅킨?"

"네모난 휴지."

도영이 가말이 모르는 단어를 설명해주는 모습이 자연스러웠다. 엘리오는 그 모습을 보다가 얼떨떨하게 말했다.

"뭔가…… 삼천 년을 산 뱀파이어 이미지는 아니구나."

도영은 막 냅킨을 집어 든 가말을 한 번 보았다.

"섬에서 은둔형 외톨이로 살면 이렇게 되나 봐요."

"난 은둔형 외톨이야."

가말은 무슨 의미인지는 아는 건지 그게 뭐라도 되는 것처럼 뿌듯하게 말했다. 사랑은 그런 가말에게서 시선을 떼지 못한 채 도영에게 넌지시 물었다.

"말투는…… 원래 이래?"

도영은 가말이 가져온 냅킨을 가져가 테이블에 내려놓고 어깨를 으쓱였다.

"저랑 그렇게 오래 대화를 했는데도 처음 만났을 때보다 단어만 많이 알 뿐이지 말은 조금도 늘지 않은 거 보면 그냥 말투가 된 거 같아요. 존댓말은 애초에 안 하고."

가말은 쿠니스를 피해 한 곳의 언어를 다 배울 틈도 없이 지속적으로 달아나야 해서 어눌한 외국인 말투가 만성이 됐다. 그래서 언어 실력이 늘어도 말투가 잘 바뀌지 않는 모양이었다. 하지만 부모님에게는 그런 이야기까지는 하지 않았다.

게다가 가말도 당당한 태도로 이렇게 말했다.

"난 오래 살았어."

그러니까 존댓말을 할 필요가 없다는 말이었다. 도영은 무표정하게 중얼거렸다.

"와, 슈퍼 꼰대."

그러자 가말은 돌아보고 물었다.

"꼰대가 뭔데?"

"아, 귀찮게. 앉아."

도영이 귀찮아하며 말하자 가말은 다시 얌전히 앉았다. 그에 엘리오는 아까부터 참던 말을 결국 꺼냈다.

"이런 말은 실례겠지만······."

"애완동물 소리는 하지도 마세요. 제가 선택할 수 있는 거였으면 줘도 안 키우니까."

도영이 바로 한 말에 가말은 발끈해 분연히 자리에서 일어나며 외쳤다.

"키워!"

"안 키워."

도영은 단호했다.

"왜 안 키워!"

"누가 너같이 식비 많이 들고 말도 잘 안 듣는 애완동물을 키운다고?"

"말 잘 들을게."

순간 가말은 시무룩해져서 웅얼거렸다.

"도영 없으면 싫어."

가말이 혼나는 아이 같은 얼굴을 하자, 도리어 엘리오와 사랑이 도영을 힐끔거렸다. 도영은 마치 자신이 잘못한 것같이 비치자 못마땅했다.

"하여간 이 자식은 날 나쁜 사람으로 만드는 데 뭐 있다니까."

가말은 절대 아니라는 듯 세차게 고개를 저었다.

"도영은 안 나빠."

"자리에나 앉아."

그 말에 가말은 얼른 앉았다. 엘리오와 사랑도 탁자에 자리를 잡았다. 그런데 두 사람이 포크를 들 때까지 가말이 기다리고 있기에 사랑이 말했다.

"많이 먹어요."

가말은 웃었다.

"응. 많이 먹을 거야."

엘리오와 사랑은 현명하게 아무 말도 하지 않았다. 이제 가말의 캐릭터를 알 것 같았기 때문이다.

"자, 먹자."

식사를 하며 가말은 살그머니 가족을 살폈다.

'여자'는 아직 나타나지 않았다. 어쩌면 실종된 도영이 돌아오길 기다리지 못해서 떠났는지도 몰랐다. 도영은 제 이야기를 시시콜콜하지 않는 편이니까 아마 그걸 자신에게 굳이 말하지 않은 거고.

가말은 가슴속에서 희망이 자라나는 걸 느꼈다.

잘 시간이 되어 도영은 주변을 정리하고 말했다.

"안녕히 주무세요."

"그래, 푹 자라. 가말은 손님방에……."

엘리오가 말하려고 하는데 가말은 이미 도영을 따라가고 있었다. 그러다가 가말은 뭔가 이상한 기색을 느끼고 말끝을 흐리는 엘리오를 보고는 최근 자신이 도영과 자는 데 의문을 품는 사람이 많아 방어적인 태도로 말했다.

"도영이랑 잘 거야."

엘리오와 사랑은 대번에 무슨 생각을 하는지 알 것 같은 표정으로 도영을 보았다. 그에 도영은 손을 들고, 요즘 어딜 가나 한 번씩 하게 되는 말을 또 반복할 수밖에 없었다.

"오해하지 마세요. 새끼 오리의 각인 효과니까."

도영은 어두운 천장을 바라보며 한숨을 삼켰다.

부모님의 표정을 보면 새끼 오리의 각인 효과 변명을 딱히 믿는 것 같진 않았다. 하지만 부모님이 어떻게 생각하든 가말은 혼자 자려고 하지 않기 때문에 별수가 없었다. 누가 이 미친개를 말릴 힘이 있는 것도 아니고. 아무래도 처음부터 버릇을 잘못 들였다.

게다가 하필 방에는 더블베드 하나만 있었다. 도영은 제게 따붙어 옆에 누워 있는 가말을 흘긋 보았다. 개나 고양이면 귀엽다 하고 배나 쓰다듬어주겠지만 이건 뭐……. 모든 남자들이 꿈속에서나 봤으면 하는 미녀가 제 옆구리에 찰싹 붙어 있는데도 기뻐할 수가 없었다.

시선을 느꼈는지 가말은 눈을 뜨고 물었다.

"왜?"

도영은 말해 뭐하랴 싶어 머리를 받치고 있던 손을 빼내고 제대로 누웠다.

"됐어. 자."

가말은 구무럭거리며 도영에게 좀 더 붙었다. 그러자 맞닿은 몸의 굴곡이 느껴져서, 도영은 속으로 라 마르세예즈(프랑스의 애국

가)를 부르기 시작했다.

그때 가말이 좀 더 몸을 이쪽으로 기울이면서, 등에 가슴이 맞닿았다. 눈을 감고 있는 도영의 눈두덩이 움찔했다.

"도영······."

게다가 유난히 목소리까지 허스키하게 들렸다. 뭘 알고 그러는 건 아니겠지만, 도영은 팔을 돌려 살짝 가말을 밀어냈다.

"좁아."

잠깐 정적이 따라오고 가말은 작게 말했다.

"잘 자."

시무룩해하는 목소리 같았지만 도영은 아무 말 하지 않았다.

아침이 밝아 가말은 눈을 떴다. 도영은 베개에 푹 파묻혀서 잠들어 있었다. 멍하니 지켜보는데, 도영이 인상을 썼다가 이마를 긁으며 눈을 떴다. 그러고는 잠기운이 가득한 눈으로 그녀를 보더니······.

"응."

아무 말도 하지 않았는데 뭔가에 대답하며 그녀 쪽으로 몸을 기울였다. 그냥 잠결인 것 같았다. 큰 몸에 감싸인 가말은 심장이 두근두근했다. 그리고 도영이 그녀 쪽으로 몸을 기울이고 있어서 허벅지에 아침이면 단단해지는 남자의 것이 닿아 있었다.

만지고 싶어서 손이 근질거렸다. 그래서 슬금슬금 다가가는데 문득 시선이 느껴져서 보니, 도영이 눈을 뜨고 그녀를 물끄러미 내려다보고 있었다.

"이, 일어났어?"

혼날까 봐 가말은 머쓱하게 웃었다. 그러자 도영은 기가 찬다는 듯이 보고는 상체를 일으키더니 잠깐 앉아 있다가 완전히 잠잠해진 하체와 함께 일어나 바깥으로 나갔다. 그리고 화장실로 들어가는 소리가 났다.

'하여간 눈치 빠르기는.'

가말은 도영의 그런 점이 원망스러웠다. 조금은 만져볼 수 있었는데.

서둘러 씻고 부엌으로 가자, 이미 아침을 만들고 있는 엘리오가 물었다.

"잘 잤어?"

"엘리오도? 사랑은?"

"출근했지. 커피 마실래?"

사람들이 마시는 건 많이 봤지만 가말은 한 번도 커피를 마셔본 적이 없었다. 하지만 무슨 맛이기에 다들 그리 끼고 사는지 궁금했기에 이 기회에 한번 마셔보자 싶었다.

"응."

그러자 엘리오가 커피를 내려서 잔을 건네주었다.

"여기."

상해서 산패된 피처럼 시커먼 액체를 마셔보려는데, 뒤에서 나타난 손이 잔을 가져갔다.

"써."

샤워를 하고 와서 살짝 젖은 머리를 한 도영이 말했다.

"커피 마셔본 적 없다며?"

예전에 한번 이야기한 적 있는데 기억하는 모양이었다.

"그래? 삼천 년을 살면서 커피를 안 마셔볼 수 있어?"

엘리오가 의외라는 듯 물었다. 그러자 도영은 가져간 커피를
자신이 마시며 대답했다.

"커피 자체가 그렇게 오래된 건 아니잖아요."

"하긴, 그러네. 단 걸로 내려줄게."

"제가 할게요."

두 사람이 그러는 동안 가말은 집 앞에 달린 베란다 같은 덱
(Deck)으로 나가보았다. 거기서 바라본 마을은 평화로워 보였다.
길을 따라 잘 관리된 2층 집들이 늘어서 있었고, 정원도 잘 가꿔
져 있었다.

대부분의 집은 2층이었지만 도영의 집만은 단층이었다. 원래
는 2층 집이었는데 다리가 불편한 엘리오를 위해 단층으로 다시
지었다고 했다. 그의 삼촌이 죽게 된 불의의 사고에 따라온 화재
로 집이 전부 불타버린 뒤에.

아무튼 도영이 이 동네에서 자랐구나 싶어서 감회가 새로웠다.

'어린 도영은 얼마나 귀여웠을까?'

생각하고 있는데 덱 아래 덤불이 흔들리고, 풍성한 털을 가진
연한 회색 고양이 한 마리가 걸어 나왔다.

"야옹."

「고양이.」

가말은 탄성을 냈다.

낯을 가리지 않는지 고양이는 가말의 발목을 감싸고 돌며 제 몸을 비벼왔다. 가말은 쪼그려 앉아서 손을 내밀었다. 그러자 고양이는 그녀의 손에 얼굴을 돌려가며 문질렀다.

「어지간히 야생성이 없구나.」

보통 짐승들은 본능이 발달해서 뱀파이어들을 무서워하는데 이 고양이는 전혀 그런 기색이 없었다. 안 그래도 털이 깨끗하고 무늬가 고급스러운 게 어느 집에서 키우는 고양이 같았다.

"못 보던 고양이네."

그때 뒤에서 커피 잔을 들고 나온 도영이 말했다. 가말은 애교를 피우는 고양이를 홀린 듯이 보며 말했다.

"귀여워."

그러는 그쪽이 더 귀엽다고 느꼈지만, 도영은 커피를 마시면서 제 생각을 감추었다. 그리고 커피 잔을 난간 위에 내려놓고 가말 옆에 앉아 고양이를 쓰다듬었다. 고양이는 도영에게 더 엉겨왔다.

"블랑을 좀 닮은 거 같네. 블랑의 자식인가?"

"블랑이 누구야?"

묻자 도영은 길 건너편 대각선에 있는 초록 지붕 집을 가리켰다.

"나 어릴 때 저 집에 줄리라는 고양이가 살았었는데 그 고양이의 손녀. 지금쯤 완전 파파 할머니일 텐데 아직 살아 있는지 모르겠네."

가말은 도영이 말하면서도 계속 쓰다듬고 있는 고양이를 보았다. 큰 손에 자신을 내맡긴 고양이는 눈을 지그시 감고 고롱거리며 황홀경에 빠져 있었다.

"나도 고양이였으면 좋겠다."

가말이 중얼거리자 도영이 의아하게 쳐다보았다.

"고양이는 왜?"

"그럼 도영이 쓰다듬어줄 테니까."

고양이를 쓰다듬는 손이 멈칫했다. 그러자 고양이는 눈을 뜨고 더 쓰다듬어달라는 듯이 턱을 손에 비비적거렸다. 그사이에 가말은 도영이 자기 허벅지에 걸치고 있는 손을 잡아 제 머리 위에 올려놓고는 말했다.

"나도 쓰다듬어줘."

도영은 그대로 손을 쭉 내려서 얼굴을 쓸어버렸다. 그에 가말은 아랫입술까지 쓸려서 '읍푸' 소리를 냈다.

"밥 다 됐겠다."

그러고는 도영은 심상하게 일어났다. 그 모습을 가말은 불만족스럽다는 눈으로 보았다. 하여간 철옹성이 따로 없었다.

이내 가말은 고양이를 안아 들고 일어났다.

"고양아, 너도 밥 먹을래?"

그러자 도영이 돌아보고 타박했다.

"알아서 밥 먹으러 가게 놔둬."

"내가 줄래."

"하여간 이상한 고집은……."

"쿠쿠!"

그때 길 쪽에서 큰 목소리가 들렸다. 몸에 붙는 청바지에 티셔츠를 입은 날씬한 백인 여자가 다가오며 함박웃음을 짓고 있었다.

'여자'다.

가말은 하마터면 고양이를 떨어뜨릴 뻔했다.

"마농."

그런데 도영의 반응은 생각보다 평범했다. 물론 반가워하긴 하지만 사지에서 돌아와 처음으로 연인을 만나는 남자라고 하기에는 시큰둥해 보이기까지 했다. 그렇다고 안심할 수는 없었다. 애초에 도영은 그다지 반응이 큰 사람이 아니었기 때문이다.

그사이에 고양이는 뛰어내려서 사라지고, 마농은 도영에게 말하려다가 가말에게 시선을 멈추었다. 그러자 도영이 말했다.

"내 친구야."

"네 친구?"

마농은 되묻더니 다시 가말을 보았다. 그러고는…….

"농담해? 이런 여자랑 '친구'를 한다고? 머리에 총 맞았어? 아니면 게이가 되기라도 한 거야?"

난데없이 화를 냈다. 그러자 도영은 질린다는 얼굴로 고갯짓하며 말했다.

"가말, 말해."

"도영 게이야?"

마농이 하도 빨리 말해서 잘 알아듣지 못했지만 마지막에 한 말만은 이해했기 때문에 벌컥 물었다. 하지만 도영은 대답하지 않고 마농을 보았다.

"알겠어?"

"좀 깨긴 하네."

마농은 물끄러미 가말을 보며 말하고는 아무래도 좋다는 듯이 물었다.

"그래도 너무 예쁘다. 이름이 뭐야?"

활짝 웃는 얼굴이 나쁜 사람 같지는 않았지만 가말은 일단 경계하며 대답했다.

"가말."

"이름이 특이하네. 어디 사람이야?"

"조심해. 무니까."

도영이 무심하게 말했다.

"문다고?"

그러자 마농은 어리둥절해하며 가말을 쳐다보다가, 무언가를 깨달은 모양이었다.

"루아……!"

기겁한 마농이 물러나다가 계단에서 미끄러질 뻔하자 도영이 얼른 팔을 잡아주었다. 그리고 한 손으로 잡아당기는데도 키가 제법 큰 마농이 끌려오듯이 다시 자세를 잡았다. 하지만 둘은 가말만큼 그들이 닿은 부분에 대해서 신경 쓰지 않는 모양이었다.

어찌나 놀랐는지 마농은 거의 헐떡거리며 말했다.

"세상에, 깜짝이야."

"나 안 물어. 플로스 많이 먹어."

가말은 불퉁한 얼굴로 항변했다. 그러자 마농은 손을 보이고는 말했다.

"아, 미안해. 반사적인 반응이었어."

"미안, 놀라게 했네."

도영이 누군가에게 비꼬지 않고 이렇게 순순히 사과하는 모습은 처음이라서 오히려 가말이 놀랐다.

"너희 학교 교수 중에 루아스가 있다고 들어서 이렇게 놀랄 줄 몰랐어."

도영의 말에 마농은 너털웃음을 터뜨렸다.

"그러게. 반응이 좀 유난했네."

"루아스한테 익숙하지 않으면 그럴 수 있지."

도영이 누군가에게 이렇게 이해심 넘치는 모습도, 처음이었다.

"넌 누구야?"

가말은 불쑥 물었다. 사실 아까부터 묻고 싶었는데 끼어들 타이밍을 찾지 못해서 기다리고 있었다.

"마농 로랑이야. 니콜라 동생이야."

마치 그렇게만 말하면 가말이 이해할 거라고 믿는 투였다. 하지만 가말은 처음 듣는 이름이었다.

"니콜라?"

그러자 도영이 말했다.

"니콜라는 만날 기회가 없었어."

그러고는 가말에게 말했다.

"니콜라는 내 친구야."

"어렸을 때부터 둘이 아주 죽고 못 살아서 난 둘이 결혼할 줄 알았는데 아니었어?"

대답할 가치도 없는 농담이라고 생각했는지 도영은 말하고 먼저 안으로 들어갔다.

"아침 먹으려던 중이야. 들어와."

뭐가 웃기는지 모르겠지만 마농은 웃음을 터뜨렸다. 그러고는 아까 언제 놀랐냐는 듯이 가말에게 살갑게 말했다.

"들어가자."

안으로 들어가자 식탁에 음식을 올리고 있는 엘리오가 자연스럽게 마농을 반겼다.

"왔어?"

"갑자기 와서 죄송해요. 제 몫도 있어요?"

"당연하지. 많이 했어. 앉아."

그러다가 엘리오는 뒤따라 들어오는 가말을 보고 물었다.

"아, 서로 만났어?"

"네, 놀랐어요. 도영이 MCTC에서 일하니까 루아스 친구도 생기네요."

마농은 자리에 앉으며 대답했다. 엘리오가 말했다.

"니콜라도 MCTC에서 일하잖아."

"행정직인데요, 뭐."

니콜라는 MCTC의 정보활동국 소속이었다. 알기 쉽게 말하자면 자인이 소속된. 물론 소속 부서는 달라서 자인과 니콜라는 서로 잘 알지 못했다.

아무튼 아무래도 정보국의 일은 미묘한 부분이 있어서 니콜라는 가족에게도 그의 일을 '군부대 행정직' 정도로만 말해두었다. 반면 도영의 경우에는 가족과 친구들이 그가 특수부대원인 건 알지만 정확히 어디서 어떤 임무를 수행하는지는 알지 못했다.

"니콜라는 요즘 좀 어때?"

도영은 플레이트 위에 통으로 놓인 치즈를 자르며 물었다. 마농은 빵 바구니에서 바게트를 집어 손으로 찢으며 대답했다.

"여전하지, 뭐. 아직도 여자보다 게임이 더 좋은 나이야."

아이러니하지만 정보국 일은 생각보다 니콜라와 잘 맞았다. 니콜라는 어렸을 때부터 워낙 게임광이었고, 일도 게임처럼 하다 보니 오히려 실적이 좋았다.

"내 생각인데 니콜라 분명히 진짜 비행기도 조종할 수 있을 거야. 비행기 시뮬레이션 게임을 하도 많이 해서."

마농의 말에 동의하는지 도영은 피식 웃었다.

"도움되는 점도 있네."

"행정직이 비행기를 몰 줄 알아서 뭐 해?"

"언제 쓸모가 있을지는 아무도 모르지."

도영은 편해 보였다, 제 집에 있는 것처럼.

물론 정말 제 집에 있긴 했지만, 평소보다 나른하고 부드러운 느낌이 가말은 그가 처음 만난 이래로 지금까지 꽤 긴장하고 있었다는 사실을 알 수 있었다. 두려워서가 아니라, 주변을 항상 경계하고 관찰하느라. 그도 그럴 것이, 처음에는 말 그대로 하늘에서 낯선 환경에 뚝 떨어졌고, 섬 바깥으로 나와서도 언제 무슨 일이 일어난들 이상하지 않은 상황이었으니까.

이건 가말이 모르던 도영의 '삶'이었다. 신선하고 건강한 음식들로 꾸려진 풍성한 식탁, 서로 애정을 가지고 오가는 대화, 웃음…….

그때 엘리오가 가말에게 빵 바구니를 건네주며 말했다.

"오늘은 어째 먹는 속도가 평범하네? 여기 바게트 먹어."

"고마워."

가말은 작게 웃으며 빵 바구니를 받았다. 마농은 그 모습을 보더니 손에 남은 바게트를 한입에 털어놓고 나서 넌지시 물었다.

"근데 둘은 어떻게 알게 된 사이야?"

도영은 가말을 한 번 보고는 무심하게 대답했다.

"일하다가 만났어."

"근데 집까지 데려와?"

"군 기밀이야."

도영은 사실대로 말했지만 누구도 제 말을 믿어주지 않는 저주에 걸린 예언자 카산드라처럼 아무도 믿지 않았다.

마농은 고개를 저었다.

"뭐 대답하기 싫은 것만 있으면 죄다 군 기밀이야? 그런 면에서 군인은 참 편하겠어."

"가말처럼 귀여운 아가씨를 만날 수 있는 임무라면 나도 나가고 싶네."

엘리오도 한마디 거들었다. 역시 보이는 것의 힘을 무시할 수 없는지 엘리오는 가말의 실제 나이를 알고 있으면서도 여전히 그녀를 보이는 나이대로 대했다.

"블랑은 살아 있어?"

도영은 화제를 바꾸었다. 그러자 마농은 넘어가 주려는지 대답했다.

"아직 정정해. 한 번 더 출산할 수 있을 정도야."

"과연 우리 동네 다산의 여왕이네."

"괜히 우리 동네 고양이들은 전부 블랑의 핏줄이라는 이야기가 있겠어?"

"아까 그 회색 고양이도 블랑의 자식이겠네."

"나나야. 엄청난 애교덩어리지?"

그 이야기만이 아니라 둘은 식사하며 끊임없이 대화했다. 그때 처음으로 도영도 말이 많다는 스테레오타입이 있는 프랑스인처럼 보였다.

식사가 끝나고 모두 함께 자리를 치우고 나서, 엘리오는 밀도 없이 조용히 방 쪽으로 가는 가말을 보고 물었다.

"가말, 어디 가?"

"졸려서."

가말은 툭 대답하더니 방으로 갔다.

"벌써?"

엘리오가 물었지만 가말은 대답하지 않았다. 도영과 함께 거실 소파에 앉아 있는 마농은 이유를 묻듯이 그를 보았다. 물론 도영도 영문을 알 리 만무해서, 내버려두라는 듯이 손짓하고 TV를 보았다. 아니, 그런 척했지만 신경이 쓰이는 얼굴이었다.

"가보지그래?"

그 모습을 보던 마농이 넌지시 말했다. 도영은 기가 찬다는 듯이 말했다.

"무슨 애도 아니고……. 쟤가 실제로 몇 살인 줄 알아?"

"난 루아스는 잘 몰라."

마농은 어깨를 으쓱였다.

"하지만 이랬든 저랬든 네가 신경 쓰고 있잖아. 진짜 어떤 사람인지는 네가 가장 잘 알고 있을 테니까."

그러더니 일어났다.

"난 가볼게."

그러고는 마농은 엘리오에게 인사하고 집을 나섰다. 마농이 가고도 도영은 한동안 미간을 찌푸린 채 앉아 있었다. 그러다가 한숨을 내쉬고 일어나 방으로 갔다. 문은 딱 닫혀 있었다. 마치 소통을 거부하듯이.

문을 열고 들어가니 불을 꺼놔서 방 안이 어두웠다. 그리고 가말은 문 옆 벽에 등을 대고 무릎을 끌어안은 채로 앉아 있었다.

"왜 그러고 있어?"

꼭 우울증에 걸린 사람인 양 앉아 있는 모습이 애잔하기도 하고 기가 차기도 해 도영은 물었다. 그때 가말이 숙이고 있던 고개를 들었다.

"울……."

눈물이 그렁그렁해서 꾹 참고 있는 눈을 본 도영은 어찌나 놀랐는지 저도 모르게 내뱉다가 말을 멈추었다. 그러다가 도저히 이해되지 않아서 물었다.

"어느 포인트에서 우는 거야?"

"마농이 그 여자야?"

가말은 기다렸다는 듯이 물었다. 하지만 도영은 더 이해되지 않았다.

"무슨 여자?"

"밖에 기다리는 여자."

여전히, 무슨 말인지 알 수 없었다.

"무슨 뚱딴지같은 소리야?"

"그랬잖아. 밖에 기다리는 여자 있다고."

"내가 언제……."

거기까지 말하다가, 예전에 섬에서 나오는 문제로 가말과 말씨름하다가 했던 이야기가 떠올랐다.

"웃기지 마. 밖엔 날 기다리는 사람이 있어."

"여자……야?"

"그래."

기억난 도영은 가말을 보았다.

"그걸 설마 여태까지 믿고……."

저도 모르게 말하다가 말을 멈추며 입가를 짚었다. 그러자 가말은 더 울 듯한 얼굴로 물었다.

"그럼…… 없어? 여자?"

"없어, 그런 거."

가말은 제 팔을 잡고 있는 손에 꾹 힘을 주었다.

"그 여자 때문인 줄 알았어. 더는 나랑 그런 일 하지 않는 거."

도영은 이 점에도 놀랐다. 가말도 통상 여자들이 하는 고민을 한다는 데.

하지만 지금 가말의 말에 대답을 해주자면 그가 느끼는 구구절절한 감정들을 설명하지 않고서는 할 말을 찾을 수 없었고, 따라서 둘 사이에 정적이 감돌았다. 도영은 한숨을 내쉬고 가말의 팔을 잡아 일으켰다.

"그러고 있지 말고 일어나."

"도영을 생각하면 이상해. 가슴이 꽉 죄어들어. 막 쿵쾅거리고, 오싹거려."

가말은 막무가내로 내뱉고는, 물기가 어린 눈으로 도영을 올려다보았다.

"도영도 그래."

확신하는 말이 놀라운 건 아니었다. 오감이 뛰어나니까. 자신 앞에서 그의 몸이 어떻게 반응하는지는 잘 알고 있을 것이다.

"근데 왜 더는 날…… 예뻐하지 않아?"

육체적인 대화를 어떻게 표현해야 할지 모르겠는지 가말은 에둘러서 물었다. 하지만 도영은 이게 어느 때보다 단도직입적인 질문이라는 걸 알았다.

"넌 진짜……."

도영은 골치가 아파 앞머리를 쓸어 올렸다.

"잘 생각해봐. 난 언젠가 죽어. 그러면 넌……."

"도영이 좋아."

가말은 발작적으로 내뱉었다.

"알아. 난 오래 살았고, 뱀파이어고, 쿠니스까지 따라다녀. 나한텐 어, 아틸티카(자랑스러운 존재)지만 아들도 둘 있어. 내가 좋아하는 거 도영이 싫을지 몰라. 하지만 난 도영하고 같이 있고 싶어. 도영이, 날 예뻐해줬으면 좋겠어."

그렇게 정신없이 쏟아내고는 울음을 참듯이 가말은 꾹 입술을 다물었다.

도영은 꽤 많은 고백을 받아봤지만 이런 고백은 또 처음이었다. 최소한의 전략도 없었다. 이렇게 말하면 받아들여줄까, 저렇게 하면 좋아해줄까 같은. 줄다리기도 없이 오로지 돌진하는 마음뿐이었다.

"난……"

또 가말이 발작적으로 무슨 말인가 토해내려고 했다.

"도영아. 가말."

그때 엘리오가 밖에서 불렀다. 순간 자신이 어디 있는지도 잊고 있었는지 도영은 움찔하며 방문을 돌아보았다. 그리고 가말을 놓고 밖으로 나갔다. 밖에서 엘리오가 묻는 소리가 들려왔다.

"괜찮아?"

"네. 그냥 좀 잔대요."

도영은 이상한 기색을 느낄 수 없는 목소리로 대답했다.

"어디 아픈 건 아니지?"

"아니에요."

그러자 엘리오는 목소리를 낮추고 속삭여 물었다.

"싸웠어?"

"애들도 아니고 싸우긴요."

그 소리를 들으며 가말은 생각했다. 마농이 도영과 어려서부터 알고 지내 특별한 연대가 있긴 하지만 이웃사촌 이상의 사이가 아니라는 건 딱 봐도 알았다. 기다리는 여자가 있는 게 아니었다면, 그냥 자신이 싫어진 것이다. 그걸 깨닫자 더 눈물이 날 것 같았다.

"그럼 난 잠깐 뱅성 집에 다녀올게. 발전기 좀 봐주기로 했거든."

엘리오가 말하고 도영이 물었다.

"혼자 가실 수 있겠어요?"

"언제는 혼자 안 다녔다고?"

엘리오가 짓궂게 말하고 문이 열렸다가 닫히는 소리가 났다. 그리고 침묵이 감돌았다. 도영은 그 자리에 그냥 서 있는 모양이었다.

'내일 먼저 기지로 돌아가자.'

가말은 생각했다. 그때였다. 성큼성큼 다가오는 발소리와 함께 도영이 들이닥쳤다.

"너 뭐 단단히 착각하고 있는 거 같은데."

그리고 나직해서 잘 들리지도 않을 정도지만 벼락처럼 내리치는 목소리로 말했다.

"내가 널 예뻐하지 않은 건."

도영은 가말을 붙잡고 끌어당겼다.

"다시는 그만둘 수 없을까 봐서야."

뒷말은 맞부딪치는 입술 사이로 사라졌다.

07
균열

처음부터 여유 따위는 없었다. 참았던 걸 토해내듯 도영은 거칠게 키스했다. 하지만 가말도 다정하게 해주는 것 따위 바라지 않았다. 억눌린 걸 모두 쏟아내주길 바랐다. 도영이 자신을 원하고 있다는 걸 느끼고 싶었다.

키스를 깨지 않은 채로 둘은 바닥으로 쓰러졌다. 옷들이 스치는 소리 가운데 조금은 다급하게, 흐트러진 원피스 치마를 헤치고 손이 다리 사이로 들어왔다. 그리고 도영이 입을 떼고 숨을 몰아쉬며 물었다.

"너 왜 팬티를 안 입고 있어?"

가말은 가쁜 호흡으로 입에 침이 고여 삼키느라 더듬거렸다.

"부, 불편해서……."

그럼 지금까지 팬티도 입지 않은 상태로 치마를 너풀거리면서 온 데를 돌아다녔다는 말인가? 정말 기가 차고 황당하고 화가 났다. 동시에 늘 그러고 다녔을 가말을 생각하니…….

도영은 낮게 혀를 차고 원피스를 껍질 까듯이 쑥 벗겨 올려 던져버렸다. 예상했지만 브래지어 따위도 하고 있지 않았다. 종종 젖꼭지가 도드라졌기 때문에 그건 알고 있었지만 서양 문화권에서 브래지어를 하지 않는 건 그리 심각한 문제가 아니어서 도영도 특별한 생각을 갖진 않았다. 하지만 팬티는 전혀 다른 이야기였다. 그것도 매일 원피스를 입었으면서!

부드러운 아이보리색 카펫 위에 알몸의 가말은 물기가 고인 나긋나긋한 눈으로 그를 유혹했다.

도영은 가슴을 쥐어 모아 올리고, 뾰족하게 솟은 끝을 빨아 당겼다. 가말은 입가를 손등으로 짚고 신음했다. 유륜을 꾹 누르며 더 솟아오르게 하고 거칠게 빨자 어쩔 줄을 몰라 했다.

손바닥 아래 피부가 민들레 꽃씨 같았다. 그 위를 타고 내려간 손으로 훑어 다리를 벌리고 바라보았다. 그러자 가말은 희미하게 몸을 떨었다.

"그런 곳 보지 마……."

그 말에 개의치 않고 도영은 고개를 내렸다.

"힘주지 마."

가말은 저도 모르게 오므리려던 허벅지에 힘을 주어 멈추었다. 그녀가 힘을 잘못 주면 도영이 다칠 수 있기 때문이었다.

파문이 점차 퍼져나갈수록 허벅지가 잔다랗게 떨려왔다.

"도영……."

소금처럼 흰 가슴과 타액에 젖어 반짝거리는 검은 숲을 드러내놓은 가말이 몸을 떨었다.

원래 도영은 인터코스에 그리 성급한 편은 아니었지만 지금만큼은 강렬하게, 그 어느 때보다, 미치도록 '넣는다'는 행위에 몰두하고 싶었다. 그를 유혹하듯 푹 젖어 있는 가말의 안에 들어가고 싶었다. 그래서, 이렇게 표현하면 스스로가 너무 불쌍하지만, 다먹고 난 사료 그릇을 핥는 개처럼 계속해서 가말의 그곳을 핥았다.

"응, 그만⋯⋯."

가말이 그만두게 하고 싶은 듯 손끝으로 머리를 짚었지만 도영은 듣지 않았다.

"도영⋯⋯ 훗⋯⋯."

가말은 부끄러움과 닥쳐오는 쾌감을 필사적으로 참았다. 다리대신 힘을 꽉 준 배가 아플 정도로 참았지만, 더는 불가능했다.

"가말⋯⋯."

도영이 다시 키스하자 타액과 제 맛이 섞여 강렬한 욕망의 맛이 났다.

아래서 버클을 열고 그가 와서 닿는 느낌이 났다.

"너 다시⋯⋯ 팬티를 안 입고 너풀거리면서 다니면 혼날 줄알아⋯⋯."

도영은 말하며 움직이기 시작했다.

살짝 찡그리고 있는 미간이, 움직일 때마다 자잘한 근육이 넘실거리는 팔과 어깨가, 땀방울이 흘러내리는 유려한 턱이, 이내천천히 눈을 뜨고 그녀를 응시하는 부드러운 잿빛 눈동자가 아름다웠다. 가말은 대리석에 양각으로 새긴 것 같은 복부를 쓸어 올리며 홀린 듯이 가슴과 어깨까지 쓰다듬었다. 도영을 이렇게 만질 수 있는 게 거짓말 같았다.

도영이 그 손을 잡아 제 몸에서 떼어내다시피 했다. 그리고 그대로 바닥에 억누르고 더 쏟아낼 방법을 알 수 없는 욕망을 쏟아내듯 거친 박자로 허리를 움직였다.

가말은 미칠 것 같았다. 본능이 알고 있었다. 그들이 도달할 수 없는 영역에 무언가 거대한 감각이 기다리고 있다는 걸.

순간 그들 사이에 뜨거운 감각이 터졌다. 그리고 도영은 억눌린 숨을 몰아쉬었다. 가말은 그의 어깨를 쓸어내렸다. 그런데 도영이 다시 그녀를 잡아 눕히며 말했다.

"아직 안 끝났어."

다음 날 가말은 눈을 떴다. 침대에 앉은 도영이 막 티셔츠를 끌어내리고 있었다. 그러다가 가말이 깨어난 걸 발견하고 평소처럼 무심한 투로 물었다.

"일어났어?"

"응……."

가말은 아직 잠이 다 깨지 않아 웅얼거렸다.

꿈이라도 꿨던 걸까? 그랬다면 굉장히 좋은 꿈이었다. 도영이 그녀를 예뻐해주는……. 그것도 아주 많이.

그때 입술의 부드러운 감촉이 이마에 닿아, 가말은 번뜩 눈을 떴다. 그런데 도영은 엄청난 애정 표현을 한 주제에 아무렇지 않은 투로 말하고 방을 나갔다.

"내려와."

어젯밤 일이 꿈이 아니었다.

깨달은 가말은 얼른 일어나 옷을 입기 시작했다.

부엌으로 내려간 도영은 창문 너머로 정원을 보며 물을 마셨다.

욕구불만에 미쳐버릴 것 같았다. 마음이야 통했지만 그들 사이에는 바이러스도 쉽게 넘을 수 없는 '종간 장벽'이라는 거대한 장애물이 놓여 있었으니까.

가말과 뭔가 더 할 수 있는 방법이라면……. 그런 건 없었다. 적어도 인간으로서는.

'역시 내가 루아스가 되는 수밖에 없겠지.'

물론 그냥 몸 때문만은 아니었다. 자신이 늙어 죽으면 가말은 또 혼자가 될 테니까. 토라와 라토가 있지만 그 둘이 채워줄 수 없는 부분이 있다는 건 분명했다.

하지만 감염된다고 다 성공하는 게 아니니까 섣불리 시도해볼 수도 없었다. 도영은 자신을 믿는 편이었지만 확률상의 문제에서는 그리 배짱을 부리지 않았다. 제 몸과 정신으로 제어할 수 없는 부분에까지 객기를 부리는 건 만용이었기 때문이다.

"엘리오, 안녕."

그때 부엌 밖에서 가말이 인사하는 소리가 들렸다.

"잘 잤어?"

엘리오가 물었다.

"죽었다 깼어."

가말이 능청스럽게 하는 말에 엘리오는 웃었다.

"그런 말은 누가 알려줬어?"

"엘리오 베이비."

그러자 엘리오는 못 참고 웃음을 터뜨렸다. 그가 웃음에 인색한 편은 아니었지만 요즘처럼 박장대소를 하는 일은 많지 않았다.

그때 가말이 주방 문 너머로 나타났다.

"도영."

도영은 손을 뻗으며 말했다.

"이리 와."

그에 가말이 오자 끌어안고 가볍게 키스했다. 가말은 깜짝 놀랐다. 아까도 그렇지만 도영이 이렇게 달콤한 행동을 하다니…… 어쨌든 이 행운을 놓칠까 싶어 얼른 안겨들었다. 단단한 품에 감싸인 느낌이 정말 꿈만 같았다.

"내가 베이비냐?"

물론 행동에 비해 말투는 여전했다. 하지만 사실 도영이 180도 변해도 무서웠을 것 같았다.

가말은 고개를 끄덕였다.

"엘리오한텐 베이비야."

"이런 집채만 한 베이비는 나도 거절하고 싶은데."

주방에 온 엘리오가 싱크대에 컵을 넣으며 말하고는 물었다.

"장 보러 갈 건데 가말도 갈래?"

"장?"

"현대인의 사냥이지. 음식물을 구하러 가는 거야."

"응. 나도 갈래."

그래서 셋은 준비하고 밖으로 나갔다.

엘리오가 휠체어를 움직여 운전석으로 가더니 장애인용으로 개조되어 있는 차의 봉을 잡고 팔의 힘만으로 차에 올라탔다. 아버지를 안아 올려줄 힘이 충분한 도영도 전혀 도와주지 않고, 그저 남은 휠체어를 접어서 뒤에 싣는 정도밖에 하지 않았다.

"엘리오, 멋있어."

가말은 탄성을 터뜨리며 감탄했다.

"뭐가?"

엘리오는 짐짓 웃으며 물었다.

"옛날엔 다리가 잘린 사람은 필요 없다고 했는데, 이젠 다리가 없는 사람한테 다리를 줘. 요즘 세상은 멋진 거 같아."

그러면서 가말은 정말 그게 기쁜 것같이 웃었다. 순수하게 기뻐하는 마음이 전해져서, 엘리오는 희미하게 웃었다.

"착하구나, 가말은."

그리고 중얼거렸다.

"너 같은 사람이 어쩌다 뱀파이어가 됐을까?"

정말 그게 궁금한 것처럼 일말의 쓸쓸함이 묻어나는 어조였다. 그에 정적이 감돌자 엘리오는 루아스를 차별하는 말처럼 들릴 수 있다고 생각했는지 얼른 덧붙였다.

"아, 다른 의미가 아니라……."

"죽고 싶지 않았어."

그 말을 자르고 가말이 대답했다.

"감염될 때 기억은 잘 나지 않아. 하지만 계속 그 생각을 했던 거 같아. 절대로 죽고 싶지 않다고."

열여덟의 나이에 갓 결혼한 새신부가 난데없이 살해당하면서 얼마나 강렬하게 그 생각을 했을까. 애잔하기도 하고 그걸 버틴 게 기특하기도 해, 도영은 가말의 머리를 쓰다듬었다. 하지만 가말은 도영이 그러는 건 좋지만 왜 갑자기 그러는지는 이해하지 못하는 기색으로, 다만 그가 머리를 쓰다듬어주는 데 기뻐했다.

"가죠."

도영이 말하자 엘리오가 차를 출발시켰다. 신난 가말은 마트로 가는 내내 열어놓은 창문 너머로 바람을 맞으며 좋아하는 강아지처럼 밖을 구경했다.

이내 마트에 도착해서 내리려고 하자, 도영이 집에서 챙겨온 모자를 가말에게 건네주었다.

"이거 써."

"왜?"

"눈에 띄니까."

도영이 하는 말이라 가말은 그냥 순순히 따랐다. 그리고 셋은 마트로 들어갔다. 내부 모습을 본 가말은 저도 모르게 탄성을 흘렸다.

"와……."

섬에서 나와서도 계속 기지에 있었던 탓에 대형 마트를 처음

와본 가말로서는 수많은 물건이 종류별로 정리되어 있는 모습이 경이로웠다. 현대인들에게는 일상적인 모습일지 몰라도 현대가 되기 전까지는 불가능했던 제품을 만드는 기술, 유통 라인, 인력 관리 시스템 등등 온갖 기술이 합쳐진 정수가 마트였던 것이다.

"가말. 한눈팔지 마."

도영은 말하고 엘리오를 도와 장을 보기 시작했다.

티셔츠에 청바지를 입고 있을 뿐이지만 도영은 멀리서도 눈에 띄어서, 장을 보는 여자들이 그를 힐끔거렸다. 하지만 도영은 그런 시선에 이골이 난 듯이 전혀 의식하지 않았다.

휠체어에 앉은 엘리오가 선반 위쪽 칸에 있는 소스를 가리키자 도영이 꺼내서 병 뒤에 적혀 있는 영양 정보를 읽었다. 허리에 한쪽 손을 걸치고 약간 삐딱하게 서 있는 뒷모습에 본드를 발라 놓은 듯이 여자들의 시선이 떨어질 줄을 몰랐다.

이내 두 남자는 소스를 카트에 담고 밀가루 쪽으로 이동했다. 엘리오가 선반을 보며 말했다.

"20kg짜리로 하자."

그에 도영은 한마디 하지 않을 수 없는 모양이었다.

"빵집 차리시게요?"

"가말이 있으니까."

"저 자식 먹을 빵 만들다가 저희만 늙겠네요."

그러면서도 도영은 밀가루 20kg짜리 두 개를 집어서 카트에 담았다. 그때 팔에 도드라지는 근육에 여자들은 거의 신음했다. 개중 한 여자는 말을 걸어보려고 막 결심하는 것 같았다. 그때 가말이 척척척 도영에게 다가가, 제 모자를 벗어서 그에게 푹 씌웠다. 난데없는 행동에 도영은 모자의 챙을 들며 물었다.

"뭐야?"

"눈에 띄니까."

도영은 잠깐 황당하단 듯이 가말을 보더니, 그녀가 주변을 경계하며 제게 붙자 그냥 피식 웃고는 계속 장을 보았다.

가말은 도영을 집중 마크하며 따라다녔다. 하지만 도영을 지켜야 한다는 사명감도 처음 보는 신기한 물건들 앞에서 조금씩 흐려져, 자꾸만 한눈을 팔았다. 그러다가 어느 순간 두 남자와 떨어져서 선반 위에 있는 봉제 인형을 보고 있을 때였다. 아래에서 시선이 느껴져 보니, 다섯 살쯤으로 보이는 남자아이가 넋을 놓고 가말을 올려다보고 있었다. 그런데 가말은 아이가 쥐고 있는 봉지에 더 시선이 갔다.

"그건 뭐야?"

그러자 아이는 어린아이 특유의 카랑카랑한 프랑스어로 대답했다.

"하리보."

"하리보?"

가말은 고개를 갸웃했다. 그녀가 새로운 젤리의 대명사가 된 유명 젤리 회사의 이름을 알 리 없어서였지만, 아이는 가말을 외계인 보듯이 보았다.

"하리보 몰라?"

"몰라."

그러자 아이는 봉지에 손을 넣어 젤리를 꺼내더니 건넸다.

"자. 알게 될 거야."

가말은 진심으로 감탄했다.

"너 멋있다."

그때 가말이 보이지 않아 다시 돌아온 도영은 그 모습을 보고 기가 찼다. 둘 사이에 적어도 로마 제국이 일어섰다 망하는 정도의 나이 차가 있다는 건 알고 있을까? 사람이 노인이 되면 오히려 어린아이가 된다고 하듯이 가말도 갈수록 더 어려지고 있는 건 아닌가 싶었다.

"먹어 봐."

크면 여자깨나 울릴 카리스마를 뽐내며 아이는 말했다. 그러자 가말은 몰랑거리는 게 신기하면서도 경계하는 얼굴로 젤리를 입안에 넣었다. 그리고 심 봉사가 눈을 뜨듯이 눈을 번쩍 떴다.

"맛있어……!"

마트에서 돌아온 이후 가말은 소파에 앉아 원통 젤리 박스를 품에서 놓지 않았다. 엘리오는 그런 가말을 보고 난감해하는 웃음을 지었다.

"괜찮을까?"

"루아스인데 배탈이야 나겠어요."

식기를 헹구고 있는 도영은 대수롭잖게 말했다. 엘리오는 가말을 보며 웃는 얼굴을 숨기지 못했다. 삼천삼백 년을 살았다는 루아스가 처음에는 황당하고 기막혔지만…….

"루아스가 다 저렇게 귀엽다면 나도 한 마리 키우고 싶구나."

"저는 반대예요."

도영은 바로 말했다.

"식비가 얼마나 드는지 아세요? 오죽하면 루아스를 군인으로 만든 게 정부 지원 없이는 식비가 감당이 안 돼서라는 소리가 있겠어요?"

엘리오는 피식 웃었다.

"줄리앙이 생각나, 어쩐지. 이상하지. 전혀 닮은 구석이 없는데."

"괜찮아, 아버지. 줄리앙은 행복해."

갑자기 가말이 젤리 박스를 안은 채로 끼어들었다. 엘리오는 웃음을 머금고 물었다.

"네가 줄리앙은 어떻게 알아?"

"줄리앙이 말해줬어."

가말이 웃지도 않고 한 말에 엘리오는 의아해졌다.

"줄리앙이?"

"응."

가말은 고개를 끄덕였다.

"여기 없는 사람들이 내게 말해. 내게 속삭여. 하고 싶은 말을."

"그럼 영매 같은……?"

엘리오는 딱히 그런 걸 믿지 않으면서도 저도 모르게 묻고 말았다. 하지만 이번에 가말은 고개를 저었다.

"그런 건 아냐. 대다수 사람들이 죽은 사람의 이야기를 듣지 못하는 건 들을 생각이 없기 때문이야. 죽은 사람들은 자기 말을 들을 생각이 없는 사람들한테는 말을 걸지 않으니까."

별안간 유창하게 말했다.

언어 실력이 늘어도 가말은 버릇이 됐는지 아이처럼 브로큰 언어를 썼다. 하지만 종종 문법적으로 완벽한 말을 할 때가 있었는데, 그럴 땐 사람이 달라 보였다.

도영도 가말을 쳐다보고 있었다. 틀어놓은 수도꼭지에서 물이 쏴아아, 쏴아아, 계속 흘러내렸다.

"하지만 난 줄리앙과 이야기하고 싶어."

엘리오는 왠지 모르게 다급해져 말했으나 가말은 고개를 저었다.

"하지만 이야기할 수 있다고 믿지 않잖아."

"그건……."

엘리오는 말문이 막혔다. 그러다가 물었다.

"줄리앙이 행복하다고 했지? 정말 그렇게 말해?"

"응."

그 대답에 엘리오는 저도 모르게 눈가가 뜨거워졌다.

줄리앙이 행복하다. 그 말만으로도 엘리오는 그가 다리를 내놓으면서도 구하지 못했던 제 형제에 대한 죄책감으로 보냈던 숱한 불면의 밤이 괜찮아지는 느낌이었다.

"울지 마. 내 얼굴로 바보 같아 보이니까."

가말의 말에 엘리오는 놀라 눈을 크게 떴다.

"그 말은……."

줄리앙이 자주 하던 말이었다.

가말은 눈매를 둥그렇게 휘며 웃었다. 꼭 줄리앙이 드물게 한 번씩 웃어주던 것처럼.

"제가 말해준 거예요."

그때 도영이 말했다.

"너 이제 사기도 치냐?"

도영이 기가 찬다는 투로 말하자 가말은 오히려 분통을 터뜨렸다.

"아, 도영. 말하지 않았으면 엘리오는 정말 줄리앙이 행복하다고 생각해."

"우리 삼촌이 알면 네가 뭔데 내 마음을 아는 척하냐고 화낼걸. 우리 삼촌 무섭다. 너 하는 게 하도 기막혀서 그냥 보고 있었는데 우리 아버지 능욕이 도를 넘기 전에 그만해라. 사과해, 인마."

그 대화를 들으며 엘리오는 눈물이 쏙 들어간 상태였다. 그러자 가말은 정말로 미안해하며 말했다.

"미안, 엘리오. 엘리오 슬프지 않게 해주고 싶었어."

"허리 숙여서 사과해."

도영이 말하자 가말은 또 순순히 따랐다. 그런데 젤리 박스를 안은 채로 허리를 숙인 탓에 소분되어 있는 젤리 봉지가 우르르 떨어졌다.

"아, 이 자식이. 당연히 쏟아진다고 생각했어야지, 바보야?"

도영이 타박하며 젤리 봉지를 주웠다. 가말도 옆에 쪼그려 앉아 주우면서 말했다.

"도영 말 들었어. 도영 잘못이야."

"이제 남 탓까지 하나?"

아옹다옹하는 모습을 보며 엘리오는 황당해있다가 이내 실소를 짓고 말았다. 어쩐지 이 이상한 그림도 괜찮아 보이는 기분이 들었다.

젤리를 다 줍고 난 가말이 엘리오를 보더니, 그를 가만히 끌어안고 속삭였다.

"고마워."

도영은 그게 어쩐지, 제 쌍둥이의 손에 살해당한 그녀가 제 몸이 상하는 것도 신경 쓰지 않고 자신의 형제를 구하려고 했던 엘리오에게 그래줘서 고맙다고 이야기하는 것 같았다. 그래서 뻐근한 흉통 같은 감정이 가슴을 조여왔다.

엘리오는 가말의 등에 손을 얹은 그대로 물었다.

"가말, 내 딸 할래?"

"안 돼요."

가말이 대답하기도 전에 도영이 잘랐다. 그러자 엘리오는 도영이 그럴 줄 알았다는 양 짓궂은 얼굴을 했다.

"딸도 여러 가지 딸이 있는 법이니까."

놀리려는 의도가 다분한 투에 도영은 골치가 아팠다.

"아버지."

가말은 둘의 대화를 이해하지 못해 영문을 모르는 얼굴이었지만 한 가지는 이해했는지 넌지시 물었다.

"괜찮아? 나 뱀파이어인데."

엘리오는 어깨를 으쓱였다.

"난 도영이의 아내 될 사람이 어떤 인종인지 전혀 신경 쓰지 않아. 그런데 군이 어떤 종인지 신경 쓸 이유가 없지."

"그건 아무리 프랑스인이라도 너무 오픈마인드인데요."

오히려 도영이 말했다. 가말은 활짝 웃고 다시 엘리오를 안았다.

"엘리오는 이미 내 타와야."

공간에 발소리가 울려 퍼졌다. 그리고 긴 그림자가 을씨년스러운 복도를 걸어가는 발을 쫓아왔다.

재소자용 실내화를 신은 발은 어떤 방 앞에 도착해 안으로 전서구의 다리에 다는 메시지처럼 둥글게 말려 있는 종이를 밀어 넣었다. 그러자 어둠 속에서 손이 나와 종이를 가져갔다. 그리고 종이를 느긋한 손짓으로 돌돌돌 펼쳤다.

그런데 내용을 확인하던 손의 주인이 멈칫했다.

"가말을…… 찾았다고?"

어둠 속에서 낮은 목소리가 믿을 수 없다는 어조로 중얼거렸다.

와스락. 꾹 종이를 쥐자 종이가 주먹 안에서 우그러졌다. 그리고 짐승의 울음소리처럼 나직하게 짓씹는 음성이 따라왔다.

"그런 곳에 숨어 있었군. 그러니 찾을 수가 없었지."

토라는 패스트푸드 식당에 앉아 있었다. 저 멀리 키오스크에서 주문하는 자인이 보였다. 그냥 앉아서도 주문할 수 있었지만 그에게서 한숨 돌릴 시간이 필요했는지 그녀는 굳이 키오스크로 가서 주문하고 있었다. 그 모습을 보며 토라는 턱을 괴고 중얼거렸다.

"엉덩이가 멋지네."

딱 올라붙은 것이 가죽 바지라도 입으면 남자들 눈이 돌아갈 것 같았다.

하지만 자인은 외적인 부분에는 전혀 관심이 없어 보였고 오히려 예쁘다는 소리에 알레르기를 일으켰다. 물론 군인이란 점을 감안하면 '여자'보다 '사람'으로 인식되고 싶다는 마음을 이해는 했다. 그렇지만 그녀는 도가 지나쳐서 자기가 좋아하는 남자 앞에서도 저럴까 싶었다.

"자인 서머."

어젯밤에 같이 잔 여자, 이름이 뭐였더라. 델마였나. 그녀가 호텔 방 탁자의 맞은편에 앉아 말했다.

"28세. 고등학교를 졸업하자마자 부사관으로 입대해서 시험을 보고 장교가 됐어요. 그래서 나이에 비해 군에서 구른 짬이 좀 있어요. 델타포스를 거쳐서 현재……."

아니, 이름이 엠마였던 것 같았다. 엠마는 말을 끌다가 패드를 내리고 말했다.

"그 악명 높은 정보활동국 산하 SAU(특수활동팀, Special Activity

Unit) 소속의 공작원이에요."

"역시 일반 군인은 아니었군."

토라는 머리를 쓸어 올리며 소파 등받이에 뒷목을 기댔다.

그에게 일반 군인을 붙여 보내진 않을 거라 생각하긴 했지만 레기온 간부의 비밀스러운 취향까지 알아내온다는 정보활동국의 공작원이라니. MCTC가 그를 수상하게 여기고 있다는 말과 동의어가 아닌가?

엠마는, 아니 다시 생각해보니 엘마였다. 어차피 그쪽도 본명은 아닐 테니 별로 중요한 건 아니었다. 아무튼 엘마는 어깨를 으쓱였다.

"어디서 이런 언니한테 걸릴까 봐 무서울 정도예요. 사하라와 예멘에 파병도 다녀왔더군요. 최전방에 있었어요. 자원해서."

토라는 천장을 보며 생각에 잠겨 있다가 다시 몸을 제대로 일으키고 엘마를 보았다.

"그래서 정보를 가져다준 대가는?"

그러자 엘마는 자리에서 일어나더니 도발적인 몸짓으로 토라의 무릎 위에 앉았다. 그리고 만만치 않게 악명 높은 뒷동네 정보거래상답지 않게 매력적으로 웃었다.

"당신이요."

토라는 빙긋이 웃었다.

"싸게 먹히네."

엘마는 코웃음을 쳤다.

"비싸게 먹히는 거죠. 정보활동국의 뒤를 파는 게 쉬운 일인 줄

알아요?"

그러면서 토라에게 가까이 다가왔다.

"그러니까 소문대로 빽 가게 해줘요, 토라 사타디."

그때 주문을 끝낸 자인이 와서 맞은편에 앉았다. 토라는 물었다.

"군인이 된 이유가 있어?"

자인은 웬 갑작스러운 질문인가 싶었지만 그냥 대답했다.

"군인이 된 데 다른 이유가 있겠습니까? 보호가 필요한 사람들을 보호하기 위해서죠."

"그래도 그런 결심을 하기에 열일곱은 좀 이르지 않아?"

토라가 그걸 어떻게 아는 건가 싶어 자인은 눈을 치켜들었다. 그러자 토라는 턱을 괴고 있는 그대로 어깨를 으쓱였다.

"타오 대위가 말해줬어."

타오 대위도 말해준 적 있기 때문에 거짓말은 아니었다. 납득했는지 자인은 별 기색 없이 눈을 내리며 말했다.

"어떤 아이들은 빨리 어른이 되기도 하니까요."

"자인도 그렇고?"

갑자기 자인은 한숨을 내쉬었다.

"밖이라 계급으로 부를 수 없다면 최소한 성으로라도 불러주십시오."

얼마나 봤다고 친한 척 이름을 불러대는 게 마뜩잖았다. 하지만 자인은 그 말을 하기 전에 자기 성이 뭔지 더 깊이 생각해보거나 토라 사타디라는 남자를 더 알았어야 했다.

"서머."

토라의 눈가에 천천히 웃음이 번졌다. 꼭 여름의 향기가 나는 싱그러운.

"계속 생각했는데 엄청 화사한 이름이야. 부를 때마다 설렐 거 같아."

약간의 시간이 지나고, 토라는 난감해하는 얼굴이 되었다. 이건 무슨 반응인지 자인은 메두사의 눈을 본 양 굳어 있을 뿐이었기 때문이다. 그러다가 난데없이 일어나 걸어가기 시작했다. 토라는 물었다.

"어디 가?"

자인은 흘긋 돌아보고는 말했다.

"화장실이요."

"이 타이밍에?"

"마려운 타이밍이 따로 있어요?"

반박할 말이 없어 토라는 어깨를 으쓱였다. 하여간 목석하고 부딪치면 목석이 아프다고 울 여자였다.

토라는 아무 의미 없는 곳에 시선을 맞추고 생각했다.

'하지만 누군가를 배신하는 법은 모르겠지.'

반면 화장실을 향해 뚜벅뚜벅 걸어가는 자인은 화장실에 가까운 곳에 있는 한 테이블 옆을 지나갔다. 자리에는 두 남자가 마주 보고 앉아 있었다.

순간 자인이 개중 한 남자를 쾅 소리가 나도록 탁자에 엎는 동시에 총으로 관자놀이를 겨누었다.

"너흰 뭐야? 왜 우릴 따라다니는 거지?"

안 그래도 계속 미행하는 남자들을 의식하고 있었다. 남자들은 미행에 특화된 듯 티가 나지 않았지만 그들에겐 아쉽게도, 자인은 한 번 본 사람은 절대 잊지 않았다.

「너 지금 제압당한 거야?」

그런데 맞은편에 앉아 있는 다른 남자가 황당하게 물었다. 자인이 아니라 제 일행에게. 그러자 탁자에 엎어진 남자가 억울하다는 듯이 말했다.

「이렇게 갑자기 덤빌 줄 누가 알았겠어?」

「이 여자는 쉬라카도 아니잖아!」

「거의 쉬라카 같았다고!」

자인은 미간을 씨푸렸다. 그리고 그녀가 잡고 있는 남자의 뒷목을 붙잡아 세워 옆벽으로 밀어붙이며 그의 미간 정중앙에 총구를 들이밀었다.

"이게 장난감으로 보여?"

그제야 남자는 긴장하는 기색이었다. 그때 와장창 뭔가가 떨어져 부서지는 소리가 났다. 느닷없는 소리에 놀랄 법도 했으나 자인은 흘긋 시선만 돌려서 뒤를 보았다.

"어머! 죄송해요!"

토라 곁을 지나가던 웨이트리스가 실수로 음료수를 쏟은 모양이었다. 사실 자기 혼자 발이 걸려 휘청거리다가 바닥에 쏟아서 토라에게는 묻지 않았지만 어째서인지 그에게 열심히 사과하고 있었다.

"괜찮아요."

토라는 사람 좋아 보이는 얼굴로 웨이트리스를 달랬다. 그들은 어쨌거나 이쪽은 이쪽의 일을 하려는데, 분명히 자인의 팔꿈치에 목이 눌려서 벗어날 수 없던 남자가 일어났다. 그리고 자인은 남자가 앉아 있던 자리에 누워 있었다. 남자가 자인을 붙잡아 옆으로 넘기는 동시에 뱀처럼 미끄러져 빠져나오며 그녀를 의자에 내던진 것이었다.

이래 봬도 자인은 훈련받은 특수부대원이었다. 그리고 남자들은 루아스가 아닌 인간들이었다. 그런데 그녀를 상대로 그런 탈인간적인 움직임을 보인 주제에, 남자들은 부리나케 도망가기 시작했다. 그것도 급하게 도망치느라 한 번 미끄러지기까지 하고.

자인은 하도 기가 막혀서 의자에 누운 그대로 남자들이 사라지는 모습을 쳐다보았다.

"괜찮아?"

토라가 옆에 와서 손을 내밀며 물었다.

"무슨 일이야?"

자인은 그 손을 잡고 일어났다.

"미행이 붙은 거 같아요."

"어느 쪽에서?"

"그거야 모르죠."

말하는데 토라가 여전히 손을 잡고 있었다. 크고 따뜻한 손이었다. 자인은 당장 손을 잡아 뺐다. 그리고 갑작스러운 해프닝에 인상을 쓰고 있는 가게 주인에게로 가서 말했다.

"미안합니다. 스토커가 나타난 거 같아서요."

"요즘 스토커들은 단체로 다닌답니까?"

주인도 그다지 변명에 설득되지 않은 얼굴이었다. 그래도 자인은 당황하지 않고 어깨를 으쓱였다.

"그러게요. 요즘은 역할 분담이라도 하는 모양이네요."

그러자 주인은 다소 회의적이기는 해도 선량한 시민으로서의 의식은 살아 있는지 물었다.

"경찰에 신고해줄까요?"

그러면서 토라를 쳐다보는 게, 저런 덩치가 따라다니는 데 굳이 필요하겠냐고 생각하는 것 같았다.

"괜찮아요."

말하고 자인은 그런 얼굴을 처음 보는 토라로서는 놀랍게도 빙긋이 웃었다.

"직접 죽여버릴 거거든요."

왜 등골에 소름이 돋았는지는, 토라는 모를 일이었다.

자인과 토라는 식당에서 나와 호텔에 체크인하고 엘리베이터에 올랐다. 그리고 평소대로 자인이 먼저 토라가 묵을 방을 확인하고 아무 이상도 없자 말했다.

"그럼 쉬세요."

토라는 싱긋 웃었다.

"고마워, 서머."

자인은 성으로 불러달라고 했던 제 입을 때리고 싶은 기분이었지만 제가 먼저 그러라고 했기 때문에 두 말을 할 수도 없었다. 그래서 별말 없이 제 방으로 갔다. 그리고 총을 꺼내 확인하고 다시 제자리에 넣고 창문을 열었다. 어두운 골목길이 내려다보이는 아래를 보자 서늘한 밤바람이 얼굴에 훅 끼쳐왔다. 5층이어서 그렇게까지 높진 않아도 인간으로서는 떨어지면 중상을 면할 수 없었다.

창틀을 잡아 단단한지 확인하고 팔에 힘을 주어 몸을 돌려 바깥으로 나왔다. 그리고 돌출된 부분을 밟아 옆방의 창문 옆 턱으로 옮겨갔다. 흘긋 창문 안을 들여다보자, 씻으려고 하는지 상의는 탈의하고 바지만 입고 있는 토라가 욕실로 들어갔다. 그리고 욕실 문이 닫혔다.

자인은 조금 기다렸다가 베란다에 발을 디디고 조심히 창문을 열었다. 아까 토라의 방을 확인할 때 바깥을 보는 척하며 창문을 열어보고 잠금장치를 잠그지 않았기 때문에 쉽게 열렸다.

쏴아아……. 욕실 안에서 샤워 물줄기 소리가 들려왔다. 자인은 총을 꺼내 쥐고 욕실 문 옆으로 다가갔다. 토라를 제압할 기회는 그가 욕실을 나오면서 방심하고 있을 때 한 번뿐이었다. 그래서 물줄기 소리가 멈추기를 기다렸다.

'아니, 잠깐.'

지금 나는 건 물줄기가 서 있는 사람의 몸에 부딪혀서 불규칙하게 떨어지는 소리가 아니었다. 이건, 일정하게 바닥에 부딪히는 소리였다.

깨닫자 자인은 휙 돌아서며 총을 겨누었다.

거기엔 토라가 마른 상태로 서 있었다. 무표정한 얼굴로.

"……!"

하지만 뭔가 더 해보기도 전에 토라가 총을 잡은 팔목을 잡으며 벽으로 밀어붙였다. 그에 자인은 세차게 벽에 부딪히면서 총을 놓치고 말았다.

자인이 다리로 걷어차려고 하자 토라는 살짝 물러났다가 그녀를 돌려 뒤에서 몸으로 압박했다. 자인이 몸을 들썩였지만 바위에 깔린 것처럼 꼼짝도 하지 않았다. 이래서 루아스를 상대할 때는 허점을 노려서 단번에 끝내야 하는데, 최악의 상황에 빠지고 말았다.

"쉬. 해치려는 게 아니야."

자인이 거칠게 저항하자 토라는 몸을 더 지그시 누르며 귓가에 속삭였다. 하지만 자인은 눈이 찢어질 듯이 뒤에 있는 토라를 노려보았다.

"놔주십시오."

"설명해줄 테니까 잠깐만 가만히 있어. 중위라면 가만히 있을 거 같지 않아서 나도 어쩔 수가 없었어."

여전히 자인을 압박한 채로 토라는 현관문을 돌아보고 말했다.

"들어와."

그때 문이 열리고 사람들이 들어왔다. 낮에 보았던 남자 둘이었다. 토라는 난감해하는 웃음을 짓고 그들에게 말했다.

"너희 때문에 이렇게 됐잖아. 하여간 따라오지 말라고 했는데."

남자 중 하나가 미안해하며 말했다.

"죄송합니다. 아무래도 신경이 쓰여서."

자인은 눈에 힘을 주었다.

"지금 이투하는 움직일 수 없을 텐데요."

남자들이 '이투하' 소속이라는 건 한눈에 알아보았다. 하지만 MCTC 중앙근위사단 내 제1 예거 연대에 소속되어 있는 이투하 부대는 현재 전 부대가 행동 금지 조치 상태였다. 기지에서 벗어날 수도 없는.

그런데 다른 남자가 말했다.

"저희는 이투하가 아닙니다. 이투하 지망생이죠."

짙은 피부에 검은 눈동자. 남자들의 원주민 같은 생김새는 익숙했다. 그리고 인간이면서 도저히 인간 같지 않은 움직임은 더 익숙했다.

쉬라카. 그건 사타디어로 '뱀파이어'를 의미하는 말이었다.

"그러니까 생긴 게 너무 눈에 띈다니까."

토라가 한숨을 지었다. 자인은 그를 보고 빈정거렸다.

「그럼 지망생들께서 대장님이라도 뵈러 오셨나 보죠?」

토라는 흥미롭다는 얼굴이 되었다.

"대단하네. 우리 말까지 할 줄 알다니."

이투하의 두 설립자 중 하나이자 제2분대의 대장, 토라 사타디.

토라를 만나는 순간부터 믿고 싶지 않은 사실이었지만 자인이 상부로부터 전달받은 사항에는 틀림이 없었다. 이 믿을 수 없이 가벼운 남자가 MCTC의 정예부대인 제1 예거 연대 내에서도 압도적인 전력으로 평가받는 용병 부대의 대장이었다.

"안 놔주실 겁니까?"

자인이 노려보며 묻자 그제야 토라는 그녀를 풀어주고는 손을 쑥 내밀었다.

"내놔."

"뭘요?"

"중위가 가슴에 소중하게 품고 다니는 거."

자인은 인상을 찌푸리고 말하려고 했다. 그러자 토라가 선수를 쳤다.

"알고 있으니까 줘."

정적이 흘렀다. 자인은 벗어날 길을 찾을 수 없었다. 아니, 찾는다고 하더라도 상부의 명령 없이 토라의 곁을 떠날 수 없었고, 지금 토라와 척을 지는 게 해답인지도 분명하지 않았다.

어쩔 수 없이 자인은 재킷 안주머니에서 얇은 케이스를 꺼내 건넸다. 그러자 토라는 케이스를 열어, 보완재 가운데 들어 있는 철제 주사기를 집어 들었다. 그걸 보는 이투하들의 –지망생– 표정이 심각했다.

"대장님, 이거 혹시……."

"드디어 우리를 죽일 수 있는 물질을 만들어냈군."

토라는 주사기에서 시선을 떼지 않고 중얼거렸다.

"언젠가 이런 날이 올 거라고 예상은 했지만 생각보다 빨리 왔군."

그러는 토라는 다른 사람 같았다. 그가 이투하의 대장이라는 사실을 알면서도 껄렁거리는 모습을 보면 도저히 믿을 수가 없었는데.

토라는 심각한 눈으로 자인을 보고 물었다.

"이거 성분이 뭐라고 했어?"

자인이 말하려고 하자 토라가 또 말을 가로챘다.

"아무것도 모르지 않는다는 거 아니까."

"모릅니다."

자인은 고집스럽게 말했다.

"그럼 우리가 직접 알아낼 수밖에 없지. 이거 가져가서……."

그러면서 토라가 한 이투하에게 주사기를 건네려고 해, 자인은 발작적으로 말했다.

"이건 명백한 계약 위반 사항입니다."

그러자 토라는 주사기로 자인을 가리켰다.

"그럼 뒤에서 이런 걸 만드는 MCTC는? 이게 레기온 손에 들어가면 어떻게 될 거 같아? 그리고 이런 걸 쥐어서 SAU 소속의 특수부대원을 내게 붙여 보낸 심중은 뭘까? 여차할 땐 날 죽일 셈이었겠지."

자인이 멈칫하자 토라는 기다린 듯이 말했다.

"그래, 알아. 네가 SAU라는 거. 내가 눈치채지 못하게 일부러 인간 대원을 붙였겠지."

자인은 한숨을 내쉬고 재킷의 안주머니에서 사진을 꺼내 테이블에 내려놓았다.

"이게 이유입니다. 라토 대장님은 레기온과 접선했습니다."

사진에는 라토가 어떤 낯선 백인 남자들과 만난 모습이 담겨 있었다. 일전에 라토와 잤다는 여자가 이야기해줬던 인상착의 그대로인.

"저희 측에 알리지 않고요. 이런 행동은 오해의 소지가 다분하죠."

자인이 말했지만 토라는 사진들을 단번에 찢어버렸다. 하지만 자인은 별로 놀라지 않은 투로 말했다.

"원본은 따로 있는 거 아시죠?"

"알아. 그냥 퍼포먼스야. 상징적인 거지. 이런 건 아무 의미가 없어. 라토는 마티를 배신하지 않아."

그선 하늘이 푸르다거나 지구가 둥글다거나 하는 사실을 의심하지 않는 것과 같은 투였다.

"그럼 '마티'의 의도는 뭐죠?"

"그딴 거 없어."

토라는 거의 욕설을 내뱉듯이 말했다.

"마티는 그 끔찍한 미저리 대공 자식한테서 도망 다녔을 뿐이야. 하지만 언제까지고 도망만 다녀서는 해결되지 않는다는 게 분명했지. 그래서 라토와 내가 이투하를 만든 거야. 대공을 제거하기 위해서."

처음에 이투하는 게릴라처럼 정체를 밝히지 않고 소규모로 테러리스트들을 공격하고 사라지는 일을 반복했다. 그러다 언젠가부터 인간이 분명한 자들의 기묘하게 강한 육체 능력이 MCTC의 시선을 끌었다.

그 당시 대공이 이끌던 테러 단체 SN은 점차 중화기로 무장하며 진짜 테러 조직처럼 기세를 불려가고 있었기 때문에 정부나 이투하나 상대하기 힘에 부치기 시작했다. 이투하에게도, 정부에게도 탈출로가 필요한 상황이었다. 정부에겐 민병대의 민첩함과 은밀함이, 이투하에겐 정부의 정규 병력과 무기가 필요했다.

그때 토라는 걸어가서 소파 위에 걸쳐져 있는 티셔츠를 성난 듯이 입으며 말했다.

"MCTC는 우리에게 함께 대공을 없애자고 했지. 우리는 그걸로 충분했어. 그 자식만 없으면 마티가 자유롭게 살 수 있으니까. 하지만 MCTC는 대공을 교도소에 가뒀어. 죽이지 않고."

"법대로 심판한 겁니다. 그리고 대공은 보석과 감형 없는 780년형을 받았습니다. 그건 실제로 사형이나 다름없는⋯⋯."

"스토킹 당해본 적 있어?"

토라는 자인의 말을 끊었다.

"1년만 당해도 피해자가 어떻게 되는지 알아? 근데 심지어 가해자가 가족이야. 상대를 죽이면 가족을 죽였다는 오명과 죄책감을 뒤집어쓰게 되지. 그게 얼마나 미쳐버릴 거 같은 상황인지 아느냐고."

자인은 잠깐 침묵을 지켰지만 결국 별로 변하지 않은 태도로 말했다.

"하지만 정해진 규율이 있고 합의가 있습니다."

제 기준에는 융통성 없는 태도에 토라는 진절머리가 난 듯 고개를 저었다.

"하여간 군인들이란."

이 주제에 관해서는 군인들과 토론해봤자 해답이 없다는 걸 알고 있었다. 그래서 손을 젓고 화제를 돌렸다.

"라토는 제 나름대로 어떻게든 끝을 내려고 한 거야."

"그 결과 인질이 되셨죠."

"여덟 명."

토라는 난데없이 말했다.

"라토와 함께 레기온에 잠입했던 이투하의 숫자야. 전원 살아 돌아왔어. 그게 어떻게 가능했다고 생각해?"

그에 뒤에 서 있는 이투하들은 숙연해 보이는 표정이었다.

"멍청한 자식이 또 혼자 멋있는 척은 다 했겠지."

토라는 거칠게 말했다.

"마지막으로 연락했을 때 라토가 그랬지."

"곧 마티는 자유로워질 거야."

"난 그게 평소에도 자주 말했듯이 그냥 그럴 거라고 희망하는 말이라고 생각했어. 하지만 그 바보가 자기 혼자 해결하려고 했던 거야. 그리고 난 그렇게 생각해. MCTC가 라토와 레기온이 접선하려던 걸 정말 몰랐을까? 오히려 라토를 미끼로 뭔가 알아내려고 했던 건 아닐까? 이투하의 대장이라면 꽤 큰 물고기를 잡을 수 있을 테니까."

그리고 입 밖에 내진 않았지만 모두가 알고 있는 사실은, 이투하의 대장은 두 명이었다. 즉, MCTC 입장에서는 한 명 정도는 불의의 사고로 사망해도 큰 손해가 아니라는 점이었다.

토라도 그 사실을 의식하고 있는 듯 눈빛이 차가웠다.

"사실 이투하는 용병이니까 쓰고 버리기 좋은 패지."

자인은 잠깐 침묵하다가 말했다.

"여태까지 모습은 연기였군요."

"그건 아닐걸요."

한 이투하가 잽싸게 말했다. 그러자 다른 이투하도 질세라 거들었다.

"절대 아니지."

"행여 그럴라고."

"닥쳐."

토라는 말하더니 자인을 보고 한 걸음 내디뎠다.

"미안하지만 몸을 수색하겠어."

뒤에서 이투하들이 중얼거렸다.

"굳이 대장이 수색할 필요는 없는데."

"이런 일엔 꼭 솔선수범이죠."

토라는 눈을 굴리더니 자인에게 물었다.

"다른 놈이 하게 해?"

자인은 꾹 입을 다물었다가 말했다.

"대장님이 하세요."

토라는 자인의 재킷 안으로 손을 넣었다. 그리고 허리로 내려가는데 자인이 몸을 틀었다.

"잠깐, 간지러워요."

뻣뻣하기로는 자작나무가 울고 갈 여자가 몸을 꼬면서 내는 소리가 상당히 자극적이었다. 하지만 토라는 알고 있었다. 이게 작전이라는 걸. 그러니까 작전이라는 걸 알았지만 손안에 쏙 들어오는 허리에서 손을 떼지 못했고, 자인의 눈빛이 자유롭게 색을 바꾸는 문어처럼 변하더니 목을 팔로 휘감을 때까지 아무 반응도 하지 못했다.

"손가락 하나 까딱하지 마."

뒤에서 자인은 형형한 눈빛을 빛내며 토라의 목덜미에 꽂아 넣은 주사기를 누르려는 듯한 손짓을 했다.

"대장님, 알고 있었죠?"

이투하들은 세상 한심하다는 투로 말했다.

"저건 분명히 알고도 당했다는 얼굴인데."

토라는 목이 옆으로 꺾인 그대로 말했다.

"저기, 미안하지만 힘으로 밀어낼 수 있거든."

"그럼 어디 해보시죠."

힘으로 제압하는 일은 어렵지 않았지만 그러면 자인이 그를 신뢰하지 않을 것이다. 지금도 신뢰하진 않을 테지만 더.

"중위, 뭔가 오해하고 있는 거 같은데."

토라는 말했다.

"난 MCTC와 계약을 깰 생각 따위 없어. MCTC는 우리가 레기온으로 넘어갈까 봐 적잖이 경계하는 거 같지만 내가 나쁜 놈들 편을 들면 마티한테 종아리 맞을걸."

자인은 오히려 지네를 본 표정으로 토라를 보았다.

"마마한테 혼날 거 같다는 게 이유입니까?"

"난 라토를 찾고 싶을 뿐이야."

진지한 목소리였다. 그럼에도 자인이 움직이지 않자 토라는
회의적인 어조로 덧붙였다.

"만약 이러고 있다가 라토가 죽기라도 하면 MCTC와 계약을
깰 온갖 이유를 찾을 수 있겠지."

"……."

잠깐 그대로 있던 결국 자인은 주사기를 거두었다. 토라는 목
을 주무르며 몸을 돌렸다. 그러자 자인은 피를 닦으라고 대충 근
처에 있는 수건을 던져주며 말했다.

"제 독단으로 결정할 순 없습니다."

"알아. 중위 상사와 이야기하게 해줘."

그때 이투하들이 작게 말했다.

"대장한테도 카리스마라고 할 만한 게 있었네."

"살다 살다 별일을 다 본다."

자인은 도저히 참지 못하고 외쳤다.

"이투하는 개그맨 집단이었습니까?"

처음 들어보는 소리는 아닌지 토라는 어깨를 으쓱였다.

"그런 소리 자주 들어. 근데 이것도 좀 분대마다 특성이야. 라
토의 분대에는 다 진지 열매를 처먹은 놈들밖에 없거든."

"왜 놀랍지 않을까요?"

자인은 대차게 빈정거렸다.

화면 너머에 있는 SAU의 국장은 말이 없었다. 토라는 빙긋이 웃었다.

"그럼, 협의가 된 겁니까?"

SAU의 국장은 한숨을 내쉬었다.

[일단 군을 대표해 사과드리겠습니다. 저희는 오로지 안전과 보안을 위해 최대한의 조치를 취해야 했기 때문에…….]

토라는 손을 들었다.

"사과를 듣자는 게 아닙니다. 일단 손을 잡은 이상 좀 더 신뢰 해주시기를 부탁드리는 겁니다."

토라는 똑바로 국상을 보고 밀했다.

"이투하는 배신하지 않습니다."

'이투하는 배신하지 않는다.'

그가 말한 그건 이 바닥에 유명한 구절이었다.

용병이지만 이투하는 한 번 손 잡은 이상 결코 동료를 버리고 등을 돌리거나 달아나지 않았다. 제 목숨을 버려서도 신의를 지 켰기 때문에 용병이면서도 이투하가 높게 평가받았다.

"일단 이쪽은 파트로네스의 신변을 군에 맡긴 상태입니다. 인 질로 쓰라는 이야기가 아니고, 그러면 정말 화낼 거니까, 그 정도 로 이쪽이 믿음을 보였으면 일말의 신뢰는 돌려줘야 하지 않느냐 는 말이죠."

뭔가 중간에 무시할 수 없는 말이 지나갔는데 토라가 워낙 웃는 얼굴이어서 헷갈렸고, 국장도 크게 신경 쓰지 않기로 한 것 같았다.

[조치하겠습니다. 그럼 서머 중위는 귀환…….]

"중위는 절 좀 도와줬으면 좋겠군요."

토라는 말을 잘랐다.

"여차할 때 절 죽이는 임무를 맡을 정도의 SAU 대원이라면 도움이 되고도 남겠죠."

그러고는 사람 좋은 미소를 지었다. 이 자리에서 그게 무언의 압력이라는 걸 모를 사람은 없었다.

'이번에는 날 인질로 잡겠다는 셈이군.'

자인은 생각했다.

토라는 국장과의 통화를 끝내더니 자인을 보고 말했다.

"중위는 연기 따윈 못 할 줄 알았더니 꽤 자연스럽던데."

"임무라고 생각하면 꽤 많은 걸 할 수 있죠."

"어디까지?"

토라는 그 나직한 목소리로 물었다. 하지만 자인은 가슴속의 성벽을 더 높이 쌓았다. 일적인 면에서의 오해는 풀렸지만 이 남자에게 여자를 유혹하는 건 숨쉬기 같은 일이고, 재밌는 게임이었다. 그래서 자인은 일부러 눈을 번뜩이며 말했다.

"누군가에게 아주 큰 고통을 줄 수도 있죠."

토라는 그럴 줄 알았다는 듯 절레절레 고개를 저었다. 이번에는 자인이 물었다.

"이젠 뭐죠?"

"뭐가 뭐야?"

"라토 대장님은 어떻게 찾을 생각입니까?"

토라와 이투하들은 서로를 쳐다보았다.

겨우 난리가 정리되고 제 방에 돌아와 샤워를 한 자인은 젖은 머리를 털며 욕실을 나왔다. 그리고 일인용 소파에 앉아, 컴퓨터가 내장된 테이블을 두드려 검색창을 켰다. 그러고는 테이블에 홀로그램으로 뜬 키보드에 '이투하'라고 치자 이투하에 관한 수많은 기사가 떴다.

〈이투하, SN 위성 근거지 격퇴……. 인질 1,285명 구출.〉
〈자유의 전사들.〉
〈눈부신 전공.〉

기사들을 보며 생각에 빠졌다.

'이투하는 철저하게 군 관련 작전에만 나서기 때문에 민간에는 별로 알려져 있지 않은 편이지.'

그들이 바라는 건 명예나 세상의 인정이 아니었다. 오히려 세상에 알려지는 걸 극도로 꺼렸다. 고향 사타디 섬이 알려지길 바라지 않았기 때문이다.

옛날에 이슬람 테러단체 IS를 격퇴하는 데 힘을 보탰던 페쉬메르가(쿠르드 자치구의 군사기관)와 비슷한 점이 있었는데, 이투하의 목표는 독립이 아니라 오로지 '대공의 제거'였다.

사실 이투하의 근거지인 사타디 섬의 인구는 한 구 단위도 되지 않는 데다가 계속해서 하락세였다. 폐쇄된 환경 특성상 불가피한 결과였다. 그래서 정부는 꽤 오래전부터 사타디 섬을 개방할 것을 제안해왔지만 사타디 부족은 완고하게 거부했다. 그들에게는 이투하라는, 무력 면에서나 영향력 면에서나 무시할 수 없는 군사 조직이 있었기 때문에 정부도 무조건 강요할 수는 없었다.

'여태까진 단순히 존재를 드러내지 않으려는 이유가 삶의 방식을 보존하기 위해서라고 생각했지.'

하지만 지금 생각해보면 가말을 감추려던 의도가 더 크지 않았나 싶었다.

이투하는 MCTC에도 그들 사이에 '가말'이란 존재가 있다는 사실을 꽁꽁 숨겼고, 이투하와 계약을 맺은 MCTC가 본인도 모르는 새에 바깥 세계로부터의 울타리가 돼줬기 때문에 가말은 지금까지 숨어 살 수 있었다. 아니었다면 사타디 섬은 애저녁에 누군가에게 발견돼도 발견됐을 것이다. 현재 지구에 진정한 오지란 남아 있지 않고, 도리어 그런 곳이 있다면 인간은 더 탐험하지 못해 안달하니까.

화면에서 시선을 뗀 자인은 제 총을 살펴보았다. 그리고 길게 숨을 내쉬고 소파 등받이에 몸을 기대었다. 긴 하루였기 때문인지 피곤함이 밀려와 총을 쥔 채로 잠깐 잠들었다.

기척이 느껴지자 반사적으로 자인은 확 총을 겨누었다. 총구 끝에 토라가 한쪽 눈썹을 추켜들고 있었다.

"잠든 거 같아서 옮겨주려고."

안도한 자인은 총을 쥔 손의 엄지손가락으로 미간을 문질렀다.

"분명히 문을 잠갔을 텐데요."

"그거 여는 게 뭐 어렵나."

자인은 기가 막혀서 그냥 쳐다보았다. 그러자 토라는 그녀에게로 숙였던 허리를 펴면서 일어나 다른 쪽으로 갔다.

"대답이 없어서."

자인은 눈을 가느다랗게 떴다.

"벨을 눌렀으면 제가 안 깼을 리가 없는데요."

"당연히 안 눌렀지. 침입자가 있으면 어떡해."

황당해서 그를 보다가 자인은 더 황당해서 물었다.

"술은 왜 따는 겁니까?"

"왜긴. 마시려고 따지. 중위도 한잔해."

바에서 술을 따온 토라는 제 방인 양 탁자 맞은편에 앉았다. 자인은 인상을 썼다.

"죄송하지만 전 일하는 중입니다."

"그래. 중위가 같이 마실 거라고는 나도 기대하지 않았어."

그러면서 토라는 술을 한 모금 마시고, 약간 센티한 기분이 드는 사람 같은 얼굴로 말했다.

"이상한 기분이 들어. 중위가 진심으로 날 지켜주려고 하는 걸 보면."

"제가 그러는 게 가소로워 보이실지는 모르겠지만 제 일을 할 뿐입니다."

토라는 찡그린 웃음을 지었다.

"왜 이렇게 사람이 꼬였어? 내 말은……."

그러고는 말하려다가 한쪽 어깨를 으쓱이고 순순히 인정했다.

"그 말이 맞긴 하네. 가소롭다는 게 아니고, 스펙으로만 보면 날 보호해준다는 게 말도 안 되는데 이상하게 중위는 날 보호해 줄 거 같아서. 그게 더 이상해."

"전 군인이니까요. 민병대 대장은 엄밀한 의미에서는 시민이죠."

"얼마나 많은 이투하들이 MCTC와의 작전 중에 죽은 줄 알아?"

"그건…… 실례했습니다. 이투하의 노력을 깎아내리려는 말은 아니었습니다."

자인이 순순히 사과해 토라는 피식 웃었다. 하여간 자인은 에 두르거나 두루뭉술하게 넘어가는 걸 몰랐다. 그런 점이 꼭 군인 다웠지만 모든 군인이 자인 같지는 않다는 점에서 그녀만의 장점 으로 봐도 될 것 같았다.

토라는 말했다.

"대개 이투하들은 태어날 때부터 봐왔던 친구들이야. 사실 처음에는 라토와 나 둘이서 대공을 죽이려고 했어. 그 미저리 자식 때문에 섬에서 나가지도 못하는 마티를 위해 뭔가 결단을 내야 한다고 생각했거든. 그런데 호기로운 놈들 몇이 같이하겠다고 덤 볐고…… 그게 어느새 떼가 됐어."

토라와 라토는 고향 사타디 섬이 어떤 분쟁도 없는 곳이기를 바랐다. 그래서 뱀파이어가 되고 나서 섬에 있는 모든 부족을 하 나로 통합했다. 그 과정에서 본의 아니게 둘은 패배를 모르는 전 쟁의 신이자 부족의 수호신으로 등극해버렸고, 부족의 많은 젊은 이들이 그들을 우상처럼 따랐다. 그리고 믿었다. 불사하는 수호신이 자신들을 보호해줄 거라는, 맹신에 가까운 믿음.

그런 믿음을 가진 자들이 전장에서 겁을 먹거나 물러설 리가 없었다. 이투하의 전설은 그때부터 시작되었다.

「우리 말은 어디서 배웠어?」

토라는 문득 사타디어로 바꿔 물었다.

「이투하 지원부대에서 오래 근무했던 분께 배웠습니다.」

자인도 제법 자연스러운 사타디어로 대답했다.

「아, 그렇군. 열정이 대단하네.」

사실 온갖 기상천외한 능력자들이 모여 있다는 SAU에서도 특별히 감시역으로 보낼 정도면 사타디 부족에 대해 잘 알고 있을 거라고 생각은 했다. 하지만 언어까지 할 줄은 몰랐다. 화자가 얼마 되지 않은 언어라 쓸모라고는 이투하와 대화할 때밖에 없으니까.

「이투하의 어떤 점이 중위의 흥미를 끌었어?」

토라는 물었다.

「인간이면서 그렇게 강할 수 있다는 점이요.」

그러자 자인은 머릿속의 명판에 박혀 있는 말처럼 주저하지 않고 대답했다.

「그리고 어쨌든 한번 신의를 맺으면 온몸을 투신한다는 점.」

연한 갈색 눈이 그를 똑바로 보았다.

「닮고 싶다고 생각했습니다.」

토라는 말이 없었다. 정신이 든 자인은 자신이 왜 토라에게 이런 이야기를 하고 있는지 알 수 없었다.

"그런데 방에 안 돌아가실 겁니까?"

토라는 묘하게 느리게 턱을 괴었다.

"흡혈도 하지 않는 뱀파이어를 그렇게 경계할 거 있어?"

"잘 시간이니까요."

이도 들어가지 않을 자인의 태도에 토라는 소파의 팔걸이를 짚고 일어났다.

"알았어. 하여간 중위 서슬에 술이 어디로 들어가는지도 모르겠어."

그리고 문으로 다가갔다. 자인은 문을 잠그기 위해 따라갔다. 그런데 방문 앞에 다다른 토라가 돌아보고, 그 나직하고 달콤한 목소리로 말했다.

"잘 자."

"주무세요."

자인은 빨리 토라를 내보내고 싶었으므로 그냥 인사했다. 그러자 토라는 숨을 길게 내쉬며 웃었다. 꼭 그녀가 무슨 생각을 하는지 아는 것처럼.

이내 토라가 나가고 문이 닫혔다. 자인은 그가 남긴 미소의 여운에 한동안 닫힌 문을 짚은 채로 서 있었다. 그러다 흠칫 정신을 차렸다.

'아냐, 난.'

토라에게 덤벼드는 수많은 여자들을 제 눈으로 보지 않았던가? 그중 하나가 되고 싶지도, 그들을 모두 물리쳐야 하는 입장이 되고 싶지도 않았다.

"꽤 마음에 드신 거 아닙니까?"

한 이투하가 묻는 데에 토라는 어깨를 으쓱였다.

"그래봤자 날 싫어하는걸."

"대장을 싫어하는 여자도 있습니까?"

"진심으로 싫어한다는 점을 높이 사고 있어."

"심보 참 희한하시네요, 대장 좋다는 그 많은 여자들 다 놔두고 꼭 자기 싫다는 여자만 좋아하는 건."

그에 다른 이투하가 그의 옆구리를 쿡 찔렀다.

"야."

토라는 기가 찼다.

"아주 내가 만만해 죽겠지?"

"설마요. 존경하는 대장님이신 걸요."

능글맞은 말에 토라는 절레절레 고개를 저었다. 그리고 밤거리에 불을 밝히고 있는 호텔을 돌아보았다.

"가자."

그러고는 돌아섰다. 이투하들은 그 뒤를 따랐다.

교외에 있는 호텔이라 거리에는 기척이 거의 없었다. 어스름한 가로등이 어둠 속으로 사라지는 세 남자를 비추었다.

"절 안심시킬 생각이었다면 차라리 자장가를 불러주셨어야죠."

그때 목소리가 들렸다. 세 남자는 '그대로 멈춰라' 노래가 나온 것처럼 멈추었다.

그들이 막 지나가는 어두운 골목 사이에 자인이 팔짱을 끼고 서 있었다. 재킷에 청바지를 입은 외출복 차림으로.

토라는 찡그린 웃음을 지었다.

"먹힌 줄 알았는데."

"연기를 잘하는 편은 아니시더군요."

자인이 어깨를 으쓱이고 한 말에 토라는 한숨을 내쉬었다.

"중위를 무시한 건 아냐. 인간을 데려갈 곳이 아닐 뿐이야."

이투하들은 탈 인간 취급을 받으니까 열외고.

토라가 말하는 사이에 자인이 팔짱을 풀고 걸어 나왔다.

"맞아요. 전 인간이죠."

"그러니까……."

"인간이 SAU 대원이 되려면 어디까지 할 줄 알아야 되는지 아세요? 대답은 하실 필요 없어요. 이해하셨을 테니까요."

그러면서 자인은 토라를 지나쳐 앞서갔다.

토라는 하늘을 보고 한숨을 삼켰다. 하여간 특수부대 쪽 일을 하는 사람들은 어디 위험한 곳에 자기를 빼고 간다는 걸 견디질 못했다. 자기가 쓸모없는 사람이라고 자각하는 걸-아무도 그렇게 생각하지 않아도- 무엇보다 끔찍하게 여겼다.

"그럼 죽지 마. 중위."

자인은 걸음을 멈추고 돌아보았다. 토라는 진지한 얼굴이었다.

"중위가 죽으면 날 용서할 수 없을 테니까."

자인은 어느 순간부터 토라가 자신을 계급으로 부르고 있다는 사실을 깨달았다. 결국 그도 친한 척하거나 꼭 유혹하는 것처럼 굴었던 건 이쪽을 안심시키기 위해 어느 정도 연기를 했었다는 의미였다.

"제가 죽는 데 왜 대장님이 책임감을 느끼죠? 이해가 안 되네요."

자인이 무표정하게 말하고 먼저 걸어가자, 뒤에서 이투하들이 중얼거렸다.

"대차게도 까이네."

토라는 눈을 굴리고 이투하들에게 사나운 눈빛을 쏘았다.

"진짜 혼나기 전에 그만해."

토라는 주머니에서 무언가를 꺼냈다.

"며칠 전에 중위가 자리를 비웠을 때 어떤 사람이 이걸 건넸어."

비닐 백 안에 넣어둔, 상아로 깎은 징식이 달린 가죽 목걸이였는데 피에 젖어 있었다. 피가 검은색으로 굳어 있어서 진흙처럼 보였지만 그게 피라는 건 이 자리에 있는 모두가 알았다. 그리고 낯익은 물건이었다. 자인은 같은 목걸이가 걸려 있는 토라의 목을 보았다.

"라토 대장님 건가요?"

토라는 고개를 끄덕였다.

"마티가 깎아준 거야."

"건넨 사람은 잡았나요?"

"그냥 행인이었어. 전해주기로 한 대신 돈을 받았다더군."

그에 자인은 어둠에 잠긴 길거리 반대편을 돌아보았다.

"누군가가 우리를 지켜보고 있다는 말이군요."

"맞아. 내가 라토를 찾는 걸 알고 있어."

자인은 다시 토라를 보았다.

"그래서요? 이걸로 알 수 있는 단서가 있나요?"

"단서를 아는 놈을 알 수 있지."

토라가 그 말을 한 타이밍에 한 이투하가 불렀다.

"대장님. 가시죠."

그러면서 쇠사슬로 묶어둔 창고의 문을 열었다.

끽. 덜컹.

"들어와."

토라는 자인에게 고갯짓하고 먼저 안으로 들어갔다. 자인은 따랐다. 워낙 외진 곳인 데다 달이 뜨지 않은 밤이어서 내부는 빛 한 점 없이 깜깜했다. 그녀는 야간투시경이 작동하지 않더라도 어둠 속에서 잘 볼 수 있도록 훈련이 되어 있어 인간치고 밤눈이 밝았지만 이 정도로 압도적인 어둠 속에서는 한계가 있었다.

그때 눈앞에 손이 다가왔다.

"보여?"

토라의 목소리였다. 자인은 손목 밴드를 눌러 플래시를 켰다.

"이제 보이는군요."

그러고는 앞서갔다. 그 뒷모습을 보며 토라는 헛웃음을 지었다. 하여간 철벽이 형님하자고 할 여자였다. 진짜 나중에 한번 자기가 좋아하는 남자 앞에서는 어떻게 행동하는지 보고 싶을 정도였다.

자인은 내부를 둘러보았다. 버려진 창고는 반쯤은 비어 있고 반쯤은 덩달아 버려진 물품들이 어지럽게 쌓여 있었다. 그 가운데, 한 사람이 의자에 앉은 채 기둥에 묶여 있었다. 그리고 그 사람은, 자인이 상상도 하지 못한 인물이었다.

라토와 잤다는 여자였다, 그 묘하게 가말을 닮은.

기가 막혀 토라를 보자 자인이 할 말을 예상했는지 그가 먼저 말했다.

"그때 찾아갔을 때 날 보자마자 내 목걸이를 보더라고. 마치 '네가 왜 거기 있냐.' 싶은 눈이었지. 금방 쌍둥이가 있다고 떠올랐는지 표정을 수습하긴 했지만."

"고작 그걸로요?"

"이런 종류의 감은 별로 틀리지 않아."

그러고 토라는 의자를 가리켰다.

"그리고 따지고 보면 라토가 사라지기 전 모든 연쇄의 고리는 이 여자한테서 시작했어. 논리적으로도 이 여자가 제일 수상하지 않아?"

"하지만 근거가 부족하지 않아요?"

"사람들은 머릿속에 어떤 사실이 박히면 거기서 쉽게 벗어나지 못하니까. 가령 이 여자는 '라토와 우연히 하룻밤을 보낸 상대'라거나 '아무것도 모른다'거나. 그 점을 이용한 거겠지."

토라는 주머니에서 낯선 총을 꺼내 그걸로 여자를 가리켰다.

"정체가 들킬 거 같으니까 이걸 막 갈기더라고."

자인은 여자를 보았다.

"근데 꼴은 왜 이래요?"

여자는 이미 제법 얻어맞은 몰골이었다.

"손봐줬지. 이투하는 신사지만 테러리스트에겐 자비가 없거든."

사타디 부족에도 레이디를 존중하는 문화는 있을 텐데…….
자인은 반사적으로 생각했다. 하지만 가말이나 자신을 대할 때
군인으로서 대해주길 바랐던 자인으로서는 기분 나쁠 정도로 매
너가 있었던 걸 반추해보면 정말 이 여자는 여성이기 전에 테러
리스트 대접을 해준 것 같았다.

"그날 라토에게 약을 먹였다더군."

토라는 말했다.

"라토 대장님은 속아서 드셨고요?"

"이 여자가 마티를 닮았잖아. 나보다 마티를 생각하는 사람이
있다면 라토거든. 그 녀석은 마티의 사진도 밟지 않을 거야."

"예수입니까?"

자인이 황당해서 말하자 토라는 기도하듯 손을 모았다.

"그 정도 급."

자인은 미간을 찌푸리고 설마하며 물었다.

"그럼 잤다는 건……?"

"안 잤어. 잤다고 한 거지. 라토한테 많은 재주가 있긴 하지만
늘씬하게 뻗은 상태로 거길 세울 정도로 재주가 좋진 않아. 물론
한때 마티를 좋아했던 적이 있긴 하지만 그건 질풍노도의 시기
에……."

토라는 말하다가 헛 입을 다물었다.

"내가 이거 이야기했다고 라토한텐 이야기하지 마. 화낼 테니까."

아무튼 토라는 붙잡혀 있는 여자를 보고 골치 아파하며 말했다.

"하지만 꽤 질겨. 역시 훈련받은……."

그때 자인이 토라 앞으로 지나가더니 말릴 새도 없이 여자의 뺨을 후려쳤다. 거의 볼이 터지는 소리가 나서 토라와 이투하들도 놀랐다. 이어서 자인은 여자의 머리채를 잡고 잡아 뽑듯이 고개를 일으켰다. 그리고 여자의 볼에 닿을 정도로 얼굴을 가까이 하고 나직한 목소리로 물었다.

"한 번만 물을게. 기억해. 딱 한 번이야. 라토 대장님은 어디 있어?"

여자는 대답하지 않았다. 자인은 바로 여자의 손가락을 부러 뜨렸다. 여자는 몸을 들썩이며 비명을 내질렀다. 생각지도 못한 모습에 토라는 망연히 말했다.

"이거 불법인 거 알지?"

이쪽도 몇 대 때리긴 했지만―물론 토라가 때리면 죽을 테니까 이투하들이― 고문까지는 하지 않았다. 하지만 자인은 고개만 돌려 서늘하게 말했다.

"신고하시려고요?"

"그건 아니지만."

토라는 저도 모르게 대답하자 자인은 몸을 일으키고 재킷을 벗으며 말했다.

"라토 대장님을 찾고 싶으신 거라면 토 달지 마세요."

뒤에서 이투하들이 엄지손가락을 치켜세웠다. 사실 그들은 이래저래 법 따지고 인권 따지는 바깥 세계가 쓸데없이 까다롭다고 느꼈기 때문이다.

심약한 사람에겐 별로 좋지 않은 소리가 울려 퍼지는 동안 토라와 이투하들은 그냥 관중이었다. 어느 순간에는 그들마저 미간을 찌푸리고 말았다.

토라는 넌지시 물었다.

"SAU에서는 이런 것도 가르쳐?"

자인은 몸을 들었다.

"가르치긴 하지만 이건 제 몸으로 배웠어요."

그게 무슨 말인지 더 물어보기 전에 자인이 다시 여자에게 말했다.

"돈 때문에 이러는 거라면 진짜 멍청한 거야. 어차피 쓸 수도 없을 텐데."

그러면서 자인은 땀 때문에 살짝 젖은 머리카락을 쓸어 올렸다. 아무튼 그녀도 여자가 끈질기다는 사실을 인정할 수밖에 없었다.

그런데 토라는 근육이 꿈틀거리는 자인의 등이 섹시하다고 생각해버렸다. 여자의 등 근육에 매력을 느끼는 일이 있을 거라고는 생각하지 못했는데.

"돈 때문이…… 아냐."

그때 여자가 처음으로 쉰 목소리를 내었다.

"그럼?"

"테……."

그러고는 여자가 기절하려고 하자 자인은 머리를 잡아 고개를 다시 젖혔다.

"아직 끝나지 않았어. 물 줘요."

그 말에 이투하 하나가 얼른 물을 떠서 건네주었다. 자인은 가차 없이 여자의 얼굴에 물을 끼얹었다.

"테 뭐라고?"

여자는 젖혀졌던 눈알을 다시 제대로 갖고 왔다. 그리고 천장에 시선을 맞추고, 자인은커녕 현실을 보고 있지도 않은 것 같은 이상한 열기에 젖은 눈으로 속삭였다.

"테렌티, 앗세 수이 에우스타키스······."

자인은 토라를 돌아보았다.

"정신 나간 여자인 건 알았어요?"

"멀쩡해 보였는데."

토라는 중얼거렸다.

"들어본 적 없는 언어 같지만 혹시 나오나 찾아 봐."

그리고 이투하들에게 말하고 여자에게 다가서서 물었다.

"이봐. 누가 라토를 데려갔어?"

여자는 천장의 한 지점에 시선을 멈추고 움직이지 않았다. 토라는 미간을 찌푸렸다.

"마티를 닮아서 마음이 편하질 않아."

"당신들이 이럴 줄 아니까 이 여자를 쓴 거죠."

자인은 한심하다는 눈빛을 숨기지 않고 말했다. 그때 검색을 해본 이투하들이 말했다.

"안 나오는군요. 언어 DB(데이터베이스)에 등록되어 있는 언어도 아니에요. 헛소리한 거 같은데요."

자인은 다시 여자의 머리채를 잡고 흔들며 물었다.

"제대로 말해. 라토 대장님이 만났다던 남자들이 누구야?"

순간 여자가 눈을 퍼뜩 내려 자인을 보았다. 엑소시스트가 필요할 것 같은 느낌에 자인도 미간을 찌푸릴 뻔했다.

"레기온."

독기가 펄펄 끓는 여자의 눈빛은 아까와는 전혀 달랐다.

"라토 대장이 먼저 레기온을 찾아온 거야."

"라토가 그럴 리 없어."

토라는 단박에 반박했다. 여자는 코웃음을 치고 고갯짓했다. 이투하들이 탁자 위에 올려놓은, 제 손목 밴드를 가리키는 것이었다.

"사서함에 있는 음성메시지를 들어봐. 비밀번호는 0813야."

그에 이투하 하나가 사서함에 있는 메시지를 재생했다.

[도와주는 조건은 우리 섬이야.]

그러자 흘러나오는 건 라토의 목소리였다.

[태평양 연합은 우리 섬이 자기들 영토라면서 소유권을 주장하고 나섰어. 우리 사타디 부족이 자기들 국민이라는 거지. 이투하는 자기들 군대고.]

자인이 쳐다보자 토라는 고개를 끄덕였다.

최근 그 일 때문에 토라와 라토는 다소 골머리를 앓고 있었다. 확실히 이투하는 어느 정부나 탐낼 만한 전력이었고, 아슬아슬하게 사타디 섬 근처까지의 바다를 소유한 태평양 연합도 그중 하나였기 때문이다.

[투항하지 않으면 무력 진압하겠다고 했어. MCTC가 중재에 나섰지만 태평양 연합이 MCTC에 내는 분담금을 생각하면 섣불리 나설 수 없을 테지. MCTC의 전쟁에서 내 형제들이 죽어나갔어. 근데 MCTC가 하는 꼴을 봐.]

라토는 나직한 분을 토했다.

[애초에 바깥 세계의 인간들 따위, 믿는 게 아니었어.]

"웃기지 마!"

토라가 내리치는 주먹에 와르르 책상이 부서졌다.

"이게 라토 목소리라고 어떻게 믿지? 조작하지 않았다는 증거는?"

여자는 기분 나쁘도록 빙글거렸다.

"그렇게 의심이 된다면 본인 눈으로 확인해 봐."

갑자기 이투하들이 홱 돌아보았다.

"대장님."

끼이이익. 이어서 철문이 양쪽으로 활짝 열리고, 검은 물이 밀려들 듯이 남자들이 나타났다.

"토라 대장님."

선두에 있는, 검은 양복을 입은 남자가 정확하게 토라를 보며 말했다. 누가 이투하의 대장인지 알고 있다는 의미였다.

남자는 우아해 보이기까지 한 손짓으로 뒤쪽을 가리켰다.

"모시겠습니다."

자인은 기가 막혔다. 누가 이런 노골적인 초대에…… 생각하는데, 남자를 쳐다보던 토라가 앞으로 나섰다. 따라나서려는 듯이. 자인이 놀라서 토라의 팔을 잡았다.

"함정일 수도 있어요."

아니, 분명히 함정이었다. 하지만 라토는 상관하지 않는다는 투로 말했다.

"라토를 찾아야 돼."

"MCTC에 정식으로 구출 작전을 요청해요. 어쨌든 라토 대장님이 레기온과 접촉하면서 알아냈을 정보만으로도 상부를 설득할 수 있는……."

"지금 당장 뛰어가도 부족할 판에 그 지리멸렬한 프로세스를 다 거치란 말이야?"

토라가 상부의 허가가 나오기까지 지난한 과정을 겪어보지 못했다면 오히려 설득됐겠지만 잘 알기 때문에 역시 그걸 잘 아는 자인이 지금 그런 제안을 한다는 게 이해되지 않았다. 이미 라토가 실종되고 상당한 시간이 흘렀으니 조금만 더 지체해도 그를 아예 잃을 수도 있었다.

"내가 왜 바깥 세계를 별로 좋아하지 않는지 알아? 가장 중요한 게 뭔지 모르기 때문이야."

토라답지 않게 거친 어조였다. 그에 자인은 눈가가 움찔 떨렸다. 사실 '토라답다'라는 것도 그녀가 만들어낸 편견이겠지만, 좌우간 함정이 분명한 곳에 이대로 보낼 수는 없었다.

"성공 확률을 따지는 거예요."

하지만 토라는 전에 본 적 없이 차갑고 오만한 얼굴로 말했다.

"인간의 도움 따위 필요 없어. 특히 여자의 도움은."

그도 어쩔 수 없는 루아스라는 걸 자인은 깨달았다.

루아스들은 자신들의 육체를 과신하는 경향이 있었다. 사실 이투하 덕분에 MCTC가 질 뻔했던 전투에서도 승리해왔던 전적을 고려하면 토라로서는 과신하는 것만은 아니겠지만, 일단 루아스들은 제 힘에 지나친 자신감이 있어 자신이 질 거라고 생각하지 않았다. 혹은 함정에 빠져도 충분히 해결할 수 있다고 믿거나.

자인이 더 할 말이 없어 보이자 토라는 돌아섰다. 그리고 이투하들에게 말했다.

"너희들도 남아."

"대장님."

이투하들이 반발했지만 토라는 단호했다.

"차라리 나 혼자가 나아."

같이 갔던 여덟 동료를 구하느라 인질로 붙잡힌 라토의 전례를 생각하면 더욱.

"하지만……."

이투하들이 다시 반박하려고 했으나 토라는 더 말을 듣지 않고 걸음을 옮겼다. 그 뒤를 검은 남자들이 따랐다. 자인은 눈에 꾹 힘을 주고 그 모습을 바라볼 뿐이었다.

가말은 가슴 밑에서 리본으로 묶는 장식이 된, 자잘한 꽃무늬가 들어간 원피스를 입고 있었다. 머리는 아침에 사랑이 외출하기 전에 땋아서 묶어줬는데 지금은 반쯤 풀어져 헐렁하게 늘어진 상태였다. 그리고 섬에서는 늘 맨발로 다녔기 때문에 신발이 불편해서, 지금도 하얀 끈 샌들을 발가락에 불량하게 대충 걸치고 있었다. 좋게 말해 자유분방해 보이고 솔직하게 말해서 머리에 꽃만 꽂으면 미친년 같아 보이는 상태였다.

그 모습으로 덱의 난간에 팔꿈치를 댄 양손으로 턱을 괴고, 호스로 정원에 물을 주고 있는 도영을 지켜보다가 중얼거렸다.

"멋있다……."

엉덩이가 단단한 뒤태는 아무리 보고 있어도 질리지 않았다. 특히 이제는 이렇게 보고 있어도 된다는 권리 의식까지 더해져, 가말은 발가락에 걸친 샌들을 까딱거리며 도영을 당당하게 쳐다보고 있는 중이었다.

그때 도영이 그녀를 돌아보았다.

"어째 시선이 수상한데?"

"도영 엉덩이 만지고 싶어."

가말은 솔직하게 말했다. 늘 그렇듯. 그러자 도영은 기가 찬다는 얼굴을 하더니 무시하기로 결심했는지 다시 물을 뿌리기 시작했다. 가말은 자신이 뭘 잘못 말했나 싶어서 다시 말했다.

"엉덩이 만지게 해줘!"

큰 소리로.

사방을 쩌렁쩌렁 울리는 목소리에 마침 앞을 지나가던 이웃 주민이 깜짝 놀라 돌아보았다. 그에 도영은 얼른 그에게 말했다.

"외국인이라 프랑스어를 잘 못해요."

아무리 그래도 엉덩이를 만지고 싶다는 소리를 잘못할 수 있나 싶었는지 이웃 주민은 아리송해하는 표정으로 지나갔다. 그러자 도영은 당장 물을 끄더니 화난 기색을 뿜으며 성큼성큼 다가왔다.

"너 진짜."

그러더니 부끄러운 자식을 숨기는 부모인 양 얼른 가말을 잡아끌었다.

"들어와."

그리고 집으로 들어갔다. 탕. 그들 뒤로 문이 닫히자, 이미 가말은 단단한 품속 깊이에 안겨 키스 받고 있었다. 뜨거운 입술이 재차 겹쳐졌다. 맞닿은 도영의 몸은 이미 뜨거웠다.

도영이 살짝 입술을 떼고 낮은 목소리로 속삭였다.

"참고 있다고 했잖아."

"왜 참아? 참는 거 싫어."

가말은 대들 듯이 말했다.

"그걸 말이라고 해? 어젯밤에도 이미……."

인터코스만 하지 않았다 뿐이지 상상력을 발휘해서 할 수 있는 모든 걸 했다.

"더 하고 싶어."

가말은 그를 끌어안으며 애교 섞인 목소리로 보챘다. 도영은 손끝부터 녹는 기분이었다. 이건 천부적인 재능인지 어디서 배운 기술인지, 가슴을 지그시 밀어붙이면서 낮고 허스키한 목소리로 속삭이는데 목덜미에 소름이 다 쭈뼛 돋았다.

그런 마음과는 반대로, 도영은 눈을 가느다랗게 떴다.

"너 여기 온 첫날 일부러 몸을 갖다 붙인 거지?"

그러자 가말은 도영에게 휘감겨오면서 속삭였다.

"그러면 날 예뻐해줄 줄 알았어."

기가 막혔다. 가말이 마냥 순진하기만 하지는 않다는 걸 알면서도 그도 귀여운 얼굴에 속았다. 한 번 손대기 시작하면 참지 못하게 될 줄 알았기 때문에 여태 사막의 수도자처럼 굴었던 건데, 자신이 뭐 때문에 참았는지 모르는 게 분명했다.

손목을 낚아채는 힘에 끌려 가말은 2층으로 올라갔다. 그리고 문이 닫히자마자 방문에 밀어붙여졌다. 이어서 도영이 거칠게 퍼붓는 키스를, 가말은 기쁘게 받아들였다. 좋아서 까무러치기라도 할 것 같았다. 도영이 이렇게 격렬하게 자신을 원한다는 사실이 믿기지 않을 만큼 행복했다. 그리고 도영을 이렇게 마음껏 만질 수 있다는 사실도.

그녀를 문에 밀어붙이고 있느라 굴곡을 그리는 등허리를 따라 엉덩이를 쓰다듬자 탄탄한 엉덩이에 지그시 힘이 들어갔다. 하지만 도영은 계속 키스에 집중했다. 그래서 가말은 더 마음껏 그의 엉덩이를 주물렀다.

도영이 입술 틈으로 물었다.

"왜 오늘은 엉덩이야?"

도대체 뭐 때문에 엉덩이에 꽂혔는지 알 수 없었다.

가말은 도영을 황홀한 듯이 보며 그의 바지 버클에 손을 댔다. 탁, 버클을 푸는 소리가 울렸다.

"잘생겼어, 엉덩이가."

그러고는 사이로 손을 집어넣었다. 도영은 지그시 이를 물었다. 가말은 훌륭한 학생이어서, 이제는 제법 능숙하게 만지기까지 할 줄 알았다.

도영은 그녀의 볼에 제 볼을 비비며 나직한 숨을 토해냈다.

"응, 가말……."

그게 꼭 애교를 피우는 커다란 동물 같아서, 가말은 뭔가 가슴속에서 꿈틀거렸다. 그래서 도영의 가슴을 밀어냈다. 도영은 잠깐 의아해했지만 가말이 미는 대로 물러나다가 침대에 닿아 앉았다. 이어서 가말이 앞에 무릎을 꿇고 앉는 모습을 보고 도영은 조금 웃었다.

"해주려고?"

"도영이 기분 좋았으면 좋겠어."

그러고는 가말은 고개를 내렸다. 도영은 그녀를 지켜보았다. 약간 방만하게 입고 있긴 해도 꽃무늬 원피스에 땋은 머리를 한 청순한 차림으로 그의 것을 소중한 듯이 쥐고 열심히 하는 모습만 봐도 절정에 오를 것 같았다.

"웃……."

머리 위에서 참을 수 없는 듯이 터지는 신음에 가말은 더 고무되었다. 지나치게 힘을 주지 않도록 노력하며 깊이 머금었다가 이내 뜨거운 입을 떼고 그를 올려다보았다.

"기분 좋아?"

등의 지퍼도 제대로 잠근 게 아니었는지 옷 앞쪽이 흘러내려서 희게 빛나는 젖가슴이 반쯤 들여다보였다. 그런데 왜 지금 발견했는지, 겨드랑이에 가까운 가슴 둔덕에 점이 하나 있었다. 그게 돌아버리게 섹시했다.

이상한 타이밍이었지만 그때 도영은 가말에 대한 주체할 수 없는 소유욕을 느꼈다. 이 귀엽고 사랑스럽고 애잔하면서 때로 미친개 같은 뱀파이어는 그의 것이었다.

점이 있는 가슴 둔덕을 깨물었다. 그러며 옷 앞쪽을 끌어 내리자, 역시 브래지어 따위 하지 않은 맨 젖가슴이 드러났다. 도영은 가슴을 쥐며 정점을 혀로 크게 핥고 깊이 머금었다. 가말은 바닥에 누운 채 신음했다.

방해물이 없는 다리 사이로 그가 다가와 비벼졌다. 어제는 엘리오와 사랑이 깰까 봐 침대 위에서 조심히 했지만 지금은 원하는 대로 바닥을 차지하고 움직여서 소리가 온 집을 울려왔다.

그때 둘은 몰랐지만 조금 일찍 돌아온 엘리오와 사랑이 문을 열고 들어왔다.

"도영아, 가말……."

그리고 부르는 소리가 묻히는, 집을 울리는 소리에 멈칫했다.

엘리오와 사랑은 당장 다시 문을 닫고 나왔다. 그러고도 자기들도 모르게 입을 다물고 있다가 서로를 쳐다보았다.

"카페에나 가있을까?"

엘리오가 머쓱하게 하는 말에 사랑은 고개를 끄덕였다.

"그래. 오래 걸릴 거 같으니까."

그러고는 둘은 덱을 내려갔다. 그러면서 엘리오가 넌지시 물었다.

"근데 인간과 루아스가 그게 가능……."

하지만 아들의 프라이버시라고 생각한 사랑은 바로 질문을 차단했다.

"조용히 해, 엘리오."

반면 어두운 방 안은 거칠어진 숨소리와 습한 기운으로 차있었다. 가말은 서로 피부가 스치는 느낌마저도 황홀했다.

문득 도영의 목덜미가 눈에 들어왔다. 그리고 그곳에 흐르는 피의 소리가, 라디오의 볼륨을 높인 듯이 가까워지며 눈이 붉어나는 느낌이었다.

"가말."

마침 도영이 불러, 가말은 흠칫하며 정신을 차렸다. 그리고 지금 자신이 무슨 생각을 했는지 깨닫고 등골이 서늘해졌다. 이럴 때마다 자신이 본성을 숨기지 못하는 짐승임을 실감할 수밖에 없었다.

그런데 땀에 머리카락이 살짝 젖은 도영이 유난히 선명해진 눈동자로 물었다.

"내 피를 마시고 싶어?"

가말은 깜짝 놀라 고개를 저었다.

"아니, 절대……."

"빨아도 돼."

그런데 도영이 말했다. 가말을 똑바로 응시하는 눈동자는 두려워하지 않았다.

마치 무언가에 홀린 듯이, 가말은 단단한 어깨에 이를 박았다.

입안에 뜨거운 피가 차오르는 느낌은 차라리 입안에 불꽃이 피어오른다는 표현이 어울림직 했다. 불꽃은 목을 태우며 타고 내려가 배 속을 불살랐다.

그녀가 피를 빠는 만큼 도영은 거칠게 움직였다. 가말은 영혼과 육체가 모두 도영으로 꽉 채워지는 느낌이었다. 이런 포만감은 난생 처음이었다.

마침내 영육이 폭발해, 가말은 우는 듯한 소리를 냈다. 도영은 성난 개를 어르듯이 뒷머리를 쓰다듬으며 끝까지 움직였다. 그리고 꽉 억눌린 신음을 토해내며 절정을 맞았다.

얼마간 시간이 지나고, 가말은 축 늘어졌다. 체력적으로 따지면 그리 힘들 게 없는 일이었는데도 진이 빠진 듯 힘이 들어가지 않았다. 반면 도영은 옆으로 몸을 굴려 누웠다. 숨이 거칠었다.

가말은 그를 향해 몸을 돌렸다. 이마에 손을 얹고 숨을 고르고 있는 도영의 오른쪽 어깨에, 주변으로 빨갛게 부어오른 뱀파이어의 잇자국이 선명했다. 아플까 봐 손은 대지 못하고 멀찍이 주변을 쓰다듬으며 속삭였다.

"미안해. 잘못 깨물었어."

흥분한 탓에 조준이 잘되지 않았다. 도영 정도 되는 키의 성인 남자면 전체가 10점으로 이뤄진 과녁에 다름이 없는데도.

하지만 도영은 흘긋 제 어깨를 보더니 대수롭잖게 말했다.

"괜찮아. 이런 자리가 가리긴 더 쉬우니까."

흡혈을 하면서 하다니 좀 변태적이었나 싶긴 하지만 한순간 그녀를 전부 채우는 게 자신이었으면 했다. 버릇이 되면 곤란하겠으나, 가말이 제 말을 듣지 않을 거라고는 생각하지 않았기 때문에 한 번 정도는 괜찮겠지 했다.

안 그래도 가말은 의기소침해져서 눈썹이 축 처진 상태였다.

"그런 얼굴 할 거 없어. 내가 마시라고 한 거니까."

도영은 가말의 볼에 가볍게 키스하고 티셔츠를 입었다. 그사이에 가말은 제 볼을 짚었다. 웃는 모습도 잘 보여주지 않는 남자가 해주는 애정 표현에 가슴이 뭉클해졌다.

"뭐 좀 먹어야겠……."

그러면서 도영이 문을 연 순간, 어느새 왔는지 모를 며농과 딱 마주쳤다. 그리고 눈을 동그랗게 뜬 며농은 도영을 위아래로 훑더니만, 상황 파악을 끝냈는지 짓궂다 싶을 만큼 능글거리는 웃음을 지었다.

"어머? 대낮부터 둘이 뭐한 거야?"

그때 머리를 풀어 헤치고 더 나른해 보이는 가말이 나와서 도영의 허리를 끌어안고 어깨에 얼굴을 기대며 말했다.

"내 거야."

◇ ◇ ◇

식당 내부가 식사하는 재소자들로 웅성거렸다. 가장 사소한 죄목이 2급 살인일 정도로 흉악범들만 모여 있는 곳도 점심시간만은 평화로웠다.

그런데 어느 순간 한 재소자가 미간을 찌푸리고 고개를 갸웃했다. 그리고 다시 식사를 하려다가 작게 기침을 했다. 식판에 무언가가 튀었다.

"에이……."

옆에서 밥을 먹던 재소자가 욕을 하며 돌아보려할 때였다. 쾅. 기침을 한 재소자가 식판에 얼굴부터 거꾸러지며 쓰러졌다. 다들 혼비백산했다.

"뭐야? 왜 저래?"

"전부 움직이지 마!"

갑작스러운 상황에 식당 문 앞을 지키고 있는 교도관들이 외치고 황급히 응급상황 무전을 넣었다.

"저 자식 어디 아픈……."

말을 하던 다른 재소자가 느닷없이 입을 막았다. 무언가 치받혀 올라 컥 소리를 낸 순간 눈, 코, 입 전부에서 피가 터졌다. 그리고 식판을 엎으면서 바닥에 쓰러졌다.

와장창. 우당탕. 그뿐이 아니었다. 여기저기서 재소자들이 온몸에서 피를 쏟아내며 죽었다. 바닥에 엎어져 나뒹구는 식판과 음식물 사이로 핏물이 넘실거리며 번졌다. 웅성거리는 소리가 커지기 시작했다.

"이봐, 왜 그…… 헉! 주, 죽…… 죽었어!"

"잠깐, 몸이 이상……."

"여기 뭔가 이상해! 나가게 해줘!"

재소자들이 우르르 식당 문 쪽으로 밀려가기 시작했다.

"멈춰!"

교도관들이 총을 겨누었다. 하지만 재소자들이 멈추지 않자 총을 발포했다.

식당은 금세 총성과 비명으로 가득 찼다. 그럼에도 흥분한 재소자들이 밀려드는 걸 멈추지 않자 교도관들은 다급하게 식당 밖으로 나가 문을 잠갔다.

쾅! 쾅쾅쾅! 재소자들이 철문을 두드리며 외치는 소리가 시끄러웠다.

"살려줘! 살, 살려……!"

교도관들은 당황한 얼굴로 서로를 쳐다보았다. 개중 한 사람이 의아한 듯 고개를 갸웃했다.

그리고 온몸에서 피를 뿜어냈다. 놀라고 있을 새도 없었다. 다른 교도관들도 목을 붙잡고 파랗게 질리더니 피를 토하며 쓰러졌기 때문이다.

멀리 독방에 앉아 있는 쿠니스는 조용히 눈을 떴다. 진압 부대가 신속하게 이동하는 소리가 문 앞을 지나갔다. 그리고…….

쾅! 폭발음이 작렬하고, 철문 틈새로 훅 열기와 짙은 먼지가 밀려들었다. 이어서 철문이 열리고, 새까만 연기 사이로 지옥의 군대처럼 야간투시경과 방독면 때문에 얼굴이 전혀 보이지 않는 검은 무장을 한 사람들이 나타났다.

"늦었군."

말하며 쿠니스는 일어났다. 그리고 재소자용 실내화를 신은 발로 남자들을 지나 밖으로 나갔다. 소란이 이는 복도를 한 번 돌아보고, 의족을 꼈는지 알 수 없을 만큼 자연스러운 걸음으로 반대편으로 걸어가기 시작했다. 그를 제지하는 사람은 없었다.

무장을 한 사람들이 그를 따르며 개중 선두에 있는 자가 말했다.

"내일부터는 감방이 남아돌겠군요."

인류의 악몽이라는 별명에 걸맞게 대공은 탈출하기 위해서 재소자들을 전부 죽이는 방법도 불사했다. 아니, 오히려 그러는 데 기꺼워 보였다.

쿠니스는 걸어가며 비릿한 웃음을 지었다.

"저놈들한테 당한 피해자들에게 심심한 위로는 되겠지."

어차피 살 자격조차 없는 흉악범들만 모여 있는 곳이니 말이다.

하지만 그렇다면 교도관들은 무슨 죄였을까 생각할 수도 있으나, 당연히 여기서 그런 생각을 하는 사람은 없었다.

08
Divided

짧지만 알찬 휴가를 마치고 공항으로 출발하기 전 차 앞에서 도영은 어머니 사랑을 포옹했다가 놓았다. 이어서 사랑은 가말을 안아주었다.

"또 오렴."

"또 올 거야. 엘리오, 사랑 좋아."

가말이 막아도 올 거란 투로 말하자 사랑은 웃어버렸다. 엘리오는 도영에게 말했다.

"다녀와라."

도영은 고개를 끄덕였다.

"다녀올게요."

지금 도영처럼 젊은 시절 엘리오는 자주 집을 비웠고 어린 도영은 사랑의 손을 잡고 늘 아버지를 배웅했다. 그 시절 도영은 몰랐지만, 가족이 집에서 평화로운 일상을 보내는 동안 아버지는 항상 사지를 넘나들고 있었다.

이제는 입장이 바뀌었다. 그리고 아버지도 한때 그걸 겪었던 사람으로서 아들이 또 사지로 나간다는 걸 잘 알았다. 그럼에도 엘리오는 웃으며 배웅했다. 특히 이번에는 더 진심으로. 가말이 도영 곁에 있다는 게 이상하게 안심되었기 때문이다.

도영과 가말은 차에 올랐다. 차가 도로로 들어서기 전 마지막으로 가말이 활짝 웃으며 창밖으로 손을 흔들었다.

"또 봐!"

도영은 안전벨트를 풀고 더플백을 어깨에 둘러멨다. 반면 가말은 EOD(폭발물 처리) 대원이 폭탄해제키트를 들 듯이 소중하게 대용량 젤리 박스의 손잡이를 들고, 기지로 들어온 수송기에서 내렸다.

"오셨습니까?"

기다리고 있는 타오 대위가 알은체했다. 그리고 바로 가말에게 말했다.

"가시죠."

돌아오자마자 면담이 있었기 때문이다.

도영은 가말을 돌아보았다.

"갔다 와."

가말은 고개를 끄덕였다. 평소라면 도영도 같이 가자고 떼를 썼을 법도 한데, 마음이 통한 탓인지 떨어지지 않겠다고 억지를 부리지 않았다.

도영은 젤리 박스의 손잡이를 쥐고 가져가며 말했다.

"그건 이리 주고."

"아, 응. 다녀올게."

"저녁에 봐."

가말은 수줍게 고개를 끄덕였다. 도영은 그녀를 지긋이 보았다. 순간 둘 사이에 설명하기 어려운, 그러나 확연하게 달콤한 기류가 흐르자 타오 대위가 어리둥절해 둘을 번갈아 보았다. 하지만 뭔가를 더 알기 전에 가말이 돌아서서 걸어갔다. 타오 대위는 어쩔 수 없이 그녀를 따라갔다.

그때 도영의 뒤에서 한 중사가 물었다.

"두 분 어쩐지 분위기가 좀 달라 보이는 건 제 착각인가요?"

"네, 착각입니다."

도영은 바로 걸어가며 시미치를 뚝 뗐다.

가말은 타오 대위가 안내한 방으로 들어갔다. 일반 사무실 같은 방에는 몇 번 면담을 한 교수가 기다리고 있었다.

"안녕."

인사하고 자리에 앉자 교수가 웃으며 물었다.

"휴가를 다녀오셨다고요?"

"응. 프랑스 다녀왔어. 몽펠리에 알아?"

"알죠."

교수는 가말을 살피더니 미소를 지었다.

"기분 좋은 일이 있으셨나 봅니다."

가말은 얼굴을 살짝 붉혔다. 사람이 이런 얼굴을 하는 이유는 보통 몇 가지로 정해져 있었기 때문에 교수는 넌지시 물었다.

"혹시 남자친구……?"

"그런 거야?"

그런데 가말은 도리어 물었다.

"도영은 내 남자친구야?"

교수는 허허 웃었다.

"사귀는 사이라면 그렇지 않을까요?"

"사귀는 사이……."

가말은 그 말을 다시 곱씹어보았다. 그녀에게 남편은 둘이나- 비록 부부였던 날은 하룻밤씩이었어도- 있었지만, 남자친구가 있었던 적은 없었다. 도영은 그녀의 첫 남자친구였다. 그렇게 생각하자 가슴께가 간질거렸다.

그때 교수가 가방을 테이블에 올렸다.

"아무튼 시작해볼까요?"

"응."

가말은 돌아보았다.

칙. 그때 교수가 얼굴에 스프레이를 뿜었다. 가말은 순간 자신이 뭘 맞았는지 이해하지 못했다. 행복한 기분에 젖어 방심한 상태였기 때문에 교수가 일부러 그랬다는 생각조차 하지 못했다. 그래서 얼떨떨해하는데, 교수가 부드럽게 웃었다.

"걱정 마십시오. 기절할 뿐입니다."

난데없이 방 안쪽에서 쿵 소리가 나자, 밖을 지키고 있던 군인은 문을 열고 안을 들여다보았다.

"무슨 일……."

가말이 바닥에 쓰러져 있었고 교수가 그녀를 살피다가 군인을 보고 놀란 얼굴로 말했다.

"갑자기 기절하셨습니다."

군인이 급히 가말에게 다가가 살펴보니 정말 정신을 잃은 상태였다. 군인은 밖을 보고 외쳤다.

"긴급 상황!"

그러자 금세 다른 군인들이 들어와 상황을 확인하는 찰나, 교수는 가방에서 소음기가 달린 총을 발사했다. 몇몇 군인이 재빨리 반응해 총을 꺼냈지만, 교수 옆에 있는 군인들이 더 먼저 총을 쐈다.

교수가 고갯짓하자 남아 있는 군인들이 고개를 끄덕이고 가말을 안아 올렸다. 가말은 그때까지 정신을 차리지 못했다.

휴게실에 들어오자 한 중사가 도영이 테이블에 올려놓은 젤리 박스를 보고 물었다.

"근데 이건 웬 겁니까?"

물으며 이미 자연스럽게 박스를 열어 젤리를 꺼냈다. 도영은 말했다.

"먹지 마세요. 가말 겁니다."

한 중사는 젤리를 먹으려다가 멈칫했다. 그리고 입맛을 다시고는 젤리를 다시 박스에 넣었다.

다다다! 그때 복도에서 사람들이 달려가는 소리가 들려, 도영과 한 중사는 의아한 얼굴로 바깥쪽을 보았다.

쾅! 이어서 자동문이 거세게 열렸다. 즉, 누군가가 자동문이 열릴 새도 기다리지 못하고 힘으로 열어젖힌 거였다. 다른 팀의 루아스인 휴 대위였다. 늘 차분한 편인 그가 웬일로 얼굴색이 좋지 않았다.

"탈옥했답니다."

"누가요?"

한 중사가 큰 위기감은 느끼지 못하는 투로 물었다. 그러자 다음 말을 하기 직전 휴 대위의 얼굴이 무어라 형용하기 힘들게 변했다.

"대공이."

도영은 눈살을 찌푸렸다. 잠깐 그게 무슨 말인지 이해하지 못했기 때문이다. 그때 휴 대위 뒤에 헐레벌떡 타오 대위가 나타났다.

"소령님! 가말 씨가……!"

차를 타고 부둣가로 온 남자들은 거기서 다시 토라를 요트에 태우고 이동했다.

'아무래도 근해에 있는 섬을 기지로 이용하고 있는 모양이군.'

검은 물살을 가르고 나아가는 배 갑판에 서서 토라는 생각했다.

그로서도 어둠이 내려앉은 바다에서는 정확한 위치를 알기 어려웠지만 이 근방은 부자들이 별장으로 이용하는 사유지 섬이 많은 곳이었다. 숨겨야 할 것이 많은 부자들이 자기들 머리 위로 감시 드론이라도 날아다니면 전방위적으로 압력을 넣을 테니 어떻게 보면 숨기에는 최적의 장소였다.

비로소 배는 한 섬의 간이 항구에 멈추었다.

"내리시죠."

그러자 뒤에서 양복을 입은 루아스가 말했다.

그 루아스 외에 이 자리에 있는 레기온 대원들은 전부 인간이었다. 레기온이 루아스 테러리스트 그룹이라고 해도 숫자가 석은 루아스의 특성상 모든 대원을 루아스로 구성하기 힘들기 때문이었다.

사실 레기온 전체로 봐도 루아스들은 20% 정도밖에 되지 않고, 나머지는 그들에게 협력하는 인간들이었다. 그게 MCTC 측에서도 루아스와 인간을 섞은 팀을 꾸릴 수 있는 이유였고, 인간과 루아스 사이에 균형이 유지되는 이유였다.

토라는 배에서 내려 섬에 발을 디뎠다. 얼핏 보기에는 무인도처럼 사방이 어둡고 기척이 없었다.

거기서 다시 차를 타고 섬 안쪽으로 들어갔다. 침묵 속에서 한참 가자, 무성한 숲 사이로 웬 부호의 저택 같은 건물이 나타났다.

토라는 흘긋 옆을 보았다.

"요즘 테러리스트들은 취향이 고상하군."

옆에 앉아 있는 루아스가 빙긋이 웃으며 대답했다.

"저희라고 꼭 땅굴에서 흙 파먹고 살아야 한다는 법은 없으니까요."

'왜 여태 라토를 찾을 수 없었는지 알겠군.'

라토는 생각했다.

저택의 외관이 이렇게 평범해 보이니 어쩌다 감시 드론이 훑고 갔어도 수상한 점을 발견할 수 없었을 것이다. 그냥 어떤 부호의 집으로만 보였겠지. 그리고 서류상으로도 평범한 부호의 집으로만 등록되어 있을 거라는 데 돈을 걸 수도 있었다.

"아무튼 부럽군요."

루아스가 갑자기 말했다.

"이래 봬도 저희의 아지트인데 혈혈단신으로 올 생각을 할 수 있다는 게. 만용인 거 같진 않고……."

그러면서 토라를 쭉 훑어 내렸다.

"이름이 있는 혈통의 자신감인가요?"

모든 혈통은 어디선가 시작되지만 감염이 반복될수록 피는 옅어지는 법이었다. 따라서 세대교체가 자주 일어나는 혈통은 점차 옅어지고, 수원지도 흐릿해졌다. 혈통의 이름도 마찬가지였다. 그래서 '이름이 있는 혈통'이란 곧 강하다는 걸 의미했다.

하지만 토라는 대놓고 그 말을 무시했다. 그럼에도 루아스는 웃는 얼굴을 거두지 않았다.

이내 차가 멈추고, 토라는 차에서 내렸다. 끼룩, 끼룩……. 사방으로 울창한 숲에서 밤새가 우는 소리가 들렸다. 원시 섬에서 살아온 그에게 이런 환경은 제 집이나 다름없었지만 이곳에는 왠지 모르게 음산한 공기가 맴돌았다. 공기에서 유난히 습한 냄새가 났다.

사실 토라라고 아무 대책 없이 이곳까지 제 발로 온 건 아니었다. 오히려 그에겐 늘 확실한 계획이 있었다.

탕. 느닷없이 사방에 서 있는 조명타워에 불이 켜지고, 토라를 무대의 배우인 양 비추었다.

"혹시 그런 생각을 해?"

이어서 목소리가 들렸다. 약간 중저음의 나직한⋯⋯.

"아예 적진에 파고 들어가 인질을 구하기만 하면 그 잘난 몸뚱이로 돌피헤니갈 수 있다고."

그러면서 저택 문이 활짝 열리고, 라헬이 나타났다.

라헬. 레기온의 모집책이자, 도영을 붙잡았다가 사타디 섬 근처에 떨어뜨린-비록 실수였지만- 장본인이었다.

그녀가 입고 있는, 몸에 타이트하게 붙는 짙은 남색의 벨벳 정장 원피스는 목까지 올라와서 제법 차분한 스타일이었다. 하지만 몸의 곡선을 전부 내보여 어쩐지 벌거벗은 것보다 야한 느낌을 주었다.

라헬은 토라를 보더니 눈매를 휘며 웃었다.

"이건 또⋯⋯."

붉은 눈이 흡사 손으로 훑듯이 그의 몸을 타고 내려갔다.

"동족은 별로 취향이 아닌데 말이야."

"그래서 라토는?"

토라는 거두절미하고 물었다. 그러자 라헬은 소름이 돋을 정도로 진득하게 웃었다.

"정의와 자유의 투사, 이투하. 소위 정의롭다고 하는 너희들의 약점이 뭔지 알아? 우리 같은 악당들이 어디서 뒤통수를 칠지 상상을 못 한다는 점이야."

그리고 그녀 뒤로 문 너머에서 두 남자가 자인을 끌고 나왔다. 토라의 미간이 움찔했다. 라헬은 홋 웃었다.

"혼자 남겨진 인간 여자를 붙잡는 건 식은 죽 먹기지."

말하고는 자인을 보고 덧붙였다.

"아니, 뜨거운 죽 먹기 정도는 됐군. 그래도 SAU라는 거겠지."

그러더니 혼자 연극이라도 하듯이 말했다.

"인정해. 인간들은 갈수록 강해지고 있어. 어떤 천재적인 운동선수가 나타나서 절대 넘지 못하던 마의 점수를 넘고 나면 다른 선수들도 그 점수를 넘게 되는 것처럼, 오히려 루아스들 덕분에 평균 한계치가 높아지는 거지."

"그 여자는 MCTC에서 붙인 감시역이야."

토라는 더 말할 것도 없다는 듯이 말했다. 그러자 라헬은 빙긋웃었다.

"그래? 그럼 죽여도 되겠네."

말하자마자 자인의 목을 향해 손을 날렸다. 제 목을 꿰뚫어버릴 게 분명한 공격을 본 자인은 눈을 부릅떴다.

탁!

다음 순간 옆에 나타난 토라가 라헬의 팔을 붙잡았다.

철컥! 철컥! 동시에 레기온 대원들이 일제히 그에게 총을 겨누었다. 하지만 많은 총구가 제 머리를 노리고 있는 상황에도 토라는 태연했다.

토라가 이럴 거라고 예상한 듯 라헬은 나른한 웃음을 지었다.

"무른 남자는 티가 나."

그러자 토라는 그 특유의 청량한 미소를 지었다.

"설마. 단단하기로 소문이 자자한걸."

이런 때에까지. 자인은 눈을 굴렸다. 토라가 성적인 농담을 한다는 걸 깨달은 라헬은 웃음을 터뜨렸다.

"재밌네."

그사이에 토라는 자인을 보고 물었다.

"그 자식들은 어디 가고 혼자 붙잡혀 온 거야?"

사실 이투하들을 일부로 두고 온 거였다. 자인을 지키라고. 자인이 혼자 떨어지면 노릴지도 모른다는 건 나쁜 놈의 머리가 아니어도 충분히 예상할 수 있었으니까. 그런데 왜 자인만 끌려온 건지 알 수 없었다.

자인은 진지하게 대답했다.

"제가 따돌렸어요. 아직 지망생들인데 죽게 할 순 없잖아요."

토라는, 정말로 기가 찼다.

"걔들이 진짜 지망생이었겠어?"

오히려 일군 중의 일군이었다. 모든 이투하가 MCTC에서 일하는 건 아니었기 때문이다. 사실 그들이라고 바보가 아닌데 모든 전력을 MCTC에 묶어놨을 리 있겠는가?

하지만 자인은 오히려 기가 찬다는 얼굴이 되었다.

"그걸 지금 말하면 어떡해요?"

"그걸 꼭 말해야 알아?"

한 번이라도 합을 나눠보면 딱 감이 오지 않느냐는 말이다.

그런데 오히려 자인이 인상을 썼다.

"지금 누구한테 짜증을 내는 거예요? 숨긴 건 그쪽이면서?"

토라는 참을 인을 삼켰다.

"중위한테 짜증 내는 거 아냐. 그 자식들한테 화난 거지. 이투하에서 내쫓아버릴 거야."

괜히 일군을 시켜준 게 아닌데 가장 중요한 때에 제 역할을 못했으니 쫓겨나도 할 말이 없을 것이다.

그런데 둘을 지켜보던 라헬이 흥미롭다는 어조로 물었다.

"둘이 사귀어?"

"미쳤어?"

그러자 자인은 거의 혐오하는 표정을 지었다. 토라는 어이가 없어서 말했다.

"미쳤을 거까진 뭐야?"

그냥 너무 썩은 표정을 짓기에 한 말이었을 뿐인데 라헬은 그의 반응을 다르게 받아들인 모양이었다.

"축하해. 지금 자기 가치가 좀 더 올라갔어. 난 다른 여자를 마음에 둔 남자를 범하는 게 좋거든."

토라는 인상을 썼다. 그는 세상 모든 여자가 나름의 매력이 있다고 생각하는 편이었지만 이건 뭐…….

"진짜 변태야? 그리고 난 이쪽을 좋아하는 게 아니…….'

그때 기척이 느껴져서 홱 돌아보는데 가죽 장갑을 낀, 그를 여기까지 안내한 아까 그 루아스가 그를 향해 야구 배트를 휘두르고 있었다. 아마 재질은 일반 야구용이 아닐.

충분히 피할 수 있었지만 라헬이 말했다.

"피하지 마."

순간적으로 자인의 목을 붙잡고 있는 남자가 손에 힘을 주는 모습이 보였다. 그에 토라는 멈추었다. 퍽 소리가 났다.

인간이었다면 이런 둔기로 맞아도 머리가 날아갔을 강도에 토라는 휘청거리다가 발을 디디고 섰다.

"토라!"

자인이 눈을 크게 뜨고 외쳤다. 그리고 몸을 비틀었지만 손이 묶인 상태여서 벗어날 수 없었다. 그사이에 야구 배트를 든 루아스가 토라를 붙잡아 오금을 걷어차서 무릎을 꿇게 만들었다.

하이힐 소리가 가까워지고, 윤기가 나는 검은 하이힐이 토라의 앞에 와 섰다.

"한 가지 비밀을 알려줄까? 3년 전에 말이야. 대공은 붙잡히지 않았어."

토라는 의아해하는 눈을 들어 라헬을 보았다. 대공이 붙잡혀서 재판을 받는 자료 화면까지 봤는데 무슨 소리를 하는 건지 알 수 없었다.

그러자 라헬은 그 생각을 읽고 즐겁다는 듯이 웃었다. 안 그래도 그녀가 예전에 도영을 붙잡았을 때 한 번 힌트를 줬었는데 말이다. 불사조라고. '직접' 불을 놓아 자신을 태워 죽이는.

"기다린 거야."

토라의 귓가에 울리는 나직한 목소리가 사악했다.

"그 사람이 안심하고 스스로 나올 때까지."

그 사람……. 토라는 등골이 서늘해졌다.

'마티.'

역사학자는 강가에 쓰러져 있었다. 이마 정중앙에 총을 맞아 미처 눈을 감을 새도 없이 죽은 후였다.

"죽은 지 30분 정도밖에 되지 않은 거 같습니다."

무장을 한 대원이 시신을 확인하고 말했다. 그 옆에 있는 대원이 이어 말했다.

"추적을 불가능하게 하려고 처리하고 간 거 같습니다. 알아보니 네오라이트 계열 학자로, 루아스를 추종하는 사이비 단체인 영원교와 관계가 있더군요. 그쪽에서는 여성 루아스가 신으로부터 영생의 비밀을 받아온 사도라고 생각한다고 합니다. 그래서 가말 씨를 납치한 게 아닌가 싶습니다."

한 중사가 미간을 찌푸리고 물었다.

"그런 사람을 왜 애초에 걸러내지 못한 겁니까?"

"성향이라는 건 숨기려고 하면 얼마든지 숨길 수 있는 법이니까요. 그리고 네오라이트 계열이라고 학자로서 업적이 부족한 건 아닙니다. 사상이 실력과 비례하지 않는다는 게 가장 답답한 노릇이죠."

지금 그건 아무래도 좋았다. 역시 무장을 한 상태인 도영은 말했다.

"가말을 찾아야 합니다."

대공의 손에 넘어가기 전에.

가말이 대공을 만난다는 생각을 하기만 해도 발밑으로 피가 빠져나가는 느낌이었다. 속이 울렁거리는 것 같기도 하고, 등골에 섬뜩한 기운이 흘렀다.

왠지 불길한 예감이 들었다. 모든 타이밍이 너무 좋았다. 대공의 탈옥, 여성 루아스를 추종하는 사이비 단체의 난입, 가말의 납치…… 어쩐지 모두 우연이 아닌 것 같은 기분은, 착각이길 바라지만 오히려 그게 안일한 기대일 뿐이라는 걸 알았다.

"가죠."

도영은 꾹 입을 다물고 돌아섰다. 눈에 푸른빛이 일렁였다.

퍼억 하고 타격음이 울렸다.

바닥에 고정된 쇠사슬로 두 다리와 양손이 묶여 있는 토라의 배에 야구 배트가 꽂혔다. 이어서 배트가 얼굴을 후려쳤다. 다시한 번. 또 한 번.

반면 자인은 팔이 뒤로 묶인 채 방구석에 방치되어 있었다. 감시 인원이 많은 탓인지 인간 여자 따위는 어디에 고정해놓지도 않았다.

이내 야구 배트가 돌아간 토라의 얼굴을 원위치시키고, 배트를 잡고 있는 레기온의 인간 대원이 히죽거렸다.

"이렇게 맞아도 얼굴이 거의 변하지 않네. 루아스란 참 편하겠어?"

아까 토라를 때렸던 루아스는 뒤에 앉아 담배를 피우며 지켜보고 있었고, 대신 인간 대원들이 꼭 맹수라도 잡아놓은 것처럼 빙 둘러서서 돌아가며 토라를 고문에 가깝게 때리고 있었다.

아무리 겉보기에는 크게 티가 나지 않아도 토라는 입고 있는 티셔츠가 땀으로 흠뻑 젖었고 슬슬 여기저기 푸르스름한 멍 기운이 올라왔다. 꽤 내상을 입은 상태 같았다. 다이아몬드라도 갈아 넣은 것처럼 특수 제작된 배트 탓도 있고, 건장한 성인 남자들이 돌아가며 매타작을 하는 데에는 뱀파이어의 몸도 한계가 있었다.

다음 인간 대원이 배트를 넘겨받으며 루아스에게 물었다.

"루아스는 얼마나 맞으면 죽습니까?"

루아스는 담배 연기를 후 내뱉었다.

"때려 죽여본 적은 없어서 모르겠네. 한번 해 봐."

그러자 인간 대원이 기다렸다는 듯이 배트를 제대로 쥐고 온 힘을 다해 휘두르려는 순간이었다.

"그만둬."

인간 대원은 멈칫하고, 그렇게 말한 자인을 돌아보았다.

테러리스트 캠프에 인질로 붙잡힌 상황이고, 그나마 믿을 만한 토라는 영혼이 탈곡될 정도로 얻어맞고 있는 상태였지만 자인은 전혀 겁에 질린 얼굴이 아니었다.

한 남자가 빙긋이 웃었다. 자인은 오히려 보통 여자들과 달리 탄탄하고 강인해 보이는 느낌이 일그러진 정복욕을 가진 남자들을 자극하는 점이 있었기 때문이다.

"여자는 쓸 데가 있지."

그러면서 남자는 자인에게로 걸어왔다. 나머지 남자들은 질렸다는 얼굴로 고개를 젓는 게, 남자가 그러는 데 익숙한 모양이었다. 그런데 자인은 남자가 제 앞에서 바지 버클을 끄르는 모습을 봐도 별 반응을 보이지 않았다.

반면 토라가 그 모습을 보고 빈성서렸나.

"다 때렸어? 아직 간에 기별도 안 오는데."

제게 다시 주의를 돌리기 위해서였지만 한번 다른 데 꽂히자 남자는 오히려 이쪽엔 흥미를 잃어버린 것 같았다.

"기다려. 넌 다음에 처리해줄 테니까."

그러고는 남자는 자인 위로 제 몸을 던졌다. 자인은 확 인상을 쓸 뿐 별다른 저항을 하지 않았다. 남자는 그게 의외였던 모양인지 오히려 물었다.

"저항 안 해?"

토라도 자인이 게거품을 물 거라고 생각했는데 그녀는 살짝 인상을 쓰긴 했지만 이상할 만큼 차분했다.

"그래봤자 별로 달라질 일은 없을 거 같아서."

그 말에 남자는 징그럽게 웃었다.

"상황판단이 빠르네."

토라는 기가 차서 말했다.

"이런 상황에서까지 남다를 필요 있어?"

하지만 남자는 지방 방송은 신경 쓰지 않기로 했는지 제 할 일을 했다. 그에 자인의 미간에 잡힌 주름이 더 깊어졌다.

다른 남자들이 다시 모여드는 사이로, 토라는 꾹 이를 물었다. 꼴좋다 싶었다. 자만한 결과로 이런 상황이라니. 남자 밑에 깔려 있는 자인은 전에 없이 연약해 보였다.

"야."

토라가 내뱉는 목소리가 얼마나 음산했던지, 욕정에 눈이 먼 남자도 멈칫했다.

"당장 일어나. 산채로 허리를 꺾어서 죽여버리기 전에."

붉은 눈에 살의가 넘실거렸다. 그에 남자는 섬뜩해진 얼굴이었지만 흘긋 루아스를 보았다. 그게 믿는 구석인 모양이었다.

그때 루아스가 반쯤 피운 담배를 털어버리고 일어났다.

"이런 것도 이름이 있는 혈통의 자신감인지 말이야……."

구둣발로 뚜벅뚜벅 다가가 발로 가차 없이 토라를 걸어찼다. 확실히 인간이 때리는 것과는 차원이 다른 소리가 울렸다. 토라도 순간 훅 몸이 굽었다.

그럼에도 곧 눈을 들며 이죽거렸다.

"이름 있는 혈통에 콤플렉스라도 있어?"

루아스는 무릎을 꿇고 있는 토라의 다리를 밟고 코웃음을 쳤다.

"기껏 그 고통을 이기고 뱀파이어가 됐는데 이젠 다들 이름 타령이잖아. 인간들이 집안이니 돈이니 하는 거처럼. 계급을 나누려는 그 천박한 근성은 어떻게 극복이 불가능한가 봐."

"그래서 프롤레타리아 혁명이라도 이루려고 테러 단체에 투신하셨어?"

루아스는 토라를 물끄러미 내려다보았다.

"열받게 하는 편이라는 이야기 많이 듣지?"

토라는 싱긋 웃었다.

"다들 아픈 구석을 찔리면 화를 내더라고."

루아스 너머로, 남자 놈이 자인의 다리 사이로 제 몸을 밀어 넣었다. 토라는 어떻게든 하기 위해 다시 입을 열었다. 그때 토라는 똑똑히 보았다. 불쾌한 듯 썽그리고 있던 자인이 눈을 드는 찰나, 정말로 거기에 파란 살기가 이는 걸.

그 눈빛이 이쪽을 향했다면 놀라서 딸꾹질이라도 했을 것이다.

갑자기 자인이 두 다리로 남자를 얽어서 뒤집는 동시에 묶인 팔을 최대한 뒤로 빼서 그 공간에 남자의 머리를 집어넣었다. 그리고 그대로 다시 몸을 굴리며- 몸이 내려앉는 힘을 이용해 목을 졸랐다.

그나마 목이 안 부러진 게 다행이지만 하도 순식간에 일어난 일이라 남자는 속수무책으로 당하고 말았다. 그 모습을 본 루아스는 놀라더니 웃음을 터뜨렸다.

"와우!"

그러고는 제 편이 당하는 데도 박수를 쳤다. 나머지 인간 대원들은 이걸 말려야 하는지 말아야 하는지 감을 잡지 못하는 얼굴로 서로 시선을 교환했다.

"크ㅎ…… 헉……"

그러는 사이에 남자가 눈을 까뒤집으며 자인의 팔을 긁었다. 하지만 자인은 팔에 힘을 풀지 않았다. 오히려 팔에 근육이 꿈틀거리는 게 보일 정도로 힘을 주었다. 결국 남자는 눈알이 넘어가며 몸이 축 늘어졌다. 그러자 자인은 남자의 머리에서 팔을 빼내더러운 것을 집어던지듯이 내팽개쳤다.

"몇 번이든 덤벼. 어차피 달라질 건 없을 테니까."

편견에 사로잡히는 일이 이렇게 위험했다. 특수부대원이라는 걸 알면서도 '여자는 여자'라는 편견에 눈이 어두워 덤빈 결과를 제 목숨으로 치렀다.

자인이 자리를 박차고 일어나자 그제야 남자들은 그녀를 잡기 위해 모여들었다. 자인은 사방을 경계하며 바로 태세를 갖추었다. 그런데 갑자기 뒷머리가 뽑혀나갈 것같이 휙 몸이 뒤로 딸려갔다.

"큭!"

어느새 뒤에 온 루아스가 자인의 머리채를 휘어잡고 있었다.

"잘 봤어. 차라리 이투하보다 나은 거 같은데?"

자인은 머리 가죽이 뜯기는 것 같은 통증을 참으며 흘긋 뒤를 보았다.

"요즘에는 여자들끼리 싸울 때도 머리채는 안 잡아, 병신아."

자인은 평소 험한 말을 쓰지 않는 편이었지만 지금은 일부러 그러는 것 같았다. 그게 상당히 섹시하다고 토라는 생각했다.

"둘이 쌍으로 입이 맵네."

루아스의 눈에 웃음기를 가장한 살의가 어렸다.

"겁 없는 주둥아리가 어떤 꼴이 나는지 알려줘야 정신을 차리겠지."

훅- 공기가 빨려 들어가는 소리가 나며 손이 하늘 높이 치솟았다. 맞으면 인간으로서는 얼굴이 날아가서 죽을 게 분명했다.

그런데 갑자기 루아스는 뒷골이 오싹해져 황급히 돌아보았다. 하지만 토라는 그 자리에 그대로 묶여 있었다.

루아스는 미간을 찌푸렸다. 분명히 그대로 있는데 왜……. 게다가 저 사슬을 풀 수 있을 리가 없었다. 아무리 강한 루아스라도 불가능한 건 불가능했기 때문이다.

차르르르- 그때 토라를 묶고 있는 사슬이 흘러내리기 시작했다.

쿵! 그리고 바닥에 떨어져 철근이 내리꽂히는 소리가 울렸다. 루아스는 눈을 크게 떴다.

"잡ㅇ……!"

하지만 이미 토라는 그 자리에 없었다. 루아스가 홱 다시 정면을 보니 그 앞에 서 있었다. 루아스는 본능적으로 가드를 올렸다.

쿠와앙. 동시에 주먹이 날아와 부딪치는 소리가 천지를 울리는 천둥 같았다.

카드드드득! 바닥에 신발이 마찰하며 미끄러지는 소리가 났다. 그리고 둘은 겨우 멈춰 섰다.

루아스는 프로의 자세로 훅을 날렸다. 하지만 토라는 쉽게 그 주먹을 잡았다. 루아스가 바로 다른 손을 날렸지만 토라가 그대로 그의 배를 걷어찼다. 그러자 루아스는 거인의 주먹에 얻어맞은 양 날아가 벽에 부딪혀, 쩍 갈라지는 벽 속에 파묻혔다.

쿨 타임도 주지 않고 옆에 나타난 토라가 그의 목을 잡아서 들어 올렸다. 루아스는 토라 못지않은 몸집이었지만 발이 허공에 떴다.

틈을 노려 발차기를 날렸지만 토라가 허공에서 잡아 그대로 옆으로 꺾어버렸다.

"크읏……!"

루아스는 극심한 고통에 미처 비명을 다 토해내지도 못했다.

그 모습을 보며, 자인은 왜 토라가 여기까지 혼자 찾아올 생각을 했는지 100% 납득했다. 일단 기본 파워 자체가 그녀가 봤던 어떤 루아스도 비교되지 않았다.

그때 인간 남자들이 심상치 않음을 느끼고 아군을 부르기 위해 무전을 치려고 했다.

"뭐야, 이거? 왜 먹통이야?"

뭔가 제대로 작동하지 않는 모양이었다.

이어서 몇 남자들이 밖으로 뛰쳐나가려고 했다. 자인은 얼른 의자를 쥐고 몸을 돌려 회전하면서 그 힘으로 의자를 집어 던졌다. 남자들은 느닷없이 날아오는 의자를 피하느라 각자 혼비백산했다.

"뭐야, 씨발!"

그러고는 남자들이 자인을 발견하고 덤벼들었다. 자인은 한 남자가 달려드는 타이밍에 맞춰 복부를 걷어찼다. 그 반동으로 벽을 차고 날아오르다시피 해서 다른 남자를 후려쳤다. 다른 남자가 다급하게 총을 꺼내 쏘려고 했지만, 오히려 자인이 재빨라서 제 편을 쏘았다. 총을 맞은 남자는 비명을 지르며 넘어갔다.

운 좋게 무전이 먹통 같으니 이 방을 벗어나게 할 순 없었다.

"잡아!"

남자들이 점차 상황의 심각성을 인지하기 시작했는지 자인을 제압하기 위해 한꺼번에 덤비기 시작했다. 손만 안 묶여 있어도 더 상대할 수 있었지만 금세 한 남자가 뒤에서 자인을 끌어안아 잡았다.

반면 토라에게 잡혀 있는 루아스는 손가락이 목의 살갗을 파고들기 시작하자 실소를 터뜨렸다.

"실마, 이, 대로 내 목을 꺾겠다고 ……."

"아까 물었지?"

토라는 눈을 들었다.

"이름 있는 혈통의 자신감이냐고?"

그 눈에 붉은빛이 폭발했다.

"알면 조심했어야지."

루아스는 제 실수를 통감했지만 이미 늦었다. 심상치 않은 소리가 났다. 자인도 제 눈으로 보면서도 믿을 수 없었다. 같은 사이즈의 강철과 같은 강도를 지녔다는 루아스의 목을 어떻게 손의 악력으로만……

남자들도 마찬가지인지 어느새 그 모습을 넋 놓고 지켜보고 있었다.

마침내 토라는 축 늘어진 몸을 집어 던졌다. 쿵! 쿠구궁! 무거운 몸이 굴러가며 바위가 굴러가듯 시끄러운 소리가 났다. 그리고 토라는 자인, 아니 정확히는 그녀를 잡고 있는 남자를 보았다. 그러자 남자는 눈에 띄게 흠칫했다.

사람이 압도적인 공포에 사로잡히면 달아나지도 못하기 마련이었다. 다른 남자들도 바로 문 앞에 서 있으면서도 미처 그 문을 열고 뛰쳐나갈 생각을 하지 못하고 있었다.

토라가 허리를 숙여 바닥에 떨어진 배트를 잡았다.

"자인 말이 맞아."

까라랑……. 배트가 바닥에 끌려 금속성을 내며 허공으로 떠올랐다.

"달라질 건 없어."

토라는 턱을 꺾었다. 그리고 가볍게 뜨는 붉은 눈에, 귀기가 넘실거렸다.

"네놈들이 전부 뒤진다는 사실은."

토라가 수갑을 잡아 뜯어 끊어주었다. 자인은 아까 그가 묶여 있던 자리에 버려져 있는 사슬을 보았다.

"저 사슬 풀 수 있는 거였어요?"

"시간이 좀 필요했어."

그러더니 토라가 일어나려다가 신음하며 가슴을 감쌌다.

"괜찮아요?"

자인은 얼른 물었다. 배트를 휘두를 때는 다친 곳이라고는 없어 보였지만 얼굴이 아까보다 더 얼룩덜룩했다.

토라는 중얼거렸다.

"숨도 못 쉬겠어. 마지막으로 이렇게 맞은 게 언제인지 기억도 안 나."

"있긴 있습니까?"

회의적인 말에 토라는 쓴웃음을 지었다.

"마티가 처음부터 신으로 숭배받았던 건 아니었어."

"그게 무슨 말……."

토라는 바로 다른 말을 했다.

"중위도 대단하던데. 상황이 더 안 좋아질 수도 있었는데 포기하지 않더라고."

"죽을 땐 죽더라도 한 놈이라도 더 비참하게 만들어줘야죠."

정말 자인답다 싶어서 토라는 짧은 웃음을 터뜨렸다.

"일단 가죠."

자인은 토라를 부축하려다가 그가 너무 무거워서 휘청했다. 그러자 토라는 겨우 제대로 서면서 사과했다.

"미안. 힘이 안 들어가서."

"괜찮아요. 하지만 제가 대장님을 끌고 갈 순 없으니까 힘내주세요."

그리고 자인은 바닥에 떨어진 배트를 주웠다. 피범벅이어서 별로 쓰고 싶지 않았지만 이미 죽은 테러리스트들이 토라한테 기겁해서 마구잡이로 총을 쏴댄 탓에 총들은 탄환이 다 떨어진 상태였다. 그래서 무기로 쓸 만한 게 이것뿐이었다.

둘은 방을 나서서 복도를 내려갔다. 아마 자체적으로 죄수들을 가두기 위해 쓰는 건물인지, 교도소 같지는 않은데 감방들이 늘어서 있었다.

그때였다. 뒤에서 기척이 느껴져 자인은 흠칫했다.

쾅! 정신이 들었을 때 이미 토라가 돌아서서 한 거구의 흡혈귀가 날린 공격을 막고 있었다.

"자인!"

그러면서 토라가 외쳤다.

"뛰어!"

자인은 지체하지 않고 달리기 시작했다. 하지만 그녀가 달려가는 다른 방향에서도 적들이 나타났다.

자인이 당장 휘두른 배트에 한 남자가 어깨를 맞고 옆으로 넘어졌다. 두 번째 적에게는 배트를 검처럼 찔러 넣었다가 얼굴을 후려쳤다. 뒤이어 나타나는 적은 검도를 하듯 위에서 아래로 내리쳤다.

콰직! 하지만 다음 적이 배트를 손으로 막았다. 이번 상대는 루아스였던 것이다.

그 루아스가 총을 들어, 총구가 정확하게 자인을 향했다.

'망할.'

맞는다. 자인은 깨달았다.

탕!

"토라!"

다음 순간 자인은 저도 모르게 외쳤다. 어느새 나타난 토라가 대신 몸으로 막고 있었기 때문이다.

"괜찮아."

토라는 말하고 주먹으로 루아스를 그대로 후려쳤다. 그러자 루아스는 공처럼 굴러갔다.

그때 토라의 바로 뒤에 거구의 흡혈귀가 나타났다. 유난한 거구에 어울리지 않게도 전혀 소리가 없이.

인간 중에서도 상위에 드는 동체 시력으로 흡혈귀가 나타나는 걸 본 자인은 눈을 크게 떴다. 하지만 고작 보는 게 전부였다. 그리고 토라는 자인 때문에 피할 수 없었다.

푹. 토라는 이를 악물었다. 아까 피부의 결을 읽었는지 결을 따라 칼이 옆구리를 쑥 찔러 들어왔다.

그대로 거구의 흡혈귀는 토라를 밀쳤다. 엄청난 힘에 밀려 토라와 자인은 동시에 감방으로 밀려 들어가며 중심을 잡지 못하고 바닥에 쓰러졌다. 각자 나뒹구는 소리가 시끄러웠다.

차르르르. 쿵! 동시에 옆벽에서 밀려 나온 철창이 닫혔다. 갇힌 건 어쨌거나, 자인은 당장 몸을 끌어올려 아직 쓰러져 있는 토라에게 달려갔다.

"토라!"

"뱀파이어와 인간이 같이 산다는 건 허상이야."

철창 밖에서 거구의 흡혈귀가 굵은 목소리로 말했다.

"이건 인간을 위해 하는 이야기야. 늑대와 토끼가 한 울타리 안에 있으면 결과는 하나뿐이니까."

어지러운 머리카락 사이로 토라의 눈에 짐승 같은 번뜩임이 지나갔다. 자인은 본능적으로 흠칫했다. 그사이에 거구의 흡혈귀는 그들을 그대로 두고 가버렸다.

토라가 평소대로 혀를 내차고 욕설을 중얼거렸다.

"방심했어."

말은 그렇게 해도 자인은 토라가 방심했다기보다 자신 때문에 마음대로 움직이지 못했다는 사실을 알았다. 자신했던 대로 그녀가 없었다면 오히려 더 자유롭게 움직일 수 있었을 텐데.

"상처 좀 봐요."

자인이 말하자 토라는 힘겹게 돌아누웠다. 그러자 옆구리에, 칼날이 보이지 않도록 깊숙이 박혀 있어 손잡이가 우뚝 서 있는 칼이 보였다.

자인이 진지한 눈으로 상처를 확인하는 동안 토라는 숨을 몰아쉬며 기다렸다. 상처를 보고 울고불고할 것 같진 않았지만 자인이 워낙 침착해서 덩달아 이 상황이 별로 심각하게 느껴지지 않을 정도였다.

"좀 앉을 수 있겠어요?"

자인은 토라가 벽에 기대 앉도록 도와주고 말했다.

"그럴 필요 없었어요."

"그럴 필요?"

"절 신경 쓰느라 제대로 싸우지 못했던 거요. 제 몸 정도는 지킬 수 있었어요."

"알아."

토라는 그렇게 말하고 말 뿐이었다. 거들먹거리거나 여자를

무시하는 발언은 하지 않았지만 자인은 알 만해서 상처를 살피며
말했다.

"이투하에 여자가 없는 이유를 알겠네요."

"인간 여자는 뱀파이어와 싸울 수 없어. 그건 어쩔 수 없는 거
야. 개죽음을 만들 수는 없어."

조금 거친 어조였다. 보아하니 이투하가 되고 싶어 했던 여자
부족민들이 제법 있었던 모양이다. 하여간 지금 토론할 만한 주
제는 아니었다.

자인은 재킷과 티셔츠를 벗고는 티셔츠를 이로 끊어 죽죽 찢
어냈다. 몇 번이나 해본 일인지 능숙했다. 토라는 슬슬 핏기가 사
라지는 눈으로 그 모습을 지켜볼 뿐이었다.

곧 자인은 칼자루를 잡고 밀했다.

"뽑을게요."

그에 토라는 벽에 튀어나와 있는 쇠 지지대를 꽉 쥐었다.

"그래."

"배에 힘주지 마세요. 루아스가 그러면 진짜 안 뽑히니까."

그러고는 자인은 하루에도 창상 환자를 백 명씩은 보는 의사
처럼 사무적인 태도로 칼을 뽑았다. 이어서 숨이 제대로 쉬어지
지 않을 정도로 강하게 압박해 묶었다.

작업을 끝내고 나자 배와 손은 말할 것도 없고 스포츠 브래지
어만 입고 있는 가슴께도 피범벅이었다.

자인은 매듭을 묶으며 말했다.

"루아스한테는 항생제가 필요 없어서 천만다행이네요."

지구상의 모든 병원균에 면역이 있다는 건 아무리 생각해도 편한 일이었다. 하지만 토라는 좀 다르게 생각하는 모양이었다.

"대신 다른 뱀파이어의 감염원에는 취약하잖아. 사실 그런 생각이 들 때가 있어. 외계에서 왔다는 X 바이러스는 사실 너무 약해서 도망친 게 아닐까? 다행히 목적지를 잘 골라서 이 행성에는 자기들을 죽일 수 있는 균이 없었지만……."

횡설수설하는 걸 보니 열이 오르는 모양이었다. 자인은 말을 끊고 물었다.

"움직일 수 있겠어요?"

"있어."

그러면서 토라는 일어나 막무가내로 철창을 쥐고 뜯어내려는 듯 힘을 주었다. 뒤에서 다가온 자인이 만류했다.

"토라, 다시 피가 나잖아요."

"빌어먹을."

토라는 욕설을 내뱉고 주저앉았다. 그러더니 무슨 생각이 났는지 웃었다. 자인은 기가 찼다.

"이 상황에 웃음이 나요?"

"숲에 사는 괴물이라고 했지, 마티더러."

잠깐 자인은 토라가 무슨 이야기를 하는지 이해하지 못했다. 하지만 토라는 아무래도 좋은 것처럼 말했다.

"마티가 이런저런 일을 많이 겪어서 낯을 심하게 가렸거든. 숲에 틀어박혀 나오지 않고 부족과 교류도 하지 않았지. 마티는 안 그래도 인간 같진 않잖아. 그런데 그렇게 내외하니까 사람들은 마티한테 숲에 사는, 어린아이를 잡아먹는 괴물이라고 했어."

그제야 자인은 그가 옛날이야기를 한다는 사실을 깨달았다.

"라토와 날 낳은 마티는 숲에 우리를 버렸어. 괴물에게 바치는 제물로. 우리는 다섯 살쯤이었던 거 같아. 그날 기억이 아직도 생생해. 어두운 숲, 새가 우는 소리, 축축한 냄새……."

◇ ◇ ◇

어린 라토와 토라는 그저 서로 꼭 안고 있을 수밖에 없었다. 울면 괴물이 소리를 듣고 잡아먹으러 올 거라고 생각했기 때문이다.

부스럭. 그런데 소리가 들리고, 수풀 너머로 무언가가 쏙 고개를 내밀었다. 짧은 삶이있지만 '그건' 토라가 그간 본 중에 가장 아름다운 존재였다.

쌍둥이는 얼이 빠져 가말을 그저 쳐다보고만 있었다. 가말도 한동안 덤불 사이에 떨고 있는 쌍둥이를 보더니, 물었다.

「너희, 시지야?」

그때는 '시지'라는 고대 사타디어의 단어가 뭘 의미하는지 몰랐지만, 라토와 토라는 직감적으로 그 의미가 쌍둥이라는 걸 이해하고 고개를 끄덕였다.

가말은 둘을 빤히 보았다.

「오타의 아이들이지?」

토라와 라토는 이 악명 높은 숲속의 여자가 자기들의 어머니를 알고 있다는 사실에 놀랐다.

「마마를…… 알아요?」

가말은 고개를 끄덕였다.

사실 가말은 모든 부족 사람들을 알고 있었다. 부족 사람들만이 아니라 그들의 어머니와 아버지, 할머니와 할아버지, 또 조상까지. 토라와 라토는 오타의 아이들이고, 오타는 시나니의 딸이고, 시나니는 타이의 막내딸이라는 걸 알았다. 늘 멀리서 지켜봐 왔기 때문이다.

「집에 데려다줄게.」

「안 돼요.」

토라와 라토가 반사적으로 말하자 가말은 의아해하는 기색이었다.

「왜?」

「마마는 원하지 않아요. 우리가 돌아가는 거. 우리는…….」

말하면서 토라는 눈물을 글썽였다.

「쌍둥이니까.」

라토는 애써 의연한 태도로 제 쌍둥이의 손을 꽉 잡았다.

그런 두 아이는 금방이라도 기절할 것같이 창백했다. 하루 종일 아무것도 먹지 못했으니 당연했다.

이 섬의 부족은 쌍둥이를 불길하게 여겼기 때문에 부족 내에서 라토와 토라가 배척받는다는 사실은 가말도 잘 알고 있었다. 더구나 둘은 바깥사람과의 혼혈이기까지 했으니까.

그들의 어머니 오타는 섬에 표류한, 신기한 금발 벽안을 지닌 외부인과 사랑에 빠져 하룻밤을 보냈고, 그 사실에 분노한 오타의 아버지는 단칼에 외부인을 죽여버렸다. 지금이야 부족 내에 혼혈이 흔하지만, 당시에는 거의 손님이 오지 않는 섬이었기에 혼혈은 또 다른 배척의 대상이었다.

쌍둥이에, 바깥 문명의 핏줄인 혼혈.

부족 사람들은 토라와 라토가 지나가기만 해도 혀를 끌끌 찼다. 두 아이가 부족 내에서 정서적으로 학대받고 있다는 사실은 분명했다. 억지로 부족으로 돌아가도, 더 안 좋은 일을 당할지도 몰랐다.

사실 가말은 오타 대신 쌍둥이를 데리고 온 부족 사람이 둘을 숲에 버리고 갈 때부터 지켜보고 있었다. 태풍이 산의 동굴 속에 잠든 가말을 깨운 후로 백여 년, 그녀는 너무 오랫동안 혼자였다.

가말은 손을 뻗으니 물었다.

「나랑 갈래?」

모두가 괴물이라고 손가락질하던 여자는 어린 쌍둥이의 손을 잡고 그녀가 사는 숲속으로 갔다. 그날부터 그곳이 쌍둥이의 집이었다.

가말도 육아는 처음이었으나 이 마을에서 저 마을로 옮겨 다니며 워낙 어깨너머로 본 게 많아 생각보다 육아에 능숙했다. 그리고 일단 그녀를 두려워하는 짐승들이 감히 숲속에 지어놓은 오두막을 침범할 생각을 하지 못했다.

그리고 쌍둥이는 자라 어느새 넓은 어깨와 튼튼한 다리, 잘생긴 얼굴을 가진 청년들이 되었다.

"니카는 전사의 딸이었어."

토라는 말했다.

"어려서부터 호기심이 많았지. 예전에 마티가 그랬던 거처럼 우리도 부족을 훔쳐보는 걸 즐겼거든. 이름도 다 알고 있었어. 니카는…… 니카는 정말로 예뻤지. 마티 다음으로. 하지만 그땐 마티보다 예뻐 보였어. 마티가 들으면 섭섭해하려나?"

토라는 고개를 저었다.

"내가 지금 무슨 말을 하고 있는지 모르겠네. 제정신이 아닌 거 같아."

"계속 말해줘요."

자인은 토라의 의식을 붙잡기 위해 일부러 그랬다. 그러자 토라는 숨을 키고 다시 말했다.

"니카도 우리에 대한 소문을 들어 알고 있었어. 숲에 사는 괴물 여자와 그 옆을 지키는 쌍둥이 악마. 니카는 기어코 우리를 찾아 숲으로 왔지."

◇ ◇ ◇

「니카야.」

토라는 풀숲 너머를 보고 중얼거렸다.

「왜 여기까지 온 거지?」

옆에서 라토가 못마땅한 투로 말했다.

부족민들은 이 숲에는 오지 않았다. 숲에 불길한 존재가 산다고 생각하기 때문이었다. 그래서 절대 숲 밖을 나오지 않는 가말은 고사하고 쌍둥이도 부족 사람들과 만나지 않은 지 오래되었다.

상대에 대한 무지는 공포를 낳았고, 부족 사람들은 늙지도 죽지도 않는 숲속의 여자와 그 쌍둥이를 극도로 두려워했다. 적어도 쌍둥이는 이 숲에 버려질 때와 똑같이 인간이었지만, 이 숲을 맴도는 신화적인 공기가 쌍둥이들도 괴물의 영역으로 밀어 넣어 둔 후였다.

그런데 니카가 숲에 나타났다. 그것도 혼자. 잔뜩 겁에 질려 있다는 사실이 분명했으나 애써 의연한 얼굴로 계속 숲 깊은 곳으로 들어섰다.

토라는 니카를 지켜보며 중얼거렸다.

「더 예뻐진 거 같아.」

라토가 옆에서 제 쌍둥이의 머리를 쳤다.

「넌 매일 마티를 보면서도 저게 예쁘단 말이 나와?」

그에 토라는 못마땅한 얼굴로 라토를 돌아보았다.

「마티는 마티잖아.」

그러고는 토라는 라토를 툭 치며 넌지시 물었다.

「솔직히 말해 봐. 괜히 아닌 척하지 말고. 좀 귀엽다고 생각하지?」

하지만 라토는 토라의 손을 치워내며 코웃음을 쳤다.

「픽이나.」

그러는 소리가 니카에게까지 들린 모양이었다. 니카는 기겁해서 돌아보고는 두려워하면서 두려워하지 않으려는 목소리로 크게 물었다.

「누구야? 누가 있어?」

생각보다 귀가 밝아서 놀란 토라와 라토는 얼른 입을 다물었다. 그리고 토라가 가자는 듯이 손짓해, 둘은 조용히 이동했다.

아무도 대답하지 않자 니카는 자신이 잘못 들었다고 생각했는지 꿀꺽 침을 삼키고 다시 걷기 시작했다. 뭐 때문에 숲에 왔는지 몰라도 더 깊이 들어가는 일을 포기하지 않으려는 모양이었다.

숲을 제 손바닥처럼 잘 알고 있는 토라와 라토는 숨어서 니카를 따라갔다. 그런데 그러면서 토라는 좀 다른 부분을 보고 있었다.

「가슴이 크네.」

먼저 가고 있는 라토가 돌아보고 코웃음을 쳤다.

「동정 티 내긴.」

「자기는 아닌 거처럼 말하고 있네.」

숲속에 동떨어져 사는 그들이 여자를 만날 일이 있을 리 없으니까 말이다. 하지만 라토는 어깨를 으쓱였다.

「적어도 티 내는 동정은 아니지.」

「와, 멋지네.」

토라는 전혀 굴곡이 없는 어조로 말했다. 그러다가 무언가 깨닫고 라토를 보았다.

「그런데 너 아까부터 왜 이렇게 삐딱해? 뭐가 마음에 안 들어?」

「그냥, 왜 여기 왔는지 신경 쓰일 뿐이야.」

그건 토라도 그랬지만, 니카가 저 가녀린 팔로 뭘 할 수 있을지

가더 궁금했다.

그때 니카가 낭떠러지 쪽으로 가는 모습이 보였다. 풀이 울창해서 낭떠러지라는 게 보이지 않는 모양이었다. 그에 라토가 바로 손짓하고, 그걸 본 토라가 얼른 바닥에 떨어진 나뭇가지를 주워 다른 쪽으로 던져서 기척을 냈다. 그러자 소리를 들은 니카가 걸음을 멈추고 휙 돌아보았다.

「누가…… 있지?」

다행히 낭떠러지에서 떨어지기 전에 멈춰 서서, 토라는 안도했다. 그런데 어제 비가 내려서 땅이 물러져 있었는지 별안간 니카가 아래로 꺼지며 비명을 질렀다.

「꺄악!」

토라가 반사적으로 뛰어나갔다. 그리고 낭떠러지 끝에서 아래를 보니, 놀랍게도 니카가 나무줄기를 붙잡고 버티고 있었다. 그러다가 난데없이 나타난 토라를 보고는 놀란 얼굴을 했다.

「누…….」

일단 토라는 다른 가지를 붙잡고 조금 내려가 손을 내밀었다.

「손잡아.」

그러자 니카도 올라가는 게 먼저라고 생각했는지 손을 잡았다. 그런데 뚝 하고, 토라가 붙잡고 있는 가지마저 부러져서 미끄러지기 시작했다.

순간 토라도 놀랐지만 지형을 잘 알고 신체 능력 또한 좋은 그는 니카를 당겨 제 몸으로 받으며 더 튼튼한 가지를 붙잡고 멈추었다. 니카는 놀라서 불규칙하게 숨을 몰아쉬었지만 그사이에 그를 단단하게 붙잡고 있었다. 그에 토라는 감탄했다. 이런 가녀린 몸으로 생각보다 강단이 있는 것 같았다.

「괜찮아?」

그때 라토가 위에서 얼굴을 내밀었다. 니카는 똑같은 얼굴이 나타나자 놀라서 둘을 번갈아 보았다. 그사이에 라토가 밧줄을 내려주었다. 토라는 그걸 잡고 올라가며 니카를 먼저 끌어올려 었다. 니카는 마냥 토라에게 매달려 있기만 하지 않고 허우적거리면서도 자기가 스스로 위로 올라가려고 애썼다.

이내 땅에 제 발로 선 니카는 둘을 돌아보았다.

「너희는…….」

라토가 토라에게 말했다.

「가자.」

아무튼 부족민을 마주쳐서 좋을 일이 없었기 때문에 토라는 별말 하지 않고 걸음을 옮겼다.

「잠깐……!」

그때 니카가 그들을 다급하게 잡았다.

「나, 난 괴물의 머리카락을 가져가야 해.」

부족민들이 가말을 괴물 취급하는 거야 알고 있었다. 그렇다고 눈앞에서 그렇게 부르는 걸 듣는데 화가 나지 않을 리 없었다.

막 라토가 화내려는 걸, 일단 토라가 막고서 물었다.

「머리카락은 왜?」

크게 악의는 없어 보이는데 머리카락을 원하는 연유가 궁금했기 때문이다.

그러자 니카는 결연한 얼굴로 말했다.

「내가 우단만큼 용감하다는 걸 증명할 거야.」

우단은 니카의 남동생이었다. 아주 건방진 꼬맹이라서 아마 누나의 자존심을 자극한 모양이었다.

「그럼 습격해서 얻어내야 하는 거 아냐?」

라토는 대차게 비꼬았다. 하지만 토라는 제 쌍둥이가 일부러 니카를 화나게 하려고 이러는 걸 눈치챘다. 원래 이렇게까지 재수 없는 놈은 아니니까 말이다.

그런데 니카는 짐짓 고개를 저었다.

「원래 부탁할 생각이었어. 나, 싸움은 못 하니까.」

「괴물한테 부탁을 한다고?」

라토는 더 기가 찬 얼굴이었다. 그 말에 니카는 *스스로* 생각해도 좀 그랬는지 어물거렸다.

「그래도 먼저 습격하는 일은 없다고 들어서……. 어쩌면 하고……?」

라토와 토라는 서로를 쳐다보았다. 이런 성격이었구나, 생각하면서.

「네가 찾는 괴물이야.」

토라가 말했다. 숲속의 통나무집 앞 평상에 앉아 있는 가말을 가리키며.

가말은 멀뚱히 니카를 보았고, 니카 역시 혼란스러워하며 토라를 보았다. 그러다가 가말이 의아해하며 물었다.

「니카가 왜 여기 있어?」

「날…… 알아?」

니카는 놀란 눈치였다. 그런데 말이 짧기에 토라가 말했다.

「마티는 너보다 나이가 많아. 훨씬.」

「하지만…….」

니카는 토라를 돌아보며 주저했다. 알 만했다. 도저히 그렇게 보이지 않는다는 것이리라.

「괴물이니까.」

조금 떨어진 곳에 서 있는 라토가 비꼬는 투로 덧붙였다. 하지만 니카는 가말에게 정신이 팔려서 라토가 그런다는 사실도 깨닫지 못하고 물었다.

「그럼…… 흉악한 마법을 쓸 수 있어? 소문대로?」

「그건 못해.」

가말은 사실대로 대답했다. 그러자 니카는 오히려 당황해 물었다.

「그럼 뭘 할 수 있는데?」

생각지 못한 질문을 받고 가말은 자신이 엮고 있던 나무 바구니를 보더니 고개를 갸웃했다.

「바구니 땋기?」

그러자 니카는 반쯤 완성된 바구니를 보고는, 예상치 못하게 퀄리티가 좋다는 사실을 발견했다.

「아, 그러게. 잘 만들었다. 우리 할머니보다 실력이 좋은 거 같아.」

「내가 더 오래 만들었어.」

가말은 짐짓 자랑하는 투로 말했다. 토라와 라토는 서로를 쳐다보았다. 어쩐지 그들이 생각한 그림이 아닌데…….

니카는 가말을 면밀히 뜯어보았다. 중간중간 가말의 미모에 감탄도 하면서. 그리고 물었다.

「정말 사람이 아니야?」

가말은 고개를 끄덕였다.

「아니야.」

「그럼 뭐야?」

「흡혈귀.」

가말은 솔직하게 대답했고, 니카는 웃음을 터뜨렸다.

「그런 게 어디 있어?」

부족의 신화에도 흡혈귀와 비슷한 존재가 있었기 때문에 니카도 흡혈귀가 뭔지는 알았다.

하지만 아무도 자신을 따라 웃지 않자 천천히 웃음을 멈추고, 살짝 떨리는 목소리로 물었다.

「진짜야?」

토라와 라토는 고개를 끄덕였다.

가말은 쌍둥이가 어느 정도 자랐을 때 자신이 흡혈귀라는 사실을 털어놓았고, 둘은 신기하리만치 아무렇지 않게 그 사실을 받아들였다. 나이를 먹지 않는 그들의 마티가 인간이 아니라는 건 이미 기정사실이었기 때문이다. 그리고 이제 와서 가말이 인간이든 아니든 그 사실이 중요할 리 없었다. 그녀가 데려오지 않았다면 자기 방어력이 없었던 어린 둘은 짐승에게 잡아먹혔을 테니까. 그리고 마을에서 쌍둥이라는 사실 때문에 정신적으로 학대를 받으며 살 때와는 비교할 수도 없을 만큼 사랑을 받았으니까.

「그럼 둘의 피를……?」

니카는 토라와 라토를 번갈아 가리키며 중얼거리다가 분연히 자리를 박차고 일어나 화를 냈다.

「그, 그러면 안 돼!」

토라는 얼른 손을 내밀어 그녀를 막았다.

「진정해. 마티는 꽃을 먹어. 이거.」

그리고 마침 평상에 올려져 있던 꽃을 들어 보였다.

「이걸 먹으면 피를 안 마셔도 괜찮다나 봐.」

「꽃을……?」

니카는 붉은 꽃잎에서 묘한 윤기가 도는 꽃을 받아 바라보았다.

「이런 건 본 적 없어.」

「이건 이쪽에서만 자라니까.」

숲이 있는 섬의 북쪽은 어둠의 마녀가 지배하는 영역이라고 해서 부족민들은 배척하고 오지 않았다. 그리고 숲을 지배하는 그 어둠의 마녀, 가말을 니카는 쳐다보았다. 꽃을 먹고 산다는 말이 매우 잘 어울리는 모습에, 행여 두 남자의 피를 빨고 살지도 모른다는 의심이 저절로 녹아 사라졌다.

그때 가말이 물었다.

「근데 니카 길을 잃었어? 왜 여기 있어?」

「괴물의 머리카락을 얻으러 왔대. 자기의 용맹함을 증명하기 위해서.」

라토가 말하자 가말은 자신을 가리켰다.

「괴물이면 나 말이야?」

가말도 자신이 부족민들에게 괴물 취급을 당하는 거야 잘 알았다. 사실 스스로 그런 취급을 받도록 방치하기도 했고. 그래야 부족민들이 이 숲에 오지 않고, 자신과 인간적인 관계를 맺어서 혹시라도 쿠니스에게 죽을 일이 생기지 않기 때문이었다. 그리고 쌍둥이여서 불길하다는 인식이 있는 토라와 라토가 안전할 수 있었다.

니카는 당황하는 얼굴이 되었다.

「미안, 내가 그렇게 말한 건…….」

그런데 예상외로 가말은 머리카락 몇 가닥을 뽑아서 건넸다. 니카는 얼결에 머리카락을 받았다.

「주는…… 거야?」

가말은 웃었다.

「니카는 착한 아이야. 토라와 라토를 걱정해줬어.」

전혀 사심이 없어 보이는 미소에 니카는 얼굴이 붉어졌다. 그리고 머리카락을 보다가 결심한 듯 말했다.

「고마워.」

그러고는 세 사람을 둘러보며 넌지시 물었다.

「혹시 또…… 와도 돼?」

낭떠러지에서 떨어지며 쓸려서 잔뜩 흙이 묻은 몰골을 하고 눈치를 보는 니카가, 토라는 왠지 귀엽고 예뻐 보였다. 그리고 나중에 라토가 말하기를, 그도 잠깐이지만 그렇게 느꼈다고 했다.

「물론이야.」

토라는 저도 모르게 대답하고, 가말과 라토를 돌아보고 물었다.

「물론, 맞지?」

라토는 이 상황이 별로 마음에 들지 않는 척 고개를 내젓고 걸어갔다. 니카는 그 뒷모습을 흘긋 훔쳐보았다.

"결론적으로, 우리는 니카와 결혼했어."

토라는 말했다.

"네? '우리'요?"

자인이 저도 모르게 되묻자 토라가 땀에 젖은 얼굴을 짖혔다.

"이투하에 대해 잘 아니까 중위도 알겠지만 예전에 우리 부족은 유난히 남자가 많아서 형제는 한 여자랑 결혼하는 게 전통이었거든."

'그러고 보니······.'

왜 잊고 있었는지, 이투하에는 그런 전통이 있었다.

아무리 이쪽으로서는 받아들이기 힘들어도 다른 문화권의 전통, 그것도 토라가 태어났을 때에나 그랬던 오래된 이야기니까 이해해야 했다.

'이해해야 한다. 이해해야 한다······.'

자인은 애써 생각했다.

게다가 남자가 많고 여자가 적은 환경에서 같은 유전자 풀을 한 여자에게 몰아준 건 나름 합리적인 선택······.

"지금은 사라진 전통이지만 그때만 해도 그랬어."

아니, 아무리 생각해도 도저히 이해되지 않았다. 한 여자가 이렇게 생긴 두 남자를 독식했다고? 무슨 그런 말도 안 되는 독과점이 있단 말인가?

자인이 무표정한 얼굴로 그런 생각을 하는 동안 토라는 계속 이야기했다.

"숲에 온 이후로 니카는 어느새 자기도 마티를 마티라고 부를 만큼 우리와 친해졌지. 부족에게 우리에 대한 오해를 풀기 위해 노력했어. 매일같이 숲과 마을 사이를 뛰어다니면서 사람들에게 우리 이야기를 전하고 우리에게는 마을에 가보자고 설득했지."

결국 둘은 그 성화에 못 이겨서 마을로 갔고…….

"우리와 결혼하겠디는 말에 반대하는 어른들 앞에서 니카는 거의 드러누웠어. 그때 알았어. 니카의 고집을 이긴 사람은 없었다는 걸."

그때 니카는 빛이었다. 그들 쌍둥이를 어두운 숲속에서 끌어내주는 빛.

둘에게는 헌신적인 마티가 있었기에 숲도 살 만한 곳이었지만 아무런 사회적 교류가 없는 조용한 숲은 외딴곳에 있는 양로원 같은 느낌이었다. 활력이 넘치는 젊은 청년 둘이 살기에는 지나치게 아무 일도 일어나지 않는 곳이라는 의미였다.

"마을로 가."

가말도 쌍둥이가 마을로 돌아가길 바랐다.

"숲에 자주 올게."

둘은 그렇게 약속했다. 그리고 그 약속을 지켰기에 가말도 부족민들과 서서히 교류하기 시작했고, 그러면서 어느새 부족의 축제에도 참여할 정도로 마음을 열게 되었다. 그때는 우주처럼 넓다고 생각했지만 사실 그리 크지 않은 섬 안에서 끊겨 있던 선들이 연결되기 시작했다.

그렇게 섬은 결국 하나의 우주가 되었다.

토라는 말했다.

"그런데 한 가지 문제가 있었어."

당연했다. 인생의 모든 일에는 꼭 문제가 있기 마련이었으니까.

"라토가 사랑한 건 니카가 아니었어."

자인의 얼굴을 보니 진짜 라토가 사랑했던 사람이 누구인지 그녀도 눈치챈 것 같았다. 토라는 쓴웃음을 지었다.

"마티는 어느새 우리보다 어려졌으니까. 우리가 커버린 거지만……. 하지만 마티에게 라토는 아들이었을 뿐이니까. 그걸 깨달은 라토도 마티에 대한 마음을 거두려고 노력하고 있었어. 마티를 마티로 받아들이려고 했지."

토라는 잠깐 감옥 바닥의 무늬를 쳐다보았다.

"그 당시엔 쌍둥이를 한 덩어리로 생각하는 경우가 많았어. 우리는 그렇게 달랐는데 말이야. 니카도 그걸 느꼈을 거야. 우리는 다른 사람이라는 걸. 그래서인지 나보다 라토를 더 사랑했지. 뭐때문이었는지는 모르겠어. 그냥 그랬어. 뱀파이어를 포함해서 많은 남자들을 스쳐 지나가면서도 마음을 열지 않았던 마티가 고작 인간 남자에 불과한 소령님한테 마음을 빼앗긴 것처럼, 마음의 작용은 알 수 없는 거였어."

그러고는 토라는 피식 웃었다.

"그리고 여자는 예리하니까. 니카도 라토의 마음이 어디로 향하고 있는지 금세 알아채고 불같이 화를 냈어."

사실 남편이 딴 여자를 마음에 두고 있다는 걸 눈치챈 거니까 이해는 되지만, 니카가 그럴수록 라토의 마음은 더 그녀에게서 멀어졌다.

토라는 이제 중얼거리다시피 했다.

"니카는 매일 밤 화를 내고 울며 내게 안겨 잠들었어. 난……그 상황이 나쁘지 않았어. 라토가 멀어질수록 니카는 내게 가까워졌으니까. 모두 내게 이야기했고, 내게 토라는 그러지 않을 거지 하면서 애교를 피웠어."

토라는 자인을 한 번 보고 웃었다.

"알아. 최악이란 거."

자인은 고개를 저었다.

"그런 생각하지 않았어요. 그냥, 어디서 많이 본 상황이다 싶어서요. 고등학교에 가면 여자애들끼리 많이 그래요."

토라는 훗 웃었다.

"그때 우리는 정말 요즘 고등학생 정도밖에 되지 않았을 거야,

정신이나 마음이나. 결국 니카와 라토의 사이는 회복하기 힘들 정도로 나빠졌어. 그래도 그땐 정말 니카가 나만의 것 같았어."

웃은 게 언제였냐는 듯 토라의 눈에 짙은 고통이 어렸다.

"앞을 내다보지 못하고 순간에 만족하는 오만, 그게 내 하마르티아(비극적 결함)였지."

그가 아리스토텔레스의 언어를 쓰는 게 이상했지만 사실 그보다 더 적절한 단어를 찾을 수 없었다.

"그날…… 돌이켜보면 모든 것들이 그 일이 일어날 수밖에 없이 딱 맞게 돌아갔던 거 같아."

그날 가말과 토라는 둘이서 밭으로 나갔다. 그사이에 라토와 니카는 또 싸우고 말았다. 그날따라 유난히 크게.

「왜 자꾸 여기 오는 거야? 당신 집은 여기가 아냐.」

니카가 히스테릭한 어조로 따지는 데에 라토는 벌써부터 피곤해하는 기색으로 말했다.

「마티는 혼자 있잖아.」

「마티는 어차피 늘 혼자였잖아!」

그 말에 라토는 날카롭게 니카를 보았다. 차가운 눈빛을 받은 니카는 움찔했지만 질 수 없다는 듯이 말했다.

「당신의 아내는 나야.」

「누가 그걸 몰라?」

「근데 왜 당신만 그걸 모르는 거 같을까?」

「니카.」

몇 번이나 반복된 이야기에 라토는 이제 지칠 대로 지쳐 있었다. 오해하지 말라고 달래도 봤고, 다정하게 대해주려고 노력도 해봤고, 화도 내봤지만 니카는 마이동풍이었다. 아예 그의 말을 듣지 않겠다고 결심이라도 한 것 같았다. 라토가 자신이 아닌 가말을 사랑한다고 결론을 내려놓고 조금이라도 의심이 들 만한 일이 있으면 불같이 따지고 들었다.

라토 스스로도 제 마음이 토라가 가말을 생각하는 마음과는 결이 다르다는 건 인정했다. 하지만 그건 한때의 이야기였고, 이제는 서서히 옛날 일이 되어가고 있었다. 그저 마티가 행복했으면 좋겠고 그녀의 웃는 얼굴이 영원하기를 바랐다.

그리고 엉뚱하고 귀여운 매력을 지닌 니카가 좋았고, 니카라면 가말보다 사랑할 수 있을 거라고 생각했다. 하지만 결혼하자마자 니카는 이상하게 변해갔다. 라토는 그게 니카가 그를 너무 사랑하게 된 탓이라고는 생각하지 못했다.

그래서 이번에도 라토는 한숨을 삼키고 물었다.

「대체 내가 뭘 어떡해줬으면 좋겠어?」

니카는 꾹 이를 물었다.

「여기 오지 마.」

라토는 입을 다물었다. 그건 수없이 말씨름을 하면서도 처음 보이는 반응이었기에 니카는 희망에 찼다. 그런데 라토는 말했다.

「우리가 늙어 죽으면 마티는 또 혼자가 돼. 그런데 그새를 못

참아서 마티를 미리 혼자로 만들겠다는 거야?」

니카는 생각지도 못한 이야기에 충격을 받았다. 그 반응을 본 라토는 드디어 그녀와 말이 좀 통한다고 생각하고 안도했다. 하지만 니카가 충격을 받은 부분은 그가 생각한 점과는 전혀 달랐다.

니카는 망연자실해서 중얼거렸다.

「그렇지. 마티는 늙지 않아.」

자신이 늙어서 볼품없이 쪼글쪼글해져도 가말은 지금 모습 그대로였다. 누구보다 젊고 싱그럽고 아름다운 그 얼굴로 라토를 볼 것이다.

「그만해.」

라토는 기가 질려 말하고 돌아섰다. 그 뒤에 남겨진 니카는 희미하게 떨었다.

악마가 산다는 숲에 혼자 올 정도로 용감하고 엉뚱한 면모까지 있는 니카는 심지가 굳고 강한 사람이었다. 하지만 내부에 잘못된 씨앗이 발아하자 그것은 오히려 고집스럽게 뿌리를 내렸다. 어떤 설득도 통하지 않는 망상과 의심, 질투심을 일으켰다.

「라토!」

갑자기 니카가 안겨들었다. 그에 라토는 한숨을 쉬고 니카를 안아주었다.

「니카, 난…….」

푹 소리가 났다.

짧은 정적이 지나고 라토는 믿기지 않아 아래를 내려다보았다. 칼이, 옆구리에 꽂혀 있었다. 니카는 주춤거리며 물러났다. 그리고 파랗게 질려서 목이 졸린 것 같은 소리를 냈다.

「당신 때문이야.」

그러고는 오히려 그쪽이 찔린 사람처럼 머리카락을 부여잡으며 괴성 같은 비명을 내질렀다. 그때는 몰랐지만 전형적인 히스테리 반응이었다.

「당신 때문이야!」

니카는 실성한 사람처럼 계속해 외쳤다. 라토는 이곳을 벗어나야 한다는 걸 깨달았다. 그래서 니카를 제치고 밖으로 비척거리며 나갔다. 하지만 눈앞이 흐려지고 무릎이 꺾여 바닥에 무릎을 찍으며 넘어졌다. 아무리 강한 전사라도 급소를 찔리면 방도가 없었다. 니카는 얼결에 찌른 게 아니었다. 정확하게 급소를 노렸나. 정말 죽이려고.

「라토.」

비척거리며 따라 나온 니카는 떨면서 라토를 불렀다. 하지만 그는 대답하지 않았다. 라토의 몸 아래로 피가 스멀거리며 흘러나와 흙에 흡수되어 사라졌다. 그래서 얼핏 보면 그는 그냥 엎드려 누워 있는 것 같았다.

니카는 자신이 아직 들고 있는 단검을 보았다.

하아, 하아, 하……. 숨소리가 떨려왔다. 머릿속이 불타오르는 것 같았다. 한 줌의 이성마저도 끝부터 검게 불타 일그러지며 재가 되어갔다. 칼을 돌려 제게로 향하게 하는 손이 꼭 남의 것 같았다.

「니카.」

순간 라토가 덥석 팔을 잡았다. 그리고 힘 조절을 하지 못해 벽에 부딪쳐 소리가 날 정도로 그녀를 밀어붙였다.

「그러지 마.」

피범벅인 채인 라토는 검은 눈이 꼭 눈물이 어린 것처럼 짙어
져서 슬퍼 보였다. 자신을 찌른 사람을 보고 있다고 생각할 수 없
을 정도로. 그리고 니카는 곧 죽을 상황에서도 라토가 그런 얼굴
을 하는 이유를 알고 있었다. 아니, 알고 있다고 믿었다.

니카는 일그러진 얼굴로 웃었다.

「왜? 마티가 슬퍼할 테니까?」

갑자기 가말이 집 쪽을 홱 돌아보았다.

「피 냄새가 나.」

옆에서 순무를 뽑고 있던 토라는 허리를 펴고 물었다.

「동물들끼리 싸운 거 아냐?」

하지만 가말은 시선을 돌리지 않은 채로 말했다.

「인간의 피 냄새야.」

토라는 황당했다.

「그런 거까지 구별이 가능해?」

「더 달아.」

그러고는 가말은 무작정 돌아섰다.

「가자.」

「마티, 이거 안 가져가?」

집에서 무슨 일이 벌어지고 있는지 상상조차 하지 못했던 토
라는 채소를 수확한 바구니를 들며 속없이 물었다. 그러자 가말

이 돌아보고, 살면서 본 적 없는 단호한 얼굴로 말했다.

「토라, 당장 와.」

둘은 집으로 돌아갔다. 토라는 여전히 영문을 알 수 없었지만 돌아가는 내내 가말이 워낙 심각한 얼굴을 하고 있어서 슬슬 그도 기분이 이상해지기 시작한 참이었다. 그런 상태로 집 앞 공터에 도착했다. 하지만 처음에 토라는 거기 쓰러져 있는 게 누구인지 인식하지 못했다.

「라토!」

그런데 가말이 비명처럼 내지르며 달려갔다. 토라는 자신이 보는 풍경을 도저히 믿을 수 없었지만 반사적으로 뛰어갔다. 피를 너무 많이 흘려 파랗게 질린 라토는 이미 의식이 없었다.

「라토, 무슨 일……!」

다급하게 라토의 상태를 살피는데 먼저 달려왔던 가말이 움직임이 없었다. 그래서 토라는 가말을 보았다가 그녀가 눈도 깜빡이지 않고 어딘가를 보고 있는 걸 발견했다. 문이 열려 있는 집 안쪽…….

불길한 예감이 축축한 손처럼 기분 나쁘게 등허리를 훑고 지나갔다.

토라는 자리를 박차고 집 안으로 뛰어 들어갔다. 그러자 피 웅덩이 속에, 처음에는 니카인지도 불분명해 보이는 피투성이 여자가 잠겨 있었다. 그 가슴에 단검이 똑바로 꽂혀 있었다.

「니카!」

토라는 소리치며 달려갔다.

「니카!」

아무리 불러도 깨어나지 못하던 라토와 달리 니카는 움찔하며 힘겹게 눈을 떴다. 하지만 말 그대로 겨우 숨이 붙어 있었다.

「니카. 누가…… 왜, 어째서…….」

뭔가 잘못될까 봐 차마 니카의 볼을 쓰다듬지도 못하는 손이 허공을 헤매며 덜덜 떨렸다.

니카는 피를 토해내고 겨우 말했다.

「토라, 당신은 나만을…… 사랑하지?」

「니카.」

그 순간 토라는 무언가 깨닫고 충격을 받았다.

「네가 이런 거야?」

니카는 손을 뻗었다. 하지만 토라는 그 손을 맞잡을 수가 없었다. 사랑하는 아내가 죽어가고 있었지만 그 손이 마치 그를 지옥으로 끌고 가려는 갈고리처럼 보였기 때문이다. 그러자 니카는 그 생각을 눈치채기라도 한 듯 희미하게 웃었다. 이 모든 게 장난이라도 되는 양. 그리고 평소 그녀 같지 않은 거칠고 허스키한 목소리로 웅얼거렸다.

「말해줘. 나만을 사랑한, 다고…….」

끝까지 제 이야기만을 하고 눈을 감았다. 피가 다 빠져나가 눈가는 파랗고 입술이 보라색이었다. 니카의 손을 잡고 영혼을 끌어내는 사신의 손이 실제로 보일 지경이었다.

토라는 멍하니 앉아 있다가, 열려 있는 문가 너머로 가말과 시선이 마주쳤다. 가말은 어렸을 때 쌍둥이가 나무에서 떨어져 죽을 뻔했을 때보다 더 창백하게 질린 얼굴로 말했다.

「살릴 수 있어, 내가.」

그게 무슨 의미인지 토라는 바로 깨달았다. 흡혈귀로 만드는 것. 하지만 가말이 어렸을 때 그들 형제를 앉혀놓고 했던 말은……

「하지만 대개 죽어. 성공하는 경우는 못 봤어.」

그럼에도 토라는 말할 수밖에 없었다. 이대로 둘을 잃을 순 없었기에.

「제발, 마티.」

그러자 가말은 주저하지 않았다. 바로 라토 위로 몸을 드리웠다. 하지만 가분히 눈을 내리감는 그녀는 라토를 구하려고 한다기보나 그를 잡아믹으려는 것처럼 보였다. 붉은 눈이 흡사 빛을 뿜는 것처럼 번쩍거렸다. 피 냄새가 그녀를 흥분시키는 것 같았다.

토라는 그날 처음으로 '흡혈귀'인 가말을 보았다. 라토의 위를 점령한 것이 정말 인간이라기보다, 짐승 같았다. 윤기가 흐르는 검은 갈기와 횃불 같은 붉은 눈을 지닌.

어린 인간 둘을 키우면서 가말이 얼마나 참았을지, 토라는 그제야 알 수 있었다.

비로소 가말은 이를 드러냈다. 그건 고대에 멸종한 맹수의 송곳니처럼 길고 날카로웠다.

하지만 모두가 결과를 알듯이 감염을 이긴 건 라토뿐이었다.

니카는 몇 번 발작을 일으키더니 숨을 거두었다. 무엇이 그 차이를 만드는지는 그때도, 지금도 알 수 없었다. 다만 짐작해보자면, 니카는 자살한 시점에서 이미 살고자 하는 의지가 없었기 때문인 것 같았다.

한동안 토라는 니카의 시신을 바라보고 앉아 있었다. 니카는 평온해 보였다. 드디어.

「토라……..」

토라가 그러고 있는 동안 뒤에 아무런 말없이 있던 가말이 불렀다. 그제야 토라는 시신을 안고 일어났다.

「가자.」

마을로 가자, 마을은 한바탕 난리가 났다.

「너희 쌍둥이 때문이야!」

뛰어나온 니카의 어머니는 딸의 시신을 끌어안고 오열하며 소리쳤다.

「불길한 쌍둥이랑 결혼했기 때문에 니카가 죽은 거야! 오타가 너희를 버렸을 때 알았어야 했는데!」

그리고 토라를 마을에서 내쫓으라고 고래고래 악을 썼다. 그러자 토라는 담담하게 말하고 돌아섰다.

「걱정 마. 다신 오지 않을 테니까.」

그때였다.

「니카는 스스로를 죽인 거야.」

가말이 앞으로 나섰다.

「불길한 사람은 없어! 불길한 건 너희의 마음이야!」

우레와 같은 노호에 부족 사람들은 놀랐다. 토라도 놀라긴 마찬가지였다.

지금까지 가말은 화를 낸 적이 없었다. 적어도 그들 쌍둥이가 위험한 짓을 할 때를 빼고는.

그리고 지금까지는 부부의 일에 간섭한 적도 없었다. 어떤 시끄러운 소리가 나도 그저 슬픈 얼굴을 하고 한 걸음 떨어진 곳에서 있을 뿐이었다. 그녀가 간섭하기 시작하면 더 일이 악화될 거라고 생각하듯이.

그런데 지금은 그들 쌍둥이가 어떤 위험한 짓을 했을 때보다도 화를 냈다.

「오타는 자기 아이들을 버렸어. 그건 잘못된 일이야. 사과해야 할 일!」

실제로 맹수가 울부짖는 소리 같았기에 부족 사람들은 혼비백산했다.

「토라와 라토는 어렸어. 무엇도 잘못하지 않았고! 너희들이 불길하다고 하는 그 아이들이 내게 왔어. 그리고 삶을 줬어, 진짜 삶.」

「하지만 쌍둥이는 큰 죄를 지어서 신에게 몸이 두 개로 갈라지는 벌을 받은 자들입니다……!」

한 부족민이 지지 않고 소리치자 가말이 그를 보았다. 전혀 그녀답지 않게 오만하고, 빛나는 자신감이 불을 뿜는 얼굴로.

「누가 신인데?」

부족은 살에 맞은 듯이 입을 다물었다.

가말은 몰랐지만 그게 그녀가 사타디 섬에서 신으로 숭배받기 시작한 순간이었다. 쌍둥이를 벌하는 보이지도 들리지도 않는 무능력한 신을 내쫓고, 살아 있는 피와 살을 가진 그녀가 왕좌에 올라섰다.

가말은 차분한 얼굴로 부족을 쭉 둘러보았다.

「이 자리에.」

그리고 물었다.

「니카가 스스로 마음을 아프게 했다는 걸 모르는 사람 있어?」

부족은 말이 없었다. 니카가 라토에게 집착하는 건 이미 모든 부족 사람들이 다 아는 일이었기 때문이다.

갑자기 가말은 울 것 같은 얼굴이 되었다.

「니카는 바보야. 모든 걸 가지고 있으면서 고작 날 질투했어.」

그녀를 위해 울어주는 다정한 가족, 그녀를 사랑하는 남편을 가지고도……. 누군가가 멋대로 품에 떠안긴 영원한 삶 외에는 아무것도 가지지 못한 이 가련한 여자 따위를.

「라토 매형에 관련된 일이라면 누나는 제정신이 아니었어요.」

그때 우단이 앞으로 나서며 말했다. 니카의 남동생이자 그녀가 숲으로 오는 계기가 됐던 우단은 이제 제법 번듯한 청년이 되어 있었다.

「어머니도 알고 있잖아요. 진정하세요. 지금 어머니는 슬픔에 빠져서 제대로 된 생각을 하지 못하는 거뿐이에요.」

니카의 어머니는 오열하며 무너졌다. 딸을 잃은 슬픔과 누구라도 탓하고 싶은 마음, 절망과 허무감이 모두 녹아 흘렀다.

우단은 눈물을 삼키고 의연하게 토라를 보았다.

「부족을 떠나지 마세요. 우리는 가족이잖아요.」

아마 그때 우단이 없었다면 토라는 부족을 포기했을 것이다. 하지만 훗날 이투하까지 이어지는 불꽃은 그곳에 있었다.

토라는 노을빛이 드리워지는 바다를 바라보았다. 이 언덕에서 바라보는 바다는 항상 비슷한 풍경이었다. 바다에 부드러운 빛이 내리기 시작하고 얼마 지나지 않아 누군가가 불을 놓은 것처럼 붉게 타올랐다.

옆에 한참 말없이 있던 가말이 돌아보고 물었다.

「토라, 흡혈귀가 될래?」

그건 가말이 처음이자 마지막으로 누군가에게 감염되기를 제안한 순간이었다.

「응, 마티.」

토라는 꼭 아침을 먹겠다고 대답하는 것처럼 대답했다. 가말의 눈에 눈물 같은 연한 빛이 돌았다.

「일어나지 못할 수도 있어.」

니카처럼.

토라는 이글거리는 바다를 바라보았다.

그는 이제 깨달았다. 니카는 빛이라기보다 불이었다. 니카 안에서 뿜어져 나와 그들을 숲 밖으로 이끌었던 강렬한 빛은 언젠가 그녀 스스로조차 불살라버릴 씨앗이었다.

「라토를 혼자 둘 수 없으니까.」

토라는 담담히 말했다.

감염은 이겼지만 아직 라토는 깨어나지 않고 있었다. 깨어나면 크게 충격을 받으리라. 니카가 자신을 죽였다는 사실에, 그리고 스스로 목숨을 끊었다는 사실…… 자신이 지금까지와는 전혀 다른 존재가 되었다는 사실에. 그러니 곁에, 있어줘야 했다.

가말이 손을 뻗어 토라를 끌어안았다. 토라는 그녀의 품에 안겨들었다. 항상 올려다보았던 그의 마티가 언제 이렇게 작아졌는지, 새삼스러웠다.

가말은 물기가 배어나는 목소리로 중얼거렸다.

「라토를 놓지 마. 너의 시지를.」

토라는 꾹 눈을 감았다.

「놓지 않아, 마티.」

송곳니가 파고드는 순간 여전히 바다는 타오르고 있었다.

자인은 말을 잃고 토라를 쳐다볼 뿐이었다. 하지만 토라는 이런 사연을 이야기한 사람 같지 않게 태연하게 자인을 보았다.

"니카는 임신 중이었어. 그때 상황으로 봐서는 내 아이가 분명했지."

자인은 저도 모르게 입을 벌렸다가 차마 아무 말도 하지 못하고 다시 다물었다. 토라는 중얼거렸다.

"하지만 니카는 몰랐을 거야. 그랬을 거라고 믿어, 최소한."

"유감……이에요."

자인은 그 외에 무슨 말을 해야 할지 알 수 없었다. 그런데 토라는 피식 웃었다.

"그러게. 정말 유감인 일이지."

"아뇨, 전⋯⋯."

"괜찮아. 나도 유감이라고 생각하니까."

"토라, 이제 그만 말해요."

자인은 토라를 만류했다. 이제는 말을 하는 것만으로도 기력이 소진되는 게 보일 정도로 그는 상태가 좋지 않아 보였다.

"말을 그만두면⋯⋯."

토라는 그 혼자만 다른 시간의 흐름 속에 있는 것처럼 아주 천천히 입술을 움직였다.

"의식을 잃을 거 같아."

그의 눈에 살기가 넘실거렸다. 그에 자인은 소름이 돋았다. 어지간한 일에는 꿈쩍도 하지 않는 강심장이 본능적인 위험 앞에서 자꾸만 신호를 보냈다.

토라는 천천히, 길게 숨을 내쉬고 다시 숨을 들이쉬었다. 향기로운 냄새가 사방에 진동했다. 누가 향수를 통째로 부어놓은 것 같았다.

토라.

누군가 속삭였다.

토라.

"토라!"

자인이 소리쳤다. 멀어졌던 소리가 볼륨을 높인 듯이 훅 가까워졌다. 토라는 겨우 정신을 차렸다. 눈앞에 있는 자인의 가슴께가 땀에 젖어 번들거렸다. 극도로 예민해진 시야에 피부 위로 땀방울이 흘러내리는 모습이 슬로우 모션처럼 보였다.

기절이라도 하고 싶었지만 기절하면 일이 더 심각해질 게 분명했다. 아예 몸을 통제할 수 없어지기 때문이었다.

그때 자인이 토라의 팔을 꽉 잡았다.

"토라, 내 피를 마셔요."

"뭐⋯⋯?"

이번만은, 토라도 황당해서 물을 수밖에 없었다.

가말은 얼핏 정신을 차렸다. 눈이 따가웠다. 방은 어두웠고, 덮고 있는 이불의 감촉이 평소와 달랐다.

순간 얼굴에 발사된 스프레이의 차가운 느낌이 떠올라 흠칫몸을 일으켰다. 그리고 어둠 속에 누군가가 앉아 있다는 사실을 깨달았다.

일인용 소파에 앉아 있는 인영이 어렴풋이 떠오르자 몸 전체가 관통한 것처럼 충격에 사로잡혔다. 가말은 기겁하고 침대 끝으로 물러났다.

숨을 쉴 수가 없었다.

「쿠……니스.」

쿠니스는 움직이지 않았다. 그저 눈만 움직여 가말을 찬찬히 살폈다.

「나이가 들었구나. 꽃 때문에.」

영원히 보지 못할 거라고 생각했던 이십 대의 가말은 과연 눈부셨다. 그가 상상해왔던 것보다도 몇 배는, 아니 제 상상력이 얼마나 빈곤했는지 깨달을 만큼 아름다웠다. 천진난만한 검은 눈동자는 이제 붉게 변했지만 오히려 어린 그녀에게는 없던 깊은 분위기가 있었다.

쿠니스는 소파에서 일어났다. 그에 가말은 당장 달아날 곳을 살폈다. 그런데 쿠니스가 침대 아래에 한쪽 무릎을 꿇고 앉았다. 가말이 움찔하는 사이, 그가 누구라도 마음이 흔들릴 것 같은 애절한 표정으로 말했다.

「미안해. 사과하고 싶어.」

「넌 란투와 아다위를 죽였어.」

저도 모르게, 가말은 삼천 년간 가슴에 박혀 있던 말을 토해냈다.

「다니엘도……!」

다니엘은 그녀의 친구였을 뿐이었는데도.

하지만 쿠니스는 지지 않고 말했다.

「그땐 뱀파이어가 인간을 죽이는 게 당연한 시대였잖아. 나도 마음이 편하진 않았지만…….」

「쿠니스.」

쿠니스는 가말이 자신의 이름을 불러주었다는 데에 희열이 치솟아, 무릎을 펴고 일어나 한 걸음 다가갔다. 하지만 가말은 어렸을 때 꿈속에서 본 괴물이 다가오기라도 하는 표정으로 물러나려고 다리를 저었다.

「다가오지 마.」

그럼에도 쿠니스는 멈추지 않고 다가가 침대에 무릎을 짚은 채 가말의 얼굴을 감싸고 속삭였다.

「가말. 보고 싶었어.」

그러고는 애끓는 심정을 담아 가말을 와락 끌어안았다.

「용서해줘, 시지.」

가말은 몸이 떨려왔다.

시지. 늘 쿠니스가 그녀를 부르던 이름이었다.

「사고였어, 네게 그런 짓을 한 건. 화가 나서 보이는 게 없었어. 미안해. 그땐 너무 어려서 내 감정을 컨트롤하는 방법을 몰랐어.」

품속에 있는 가말은 희미하게 떨고만 있었다. 쿠니스는 이토록 여린 제 쌍둥이에게 자신이 무슨 짓을 했는지 진심으로 후회했다.

「그럼 사람들은?」

그런데 가말이 물었다. 쿠니스는 멈칫했다. 천천히 떼어내자 가말은 꼭 눈물처럼 보이지만 결코 눈물은 아닌 안광이 형형한 눈으로 물었다.

「사람들은 왜 죽였어? 네가 한 일들에 대해 들었어.」

쿠니스의 눈이 조금 움직였다.

「가말, 우리는 뱀파이어야. 애초에 그런 종이라고.」

「그렇지 않은 뱀파이어들도 있어.」

「인정해. 플로스는 편해. 다음 날 뭘 먹어야 할지 고민하지 않아도 되지. 하지만 이건 간식 같은 거야. 뱀파이어는 피를 마셔야 해. 인간을 사냥해야 하는 거야.」

「아니야, 우린……!」

가말이 발작적으로 말하려고 했지만 쿠니스가 선수를 쳤다.

「봐, 가말. 우리에겐 강한 이와 힘이 있어. 그뿐이라면 동물과 다를 바 없었겠지만 우리는 인간처럼 사고할 수 있어. 왜 그렇다고 생각해? 그건 우리가 새로운 '인간'이기 때문이야. 다른 모든 것을 먹는. 여태까지 인간들은 자기가 최상위 포식자라고 믿었지만 그게 아니었다는 사실이 밝혀졌을 뿐이야. 인간이 돼지와 소를 먹듯이 뱀파이어는 인간을 먹는다, 이 간단한 이치를 왜 다들 그렇게 받아들이기 힘들어하지?」

정말로 이해가 되지 않는다는 투였다.

「물론 이해는 해. 달라진 환경을 단번에 받아들이기는 힘들겠지. 그래서 알려주려는 거야. 이게 마땅히 자연스럽게 받아들여야 하는 새로운 이치라는 걸.」

지금 쿠니스는 더 단단해 보였다. 옛날엔 화도 쉽게 내고 좋은 의미로든 나쁜 의미로든 불을 머금은 느낌이었는데, 지금은 아주 차분하고 매끄러웠다. 외모는 삼천 년 전과 같았지만 더는 아무도 그를 가말과 헷갈리지 않을 것 같았다. 가말이 여전히 그와 같은 열여덟의 외모를 하고 있다고 해도.

「하지만 넌 이미 인간이었을 때 사람을 죽였잖아.」

가말의 말에 쿠니스는 뭘 모르는 아이를 보는 것처럼 안쓰러워하는 표정을 지었다.

「가말, 아직도 모르겠어? 너와 내가 하나라는 것도 자연의 이치라는 걸. 우리는 쌍둥이로 태어났어. 그리고 그 이기기 어렵다는 감염을 이기고 뱀파이어가 되었지, 둘 다. 우리는 영원히 하나야.」

그러면서 가말의 볼을 천천히 쓰다듬었다.

「인간이었을 때는 우리 둘을 갈라놓으려는 것들을 참을 수 없었어. 하지만 그때 난 너무 충동적이고 무지했어. 지금이라면 절대 그러지 않을 거야. 란투와 아다위한테도 사과할 수 있다면 사과하고 싶어. 생각해보면 그놈들은 네 얼굴에 홀린 것뿐이었는데 말이야. 예쁜 여자를 마다하는 남자는 없으니까. 제 분수를 몰랐다는 게 잘못이었지만, 맞아. 그게 죽을죄까진 아니었지.」

「쿠니스!」

가말은 더 들을 수 없어 외쳤다. 그에 쿠니스가 입을 다물자 침묵이 감돌고, 이내 그는 길게 숨을 내쉬었다.

「미안해. 막 깨어나서 정신이 없을 텐데 내가 너무 말을 많이 했네.」

가말은 슬픈 얼굴을 숨길 수 없었다. 자신이 사라지면 괜찮아질 거라고 생각했다. 적어도 쿠니스가 무엇이 옳은지 그른지 판단할 수 있게 될 거라고 믿었다.

「넌 다정한 사람이었어. 대체 왜…….」

「네가 그런 날 좋아했으니까.」

쿠니스는 똑똑히 들으란 듯이 말했다.

「하지만 그건 내가 아니었어.」

「쿠니스, 제발…….」

그런데 따라가기 힘들 정도로 갑자기 쿠니스의 기색이 바뀌었다.

「그 인간 자식 때문이야?」

목소리가 난폭했다. 가말은 고개를 저었다.

「아니야. 난 우리 이야기를 하고 있는 거야.」

우리라는 단어가 만족스러웠는지 쿠니스는 다시 기색이 달라졌다. 세상에 다시없을 다정한 투로 말하고 침대에서 일어났다.

「쉬어. 쉬고, 이야기하자.」

그리고 쿠니스는 밖으로 나섰다. 근 삼천사백 년을 기다렸는데 조금 더 기다린다고 그가 더 늙진 않을 테니까.

탁. 지잉. 문이 닫히며 잠기는 소리가 났다. 가말은 어깨를 감싸 쥐었다. 그녀는 평생 이 순간을 두려워하며 살아왔다. 쿠니스가, 자신의 쌍둥이가 정말로 돌이킬 수 없는 사람이라는 사실을 인지하게 되는 순간을.

여태까지 이 순간에서 도망쳐왔던 걸지도 몰랐다. 그리고 그러면 안 된다는 사실을 깨닫게 되는 데서.

자신이 오래전에 쿠니스를 죽였다면 여태 그가 직간접적으로 죽인 수많은 사람은 살았을 것이다. 적어도 세월이 그들을 데려가기 전까지는.

어깨를 감싸 쥐고 있는 손에 힘이 들어갔다.

"토라, 내 피를 마셔요."

"뭐……?"

이번만은 토라도 황당해서 물을 수밖에 없었다. 하지만 자인은 심각한 얼굴로 말했다.

"물론 적당한 양만요. 이렇게 있으면 둘 다 죽어요. 특히 전 그쪽 손에요."

그 말에는 이견이 없었지만……. 토라는 미간을 찌푸렸다.

"중간에 그만둘 자신 없어."

"그래도 해내요."

"뱀파이어가 피 마시는 걸 인간들이 밥 먹는 것처럼 생각하지 마."

사실 자인도 자신만만하게 말했지만 이 방법이 맞는지는 확신할 수 없었다. 토라의 눈은 이미 뱀처럼 동공이 가늘어져 살기가 뭉쳐진 덩어리 같았다.

강렬한 살의를 느끼지만 어떻게든 이성을 놓지 않으려는 모순적인 눈이 아름답다고 생각해버렸다. 인간은 어째서 위험에 매혹되어버리는지, 자인은 그 어리석음에 절로 혀를 내찰 수밖에 없었다.

"그럼요?"

그럼에도 묻는 어조는 단호했다.

"당신이 돌아가지 않으면 가말 씨가 어떻게 될 거 같아요? 마티한테 돌아가지 않을 거예요?"

아이러니한 일이지만 토라는 그때 정말로 허기를 느꼈다. 그를 똑바로 응시하는, 두려워하지 않는 눈에.

자인 말대로 가말에게 돌아가야 한다는 생각이 그를 움직이게 만들었다. 하지만 바닥에 손을 짚으며 앞으로 몸을 기울이는 순간, 그런 이성적인 생각은 영혼이 육체에서 분리되듯이 사라졌다.

땀이 배어 척척한 피부가 입술에 닿았다. 토라는 입을 벌렸다. 짐승의 이빨 끝에 파란 살기가 돌았다.

사실 그도 뱀파이어가 되자마자 가말을 따라 꽃을 먹고 살았으나 흡혈이 처음은 아니었다. 흡혈은 뱀파이어의 본능, 호기심을 가지지 말라는 게 더 무리였기에 가끔 같이 밤을 보내는 여자들의 동의를 얻어 흡혈을 해본 적 있었다. 적어도 토라에게는 대체로 여자들이 신기할 만큼 선뜻 동의해주고는 했다.

결론적으로, 흡혈은 제법 중독성이 있는 행위였지만 생각보다 기대를 충족시키진 않았다. 차라리 여자와 밤을 보내는 것만 못했다. 이제야, 토라는 그게 자신이 덜 허기졌었기 때문이라고 깨달았다.

"토라."

자인은 숨을 가쁘게 쉬며 토라를 불렀다. 그의 식도를 타고 제 피가 넘어가는 소리가 생생하게 들렸다. 슬슬 머리가 어질어질했지만 토라는 그만두려는 기색이 없었다.

그래서 그를 급한 대로 후려치기 위해 손을 들었다. 그런데 토라가 덥석 손목을 잡았다.

엄청난 악력에 팔을 뺄 수 없었다. 자인은 질끈 눈을 감았다. 피가 계속해서 빠져나가며 현기증이 핑 돌았다. 강물에 잠겨 죽어가는 오필리어처럼 몸이 차가운 물속에 깊이 침잠하는 느낌이었다. 점차 손끝, 발끝에 감각이 사라지고 시야가 어두워지며 밤하늘을 비춘 강물 속에 잠긴 듯이 눈앞이 반짝거렸다. 하아……. 내쉬는 자신의 숨소리가 이상하게 가깝게 들렸다.

"토, 라……."

까라질 듯 작은 속삭임이 닿았는지 겨우 토라가 멈추더니 입을 떼고 고개를 들었다.

붉은색도 창백하게 질릴 수 있다면 창백하게 질려 있던 눈에 생기가 번지는 모습이 마치 꽃이 피는 것 같았다. 자인은 여태 이런 광경이 존재한다는 사실을 모르고 살아온 게 잘못돼도 단단히 잘못됐었다는 기분이 들었다.

그 순간 토라는 자인에게 키스했다. 무슨 일이 일어났는지, 자인은 거절하지 않았다. 더 격렬하게 동조했다. 토라의 눈을 들여다보자 다른 건 아무것도 중요하지 않아졌다. 그녀는 이 아름다운 짐승의 먹이가 될 것이다. 그리고 그 사실이 그녀가 태어난 목적인 걸 깨달은 듯이 환희에 찼다.

까랑. 둘이 격하게 얽히며 바닥에 떨어져 있는 칼을 쳐서 금속성이 울렸다. 작은 소리였지만 충분했다. 둘은 불에 덴 듯 몸을 뗐다.

토라도 자인 못지않게 제 행동에 놀란 얼굴이었다. 잠깐 그러고 있더니 중얼거렸다.

"미안해."

그게 피를 더 마신 데 대한 사과인지 키스를 한 데에 대한 사과인지 알 수 없었지만 자인은 묻지 않았다. 어떤 대답을 들어도 동요할 테니까. 하지만 지금은 동요하고 있을 때가 아니었다. 그래서 남은 천으로 목의 상처를 닦아내고 일어났다.

"가죠. 갈 수 있다면요."

그리고 자인은 철창을 확인하고, 옆에 다가오는 토라에게 물었다.

"열 수 있겠어요?"

토라는 고개를 끄덕였나. 피를 마시기 전에는 힘을 빌휘힐 수 없었지만 급한 불이라도 끈 이상 큰 문제는 아니었다.

말대로 토라는 감옥 문을 박살내서 열었다. 그리고 아까와 같은 실수를 반복하지 않기 위해 주변을 세심하게 살핀 후에야 밖으로 나섰다.

복도를 내려가며 토라가 말했다.

"중위는 참 강하다는 생각이 드네."

"그러기는 힘든 일이니까요."

무슨 말인지 이해되지 않아 쳐다보자 자인은 덧붙였다.

"힘든 일일수록 이룰 가치가 있잖아요."

"사람이 참 삐뚤어진 구석이 없어. 그러기도 쉽지 않은 일인데."

자인은 못마땅한 눈으로 토라를 훑었다.

"비꼬는 겁니까?"

"설마. 니카가 중위 같은 성격이었다면 라토와 내가 뱀파이어가 되는 일은 없었을 거란 생각이 들어서."

"어쨌든 살아 있으니까 좋은 날도 보고 나쁠 거 없지 않습니까?"

토라가 겪은 비극의 무게를 가볍게 여기는 게 아니라 오히려 그렇게 생각했으면 해서 하는 말이었다. 하지만 토라는 회의적으로 말했다.

"내가 알던 세상이 변해가는 모습을 보는 건 생각보다 괴로운 일이야. 인간은 관성의 동물이니까."

그래서 토라는 더 섬에 머물렀다. 그곳은 변하지 않으니까.

"그⋯⋯."

말하려던 자인이 갑자기 휘청거리며 벽을 짚었다. 등골에 소름이 돋을 만큼 어지러웠다. 그러자 토라가 팔을 잡아 부축하며 걱정스레 물었다.

"미안해. 괜찮아?"

이건 확실히 과하게 피를 뺀 데에 대한 사과였다.

자인은 토라를 보았다. 굳이 위대하진 않아도 이 인생이 의미 있다고 할 만한 일을 하기 위해 이를 악물고 노력해왔다. 그런데 이제 와서 고작 한다는 생각이 이 남자의 먹이가 되고 싶다는 거라니, 충격이었다. 그리고 그 생각을 했을 때 오히려 기뻤다는 게 더 충격이었다.

자인은 괜찮다는 표시로 손을 내보이고 제대로 섰다. 그리고 다시 걸어가며 태연한 어조로 말했다.

"얼굴만 그럴듯했지 술주정뱅이 아버지 밑에서 얻어맞고 자라면서 내 힘이 셌으면 얼마나 좋을까 생각했어요. 그래서 남자가 되고 싶었어요."

얼마 전에 그 정신 나간 꽃집 여자를 다루는 방법을 자인은 '몸으로 배웠다'고 했다. 그래서 토라는 어느 정도 그녀의 사정을 짐작하고 있었다. 고등학교를 졸업하자마자 입대했다는 것도, 보통 환경에서 자란 소녀였다면 실행하기 힘든 일이었으니까. 그리고 군인으로서 지켜주고 싶었던 건 어린 자신이었을 거라고 생각했다. 혹은 어린 자신 같은 아이들이나.

자인은 헛웃음을 지었다.

"생각해보면 허무하죠. 차라리 이루어지지 못할 꿈이라면 슈퍼맨이라도 되고 싶다고 생각할걸."

하지만 토라는 자인을 동정하지 않았다. 튼튼한 다리로 스스로 악몽에서 뚜벅뚜벅 걸어 나온 사람을 누가 동정할 자격이 있겠는가?

자인은 돌아보았다.

"토라, 당신은 세상을 바꿀 수 있어요. 슈퍼맨이 된 거나 다름없잖아요."

토라는 찡그린 웃음을 지었다.

"튼튼한 몸만으로는 아무것도 바꿀 수 없어."

"아뇨. 그런 마음가짐이 아무것도 바꿀 수 없는 거죠."

그 말에 토라는 눈을 흘기며 중얼거렸다.

"부끄러운 말을 잘도 하네."

자인은 눈을 굴렸다. 피가 모자라서 헐떡거릴 때는 청초한 맛이라도 있었지, 다시 피를 토해내라고 하고 싶을 지경이었다.

"좋을 대로 말해요."

둘은 아무도 없는 걸 살피고 바깥으로 나갔다. 벽에 몸을 붙이고 자인은 진지하게 전방을 살폈다. 엄폐물이 없는 벌판 너머 멀지 않은 곳에 숲이 보였다. 벌판만 잘 지나면 숲에 몸을 숨길 수 있을 것 같았다. 토라는 그 모습을 보다가 불쑥 물었다.

"중위, 우리 친구 할까?"

자인은 돌아보고, 토라가 외계어라도 한 것같이 위아래로 훑었다. 하지만 토라는 개의치 않고 희미하게 웃었다.

"이번 일이 좋은 유일한 점은 중위를 만난 거 같아."

"그래요."

생각해보니 그리 나쁜 제안은 아니었다. 차라리 친구라는 선이 그어지면 선을 지킬 수 있기 때문이었다. 그리고 선을 지키는 거라면 군인이 제일 잘하는 일 중 하나니까.

그런데 토라는 표정이 묘해졌다.

"생각보다 선뜻 받아들이니까 이상하네. 당연히 싫다고 할 줄 알았는데."

"맞아요. 생각해보니까 싫네요."

그러면서 자인이 고개를 돌리자 토라가 얼른 말했다.

"아냐. 무르기 없기."

무르기 없기라니……. 자인은 기가 찼다. 이 집채만 한 뱀파이어가 뭐라는 거야? 왜 귀여워? 게다가 상황에 어울리지 않게 싱글

거리는 얼굴도 귀여…….

생각할 뻔했던 자인은 정신을 차렸다. 목숨이 왔다 갔다 하는 상황에서 이게 뭐하는 짓인지, 하여간 이 남자하고 있으면 정상적인 사고가 되질 않았다.

"움직이죠."

자인은 말하고 앞서갔다. 그제야 토라도 별말 없이 따라왔다.

둘은 최대한 엄폐물을 찾아 이동했다.

어느 순간 발소리가 들려, 토라는 돌아보았다. 다가오는 발소리는 하나가 아니었다. 평야에서 진군하는 군대처럼 레기온 부대가 가까워지는 모습이 보였다. 외계인 부대가 침공한 듯이 중무장한 그들의 헬멧에 달린 라이트가 번쩍거리며 사방을 훑었다.

"가, 자인."

토라는 자인을 밀면서 손을 놓았다.

"토…….'

자인은 발작적으로 뒤돌아보았다. 그러자 토라는 웃었다.

"네가 여자나 인간이라서가 아냐. 그냥 여기선 내가 살아남을 가능성이 더 높은 거뿐이야."

알고 있었다. 아무리 강해도 그녀는 인간일 뿐이었다. 아무리 노력해도 루아스 동료를 따라갈 수가 없었다. 결코 좁힐 수 없는 틈을 보며 절망하지 않았다면 거짓말이었다. 하지만 인간은 인간이 할 수 있는 일이 있다고 믿고 앞으로 걸어왔다. 그리고 지금 자신이 할 일은, 달리는 거였다.

자인은 뛰기 시작했다. 그 뒤로 토라는 달려오는 레기온 대원들을 보며 이를 드러냈다.

"이 뒤로는 못 가."

자인은 숲으로 몸을 던졌다.

팍. 사사삭. 삭. 삭. 뒤에서 폭탄이 터지고 있을 때보다도 더 빠르게 달렸다. 폐가 터질 듯이 부풀어 오르고 근육이 비명을 질렀다.

그때 기척이 느껴졌다.

철컥, 철컥. 철컥! 이쪽을 향하는 수많은 총구 앞에 자인은 양손을 들어 올리며 멈추었다. 거칠게 숨을 몰아쉬었다. 위장복을 입은 한 부대가 일제히 총구를 그녀에게 겨누고 있었다.

"소속을 밝혀."

개중 한 군인이 말했다. 자인의 옆얼굴을 타고 땀방울이 흘러내렸다. 무장을 하고 있다고 해서 MCTC나 또 다른 아군이라는 보장이 없었다. 오히려 레기온의 인간 부대일 가능성이 더 높았다. MCTC에는 어떤 작전도 승인을 요구하지 않았으니까. 게다가 토라가 독단적으로 행동에 나선 상황에 구출을 하러왔을 리도 없었다.

토라가 가버리고 자인은 이투하들을 돌아보았다.

"당신들, 지망생 아니죠?"

"네? 아니……"

이투하들이 뭐라고 반박하려고 하자 자인은 손을 들어 막았다.

"통하지 않는 변명은 하지도 말아요. 단순한 지망생이 아니라는 건 걸음걸이만 봐도 아니까."

이투하들은 이투하 내에서도 손꼽히는 전사인 그들이 인간 여자의 카리스마에 압도당하고 있다는 사실을 믿을 수가 없었다.

자인은 쯧 혀를 찼다.

"아마 날 지키라고 두고 간 거겠죠."

'보통 다른 여자들은 그런 데 감동받지 않나.'

이투하들은 생각했지만 자인의 눈빛이 매우 못마땅해 보였으므로 현명하게 아무 말 하지 않기로 했다.

"아무튼 이렇게 하죠."

자인은 돌아보고 말했다.

"당신들 대장, 튼튼한 몸 믿고 저러는 모양인데 난 인생에는 계획이란 게 필요하다고 생각하는 사람이거든요. 그러니까 난 붙잡힐 거예요, 숨어서 내가 혼자가 되는 타이밍만 기다리고 있는 놈들한테."

이투하들은 이 여자가 얼마나 자기들의 대장을 닮았는지 생각하지 않을 수 없었다. 하지만 어지간한 탱크에 비유되는 질긴 피부를 가진 토라와 달리 이쪽은 고작 인간이었다. 그러나 역시 말릴 새도 없이 자인은 임무를 배분하는 지휘관인 양 말했다.

"그리고 당신들은 사진을 찍는 거예요."

"사진이요?"

황당했다. 세계 각국 정상들이 한 사람이라도 거액을 주고 경호원으로 사려고 하는 이투하들에게 고작 사진이나 찍으라니. 자인은 그 생각도 읽은 양 말했다.

"당신들 정도 되는 민첩성이 없으면 사진을 찍기 전에 잡혀 죽을 테니까요."

그러고는 손목 밴드를 두드려서 연락처 하나를 전송했다.

"그리고 사진을 이쪽으로 보내요."

그러면서 자인은 안주머니에서 알약 같은 걸 꺼내 물도 없이 꿀꺽 삼켰다. 이투하는 자인이 제 몸으로 위험한 짓을 하려는 건 아닌가 싶어서 인상을 쓰고 물었다.

"그건 뭡니까?"

"걱정 마요. 단순한 GPS예요."

몸 밖에 지니고 있으면 당연히 몸수색할 때 발견될 테니까. 자인은 마지막으로 이투하들을 보았다.

"레기온에서 누가 토라를 반겨줄진 모르겠지만 이투하의 대장을 상대로 그물 드리우기도 아까운 피라미가 오진 않을 거예요. 그러니까 기왕 찍는 거 올해의 포토제닉상을 노려볼 만하게 잘 찍어봐요. 최대한 얼굴까지 잘 보이게."

MCTC가 작전 승인을 내리기까지의 프로세스가 지난하다면, 바로 움직일 수밖에 만들면 됐다.

그리고 확신하건대, 레기온의 악명 높은 모집책 라헬은 엉덩이 무거운 상부가 나르듯이 뛰어올 만한 상대였다.

자인은 폐가 타는 아픔을 억누르고 말했다.

"자인 서머 중위입니다. 정보활동국 SAU 소속, 식별코드는 TAG092352입니다."

◇ ◇ ◇

문이 열리고 발소리가 다가왔다. 가말은 양어깨를 감싼 채로 침대에 앉아 있었다. 발소리의 주인공은 침대에 무언가를 내려놓았다.

"드십시오."

팩에 담긴 플로스였다.

그제야 가말은 고개를 들었다. 그러자 배식하러 온 남자는 총수와 같은 얼굴로 이렇게 청초하고 가녀린 느낌을 낸다는 게 신기해 그녀를 잠깐 쳐다보았다.

그때 가말이 중얼거렸다.

"미안해."

"뭐가……."

남자는 뭔가 얼굴에 다가온다고 느꼈다.

뻑! 하지만 직후 느껴지는 건 없었다. 가말이 올려친 주먹에 맞고 날아가 바닥에 처박힌 순간 의식을 잃었기 때문이다.

"아플 거라서."

가말은 침대 아래 발을 디뎠다. 바깥에서 소리를 들었는지 뛰어오는 기척들이 느껴졌다.

쿠니스는 아직도 그녀가 막 감염됐을 때 그대로라고 착각하는 모양이었다. 하지만 이래 봬도 그녀는 삼천 년을 살아남은 뱀파이어였다. 비록 그 시간 대부분을 숨고 피해 다니는 데 썼다고 해도, 숨어서 울고만 있었던 건 아니었다.

문가에 경비원들이 나타났다. 가말은 손을 털며 걸음을 디뎠다.

◇ ◇ ◇

쿠니스는 자신이 오판했음을 인정했다.

현장은 탱크라도 지나간 것 같았다. 남자들이 방과 복도에 널브러져 있었고, 벽과 바닥이 해머로 후려친 듯이 패이고 깨져 있었다.

이게 가말의 솜씨라니, 믿기지 않으면서 기특하기도 했다.

"엄청나군요."

뒤에서 간부 하나가 감탄을 숨기지 않고 말했다.

"역시 총수님의 혈육이군요."

총수와 닮은 얼굴로 바들바들 떠는 초식동물 같은 눈을 하고 있어서 대체 이런 여자를 왜 삼천 년이나 잡지 못했나 싶었는데, 역시 세상 모든 일에는 그만한 이유가 있는 모양이었다.

"잡아와."

쿠니스가 대수롭잖게 말하자 간부는 어이없어하는 표정을 숨기지 않고 널브러진 남자들을 가리켰다.

"이렇게 만든 사람을요?"

쿠니스는 돌아서며 말했다.

"그래도 가말은 가말이거든."

절대 자신 때문에 누군가가 죽는 꼴은 보지 못할 것이다.

◇ ◇ ◇

"경비가 삼엄하군요."

한 중사가 전방을 살피며 중얼거렸다. 그거야 당연히 예상한 바고, 도영은 물었다.

"루아스 비율은요?"

맥코이 하사가 유심히 살피더니 대답했다.

"멀어서 확실하진 않았지만 루아스는 없는 거 같습니다."

그런데 갑자기 인질이 붙잡혀 있는 건물을 지키던 경비병들이 연락을 받더니 어디론가 사라졌다. 도영의 팀원들은 서로를 쳐다보았다. 무슨 일인지는 알 수 없었지만 건물 앞은 최소한의 경비 병력만 놔두고 텅 비어버렸다. 그에 맥코이 하사가 중얼거렸다.

"함정이 아닐까요?"

도영도 그럴지도 모른다고 생각했기에 섣불리 움직이지 않았다. 그때 다른 팀에서 무전이 들어왔다.

[카나리아(인질) 하나가 스스로 탈출한 거 같습니다.]

도영은 멈칫했다. 카나리아 하나, 가말이었다.

"스스로요?"

[네. 한 놈을 잡아 족쳐보니 달아났다고 하는군요. 레기온 쪽에서도 찾고 있는 중이랍니다.]

가말로서는 언제, 어디서 MCTC에서 구출하러 올지 알 수 없었기 때문에 당연히 스스로 행동한 것이리라. 일이 복잡해지게 되긴 했지만 잘했다고 칭찬이라도 해주고 싶은 일이었다.

"알겠습니다. 찾는 대로 연락해주십시오."

도영이 무전을 끝내자 한 중사가 물었다.

"가말 씨가 아니라면 이쪽에 잡혀 있는 건 누구죠?"

"다른 카나리아겠죠."

도영은 수신호를 보냈다. 그러자 팀원들이 몇 없는 적을 간단히 제압하고, 브리처(통로개척 대원)가 나서서 산탄총으로 문을 쏘아 브리칭(진입을 위한 통로개척 행위)했다. 그리고 브리처가 물러나자마자 문 옆에서 기다리던 맥코이 하사가 문짝을 걷어차고 총을 겨누며 돌입했다.

쾅! 문이 열리고 어두운 방의 모습이 드러났다.

"토라!"

도영은 외쳤다. 토라가 묶여 있었다. 벽의 사슬에 양 손목이 묶여서 축 늘어져 있었지만 한눈에도 토라라는 걸 알 수 있었다.

"토라⋯⋯."

그 이름에 반응한 것처럼 남자가 꿈틀거렸다.

토라가 아니다.

도영은 깨달았다. 그리고 저도 모르게 물었다.

"라토?"

그에 남자는 힘겹게 눈을 들었다. 토라와 똑같은 얼굴. 똑같은 붉은 눈동자. 하지만 그 눈빛은 다른 사람이라고 말하고 있었다.

"당신은⋯⋯?"

라토는 토라와 미세하게 다른 목소리로 물었다. 같은 중저음이어도 성격을 반영하듯이 토라는 경쾌한 느낌이라면 이쪽은 더 낮았다.

도영은 정신을 차리고 무전을 쳤다.

"카나리아(인질) 둘 확보."

도영이 손짓하자 팀원들이 다가와 라토를 묶고 있는 사슬을 절단기로 끊어냈다. 그리고 맥코이 하사가 받쳐줬지만 라토는 힘없이 무너졌다. 그래서 대원 여럿이 그를 부축했다.

그런데 라토가 고개를 숙인 채 더듬거렸다.

"드페르…… 소령님이죠."

계속 붙잡혀 있어서 소식에 어두울 사람이 정확하게 정체를 알고 있어 팀이 움찔했다. 라토는 고개를 숙인 그대로 계속 말했다.

"이야기하는 걸 들었습니다. 드페르가…… 섬에서 마티를 데리고 나왔다고……. 마티…… 마티는 무사합니까?"

"무사합니다."

도영은 대답했다.

"쌍둥이가…… 로열……."

라토는 웅얼거리다가 의식을 잃었다. 도영은 의아했다.

'로열?'

맥코이 하사가 혀를 내차고 말했다.

"정말 딱 숨만 붙여놓았군요."

동행했던 이투하 대원 여덟을 모두 탈출시켰었다고 하니 그 과정에서 생긴 상처도 있겠지만 팔목을 묶고 있던 수갑이 피부에 파고들어 피딱지가 엉망으로 고여 있었다. 상처가 잘 낫는 루아스임을 생각하면 상처가 낫기 무섭게 상처가 생겼다는 의미였다.

가말이 토라를 생각하는 만큼 이 나머지 쌍둥이도 아낀다면 이 모습을 보기만 해도 비명을 지를 것 같았다.

도영은 말했다.

"이동합니다."

팀이 빠져나가고 도영은 가장 마지막으로 방을 나섰다.

당장 스스로 가말을 찾으러 가고 싶었지만 다른 인질을 찾아낸 이상 이쪽은 이쪽의 일이 있었다. 라토를 탈출시키는 일이 먼저였다.

다행히 헬기까지 가는 일은 순조로웠다. 저 멀리 착륙해있는 헬기가 보였다.

그때였다.

[탱고(테러리스트) 투 다운.]

저격수에게서 숨어 있는 테러리스트 둘을 처치했다는 무전이 들어왔다. 동시에 RPG(휴대용 대전차 유탄 발사기)의 탄두가 날아와 아슬아슬하게 헬기를 스쳐 땅에 부딪쳐 폭발했다.

쾅! 쿠궁! 저격수가 막 RPG를 쏘는 테러리스트를 먼저 처리하지 않았다면 헬기에 맞았을 것이다.

"Go, Go!"

도영은 크게 손짓했다. 팀은 더 빠르게 움직였다.

"엄호!"

도영을 포함한 대원 몇이 엄호하고, 라토를 부축한 팀원들이 헬기에 올랐다.

"일곱!"

헬기에 탄 한 중사가 도영을 불렀다. 하지만 헬기와 거리가 너무 멀었다. 도영을 태우고 가려고 한다면 붙잡힐 게 확실했다.

"가세요!"

도영은 외치고 헬기로 뛰던 방향을 틀어 다른 쪽으로 뛰기 시작했다. 역시 거리가 너무 멀어서 같이 남은 대원 둘도 도영을 따라왔다.

상황 판단이 끝난 나머지 대원들은 주저하지 않았다. 바로 헬기가 떠올랐다. 남은 도영과 대원 둘은 강가로 달려갔다. 하지만 금세 적군이 포위망을 좁혀왔다. 결국 밀리고 밀려서, 도영과 대원 둘은 강가에 임시로 만들어져 있는 나루터 끝까지 갔다.

나루터 끝에 닿자 더는 갈 곳이 없었다. 도영은 외쳤다.

"뛰어요!"

대원 둘은 다급하게 무거운 조끼를 벗어 던지고 강으로 몸을 던졌다. 그동안 도영은 엄호 사격을 멈추지 않았다. 하지만 숫자가 많은 적은 끝도 없이 밀려들어, 위에서 보면 먹잇감 하나를 향해 몰려드는 좀비 떼가 따로 없어 보였다.

그런데 갑자기 모든 게 멈추었다. 강을 헤엄쳐 건너가고 있는 대원 둘은 관심 밖이라는 듯, 도영을 둘러싼 학익진 형태로.

이때 도영은 이미 기분이 나빠졌는데, 꼭 그를 노린 듯한 모양새였기 때문이다.

한 테러리스트가 다가와 도영의 총을 빼앗았다. 그리고 몸을 더듬어 무기라고 불릴 만한 것들은 모두 가져갔다. 그러고는 도영의 다리를 걷어차서 무릎을 꿇리고, 도축하기 직전의 개를 다루듯이 목덜미를 붙잡아 고정했다.

그때 발소리가 들렸다. 잔뜩 포진해있어 검은 바다처럼 보이는 루아스들 사이에서 쿠니스는 마치 파도에서 떠오르는 바다의 왕처럼 떠올랐다. 제법 장엄해 보이는 모습이었다.

쿠니스는 도영의 앞에 와, 오만한 눈빛으로 내려다보며 말했다.

"도영 드페르. 예전에 강연하와 함께 서울 지부에 있었지. 이래 저래 인연이군."

3년 전 도영은 대공을 붙잡은 현장에는 파견되지 않았기 때문에 직접 얼굴을 마주하는 건 지금이 처음이었다. 그런데 정말 가말의 열여덟 살 때 같은 얼굴이 굉장히…… 한 대 때리고 싶은 느낌이었다. 가말의 얼굴로 그런 재수 없는 표정을 짓지 말라고.

"처남이라고 불러야 하나?"

도영은 웃으며 빈정거렸다. 쿠니스는 미간이 꿈틀거렸다.

"미쳤군. 인간 주제에."

그러더니 무슨 생각이 났는지 코웃음을 쳤다.

"하긴, 이바노프 클랜과 관련된 건 심지어 그 집 개도 나와는 안 맞으니 별로 놀랍진 않네."

그러고는 화제를 바꾸었다.

"그 녀석, 라토 사타디. 가말의 클리엔테스지?"

도영은 대답하지 않았지만 쿠니스도 대답은 기대하지 않았다.

"이상하게 커다란 사내자식한테서 가말의 냄새가 나더군. 눈빛이나 하는 행동, 말하는 데서. 게다가 지나치게 날 미워하는 것도 이상했고. 딱히 그쪽한테 미움 살 짓은 하지 않았던 거 같은데 얼마나 날 미워하던지 이투하라는 조직까지 만들어서 시도 때도 없이 덤비잖아?"

쿠니스는 다시 생각해도 기가 찬 얼굴이었다.

"정말 이투하 등쌀에 못 살겠더라고. 붙잡아서 썩혀놓으면 뭐라도 나올 거 같았지. 그리고…… Voilà.(봐.)"

쿠니스는 프랑스인인 도영을 조롱하듯이 손을 펼치며 말하고는 픽 웃었다.

"하나가 더 있을 줄은 몰랐지만. 클리엔테스마저 쌍둥이라니 참 가말답지."

"현대엔 근친상간이 터부야. 알고는 있지?"

도영이 불쑥 말했지만 쿠니스는 꿈쩍하지 않았다.

"유전적으로 열등한 아이를 낳는다고? 그런 건 몸의 이야기일 뿐이야. 가말과 난 한 영혼이야."

"부탁이다, 제발. 토 나올 거 같으니까. 난 네 영혼 같은 거랑 키스하고 싶지 않거든."

쿠니스는 눈 밑이 꿈틀거렸다.

"오랜만에 진심으로 열받게 하는 놈이군."

"왜, 내가 키스하고 싶지 않다고 해서 상처받았어?"

"상종하고 싶지 않군."

그리고 쿠니스는 돌아보더니 쩌렁쩌렁하게 외쳤다.

"가말-!"

그 목소리가 남긴 잔영이 공기에 잔물결을 일으켰다.

"나와. 아니면 이 인간은 죽은 목숨이니까."

사방은 한동안 조용했다.

"라토는 미끼였군."

그때 도영이 말해 쿠니스는 흘긋 그를 보았다.

"그놈은 가말을 섬에서 끌어내는 것만으로도 쓸모는 다했어. 이번에는 널 잡으려고 써먹었지. 가말이 워낙 달아나는 데 도가 터서."

도영은 쿠니스에게서 시선을 돌리지 않고 입을 열었다.

"그냥 가, 가말. 난 괜찮으니까."

쿠니스는 흥미롭다는 얼굴이었다. 꼭 뒤에 일어날 일을 알고 있는 듯이. 그리고 고요한 가운데, 발소리가 울렸다. 남자들 사이에서 가말은 얼굴을 가리고 있던 모자를 벗으며 앞으로 나왔다.

「도영을 놔줘.」

도영은 눈을 굴렸다.

"내 말을 듣는 날이 있긴 있냐?"

도영이 그러거나 말거나 쿠니스는 가말을 보며 말했다.

「이 인간이 어지간히 소중한가보구나.」

「도영은 우리 일에 관계없잖아.」

「정말 없다고 할 수 있어?」

「없어.」

가말은 시선을 피하지 않고 대답했다. 그런데 쿠니스는 도영에게로 걸음을 돌렸다.

「가말, 봐. 네가 어떻게 생각하든 난 뱀파이어가 된 이후로는 너와 관계된 사람을 직접 죽인 적은 없어. 그러면 네가 정말 날 미위할 거라고 생각했거든.」

「다니엘을 감염시켰잖아.」

쿠니스는 다니엘을 그냥 죽이지 않았다. 감염시켰다. 그녀가 보는 앞에서 물어서.

결과적으로 다니엘은 감염을 이기지 못했고, 실패한 감염의 증거로 얼굴이 흉측하게 일그러져 죽었다. 그 착한 사람. 누군가에게 사랑을 받아보는 게 그저 유일한 꿈이었던 그녀의 다정하고 여린 친구가.

쿠니스는 어깨를 으쓱였다.

「너에 대한 마음이 얼마나 대단한지 보려고 했던 거야.」

알고 있을 것이다. 감염을 이기고 살아 돌아오는 사람이 거의 없다는 걸 알면서도 감염시켰다는 건 죽인 기나 미찬가지라는 걸. 그러나 쿠니스는 아무래도 좋다는 듯이 말했다.

「하지만 녀석은 돌아오지 않았어. 정말 돌아오면 조금은 인정해줬을지도 모르는데 말이야.」

「다니엘은 친구였어.」

몇 번이나 말했지만 쿠니스가 제 멋대로 믿지 않았던 말을 다시 하자, 그는 이번에는 도영의 뒤에 서서 훗 웃었다.

「그럼 이놈은? 어떨 거 같아? 과연 돌아올까?」

「쿠니스.」

쿠니스가 무슨 짓을 하려는지 깨달은 가말은 얼굴에서 아예 핏기가 사라졌다. 도영은 흘긋 뒤를 보았다.

「그런데 사실 그래.」

쿠니스는 가벼운 어조로 말하고, 옆에 있는 레기온 대원이 들고 있는 도영의 쿠크리를 뽑았다.

스릉. 네팔의 구르카 용병들이 적의 머리를 베어내던 매끈한 곡선을 그리는 칼날이 드러났다.

「네게 미움받는다고 해도 이놈은 예외야. 확실하게 죽이고 싶거든.」

쿠니스는 살기가 선득거리는 눈빛으로 말하고 바로 칼을 치켜들었다.

「쿠니스!」

가말은 엄청난 소리를 냈다. 단전으로부터 터져 나오는, 말 그대로 사자후 같은 소리였다. 그에 쿠크리를 든 쿠니스의 손이 멈추었다. 하지만 가말은 기백을 유지하지 못하고 무너져 애원했다. 그만큼 간절했기 때문이다.

「그만……! 너랑 갈게. 다시는 도망치지 않을게. 제발 그러지 마.」

섬에 숨어 살지 않았더라면. 더 강해졌더라면. 이 상황에서 도영을 구할 수 있었다. 가말은 후회했다. 하지만 지금은 후회하고 있어서만은 안 됐다. 도영을, 구해야 했다. 무슨 수를 써서라도.

「정말이야, 가말?」

쿠니스는 믿기지 않는다는 투로 물었다. 그 틈을 놓치지 않고 가말은 당장 뛰어가 쿠크리를 치켜든 손과 도영 사이에 섰다.

"가말."

도영이 불렀지만 가말은 돌아보지 않았다. 오히려 쿠니스만을 보고 이야기했다.

「약속할게.」

쿠니스는 의심스러워하듯 눈을 가느다랗게 떴다.

「거짓말.」

「아니야. 약속해. 쿠니스, 제발.」

이 상황에서는 탈출로가 없었다. 가말은 알았다. 레기온 쪽 숫자가 너무 많았기 때문이다. 쿠니스가 자신은 죽이지 않을 테니 차라리 지금은 그와 함께 가는 게 최선이었다.

아이러니한 일이지만 쿠니스 덕분에 정말 달아나는 데는 도가 텄으니, 어떻게든 빠져나올 수 있었다. 그렇다고 무슨 일이 있을지 무섭지 않다면 거짓말이지만 그쯤은 도영을 살리는 일에 비하면 아무것도 아니었다.

"가말."

그때 도영이 조용한 목소리로 불렀다. 그는 둘이 무슨 대화를 하는지는 알아들을 수 없었지만, 분위기나 어투로 신기할 만큼 전부 이해할 수 있었다.

"이 자식한테 네가 할 말은 따로 있어."

잿빛의 푸른 눈이 조용히 빛났다.

"꺼져, 살인자 새끼야."

쿠니스는 입매를 비틀었다.

"역시 이놈은 안 돼."

그리고 엄청난 힘으로 가말을 밀어내며 칼을 내리쳤다. 가말은 눈을 크게 떴다. 당장 막기 위해 손을 뻗었다. 그 순간이었다.

픽.

총성은 들리지 않았지만 어디선가 날아온 탄환이 쿠니스의 어깨를 때렸다. 충격에 쿠니스의 어깨가 뒤로 돌아갔다. 피가 튀고, 칼을 쥔 손의 각도가 틀어졌다.

도영은 흙이 튀어 오를 정도로 세게 자리를 박차고 일어났다. 아까부터 저격수는 이 타이밍을 노리고 있었고, 도영은 저격수가 총을 쏠 때를 기다렸다. 가말이 나서지 않았다면 좋았겠지만, 그녀의 성격상 탈출하지 않고 근처에 있다면 분명 나설 거라고 생각했기 때문에 크게 계획이 틀어진 건 아니었다.

이제 가말을 구하는 방법은 하나뿐이었다.

그러니까, 그는 죽을 것이다. 아마도 이 자리에서.

도영은 어깨로 가말을 밀쳤다. 쿵. 몸의 무게를 이용한 힘에 가말은 그대로 나루터에서 떨어졌다.

웅, 우우우우웅. 그 타이밍을 기다린 듯 강 가운데 있는 작은 섬 너머로 검은 고속정이 물살을 가르며 나타났다. 그리고 크게 호선을 그리며 이쪽으로 달려오기 시작했다. 그 고속정 맨 앞에, 아까 헬기를 타고 탈출한 줄 알았던 맥코이 하사가 팔을 벌린 자세로 서서 외쳤다.

"가말 씨!"

그가 받아줄 셈이라는 걸 깨달은 가말은 최대한 허리를 틀었다. 그리고 아슬아슬하게 맥코이 하사의 품에 떨어졌다.

쿵! 부딪치는 충격에 맥코이 하사도 버티지 못하고 뒤로 넘어갔다. 가말은 그의 몸 위에서 일어날 틈도 없이 다급하게 고개를 돌렸다. 우우웅. 동시에 고속정이 유턴하기 위해 옆으로 돌면서 순간적으로 나루터와 일직선이 되어, 나루터가 옆에서 보였다.

흐트러져 어지러운 머리카락 사이로, 가말을 어깨로 미느라 한쪽 무릎을 꿇고 넘어져 있는 도영이 보였다. 그 뒤에 죽음의 신 모트가 웃고 있었다.

찰나, 가말과 도영의 눈이 마주쳤다. 그녀가 무사히 고속정에 탄 걸 보고 도영은 안도하는 얼굴이 되었다. 가말은 이 상황에 그런 얼굴을 한다는 걸 믿을 수 없었다.

모트가 죽음의 낫을 휘둘렀다.

콰직.

쿠크리가 도영의 목에 박혀들었다.

가말은 아무 소리도 내지 못했다. 그건 지나치게 비현실적인 장면이었다. 모든 게 느리게 느껴졌다. 칼날은 정확히 도영의 목 가운데를 파고들었다. 피부가 갈라지고, 이어서 근섬유와 신경들이, 끝내-

우득. 목뼈가 나가는 소리가 들렸다.

그리고 잘린 자리에서 폭발하듯이 반원형으로 터져나간 핏줄기가, 희열에 찬 쿠니스의 얼굴을 세로로 치고 지나갔다. 팀원들 모두의 눈이 터질 듯이 팽창했다.

"Fuck---!!"

한 중사가 비명에 가까운 욕설을 터뜨렸다.

하지만 아까 총에 맞으며 쿠니스의 어깨가 틀어져 있어 단번에 목을 잘라내지 못했다. 그래서 쿠니스는 일을 마무리하기 위해 쿠크리를 잡은 손에 힘을 주었다.

퍽.

그 순간 다시 총격이 날아와 쿠니스의 옆구리를 치고 지나갔다. 투두두두. 바로 소총으로 연사하는 총격이 쏟아졌다. 그에 테스트용 더미처럼 총알 세례를 받은 쿠니스의 전신에서 재와 파편이 튀었다. 이런 물리적인 충격이 계속 이어지면 루아스도 무사할 수 없었다.

"젠장."

결국 쿠니스는 몸을 피하기 위해 나무 뒤로 달려갔다. 그때 숲 너머에서 중무장한 MCTC 대원들이 나타났다. 소규모 팀이 아니라 상당한 숫자의 지상군을 투입한 것 같은 규모였다.

탕! 타다당! 여기저기서 총격이 울려 퍼졌다. 이런 대규모 총격전에 대비하지 못한 레기온 대원들은 팔방으로 흩어지기 시작했다.

일사불란하게 달려온 구출 팀이 쓰러져 있는 도영을 챙겨 강가에 도착한 고속정에 실었다. 그러기까지 시간이 채 일 분도 걸리지 않았다. 그리고 고속정은 당장 강 반대편으로 달리기 시작했다.

"가말을 잡아!"

쿠니스가 소리치자 홍해에서 유대인들을 쫓는 파라오의 군대처럼 레기온 대원들이 강으로 우르르 밀려들었다. 하지만 이미 멀어지는 고속정을 잡기엔 역부족이었다.

반면 강을 가로지르고 있는 고속정 위는 아수라장이었다. 팀원들이 저마다 목청껏 소리쳤다.

"소령님!"

"쿠크리를 뽑아!"

"하지만 그러면 출혈이……!"

쿠크리가 목 가운데 박혀 있는 도영은 피로 젖은 머리카락이 흩어져 얼굴이 보이지 않았다. 그리고 당연하지만, 이미 숨을 쉬지 않았다.

"이 상황에 출혈이 문제야?! 이미 목이 나갔다고!"

그렇게 외치며 루아스인 휴 대위가 쿠크리를 잡아 뽑아냈다. 그러자마자 모두 덤벼들어 가능한 한 모든 천을 모아 지혈하기 시작했다. 핏줄기가 그야말로 분수라고 표현할 수밖에 없을 만큼 사방으로 솟구쳤다. 그에 팀원들은 금세 도영의 피로 흠뻑 젖었고, 고속정은 핏물을 양동이로 퍼서 부어놓은 것처럼 온통 피로 미끈거렸다.

"눌러!"

"여기! 더!"

"지혈할 거 더 없어?!"

이 광경이 믿기지 않기는, 지혈하는 손을 멈추지 않는 한 중사도 마찬가지인 것 같았다. 그는 고속정이 물살을 가르는 소리 사이로 괴성을 내질렀다.

"진짜냐고! 소령님 진짜 죽은 거냐고!!"

울리는 소리가 시끄러웠지만 어쩐지 현실감이 들지 않아서, 가말은 멍하니 눈앞에서 움직이는 사람들을 보았다. 그러다가 문득 바닥에 굴러다니는, 도영의 피로 젖은 쿠크리에 시선이 멎었다.

가말은 비호같이 쿠크리를 집어, 주저하지 않고 바로 제 손목을 향해 내려쳤다. 찰나적으로 휴 대위가 그 모습을 보고는 기겁하고 옆에 굴러다니는 소총을 당장 잡았다.

콰직. 가말이 내려친 쿠크리는 휴 대위가 당장 사이에 끼워 넣은 소총에 박혔다. 소총이 잘릴 정도의 파워였지만 다행히 그가 루아스였기에 각도를 틀어서 막아낼 수 있었다.

휴 대위는 심각하게 말했다.

"그만두십시오."

이 상황에 자신을 막았다는 게 믿기지 않아서 가말은 이를 드러내고 외쳤다.

"무슨 짓이야! 치워! 당장 도영을 감염시켜야⋯⋯!"

그럼에도 휴 대위는 고개를 저었다.

"이미 늦었습니다."

그 태도가 몹시 단호해 어떤 의심도 가질 수 없을 정도였다. 가말의 눈에 도영의 모습이 들어왔다. 양옆으로 피범벅이 된 팀원들에게 둘러싸인 도영은 목에 이미 핏물로 새빨갛게 젖은 천 뭉치들이 뭉쳐져 있고, 얼굴에는 아예 핏기가 없었다.

그때 배에 올려져 있던 도영의 손이 힘없이 툭 떨어졌다.

"엘리오."

단정한 원피스를 갖춰 입은 사랑이 문가에 나타나 물었다.

"준비 다 됐어?"

"응."

역시 단정한 차림을 한 엘리오가 돌아보며 대답했다.

같이 밖으로 나가자 사랑이 차 문을 열어주고, 엘리오는 능숙하게 차에 올랐다. 그러자 사랑은 휠체어를 접어 차 트렁크에 싣고 조수석에 올랐다. 엘리오가 운전해서 차가 도로에 들어서고 얼마 지나지 않아 사랑이 시계를 한 번 보았다.

"차가 좀 막히네. 시간 내에 도착할 수 있을까?"

"괜찮을 거야."

그러더니 느닷없이 엘리오가 피식 웃었다.

"왜 혼자 웃어?"

그 모습을 보고 사랑이 물었다.

"도영이하고 가말이 생각나서."

"두 사람이 왜?"

"가말은 도영이를 졸졸 쫓아다니고 도영이는 질색하고. 그러다가 가말이 한눈을 팔면 도영이는 또 그게 싫어서 투덜거리고."

사랑도 그 모습이 생각나 웃어버렸다.

"그러게. 보고 있으면 뭐하나 싶다니까."

옥상 헬기장에 헬기가 폭풍을 일으키며 내려앉았다. 그리고 헬기의 문이 열리자마자 도영을 실은 스트레쳐카를 내리고, 대기하고 있던 의사 부대가 달려왔다.

"숨이 끊긴 지 너무 오래됐습니다!"

"징후가 있습니까?"

"다른 손상은……!"

군인들과 의사들이 외치는 소리가 섞여 아수라장이었다. 뒤이어 헬기에서 내린 가말은 망연자실하게 그 모습을 쳐다보았다.

스트레쳐카가 핏물이 흘러내릴 정도로 피로 흥건했다. 그리고 순식간에 붉게 물들어가는 흰 의사 가운 사이로 누워 있는, 피에 푹 젖은 군복을 입은 몸이 보였다. 그게 도영이라고 도저히 믿어지지 않았다. 피 칠갑이 된 팔에 찬 팔찌로 그라는 사실을 알 수 있을 뿐이었다.

이내 의사들이 소리치며 스트레쳐카를 끌고 달려갔다.

불어오는 바람에 피로 물든 머리카락이 흩날렸다. 가말은 도영이 사라지는 모습을 그저 넋이 나간 채로 쳐다볼 수밖에 없었다.

성당 성가대의 노랫소리가 잦아들었다. 엘리오와 사랑을 포함해 사람들은 손을 모으고 눈을 감았다. 그러자 제단 앞에 서 있는, 평범한 일상을 상징하는 녹색 제의를 입은 신부가 경건하게 말했다.

"우리 모두 주님께 기도합시다. 오늘도 우리가 사랑하는 모든 이들이 무사하기를."

09
"To be, or not to be"

천장이 높은 수술실에는 수술대를 중심으로 의료진이 빙 둘러서 있고, 많은 각종 의료 상비들이 성벽처럼 그들을 두르고 있었다. 분위기는 무거웠다.

푸른 수술복을 입은 간호사가 모니터를 확인하고 말했다.

"활성화 1단계. Pulse(맥박) 약합니다."

하지만 의사들은 그 사실에 대해 알 잘 인지하고 있다는 듯 개의치 않고 환부에 집중했다. 의료용 현미경 안경을 쓰고 있는 집도의가 중얼거렸다.

"경추의 손상이 심각하군."

옆에서 다른 의사가 덧붙였다.

"일반적인 케이스였다면 경추가 잘리는 순간 심장도 멎었을 겁니다."

띠딧. 모니터에서 소리가 나자 간호사가 다시 모니터를 보고 말했다.

"활성화 2단계에 진입합니다."

집도의가 모니터를 쳐다보자 다른 의사가 손짓했다. 그러자 조금 떨어진 곳에 놓인 컴퓨터 앞에 앉아 있는, 수술복을 입은 남자가 뭔가를 작성했다. 그사이에 의사들은 다시 대화를 나누었다.

"역시 활성화가 좀 빠르군요. 실험군 티어1 대상자의 기본적인 육체 능력이 좋아서 그런 거 같습니다."

"대상자의 육체 능력과 감염 속도가 관계있다는 연구 결과가 유의미하군요. 체크해두죠."

어쩐지 그들이 나누는 대화는 평범한 의사들의 것 같지 않았다. 수술실 분위기도 보통 수술실과 달라, 천장이 높은 수술실 위쪽 유리 너머 참관실에서 많은 사람들이 수술실을 내려다보고 있었다. 정장과 군복을 입은 사람들이 섞여 있었고, 개중에 연하가 있었다. 애써 태연한 얼굴을 하고 있었지만 낯빛이 어두웠다.

그때 수술실 문이 열리고, 수술복을 입은 사람이 카트를 끌고 들어왔다. 그러자 간호사가 돌아보고 말했다.

"수혈 팩 들어옵니다."

철컹. 카트가 수술대 옆에 멈춰 서자 그 위에 가지런히 놓인 많은 혈액팩들이 가볍게 흔들렸다. 그 위에는 동일한 라벨이 붙어 있었다.

〈Donor, IVANOV〉 기증자, 이바노프

의사는 수술대에 산소마스크를 쓰고 누워 있는 도영을 보았다. 핏자국은 식염수로 모두 씻어냈지만 수술실의 조명에 비춰 핏기 하나 없는 얼굴은 이미 주검 같았다.

의사는 희망을 담아 말했다.

"포기하지 마십시오, 소령님."

한창 수술을 지켜보는 중에 연하의 손목 밴드가 울리며 전화가 왔다. 그에 연하는 참관실 뒤쪽으로 이동하며 전화를 받았다. 그러자 어린 아들의 미성이 울렸다.

[마마, 언제 와?]

"금방 갈게. 조금만 기다려."

연하는 최대한 밝은 목소리로 속삭였다.

[파파도 없어.]

"파파도 마마한테 오고 있어."

그러면서 연하는 참관실 밖으로 나왔다.

"놀고 있으면 곧……."

그러다가 멈칫했다. 복도에 피를 뒤집어쓴 가말이 앉지도 않고 그대로 서 있었기 때문이다. 다들 정신이 없어서 그녀까지는 신경 쓰지 못했던 모양이다.

가말은 얼굴에 핏기가 하나도 없어 그야말로 유령 같았다. 그나마 한 걸음 뒤에는 군인 둘이 그녀를 지키고 있었다.

"마마 금방 갈게."

연하는 전화를 끊고 가말에게 다가섰다.

"가말."

부르자 가말은 느리게 눈을 들어 연하를 보았다. 그리고 차라리 신음이라고 하는 게 맞는 목소리로 물었다.

"도영은…… 살아?"

"살 거야."

연하는 의심의 여지가 없는 단호한 어조로 대답했다. 하지만 가말은 꼭 아무래도 좋은 것처럼 고개를 끄덕였다.

"여기 있고 싶어?"

연하가 묻자 가말은 티도 나지 않을 만큼 조금 고개를 끄덕였다.

"그래. 피만 좀 씻고 오자. 위생 문제도 있으니까."

그 말에 가말은 완전히 텅 비어버린 눈동자로 연하를 보았다. 그건 절망하기도 절망해버린 사람의 눈이었다. 연하는 이해했다. 가말이 겪고 본 것을 미루어 넋을 놓고 울부짖거나 정신을 잃지 않는 것만 해도 엄청난 일이었기 때문이다.

"가자."

잡고 끌자 가말은 저항할 기운도 없는지 순순히 따라왔다.

"여기 씻을 만한 곳이 있나요?"

연하는 지나가는 간호사에게 물었다.

"안내해드릴게요."

그리고 간호사가 안내해주는 방으로 가말을 데리고 들어갔다.

"씻어."

연하는 가말을 욕실까지 데려다주고 자리를 비켜주었다. 그리고 방으로 가서 기다리다가 무슨 생각이 들어 다시 욕실로 가보았다. 역시 가말은 욕실 가운데 그냥 서 있었다.

안타까워하는 얼굴을 한 연하는 가말에게 다가갔다. 그리고 어깨를 짚자 가말은 먼 곳에서 돌아오듯이 그녀를 보고는 살짝 입술을 달싹였다.

"아……."

연하는 굳이 말하지 않고 가말의 옷을 벗겨주기 시작했다. 가말은 연하가 하는 대로 내버려두었다.

핏물이 들어 있는 속옷까지 모두 벗기자 새하얀 욕실에 서 있는, 희고 가느다란 몸에 산 채로 살이 발겨진 생선 같은 섬뜩한 긴장감이 흘렀다.

욕조에 물을 받는 사이에 샤워기로 가말에게 물을 끼얹자 벌건 핏물이 발아래로 흘러내렸다.

"들어가."

연하가 말하자 가말은 거동이 불편한 노인처럼 삐걱대면서도 순순히 욕조에 들어가 앉았다. 그러자 핏물이 머리카락에 좀 남아 있었는지 투명한 물에 옅은 붉은빛이 넘실거리며 번졌다.

욕조에 앉은 채 가말은 양팔로 제 무릎을 감싸 안았다. 그사이에 연하는 핏물이 흐른 바닥에 물을 뿌려 청소했다.

"타실(TASIL) 프로젝트가 뭐야?"

갑자기 가말이 물었다. 연하는 멈칫하고 돌아보았다.

"네가 그걸 어떻게……."

가말은 여전히 초점이 흐린 탁한 눈이었지만 똑바로 연하를 보며 대답을 기다리고 있었다. 결국 연하는 샤워기를 끄고 욕조의 가장자리에 앉았다.

"타실은……."

어떻게 말해야 좋을지 고민하는 동안 샤워기에서 물방울이 톡톡 떨어져 내렸다. 결국 연하는 그냥 가감 없이 이야기하기로 결정했다. 적어도 가말은 타실에 대해 알 자격이 있었으니까.

"말했다시피 우리 이바노프 클랜은 회사를 운영하고 있어. 그리고 타실은 그 회사 ISLE과 MCTC이 합작한 기밀 프로젝트야."

타실 프로젝트의 지원 조건은 '당장 현장에서 뛸 수 있는 신체조건을 지닌 군 복무기간 10년 이상의 인간 대원'. 하지만 군 복무기간 10년을 넘어가면 대체로 현장을 떠나기 때문에 '당장 현장에서 뛸 수 있는 신체조건'을 유지하기 어려웠다. 즉, 애초에 극소수의 정예대원들을 대상으로 한 프로젝트였다.

군인 루아스 전환(Transfer a Soldier into Luax) 프로젝트. 줄여서 TASIL.

"한마디로, 인간인 상태에서 미리 루아스 바이러스를 몸에 받아놓는 거야. '보균자'가 되는 거지."

하지만 가말은 이해하고 있는 건지 못 하고 있는 건지 그저 빤히 쳐다볼 뿐이었다. 그래서 연하는 계속 말했다.

"인간의 면역체계가 약해졌을 때를 노리는 다른 흔한 바이러스들과 다르게 루아스 바이러스는 조금 특이해서 면역체계가 아예 셧다운 되었을 때, 그러니까 거의 죽음에 이르렀을 때 발현해.

그래서 우리는 오히려 생각했어. 그럼 미리 몸에 바이러스가 보균되어 있다면? 숙주가 죽기 직전에 자연스럽게 발현하지 않을까?"

그런 생각에서 시작해 ISLE 산하의 바이오 연구소는 루아스의 혈액에서 루아스 바이러스를 분리, 보균하는 기술을 개발하는 데 성공했다. 그리고 MCTC는 그 기술의 가능성에 주목했다.

"지금 이런 이야기가 어떻게 들릴지 모르겠지만……."

연하는 잠깐 말을 끌었다.

"군인 한 명이 제 몫을 하도록 훈련시키는 데는 아주 많은 돈이 들어가. 그 군인을 잃으면 손실은 이루 말할 수 없지. 반대로 루아스를 데려다가 조직 생활에 적합하게 훈련하는데도 만만찮은 노력과 비용이 들어가고. 하지만 이미 훈련되어 있는 군인이 사망했을 때 다시 루아스가 되어 살아난다면 ……. MCTC는 그 엄청난 효율성에 주목했어."

"타실 프로젝트는 성공 가능성이 미약합니다."

ISLE에서 파견된 타실 프로젝트의 담당자는 브리핑 룸에 저마다 앉아 있는 MCTC의 군인들, 즉 도영을 포함한 자원자들에게 말했다.

"저희가 개발한 건 바이러스를 '보균'하는 기술입니다. 바이러스 자체를 수정하거나 감염 가능성을 높이진 못했죠. 즉, 타실 프로젝트가 성공할 가능성은 자연 상태에서 감염을 이길 가능성과 다르지 않습니다. 사실 보균된 바이러스가 인간 숙주가 사망했을 때 100% 활동에 들어갈 거라는 보장도 없습니다. 따라서 타실 프

로젝트의 성공 가능성은 더 희박하다고 봐야 하죠."

하지만 그 말에 특별히 심각한 얼굴을 하는 군인들은 없었다.

위험성이 높다, 가능성이 희박하다, 성공 여부는 미지수다…… 워낙 그런 종류의 말을 듣는 데 이골이 났기 때문이다. 오히려 그래서 프로젝트의 심각성에 대해 인지하지 못할 것 같았는지, 프로젝트 담당자는 치과에 아이를 데려가려고 할 때와는 반대로 잔뜩 겁을 주었다.

"그리고 임상 시험에서 인체에 유해한 반응은 나타나지 않았지만 장기적으로 어떤 영향을 미칠지는 알 수 없습니다."

그러자 한 군인이 손을 들고 물었다.

"그래서 언제 시작한다고요?"

"하지만 타실 프로젝트의 참가자들이 임무를 수행하는 도중에 사망해도 바이러스는 발현되지 않았어."

연하는 담담하게 말했다.

"단 한 번도."

프로젝트에 참여해서 바이러스를 보균 받은 군인들은 어떤 징후도 나타내지 않았다. 좋은 쪽으로든 나쁜 쪽으로든.

후유증을 남기지 않는다는 면에서는 다행이었지만 타실 프로젝트는 사실상 실패라는 걸 받아들여야 했다. 그리고 정식 절차를 밟지 않았을 뿐 프로젝트는 폐쇄 수순에 들어갔다.

연하가 가말을 똑바로 보고 말했다.

"소령님 전에는."

가말의 머릿속에서, 아까의 기억이 폭풍우 쳤다.

◇ ◇ ◇

"이미 늦었습니다."

휴 대위가 말했다. 가말은 이렇게 쉽게 도영을 포기해버리는 게 믿기지 않았다. 늦었을 리가 없었다. 아니, 늦어도 상관없었다. 그녀가 할 수 있는 일이란 일은 모두 해야만 했다.

가말은 이를 드러내며 울부짖었다.

"늦지 않았어!"

"늦었습니다."

하지만 휴 대위는 위압되지도, 단호한 태도를 바꾸지도 않았다. 고개를 젓고 말했다.

"다른 감염원은 안 됩니다."

그러는 그의 눈이 유리알처럼 반짝였다.

"감염은 이미 시작됐으니까요."

"뭐? 무슨 소리를⋯⋯."

팀원들이 필사적으로 지혈하고 있지만 도영은 목에서 터진 피로 온몸이 검붉게 젖은 상태였다. 눈이 보이지 않도록 흘러내린 머리카락 아래로 피가 모자라 밀랍 빛으로 질린 낯빛은 결코 산 자의 것이 아니었다.

"소령님은 보균자입니다."

그렇게 말하는 휴 대위를, 가말은 멍하니 돌아보았다.

"보균……자?"

"타실 프로젝트."

그 말에 한 중사는 번뜩 도영을 보았다. 뒤늦게 어떤 사실이 떠오른 듯.

휴 대위는 이어 말했다.

"현역 대원들의 체내에 루아스 바이러스를 미리 보균해놓고, 해당 대원이 사망했을 때 바이러스가 저절로 발현되도록 한 MCTC의 바이오포스 프로젝트입니다. 소령님은 프로젝트의 참가자였죠."

가말은 도영을 돌아보았다. 주변이 쥐 죽은 듯이 조용해지며 소리가 들렸다.

쿵. 쿵. 쿵.

믿을 수 없어 중얼거렸다.

"심장이……."

뛰고 있었다. 느리지만 확실하게.

휴 대위는 고개를 끄덕였다.

"경추가 잘렸는데 심장이 아직 뛰고 있습니다. 바이러스가 무사히 활성 상태에 들어간 겁니다."

가말은 휴 대위가 하는 말을 잘 이해할 순 없었지만 한 가지는 알 수 있었다.

"도영은…… 살아?"

"그건 신만이 아시겠죠."

그때 가말은 몰랐지만 휴 대위는 '타실 프로젝트는 한 번도 성공한 적 없다'는 말을 삼켰다. 이번에도 실패하리란 근거는 없었기에. 아니, 이번에야말로 성공하리라고 믿고 싶었기에.

가말은 멍하니 제 손을 보았다. 두 손에 도영의 피가 흥건했다.

그 손으로 제 눈을 감쌌다. 천천히 벌어지는 입에서 형용할 수 없는 소리가 터져 나왔다. 그건 말이나 비명이라고 부르기도 힘든, 가장 깊은 절망이 입 밖으로 터져 나오는 소리였다. 그 소리가 괴로워 군인들은 눈꺼풀을 닫듯이 차라리 귀도 닫아버리고 싶었다.

대원들의 배우자나 연인들은 항상 사랑하는 사람을 배웅하며 상대가 무사히 돌아올지 확신할 수 없는 상황에 놓였다. 그럼에도 현장에서 그들이 죽는 모습을 보는 일은 거의 없었다. 하지만 가말은 연인이 죽는 모습을 눈앞에서 보았다. 그것도 제 형제에게, 자신이 원인이 되어. 그 심정은 미루어 짐작할 수도 없었다.

병원의 옥상 헬기장에서 도영을 태운 스트레처카가 사라지자 남은 의사 한 명이 돌아보고 말했다.

"아시겠지만 감염을 겪는 사람을 상대로는 저희가 할 수 있는 게 별로 없습니다. 모든 게 신의 뜻, 혹은 소령님의 의지죠."

"목이나 어긋나지 않게 잘 붙여주십시오."

한 중사는 도영이 일어날 거라고 의심하지 않는 투였다. 의사는 피에 젖은 손으로 들고 있는 패드를 보며 말했다.

"아무리 감염이 시작됐다고 해도 피를 지나치게 많이 흘렀습니다. 수혈이 필요한데 소령님의 프로젝트 도너는……."

카르테를 확인하던 눈이 멈칫했다. 이내 의사는 고개를 들었다.

"이바노프군요."

그리고 핏자국이 묻은 가운을 흩날리며 돌아섰다.

"가능한 한 많은 이바노프 클랜원을 부르십시오. 피가 아주 많이 필요하니까."

◇ ◇ ◇

가말은 연한 빛이 도는 눈으로 연하를 응시했다.

"그러니까…… 도영의 몸에 이미 바이러스가 있었던 거야? 이바노프의?"

연하는 고개를 끄덕였다.

"나도 프로젝트에 참여하려는 소령님을 말려보려고 하지 않았던 건 아니야. 그런데 소령님이 그러더라."

"너만 영원히 살려고?"

도영은 기가 막힌다는 투로 물었다. 물론 연하는 그 말에 더 기가 막혔다.

"프로젝트가 성공해도 영원히 불구 루아스로 살 수도 있어. 정상적으로 감염되리란 보장이 없으니까."

그러면서 연하는 옆에 서 있는, 그녀가 도영을 설득시키기 위해 직접 데려온 연구원을 가리켰다. 그러자 연구원은 말했다.

"아시다시피 루아스 바이러스는 DNA 기반의 바이러스로, 상당히 안정적인 구조를 지니고 있습니다. 그리고 오류가 일어나는 염기 서열을 교정하는 강력한 효소를 가지고 있기 때문에 변이가 잘 일어나지 않죠. 정말 외계인이 아닌가 싶을 정도로 깔끔하고 흔들림이 없는 편입니다. 그게 장애를 가진 루아스가 거의 없는 이유지만……. 보균된 바이러스가 어떤 식으로 변이를 일으킬지는 아무도 모릅니다."

"자, 봐."

그런데 도영은 집중하라는 듯이 손짓했다. 그리고 제 가슴을 가리켰다.

"지금 당장 내가 여기에 총을 맞는다면 100% 죽어. 하지만 내 몸에 바이러스가 보균되어 있다면 확률은 50%가 되겠지. 감염이 성공할 수도, 실패할 수도 있으니까."

"하지만 장애의 가능성도……."

"구더기가 무서워서 장을 못 담가? 이건 기회야. 두 번째 기회를 얻을 수 있는 기회. 근데 이런 기회를 놓치라는 게 말이 돼, 안 돼?"

연하가 반박할 말을 찾지 못하고 있자, 도영이 손을 내저었다.

"알면 귀찮게 하지 말고 저리 가."

연하는 길게 숨을 내쉬었다.

"소령님은 소령님이었지."

이야기가 끝나고도 가말은 한참 가만히 있다가 그대로 머리까지 물에 담갔다. 그리고 물속에서 눈을 감았다. 연하는 그런 가말을 안쓰러운 눈으로 보고 내버려두었다.

그런데 꽤 시간이 지나도 가말이 올라오지 않았다. 게다가 검은 머리카락이 수면에 해초처럼 넘실거려서 얼굴이 보이지 않았다. 연하는 가말에게 손을 뻗으며 말했다.

"가말, 너무 오래 있지는……."

가말은 물속에서 눈을 떴다. 수면 너머로 그림자가 비쳤다. 투명한 물 덕분에 걱정스러운 얼굴을 한 연하가 보였지만 일순 이미지가 중첩되었다.

온갖 부유물이 떠있는 어두운 늪의 물 너머로 일렁이던 검은 그림자…….

늪에 빠졌을 때 거의 숨이 끊긴 가말은 무기력하게 가라앉아 가는 수밖에 없었다. 늪 바닥에 갇혀 있는 망령들이 발목을 쥐고 끌어당기는 것처럼 수면에 흔들리는 달빛이 점차 멀어졌다. 그리고 영혼이 먼 곳으로 흘러가듯이 모든 것이 흐려지고, 어둠이 찾아왔다.

그런데 갑자기 의식이 돌아왔다. 컥 하고 가말은 다급하게 숨을 들이켰다. 하지만 물 때문에 숨이 쉬어지지 않았다. 제대로 정신을 차릴 수가 없었다. 그저 고통스러웠다.

도와줘, 쿠니스.

방금 자신을 죽인 살인자에게 도움을 구하며 팔다리를 내저었다.

쿠니스.

최악.

빠르게 수면을 뚫고 나온 손이 연하를 잡았다. 그리고 엄청난 힘에 연하는 자세를 잡을 새도 없이 끌려갔다. 커다랗게 물보라가 일었다.

"소위님!"

가말이 연하를 공격한다고 생각한 여군은 당장 허리춤에서 총을 꺼내 겨누었다.

"잠깐!"

그때 연하가 날카롭게 외쳤다.

톡, 톡……. 머리카락 끝에서 물방울이 떨어져 내렸다. 욕조에 누운 연하는 자신을 올라타고 있는 가말을 올려다보았다. 난리 통에 물이 사방으로 넘쳐 욕조에는 물이 반밖에 남아 있지 않았다.

조명을 등져 그늘이 드리워진 붉은 눈에 물기인지 윤기인지 알 수 없는 반짝임이 돌았다.

"내가 쿠니스를 늪으로 끌어들였어."

그날 늪 위로 솟구쳐 오르는 찰나 가말은 생존 본능에 사로잡혀 무작정 쿠니스를 잡았다. 놀란 그는 본능적으로 손을 짚어 버텨보려고 했지만 그런 노력도 헛되이 가말이 잡아당기는 힘에 늪으로 끌려 들어왔다. 둘이 같이 늪에 빠지던 그 날카로운 소리가 아직도 귓가에 맴돌았다.

하지만 어두운 물속에서 쿠니스를 놓치고 말았고, 또 한동안 아무것도 알 수 없었다. 그런데 어느 순간 늪이 그녀를 뱉어낸 것처럼 뭍으로 기어 올라왔다. 혼자.

"다 내가 시작했어."

가말은 떨리는 숨을 내쉬었다.

"전부 나 때문이야."

그런데 연하가 당장 몸을 일으키며 가말의 팔을 붙잡았다. 살갗을 파고들어 오는 힘이 날카로웠다.

"소령님은 목숨을 걸고 널 지켰어. 소령님이 한 일의 가치를 깎아내리지 마."

가말은 울음을 터뜨리고 싶었다. 하지만 울 수가 없었다. 자신에겐 울 자격조차 없으니까. 그래서 그저 멍하니 물었다.

"그럼 난 뭘 해야 해?"

그러자 연하는 말했다. 조용하고도 강한 표정으로.

"무너지지 않는 거."

"도와드릴까요?"

토라가 의자에서 일어나는 게 힘들어 보였는지 한 대원이 손을 내밀었다.

"감사합니다."

도움을 받아 토라는 헬기에서 내려 옥상에 발을 디뎠다.

MCTC에서 구하러올 거라고는 상상하지 못했다. 어차피 그쪽에서도 그를 쓰고 버리는 패로 여길 거라고 생각했기 때문이다. 하지만 이게 모두 자인 덕분…….

"토라!"

크게 울리는 소리를 따라, 토라는 고개를 돌렸다. 옥상 끝에서 자인이 마지막으로 헤어졌을 때 차림 그대로 뛰어오고 있었다. 그 위에 남의 것 같은 티셔츠를 한 장 입고 있을 뿐이었다.

"괜찮……."

막 다가온 자인이 물으려는 순간, 토라가 끌어안았다. 자인은 놀랐다.

"무사했어."

귓가에 울리는 목소리가 치받치는 감정을 참는 듯 잠겨 있었다. 그래서 자인은 꾹 눈을 감았다.

"무사했어요."

지켜지기보다 지키는 군인으로 살아왔기에 자인은 누군가가 이렇게 안위를 걱정해주는 일이 낯설었다. 그녀를 약자 취급하는 게 싫었기 때문에 걱정해주길 바라지도 않았다. 하지만 그녀를 걱정하는 마음이, 그 진심이 맞닿은 피부에 녹아들어서, 자인은 처음으로 누군가가 자신을 걱정해주는 데에 마음이 편해졌다.

하지만 곧 몸을 떼고 토라를 살피며 물었다.

"괜찮아요?"

오면서 응급처치를 받았는지 다행히 칼에 찔린 옆구리 상처는 처치가 되어 있었다.

토라는 고개를 끄덕였다.

"아직 숨은 붙어 있어. 마티는?"

"가말 씨는 무사해요."

"는?"

토라는 기민하게 그 조사가 의미하는 바를 깨달았다. 그에 자인은 침통한 얼굴이 되었다.

"소령님께서……."

그 말이 나오자마자 토라는 가타부타 묻지 않았다.

"어디야?"

"수술 중이에요."

"데려다줘."

"하지만 토라, 상처를 먼저 치료……."

"데려다줘."

자인은 더 만류할 수 없었다. 토라가 한 번도 본 적 없는 눈빛을 하고 있었기 때문이다. 그건 곧 폭발하려는 화산 같기도 하고 일렁이며 넘쳐흐르려는 잔 같기도 했다.

가말은 샤워를 끝내고 티셔츠에 청바지로 갈아입은 상태로 '수술 중' 패널에 불이 들어와있는 수술실 앞에 앉아 있었다. 그 옆에는 연하가 함께 있었다. 가말은 멍한 얼굴이었고 둘 사이에 대화는 오가지 않았으나 연하가 옆에 있어서 그나마 안정되어 보였다. 그때 다가오는 발소리가 들렸다.

"마티."

부르는 소리에 가말은 천천히 정신이 살아난 얼굴로 돌아보았다가 벌떡 일어났다.

"토라, 다쳤어?"

하지만 토라는 신경 쓰지 않고 수술실 문을 보았다.

"이게 뭐야?"

그리고 이를 악물었다.

"그 자식이 한 거지?"

가말은 고개를 내젓고는, 제 잘못을 고백하는 아이 같은 얼굴로 말했다.

"내가 했어. 내가 한 거야."

"이게 왜 마티가 한 거야!"

벼락같은 소리가 사방을 때려 가말은 흠칫했다. 눈에 그렁거리는 눈물이 형광등 불빛에 빈쩍거렸다. 하지만 이번만큼은 토라도 소중한 파트로네스의 눈물에 마음이 약해지지 않았다.

"마티, 진짜 바보야? 그 자식 탓이라고 악을 써야지! 미워하고, 죽이고 싶어 해야지! 난 정말 마티를 이해할 수가 없어. 그런 걸 형제라고 할 수 있어?"

토라는 정말 화가 난 얼굴이었다. 가말은 눈물을 글썽이며 아무런 말 하지 못했다. 그때 옆에 있던 연하가 나서서 말했다.

"마음은 알지만 상처부터 치료해요."

헬기로 오면서 응급처치는 받았지만 아직 제대로 치료받지 못한 토라의 상태도 꽤 심각했기 때문이다.

그 말에 토라는 겨우 화를 억누르고 말했다.

"그딴 생각하지 마. 호구 같은 것도 정도가 있는 거야. 알았어?"

가말은 고개를 끄덕였다.

"응."

그러고는 물었다.

"상처 치료하러 같이 가줄까?"

"됐어. 이젠 손을 잡아주지 않아도 아프다고 울지 않으니까."

토라는 다소 냉정하게 들리는 투로 말하고 돌아섰다. 그래도 가말이 반사적으로 몇 걸음 따라오자 손을 내저었다.

"여기 있어."

그러고는 가는데, 자인이 물었다.

"아프다고 운 적이 있긴 해요?"

"마티가 그러는 걸 좋아했거든."

"효자네요."

토라는 쓰게 웃었다.

"효자 노릇도 힘들어."

"연하야."

복도 너머에서 이반이 걸어왔다. 여전히 가말과 같이 앉아 있던 연하가 제 남편을 발견하고 일어나 물었다.

"소장님은요?"

이반은 길게 숨을 내쉬었다.

"렉스는 정신없지."

레기온이 아지트로 쓰던 섬이 발견됐기 때문이다.

이반은 상태가 어떠냐고 묻듯이 가말을 고갯짓했다. 가말이 정신이 나가 있을 거라고 생각해서 연하에게 물은 거였는데, 의외로 가말이 말했다.

"난 괜찮아."

이쪽을 보는 눈빛이 맑았다. 이반은 말했다.

"정신은 차리고 있군."

"연하 덕분에."

그에 이반이 연하를 보자 그녀는 자신은 별일 하지 않았다고 말하듯이 고개를 저었다. 이반은 다시 가말을 보았다.

"타실 프로젝트에 대해 들었다며."

가말은 수술실의 문을 보고 좀 더 유창하게 말할 수 있는 라틴어로 말했다.

「도영은 생각했던 거겠지? 그 상황에서 벗어날 수 있는 방법은 하나밖에 없다는 걸.」

자신이 죽는 것.

아마 도영은 생각했을 것이다. 제 몸속에는 루아스 바이러스가 있다. 비록 한 번도 발현에 성공하진 않았지만 가능성은 있다.

그 상황은 돌파구가 없었다. 누군가가 희생하는 수밖에는. 그리고 도영은 자신의 목숨을 희생했다. 당연한 듯이.

이반은 말했다.

「한 가지 방법이 있었고 소령은 그 방법을 선택했을 뿐이야.」

「응. 도영이라면 그랬겠지.」

가말은 역시 생각보다 담담한 투로 중얼거렸다.

그때 수술실 문이 열리고 수술복 차림을 한 간호사가 나와, 가말은 벌떡 일어났다. 간호사는 좌중을 둘러보고 말했다.

"이바노프 클랜원 계십니까? 피가 더 필요합니다."

"제가……."

연하가 나서려고 하자 이반이 막고 말했다.

"제가 가죠."

"따라오세요."

그리고 이반은 간호사를 따라 안으로 들어갔다. 그 뒤로 문이 닫히고도 가말은 한참을 서 있다가 겨우 다시 자리에 앉았다.

시간은 계속 흘렀다. 주변으로 사람들이 왔다 가고, 피가 더 필요해서 이바노프 클랜원들이 채혈실로 갔다가 다시 돌아오는 와중에도 가말은 오로지 그 자리를 지키고 있었다.

드디어 '수술 중' 패널에 불이 꺼지자, 가말은 얼른 일어났다. 곧 문이 열리고 수술복을 입은 의사가 나왔다. 현대 의학 기술로도 불가능에 가까운, 길고 지난한 수술을 끝내고 의사는 꼭 그쪽이 수술을 받아야 할 사람처럼 눈가가 까맣게 푹 패고 초췌해 보였다.

"따라오시죠."

의사는 그렇게 말하고 걸어갔다. 그리고 몇 번의 유리문을 넘어간 곳은 ICU(집중치료실, Intensive Care Unit)의 밖이었다.

수술실에서 바로 ICU로 이송된 도영은 유리벽 너머에 잠들어 있었다.

침대에 누운 도영은 선에 파묻힌 것처럼 보였다. 목에는 갑옷 같아 보이는 커다란 목 보호대를 둘렀고, 투명한 산소마스크를 쓰고 있었다. 주변에는 어디에 어떻게 쓰는지도 알 수 없는 각종 기계들이 끊이지 않는 작고 규칙적인 소리를 냈다. 도영 주변에 모여든 짐승들처럼.

가말은 잘 알 수는 없었지만 저 기계들이 규칙적인 소리를 내는 건 좋은 거라는 걸 알았다.

"수술은 무사히 끝났습니다."

의사도 이반에게 그렇게 말했다.

"하지만 감염이 활성화 2단계에서 넘어가지 않고 있습니다."

그 말에 가말이 움찔하며 의사를 보자, 이반이 의사에게 말했다.

"이쪽에게 설명 부탁드립니다."

그에 의사는 가말을 보고 말했다.

"감염은 보통 세 단계로 이뤄집니다. DNA의 전사가 시작되는 활성화 1단계, 몸 전체에 감염이 퍼지는 2단계, 그리고 재조직이 시작되는 3단계. 저희는 활성화 3단계가 시작되면 감염이 성공했다고 보고 있습니다. 고비는 2단계죠. 그러니까 3단계만 시작되면 걱정할 것 없습니다."

"어쨌든 수술이 성공했다는 건 좋은 징조군요."

연하가 가말을 안심시켜주려는 듯이 말하자 의사도 고개를 끄덕였다.

"그렇습니다."

하지만 가말은 대답하지 않고 다시 통유리 너머로 도영을 보왔다. 그에 이반과 연하는 조금 더 그녀와 함께 있다가 군복을 입은 군인들이 부르러 왔을 때에야 자리를 떴다.

어느새 주변에 사람들이 사라지고 조용해졌으나 가말은 그대로 서서 도영을 바라보았다. 몇몇 사람은 그녀가 눈은 깜빡이는지 쳐다보고 갈 정도였다.

'도영, 일어나.'

가말은 속으로 조용히 말했다.

'나도 무너지지 않을 테니까.'

"마티, 좀 앉아."

토라가 말했지만 가말은 서서 유리 너머만 쳐다보고 있었다. 잠깐이라도 눈을 떼면 도영이 어떻게 되기라도 할 듯.

"마티."

다가온 토라가 어깨에 손을 얹어 가말은 정신을 차렸다. 그리고 그가 이끄는 대로 자리에 앉아 물었다.

"라토는? 여전히 못 만나?"

토라는 고개를 끄덕였다.

"여전히. 참고인으로 조사한다나. 작전이었다고 아무리 설명해도 안 믿어."

라토가 레기온과 접선한 것도, 태평양 연합이 사타디 섬을 무력 진압하겠다고 한 데에 화를 낸 것도 레기온이 이쪽을 믿게 하기 위한 연기였다.

　최대한 대공 곁으로 가서 그를 암살하려고 했던 거라고 아무리 말해도 MCTC는 쉽게 의심을 거두지 않았다. 이쪽은 용병이니까 100% 확신이 들 때까지 판단을 보류하는 거야 이해했다. 그래도 여태 함께한 시간이 있는데 이 정도로 신뢰가 없다니 섭섭해질 지경이었다.

　"그 꼴이 돼서 돌아온 거 보면 몰라?"

　토라는 거칠게 말했다. 그도 아직 라토를 직접 만나지는 못했지만 '몰골이 엉망이었다'는 말 정도는 전해 들었기 때문에 알았다.

　"미……."

　가말이 또 미안하다고 하려는 기색이기에 토라의 눈빛이 사나워졌다. 그러자 가말은 말을 삼키고 재빨리 눈을 굴리더니 말했다.

　"미쳤네."

　토라는 피식 웃고, 제 귀여운 마티의 머리를 쓰다듬었다.

　"치료는 잘 받고 있다고 하니까 괜찮을 거야."

　가말은 고개를 끄덕였다.

　"응."

　그러고는 당부했다.

　"잘 지켜 봐."

　"걱정 마, 그건."

　삐이. 삐이. 삐이.

　갑자기 경고음이 울려 가말은 흠칫했다. 유리 너머로 도영에게 연결된 기계 하나가 거칠게 울고 있었다.

[ICU 코드 블루. ICU 코드 블루.]

그리고 천장에서 방송이 나오기 무섭게, 사방에서 의사들이 떼로 나타나 치료실 안으로 달려 들어가며 외쳤다.

"CPR!"

그리고 워낙 부착된 선이 많아 이미 상의 따위 입지 않은 도영의 가슴에 심장충격기의 패드를 붙이고 소리쳤다. 가말은 유리에 대고 있는 손을 꽉 말아 쥐었다.

침대 옆의 모니터에 심전도 그래프가 계속 엉망으로 떨려왔다. 의사들은 지시에 따라 간호사들이 이리저리 움직였다. 내부는 그야말로 전쟁터였다. 반대쪽은 이토록 조용하다는 게 이상할 정도로.

어느새 가말 옆으로 사람들이 와있었다. 이반, 연하, 토라, 자인, 수혈해주기 위해 온 이바노프 클랜원들 모두.

토라가 중얼거렸다.

"일어날 거야. 바이러스를 엎어 메쳐서라도. 생긴 건 기생오라비 같아도 람보도 찜 쪄 먹을 만큼 터프하니까."

그러고도 오랫동안 심장마사지가 이어졌다.

어느 순간 심장마사지 기계를 조작하던 의사가 고개를 내저었다. 그러자 다른 의료진들이 구석에 서 있는, 옛날의 에크모(ECMO, 체외막산소화장치)와 비슷하게 생긴 다른 네모난 기계를 끌고 왔다. 그동안 한 의사가 상황을 보고하기 위해 밖으로 나와 이반에게 말했다.

"순환 장치를 연결해야 할 거 같습니다."

가말은 그 말이 무슨 의미인지 이해할 수 없었지만 기계가 더 필요하다는 말은 좋은 의미가 아니라는 건 알았다. 그 불안한 마음에 쐐기를 박듯 의사는 침통한 기색을 감추지 않고 말했다.

"뇌사 상태에 빠졌습니다. 바이러스도 활성화 2단계에서 수면 상태에 돌입했고요."

가말은 믿기지 않아 유리 너머 도영을 돌아보았다. 옆에서 의사가 계속 말했다.

"이번에도 프로젝트는 실패……."

"그건 나중에 이야기하죠."

이반은 말을 잘랐다.

도영은 타실 프로젝트 동의서에 서명하면서 이런 상황이 올지도 모른다는 걸 예상했고, 받아들였다. 프로젝트 참가자로서 자신의 죽음이 한 사람의 죽음보다 실험의 결과로 받아들여지리란 것도. 오히려 그렇게 받아들일 준비가 되어 있지 않았던 건 주변 사람들이었다.

의사는 그 마음을 이해하고 고개를 끄덕였다.

"하지만 활성화는 언제든지 다시 시작될 수 있습니다. 몇 년 후에는 소령님을 깨울 수 있는 기술이 개발될 가능성도……."

그때 가말이 휙 옆을 지나갔다.

"마티……."

그녀를 부르려는 토라도 지나가, 자동문을 박차고 들어갔다.

쾅! 문이 시끄러운 소리를 내며 깨졌다. 막 도영의 어깨에 순환장치를 삽관하고 있던 의료진이 놀라서 돌아보았다.

"지금 들어오면……."

누군가가 말리려고 했지만 가말은 성큼성큼 걸어가 의료진 사이를 밀치고 들어갔다. 그리고 한 의사가 끝을 잡고 있는 관을 잡아 뽑아버렸다.

우당탕탕. 가말의 힘에 기계들이 앞으로 쓰러지며 박살났다. 의료진은 부서진 기계에서 날아오르는 파편들을 피하느라 펄쩍 뛰어 물러나며 기겁했다.

"무슨 짓을……!"

삐- 심정지를 알리는 소리가 날카롭게 울렸다.

"연결해! 당장!"

의사들은 도영을 처치하기 위해 달려갔다. 하지만 가말이 외쳤다.

"내버려둬!"

그러고는 똑바로 서서 도영을 응시했다.

"도영은 포기하지 않아. 일어날 거야."

도영은 잠든 것처럼 가만히 눈을 감은 채였다. 가말은 아래로 드리워진 그의 속눈썹에서 시선을 떼지 않았다. 도영은 당장에라도 눈을 뜨고 그녀를 볼 것 같았다.

삐- 계속 심정지 소리가 이어졌다. 의사들은 초조하게 주변을 둘러보다가 외쳤다.

"지금 연결하지 않으면 늦습니다!"

그럼에도 가말은 아무 반응이 없는 도영에게서 시선을 떼지 않았다.

"도영은 포기하지 않아."

그렇게 말하지만 새파랗게 질린 얼굴은 확신하지 못하는 것 같았다. 오히려 완고한, 그러나 허무한 믿음을 붙들고 있는 것으로밖에 보이지 않았다.

한 의사가 참다못해 박차고 나갔다. 그리고 가말을 밀치고-밀쳐지진 않았지만- 마구 선을 끌어모아 일어났다. 의사와 간호사 몇이 같이 뛰어나가 부서진 기계와 파편들을 치우고 도영에게로 가 다시 삽관할 준비를 했다.

삐‐ ‐ ‐ ‐

하지만 어느 순간 모두가 멈칫했다. 심정지 소리가 공기를 갈랐다. 모두 이미 늦어버렸음을 깨달은 얼굴이었다.

한 의사가 가말을 노려보았다.

"뇌사 상태로도 살아 있다면 몇 년 뒤에는 소령님을 깨울 수 있는 기술이 개발될 수도 있었습니다. 당신은 그 기회를 빼앗은 겁니다."

의사는 천천히 도영에게 다가서서 잠자듯 숨이 끊긴 그를 한동안 내려다보다가 간호사에게 눈짓했다. 그러자 간호사가 정신을 차린 듯이 침대 반대편으로 돌아갔다.

두 사람은 정중한 손길로 이불을 올려 덮었다. 하얀 천 아래로 도영이 사라지고, 의사는 벽에 홀로그램으로 떠있는 시간을 확인하고 사망선고를 내렸다.

"19시 02분 13초 사망하셨습니다."

의사는 천에서 손을 떼고 돌아서서 가말을 지나쳐갔다. 그래도 가말이 도영을 보낼 수 있는 시간을 주려는 거였다.

하지만 가말은 꼼짝도 하지 않고 서 있을 뿐이었다. 모두 안타까워하는 얼굴로 그녀를 보았다. 결과에 상관없이 도영을 살리려고 했던 애절한 마음은 이해하기 때문이었다. '최선의 의도로 최악의 결과를 초래한 것'이 리어왕이나 그녀만은 아닐 테니까.

아무도 섣불리 가말에게 말을 걸지 않았다. 그저 천천히 주변을 비우며 그녀에게 공간을 내주었다.

마침내 가말은 떨리는 손을 뻗어 도영을 덮은 흰 천을 쥐고……. 그저 쥐고 있을 뿐이었다. 벗기지도 덮지도 못하고.

도영은 죽지 않겠다고 말했었다. 그리고 정말 죽지 않을 거라는 믿음을 주었다. 그런데 이렇게 허무하게……. 또 이렇게 자신 때문에 죽어나간 사람의 리스트에 올라갈 리가…… 그럴 리가…….

"아니야."

겨우 달싹이는 입술 사이로 목이 졸린 것 같은 소리가 흘러나왔다.

"아니야!"

가말은 비명에 가까운 소리를 터뜨렸다. 멈추지 않고 계속 소리쳤다.

"아니야……!!"

가슴을 갈퀴로 긁어 올리는 듯한, 지독하게 고통스러운 소리였다. 그에 어떤 간호사는 눈물까지 글썽였다.

이내 가말은 눈을 까뒤집으며 기절했다. 펄럭- 그녀가 붙잡고 있는 천이 같이 끌려 내려가면서 허공에 흩날렸다. 마치 손짓하듯이…….

쿵. 가말이 쓰러지며 검은 머리카락이 바닥에 어지럽게 흩어졌다.

"가말!"

연하가 기절한 가말에게 뛰어갔다. 뒤이어 달려온 의사가 가말의 의식을 확인하고 말했다.

"충격으로 기절한 거 같습니다. 언컨셔스입니다."

"좀 안아 옮겨주시겠습니까?"

그리고 가말을 밖으로 옮기려는 움직임이 분주했다. 그동안 연하는 침대 위에 있는 도영을 보고 꾹 이를 물었다.

"죽지 않겠다고 했잖아."

그렇게 호언장담했던 많은 동료들이 죽어갔지만 그래도 도영은 믿었다. 정말 지옥의 뱃사공을 엎어 메쳐서라도 돌아올 사람이었기 때문에.

"진짜 최악의 거짓말이었네."

목소리가 떨려왔다.

프로젝트에 참가했다가 도영이 잘못돼도 절대 울지 않겠다고 결심했었다. 분명히 프로젝트에 참가하지 말라고 말렸으니까. 하지만 가슴 밑바닥에서는 정말 도영이 잘못될 일은 없다고 믿고 있었던 모양이다. 어떤 죽을 위기에서도 살아 나와서 '와, 이번에는 진짜 죽을 뻔.' 하고 농담할 사람이니까…….

"멋대로 죽이지 마."

모두 멈칫했다. 그리고 몇몇은 도영을 쳐다보았다. 분명히 가말 목소리였는데도 저도 모르게 그랬던 이유는, 완벽한 프랑스어였기 때문이다. 약간 몽펠리에 억양이 섞인.

돌아보자, 가말이 눈을 까뒤집고 바닥에 누운 그대로 입만 움직여 말했다.

"내 심장은 아직 멈추지 않았습니다."

그건 도영의 말투였다. 특정 단어를 조금 늘여서 이야기하는 것까지. 연하는 불가해한 눈으로 의사를 보았다. 그러자 의사도 당황해 더듬거렸다.

"의식이…… 없습니다. 없는데…….'

그때 가말이 다시 입만 움직여 말했다.

"뛰게 하고 싶은데 심장이 너무 무거워서 어떡해야 할지 모르겠습니다."

다들 너무 놀라 그랬는지 마냥 침묵이 흐르자, 가말이 쯧 혀를 찼다.

"망할, 그냥 넋 놓고 있을 겁니까?"

"C…… CPR."

한 의사가 더듬거렸다. 그리고 벌떡 일어나 도영에게로 뛰어가며 소리쳤다.

"CPR 들어갑니다!"

이미 심장이 멈춰버린 상황에서 의미 없는 짓일지도 모르지만 그 부름에 응답한 몇 의료진들이 도영에게 모여들었다.

"허억……!"

그때 가말이 가슴이 꺾이도록 크게 숨을 들이켜며 눈을 떴다.

연하는 다급히 물었다.

"가말! 괜찮아?"

순식간에 식은땀 범벅이 된 가말은 팔로 바닥을 짚고 겨우 상체를 일으켜, 의료진에게 둘러싸인 도영을 보았다. 그런데 상황을 지켜보던 한 의사가 벼락같이 외쳤다.

"의사란 작자들이 한 사람 말에 휘둘려서 뭐 하는 짓이야! 연기한 거야! 말투를 흉내 낸 거라고! 그것도 몰라! 소령님의 시신을 걸레짝으로 만들어서 실어 보낼 셈이야? 자기 임무를 다한 군인한테 존경심을 보여!"

이곳에 있는 의사들은 모두 새로운 발견을 위해 앞으로는 미지의 황야밖에 없는 현대 의학과 과학 기술의 최일선으로 나온 연구자들이었다. 프로젝트의 실패를 누구보다 받아들이기 힘들었기에 실망감에 더해 감정이 격해졌다.

이반도 이 모든 모습을 그저 지켜볼 수밖에 없었다. 감염은 결국 스스로 이겨내야 하는 일이고 외부에서 도움을 줄 수 있는 방법은 없었기 때문이다. 멱살을 잡아끌고 나오려고 해도 오로지 감염을 겪는 본인만이 할 수 있는 일이었다.

'잠깐. 멱살?'

이반은 멈칫했다.

'멱살을 잡아끌고 나온다……'

생각에 빠진 그는 눈을 가느다랗게 떴다. 왜 그 말이 걸리는 걸까?

"마부……"

이반이 난데없이 중얼거리자 옆에 있는 연하가 되물었다.

"네?"

이반은 왜인지, 오래전 길을 가다가 마주친 어떤 시신이 떠올랐다.

◇ ◇ ◇

마부였던 모양이다.

습격을 당했는지 주변으로 시신과 물건들이 널브러져 있고, 죽은 마부는 반파된 거대한 마차 아래 하반신이 깔려 있었다.

감염시킨 자가 누구인지는 알 수 없지만 마부는 갓 숨을 거둔 것 같았다. 꼭 역병 때문에 죽은 것처럼 보였지만 이반은 그게 실패한 감염의 표식이라는 걸 알았다. 벌어진 입술 사이에 약간 튀어나와 있는 송곳니가 보였다.

'묻어줘야겠군.'

이반은 생각했다. 급하게 갈 곳이 있는 것도 아니고, 감염을 겪은 시신은 최대한 인간들 눈에 띄지 않는 편이 좋으니까.

그래서 이반은 땅에 꽂히듯이 기울어져 있는 마차를 잡아 제대로 세웠다. 그러다가 튀어나온 나무에 손이 긁혀 상처가 났다. 하필 피부의 '결'에 맞았던 모양이다.

"쯧."

제아무리 강하다는 몸이라도 이렇게나 쉽게 상처가 날 수 있었다. 그래서 저도 모르게 상처를 막연히 쳐다보고 있는 사이에 피가 흘렀다. 그 핏방울이 허공을 날아 죽은 마부의 미간에 떨어졌다.

'뭐하는 짓인지.'

이반은 한숨을 쉬고 옷자락으로 제 피를 닦았다. 그러느라 몰랐지만 마부의 미간에 떨어진 핏방울이 중력에 의해 콧대를 타고 내리며 눈으로 스며들었다. 그리고 정적이 감돌았다.

이반이 다시 돌아보는 순간이었다. 갑자기 시신이 펄떡이며 발작을 일으켰다.

퍼드득! 퍼드드!

이반은 미간을 찌푸렸다. 마부는 마치 훗날 전기 고문이라도 당하는 사람처럼 비정상적으로 벌떡거렸다. 다만 아직 마차 아래 깔려 있어 그를 공격을 하거나 하진 못했다. 나중에 현대에 와서 봤다면 좀비라고 생각했을 것이다.

그런데 마부는 발작을 일으킨 것만큼이나 순식간에 조용해졌다. 그리고 그새 시신이 새까맣게 썩어 있었다. 꼭 죽은 지 며칠은 된 것처럼.

'아니, 그보다 꼭……'

이반은 시신을 유심히 보았다.

그때는 그 모습을 '기묘하다'라고 할 수밖에 없었지만 반추해 보면 염산이나 황산 같은 위험한 화학 물질을 쏟은 것 같았다. 그러니까 무언가 상성이 맞지 않은 물질들이 만나 화학 작용이 일어난 듯이……

저도 모르게, 이반은 제 손을 보았다. 피는 벌써 멈춘 후였다.

◇ ◇ ◇

지금으로서는 그게 다른 감염원에 대한 거부반응이었을 거라고 생각했다. 마부의 몸속에서 불씨가 꺼져가던 감염원이 다른 감염원의 존재를 느끼고 갑작스럽게 반응했을 터. 하지만 마부에게는 더는 감염을 이길 힘이 없었다. 그래서 다른 감염원은 독이 되어 그를 완전히 죽여버렸다.

바삭.

순간 이반이 카트에서 포장된 주사기를 집어 가말에게 다가갔다. 그러고는 그녀 앞에 한쪽 무릎을 꿇고 주사기의 밀봉을 뜯었다.

"이반?"

연하는 의아하게 남편을 불렀다. 반면 가말은 이반이 하는 일이니 저항은 하지 않았지만 역시 궁금해하는 얼굴이었다.

"왜 그래요?"

연하가 물어도 대답하지 않고 이반은 가말의 팔을 잡았다.

"움직이지 마."

그리고 그녀의 팔 안쪽을 더듬어 피부 결대로 주사기를 밀어 넣었다.

주사기의 몸통에 피가 차오르기 시작했다. 이반은 주사기를 반도 채우지 않고 일어나 도영에게 다가갔다. 그리고 그의 허벅지 대동맥에 주사기를 찔렀다.

"이바노프 씨까지 무슨……!"

의사가 기겁했지만 이반은 그쪽은 신경 쓰지 않고, 도저히 살아날 가능성이라고는 없어 보이도록 엉망이 된 도영을 보았다. 처음 만났을 때부터 그를 별로 좋아하지 않았던 도영은 서로 사이가 좋아지기 전까지 꽤 적대감을 드러냈기에 이 정도로 얌전해 보이는 모습은 처음이었다.

그대로 이반은 말했다.

"루아스는 제 영역에 대한 소유욕이 강합니다. 난폭하고, 화를 잘 내죠. 바이러스도 마찬가지로 제 몸에 다른 감염원이 침범하면 화를 낼 겁니다. 아주."

그러면서 피스톤을 꾹 누르자, 주사기 안에서 가말의 피가 소용돌이치며 도영의 허벅지 안으로 쭉 밀려 들어갔다.

"특히 숙주도 그다지 성격이 좋진 않으니까."

침묵이 감돌았다. 하지만 아무 일도 일어나지 않았다. 의사는 미간을 찌푸리고 이반을 보았다.

"하지만 루아스 바이러스는 서로 너무 강하기 때문에 감염원끼리 부딪쳐 결국은 공멸할 뿐입니다."

"박사님."

이반은 도영에게서 시선을 떼지 않은 채로 말했다.

"저희는 이바노프입니다."

"네, 그렇……죠?"

의사는 왜 그런 당연한 이야기를 하는지 이해하지 못하는 얼굴이었다. 그에 이반은 단호하게 말했다.

"이바노프를 무시하지 마십시오."

갑자기 모니터에 빛이 퍼졌다. 들불이 번지듯이.

사람들은 의아해하며 모니터를 보았다. 모니터가 불빛으로 번쩍거렸다. 그건 노기가 번득이는 눈빛 같기도 하고, 수많은 별들의 명멸 같기도 했다. 잦아들었다가 다시 불길이 타오르듯이 번쩍거렸다.

　한 의사가 놀란 얼굴로 말했다.

　"활성화가 시작됐습니다."

　정말 꼭 화를 내는 것처럼 활성화가 급격하게 시작됐다.

　쿵.

　그리고 천둥처럼 박동이 울려, 모두 도영을 쳐다보았다. 여전히 의식이라고는 없는 상태였지만 격전의 현장처럼 엉망으로 부서진 갈비뼈 안에서 심장이 뛰기 시작했다.

　쿵. 쿵. 쿵. 그 세찬 박동이 모두의 귓가에 울리는 것 같았다. 그리고 심장이 피를 뿜어내며, 물줄기가 끊긴 강처럼 잔잔해졌던 전신의 혈관에 피가 몰아쳤다. 콰아아……. 순간 혈관이 팽창할 정도로 세차게 들이쳤다. 이어서 도영의 전신에 꼭 비늘이 뒤집히는 것 같은 윤기가 차르르 미끄러져 내렸다. 그건 인간에게는 없는 피부의 '결'이 생긴다는 것, 즉 몸의 재조직이 시작된다는 증거였다.

　"감염이……."

　의사가 신음처럼 중얼거렸다.

　"감염을 이겼습니다."

　감염자가 탄생하는 순간을 처음 목격했는지 경이에 찬 목소리였다.

"말했잖아."

가말은 아직 의식이 없는 도영을 보며 말했다. 그 침착한 투가 묘하게 주의를 사로잡아, 사람들이 그녀를 보았다. 땀으로 범벅되어 머리카락은 어지럽고 옷도 잔뜩 구겨져 있었지만 뺨은 열이 올라 발그레한 분홍빛이었고 검은 눈은 차분하면서도 단호했다.

"도영은 포기하지 않아."

◇ ◇ ◇

가말은 유리 앞을 알짱거렸다. 의사들이 도영을 수습해서 다른 방으로 데려가나 싶더니 유리가 벽처럼 불투명하게 변해버려 도영을 볼 수가 없었다.

그때 연하가 옆에 와 말했다.

"재조직 과정에 들어간 거야. 재조직이 끝나기 전까지는 볼 수 없을 거야."

그에 가말은 돌아보고 물었다.

"재조직이 뭐야?"

"루아스로 육체가 바뀌는 거. 너도 겪지 않았어?"

가말은 고개를 저었다.

"몰라. 일어나니까 이렇게 돼있었어."

"키가 커지고 몸집이 더 불어나긴 하지만 미묘한 차이야. 게다가 소령님처럼 이미 몸이 완성된 사람은 차이가 더 두드러지지 않을걸."

그건 아무래도 좋아서 가말은 물었다.

"도영은 살아?"

그러자 연하는 가말을 마주 보고 이렇게 말할 수 있다는 데에 감사함까지 느끼는, 조용하게 벅찬 얼굴로 말했다.

"살았어."

가말은 유리를 보았다. 뭐가 보이는 건 아니었지만 너머에 있는 도영을 느낄 수 있었다.

"마티."

그때 토라가 다가왔다. 자인은 그 옆에 있었다.

"토라. 괜찮아?"

가말이 묻자 토라는 유리 쪽으로 고갯짓하고 말했다.

"냉동 생선만큼 의식이 없는 타와보다는."

그리고 불투명한 유리를 보고 중얼거렸다.

"가끔 마티가 이해되지 않아. 누군가가 살아서 돌아오길 기다리는 이 짓을 어떻게 또 하고 또 하는지."

옆에서 이야기를 들으며 자인은 라토를 생각했다. 그리고 그를 죽인 니카…….

그래도 가말과 토라, 이 두 사람은 니카가 살아 돌아오길 기다렸을 것이다. 그랬을 거라는 확신이 들었다. 사과를 하든 욕을 하든 그들의 얼굴을 마주 보고 하길 원했을 터였다.

"희망이니까."

가말은 불투명한 유리를 보며 말했다.

"희망이 버티게 해줘. 언젠가 나도 포기하려고 했어."

다른 사람들은 몰라도 토라에겐 가말을 비난할 수많은 이유가 있었다. 좀 더 적극적으로 라토와 니카의 사이를 해결하려고 하지 않은 것, 그래서 결국 라토가 죽고 뱀파이어가 될 수밖에 없었던 것, 그리고 토라까지 뱀파이어가 되는 길을 선택할 수밖에 없었던 것. 하지만……

"그런데 뱀파이어가 된 토라 네가 눈을 뜨고 말했어."

"고마워, 마티."

사람들에게 상처 입었지만 결국 사람의 아들이 그녀를 구원했다. 가말은 토라를 돌아보고 조용히 웃었다.

"얼마든지 너 할 수 있어. 희망이 있는 한."

"가말 씨는 루아스가 돼선 안 됐던 거 같군요."

자인은 복도를 걸어가며 말했다. 갑작스러운 말이었지만 토라는 의문을 제기하지 않았다.

"뱀파이어에겐 본성이란 게 있어. 하지만 마티의 착함은 그 본성도 이겨버린 거야. 만약 섬에서 잠들지 않았다면 마티는 살아남지 못했겠지. 그만큼 모질지 못하니까."

저런 사람이 대공과 쌍둥이라니, 그것도 유전자의 신비였다. 이만하면 쌍둥이의 어머니가 한 배로 천사와 악마를 낳은 게 아닌가 싶을 정도였다.

그때 자인이 걸음을 멈추고 불렀다.

"토라."

그리고 토라가 돌아보자 말했다.

"라토 대장님, 만나볼래요?"

"하지만 지금 면회는……."

토라는 의아해하며 말하다가 입을 다물었다. 그리고 대신 물었다.

"돼?"

자인은 고개를 끄덕였다.

"잠깐은요."

그녀는 군에 제법 오래 있었고, 친구들이 많은 편이었다. 그래서 잠깐 라토를 만나는 시간을 얻어낼 수 있었다.

둘은 라토가 구금되어 있는 건물로 갔다. 당연하지만 병실 앞에는 헌병 부대가 지키고 있었는데, 개중 한 헌병이 문을 열어주었다.

"5분 드리겠습니다."

"알겠습니다."

토라는 자인을 돌아보고 말했다.

"고마워."

자인은 고개만 끄덕였다. 이내 토라는 병실로 들어갔다. 그러자 누군가 들어오는 기척에 고개를 돌린 라토는 토라가 온다는 기별을 받지 못했는지 살짝 놀란 얼굴이 되었다.

라토가 입고 있는 환자복 안으로 붕대가 보였고 이마와 입술에 터진 자국은 많이 가라앉은 상태였다. 다만 팔은 특수 수갑으로 침대에 고정되어 있었다.

"라토."

토라는 벅차오르는 음성으로 제 쌍둥이를 불렀다. 라토는 좀더 차분한, 하지만 역시 똑같이 벅찬 음성으로 그를 불렀다.

"토라."

그리고 두 사람은 팔씨름을 하듯이 손을 잡았다. 혹은 불완전하던 것이 짝을 찾듯이.

토라는 그대로 라토를 끌어안고, 한 손으로 제 쌍둥이의 어깨를 감싼 채로 말했다.

"걱정했잖아, 이 얼간이야."

"미안해."

라토는 진심으로 미안함을 느끼는 얼굴이었다. 그에 토라는 라토를 놓아주고 한숨을 내쉬었다.

"나한테 말을 했어야지. 이투하는 우리가 같이 만든 거였잖아."

"마티를 혼자 둘 수는 없으니까."

당연한 이치에 대해 말하는 것 같은 투였다. 그리고 라토는 물었다.

"드페르 소령님은?"

"살았어."

그 정보만으로도 충분했는지 라토는 더 묻지 않았다. 그리고 토라와 똑같은 붉은 눈으로 자신을 보았다. 그때 토라가 그녀를 소개했다.

"SAU의 자인 서머 중위야. 널 찾는 걸 도와줬어."

"반갑습니다."

그러면서 라토는 손을 내밀었다.

"감사합니다."

자인은 라토와 가볍게 악수했다가 손을 놓았다.

외모는 같았지만 쌍둥이는 눈빛이 착각할 수 없을 정도로 달랐다. 그리고 이 상황에서 무엇보다 한 가지는 분명했는데, 니카가 이미 고인이 된 몸이라 다행이라는 사실이었다. 토라를 가지고도 이쪽을 탐냈다니, 실제로 만났다면 사람이 감당할 수 없는 욕심은 내면 안 된다고 직접 '교훈'을 가르쳐줬을 것이다.

"이제 나가셔야 합니다."

벌써 5분이 지났는지 헌병이 말했다. 나가기 전에 토라는 라토를 보고 말했다.

"물으면 묻는 대로 다 대답해주고 쓰라는 대로 다 써줘."

라토는 고개를 끄덕일 뿐이었다.

둘이 밖으로 나오자 헌병들은 다시 들어가지 못하도록 막듯이 병실 문을 지키고 섰다. 토라는 작게 한숨을 내쉬고 복도를 내려 갔다.

"고마워요."

따라오던 자인이 난데없이 말해, 토라가 이해하지 못한 얼굴로 돌아보았다.

"뭐가?"

"지켜줘서요."

토라는 실소를 지었다.

"중위가 날 지켜준 거지."

솔직히 토라는 인정하지 않을 수 없었다. 레기온의 섬에 갔을 때 자인이 뒤따라왔기 때문에 둘 다 무사할 수 있었다는 사실을.

혼자 쳐들어갈 당시에는 알아서 빠져나올 자신이 있었지만 만약 일이 잘못됐다면 라토를 구하기는커녕 자신도 붙잡혀서 죽었을 수 있었다. 그에게 플랜B란 없었으니까.

돌이켜 생각하면 왜 그렇게 무모했나 싶었다. 아마 라토를 구해야 한다는 생각에 눈이 먼 탓이었겠지만.

"대장님의 힘이 없었다면 그런 무모한 계획은 실행조차 못 했을 거예요."

자인은 똑바로 그를 보았다.

"대장님이 계속 절 지켜주려고 했던 거 알아요. 그래서 본래대로 싸울 수 없어서 더 많이 다쳤다는 것도……. 감사합니다."

그러면서 자인은 살짝 묵례했다. 토라는 한동안 그녀를 보다가 말했다.

"고마워."

이번에는 자인이 물을 차례였다.

"뭐가요?"

"그렇게 말해줘서. 드디어 누군가를 지킬 수 있었구나 싶네."

토라는 웃었다. 소년 같은 웃음이었다. 그걸 보고서야, 자인은 이제껏 그가 한 번도 진심으로 웃은 적이 없었다는 사실을 깨달왔다.

정말 니카를 이해할 수 없었다. 어떻게 라토를 더 사랑했는지, 이런 남자를 두고 살인자가 되는 동시에 자살을 선택할 수 있었는지.

토라의 영혼은 맑고 깨끗했다. 꼭 그의 파트로네스처럼.

그렇게 두 사람은 서로를 한동안 쳐다보고 서 있었다. 어느 순간 자인이 먼저 말했다.

"그럼…… 가보겠습니다."

"아, 그래."

자인은 살짝 묵례하고 돌아서서 갔다. 그 뒷모습을 보며 토라는 무언가 말하려다 그냥 삼켰다.

그는 자인 서머라는 사람을 좋아했다. 그건 분명했다. 그러니까 아마 자인이 자인이 아니었다면 온갖 수를 써서 그녀를 유혹했을 게 분명했다. 그리고 함께하는 짧은 시간을 즐기고 가볍게 가던 길을 마저 갔을 것이다. 늘 그랬듯이.

하지만 토라에게도 상도라고 할 만한 것은 있었다. 저렇게 인생을 곧고 바르게, 온 의지와 투지를 다해 살아가는 사람은 방해하는 법이 아니었다.

"가말."

군복을 입은 연하가 여전히 ICU 앞에 앉아 있는 가말에게 다가왔다. 가말은 그녀를 보았다.

"왔어?"

"이틀 내내 여기 있었다면서."

밥은 이 자리에 앉아서 먹고 볼일이 급할 때만 누가 쫓아오기라도 하는 것처럼 후다닥 갔다가 돌아왔다고 들었다. 정말 식음을 전폐하고 주인이 돌아올 때까지 문 앞에 앉아 기다리는 강아지 같더라고, 그녀를 경호하고 있는 군인이 말해주었다.

가말은 고개를 끄덕였다.

"재조직이 거의 끝났대. 곧 도영 볼 수 있어. 자리 비우면 안 돼."

연하는 가말의 옆자리에 앉았다. 그리고 잠깐 같이 있다가, 저번부터 궁금했던 것을 넌지시 물었다.

"근데 정말 연기했던 거야? 저번에."

"응."

가말은 바로 대답했다.

"진짜?"

연하는 오히려 의외여서 되물었다. 그러자 가말은 고개를 끄덕였다.

"흉내 낸 거야, 도영 말투를."

"그럼 의식을 잃었던 것도⋯⋯?"

"아니었어."

"굉장하네."

연하는 저도 모르게 중얼거렸다. 가말은 불투명한 유리창을 보며 말했다.

"도영이 포기하지 않을 테니까 나도 포기할 수 없었어."

그 말을 듣던 연하는 무슨 생각이 나서 물었다.

"그럼 프랑스어는 제대로 말할 수 있는 거 아냐?"

"도영 말투는 흉내 낼 수 있어."

그러더니 도영과 똑같은 말투로 이랬다.

"그래서 프랑스어를 제대로 한다고 할 수 있겠냐?"

연하는 눈을 동그랗게 떴다가 웃어버리고 말았다.

"진짜 소령님인 줄 알겠다."

"하지만 내가 도영 말투로 말하면 웃기잖아."

"그러네."

잠깐 침묵이 이어졌다. 하지만 무거운 침묵은 아니었다. 연하는 가말과 같이 유리창을 보며 희망을 담아 중얼거렸다.

"소령님 빨리 깨어났으면 좋겠다."

"곧 깨어나."

누가 그럴 거라고 알려주기라도 한 듯이 확신하는 투였다. 그에 연하는 피식 웃었다.

"소령님 깨어나면 가장 먼저 뭐라고 할까?"

"욕."

가말이 기다렸다는 듯이 말해 연하는 또 웃음을 터뜨렸다.

"소령님을 너무 잘 알고 있어서 무섭네."

"도영을 계속 지켜봐서 잘 알아."

가말은 똑바로 앞을 보았다.

"좋아서…… 너무 좋아서."

연하는 희미하게 웃었다.

"사랑이구나."

가말은 대답하지 않았다. 그저 시선을 살짝 내리깔고 바닥을 보고 있을 뿐이었다. 그때 문이 열리고 의사가 나와 가말이 벌떡 일어났다.

"들어오십시오."

정말 도영을 볼 순간이 되자 선뜻 발이 떨어지지 않는지 가말은 연하를 보았다. 연하는 괜찮다고 말하듯이 고개를 끄덕였다. 그에 용기를 얻은 듯이 가말은 천천히 ICU 안으로 들어갔다.

병실은 희고 깨끗했고, 이상하게 생긴 기계들이 많았다. 그 가운데 도영은 침대에 반듯하게 누워 있었다. 예전보다 작은 목 보호대를 하고 있었고 여전히 온갖 선이 연결된 상태였다. 하지만 일전의 격전이 떠오르지 않을 정도로 깔끔했고 상처는 모두 잘 치료되어 있었다.

그런데 뭔가가 낯설었다. 가만히 눈을 감고 누워 있는 남자는 도영이었지만 도영이 아니었다. 가말로서는 자신이 왜 그렇게 생각하는지 알 수 없이 그냥 그렇다고만 느꼈다.

"도영……이야?"

확신할 수 없어 도영에게서 시선을 떼지 않고 묻자, 의사가 옆에서 대답했다.

"몸이 재조직됐죠. 루아스가 되신 겁니다."

그러면서 의사도 도영을 보았다.

"소령님처럼 몸이 완성된 사람은 별로 달라질 게 없을 줄 알았는데 섣부른 이야기였던 거 같습니다."

가말은 평온해 보이는 도영을 보다가, 침대에 기어 올라갔다. 그러자 의사가 말리려고 했다.

"잠깐, 아직 건드리지……."

"그냥 두세요."

연하가 말해 의사는 손을 내리고, 가말은 도영 옆에 몸을 웅크리고 누웠다. 도영의 숨소리가 느껴졌다. 낮고 부드러운 숨소리였다.

살며시 도영의 왼쪽 가슴에 손을 올려보았다. 단단한 근육 너머로 크고 힘찬 심장이 규칙적으로 뛰고 있는 게 느껴졌다. 그 소리를 음미하며 가말은 눈을 감았다.

'도영은 살아.'

그 외에는 아무것도 중요하지 않았다.

10
Home

도영은 눈을 떴다. 사방은 빛 한 점 없이 깜깜해 관 속처럼 어둡고 답답한 느낌이었다. 한동안은 자신이 깨어났는지 아직 자고 있는지 확신이 서지 않았다.

우웅……. 천장에서 에어컨이 돌아가는 소리가 선명하게 들렸다. 방은 온도와 습도가 딱 맞게 쾌적했다.

"Putain……."

나직이 말하며 몸을 일으키자 그가 덮고 있는 이불이 흘어져 내렸다. 이불이 흘어진 모습을 내려다보다가, 침대를 짚고 있던 손을 들어 목을 짚었다.

'목이…….'

다행히 목이 제대로 붙어 있고 붕대가 감겨 있었다. 손끝에 쓸리는 직물의 느낌이 까슬까슬하고 건조했다.

제 목에 칼이 와 박히던 감각이 아직도 생생했다. 그건 정말…… 유쾌하지 않은 경험이었다. 사실 고통은 느낄 새도 없이 말 그대로 칼로 갈라내듯 단절되는 느낌이었는데, 그 전원이 꺼지는 것 같은 감각 자체가 소름 끼쳤다.

마지막으로 기억나는 건 충격으로 커지는 가말의 눈이었다. 그 뒤로는 기억나지 않았다, 아무것도.

가슴에는 심장박동 측정기의 무선 패드가 붙어 있고, 팔에 링거 바늘이 연결되어 있었다. 그리고 슬슬 어둠에 눈이 적응돼서 대충 방 안 풍경이 보였다. 기지 안에 있는 방 같았다.

띠. 그때 옆에 있는 기계가 작게 울자 바깥에서 기척이 느껴지고 문이 열리며 빛이 새어 들어왔다. 이어서 문가에 한 인영이 어른거렸다.

"소령님."

그리고 방 전체에 불이 켜졌다. 한꺼번에 쏟아지는 빛에 도영은 눈을 찡그렸다. 막 일어나서 그런지 유난히 눈이 부셨다.

들어온 사람은 의사 가운을 입은 젊은 흑인 남자였다.

"깨어나셨군요."

낯선 얼굴이었고 의사 가운에 이름표도 붙어 있지 않았지만 표정이나 걸음걸이만 봐도 남자가 군인이라는 사실은 알 수 있었다.

"여기는 어디입니까?"

묻는 목소리가 오랫동안 말을 하지 않아 갈라졌다.

"이스트워터 기지입니다."

의사는 대답했다. 마치 그 말 하나로 도영이 전부 이해할 거라고 생각하듯이. 왜냐하면 이스트워터 기지는 연구를 목적으로 하

606

는 비밀기지였기 때문이다. 존재 자체가 기밀 프로젝트 관련자들에게만 공개된.

도영은 직감적으로 자신에게 무슨 일인가가 일어났고, 지금 당장 그걸 확인해야 한다는 생각이 들었다.

"거울을, 좀 볼 수 있습니까?"

의사는 고개를 끄덕이고 다가와 심장박동 측정기 패드와 링거 바늘을 제거해주었다.

"일어나실 수 있겠습니까?"

도영은 이불을 걷고 바닥에 맨발을 디뎠다. 끽. 그가 일어나는 힘에 눌려 침대가 작게 울었다.

벽에 달려 있는 전신 거울로 다가섰다. 그러자 거울에 무늬가 없는 흰 환자복을, 상의가 반쯤 풀린 헐렁한 상태로 입고 있는 남자가 비쳤다. 도영 자신은 아니었다. 닮긴 했으니 아마 그에게 형이 있다면 이런 느낌이었을 것 같았다. 나이가 들어 보여서가 아니라, 더 성장한 느낌이.

그런데 남자는 미간을 찌푸리고 거울을 더 자세히 보았다. 도영이 움직이는 대로.

'이건 나야.'

도영은 깨달았다.

제 입술 한쪽을 들춰보자 송곳니가 날카로웠다. 눈은 원래 색이었지만 동공 안쪽에 본 적 없는 일렁임이 있었다.

"루아스……."

도영은 중얼거렸다. 이 변화는 그렇게 설명할 수밖에 없었다.

그는 루아스가 된 것이다.

그때 목에 둘러진 붕대가 눈에 띄었다. 그 타이밍을 기다린 듯이 의사가 물었다.

"좀 봐도 되겠습니까?"

도영이 다시 침대에 앉자 의사는 가운 주머니에서 라이트를 꺼내 그의 눈에 비춰보고 목의 붕대를 풀었다. 그리고 저도 모르게 압도된 듯이 중얼거렸다.

"굉장하군요."

거울을 돌아보자 제 모습이 비쳤다. 그리고 도영은 날카로운 송곳니나 묘하게 반짝이는 눈동자를 봤을 때보다 더 자신이 루아스가 됐음을 실감했다. 어린아이는 보기만 해도 울음을 터뜨릴 정도로 무시무시하게 생긴 흉터가 목 가운데를 휘감고 있었기 때문이다.

그의 목에 영원히 남을 생과 사의 경계.

하지만 흉터 같은 건 아무래도 좋았고, 가말을 만나야 했다. 도영이 물어보려고 하는 순간 자동문이 열리며 연하가 들어왔다.

"소령님, 깨어났다고……."

그러고는 침대에 앉아 있는 도영을 보고 멈칫하더니 그를 믿기지 않는 눈으로 훑었다.

"정말 루아스가 됐구나."

그런데 연하 뒤에 들어오는 정장을 입은 여자가 낯익었다. 타실 프로젝트에 대한 1차 브리핑 때부터 얼굴을 봐왔던, 타실 프로젝트의 ISLE 측 담당자였다. 그녀가 도영을 찾아올 이유는 한 가지밖에 없었다.

타실 프로젝트의 담당자도 도영을 보더니 감격한 투로 중얼거
렸다.

"제 눈으로 보고도 믿기지 않는군요. 타실이 성공했다는 게."

도영은 제게 연결되어 있던 링거 팩을 쳐다보았다.

〈IVN〉

혈액 팩에 쓰여 있는 이름이었다. 이바노프 형. 루아스는 거의
클랜마다 혈액형이 다르기 때문에 혈통 이름이 곧 혈액형의 이름
이었다.

갓 감염을 이기고 일어나면 사람 하나 정도는 통째로 삼킬 수
있을 것 같은 어마어마한 허기에 시달린다고 들었다. 하지만 딱
히 그런 느낌은 없었다. 아마 계속 수혈을 받았기 때문 같았다.

그때 연하가 손을 내밀었다.

"축하해. 우리 클랜원이 된 걸."

도영은 연하의 손을 보다가 맞잡았다. 그리고 그가 손을 놓으
려는 순간에 연하가 꽉 잡아 끌어당겼다.

"타실은 거의 실패한 프로젝트였어. 왜 그런 무모한 짓을 한
거야?"

화가 난 목소리였다. 하지만 도영은 물끄러미 연하를 보았다.

"내 간절함이 통할 거라고 믿었어."

"소령님이 그런 희박한 가능성에 목숨을 거는 사람은 아니었

않아."

"희박한 가능성이라고 누가 그래? 내가 얼마나 간절했는지 네가 알아?"

연하는 기가 막혔다. 패기 하나로 다른 장교들과 멱살을 잡고 싸우던 사람이라는 건 알고 있었지만······.

"징그러워. 손 놔."

그러면서 도영은 연하의 손을 털어내고 마침내 눈을 뜨자마자 묻고 싶었던 질문을 했다.

"가말은 어디 있어?"

"기지에 있어."

연하는 제 옆을 지나가는 도영을 돌아보며 대답했다. 그리고 그가 옷장을 여는 모습을 보며 말했다.

"유니폼은 새로 준비해뒀어. 옛날 옷은 모두 맞지 않을 거야."

확실히 옷장에 준비된 옷들은 예전보다 한 사이즈 컸다.

도영은 아무 옷이나 집어 들고 욕실로 들어가며 물었다.

"내가 그렇게 되고 어떻게 됐어?"

거울에 옷을 갈아입는 도영의 뒷모습이 비쳤다.

"팀은 거의 죽은 소령님을 데리고 현장을 벗어났어."

연하는 이야기하기 시작했다.

그간의 이야기를 듣고 난 도영은 말문이 막힌 얼굴이었다. 티셔츠도 입다 만 채로 양팔에 걸고 있었다.

연하는 도영을 보았다.

"누가 소령님을 살렸느냐고 한다면 가말이라고 해야 할 거 같아. 소령님이 뇌사에 빠졌을 때 가말이 포기했다면 아마 소령님은 그대로……."

도영은 더 들을 것도 없이 티셔츠를 뒤집어쓰고 방을 나가, 다급히 복도를 걸어갔다. 바쁘게 구는 그를 지나가는 사람들이 어리둥절하게 보였다.

식당을 발견하고 들어갔다. 마침 점심시간이니까 식당에 있을지도 모른다는 생각이 들었기 때문이다.

북적북적한 식당에 앉아서 식사하는 사람들 가운데 익숙한 얼굴들이 보였다. 제 팀의 대원들이었다.

팀원들이 시선을 느꼈는지 고개를 들었다. 그리고 처음에는 누가 자신들을 쳐다보는지 깨닫지 못하는 얼굴이더니, 하나둘 얼굴에 탄성이 번지기 시작했다.

"소령님!"

마침내 자신을 쳐다보는 사람이 도영이라는 사실을 알게 된 팀원들이 자리를 박차고 일어났다.

"깨어나셨군요!"

팀원들은 당장 수저를 집어던지고 달려와 도영을 에워쌌다. 그 사이로 도영이 사방을 둘러봤지만 가말은 보이지 않았다.

"가말은 어디 있습니까?"

도영은 질문해놓고 뒤를 돌아보았다. 탁탁탁탁. 식당 밖에서 이쪽으로 뛰어오는 발소리가 들렸기 때문이다. 이어서 입구에 원피스를 입은 가말이 헐레벌떡 나타났다. 하지만 미처 도영에게

다가오지 못하고 멈춰 섰다.

얼굴이 창백했다. 그가 깨어났다는 소식을 듣고 놀라기도 했지만 며칠간 잠이나 식사나 무엇 하나 제대로 하지 못한 얼굴이었다.

"가말."

도영은 성큼 가말 앞으로 다가섰다. 그럼에도 가말은 차마 아무것도 하지 못하고 그를 올려다볼 뿐이었다. 도영은 그런 가말을 한 품에 끌어안았다. 가말은 숨을 멈추었다. 몸이 속절없이 떨려오고, 결국 그녀는 울음을 터뜨렸다.

"미안해. 나 때문에 도영이 죽었어."

도영은 가말의 뒷머리를 감싸 얼굴을 제 어깨에 기대게 하고 속삭였다.

"안 죽었어. 그리고 너 때문이 아니야. 그 자식 때문이지."

하지만 가말은 설레설레 고개를 젓더니 울면서 겨우 말을 토했다.

"나 때문에 쿠니스가 도영을……."

그러는 순간 도영이 가말을 떼어내, 키스했다. 사람들은 깜짝 놀랐다.

"도……."

가말이 말하려 했지만 도영은 각도를 틀며 더 깊이 키스했다. 그리고 가말을 깊이 끌어안았다. 제 팔로 이 몸을 다시 느낄 수 있다는 사실이 거짓말 같았다.

"도영…… 숨이…… 숨이 막혀."

가말이 숨을 몰아쉬며 더듬거렸다. 아무리 강하게 끌어안아도 가말이 이런 말을 한 적은 없어서 도영은 의아했다. 그러다가 깨달았다, 자신의 힘이 강해진 거라는 사실을. 하지만 팔에 힘을 풀고 싶지 않았다. 가말을 더 느끼고 싶었다.

도영은 가말을 놓아주자마자 그녀의 손목을 쥐고 홱 끌었다. 뒤에서 휘파람 소리와 박수 소리가 따라왔다.

"남자다!"

"멋지다!"

대원들은 무슨 일이라도 난 것처럼 소란을 피웠다. 가말은 도영에게 끌려가며 그들이 왜 그러는지 몰라 어리둥절해하다가 도영을 보았다. 그리고 깨닫자 얼굴이 빨갛게 달아올랐다.

방문이 열리고 도영이 가말을 밀치다시피 밀어 넣었다. 그리고 가말이 돌아보려하자 끌어당겨 키스했다.

"도…… 웅…….."

도영은 가말이 말할 틈을 주지 않고 계속 입술을 겹치며 한 걸음씩 뒤로 밀었다. 가말은 주춤거리며 뒷걸음질 쳤다.

다리가 침대에 닿자 가말은 손바닥으로 도영의 가슴을 밀어내며 말했다.

"도영…… 더 쉬어야……."

도영은 가말의 얼굴을 감싸 쥔 그대로 말했다.

"내가 지금 쉬어야 할 사람으로 보여?"

눈이 열기에 젖어 있었다.

가말이 말문이 막혀 쳐다보고 있는 사이 도영이 다시 입술을 겹쳤다. 그리고 가말의 입안으로 혀를 밀어 넣어 움찔거리는 혀를 빨아올렸다.

얽히는 혀 사이로 가말이 헐떡이는 숨소리, 심장이 뜨거운 피를 뿜어내며 뛰는 소리, 서로의 살갗이 스치며 솜털이 비벼지는 느낌, 심지어 그의 가슴에 짓눌린 유방이 부풀어 오르는 느낌과 안쪽이 젖어드는 냄새까지 알 수 있었다. 꼭 모든 감각을 몇 배는 더 증폭시켜놓은 것 같았다. 마치 현미경으로 확대된 듯한 세상을 보는 느낌은 인간이었을 때와는 비교할 수 없었다.

그때 가말이 제 얼굴을 감싼 도영의 팔을 잡았다. 그리고 다소 강하게 그를 밀쳐 침대에 앉게 했다.

"도영은 막 일어났어. 쉬어야 돼."

도영은 그에게서 손을 떼려는 가말의 팔을 잡더니 다시 키스하며 끌어당겨, 가말은 반사적으로 손과 무릎을 침대에 짚고 그의 위에 엎드렸다.

이렇게 가말이 민감하게 느껴지는데 참을 수 있을 리 없었다.

"도영, 쉬어……."

큰 손이 허벅지를 쓸어 올려 가말은 움찔했다. 도영은 같이 쓸려 올라가 구겨진 원피스째로 엉덩이를 움켜쥐었다. 그리고 몸을 돌려 가말을 아래로 보내고 상체를 일으켜, 제 티셔츠를 잡았다.

"내가 일어나서 거울을 보고 루아스가 된 걸 깨닫는 순간 처음 한 생각은."

그러면서 머리 위로 티셔츠를 벗어 던졌다.

"너와 할 수 있겠다는 거였어."

욕망으로 날카롭게 빛나는 남자의 얼굴을 마주하고 가말은 말문이 막혔다. 도영은 그녀의 옆으로 손을 짚고 몸을 기울여왔다.

"거의 목이 잘렸다가 일어나서 나도 참 어지간하다 싶지만 내가 얼마나 참았는지 아는 사람이라면 동정심을 가져줄걸."

순간 가말이 시선을 피했다. 레이스 원피스가 말려 올라가 드러난 하얀 허벅지 사이에서 흥분한 냄새가 풍겨왔다. 머리가 어지러워질 지경이었지만 그녀는 자꾸 물러섰다. 뭔가 가말을 뒷걸음질 치게 하는 게 있었다.

혹시 대공 때문에 그러는 건가 싶어서 도영은 화가 났다.

"도영 같지가 않아."

그런데 가말이 말했다. 그리고 저도 모르게 도영의 벗은 몸을 보고는 보면 안 될 거라도 본 듯이 시선을 내리깔며 중얼거렸다.

"다른 사람이랑 이러는 거 같아서……."

"가말."

불렀지만 가말은 대답하지 않았다. 시선을 피하고 있을 뿐이었다.

"날 봐."

도영이 강하게 말하자 가말은 주저하며 도영을 보았다. 그는 그녀의 눈을 똑바로 마주 보고 물었다.

"내가 누구야?"

꼭 그 질문에 대한 대답을 찾듯이 가말은 앞에 있는 남자를 훑었다.

기본 바탕은 그대로지만 좀 더 '남자'가 된 느낌이었다. 인간이었을 때 그렇지 않았던 것도 아닌데, 아니 오히려 더 그렇게 되기 힘들다고 생각했는데, 그런 일이 가능했다. 하지만 가말을 똑바로 응시하는 그 눈은 그녀가 익히 알고 있는 사람의 것이었다.

이 사람이 자신을 위해 죽음까지 불사했다.

가말은 도영의 얼굴을 감싸 입 맞추었다.

"도영이야."

도영은 혀가 녹은 것같이 느껴질 정도로 뒤얽고 뒤섞었다.

치마를 한껏 끌어 올린 손이 가말이 입고 있는 팬티를 단숨에 끌어 내렸다. 그러자 지이익, 하고 딱히 찢을 생각은 없었는데 얇은 천이 찢기는 소리가 들렸다. 하지만 도영은 오히려 잘 됐다 싶어 넝마가 되어 끌려 나오는 천을 집어 던졌다.

가말은 숨이 찬 듯 헐떡이며 도영을 끌어안았다. 그는 당장 사정해도 이상하지 않을 정도로 부풀어 있는 자신을, 그냥 비유가 아니라 정말 화산의 입구처럼 뜨거운 가말의 그곳에 가져다대었다. 끝을 가볍게 문지르자 가말은 몸을 떨었다.

왜인지 가말은 그가 당연히 지금까지처럼 비비는 행위를 할 거라고 생각했다. 하지만 흠칫 긴장하는 곳을 벌리며 그가 밀고 들어오기 시작했다. 가말은 움찔하며 다리를 오므렸다.

"도……."

그 타이밍에 도영은 가말의 턱을 붙잡아 키스했다. 움직이지 못하도록 하고 혀를 잔뜩 뒤섞으며, 허리를 더 깊이 밀어붙였다. 가말은 힘을 주며 본능적으로 저항했지만 도영은 개의치 않고 막 다른 길을 개척하듯 끝까지 밀어 넣었다. 그러자 다이너마이트가 터진 듯이 그곳이 벌어지며 그를 집어삼켰다.

"으응……!"

가말은 도영의 혀를 깨물며 억눌린 신음을 흘렸다.

"네 안에 들어갔어."

도영은 경이에 차서 속삭였다. 화산의 동굴처럼 뜨거운 곳이 그를 감싸고 있었다. 가말은 떨리는 눈으로 그를 보았다.

"도영이 내 안에 있어."

도영은 여유를 두지 않고 바로 움직이기 시작했다. 가말이 힘들어한다는 걸 알았지만 태어나 처음 섹스를 하는 것처럼 진정이 되지 않았다. 허리에 전율이 흘렀다.

그가 한 번 쳐올릴 때마다 가말이 위로 밀려 올라갔다가 내려왔다.

"응……. 읏……!"

그러면서 가말은 뜨겁게 그를 조여왔다.

"너무 조이지 마."

원피스 안에서 유방이 터질 듯이 부풀어 있었다. 도영은 선물 포장지를 다급하게 풀어보듯 가슴께를 풀어헤쳤다. 역시 특별히 찢을 생각은 아니었는데 원피스가 휴지 조각처럼 찢어졌다. 그래서 더 길게 찢어내자 뾰족한 젖꼭지부터 세모꼴인 하얀 유방이 드러났다.

도영은 처음 단맛을 본 사람처럼 욕심을 다해 거칠게 빨았다. 조절되지 않는 힘이 다소 강했는지 가말은 목을 젖히며 통증이 느껴지는 신음을 터뜨렸다.

"아……!"

그에 도영은 가슴을 움켜쥐고 끝을 핥자 가말은 부들부들 떨었다.

"너, 너무……."

찢긴 옷을 입고 있는 모습이 꼭 겁탈당하는 여자 같아서, 도영은 남은 옷을 죽죽 찢어내 모두 털어냈다. 그러자 유약을 바른 도자기처럼 매끄러운 몸이 드러나고, 그를 품고 있는 아래쪽도 드러났다.

새까맣게 짙은 미림 사이로 그가 사라져 있었다. 꿈만 같은 광경이었다.

갑자기 가말이 얼굴을 잡고 휙 들어 올렸다.

"그런 거 보지 마."

도영은 그대로 허리를 쳐올렸다.

"응……!"

가말은 얼굴을 붙잡고 있는 손에 힘을 주며 몸을 웅크렸다. 도영은 재차 허리를 움직였다. 그러자 점차 가말의 몸이 풀어지며 침대에 등이 닿았다. 그대로 몸이 흔들려 박제라도 해놓고 싶을 만큼 아름다운 가슴이 출렁거리며 흔들렸다. 넋을 잃을 것같이 아름다운 모습이었다.

"웃, 아…… 아앗……."

"가말, 여기 좋아?"

가말은 처음 느끼는 감각에 어쩔 줄 몰라 하며 울먹였다.

"찌르지 마……."

도영이 정확히 그곳을 찔렀다. 그러자 여성이 쑥 조여들며 가말이 가슴을 젖혔다.

"앗……."

블라인드 틈새로 스며든 햇빛이 어딘가에 비쳐 프리즘을 통과한 것처럼 무지개색으로 가말 위에 쏟아졌다. 색의 강물에 잠겨 여체가 뜨거운 환락에 몸부림쳤다. 하지만 남자는 여자를 놓아주지 않았다. 계속해서 안으로 밀고 들어갔다.

"가말."

도영은 몸속에 넘실대는 불꽃을 터뜨리듯이 연인을 불렀다.

"도영."

이내 가말은 환락에 떨며 설정에 올랐다. 작열하는 하얀 불꽃 같은 몸이 넘실거렸다.

"도영……. 아앗…… 도영……."

귀가 멍해지는 가운데 가말이 교성을 내질렀다.

도영은 가말이 가장 높은 파도를 탄 순간에 그녀를 제 몸으로 덮고 사정했다. 그에게 눌려 다리를 활짝 벌린 가말 안에 가능한한 더 깊이 밀고 들어가며 모든 걸 쏟아냈다. 마치 영혼까지 쏟아붓는 느낌이었다. 이토록 전부 쏟다 못해 더 깊은 내부에 있는 것까지 쓸려나가는 기분은 처음이었다.

"뜨거워, 도영. 너무……."

가말은 제 안을 채우는 뜨거운 감각에 몸서리쳤다. 몸서리치고 또 몸서리치다가 거칠게 숨을 몰아쉬었다. 그제야 이제껏 숨을 쉬는 걸 잊고 있었다는 사실을 깨달았다. 가슴이 정신없이 들썩거렸다.

"괜찮아?"

질문에 가말은 겨우 고개를 끄덕였다.

"어디 아파?"

이번에는 고개를 저었다. 아픈 건 아니지만 여태까지 그들이 했던 일들과는 비교가 되지 않았다. 그가 부듯하게 자신을 채우고 끝도 없이 밀려들어 끝내 제 몸을 구성하는 화학식을 바꿔버린 느낌이었다.

그녀를 덮고 있는 도영의 몸에서 근육이 뿜어내는 열기가 일렁거리며 올라왔다. 아직 붉어진 근육을 따라 땀방울이 흘러내리는 모습을 멍하니 지켜보았다.

그때 잠든 이무기가 깨어나듯 근육이 파도를 타고 꿈틀거리며 도영이 몸을 일으켰다. 가말은 그가 다가오는 모습도 멍하니 쳐다보았다. 입술이 맞닿고, 도영은 키스하며 허리를 조금씩 움직였다. 가말은 움찔했다.

"으응, 도……."

"한 번으로 끝날 리가 없잖아."

도영은 인간이었을 때 하던 것처럼 비비듯이 움직였다. 그때와 다른 점은 그가 안에 있다는 거였고, 덕분에 안에서 자라나는 것이 바로 느껴졌다.

도영은 고조를 높이듯이 점점 속도를 높여갔다. 가말은 정신이 몽롱해서 아까 게 꿈이었는지, 지금이 꿈인지, 아니면 이 모든 게 꿈인지 현실인지 헷갈렸다.

순간 도영이 몸을 뒤집는다 싶었는데, 어느새 그녀가 그의 위에 앉아 있었다. 가말은 숨을 몰아쉬었다.

마주 보고 있는 사이 천천히 도영의 동공이 수축했다. 뱀파이어의 눈이었다.

더욱이 그가 제 몸의 무게를 지탱하고 움직이고 있어, 가말은 그가 진짜로 루아스가 되었다는 사실을 실감할 수 있었다.

"훗……."

어딘가에 닿아 복부가 우그러질 정도로 꽉 조이자 도영이 탄식을 토해냈다. 그리고 그녀의 어깨에 이마를 대며 강하게 끌어안는 순간 안에서 내벽이 무너질 것 같은 폭발이 일었다.

한동안 정적이 흐르고, 땀이 능을 타고 주르르 흘러내렸다.

도영은 길게 숨을 내쉬고 자신이 침대에 등을 대고 누우며 가말을 제 위에 올려놓았다. 그리고 두 사람은 한참 겹쳐진 채 누워 서로를 느꼈다. 몸에 밴 땀이 아교 역할을 하는 것처럼 온몸이 맞아떨어져서 빈틈이라고는 느껴지지 않았다.

그 상태로 도영은 가말의 머리를 쓰다듬었다. 조용히 손길을 느끼는 동안 가말은 언젠가 자신이 외로웠던 적이 있었나 싶었다. 그러다가 목에 있는 흉터에 시선이 닿아, 눈이 흔들렸다. 끔찍한 흉터였다. 도영이 사는 동안, 말 그대로 영원히 사라지지 않을.

충동적으로 가말은 흉터를 핥았다. 도영이 움찔했다. 하지만 가말은 새끼의 상처를 보듬는 어미 새처럼 꼼꼼히 흉터를 핥았다. 이러면 흉터가 사라지기라도 할 것처럼.

처음에는 움찔했지만 가말이 그러는 동안 도영은 가만히 있었다. 갑자기 가말이 흠칫하며 불안해하는 눈으로 그를 올려다보았다.

"왜…… 또 커져?"

그 타이밍을 기다린 것처럼 도영은 몸을 돌려 가말을 아래로 보냈다.

"이래놓고 그만하라는 건 말이 안 되잖아."

"하지만 이미 많이……."

도영은 가말의 허벅지를 벌리며 말했다.

"아직 멀었어. 내가 얼마나 참았는지 알아?"

도영은 얼핏 정신이 들었다.

냄새가 새벽녘 같았는데, 방은 처음 깼을 때처럼 어두웠다. 하지만 지금은 품에 가말이 있었다. 스푼처럼 한 방향으로 포개져 있는 그들 사이에 가말의 머리카락이 검은 웅덩이처럼 고여 있었다.

조용히 숨을 내쉬며 잠들어 있는 가말의 볼이 둥그렸다. 그가 감염을 겪는 동안 얼마나 힘들었을지 생각하면 안쓰러워, 도영은 볼을 살며시 쓰다듬었다. 그 느낌에 가말은 눈을 뜨고 그를 살짝 돌아보았다.

"도영……."

그리고 도영의 손을 잡아 살짝 그러쥐면서 잠결에 읊조렸다.

"좋아……."

도영의 배 속에서 욕망이 고개를 들었다. 정력도 루아스화 되는 건지, 예전에는 이 정도는 아니었는데 상대가 가말인 탓인지 여전히 충족이 되지 않았다.

천천히 손이 타고 내려가 봉긋한 젖가슴을 감싸 쥐었다. 다른 손은 더 아래로 미끄러졌다. 안쪽으로 깊이 파인 만처럼 잘록한 허리를 지나 부들거리는 거웃을 스치고 살짝 촉촉한 곳을 문질렀다.

가말은 조금 움찔했지만 깨어나진 않았다. 도영은 즐거워졌다. 검지로 여성을 눌러 벌리고 중지로 가볍게 문지르자 가말은 살짝 고개를 젖히며 신음을 토했다.

"응……."

안쪽에서 물이 배어나는 것이 느껴졌다. 한쪽 젖가슴을 쥐고 있는 손의 엄지와 검지로 이미 빳빳한 젖꼭지를 꼬집었다. 그리고 도영은 제 허벅지를 가말의 다리 사이에 집어넣어 공간을 만들며 안쪽으로 손가락을 깊이 밀어 넣었다. 그 순간 가말은 깬 것 같았다.

"응……. 읏……?"

상황이 잘 이해되지 않는지 어리둥절해하다가 등 뒤에 뜨거운 열기를 뿜는 남자의 몸을 느끼고 돌아보았다.

"도영?"

그 타이밍에 도영은 가말의 귓불을 깨물었다.

"엄살 피운 거였구나. 금세 젖잖아."

그러면서 손가락을 길게 뽑았다가 다시 깊이 밀어 넣었다. 가말은 움찔했다.

"아니…… 아니야. 읏……."

도영이 멈추지 않자 물기가 부딪쳐 쩌걱쩌걱 소리가 났다. 가말은 숨을 몰아쉬며 겨우 돌아보았다.

"도영⋯⋯."

그때 도영이 몸을 일으켜 가말의 뒤에서 이미 뜨거운 윤활유를 뿜어내는 곳으로 남성을 밀어 넣었다. 좁고 단단한 여성으로 남성이 윤활유를 타고 미끄러져 들어갔다.

"응⋯⋯!"

가말은 고개를 웅크리며 교성을 토했다. 도영은 그녀의 엉덩이를 움켜쥐고 움직이기 시작했다. 앞뒤로 오갈 때마다 가말은 점점 더 젖어들었다. 기름칠한 듯이 미끄러운 곳을 마음껏 들락거리며 그의 리듬에 맞춰 남성을 삼켰다가 뱉어내는 여성을 지켜보았다. 그곳이 마치 활짝 피어난 꽃 같았다.

손을 미끄러뜨려 활처럼 곡선을 그리는 몸을 타고 올라가 탄력 있게 흔들리는 젖가슴을 쥐었다.

"응, 아⋯⋯!"

젖꼭지를 꽉 꼬집자 가말은 더 조여들었다. 도영은 젖꼭지를 놓아주지 않고 움직이며 물었다.

"가말, 좋아?"

"그, 그러지⋯⋯."

"힘을 풀어."

가말이 너무 힘을 주고 있어서 잘 빠져나오지 않았다. 그럼에도 도영은 속도를 늦추지도, 젖꼭지를 놓아주지도 않았다.

가말은 도영의 팔을 쥐고 밀어내리고 하며 더듬거렸다.

"가, 가슴⋯⋯ 안 풀리⋯⋯."

그래도 도영은 놓아주지 않았다. 그 상태로 계속 치고 들어가자 여성이 적응을 한 것처럼 조금씩 풀어지기 시작했다. 하지만 가슴 끝에서 떠나지 않는 자극에 가말은 무너졌다.

"아…… 아아……."

도영은 가말의 턱을 잡아 키스했다. 그리고 침대에 앉으며 가말을 제 다리 위에 올려놓았다. 가말은 땀이 배어난 도영의 가슴에 등을 기대고 숨을 몰아쉬었다. 그의 몸에 감싸여서, 알에 싸인 것 같기도 하고 반드러운 모피를 지닌 커다란 맹수에게 감싸인 느낌이기도 했다. 하지만 더 쉴 새도 없이 도영이 귀 뒤쪽에 입술을 문지르며 물었다.

"가말 내가 느껴져?"

"느껴, 느껴져…… 이상해."

"뭐가?"

"도영이 내 안에 있어."

도영은 가말을 내려놓고 위로 올라가며 말했다.

"계속 있을 거야."

"훗, 잠깐……."

가말은 본능적으로 시트를 붙잡으며 끌려가지 않으려고 힘을 주었다.

"예뻐해달라고 했잖아."

그러자 도영이 그러면서 허리를 잡아당겼다.

"더 예뻐해 줄게."

"아, 아니, 잠깐, 그 말은……."

더 이상 말은 소용없었다.

"읏, 아…… 도영……."

땀에 번들거리는 젖가슴이 눈앞에서 흔들렸다. 언제 봐도 아름다운 가슴이었다. 가말의 몸 중에서 아름답지 않은 곳은 없었지만 개중에서도 가슴은 수학적인 완벽함에 가까웠다. 모르긴 몰라도 재보면 분명히 황금비율이 나올 것 같았다.

도영은 그를 올라타고 있는 가말의 가슴을 잡고 단단한 젖꼭지를 엄지손가락으로 쓸었다. 계속해서 깨물리고 빨려 새빨갛고 알이 단단한 젖꼭지가 찌그러졌다.

"응…… 하지……."

가말은 말리려는 듯이 도영의 팔을 잡았지만 그대로 몸을 지탱하고 허리를 움직였다. 붙잡아 제 위에 올려놓았을 때만 해도 도저히 못 한다고 우는소리를 했지만 어느새 몰두하고 있었다.

"좋아?"

물어도 가말은 젖은 입술을 열었다 닫았다 하며 한참 말을 못하다가 겨우 대답했다.

"좋아…… 근데 터질 거, 같아."

그제야 도영은 몸을 일으켜 가말을 아래로 보내고 자신이 위로 올라갔다. 가말은 도영의 옆구리를 짚은 제 손바닥 아래 맞닿은 근육이 꿈틀거리는 것을 느꼈다.

"루아스잖아. 쉽게 터지진 않을 거야."

그리고 도영은 움직이기 시작했다. 가말은 정말 몸이 터져버릴 것 같았다. 그가 치고 들어올 때마다 몸이 풍선처럼 부풀어 오르는 느낌이었다. 끝도 없이 더, 더, 더…….

"도영, 제발……. 아…… 앗……!"

몸이 한계까지 빵빵하게 부풀어 당장에라도 터질 듯이 전신에 긴장감이 넘실거렸다. 그런데도 터지지 않고 그 상태로 계속 도영이 들이쳤다. 가말은 저도 모르게 비명 같은 애원의 소리를 터뜨렸다. 도영, 제발, 그 말만 반복하며 흔들렸다.

"가말, 좋아."

도영은 중얼거리며 움직였다. 땀이 뜨거운 비처럼 가말의 위로 내렸다. 루아스 체력으로도 이렇게 땀이 날 정도로 그들은 멈추지 않고 사랑을 나누었다.

"터, 터질 거 같아. 터질 거야."

버티다 못한 가말이 봐달라는 듯이 말했다.

"터지지 않아."

하지만 도영은 단호하게 말하고 계속 들이쳤다. 가말은 몸을 떨었다.

"터지…… 터…….."

가말은 터져버렸다. 터지는 소리가 너무 커서 다른 소리는 아무것도 들리지 않았다. 계시를 받는 여자처럼 가슴을 젖히며 몇 번째인지도 모를 절정에 몸부림쳤다. 열락에 젖어 시트를 휘감아 쥐어 당기고 발이 저리도록 시트를 밀어냈다.

온통 엉망이 된 시트 위에 가말도 엉망이 되어 늘어졌다. 뇌에 자극이 지나쳐 잠조차 들 수 없는 것처럼 몽롱하게 풀어졌다. 온

몸의 뼈가 녹아버린 느낌이었다.

도영이 가말의 볼에 입 맞추며 속삭였다.

"잘했어."

"잘……한 거야?"

칭찬을 받을 만한 일인지 헷갈려 가말은 물었다. 그런 가말이 귀여워 도영은 희미하게 웃었다.

"잘한 거야. 기분 좋지? 그냥 문지르는 거보다."

사실 문지르는 건 확실하게 '기분 좋다'라는 느낌인데 이건 오감의 한계까지 억지로 열어젖혀서 무섭다는 생각이 들었다.

"너무…… 힘들어."

가말은 겨우 몸을 돌려 도영에게서 빠져나오며 웅얼거렸다. 그 모습을 보며 도영은 새삼스럽게 말했다.

"너 생각보다 지구력이 약하구나."

인간일 때는 그렇게 압도적으로 느껴졌는데 기본 육체 능력의 눈높이가 같아지자 문제점이 보였다. 사실 검술 실력과 별개로 섬에 숨어 지낸 지 오래돼서 지구력을 키울 만한 상황도, 이유도 없었을 것이다.

몸을 꿀렁거리며 기어가는 가말의 허리를 당장 붙잡았다.

"어디 가?"

그리고 끌어당겨 뒤에서 밀고 들어갔다. 여성이 풀어져 있어 모래 사이에 남성을 묻듯이 쉽게 미끄러져 들어갔다.

"웃, 아……."

크고 단단한 것이 단번에 몸을 꿰뚫어, 가말은 상체가 무너진 채로 부르르 떨었다. 제 안에 들어온 도영은 아직 조금도 기운을 잃지 않은 상태였다. 가말은 불안해 더듬거렸다.

"왜 아직…… 딱딱해?"

"그야 난 아직 안 했으니까."

뒤에서 도영은 태연하게 대답했다.

"그럼 또 해?"

가말은 등골이 오싹해졌다. 그녀는 이미 오래전에 남아 있는 체력이라고는 없었다. 정신력으로 버티고 있었는데, 제 안을 차지하고 있는 남자는 처음 시작할 때와 크게 다르지 않아 보였다.

끽. 얼굴 옆으로 손이 침대를 짚었다.

"가말……."

그리고 귓가로 부드럽고 나직한 속삭임이 다가왔다.

"아직 멀었어."

도영은 가말에게 계속 입 맞추었다. 헐떡임이 깊어졌다. 제 생각보다 많이 참았던 모양인지 아무리 해도 충족되지 않았다. 그런데 가말이 도영을 살짝 밀어내며 말했다.

"도영…… 피가 부족해. 눈빛이…… 사나워졌어."

그렇게 말하는 가말도 마찬가지였다. 녹아내려 몽롱하게 풀어진 얼굴과 별개로 눈에 희번덕거리는 살기가 있었다. 그러고 보니 몇 시간째인지 모를 오랫동안 아무것도 먹지 않았다.

"미안해. 생각을 못 했어."

도영은 몸을 일으켜 냉장고로 걸어갔다. 가말은 영혼을 빼앗긴 사람처럼 그대로 누워서 그가 걸어가는 걸 지켜보았다.

지치고 배가 고프고 어지러워서 움직일 수가 없었다. 최근에 이 정도로 몸을 혹사시킨 일은 없었다. 시간이 얼마나 지났는지 궁금했지만 고개를 돌려 시계를 보기도 힘들었다. 아무리 루아스여도 이렇게 오랫동안, 그것도 쉬지 않고 운동하면 남는 체력이 있을 리 없었다. 특히 도영은 이제 막 가사 상태에서 눈을 떴는데 왜 이렇게 멀쩡하다 못해 체력이 넘치는지 이해가 되지 않았다.

도영은 침대 옆에 있는 작은 냉장고를 열어 플로스를 하나 꺼내 마셔보았다. 한 모금 마시자, 달았다. 하지만 설탕이 많이 첨가돼서 달다는 맛과는 질적으로 달랐다. 음료라기보다 생기를 한 잔 마시는 것처럼 손끝, 발끝까지 기운이 전달되는 느낌이었다.

"이상한 느낌이네."

그리고 도영은 플로스를 가지고 와 자신이 플로스를 마시더니 가말에게 입을 겹쳤다.

"응……"

플로스 뒤에 혀가 따라왔다. 헐떡이며 혀를 뒤섞었다.

몇 번에 걸쳐 키스인지 식사인지 알 수 없는 식사를 하고 나자 가말은 겨우 살 것 같았다.

"다리 사이가 없어. 안 느껴져."

가말이 중얼거리자 도영은 그녀를 내려서 눕혀주었다. 이제 좀 쉬겠다 싶어지는데, 도영이 어깨에 입 맞추더니 가슴에서 배로 내려가며 말했다.

"그럼 확인해보면 알겠네."

"잠깐……."

가말이 떨리는 손으로 막아보려 했으나 도영은 이미 다리 사이로 내려가 아예 녹아버린 것 같은 곳을 혀로 헤쳤다.

"응……!"

가말은 고개를 젖히고 울었다. 정말 더는 어떤 것도 느낄 수 없을 것 같았는데, 그의 것으로 들쑤시는 것과는 다른 느낌이 또 자극을 주었다. 도영이 혀를 움직일 때마다 가말은 움찔움찔 떨었다. 겨우 도영이 입을 살짝 떼고 말했다.

"다리 사이는 제대로 있는 거 같네."

그러면서 다시 위로 올라와 가말 안으로 들어왔다. 여성은 마치 주인이 돌아온 걸 아는 것처럼 그를 품었다. 그에 도영은 만족스러워하는 숨을 내쉬었다. 그리고 그녀를 칭찬하듯이 깊이 물건을 밀어 넣으며 사타구니를 문질렀다. 가말은 정말 칭찬을 받은 듯이 기뻐지는 자신을 이해할 수 없었다. 안쪽을 찌르는 그의 것이 숨 막히면서도 이상하게 좋아서…….

도영은 조금씩 움직이며 가말의 입술 위에 속삭였다.

"루아스는 편하네. 이렇게 마시기만 해도 돼서."

"하지만 죽지만 않는, 다는 거……."

가말은 절망에 사로잡혀 중얼거렸다.

"도영 다시 인간해."

도영은 눈을 떴다. 가말은 그의 팔을 베고 잠들어 있었다. 벽에 홀로그램으로 떠있는 시계를 보자 아침이었다, 삼 일이 지난.

둘은 알몸으로 이불에 휘감겨 바닥에 누워 있었고 옆에 있는 침대는 한쪽 구석이 내려앉아 있었다. 루아스 무게에 버틸 수 있도록 특수 제작됐지만 내내 흔들리는 충격을 이길 수 없었던 모양이다. 어느 순간 무너져버려, 도영은 깔끔하게 가말을 바닥으로 끌어내려 하던 일을 마저 했다.

삼 일간 말 그대로 섹스만 했다. 만약 그의 몸에 군살이란 게 1%라도 남아 있었다면 이번에야말로 아예 싹 빠졌을 것이다.

루아스로 처음 눈을 떴을 때보다 새로 태어난 기분이 들었다. 숨을 들이켜자 폐가 시원한 공기로 부풀고 다리에 힘이 꿈틀거렸다. 마지막까지 체력을 소진하고 기절한 듯이 오래 잤기 때문인지 특별히 피로한 느낌은 없었다. 오히려 몸에 쌓인 묵은 때가 벗겨진 느낌이었다.

도영은 정신없이 잠에 빠져 있는 가말의 어깨를 쥐고 살짝 흔들었다.

"가말."

그러자마자 가말은 그를 피하는 듯이 몸을 웅크리며 웅얼거렸다.

"으응……. 그만해……."

정말 이번에는 그게 아닌데 양치기 소년이 된 기분에 도영은 가말의 어깨를 쓰다듬으며 물었다.

"배고프지 않아?"

"응…… 그만……."

어지간히 시달렸는지 가말은 그러고서는 다시 잠들었다. 하지만 다행히 어디가 아픈 것 같진 않았다.

도영은 피식 웃고 일어났다. 이불이 흘어지며 알몸이 드러났다. 탄탄한 뒤태를 뽐내며 그대로 욕실로 들어가자, 거울에 목에 무시무시한 흉터를 휘감은 남자가 비쳤다.

샤워기 아래 서자 물이 쏟아지기 시작했다. 도영은 머리카락을 쓸어 올리고 고개를 들었다. 그리고 마침 시선이 닿은 제 손을 유심히 보았다. 좀 더 커진 느낌은 있지만 아직은 크게 차이점을 알 수 없었다.

샤워를 끝내고 나왔지만 가말은 아까와 똑같은 모습으로 자고 있었다. 영 깨어날 생각이 없어 보였다. 도영은 옷장을 열고 반듯하게 접혀 있는 군복을 꺼내 바지를 끌어올려 입고 제 피부 같은 군용 티셔츠를 입었다.

"가말."

그리고 침대로 가서 가말의 어깨를 짚고 말했다.

"쉬고 있어."

깊이 잠든 가말은 대답하지 않았다. 도영은 방을 나섰다. 그리고 복도를 걸어간 지 얼마 되지 않아 뒤에서 부르는 소리가 들렸다.

"소령님."

의사 가운을 입고 있는 연구원이었다.

"잠깐 보시죠."

그러고는 연구원은 손짓하고 먼저 갔다. 도영은 따라서 그의 사무실로 갔다.

연구원은 말했다.

"몸 상태가 괜찮은지 가볍게 검사만 몇 개 해보죠. 사실 첫날 확인했어야 하지만 말이죠."

도영이 깨어나자마자 방에 틀어박히는 바람에 검사를 해야 한다고 끌어낼 수 없었던 모양이다. 다른 대원들의 증언을 들었다면 왜 방에 틀어박혔는지 알 테니.

"밥은 드시고 오셨습니까?"

연구원은 물었다.

"플로스는 먹었습니다."

"그럼 검사하죠."

검사를 다 하고 옷을 갈아입고 나오자 이미 연구원이 결과를 패드로 보고 있었다. 그리고 패드를 내려놓고 말했다.

"전부 괜찮아 보이는군요. 안 그래도 부작용이 있을 거 같진 않았습니다. 삼 일간 힘을 쓰고도 아무 문제가 없어 보였으니."

아무래도 서늘한 얼굴로 농담하는 게 이 연구원의 특성인 모양이었다.

"유일한 부작용은 목의 흉터인데……."

연구원이 말해, 안 그래도 도영은 궁금했던 걸 물었다.

"아무리 바이러스가 보균되어 있었다고 해도 목이 잘렸는데 어떻게 살아난 겁니까?"

루아스라도 목이 잘리면 살아날 수 없다는 게 정설 아니었던가?

알다시피 루아스는 바이러스 출신이어서 그런지 바이러스의 생태와 닮은 점이 많았는데, 엄청난 상처 치료 능력도 그중 하나였다.

바이러스는 일반 생명체와 죽고 사는 방법이 조금 달랐다. 불활화, 즉 기능을 완전히 잃어서 '사망'했다고 할 수 있는 단계에 이르러도 다른 바이러스 조각의 손상되지 않은 부분과 서로 보완해서 다시 살아날 수 있기 때문이었다.* 루아스의 가공할 만한 상처 치유 능력은 그와 비슷했다.

아무리 그래도 목을 지나는 중추신경계가 잘렸는데?

그 의문을 이해하듯 연구원은 말했다.

"소령님의 경우 운이 좋다고 할지, 보균된 바이러스의 일부가 머리 쪽 신경절로 이동해있었습니다. 그리고 숙주가 사망하겠다 싶어진 순간 엄청난 속도로 감염을 시작해서 머리부터 바이러스화, 즉 루아스로 만들었습니다. 아니었다면 목이 완전히 잘렸을 겁니다. 칼을 휘두른 상대가 상대니만큼."

사실 쿠니스가 칼을 휘둘렀는데 고작 인간의 목 따위가 다 잘리지 않고 버틴 게 이상한 일이긴 했다.

"목이 완전히 떨어졌다면 죽었겠죠. 아무튼 그러면서 루아스가 되기 전에 난 상처의 흉터가 복구되지 않은 거 같습니다. 안타깝지만 앞으로도 흉터는 사라질 거 같지 않군요."

목의 3분의 2를 가로지르는 거대한 흉터는 빈말로도 보기 좋다고 할 수 없었지만 도영은 오히려 가말을 구하는 데 이 정도면 싸게 먹혔다고 생각했다. 루아스가 되는 데 성공하기도 했고. 영

● 야마노우치 가즈야, 「조용한 공포로 다가온 바이러스」, 오시연, 하이픈(2020)

원히 살고 싶어서라기보다 가말과 하고 싶어서였다는 점이 본인도 황당하긴 하지만 말이다. 물론 타실 프로젝트에 참여할 때는 나름 두 번째 기회를 얻겠다는 포부가 있었다. 하지만 가말을 만나고 나서는 주객이 전도되었다는 걸 인정하지 않을 수 없었다. 아무튼 확실하게 목을 자르려고 했던 걸 보면 대공이 얼마나 가말에게 집착하는지 분명히 알 수 있었다. 하여간 사이코 자식이었다.

"괜찮습니다, 흉터쯤은."

도영은 대수롭잖게 말했다. 연구원은 고개를 끄덕였다.

"하긴, 살아 돌아오신 것만 해도 신이 보우하신 일이죠."

생각해보면 아이러니한 말이었다. 옛날에는 뱀파이어가 됐다면 신에게 버림받아서라는 말을 들었을 텐데.

"그럼 가봐도 되겠습니까?"

도영이 묻자 연구원이 말했다.

"곧 심리 상담도 받으셔야 됩니다."

"알겠습니다."

도영은 밖으로 나와 식당으로 갔다. 그리고 식판을 들고 배식을 받으러 가자 식당 직원이 인사하며 식판에 포크커틀릿을 세 장이나 올려주었다.

"살아 돌아오신 걸 환영합니다."

"감사합니다."

도영은 자리에 식판을 내려놓고 앉았다. 다들 루아스가 된 그에 대한 소문을 들었는지 호기심이 어린 눈으로 보고 지나갔다. 현역 대원인 상태로 루아스가 된 경우는 손에 꼽아서 그렇다고 해도, 동물원의 동물이 된 느낌이었다. 그가 좀 더 쉬워 보였더라면 찔러보고 가기라도 할 기세였다.

한참 밥을 먹고 있는데 누군가가 앞자리에 식판을 내려놓고 앉았다.

"오랜만에 보네요. 같은 기지에 있으면서 말이죠."

한 중사였다. 도영은 인사 대신 숟가락을 한 번 들었다가 내렸다.

"저도 반갑습니다."

"이제 식당보다 플로스 배급실로 가셔야 하는 거 아닙니까?"

"먹던 버릇이 있어서요."

그러고는 두 사람은 어제도 이렇게 같이 밥을 먹었던 양 대화하며 식사하기 시작했다. 한 중사가 말했다.

"다른 사람인 줄 알고 그냥 지나갈 뻔했습니다."

"안 그래도 옷을 다 다시 사야 합니다."

키도 커졌지만 어깨도 더 넓어졌고 전체적으로 체형이 재조정 됐다. 꼭 몸이 완성된 느낌이었다. 예전에도 그런 편이라고 생각했는데, 더 완성될 게 남아 있었다는 점에서 역시 자만하면 안 된다는 때아닌 교훈을 얻었다.

한 중사는 밥을 먹으며 물었다.

"이 경우에는 옷을 사는 돈도 일종의 경비인데 지원해주지 않는답니까?"

"그렇게까지 해주는 건 바라지도……."

말하던 도영이 확 인상을 쓰며 입을 막았다. 한 중사가 왜 그러나 쳐다보자 어눌한 발음으로 말했다.

"혀 찔렀어요."

한 중사는 킬킬거렸다.

"자기 혀 좀 찔러봐야 진짜 루아스가 된다고 하지 않습니까."

도영은 입안을 혀로 쓸고 다시 밥을 먹었다. 그러자 한 중사는 숟가락으로 도영의 목을 가리키고 말했다.

"근데 그 흉터는 어떻게 안 된답니까?"

"훈장이죠, 뭐."

안 그래도 멀끔한 외모 탓인지 쉽게 보는 놈들이 많아서 칼자국이라도 하나 있어야 하나 생각한 적이 있었다. 그렇다고 일부러 만들 생각까진 없었지만 기왕 생긴 거 차라리 잘 됐다 싶었다.

"웬만하면 저도 훌륭한 훈장 하나 생겼다고 하겠는데 목에 있어서 그런지 좀 무시무시해서……."

한 중사가 말하고 있는데 연하가 그 옆자리에 와 앉았다.

"다른 사람인 줄 알았네."

"강 소위님."

한 중사가 알은체했다. 도영은 밥을 먹으며 무심히 물었다.

"부대로 안 돌아갔어? 돌봐야 할 가정도 있는 놈이 왜 이렇게 오래 있어?"

"돌아갔다가 다시 왔어. 걱정돼서."

연하가 말하자 도영은 심상하게 말했다.

"거의 목이 날아가고도 살아난 사람한테 걱정도 팔자다."

"소령님 걱정한 거 아니거든."

그러고는 연하는 숟가락으로 문 쪽을 가리켰다.

"가말을 걱정한 거지."

뒤를 돌아보자, 가말이 식당 바깥에서 안쪽을 들여다보고 있었다. 머리가 산발인 걸 보니 일어나서 도영이 없자 옷만 대충 껴입고 분분히 달려온 모양이었다.

"가말, 이리 와."

도영이 말했지만 가말은 오지 않았다. 하도 괴롭힌 탓인지 오히려 슬쩍 더 문 뒤로 몸을 감추었다. 그래서 도영은 자리에서 일어났다.

도영이 점차 다가오자 가말은 주춤거리며 물러서더니 뒤돌아서 쏜살같이 도망가기 시작했다. 도영은 황당했다. 왜 도망가?

반면 자리에 그대로 앉아 있는 연하가 한심하단 듯이 말했다.

"소령님 껌딱지인 가말이 오죽했으면 저래?"

도영은 돌아보고 한쪽 눈썹을 치켜들었다.

"어쩐지 고소해하는 거 같다?"

"조금?"

도영은 고개를 젓고 다시 자리에 앉았다. 도망가는 사람을 쫓아가봐야 더 도망갈 게 분명하니까. 그리고 식판으로 시선을 내렸다……가 들었다.

"다시 왔지?"

연하는 문을 보았다. 가말이 문가에서 음침하게 얼굴 반쪽만 내밀고 도영을 지켜보고 있었다.

"응."

"저건 가말 씨 새로운 취미입니까?"

한 중사가 물었다. 안 그래도 도영은 기가 찼다. 가말이 여전히 스토커처럼 멀찍이서 이쪽을 지켜보고 있었기 때문이다.

"하루 종일 씻지도 않고 저러고 있어요."

그 말에 한 중사는 가말을 보았다. 그러고 보니 머리카락도 흐트러져 있고 전체적으로 좀 꼬질꼬질해 보였다. 며칠간 도영에게 당한 게 있으니 곁에 오긴 두렵고 그렇다고 시야에 두지 않자니 걱정이 되는 모양이었다.

"정말 누가 저 사람을 삼천 년이나 산 루아스라고……."

한 중사는 말하며 도영을 돌아보았다가, 멈칫했다. 도영이 가말을 보는 눈빛을 본 순간 하려던 말이 뭐였는지도 까먹었다.

"와우."

그렇게 한마디하고는 한 중사는 지나갔다.

"뭐가요?"

그제야 도영은 어리둥절해하며 돌아봤지만 한 중사는 그냥 가버렸다. 도영은 왜 저러느냐는 듯이 그를 쳐다보고는 제 할 일을 하기 위해 갔다. 그러자 가말은 여전히 거리를 유지한 채 뒤따라왔다.

도영은 어떤 건물로 들어갔다. 가말은 어떡할까 하다가 고민하다가 그냥 앞에서 기다렸다. 한참 그러고 있는데, 지나가던 사람이 그녀를 알아보았다.

"어, 가말 씨."

가말은 모르는 얼굴이었지만 상대가 자신을 알고 있는 것 같아 대답했다.

"응."

"여기서 뭐하세요?"

"도영 기다려."

"아, 드페르 소령님이요? 불러드려요?"

가말은 고개를 저었다.

"아냐. 갈 길 가."

"아, 네. 그럼……."

그러면서 행인은 지나가려다가 돌아보고 물었다.

"혹시 사탕 좋아하세요?"

"좋아해."

그러자 행인은 주머니에서 사탕 하나를 꺼내서 주었다.

"드세요."

가말은 왜 이런 걸 자신에게 주는지 알 수 없었지만 상대는 호의로 하는 일 같았기 때문에 일단 받았다.

"고마워."

그러자 행인은 뭔가 해낸 것처럼 뿌듯해하는 얼굴로 갔다. 그리고 조금 더 기다리고 있으니 도영이 나와 걸어갔다. 그래서 시간차를 두고 따라가려는데, 도영이 빙글 돌아서더니 다가왔다. 가말은 얼른 도망가려고 자세를 잡았다.

"가말."

그때 도영이 불러 가말은 멈칫했다. 저 목소리에는 발걸음이 떨어지지 않아 주저하고 있는 사이에 도영이 다가와 손목을 잡았다.

"집에 가자."

그러고는 그녀를 잡아끌었다. 가말은 저항하지 않고 따라갔다. 사실 도영이 진짜 싫고 미워서 피하는 건 아니었으니까.

그런데 어느 순간 가는 방향이 낯설다는 사실을 깨닫고, 방이 있는 건물 방향을 가리키며 물었다.

"방 저쪽이야."

"더는 아냐."

"아냐?"

가말은 어리둥절해했다. 그때 도영이 그녀가 손에 꼭 쥐고 있는 물건을 발견하고 물었다.

"근데 손에 쥐고 있는 건 뭐야?"

"사탕. 누가 줬어."

"누가?"

"모르는 사람."

도영은 한쪽 눈썹을 추켜들었다.

"남자였어?"

가말은 고개를 저었다.

"아니, 여자."

"그래?"

그제야 도영의 어조가 누그러졌다. 하지만 가말이 쥐고 있는 걸 잠깐 보더니 뺏어 들었다.

"누구한테서도 받지 마."

그러고는 다시 가말의 손목을 쥐고 끌었다.

"아무튼 가자."

"어디?"

"가보면 알아."

　

도영은 낯선 곳에 차를 멈추었다. 가말은 차창 밖을 보았다.

"여긴 어디야?"

부지가 워낙 넓어서 차를 타고 오긴 했지만 기지 바로 뒤에 있는 마을이었다. 그런데 온갖 희한하게 생긴 기계와 차량, 비행기들이 오가는 기지 옆에 있다고 믿기 힘들 정도로 한적해 보이는 곳이었다. 이곳만 떼어놓고 보면 바깥세상 어딘가에 있는, 평범한 사람들이 사는 마을이라고 해도 믿을 정도로.

바깥 세계에 대한 상식이 부족한 가말은 몰랐지만 그들이 도착한 곳은 전형적인 미국 교외의 마을 같았다. 그리고 도영이 차를 멈춰 세운 곳은 마을 가운데쯤 있는, 지붕이 푸른 2층 집이었다. 잘 정리된 정원이 딸렸고 흰색의 나무 울타리가 둘러져 있었다.

"집."

그 심플한 대답에 가말은 도영을 의아하게 보았다.

"도영 집?"

"내려."

그러면서 도영은 운전석 문을 열고 내렸다. 일단 가말도 따라 내리자, 그가 뒷좌석에서 짐을 내리며 말했다.

"우리 집이야."

"우리 집……?"

가말은 그 말 자체가 낯설어 중얼거렸다. 그러자 도영은 가타

부타 말하기보다 그냥 그녀의 손을 잡고 안으로 들어가며 말했다.

"여기는 장교 가족들이 쓰는 관사 마을이야. 너랑 있으려면 여기가 더 좋을 거 같아서 신청했어."

그리고 몇 달은 기다려야 하는 평소와 달리, 둘이 지낼 곳이 없다는 비상 상황에 프로젝트 참가자라는 특혜가 더해져 이례적으로 바로 집을 받았다.

가말은 말을 잃고 집을 보았다. 어떤 사람들이 들어와 살지 알 수 없기 때문에 집 자체는 크게 특색이 없었다. 거실에는 민무늬 소파에 유리 테이블이 놓여 있고, 부엌 쪽에는 흰 식탁이 얼핏 보였다.

가말은 휙 도영을 돌아보고 물었다.

"봐도 돼?"

"얼마든지."

도영이 말하자마자 가말은 뛰어갔다. 그리고 새 집에 이사 와서 신난 아이처럼 여기저기 뛰어다니며 보더니 다시 도영 앞에 섰다. 벅차하며 말을 토해냈다.

"우리 집이야."

그러고는 도영을 와락 끌어안았다.

"고마워, 도영."

도영도 웃으며 가말을 안았다.

여태 가말에게 진정한 의미에서 집은 없었다. 정착하고 살면 어디든지 집이라고 부를 수 있을 테지만 사타디 섬의 숲속 통나무집도 토라와 라토가 오기 전까지는 진정한 의미에서 집은 아니었다. 그저 '거처'였지. 하지만 그녀의 물건 하나 없는 이 집이 이미 어느 곳보다 집처럼 느껴졌다.

"몸은 괜찮아?"

도영이 다정한 목소리로 물었다. 그 품에 꼭 안겨 가말은 행복한 기분으로 고개를 끄덕였다.

"응."

사실 여기저기가 쑤셨지만 도영이 이렇게 물어주는 데에 다 괜찮아지는 기분이었다.

"도영……?"

가말은 슬그머니 도영을 불렀다.

"응."

도영은 태연하게 대답했다. 손으로는 가말의 엉덩이를 쓰다듬으면서. 그에 가말이 움찔히며 물러나려고 했지만 놔주지 않고 그녀의 귀 뒤를 핥았다.

"자, 잠깐."

가말은 얼른 도영의 가슴을 밀어내며 몸을 빼냈다.

"다른 데도 보러 가자."

그러면서 도영의 손을 잡아끌었다. 다행히 도영은 별말 없이 끌려와 가말은 속으로 안도의 한숨을 삼켰다. 그와 그러는 게 싫지는 않았지만 적어도 오늘은 아니었기 때문이다. 둘은 오늘 새벽까지 삼 일 내내 '그러기만' 했으니까. 도영으로서도 심했다고 느낄 것이다.

잠깐 여기저기 집을 구경하다가 문이 열려 있는 방을 밖에서 들여다보았다.

"여기는……."

갑자기 뒤에서 등을 떠밀어서 가말은 엉거주춤 안으로 들어갔다. 달칵. 그리고 뒤에서 문을 잠그는 소리가 들렸다. 자신이 공포 영화의 주인공도 아닐진대 소름이 돋아, 가말은 주춤거리며 돌아보았다.

"또……?"

도영은 재킷을 벗으며 다가왔다. 그 모습을 보자 왠지 오싹 소름이 돋았는데, 아까와는 다른 느낌이었다.

"네 탓이야. 하루 종일 달아나면서 날 애타게 만들었잖아. 대신 네가 제대로 하면 한 번만 할게."

"아."

그러면 되는구나 싶어서 가말은 고개를 끄덕끄덕했다.

"응!"

도영의 웃음이 짙어졌다. 말도 안 되게 오래 산 주제에 이렇게 순진한 점이 정말 참을 수 없었다.

도영은 낮게 숨을 내쉬었다. 양손으로 바닥을 짚고 있는 그 아래 있는 가말은 좀 더 거칠게 숨을 몰아쉬었다.

"한 번만…… 한다고…….""

"네가 너무 제대로 해서 참을 수가 없잖아."

"으응……?"

그제야 가말은 뭔가 이상하다고 느꼈다. 하지만 이미 도영은 한껏 하고 싶은 대로 하고 난 뒤였고, 아직 끝낼 생각이 없었다.

"자, 잠깐……."

불길함을 느낀 가말이 거의 바퀴벌레를 떠올리게 하는 모습으로 기어서 도망가려고 했다.

띵동. 그때 벨소리가 났다. 도영은 현관문 쪽을 쳐다보았다. 이 시간에 올 사람이 없는데…….

띵동. 누가 착각해서 누르진 않았는지 다시 벨이 울려 가말과 도영은 시선을 교환했다. 결국 도영이 일어나 티셔츠를 입으며 거실을 가로질러 가서 문을 열었다.

"누구……."

"서프라이즈!"

케이크를 들고 있는 한 중사가 제일 먼저 보이고 팀원들, 토라와 자인, 연하도 보였다. 도영은 삐딱하게 섰다.

"주소를 잘못 찾은 거 아닙니까?"

하지만 한 중사가 먼저 막무가내로 집 안으로 들어가 거실 테이블에 생일 케이크를 올려놓았다.

"생일파티 해야죠."

"저희 어머니가 절 이번 달에 낳은 기억은 없을 텐데요."

도영이 시니컬하게 말했지만 가말이 안에서 나오며 반색했다.

"파티야?"

옷을 입긴 했지만 상기된 얼굴과 흐트러진 머리카락을 보고는 사람들이 도영을 음흉한 시선으로 쳐다보았다. 하지만 도영은 뻔뻔하게 마주 보았다.

다들 고개를 내젓고 멋대로 안으로 들어갔다. 그리고 연하가 얼음 박스에 담긴 샴페인을 테이블에 내려놓으며 말했다.

"루아스로 다시 태어난 생일 말이야. 사실 깨어난 날 하려고 했지만 둘이 밖에 나와야 말이지. 자."

그러고는 도영에게 샴페인 잔을 건네주었다.

"가말도 받아."

모두 샴페인 잔을 들자 한 중사가 말했다.

"자, 그럼, 무인도에 표류되고도 살아 돌아오고, 목이 잘렸어도 살아 돌아오고, 두 번이나 죽음의 문턱에서 유턴해온 우리 소령님의 끈질긴 생명력을 위하여."

"이 정도면 거의 바퀴벌레죠."

"옛날 영화 제목처럼 '죽어야 사는 남자'나 다름없다니까요."

다들 한마디씩 보태, 도영은 기가 막혔다.

"온갖 고생을 하고 살아 돌아왔더니 바퀴벌레 취급입니까?"

자인은 화장실에 들어가려다가 안에서 나오는 토라와 부딪쳤다.

"아, 미안해요."

"아냐. 화장실 비었어."

"네."

서로 그렇게 말은 했지만 둘 다 움직이지 않는 동안 어색한 공기가 감돌았다. 자인은 화제를 생각하다가 말했다.

"별로 술을 안 마시던데요."

그러자 토라는 뜻밖이라는 듯이 자인을 보았다.

"보고 있었어?"

"네? 그게 아니라⋯⋯."

그런 의미로 한 말이 아니었는데 정말 그렇게 들려서 자인은 입을 다물었다. 더 말해봐야 도움이 되지 않을 것 같았기 때문이다. 그러자 침묵이 감돌아, 화제를 돌리기 위해 말했다.

"이제 가보려고요."

"벌써?"

"네. 내일 약⋯⋯ 일이 있어서."

"아, 그래."

또 침묵이 이어졌다. 토라는 평소처럼 능글거리면 될 텐데 여자 앞에만 서면 얼어버리는 이 모쏠 같은 반응은 뭔지 스스로도 알 수 없었다.

"그럼⋯⋯ 가볼게."

토라가 말하자 자인은 정신을 차린 듯이 화장실 안을 가리켰다.

"네. 저도 화장실⋯⋯."

둘은 동시에 같은 방향으로 가려다가 다시 같이 다른 방향으로 가려고 했다. 그에 토라가 웃으며 사과했다.

"미안."

"아뇨."

그제야 자인은 화장실로 들어가고, 토라는 애써 몇 걸음 가다가 돌아보았다. 하지만 이미 자인은 보이지 않았다. 그래서 숨을 길게 내쉬고 돌아서는데, 그 모습을 복도 끝에 서 있는 가말이 그를 물끄러미 보고 있었다. 토라는 괜히 뜨끔해져서 물었다.

"왜 그러고 있어?"

"아냐. 토라도 젤리 먹을래?"

그러면서 가말은 제 방에서 가지고 나온, 사료 포대 같은 젤리 봉지를 들어 보였다. 토라는 난색 어린 웃음을 짓고 말했다.

"마티, 그런 거 너무 좋아하면 이 썩어."

"이렇게 단 거 없었어. 맛있어."

하긴, 섬에서 제일 단 거라고 해봤자 사탕수수인데 늘 사탕수수만 씹다가 이런 화학의 맛을 봤으니 신세계가 아닐 수 없을 것이다. 토라는 피식 웃었다.

"우리 마티 이제 보니 완전히 바깥 세계 체질이네."

한편 도영과 연하는 2층 베란다에 서 있었다. 난간에 팔을 걸치고 맥주를 마시고 있는 도영은 물었다.

"히샤는 잘 커?"

연하는 고개를 끄덕였다.

"응. 요즘엔 말도 얼마나 잘하는지 몰라. 이반을 닮은 얼굴로 밥을 오물거리고 있는 거 보면 너무 귀여워서 정말 내가 낳았나 싶어."

도영은 어깨를 으쓱였다.

"국장을 닮은 귀여운 얼굴은 상상이 안 되네."

"귀여워, 엄청."

그러더니 연하는 미안해하며 말했다.

"자주 못 보여줘서 미안해. 아직 확신이 서지 않아서……."

이바노프 클랜에는 원칙적으로 임신이 불가능한 루아스들 가운데 태어난 두 아이가 존재했다.

이반의 아들과 렉스의 딸.

이 두 아이가 가지는 의미가 얼마나 크고 파급력이 클지 확신할 수 없었기에 존재한다는 사실 자체를 극비리에 부쳤다. 심지어 도영도 딱 한 번밖에 만나보지 못했을 정도로.

"신경 쓰지 마. 히샤가 안전한 게 더 먼저니까."

도영이 말하자 연하는 그를 잠깐 보다가 물었다.

"너 부모님께는? 루아스가 된 거 말씀드렸어?"

그에 도영은 쓴웃음을 지었다.

"아직. 연락은 몇 번 해서 아직 이상한 점은 찾지 못하시는 거 같지만."

엘리오와 사랑은 아들이 몇 주간 영상 통화를 하지 않는다고 해서 이상하게 여기지 않았다. 한동안 연락조차 되지 않는 게 워낙 흔한 일이었기 때문이다. 그래서 지금까지 문자만 몇 번 보냈는데, 뭔가 눈치챈 낌새는 없었다.

연하는 말했다.

"얼른 말씀드려. 하루라도 더 같이 있어야지."

그랬다. 인간인 부모님은 언젠가 떠나겠지만 루아스가 된 도영은 계속 이곳에 남아 있을 것이다.

도영은 중얼거렸다.

"기분이 이상하네. 두 분이 나보다 먼저 가실 거라는 건 알고 있었지만 두 분이 가시고 나서도 난 계속 여기 있을 거라고 생각하면."

"하지만 가말이 같이 있잖아."

"그렇지."

그리고 도영은 맥주병을 손안에서 굴리며 말했다.

"대공, 도와주는 곳이 있을 거야. 지금까지 했던 모든 일들이 레기온의 힘만으로 했다고 하기에는 스케일이 너무 커. 옛날 같은 세력도 없을 텐데."

게다가 3년이나 감옥에 갇혀 있던 사람을 이렇게 지극정성을 다해 도와준다?

물론 대공, 즉 쿠니스가 그만한 대가를 제공했다면-혹은 제공하기로 약속했다면- 이해할 수 있었다. 하지만 3년 전 쿠니스가 붙잡혔을 때 머리부터 발끝까지 털어 재산은 전부 압수했고, 그와 조금의 연결 고리라도 있다면 모두 잡아넣었다. 얼마나 지독하게 잡았던지 한동안 그쪽 바닥에서 대공과의 어떤 관계도 부정해야 살 거라는 이야기가 자자했을 정도였다.

그런데 지금 도와주고 있는 세력은 꼭 전성기 때 쿠니스가 운영하던 테러단체 SN 같았다. 즉, 쿠니스와 어떤 모종의 이해관계로 얽힌 또 다른 막후의 세력이 있다는 의미였다.

도영은 말했다.

"확실한 자금과 무기를 갖추고 있는 단체야. 대공이 탈옥하는 걸 도운 무장세력들, 어지간한 정규군에 못지않았어. 루아스들도 섞여 있는 거 같았고."

"최선을 다해 찾고 있어."

연하가 말했을 때였다.

"뭘?"

가말의 목소리가 들렸다.

"뭘 찾아?"

테라스로 나온 가말은 두 사람이 바람이라도 피우고 있는 것처럼 추궁하는 투로 물었다. 그에 도영은 대수롭잖게 말했다.

"일 이야기야."

그러자 가말은 여봐란듯이 도영의 허리를 끌어안았다. 도영은 힐긋 그녀를 보기는 했지만 특별히 제지하지 않았다.

그런 둘을 연하는 다정한 눈으로 보다가 물었다.

"아이는 어떡할 거야?"

그러자 도영은 기가 찬단 얼굴로 말했다.

"너도 참 섬세함이 떨어진다. 뭐 벌써부터 그런 걸 물어?"

연하는 어깨를 으쓱였다.

"평범한 사귀는 사이면 나도 묻겠어?"

"결혼도 안 하고 애부터 덜컥 낳을 수는 없잖아?"

"무슨 아이?"

그때 가말이 어리둥절해하며 끼어들었다.

"무슨 아이긴? 너랑 도영의 아이?"

연하의 말에 가말은 혼란스러워하며 말했다.

"뱀파이어는 아이를 못 가져."

그에 연하가 오히려 의아해하는 얼굴을 했다.

"가질 수 있어, '우리'는."

"우리?"

"가임 혈통. 늪에서 태어난."

그러더니 연하는 가말을 가리키며 도영에게 물었다.

"몰라?"

도영은 흘긋 가말을 봤다가 고개를 끄덕였다.

"아직."

그 말에 가말이 대답을 구하는 얼굴로 보자, 연하가 대답했다.

"가질 수 있는 혈통이 있어."

그러고는 자신과 가말을 번갈아 가리켰다.

"우리 이바노프나 네 사타디 혈통처럼 늪에 빠졌다가 그곳에 남아 있던 원형 바이러스에 감염된 혈통들은 가임 능력을 잃지 않았거든. 섬에서 나왔을 때 검사받았던 거 기억하지? 그때 결과를 보면 너도 확실하게 가임 능력이 있어."

거기서 연하는 고개를 한 번 저었다.

"물론 그렇다고 당장 임신할 수 있다는 말은 아니야. 가능하다는 것뿐이지. 몇 년 전부터 ISLE이 가임 혈통으로 추정되는 혈통들을 추적해서 조사해오고 있지만 실제로 아이를 낳은 경우는 손에 꼽았어."

그러고는 어깨를 으쓱였다.

"우리도 둘째를 가지고 싶어서 노력하고 있지만 생기지 않더라고. 히샤가 생긴 게 정말 기적에 같은 일이었나 봐."

하지만 가말은 이미 그 말은 듣고 있지 않았다. 그저 기대하지도 않았던 사실을 곱씹다가, 벅찬 얼굴로 물었다.

"그럼 나 마티가 될 수 있어?"

"아이를 가지고 싶어?"

도영이 가말을 빤히 보며 묻자 그녀는 시선을 돌리지 않고 중얼거렸다.

"인간이었을 때 곧 마티가 될 거라고 생각했어. 결혼하면 다들 곧 마티가 되니까. 하지만 그런 일은 없었어."

그 말을 하면서 특별히 슬퍼하는 기색은 아니었다.

이내 가말은 고개를 들고 말했다.

"그것도 옛날이야기야. 지금은 상상이 잘 안 가. 근데 그럼 아기는 뭐야? 뱀파이어?"

"인간……."

연하는 가로수에 빛이 들어온 거리를 내려다보며 중얼거렸다.

"루아스. 그 어느 쪽도 아냐. 둘 다이기도 하고. 굳이 말하자면 인간과 루아스의 DNA가 결합해서 완전히 새로운 종으로 탄생한…… 일종의 신인류라고 해야겠지. 인간의 생태와 루아스의 수명을 지닌."

그러더니 분위기를 바꿔 가볍게 말했다.

"히샤한테 미안해서 아직 검사를 많이 해본 건 아냐. 주삿바늘을 무서워하거든. 하지만 하나 확실한 건, 아이를 노릴 거야."

"누가?"

가말은 저도 모르게 물었다. 연하는 고개를 저었다.

"누군지는 몰라. 하지만 아이가 가진 특수성을 노리는 자들은 분명히 있을 거야. 그러니까 잘 생각해."

"낳을지, 말지?"

"아니. 어떻게 지킬지."

가말은 입을 다물었다. 연하가 엄마로서 지니고 있는 책임감이 전해져오는 것 같아서.

이내 연하는 공기 중에 떠도는 긴장감을 해소하듯 낮게 숨을 내쉬었다.

"하지만 지금은 깊이 생각하지 마. 일단 태어나면 엄청 귀엽거든."

화제를 전환하기 위해 도영이 물었다.

"국장은 뭐해?"

"마감 중. 요즘엔 나보다 더 바쁜 거 같아."

그제야 가말은 생각에서 빠져나와 말했다.

"아내는 남편 옆에 있어줘야 해."

"부부도 개인 시간이 필요해. 그게 영원을 함께할 수 있는 비결이거든."

연하의 말에 가말은 도영을 올려다보고 말했다.

"난 아냐."

도영은 빙긋이 웃었다.

"미안하지만 내가 필요해."

그러면서 아직 그의 허리를 안고 있는 가말을 떼어내고 문으로 갔다. 물론 가말은 당장 쫓아갔다.

"도영, 어디 가?"

"화장실."

"나도 가."

"네가 거길 왜 가?"

두 사람은 아옹다옹하면서 문 너머로 사라졌다. 여전한 모습에 연하는 피식 웃어버렸다.

쿠니스는 이를 지그시 물었다.

"도영 드페르가 살아났다고."

목을 잘랐는데도.

루아스 바이러스 보균자라니, 상상도 못 했다. 이바노프와 ISLE은 대체 얼마나 그를 엿 먹이려는 건지 알 수 없었다.

'그놈이 루아스가 되었다.'

오히려 자신 덕분에.

천장까지 솟은 긴 창 너머로 회색 파도가 몰아치고 있었다. 파도는 절벽에 부딪혀 산산이 부서져 바다로 돌아갔다. 그 모습을 보다가 쿠니스가 나직이 말했다.

"혼자 있고 싶군."

뒤에 서 있는 두 남자는 묵례하고 방을 나섰다. 그리고 말없이 복도를 한참 걸어 내려가다가, 한 남자가 다른 사내를 보고 말했다.

"저는 이대로 잠깐 추이가 어떻게 될지 좀 지켜봤으면 하는군요."

사내는 흥미롭다는 얼굴로 되물었다.

"어째서요?"

"드페르 소령은 이바노프 혈통으로 되살아났습니다."

이바노프는 프로젝트에 참여한 클랜이 아니었지만 특별히 도영에게만 피를 기증했기 때문이다.

"지인으로서의 정도 있었겠고, 드페르 소령이 감염을 이긴다면 MCTC와 ISLE을 잇는 차세대 리더로 키울 셈이었겠죠."

그 말에 사내가 고개를 끄덕였다.

"사실 MCTC의 지도부는 인간들로 이뤄져 있으니까요. ISLE과 계약을 맺었던 인간들은 은퇴하거나 사망하거나, 이미 물갈이가 일어나고 있죠. 초반에 ISLE과 맺었던 이해관계가 옅어지고 있습니다."

"하지만 인간들은 루아스들을 군부의 지도자 자리에는 올리지 않을 겁니다. 안 그래도 개인적인 육체 능력이 강한 루아스들에게 제도적인 무력까지 쥐여줄 수는 없을 테니까요. 그게 아직도 MCTC 내에서 루아스 장성이 잘 나오지 않는 이유죠."

그러자 사내가 '흠' 소리를 내고 말했다.

"하지만 애초에 MCTC 소속이었고 군 프로젝트에 참여해 루아스가 된 경우라면 인간들도 예외로 생각하겠죠. 그래서 이바노프 측에서 드페르 소령을 자기 클랜원으로 만들었군요. 멀리 내다봤군요."

"괜히 ISLE이 아니죠. 어쨌든 중요한 건 드페르 소령이 이바노프 혈통으로 되살아났다는 점이고, 가말과의 사이에 아이가 생길 수 있다는 점입니다."

그제야 사내의 얼굴에 탄성이 번졌다.

"'태어나는 루아스'를 얻을 절호의 기회군요."

성체끼리의 감염을 통해 종족을 늘리는 루아스 사이에서 희박한 확률로 '태어나는 루아스'는 무엇인가. 그건 살아 있는 황금에 다름없었다. 수백 명을 한꺼번에 죽일 수 있는 생물학적 무기도, 옛날 연금술사들이 금을 꿈꿨듯 불사의 비밀을 품은 물질도 만들어낼 수 있는.

사내는 흘긋, 아까 그들이 나온 방 쪽을 보았다.

"하지만 저 친구가 가만히 있을지 모르겠군요."

도영 드페르와 가말 사이에 아이가 생기길 바란다는 건 필연적으로 그들이 맺어지길 바랄 수밖에 없다는 건데……. 쿠니스가 제 쌍둥이 가말에게 특별한 감정을 가지고 있다는 게 그들 사이에서도 비밀은 아니었다.

그러나 남자는 단호하게 고개를 저었다.

"저희 도움 없이는 운신할 수 없는 친구입니다. 몇 년 전과는 이야기가 다르죠."

"하지만 이바노프 클랜이 얽혀 있습니다. 잘못 건들이면 동티가 날 겁니다."

남자는 싱긋 웃었다.

"물론, 대비는 하고 있어야겠지요."

〈2권으로 계속〉

코드네임 베스티아 1

초판 1쇄 인쇄 2022년 1월 26일 **초판 1쇄 발행** 2022년 2월 2일

지은이 조례진
펴낸이 이승현

웹소설 본부장 이진영
편집 조윤희 오가진
디자인 김태수

펴낸곳 ㈜위즈덤하우스 **출판등록** 2000년 5월 23일 제13-1071호
주소 서울특별시 마포구 양화로 19 합정오피스빌딩 16층
전화 02) 2179-5600 **홈페이지** www.wisdomhouse.co.kr

ⓒ 조례진, 2022

ISBN 979-11-6812-214-7 04810
　　　979-11-6812-213-0 (세트)